CHONGWENGUAN

读古人书　友天下士

百余年前，崇文书局于武昌正觉寺开馆刻书，成晚清四大书局之一。所刻经籍，镌工精雅，数量众多，流布甚广，影响巨大。为赓续前贤，昌明国学，弘扬文化，本社现致力于传统典籍的出版。既专事文献整理，效力学术，亦重文化普及，面向大众。或经学，或史论，或诸子，或诗词，各成系列，统一标识，名之为"崇文馆"。

崇文馆

CHONGWENGUAN

中华诗文
鉴赏典丛

唐诗鉴赏辞典

乐云　黄鸣　主编

长江出版传媒　崇文书局

唐诗鉴赏辞典

丛书主编：乐　云

本卷主编：乐　云　黄　鸣

副 主 编：刘晓亮　张春晓　林妙芝

撰 稿 人：（以姓氏笔画为序）

王　萍	王　颖	乐　云	卢　欢
冯丽霞	叶洁洪	刘　琴	陈文新
陈　鹏	李仲婉	张　力	张春晓
张　程	闵泽平	吴中胜	肖莉莉
宋丹萍	余春丽	杨　军	孟　佳
林妙芝	林锦萍	易文翔	唐　靓
唐　磊	贾蕊华	郭华琴	徐昌盛
黄　鸣	黄　蓓	鲁林华	董镇菲
虞盈盈	褚菊萍		

序

王国维《宋元戏曲考》自序云："凡一代有一代之文学：楚之骚、汉之赋、六代之骈语、唐之诗、宋之词、元之曲，皆所谓一代之文学，而后世莫能继焉者也。"王氏意在强调每一时代都有其最具特色之文学，这种文学样式在这一时代所达到的繁荣程度和艺术高度，"后世莫能继焉"。王氏此说影响巨大，其后文学史家常常称引此说，几成共识。

诗、词、文、曲是中国古代文学的主要品类，是中华传统文化标志性的艺术成果。它们在其悠久的存在历程中，各有其发生发展期、高峰期、持续发展期。在其高峰期，成为"一代之文学"。

每一时代之文学，对后世的影响除了其自身元素之外，后人的诠选和笺解也是一个反复阐释、不断增益的经典确认和影响过程。

人类对经典的确认不是有限行为，而是持续性的无限行为。意大利著名学者贝奈戴托·克罗齐(1866—1952)在其《历史学的理论和实际》中提出了一个著名的命题——"一切历史都是当代史"。这是一个耐人寻味的历史哲学命题，它指向人类对历史之意义的理解和不断阐释，每一次阐释，既是对历史的，也是对现实的；既是对非我之既往的，也是对自我心灵之已然与未然的。每一次阐释都是当代人与古人的心灵对话和文化默契。历史因为这种持续的阐释而对人类的存续不断地产生价值和意义。

丹麦文学理论家勃兰兑斯曾经说过："文学史，就其本质意义上来说，是心灵史，是一个民族心灵的历史。"(《十九世纪文学主潮·序》)中国古代文学数千年的积淀，淘洗出许多堪称经典的作品，它们是中华民族心灵史的记录，对未来人类的心灵史不断发生着深刻微妙的持续影响。

这套丛书以唐诗、宋词、元曲为主，三者都是文学中的文学，是各种文学样式中审美抒情意味最浓郁的文学样式。相对于小说戏剧，诗词曲短小优美有韵的体性特质，便于读者随时阅读和记忆，尤其是其中的秀句名言，特别容易记忆和传诵。因此经典的诗、词、曲作品，既适合用作童蒙读物，也方便入选小学、中学、大学教材。在此基础上，比较集中的精选笺释读物，则可以满足不同层次的爱好者进一步拓展阅读。

文化和文明与时俱进，每一时代有每一时代的文化背景、阅读方式和思考习惯。因此，对经典文化遗产的重新诠选、笺释、鉴赏导读，便成为每一时代专家学者对文化传播义不容辞的责任。而优秀的学者善于将自己的阅读经验通过这种方式传达给大众，又往往能做到后出转精，既充分参考前人的选读经验和解释成果，又利用自己的智慧和文化积累，用最适合当代人审美趣味的话语方式重新阐释经典，为当代人理解古人以滋养自己的心灵疏通脉络，化解障碍。这就是唐诗、宋词、元曲、经典美文总能以"一百首"、"三百首"、"鉴赏辞典"等形式不断翻新的心灵史依据和文化史价值。

每一次"翻新"，都是一次重新阐释、解读、鉴赏。其方式方法就会有许多因人而异的因素。陈寅恪先生倡导阅读古人须具备"理解之同情"。理解古人之处境、身世、写作背景、写作意图，都是基本前提。面对既成而不可变的文本，这些基本的阅读准备是不可或缺的，这就是作者小传、作品注释的基本任务。在此基础上，将古人的作品置于当代文化视阈中，与解读者个人的学养、人生经验、人生观和世界观相融洽会通，碰撞出心情志趣审美趣味的火花，古人的作品便在这碰撞和融洽中得到了新的文化和审美的阐释。所谓"作者未必然而读者未必不然"，"一千个读者就有一千个哈姆雷特"，道理正在于此。至于具体而微的解读视角、鉴赏技巧，正是每一位选注笺释者可以发挥之处。

广东工业大学通识教育中心乐云教授是一位优秀学者，学养深富，多年来致力于传统文化的研究与传播工作，又比普通学者更具文化担当的责任感和使命感，因而他在繁忙的教学和研究之余，又主编这套《中华诗文鉴赏典丛》，其意义和价值已如上述。相信他对丛书编著团队的选择一定是有新意的，这套丛书必将是一项优质的文化传承工程。我期待其早日刊行，以慰读者之期盼。

中山大学中文系教授、博士生导师
中华诗教学会常务副会长及秘书长
张海鸥

2

凡　　例

一、本书共收录唐代 147 位诗人的诗作合计 504 首。

二、本书正文中作家的排列，大致以生年先后为序；个别情况则依据卒年；生年无考的，则按在世年代先后为序。同一诗人的作品，则一般依《全唐诗》篇目次序排列，无编年的作品则大致合编。

三、每位诗人均加附 100 字左右的小传，主要介绍生卒年、籍贯、生平事迹、主要作品等，注重吸收近年学术研究的新成果。

四、本书原则上采用一首诗一篇赏析文章，也有少数难以分割的组诗或唱和酬赠之作，则几首诗合在一起分析。每首诗的赏析文字在 1000 字左右，篇幅较长的篇目如歌行体《长恨歌》、《琵琶行》等作品的赏析文字则控制在 2000 字以内，务求行文简练，达意为主。

五、本书使用简化字。在可能产生歧义时，酌用繁体字或异体字。

六、鉴赏内容大致包括如下内容：作品背景，内容讲析，艺术特色，后世影响等。诗中出现的疑难字词、名物、典故等，一般在赏析文章中略作解释。

七、本书涉及古代史部分的历史纪年，一般用旧纪年，并括注公元纪年（"年"字则省略）。

八、本书部分篇章附有与所收诗内容相关的插图，包括人物、山水、景物、风貌等，冀图从另一侧面反映唐代的风土人情与时代风貌。

九、本书附录部分有：近体诗的格律常识、唐代诗人年表等，谨供读者参考使用。

目 录

虞世南

　蝉 ………………………………………………… 1

王　绩

　野望 ……………………………………………… 2

王梵志

　吾富有钱时 ……………………………………… 4

寒　山

　杳杳寒山道 ……………………………………… 6

王　勃

　送杜少府之任蜀川 ……………………………… 7

　江亭夜月送别二首(其一) ……………………… 8

　山中 ……………………………………………… 9

　滕王阁诗 ………………………………………… 9

　别薛华 …………………………………………… 10

卢照邻

　长安古意 ………………………………………… 12

骆宾王

　在狱咏蝉 ………………………………………… 15

　在军登城楼 ……………………………………… 16

杨　炯

　从军行 …………………………………………… 17

陈子昂

　登幽州台歌 ……………………………………… 18

　感遇三十八首(其二) …………………………… 19

　燕昭王 …………………………………………… 20

　送魏大从军 ……………………………………… 21

　　春夜别友人 ·························· 22

杜审言

　　渡湘江 ···························· 23

苏味道

　　正月十五夜 ························ 25

刘希夷

　　代悲白头翁 ························ 26

宋之问

　　送别杜审言 ························ 28

　　题大庾岭北驿 ···················· 29

　　渡汉江 ···························· 30

沈佺期

　　杂诗三首(其三) ·················· 31

　　独不见 ···························· 32

李适之

　　罢相 ······························ 33

贺知章

　　咏柳 ······························ 35

　　回乡偶书 ·························· 35

张若虚

　　春江花月夜 ······················ 37

张　说

　　蜀道后期 ·························· 40

　　送梁六自洞庭山作 ················ 40

苏　颋

　　汾上惊秋 ·························· 41

张敬忠

　　边词 ······························ 43

张九龄

　　望月怀远 ·························· 45

　　湖口望庐山瀑布水 ················ 46

　　赋得自君之出矣 ·················· 47

王之涣

登鹳雀楼 ·· 48

凉州词 ·· 49

宴词 ·· 51

孟浩然

夏日南亭怀辛大 ···································· 52

夜归鹿门山歌 ······································ 53

望洞庭湖赠张丞相 ·································· 54

秦中感秋寄远上人 ·································· 55

早寒江上有怀 ······································ 56

留别王侍御维 ······································ 57

晚泊浔阳望庐山 ···································· 58

过故人庄 ·· 60

春晓 ·· 61

洛中访袁拾遗不遇 ·································· 62

宿建德江 ·· 63

送杜十四之江南 ···································· 64

李 颀

古从军行 ·· 65

古意 ·· 66

送魏万之京 ·· 67

送刘昱 ·· 68

綦毋潜

春泛若耶溪 ·· 69

王昌龄

从军行(七首选四) ································ 71

出塞 ·· 75

采莲曲 ·· 76

长信怨 ·· 76

闺怨 ·· 78

听流人水调子 ······································ 79

送魏二 ·· 80

3

芙蓉楼送辛渐 ……………………………… 81

送柴侍御 …………………………………… 82

祖 咏

望蓟门 ……………………………………… 83

终南望馀雪 ………………………………… 84

裴士淹

白牡丹 ……………………………………… 86

王 维

九月九日忆山东兄弟 ……………………… 87

和贾至舍人早朝大明宫之作 ……………… 88

送别 ………………………………………… 89

酬郭给事 …………………………………… 90

鹿柴 ………………………………………… 92

山居秋暝 …………………………………… 93

竹里馆 ……………………………………… 94

山中送别 …………………………………… 96

相思 ………………………………………… 97

渭川田家 …………………………………… 98

辛夷坞 ……………………………………… 99

杂诗(其二) ……………………………… 100

田园乐(其六) …………………………… 101

书事 ………………………………………… 102

山中 ………………………………………… 104

陇西行 ……………………………………… 105

辋川闲居赠裴秀才迪 ……………………… 106

酬张少府 …………………………………… 107

观猎 ………………………………………… 108

使至塞上 …………………………………… 109

奉和圣制从蓬莱向兴庆阁道中留春雨中春望之作应制 … 110

终南山 ……………………………………… 112

老将行 ……………………………………… 112

积雨辋川庄作 ……………………………… 114

李 白

蜀道难 …………………………………… 116

乌栖曲 …………………………………… 118

将进酒 …………………………………… 119

秋登宣城谢朓北楼 …………………… 121

行路难（其一） ……………………… 122

长干行 …………………………………… 124

清平调词三首 ………………………… 125

丁都护歌 ………………………………… 126

静夜思 …………………………………… 128

月下独酌 ………………………………… 128

秋浦歌 …………………………………… 130

客中作 …………………………………… 131

子夜吴歌·秋歌 ……………………… 132

宣城见杜鹃花 ………………………… 133

赠孟浩然 ………………………………… 134

闻王昌龄左迁龙标遥有此寄 ……… 135

荆州歌 …………………………………… 136

清溪行 …………………………………… 137

沙丘城下寄杜甫 ……………………… 138

越女词五首（其三） ………………… 139

上李邕 …………………………………… 140

听蜀僧濬弹琴 ………………………… 141

江上寄巴东故人 ……………………… 141

杨叛儿 …………………………………… 142

酬崔侍御 ………………………………… 143

寄东鲁二稚子 ………………………… 144

赠汪伦 …………………………………… 145

江夏别宋之悌 ………………………… 146

早春寄王汉阳 ………………………… 147

庐山谣寄卢侍御虚舟 ………………… 148

梦游天姥吟留别 ……………………… 150

金陵酒肆留别 ……………………………………… 151

黄鹤楼送孟浩然之广陵 …………………………… 152

渡荆门送别 ………………………………………… 153

送友人 ……………………………………………… 155

宣州谢朓楼饯别校书叔云 ………………………… 155

把酒问月 …………………………………………… 157

陪侍郎叔游洞庭醉后三首(其三) ……………… 158

登金陵凤凰台 ……………………………………… 159

春夜洛城闻笛 ……………………………………… 160

刘眘虚

阙题 ………………………………………………… 161

王　湾

次北固山下 ………………………………………… 163

崔　颢

黄鹤楼 ……………………………………………… 166

长干曲四首(其一、其二) ……………………… 168

行经华阴 …………………………………………… 169

崔国辅

怨词二首(其一) ………………………………… 171

采莲曲 ……………………………………………… 172

小长干曲 …………………………………………… 173

王　翰

凉州词 ……………………………………………… 174

张　旭

桃花溪 ……………………………………………… 177

山中留客 …………………………………………… 178

戎　昱

移家别湖上亭 ……………………………………… 179

高　适

封丘作 ……………………………………………… 180

除夜作 ……………………………………………… 181

燕歌行 ……………………………………………… 183

塞上听吹笛 ·························· 184

别董大 ···························· 186

送李少府贬峡中王少府贬长沙 ········ 187

崔　曙

九日登望仙台呈刘明府容 ·········· 188

储光羲

钓鱼湾 ···························· 190

江南曲四首（其三） ················ 191

张　谓

同王征君湘中有怀 ················ 192

题长安壁主人 ···················· 193

早梅 ······························ 194

刘长卿

余干旅舍 ························· 195

酬李穆见寄 ······················ 196

听弹琴 ···························· 197

送上人 ···························· 198

长沙过贾谊宅 ···················· 199

送灵澈上人 ······················ 200

逢雪宿芙蓉山主人 ················ 201

杜　甫

韦讽录事宅观曹将军画马图 ········ 203

贫交行 ···························· 206

丹青引 ···························· 207

赠卫八处士 ······················ 209

孤雁 ······························ 211

月夜 ······························ 212

寄韩谏议注 ······················ 213

九日 ······························ 215

旅夜书怀 ························· 216

哀江头 ···························· 218

古柏行 ···························· 219

悲陈陶 ……………………………………… 221

兵车行 ……………………………………… 222

垂老别 ……………………………………… 224

春日忆李白 ………………………………… 225

丽人行 ……………………………………… 227

春望 ………………………………………… 229

九日蓝田崔氏庄 …………………………… 230

前出塞九首（其六）………………………… 231

八阵图 ……………………………………… 233

羌村三首（其一）…………………………… 234

曲江对酒 …………………………………… 235

日暮 ………………………………………… 236

新安吏 ……………………………………… 238

石壕吏 ……………………………………… 239

新婚别 ……………………………………… 241

饮中八仙歌 ………………………………… 243

登楼 ………………………………………… 244

登高 ………………………………………… 246

春夜喜雨 …………………………………… 247

水槛遣心二首（其一）……………………… 249

茅屋为秋风所破歌 ………………………… 250

赠花卿 ……………………………………… 251

不见 ………………………………………… 253

江畔独步寻花七绝句（其六）……………… 254

江畔独步寻花七绝句（其七）……………… 255

闻官军收河南河北 ………………………… 256

别房太尉墓 ………………………………… 257

绝句二首（其一）…………………………… 258

绝句二首（其二）…………………………… 259

绝句四首（其三）…………………………… 260

倦夜 ………………………………………… 261

得舍弟消息 ………………………………… 262

观公孙大娘弟子舞剑器行 ···················· 264

独酌成诗 ···················· 265

望岳 ···················· 266

苦竹 ···················· 267

绝句漫兴九首(其三) ···················· 268

绝句漫兴九首(其四) ···················· 269

佳人 ···················· 271

蜀相 ···················· 272

天末怀李白 ···················· 273

月夜忆舍弟 ···················· 274

李 华

春行寄兴 ···················· 276

岑 参

白雪歌送武判官归京 ···················· 277

春梦 ···················· 279

与高适薛据同登慈恩寺浮图 ···················· 280

碛中作 ···················· 281

逢入京使 ···················· 282

行军九日思长安故园 ···················· 283

奉和中书舍人贾至早朝大明宫 ···················· 285

走马川行奉送出师西征 ···················· 286

景 云

画松 ···················· 287

刘方平

采莲曲 ···················· 288

夜月 ···················· 289

春怨 ···················· 290

裴 迪

华子岗 ···················· 291

送崔九 ···················· 293

元 结

欸乃曲五首(其二) ···················· 294

贼退示官吏并序 ……………………………………………… 295

晁　采

雨中忆夫二首 ……………………………………………… 297

孟云卿

寒食 ………………………………………………………… 299

张　继

枫桥夜泊 …………………………………………………… 300

钱　起

省试湘灵鼓瑟 ……………………………………………… 301

暮春归故山草堂 …………………………………………… 302

贾　至

春思(其一) ………………………………………………… 303

初至巴陵与李十二白裴九同泛洞庭湖三首(其二) ……… 305

巴陵夜别王八员外 ………………………………………… 306

郎士元

听邻家吹笙 ………………………………………………… 307

韩　翃

寒食 ………………………………………………………… 308

司空曙

云阳馆与韩绅宿别 ………………………………………… 310

金陵怀古 …………………………………………………… 311

江村即事 …………………………………………………… 312

喜外弟卢纶见宿 …………………………………………… 313

皎　然

寻陆鸿渐不遇 ……………………………………………… 314

李　端

拜新月 ……………………………………………………… 315

闺情 ………………………………………………………… 316

胡令能

小儿垂钓 …………………………………………………… 318

咏绣障 ……………………………………………………… 319

严　维

丹阳送韦参军 ································· 320

顾　况

公子行 ····································· 321

过山农家 ··································· 322

韩　氏

题红叶 ····································· 323

窦叔向

夏夜宿表兄话旧 ····························· 324

张　潮

江南行 ····································· 326

于良史

春山夜月 ··································· 327

柳中庸

征人怨 ····································· 328

戴叔伦

除夜宿石头驿 ······························· 330

三闾庙 ····································· 331

题稚川山水 ································· 333

苏溪亭 ····································· 334

韦应物

淮上喜会梁州故人 ··························· 335

东郊 ······································· 336

郡斋雨中与诸文士燕集 ······················· 337

滁州西涧 ··································· 339

送杨氏女 ··································· 340

幽居 ······································· 341

夕次盱眙县 ································· 343

卢　纶

逢病军人 ··································· 344

塞下曲六首(其二) ··························· 345

塞下曲六首(其三) ··························· 346

　送李端 ································· 347
李　益
　喜见外弟又言别 ····················· 348
　汴河曲 ····························· 350
　从军北征 ··························· 351
　春夜闻笛 ··························· 352
　写情 ······························· 353
　夜上受降城闻笛 ····················· 354
　江南曲 ····························· 355
孟　郊
　游子吟 ····························· 356
　怨诗 ······························· 358
　古别离 ····························· 359
　古怨别 ····························· 360
　登科后 ····························· 361
　洛桥晚望 ··························· 362
李　约
　观祈雨 ····························· 363
陈　羽
　从军行 ····························· 365
杨巨源
　和练秀才杨柳 ······················· 366
　城东早春 ··························· 367
武元衡
　春兴 ······························· 368
畅　诸
　登鹳雀楼 ··························· 370
崔　护
　题都城南庄 ························· 371
权德舆
　岭上逢久别者又别 ··················· 372

12

常　建

　　题破山寺后禅院 ················· 374

　　塞下曲四首(其一) ············· 376

　　宿王昌龄隐居 ················· 378

张　籍

　　节妇吟 ····················· 379

　　湘江曲 ····················· 381

　　秋思 ······················· 382

王　建

　　江馆 ······················· 383

　　望夫石 ····················· 384

　　新嫁娘词三首(其一) ··········· 385

　　雨过山村 ··················· 386

　　十五夜望月 ················· 387

薛　涛

　　送友人 ····················· 388

　　牡丹 ······················· 390

　　筹边楼 ····················· 391

韩　愈

　　八月十五夜赠张功曹 ··········· 392

　　游太平公主山庄 ··············· 394

　　春雪 ······················· 395

　　早春呈水部张十八员外二首(其一) ··· 396

　　左迁至蓝关示侄孙湘 ··········· 397

　　山石 ······················· 399

张仲素

　　春闺思 ····················· 401

　　秋夜曲 ····················· 402

刘禹锡

　　石头城 ····················· 404

　　柳枝词 ····················· 405

　　和乐天《春词》··············· 406

竹枝词二首（其一）　　　　　　　　　　407
竹枝词九首（其二）　　　　　　　　　　408
竹枝词九首（其七）　　　　　　　　　　408
浪淘沙九首（其六）　　　　　　　　　　410
元和十年自朗州至京,戏赠看花诸君子　　410
杨柳枝词九首（其六）　　　　　　　　　411
岁夜咏怀　　　　　　　　　　　　　　　412
乌衣巷　　　　　　　　　　　　　　　　414
酬乐天扬州初逢席上见赠　　　　　　　　415
望洞庭　　　　　　　　　　　　　　　　416

白居易

钱塘湖春行　　　　　　　　　　　　　　418
夜雪　　　　　　　　　　　　　　　　　419
白云泉　　　　　　　　　　　　　　　　420
大林寺桃花　　　　　　　　　　　　　　421
卖炭翁　　　　　　　　　　　　　　　　422
赋得古原草送别　　　　　　　　　　　　424
观刈麦　　　　　　　　　　　　　　　　426
邯郸冬至夜思家　　　　　　　　　　　　427
暮江吟　　　　　　　　　　　　　　　　428
南浦别　　　　　　　　　　　　　　　　430
秋雨夜眠　　　　　　　　　　　　　　　431
上阳白发人　　　　　　　　　　　　　　432
新丰折臂翁　　　　　　　　　　　　　　434
杨柳枝词　　　　　　　　　　　　　　　436
同李十一醉忆元九　　　　　　　　　　　437
舟中读元九诗　　　　　　　　　　　　　438
花非花　　　　　　　　　　　　　　　　439
与梦得沽酒闲饮且约后期　　　　　　　　440
琵琶行　　　　　　　　　　　　　　　　441
长恨歌　　　　　　　　　　　　　　　　445

李　绅
  悯农二首 ……………………………… 450
柳宗元
  柳州城西北隅种柑树 …………………… 452
  重别梦得 ………………………………… 454
  与浩初上人同看山寄京华亲故 ………… 455
  酬曹侍御过象县见寄 …………………… 456
  江雪 ……………………………………… 457
  柳州二月榕叶落尽偶题 ………………… 458
  渔翁 ……………………………………… 459
  登柳州城楼寄漳汀封连四州 …………… 461
李　涉
  井栏砂宿遇夜客 ………………………… 463
  润州听暮角 ……………………………… 464
施肩吾
  望夫词 …………………………………… 465
  幼女词 …………………………………… 467
崔　郊
  赠婢 ……………………………………… 468
元　稹
  行宫 ……………………………………… 470
  得乐天书 ………………………………… 471
  酬乐天频梦微之 ………………………… 472
  菊花 ……………………………………… 473
  离思五首(其四) ………………………… 474
  闻乐天授江州司马 ……………………… 475
  遣悲怀三首 ……………………………… 477
杨敬之
  赠项斯 …………………………………… 480
贾　岛
  剑客 ……………………………………… 481
  题李凝幽居 ……………………………… 482

15

忆江上吴处士 ……………………………… 483

暮过山村 …………………………………… 484

寄韩潮州愈 ………………………………… 486

访隐者不遇 ………………………………… 487

项 斯

山行 ………………………………………… 488

张 祜

宫词二首（其一）…………………………… 490

题金陵渡 …………………………………… 491

纵游淮南 …………………………………… 491

刘 皂

长门怨（其一）……………………………… 493

旅次朔方 …………………………………… 494

皇甫松

采莲子（其二）……………………………… 495

朱庆馀

闺意献张水部 ……………………………… 496

李德裕

长安秋夜 …………………………………… 497

登崖州城作 ………………………………… 498

李 贺

李凭箜篌引 ………………………………… 499

示弟 ………………………………………… 501

致酒行 ……………………………………… 501

金铜仙人辞汉歌 …………………………… 503

湘妃 ………………………………………… 504

雁门太守行 ………………………………… 506

南园十三首（其一）………………………… 508

马说二十三首（其五）……………………… 509

将进酒 ……………………………………… 509

苏小小墓 …………………………………… 511

刘 叉

偶书 …………………………………… 512

徐 凝

忆扬州 …………………………………… 513

雍裕之

自君之出矣 ……………………………… 514

江边柳 …………………………………… 515

柳絮 ……………………………………… 515

许 浑

塞下曲 …………………………………… 517

杜 牧

赤壁 ……………………………………… 518

题乌江亭 ………………………………… 519

题木兰庙 ………………………………… 520

赠别二首(其一) ………………………… 521

赠别二首(其二) ………………………… 522

泊秦淮 …………………………………… 523

遣怀 ……………………………………… 524

山行 ……………………………………… 525

题桃花夫人庙 …………………………… 526

河湟 ……………………………………… 527

过华清宫绝句三首(其一) ……………… 528

早雁 ……………………………………… 530

隋堤柳 …………………………………… 531

寄扬州韩绰判官 ………………………… 532

江南春绝句 ……………………………… 533

雍 陶

题情尽桥 ………………………………… 535

温庭筠

咸阳值雨 ………………………………… 536

过分水岭 ………………………………… 537

碧涧驿晓思 ……………………………… 538

送人东归 …………………………………………… 540

商山早行 …………………………………………… 541

蔡中郎坟 …………………………………………… 542

陈　陶

陇西行 ……………………………………………… 543

李商隐

无题 ………………………………………………… 544

嫦娥 ………………………………………………… 545

贾生 ………………………………………………… 547

春日寄怀 …………………………………………… 548

晚晴 ………………………………………………… 549

乐游原 ……………………………………………… 550

落花 ………………………………………………… 551

夜雨寄北 …………………………………………… 552

锦瑟 ………………………………………………… 553

凉思 ………………………………………………… 554

筹笔驿 ……………………………………………… 556

咏史 ………………………………………………… 557

北青萝 ……………………………………………… 558

李群玉

火炉前坐 …………………………………………… 560

刘　沧

经炀帝行宫 ………………………………………… 561

崔　珏

哭李商隐（其二） ………………………………… 562

赵　嘏

江楼感旧 …………………………………………… 564

悼亡二首 …………………………………………… 565

马　戴

落日怅望 …………………………………………… 566

方　干

题君山 ……………………………………………… 568

　　君不来 ·· 569
高　骈
　　二妃庙 ·· 570
罗　隐
　　赠妓云英 ·· 571
　　柳 ·· 573
　　自遣 ·· 574
皮日休
　　馆娃宫怀古（其一） ······························· 575
陆龟蒙
　　孤烛怨 ··· 576
　　北渡 ·· 577
　　怀宛陵旧游 ··· 578
韦　庄
　　忆昔 ·· 579
　　金陵图 ··· 580
　　台城 ·· 581
　　古离别 ··· 583
　　章台夜思 ·· 584
黄　巢
　　题菊花 ··· 585
武昌妓
　　续韦蟾句 ·· 586
聂夷中
　　伤田家 ··· 588
武　瑾
　　感事 ·· 589
司空图
　　退居漫题七首（其一） ···························· 590
来　鹏
　　云 ·· 591

张 乔
台城 ……………………………………………… 592
河湟旧卒 ………………………………………… 593
周 朴
塞上曲 …………………………………………… 594
章 碣
焚书坑 …………………………………………… 595
薛 媛
写真寄外 ………………………………………… 597
曹 松
己亥岁(二首选一) …………………………… 598
韩 偓
自沙县抵龙溪县,值泉州军过后,村落皆空,因有一绝 ………… 599
安贫 ……………………………………………… 600
吴 融
卖花翁 …………………………………………… 602
葛鸦儿
怀良人 …………………………………………… 603
金昌绪
春怨 ……………………………………………… 605
鱼玄机
江陵愁望有寄 …………………………………… 606
杜荀鹤
春宫怨 …………………………………………… 607
春闺怨 …………………………………………… 609
溪兴 ……………………………………………… 609
崔 涂
孤雁 ……………………………………………… 610
除夜有怀 ………………………………………… 612
秦韬玉
贫女 ……………………………………………… 613

胡 曾
寒食都门作 ·· 614
齐 己
早梅 ·· 615
花蕊夫人徐氏
述国亡诗 ·· 617
张 泌
寄人 ·· 619
太上隐者
答人 ·· 620
无名氏
金缕衣 ·· 621

附 录
近体诗的格律常识 ·· 624
唐代诗人年表 ·· 631

虞世南(558—638)，字伯施，越州余姚（今浙江余姚）人。官至秘书监，封永兴县子，故世称"虞永兴"，赐礼部尚书。虞世南为人沉静寡欲，志性刚烈，议论正直，深得唐太宗器重。

蝉

虞世南

垂緌饮清露，流响出疏桐。
居高声自远，非是藉秋风。

【鉴赏】 诗为心声，虞世南的这首五言绝句描绘出一幅高洁脱俗，立意高远的人生志气图。该诗托物言志，咏的是蝉，寄托的却是自己的高远志向和脱俗品格。在历代咏蝉诗中，这是时代较早的一首，素为后人称道。

首句"垂緌饮清露"，用拟人的手法。"緌"是古人帽带下垂部分，蝉的头部的触须形状与此近似，故说"垂緌"。"清露"之"清"字喻"蝉"之品性高洁，居高饮清露，有超脱尘俗、众人皆醉我独醒之意。表面上是写蝉，写蝉的形状与食性，实际上处处用比兴手法，来暗喻诗人自己的身份和品格，身居高处却清廉刚正。次句"流响出疏桐"写蝉声之清逸响远。"疏桐"，指枝干高挺的梧桐，蝉身居高处，居高鸣叫则自然调响声远、悦耳动听。"居高声自远，非是藉秋风"，这是全篇的点睛之笔，它是在上两句的基础上引发出来的议论。蝉声远传，人们往往以为是秋风所致。作者一反凡俗，道出人生的一大道理：品格高洁的人，并不需要外在的渲染自能声名远扬。

历代咏蝉诗有很多，但因为各自的人生态度和艺术造诣不同，诗的旨趣兴味大不一样。清人施补华《岘佣说诗》云："三百篇比兴为多，唐人犹得此意。同一咏蝉，虞世南'居高声自远，端不藉秋风'，是清华人语；骆宾王'露重飞难进，风多响易沉'，是患难人语；李商隐'本以高难饱，徒劳恨费声'，是牢骚人语。比兴不同如此。"虞世南写的是自己的身世和人生体验，自然入笔高远，格调清雅。沈德潜评此诗说："咏蝉者每咏其声，此独尊其品格。"（《唐诗别裁》）这确是不刊之论。 （吴中胜）

王绩(590?—644)，字无功，号东皋子，绛州龙门(今山西河津)人，是隋唐之际的文学家。唐初，曾待诏门下省，任太乐丞。后来弃官回家，在东皋隐居，时人号称东皋子。有《东皋子集》行世。

野　望　　　　王　绩

东皋薄暮望，徙倚欲何依。
树树皆秋色，山山唯落晖。
牧人驱犊返，猎马带禽归。
相顾无相识，长歌怀采薇。

【鉴赏】这是一首描写山野秋景的五言律诗。它诗风质朴自然，于平淡词句中流露出诗人的抑郁苦闷。我们知道，齐梁以来诗文讲究辞藻，而此诗洗尽铅华，为唐初诗苑吹来一股清新的气息，是王绩的代表作之一。

"东皋薄暮望，徙倚欲何依。"入笔即破题，点出是在野外。"东皋"，泛指王绩家乡绛州龙门附近的水边高地，借用陶渊明《归去来兮辞》"登东皋以舒啸"的诗句，暗含诗人归隐之后，躬耕东皋之意，故而自号"东皋子"。"徙倚"，是徘徊的意思。"欲何依"，化用曹操《短歌行》"绕树三匝，何枝可依"的诗句。这两句诗以平平淡淡的语气叙述，在薄薄暮色之中，诗人兀立在东皋之上，举目四望，一种莫可名状的孤寂无依的愁绪涌上心头。

"树树皆秋色，山山唯落晖。"这是诗人对眼前景观的粗线条描绘，写野望之景。层层树林已染上金黄的秋色，在夕阳的余晖中山峦起伏。这是多么宁静、开阔、美丽的画面。在淡淡的暮霭之中,山野间树色与夕晖交相辉映。两句如放在盛唐诗中,简直太司空见惯。但这是初唐,整个诗坛还在六朝文风的笼罩之中。这两句近乎口语的素朴和自然,给人耳目一新之感。前面的树和山是静态,接着,诗人的笔锋又转向动态的叙写:"牧人驱犊返,猎马带禽归。"写视野所见山野放归的生动场景,为整个静谧的画面,注入一股跳动的情致和欣然的意趣。句中的几个动词"驱"、"返"、"带"、"归",用得自然而精警。这种动态式的描写愈发衬托出秋日晚景的安详宁静,诗人于一静一动的描写之中,把山山树树、牛犊猎马交织成一幅绝妙的艺术画卷。光线与色彩的调和,远景与近景的搭配,都显得那么自然和谐,令人不能不产生某种遐想,甚至忘情在安逸闲适的田野之中。

前面写野望之景,末尾处露野望之情。身临其境的王绩,展望这浓浓秋色,身处这宁静的山林之中,他的感受远不能得到精神上的慰藉,油然而生的却是某种茫然若失、孤独无依的情绪。"相顾无相识,长歌怀采薇",这最后两句完全道出诗人内心的苦闷和怅惘。既然在现实中找不到相知相识的朋友,那就只好追怀伯夷、叔齐那样不食周粟、上山采薇的隐逸之士。《唐诗矩》评此处云:"末寄怀《采薇》,盖欲追踪夷、齐之意,然含蓄深深,不露线索,结法深厚。"

全诗语言质直清新,自然流畅,言浅味深,句句有力,意味深长。《周氏涉笔》云:"旧传四声,自齐梁至沈宋,始定为唐律。然沈宋体制,时带徐庾。未若王绩剪裁锻炼,曲尽清玄,真开迹唐诗也。"此诗可谓这一作用的代表。

(吴中胜)

王梵志,生卒年不详,卫州黎阳(今河南浚县)人。《桂苑丛谈》和《太平广记》卷八十二《王梵志》都说他生于隋代,七岁能语,"作诗讽人,甚有义旨"。敦煌写本《王道祭杨筠文》说他是"通玄学士"。粗略可考的是,他的创作活动主要在初唐,且他的诗作在唐初流传极广。

吾富有钱时

王梵志

吾富有钱时，妇儿看我好。
吾若脱衣裳，与吾叠袍袄。
吾出经求去，送吾即上道。
将钱入舍来，见吾满面笑。
绕吾白鸽旋，恰似鹦鹉鸟。
邂逅暂时贫，看吾即貌哨。
人有七贫时，七富还相报。
图财不顾人，且看来时道。

【鉴赏】世俗之间有许多丑陋又可笑的现象，其中嫌贫爱富、趋炎附势可算一显例。在凡俗生活中，这一现象随时随地可见，人们可能由于见多不怪而视而不见，但有心的作家把这一习见的世俗人情用文学的笔墨点出，就成为生动形象又发人深省的文学片断了。王梵志的这首诗就是用近乎口语的形式表现了这一凡俗人情。作者不着意巧构言词，但一幅世态炎凉、人情冷暖图就得以自然展现。

作者甚至把主人公放于家庭内部关系上。妻儿本应是自己最亲密的人，无论自己贫富穷达，他们应当与自己同忧同喜。而主人公的妻儿却不是这样，他们太势利了。作者巧妙地用了"有钱时"和"暂时贫"两个不同境况来对比他们的不同表现。当他有钱时，妻儿对

他是多么好啊。要脱衣时马上接过去且叠得整整齐齐；要是出门做生意，家人送了一程又一程，真是"难舍难分"啊。等"我""将钱入舍"，就是挣了大钱回到家时，家人笑容满面。句中"满面笑"三字，就是满脸堆下笑来，用得极为逼真，贪财者见钱眼开的样子跃然纸上。人人围着我来转，对"我"唯命是从，甚至连"我"的言论也喋喋不休地附和着。在中国古文化中，白鸽一向被看作嫌贫爱富的禽类，鹦鹉更是有学舌的恶名。这两个比喻生动地体现出了诗人的愤慨。然而，天有不测风云，人有旦夕祸福。主人公的生活由富转贫了，家人嘴脸的变化竟如此之快。前后对比，主人公发出感慨，人有落魄的时候就有发迹的可能，以小人之心行事，只贪财而不重义，迟早报应会找上门来。

此诗全篇无华丽辞藻，平实简单的词语勾勒出了贪财者的滑稽嘴脸。以一家人的遭遇来反映社会现象，并以第一人称"我"作为叙述人。仿佛所叙述的正是作者的亲身经历，而当他回忆起那段往事时，怀着对家人深深的憎恨，让人不禁想到——连理夫妻、一家骨肉尚且如此无情无义，那么没有血缘关系的人们又会怎样呢？更是不堪想象。

全诗以平淡而直率的手法写出了贪财者的丑态。这种轻描淡写的方式更加体现出这是当时社会上一种平常的形态。诗的结尾流露出因果报应的思想，在今天看来这是一种愚昧落后的迷信思想，但这是那个时代作者所能达到的思想高度，表现出了诗人超出世俗的胸怀和看穿人间人情世故的情感。这种"一贫一富不同的情境人们有不同表现"的文学手法对后世文学影响深远，如《儒林外史》、《官场现形记》等都不难看出其影子。

（吴中胜）

寒山，唐代诗僧。姓氏、籍贯、生卒年均不详。据今人余嘉锡考证，玄宗先天年间已见关于寒山子的行迹，其卒年约在德宗贞元九年（793）稍后，年寿可能在百龄以上。他长期隐居台州始丰（今浙江天台）西之寒岩（即寒山），故号寒山子。寒山诗歌今存三百余篇。《新唐书·艺文志》著录为7卷。

杳杳寒山道 　　　寒　山

杳杳寒山道，落落冷涧滨。
啾啾常有鸟，寂寂更无人。
淅淅风吹面，纷纷雪积身。
朝朝不见日，岁岁不知春。

【鉴赏】诗僧是唐代诗人中的特殊群体，其存在有非常重要的文化意义。主要有二，一是说明唐代诗人群体分布之广泛，二是从世外人的视角看人生，别有情趣。寒山就是这个诗人群体的重要成员。

乍一看此诗，我们也许并不知道作者究竟想表达什么。但从鸟、风、雪、春这些字眼，可以断定为写景诗。"落落"、"寂寂"、"冷"等字眼无不透着一股冷风，使通篇浸透了寒意。诗中主要写作者居住天台山寒岩时所见山路及其周围的景致。首联"杳杳寒山道，落落冷涧滨"，即描述这条山道的形势和位置。一条幽深莫测、寒气侵人的山路，盘绕在寂寥冷落的山涧边。"杳杳"、"落落"的叠字连用，把人引入冷森森的奇特境界，顿觉寒气逼人。"啾啾常有鸟，寂寂更无人"，这是从声音上描摹此处的静寂幽远。诗中连用"啾啾"、"寂寂"两个叠字句，更富于变化莫测的感觉。"啾啾"言有声，以轻细的鸟语反衬出山路的清幽。这是"鸟鸣山更幽"的手法。"寂寂"指无声，以阒然无声的冷寂说明人迹罕至，给人一种幽静冷清的感觉。"啾啾"、"寂寂"的强烈对比，一有声一无声，其实都在说此处的冷清。

如果说前四句以写山路的静态为主，那么以下两句"淅淅风吹面，纷纷雪积身"，则转向动态描画，着意表现顶风冒雪的自我形象。"淅淅"，指风吹时的形貌；"纷纷"，写雪飞时的情状，两者都处于流动飘舞之中。随着迎风踏雪而来的诗人，山路周围顿时充满生机，从而打破一直凝滞不动的氛围。"风吹面"、"雪积身"，表明诗人正沿着山路不畏严寒，奋勇前行。尾联"朝朝不见日，岁岁不知春"，诗人长期置身于深山密林之中，经常见不到阳光，因而不知时序的变化，甚至分辨不出春去秋往，以示其超然物外的冷漠心情，与前面孤寂幽深的山路描写，很自然地融合为一体。远离尘俗的景和远离尘俗的心，在此得到完美的统一。

很显然,这首诗在写作手法上最值得一提的就是叠字用法了。全诗总共八句,却连用了八次叠字,可谓前接《诗经·硕人》,后启李清照《声声慢》,都是妙用叠字之千古佳作。顾炎武《日知录》说"诗用叠字最难",用得好的要求"复而不厌,赜而不乱"。此诗深得其妙。 （吴中胜）

王勃(650—676?),字子安,绛州龙门(今山西河津)人。"初唐四杰"之一,早慧好学,恃才傲物,为世人所忌。其诗兴象气骨兼具,尤擅五律。有《王子安集》。

送杜少府之任蜀川　　　　　王　勃

城阙辅三秦,风烟望五津。
与君离别意,同是宦游人。
海内存知己,天涯若比邻。
无为在歧路,儿女共沾巾。

【鉴赏】少府即县尉。杜少府是王勃的一位朋友,与王勃境遇相似,此次入蜀去赴县尉任,仍是偏佐之职。写作此诗时,王勃正在京城长安,任沛王府侍读,过着寄人篱下的生活。两个年轻人,虽然身处下僚,但他们对生活和未来仍有着很高的期望和希冀,对自己的才能也深信不疑,从而使这首送别诗劲爽刚健,具有同一般离别诗不一样的特色。

首联发语浑厚。"城阙辅三秦",点明送别的地点是在长安。唐时期的长安是世界上数一数二的大都市,更兼其被充满着历史和文化积淀的三秦之地所辅翼,更显得气象森严肃穆,遥望远处的风烟,似乎看到了杜少府将要去赴任之地岷江之上的五大渡口:白华津、万里津、江首津、涉头津、江南津。此处一实一虚,送别之地实,遥望之地虚,而"三秦"与"五津"属对工稳,气势沉郁,实为千古佳对。

次联点明诗旨。此诗是送别诗,而送别之中,又蕴含着对彼此身世的叹惜:我们今天在这里离别,其实我们不都是在宦途中奔走的人吗?诗的情感似乎一顿,由沉郁转为悲伤,然而此诗的佳处,正在后四句。只要我们的知己之意永存,那么就算我们分隔天涯海角,我们的心灵也会紧紧地联系在一起。那么,我们何必在这分手的歧路上仿效那世间的俗儿女们,哭着鼻子而泪湿沾巾呢?"海内存知己,天涯若比邻",是千古传颂的名联。此句用曹植《赠白马王彪》"丈夫志四海,万里犹比邻"诗意而变化之,由雄健转向深挚。末联的语意更是充满了年轻人的激情。胡应麟《诗薮》云:"终篇不著景物,而兴象宛然,气骨苍然,实首启盛、中妙境。"此诗确是唐诗兴象之滥觞。

江淹《别赋》有云:"黯然销魂者,唯别而已矣。"自古以来的别离诗,就以悲伤为主要的情感基调。王勃用年轻人的心灵,用年轻人的笔调,写下了这首别具一格的离别诗,将悲酸之意一扫而空,而独标高格,劲步千古,沉着刚健,是一首脍炙人口的送别诗。 （黄　鸣）

江亭夜月送别二首(其一)　　　王　勃

江送巴南水,山横塞北云。
津亭秋月夜,谁见泣离群。

【鉴赏】此诗是王勃旅居巴蜀时所写,其时王勃因为沛王写《檄英王鸡文》,被唐高宗所恶,逐出王府,于是南游巴蜀。王勃自己正在客中,而客中送人,其情愈悲,所以有了这首《江亭夜月送别》。

巴为古地名,约当今重庆市与四川东部地区。所谓"江送巴南水",指江水不断地东流,流过巴南之地,可见王勃送客之地在巴南地区。"山横塞北云"却是虚对,塞北与巴南,两地远隔千山万水,王勃不可能见到,但在诗歌中却可以这样写,任由艺术想象的心灵驰骋。巴南之水与塞北之云,在时空上拉成一幅巨大的背景,它同时也是作者此时的心理感受的背景。

津亭,点出送别之地是在江边渡口的亭上,时间正是秋天的夜晚,一轮明月挂在天空。几十年后,李白曾写道:"峨眉山月半轮秋,影入平羌江水流。夜发清溪向三峡,思君不见下渝州。"(《峨眉山月歌》)但那是盛唐的意境,也是李白的独有气质。同样的景物在不同的作家看来,有着不同的情感色彩。王勃此时流落巴蜀,怀才不遇而又孤高自岸,见到这般别离之景,他心中感受到的只有悲苦和失望,所以下句说"谁见泣离群",《礼记·檀弓》云:"吾离群而索居,亦已久矣。"此处用此典,发抒的正是王勃落落寡合的心境。前几年的"无为在歧路,儿女共沾巾"仿佛已是过眼往事,经历了生活磨难的诗人,心境似乎苍老了许多。

我们的青年诗人,在经历着人生的煎熬和洗濯。但也许,人,就是要在不断的磨炼中逐渐成长的吧?!

(黄 鸣)

山 中　　　　　　　　王 勃

长江悲已滞,万里念将归。
况属高风晚,山山黄叶飞。

【鉴赏】在一个秋天,王勃在巴蜀的山中登眺遥望,写下了这首有名的诗篇。

远远望去,长江不尽东流。但在作者的思归之心看来,大江在创作主体心中巨大的悲伤之下,似乎也停滞下来。用诗人的情感加于他所描写的外物之上,使得外在的景物在作者的心灵中随意地流动、静止或变形,这是很高明的诗境。"况属"连言,虚字实用,完成了五绝诗意的递进。"高风晚"三字,劲爽忼厉,与下句之"山山黄叶飞"共同构建出一幅秋天的肃杀画面。当此肃杀之时,身处客中的王勃更加感受到了秋之凛冽,而温暖的家乡在他心中就更加成为一个理想、一个目的、一个港湾,思乡之情也因之更为深笃。

短短二十个字,蕴含了如此丰富的意境。其诗之格甚高。王勃在唐诗演进史中还属于跳出六朝的阶段,但此诗的气象与格调,俨然已有盛唐的高远之境,虽然稍有生涩,但已足以傲视侪辈。施补华《岘佣说诗》云:"王、杨、卢、骆四家体,词意婉丽,音节铿锵,然犹沿六朝遗派,苍深浑厚之气,固未有也。"揆之以此诗,这种说法是偏颇的。

(黄 鸣)

滕王阁诗　　　　　　　王 勃

滕王高阁临江渚,佩玉鸣鸾罢歌舞。
画栋朝飞南浦云,珠帘暮卷西山雨。
闲云潭影日悠悠,物换星移几度秋。

9

阁中帝子今何在？槛外长江空自流。

【鉴赏】这首《滕王阁诗》，与一个美丽的故事永远联系在一起。

唐高宗上元三年(676)，王勃去交趾探父，路过洪州(今江西南昌)，参与阎都督在滕王阁举行的宴会。据《唐摭言》载："王勃著《滕王阁序》，时年十四。都督阎公不之信，勃虽在座，而阎公意属子婿孟学士者为之，已宿构矣。及以纸笔延让宾客，勃不辞让。公大怒，拂衣而起，专令人伺其下笔。第一报云：'南昌故郡，洪都新府。'公曰：'亦是老生常谈！'又报云：'星分翼轸，地接衡庐。'公闻之，沉吟不言。又云：'落霞与孤鹜齐飞，秋水共长天一色。'公矍然而起曰：'此真天才，当垂不朽矣！'遂亟请宴所，极欢而罢。"此说颇有小说色彩，并非实录，但也表达了人们对王勃的文学才能的喜爱之情。此后这个故事演变为"马当神风送滕王阁"的传说，还被明代小说家冯梦龙编入了《醒世恒言》之中。

与《滕王阁序》相得益彰的就是序后的这首《滕王阁诗》。滕王阁故址在今江西南昌市章江门和广润门之间的滕王阁小学附近。当时滕王阁俯瞰赣江，与西山相对，为江南第一胜迹。首联写滕王阁的地势之高峻，以及昔日之繁华。当唐太宗的弟弟滕王李元婴在此之时，佩玉鸣鸾的清脆撞击的声音不断，当歌舞散尽，此地又重归清静之中。只有那雕梁画栋，朝朝见证着南浦之云来来去去，楼上的珠帘卷起，西山飘来的骤雨扑洒进来，的确空寂啊。在这寂寞之中，闲云飘过池潭，留下无心的影子，太阳一天天朝升暮降，万物在这永恒的时间中悄然变换，星辰运行，几许年月又悠然逝去。阁中的天潢贵胄、帝王之子今又何在呢？只余下槛外的长江，无语东流。

此诗充满了时空永恒而人事无常之感，以对偶设问句结，更有一唱三叹、余味缠绕之感。其语言丰腴绮丽，有六朝余习，但又有永恒的哲理寓含其中，令人深思。《诗镜总论》曰："王勃高华，杨炯雄厚，照邻清藻，宾王坦易，子安其最杰乎？调入初唐，时带六朝锦色。"是为确论。　　（黄　鸣）

别 薛 华　　　　　　王　勃

送送多穷路，遑遑独问津。
悲凉千里道，凄断百年身。

心事同漂泊，生涯共苦辛。

无论去与住，俱是梦中人。

【鉴赏】薛华即薛曜，宰相之子，是王勃的朋友。此诗是王勃与他离别时所作。

诗意大致是：送别之际，前路多穷，凄凄惶惶，独自问津。那千里的道路啊，满载着我们离别的悲凉；凄苦的命运啊，缠绕着我的不幸之身。我们的心事一样，都在辽远的远方漂泊；我们的生命，同样充满着痛苦与艰辛。罢了罢了，不管是去还是留，我们难道不都是梦中的人吗？

整首诗诉说别离的凄苦之情。所谓"多穷路"、"独问津"，都是旅途之人常见之事。然而，从字里行间，读者可以发觉，作者所抒发的悲苦之意，更多的是理想不能实现而造成的巨大悲哀。《后汉书·李固传》："守死善道者，滞涸穷路。"《论语·微子》："使子路问津。"王勃认为自己是有才干的，但怀抱利器而不得用，滞涸于穷路之间，是谁之过？使自己像孔子一样仆仆于道，到处问津，难道不是当道不能选拔任用贤能所造成的过失吗？一联之中，悲愤之意存焉。

由此，王勃对人生、对命运，都抱着一种悲观的看法。所谓"悲凉"、"凄断"、"漂泊"、"苦辛"等情绪，皆承此而来，最后归结为"俱是梦中人"，更是对现世价值和人生理想的怀疑与消解，有类于"人生一场大梦"之意。

把这首诗和《送杜少府之任蜀川》相比，王勃少年时的豪情已经不再，在经历了现实的挫折与磨难之后，他对自己在这个世界上的价值产生了怀疑，这是一位富有文艺才能而又屡遭贬斥的青年诗人的必然命运。当时人视"初唐四杰"为浅浮躁进，并断言其均无廊庙之相，这正是凡人与英才的差别所在。古往今来，多少英才在世人的嫉视中抑郁而终？王勃的慨叹，也因此具有一种普遍的代表性。

（黄　鸣）

11

卢照邻(632？—695？)，字昇之，号幽忧子，幽州范阳(今河北涿州)人。博学善文，因修道服药而中毒，不堪疾病折磨，自投颍水而死。"初唐四杰"之一，尤长于七言歌行。有《幽忧子集》。

长安古意 卢照邻

长安大道连狭斜，青牛白马七香车。
玉辇纵横过主第，金鞭络绎向侯家。
龙衔宝盖承朝日，凤吐流苏带晚霞。
百丈游丝争绕树，一群娇鸟共啼花。
游蜂戏蝶千门侧，碧树银台万种色。
复道交窗作合欢，双阙连薨垂凤翼。
梁家画阁中天起，汉帝金茎云外直。
楼前相望不相知，陌上相逢讵相识？
借问吹箫向紫烟，曾经学舞度芳年。
得成比目何辞死，愿作鸳鸯不羡仙。
比目鸳鸯真可羡，双去双来君不见？
生憎帐额绣孤鸾，好取门帘帖双燕。
双燕双飞绕画梁，罗帏翠被郁金香。
片片行云着蝉鬓，纤纤初月上鸦黄。
鸦黄粉白车中出，含娇含态情非一。
妖童宝马铁连钱，娼妇盘龙金屈膝。
御史府中乌夜啼，廷尉门前雀欲栖。
隐隐朱城临玉道，遥遥翠幰没金堤。
挟弹飞鹰杜陵北，探丸借客渭桥西。
俱邀侠客芙蓉剑，共宿娼家桃李蹊。
娼家日暮紫罗裙，清歌一啭口氛氲。
北堂夜夜人如月，南陌朝朝骑似云。
南陌北堂连北里，五剧三条控三市。
弱柳青槐拂地垂，佳气红尘暗天起。

汉代金吾千骑来，翡翠屠苏鹦鹉杯。

罗襦宝带为君解，燕歌赵舞为君开。

别有豪华称将相，转日回天不相让。

意气由来排灌夫，专权判不容萧相。

专权意气本豪雄，青虬紫燕坐春风。

自言歌舞长千载，自谓骄奢凌五公。

节物风光不相待，桑田碧海须臾改。

昔时金阶白玉堂，即今惟见青松在。

寂寂寥寥扬子居，年年岁岁一床书。

独有南山桂花发，飞来飞去袭人裾。

【鉴赏】唐代的长安，是当时世界上数一数二的大都市，而都市文学，早在汉魏六朝时代就已经兴起。汉代及其后的京都赋体，极力描摹城市生活的奢华，南北朝的民歌和文人诗，也有对建康、洛阳等大都市繁盛的描写。长安作为秦汉古都，又是新兴的唐王朝的首都所在，自然也会引起同一文学传统下的新兴诗人的注目，成为他们笔下的题材。卢照邻的《长安古意》就是这类题材作品中的名篇。

说是述古，实为描写现实。这一篇诗，大致可以分成几大意象群来看。首先是铺叙长安权贵之豪奢，其次描写以娼家为中心的夜生活，再次对权贵们的生涯进行反思，最后卒章显志，凸显自己清贫自持的操守。各个意象群所用的篇幅呈递减的态势。

第一个意象群由"长安大道连狭斜"到"娼妇盘龙金屈膝"。其所用篇幅几占全诗的二分之一。此段极力铺陈长安豪门贵族之豪奢，与豪门爱情的华美。起笔即极有气势，展开了长安广阔的大道与密如蛛网的道路网，在这些道路上，车如流水马如龙，玉辇纵横，金鞭络绎，一幅流光溢彩的豪贵之景。此下分写豪门建筑的楼台园林画阁之美，用笔流丽，辞气畅达，充满雍容华贵之气。至"楼前相望不相知，陌上相逢讵相识"时，笔意一转，由流苏凤阙的外在景物描写转向贵族男女的爱情描写，"得成比目何辞死，愿作鸳鸯不羡仙"，表达了贵族青年女子对爱情的向往，而这种向往却往往成为失望之情，这才有下句"比目鸳鸯真可羡，双去双来君不见"，语中似含对意中人的责备之意，字里行间蒙着一层淡淡的忧伤情绪。

而这种忧伤又转而被青春少女的痴情所代替，于是她在门帘上贴上双燕，象征着双飞双宿，精心梳妆，姿态妖娆。此处情绪萦回绕转，一种缠绵悱恻的情绪如在目前，毫无忸怩作态之势，比起南朝的宫体诗来，其情调更具有真实的动人力量。

第二个意象群由"御史府中乌夜啼"到"燕歌赵舞为君开"。汉代御史府有柏树，上栖乌鸦以千计，廷尉也是汉代的执法部门，此时门可罗雀，两句暗示着夜晚已经到来，庄严地代表着法律和秩序的官府已经陷入一片宁静之中，而长安城正夜未央。远望红色的城墙，白色的道路在暮色中伸展开去，翠绿的车帷遥遥远去，没入长堤的另一面，倏然不见。此时的长安，已经成为歌舞声伎的天下。挟弹飞鹰的贵公子们，探丸借客的豪侠们（汉代长安有暗杀组织，以摸丸为分派任务的手段，摸到红丸和黑丸者执行刺杀任务，摸到白丸者处理其后事），不约而同，车马辐辏，都聚集到娼家来饮酒作乐。"北堂"为娼家之堂，夜夜繁华，南陌为娼门外之道，朝朝繁盛。从夜到明，从堂到路，写出这一片娱乐区域的兴盛之貌。本应负起长安治安之责的执金吾们，也成群结队，联翩而至，用鹦鹉杯饮着翡翠色的屠苏酒，看着歌妓舞女们燕歌赵舞，肆意调谑。这是一幅长安夜生活的生动图景。

极热的描写之后，作者笔意开始转冷。第三部分由"别有豪华称将相"至"即今惟见青松在"，写权贵们当权之时，一手遮天，权可倾国，炙手可热，排斥异己，极尽豪奢，自以为能够千秋万载，永葆富贵。孰料时节变易，风光易色，沧海桑田，盛衰荣辱，只在须臾之间。昔时的白玉金马之堂，现在只见到青松累累，残垣废圯，似在诉说着往日的昙花般的荣华盛景。此节体现了作者对人生的看法：一切均不可恃，尤其是花团锦簇的繁盛之势，不过是过眼云烟而已。

由此，末四句的情调转向极冷。卢照邻将自己比作汉末的扬雄，所居之处寂寥之极，年年岁岁唯有一床书与自己相伴。只有当南山桂花开放之时，飘飞的桂花会飞进闲居之处，在人的衣襟下来回飘舞。此四句从极热转向极冷，表明了作者的贞正清高的节操。而扬雄的著作永远流传，和前面的权势豪贵相比，谁又能真正在天下后世留下声名呢？其结果不言而喻。

此诗篇幅颇长，在初唐极为少见。其诗辞采华赡，有六朝余习，然而其清新流丽远过六朝，并为诗歌情感由极热转向极冷作了充分的铺垫，是有为而发之作,内容与形式达到和谐的统一。闻一多称赞卢照邻"放开粗豪而圆润的嗓子"(《唐诗杂论》),是抓住了卢照邻七古的内在风神之语。

(黄　鸣)

骆宾王(619?—687?),字观光,婺州义乌(今浙江义乌)人。"初唐四杰"之一。早慧能诗,官临海县丞,世称骆临海。曾参与徐敬业讨武则天的军事行动,为其撰写《讨武曌檄》,兵败后被杀,一说逃亡后落发为僧。长于七言歌行,五言律亦有佳作。有《骆临海集》。

在狱咏蝉　　　　　骆宾王

西陆蝉声唱,南冠客思侵。
那堪玄鬓影,来对白头吟。
露重飞难进,风多响易沉。
无人信高洁,谁为表予心?

【鉴赏】此诗诗前有序云:"余禁所禁垣西,是法曹厅事也。有古槐数株焉。虽生意可知,同殷仲文之枯树;而听讼斯在,即周召伯之甘棠。每至夕照低阴,秋蝉疏引,发声幽息,有切尝闻。岂人心异于曩时,将虫响悲乎前听。嗟乎! 声以动容,德以象贤,故洁其身也,禀达人君子之高行;蜕其皮也,有仙都羽化之灵姿。候时而来,顺阴阳之数;应节为变,审藏用之机。有目斯开,不以道昏而昧其视;有翼自薄,不以俗厚而易其贞。吟乔树之微风,韵资天纵;饮高秋之坠露,清畏人知。仆失路艰虞,遭时徽缠,不哀伤而自怨,未摇落而先衰。闻蟪蛄之有声,悟平反之已奏。见螳螂之抱影,怯危机之未安。感而缀诗,贻诸知己,庶情沿物应,哀弱羽之飘零;道寄人知,悯余声之寂寞。非谓文墨,取代幽忧云尔。"这是一篇极优美的骈文,充满了忧谗畏讥之感。

其诗之本事,是唐高宗仪凤三年(678),骆宾王任侍御史,因上书忤武后,被诬贪赃,下狱究治。此诗即为骆宾王在狱中所作。由于狱中的特殊环境,骆宾王用咏物体诗来表达自己贞洁的品行,具有隐喻兴托之旨。

"西陆",指秋天。"南冠",指囚徒。秋天的鸣蝉,在奏着它生命的最后一曲。而它的叫声,又让处在囚系之中的囚徒涌起了一种客中之感。"玄鬓"指蝉,作者看到了蝉的影子,秋蝉尚且还是乌黑的颜色,而自己的白头发已经爬上了双鬓。年华和岁月,就在这不公与痛苦中老去,此情此景,人何以堪?

颈联纯用比兴之体,看似咏蝉,实亦咏人。"露重"、"风多"指代外部环境,露重会浸湿蝉翼,难以自由飞动,风多则环境嘈杂,难以听到蝉鸣。这两句实亦指骆宾王处在强势的压迫与挟制之下,不但没有说话的自由,还失去了人身的自由,难以飞高望远,而困于缧绁之中。贺裳《载酒园诗话又编》云:"'露重飞难进,风多响易沉',尤肖才人失路之悲,读之涕洟欲下。"这两句诗引起了后世无数失意文人的共鸣。

尾联代蝉言志,实亦自言。没人相信我的高洁,又有谁能将我的本心传达到世人面前呢?"无人信高洁",本身就蕴涵了对于自身道德纯正的一个价值判断,而纯贞的道德不为世人所信,更直斥了世人之弊,表达了诗人无罪被诬的沉痛之感,和无人理解自己的无力之感。

此诗继承了前人咏物诗的优秀传统,寄托遥深,其序与其诗相得益彰。诗中物我一体,浑然无迹。将作者忧谗畏讥而坚执贞正之性的心态表现得淋漓尽致。

(黄 鸣)

在军登城楼 骆宾王

城上风威冷,江中水气寒。
戎衣何日定?歌舞入长安。

【鉴赏】光宅元年(684),唐柳州司马徐敬业在扬州举兵,反对武则天临朝称制,以匡复庐陵王为号召,拥兵十余万,并使骆宾王作《为徐敬业讨武曌檄》,传扬天下。此诗应为骆宾王在徐敬业军中登扬州城楼时所作。

短短二十字,其豪健之气,并不下于一篇讨武檄文。开头两句营构出一种肃杀威严的气势来。作者登上城楼,感到一股冷风扑面而来,江中水气正寒,而营伍森严的军队,才是这股肃杀之气的来源所在。末两句气势豪壮,本来《尚书·武成》篇有"一戎衣,天下大定"之语,"一戎衣"实为"殪戎殷"之意,即歼灭殷商王朝的军队,使天下大定。骆宾王此处袭用其辞意,也表达了天下何时安定的意思。而到了那时,我们的军队就会载歌载舞,进入长安,重安社稷。此处用北齐祖珽《从北征诗》"方系单于颈,歌舞入长安"之句,表现了骆宾王坚信反武则天的事业定会成功的决心。

但历史给骆宾王开了一个玩笑。他为之精心构撰讨武檄文的事业,在数月之内就土崩瓦解,他也在乱军中被杀。初唐最优秀的诗人之一,就这样在唐代统治阶级的内部争斗中失去了自己的生命。此情此景,令人叹惋。　（黄　鸣）

杨炯(650—693?),华州华阴(今陕西华阴)人。"初唐四杰"之一,早慧多才,恃才傲物,终于盈川令,世称杨盈川。擅长五律,边塞题材尤佳。有《盈川集》。

从军行　　　　　　　杨　炯

　　　烽火照西京,心中自不平。
　　　牙璋辞凤阙,铁骑绕龙城。
　　　雪暗凋旗画,风多杂鼓声。
　　　宁为百夫长,胜作一书生。

【鉴赏】这首诗是杨炯边塞诗的名作。唐代边塞诗的兴盛,须到盛唐时期,但杨炯以自己的诗笔,写出了一位"宁为百夫长,胜作一书生"的士人豪情。

"烽火照西京",指唐初突厥对唐边境的屡次侵犯。贞观四年(630),唐代名将李靖攻灭东突厥,但西突厥实力仍在,在高宗、武后时期屡次进攻唐边境地带。时当壮年的杨炯,自然对这种状况心有不甘,而"心中自不平"了。

于是,在他的脑海中就展现出这样一幅威武的画面:唐军统帅手持调兵符信牙璋,在皇帝的送行下,辞别了首都长安,挥军进击。不久便深入敌人腹地,重重铁甲骑兵将敌人的要塞包围起来。天上飘着大雪,战旗上鲜艳的绣画,仿佛也被大雪浸得黯淡无光,罡风劲吹,风中夹杂着金鼓之声。风雪里,唐军将士又向敌人展开了新的攻击! 这是多么让人热血沸腾的景象。

还没从这幅景象中回过神来的作者,不禁感叹道:宁可去做一个百夫长(唐军中的下层军官),也胜过做一个书生啊! 结尾的感叹铿锵有力,掷地有声,充分表达了一位爱国诗人的战斗豪情。

唐代是中国历史上一个充满着刚健和自信精神的朝代,它产生过众多英雄人物,充满着时代的亢奋激动的特质。杨炯的感慨,正是唐代蓬勃向上的时代精神在诗人诗歌中的独特体现。

(黄 鸣)

陈子昂(661—702),字伯玉。梓州射洪(今四川射洪)人。少时任侠,年十八始发愤读书,在武后朝官至右拾遗,世称陈拾遗。子昂曾触怒武三思,武三思命县令段简陷害陈子昂,死于狱中。陈子昂是初唐诗歌革新的先驱,主张汉魏风骨以及风雅兴寄。有《陈子昂集》。

登幽州台歌

陈子昂

前不见古人,后不见来者。
念天地之悠悠,独怆然而涕下!

【鉴赏】武则天万岁通天元年(696),陈子昂任武攸宜幕府参谋,随同

18

武攸宜出征契丹。次年，因武攸宜不识机变，轻率冒进，被契丹李尽忠和孙万荣等人击败，情况危急。陈子昂屡次建言，武攸宜不但不听，还将他降为军曹。在这种逆境中，诗人登上幽州台，写下了这首流传千古的名作。

幽州古属燕地，战国时代的燕国国小民贫，被齐国攻击，几至亡国。燕昭王励精图治，礼遇乐毅、郭隗等人，终于在良臣谋士的帮助下成功复仇。陈子昂本以游侠知名，胸中自有一股不同于皓首穷经的儒生的跌宕不平之气。当这样一位抒情的主体登上了这块具有丰厚历史积淀的土地上的高台时，登高望远，缅怀史迹，胸中的抑郁不平之气自然会喷薄而出，造就出一段伟词。

"前不见古人，后不见来者"，这两句话扫空一切。前与后代表着历史时间的先后，作者将自己置于过去、现在、未来这个时间段的中点，向过去回溯，古人已不在。这里的"古人"，即指求贤若渴的燕昭王、礼遇田光和荆轲的燕太子丹等人，他们代表的是一种对贤能之士价值的认可和重用，正与陈子昂此时的处境相反。抚今追昔，怎能不令子昂唏嘘感叹？更令人无法释怀的是，在陈子昂目前所处的境遇中，他看不到有什么改善的希望。"后不见来者"，正表明陈子昂对自身命运的清醒认识。也许，这就是像他这样的英雄们的宿命吧？

"念天地之悠悠"，这是空间上的拓展，天地之间就是人世，但这个世上，哪有自己的建功立业之处？天空浩渺，大地沉沉，竟然没有自己的立足之地。此情此景，又怎能不"独怆然而涕下"呢？一个"独"字，说明了这种深沉的悲伤感的个体性，但个体的不能成功，不正是与整个时代的气氛有关吗？从这个角度来说，陈子昂的失意，也是整个时代的失意，他的涕下，正代表着那个时代许许多多和他一样的下层士人的共同命运。

此诗横亘时间和空间，向永恒的命运发出了痛苦的呐喊，具有苍凉悲壮的艺术效果。诗用杂言体，句法参差，有一种呼天吁地的韵律在其中，刚直质朴，不假外饰。后人评其诗文"横被六合"、"力敌造化"（《竹庄诗话》），并非过誉。

（黄　鸣）

感遇三十八首（其二）　　　陈子昂

兰若生春夏，芊蔚何青青。

幽独空林色，朱蕤冒紫茎。

迟迟白日晚，嫋嫋秋风生。

岁华尽摇落，芳意竟何成？

【鉴赏】陈子昂的《感遇》诗，是初唐时代迥异时流的一组组诗，它以质朴的风格、寄托的情怀而为后人吟咏不已。

这首诗用的是托物言志的手法，风格沉郁。

兰若，是香兰和杜若的并称，两者都是香草。香兰和杜若在春夏之际生长，枝叶飘拂，气味清香，"芊蔚"，是草木茂盛之状，青青为其色彩。首联写兰若之盛。

香草的高洁，注定了它的"幽独"品质，就像山中的美人，自居于幽静之地，不处于通衢剧邑，正为保持她的高洁一样。兰若朱红色的花绽放在紫色的枝头，迎风飘动，无人欣赏，却令整个林中的群花失去了颜色。然而自然的规律终究不可抗拒，慢慢地，白天渐短，由夏徂秋，不觉秋风嫋嫋，带来了凛冽与肃杀的气息。《九歌·湘夫人》云："袅袅兮秋风，洞庭波兮木叶下。"这正是万物衰落、地气闭藏的时节，群花都摇落殆尽，兰若也不能独守其贞洁之性，它的理想又如何能达到呢？"芳意竟何成"，充满了无限的叹息。

此诗有比兴，有寄托，咏物即是咏人，兰若的高洁之质其实是作者品质的物化，他眼见着自己理想的破灭，眼见着外界残酷的现实压力对坚持贞洁品性的君子的摧残，便以兰若作为自身情感的寄托，来咏叹自己伤时不遇的悲哀。全诗感情沉郁，风格清新，是初唐诗坛弥漫着的雕金琢玉诗风中的一叶自由的扁舟。

（黄　鸣）

燕昭王　　　　　　　　　陈子昂

南登碣石坂，遥望黄金台。

丘陵尽乔木，昭王安在哉？

霸图今已矣，驱马复归来。

【鉴赏】此诗与《登幽州台歌》作于同时，都是陈子昂受到武攸宜排挤,郁郁不得志时所作。

　　燕昭王以弱小之燕,求贤若渴,以人才立国,甚至不惜千金买马骨,为郭隗筑黄金台,以吸引列国贤才的到来。其事迹在后世怀才不遇的士人中间,是理想的楷模。陈子昂登上碣石之坂,遥望昭王当年所筑的黄金台,不禁兴起了无限的感喟:时光已过去了八百年,人事纷扰,朝代更替,当年的黄金台已经颓圮成丘陵,上面长满了乔木,当年励精图治的燕昭王,如今又在何处? 王霸事,休言说,只留下满怀惆怅。千百年后的自己,尽管对燕昭王有无限的崇敬,也只能在游览古迹之后,怅然归去了。

　　此诗借古人史事抒发自己对现实的不满。吊古伤今,而其意则在慨惜当时没有知人善用之人。陈子昂与武攸宜的冲突,是公事上的冲突,并非私事。但封建时代人与人之间的关系往往因私而致仇。陈子昂在诗中作了"归"的打算,事实上,在武则天神功元年(697),陈子昂就解官归里。但他没想到的是,敌人是不允许他这样的人存在的,不管是精神上还是肉体上,他终于被武三思指使县令段简将他诬告下狱,冤死于狱中。临死前,陈子昂"仰而号曰:'天命不佑,吾其死矣!'"一代英才,就这样成了政治斗争的牺牲品。

(黄　鸣)

送魏大从军 陈子昂

　　匈奴犹未灭,魏绛复从戎。
　　怅别三河道,言追六郡雄。
　　雁山横代北,狐塞接云中。
　　勿使燕然上,惟留汉将功。

【鉴赏】魏大是陈子昂的友人,要去边境的军队里工作,陈子昂便写了这首诗为他送行。

　　子昂的诗中,涌动的从来就是慷慨激昂的情调,很少儿女情长。这首送别诗,唯以国家民族之大义期望友人,颇具雄豪之气。

　　首联读之,即歆动人心。汉将霍去病,当汉武帝要给他成家时,曾慷慨激昂地说:"匈奴未灭,无以家为也。"话语中有一种基于爱国主义精神的凌厉之气,陈子昂以此期待他的好朋友魏大能够同样具有这样的精神。魏绛是春秋时代晋国的大臣,他提出和戎之策,以金帛结好戎人,而取代从前的征伐之策，从而蚕食戎地，扩张晋国的疆域。两人的风格，一文一武，而魏绛又刚好与魏大同姓，典故的使用颇有深意，其寄希望于朋友之深，也可见出。

"三河道"，指黄河中段地区，古有河东、河内、河南并称三河之说。陈子昂大概是在洛阳附近与魏大分别的，他希望魏大能够力追六郡之雄（六郡，指汉代边境上的金城、陇西、天水、安定、北地、上郡，其地民风强悍，往往被作为抵抗匈奴侵扰的先头部队），做出一番惊天动地的事业来。

下联续写魏大所往之地，是在雁山狐塞之间。雁山即雁门山，狐塞即飞狐关，均在今山西北部，其地在陈子昂时代是契丹袭扰之地。一个"横"字，一个"接"字，铿锵有力，将北方战场险恶而重要的地势凸显得淋漓尽致。而结句的"勿使燕然上，惟留汉将功"，更是对魏大多所期许，陈子昂鼓励他不要使边境上只留下汉代将军们的战功，而要将自己的名字也刻在卫国戍边的青史之上。

此诗充满着雄健的气势，少藻饰，多耿直之气。韩愈说："国朝盛文章，子昂始高蹈。"（《荐士》）就是指他的这类刚健有骨气的诗歌而言。金代元好问《论诗绝句》亦云："论功若准平吴例，合着黄金铸子昂。"与沈佺期、宋之问等人雕琢的诗风相比，陈子昂的确称得上是初唐诗坛扭转风气的人物。

（黄　鸣）

春夜别友人　　　　陈子昂

银烛吐青烟，金樽对绮筵。
离堂思琴瑟，别路绕山川。
明月隐高树，长河没晓天。
悠悠洛阳道，此会在何年。

【鉴赏】陈子昂作为一位卓有成就的诗人，其风格自然不是单一的。其诗的主要风格是刚健沉郁，气骨铮然，但这并不妨碍他的诗集中也有一些清新流畅的作品。这首《春夜别友人》即是这另一种风格的代表作。

春夜是美好的夜晚，也是文思泉涌的时节。迟于子昂几十年的李白，曾作《春夜宴诸从弟桃李园序》，称"阳春召我以烟景，大块假我以文章"，李白的潇洒不羁，自然是他的天性。而陈子昂的豪侠任气，也绝不在李白之下。但两人一在初唐,一在盛唐,所写下的诗歌情调颇有不同,却是时代使然了。

一个春天的夜晚,陈子昂和友人别离。堂上的银烛吐着青烟,华筵之上,金樽常满,共图一醉,以慰离情。但酒真能让人忘记忧愁吗?离开了热闹的宴席,一股思念之情立刻油然而生。友人已经出发,绕过一个山头,已经看不见他的背影。只见一轮明月挂在枝头,银河隐隐约约,好像要在欲晓的天空沉没下去。人已去,徒空伤,只见这悠悠远远的洛阳道伸向无尽的远方,我们的相见,又会在哪一年呢?

古代交通不便,有时朋友告别之后,这一生也许就不会再见面,所以古人特重离别。能引起子昂这样思念的,自然是他的同道之人,和他性气相投。因为种种原因,好朋友马上要天各一方,于是性情中人的陈子昂深情地写下了这首送别诗,然而其诗语在忧伤之中自有一种沉着之致,情思幽深而绝无急促躁动之气,可见作者驭笔之工。清人王夫之《唐诗评选》评此诗云:"雄大中饶有幽细,无此则一笨伯。结宁弱而不滥,风范固存。"尽管王夫之对此诗的结语有看法,但对此诗"雄大中饶有幽细"的特点,他还是相当欣赏的。

(黄　鸣)

杜审言(646? —708),字必简,襄阳(今湖北襄阳)人,本贯河南巩县(今河南巩义),咸亨元年(670)进士,与李峤、崔融、苏味道为"文章四友",是杜甫的祖父。

渡　湘　江
杜审言

迟日园林悲昔游,今春花鸟作边愁。
独怜京国人南窜,不似湘江水北流。

【鉴赏】据《旧唐书》本传载:杜审言"神龙初,坐与张易之兄弟交往,配流岭外"。神龙元年(705),张柬之等起兵,乘武则天病危时发动了宫廷政变,武则天避位,唐中宗复位,张易之兄弟被杀,武氏势力受到一次打击,同时,像宋之问、沈佺期、杜审言等依附于张易之的文士也大批被贬岭外。这首诗就是这一时期写的。

春回大地，鸟语花香，杜审言渡湘江南下。这美好的春天让他想起了昔日游园林的情景。那时多好啊，也是春光明媚，更妙的是三五亲朋或咏诗作对，或把酒临风，谈笑风生，或军国大事，或平日趣闻……由于仕途上春风得意，自然心情畅快。此时，花在欢笑，鸟在歌唱。而如今，同样是美好的春天，同样是鸟语花香，心情就截然不同。仕途不顺畅，人生不得意啊。今昔对比，更显今日之悲。人生之境况，竟使花鸟都为之悲愁。花鸟本无意，其中缘由全在人之心情。视花鸟有情有意，这是古典诗词的一大情怀。这在现代人眼中，是荒唐可笑之事。但在诗性思维中，万物有灵，天地共感，这是宇宙万物的本质，是不容争辩的事实。

　　在中国文学中，常常有一些"无理而有情"的言说，如《庄子》中有蜩与学鸠对话，"不知周之梦为蝴蝶与，蝴蝶之梦为周与"，庄周知鱼之乐等"谬悠之说、荒唐之言、无端崖之辞"；杜甫有"感时花溅泪，恨别鸟惊心"的名句；欧阳修有"泪眼问花花不语"等。宇宙万物，花鸟草虫，一飞一走，一动一植，皆是生机妙流的生命体，皆是有情有义之存在。它们如人一样，能说能笑，有爱有恨。这是富于诗性特征的中国文学的生动表达。这些言说，如仅仅从"无理而有情"来解释怕是说不通了。在诗性思维看来，这种表达，既有情也有理。善解诗者，应情通万物，花草可以如人一样，亦有其忧亦有其笑。视物如己，心物一体，正是中国文学的诗性智慧之所在。这里的花鸟作"边愁"，也应作如是解。这种写法，在古典诗词中是比较早的。花鸟都为之悲愁，更不要说人了，可见其内心情状。花鸟到底在愁什么呢？

　　末尾两句从鸟的视角来写，也就是说"独怜"的主语是"花鸟"。让花鸟悲怜的是，一个长期在京城生活工作的人突然间要向南方去，而不是像湘江一样向北流。这是被主流抛弃了啊，言下之意就是得不到皇上的重用了。这是封建社会文人的一大悲哀。末句写法独特，堪称妙笔。又人之行程与水之方向的对比，也颇有几分新意。

全诗没有一处直接抒情，但内心之悲凉直透词句。《唐诗选脉会通评林》说此诗"练神修意，另出手眼，遂令光景一新"，《汇编唐诗十集》举此诗为"初唐七绝之冠"，都得此诗之要旨。

（吴中胜）

苏味道（648—705），赵州栾城（今河北栾城）人，少年时便和李峤以文辞著名，时称"苏李"。高宗乾封年间举进士，著有《苏味道集》。《全唐诗》存其诗一卷。

正月十五夜　　苏味道

火树银花合，星桥铁锁开。

暗尘随马去，明月逐人来。

游伎皆秾李，行歌尽落梅。

金吾不禁夜，玉漏莫相催。

【鉴赏】正月十五元宵节是我国的传统节日，这一天大街小巷男女老幼倾城出游，甚至平日难有机会出门的大家闺秀、小家碧玉也三五成群出来嬉闹游玩。平日就多闲又多情的文人们更是不会错过这大好机会。这是一个举国欢腾的民间佳节。男女老幼积蓄一年的情感在这一天终于有机会尽情宣泄。其盛况有点类似今日西方的狂欢节。此情此景，《大唐新语》和《唐两京新记》等杂著中都有许多记载。热闹之后，自然也少不了题诗作文。翻翻中国古代的诗词文章，其中有多少是与元宵佳节有关！其中年代较早且广为流传的要数苏味道的这首诗了。

"火树银花合"，是说元宵的装点，每年的这天晚上，长安城里都要大放花灯。各式各样花灯挂满街头，像一棵棵开满鲜花的树，一排排，高高低低，错落有致，这是一个灯的世界、灯的海洋。一个"合"字说明灯火之繁富，就像要向人们围拢过来。孟浩然的诗句"绿树村边合"中"合"也是此意。人太多了，摩肩接踵，熙熙攘攘，平日紧锁的城门也被打开了。因为护城河两岸彩灯高挂，看起来就像天上的银河，所以此处说"星河"。

以上写元宵之夜的整体氛围。下面就人们的具体活动作了分述。达官贵人坐着马车,所过之处,尘土飞扬。明月高悬,普照人间,人们无处不在月光的笼罩之下。歌女们穿得花枝招展,唱起了流行歌曲《梅花落》。今天要好好享受这良辰美景,欢乐的时光你慢些走吧。留恋美好时光,是人们的普遍心理。一个极富中国气息的节日就这样寥寥数笔气息全出,给人一种歌舞升平、国泰民安的祥和温暖的感觉。《唐诗成法》说此诗"元夜情景,包括已尽,笔致流动。天下游人,今古同情,结句遂成绝调。"这首诗生活气息浓厚,写出了中国人向往的一种国泰民安的生活情景。至今读来,仍有种打动人心的力量,毕竟,追求生活祥和是任何时代都不会改变的吧。

这首诗在艺术上,对仗工整又不失自然天工。如各联末尾字一"合"一"开"、一"去"一"来"、一"李"一"梅",既是情境内容的需要,又不失艺术上的严整。《唐诗镜》说此诗"纤浓恰中",《姜斋诗话》说此诗"浑然一气",都得其中三昧。

(吴中胜)

刘希夷(651—679?),一名庭芝,汝州(今河南临汝)人。善为从军、闺情之诗,词调哀苦。年未三十,为人所害。其诗集已佚,《全唐诗》存其诗一卷。

代悲白头翁

刘希夷

洛阳城东桃李花,飞来飞去落谁家。
洛阳女儿好颜色,坐见落花长叹息。
今年花落颜色改,明年花开复谁在。
已见松柏摧为薪,更闻桑田变成海。
古人无复洛城东,今人还对落花风。
年年岁岁花相似,岁岁年年人不同。
寄言全盛红颜子,应怜半死白头翁。
此翁白头真可怜,伊昔红颜美少年。
公子王孙芳树下,清歌妙舞落花前。
光禄池台文锦绣,将军楼阁画神仙。
一朝卧病无相识,三春行乐在谁边。

宛转蛾眉能几时，须臾鹤发乱如丝。

但看古来歌舞地，惟有黄昏鸟雀悲。

【鉴赏】 此诗是拟古乐府，又称《代白头吟》，是刘希夷的代表作。

开头十二句，写女子的韶华易老。洛阳城东的桃李飞花，在天空盘旋飞舞，到底会落到哪一家呢？容颜如花的洛阳女子，见到落花而发出了幽幽的叹息。她为什么叹息？她在想什么？眼前的花落枯萎，变了颜色，等到明年花开的时候，自己又会在哪里呢？人生啊人生，高大的松柏片刻之间就化为了柴薪，沧海桑田，古往今来，又经历了几多变幻？繁盛的洛阳城，多少古人的活剧在这里上演，但现在那些人都在哪里？只余下今人在此，对着摧折花儿的风声，独自黯然神伤。年年岁岁花相似，岁岁年年人不同！

后面十四句，"寄言全盛红颜子，应怜半死白头翁"是转折，由美女转至老翁，叙述视角的转换，却并非意味着情感的转换。诗的感叹韶华易逝、世事无常的情感是一以贯之的。这位老翁真可怜，他也是昔日的美少年。他与公子王孙们交游，饮宴歌舞于落花之前。此处点"落花"两字，与前半部分的洛阳美女兴起感叹之物相触接。这位白头翁，年轻时是豪贵公子，出入于光禄池台、将军楼阁，光禄是文官，将军是武职，这两句概写其与豪贵交游之状。昔日的显赫，却并不能换来人们对他的真正关心。有朝一日他卧病在床，从前的相识朋友都绝迹不至，更无人邀他去斗鸡走马，追逐荣华。俊美的容颜又能持续几时呢？不久之后，乱如丝梦的白发就已经爬满了他的两鬓和额头。此时再看古来的歌舞繁华之地，只剩下暮色沉沉之中，鸟雀们在悲哀地哀鸣。

此诗分别从洛阳美女和白头翁两个视角来进行自述性的抒情。对老翁而言，他经历过繁盛与衰败的两个人生阶段，其人生智慧凝结在他的自身遭遇之中。而这位洛阳美女，"全盛红颜子"，年经虽轻，但触物生情，已经对自己将来的结局有所预感。其情感超越了时间和空间，与这位白头老翁相契合。这种结构方式，具有乐府的叙事和抒情紧密结合的特点，给全诗抹上了一层消极忧伤的色彩。尤其是"年年岁岁花相似，岁岁年年人不同"两句，据《大唐新语》记载，刘希夷作出"今年花落颜色改，明年花开复谁在"，继而悔之，以为不吉，除去。又作出现在这两句。但这两句还是意态萧索，刘希夷慨然不再修改，说"死生有命，岂复由此？"于是四句并存。一年后，他就被奸人害死，一语成谶。而害死他的奸人，据《南部新书》记载，就是刘希夷的舅舅，也是当时有名的大诗人宋之问。宋之问苦爱这两句诗，向外甥求索不与，怀恨在心，命人用土袋将刘希夷压死。一位才华横溢的青年诗人为诗而死，令人痛惜。

南朝的乐府诗向以流丽华美闻名，已非汉代乐府的本色。唐人乐府继承六朝，在音节的流利、文辞的华美、情感的流淌上更具婉转之姿。刘希夷此诗一出，即传为名篇，这与它的内在情感之动人和外在形式之美丽是有关系的。

（黄　鸣）

宋之问（656？—712？），字延清，汾州西河（今山西汾阳）人。无气节，谄事张易之兄弟，后张氏兄弟伏诛，宋之问被流放，后回到长安，任户部员外郎等职。武则天死后，宋之问贬死于岭南。他与沈佺期的诗对律诗的定型影响很大，时称"沈宋体"。《全唐诗》编其诗为三卷。

送别杜审言　　　　宋之问

卧病人事绝，嗟君万里行。
河桥不相送，江树远含情。
别路追孙楚，维舟吊屈平。
可惜龙泉剑，流落在丰城。

【鉴赏】武周圣历元年（698），杜审言贬吉州司户参军，作为他的朋友，宋之问写此诗为他送别。

首联写自己卧病在床，久绝人事，然而，当听到杜审言远谪万里的消息后，他也不由兴起了感叹之情。此联纯为起笔，用一个"嗟"字，奠定整篇基调。

次联写自己的相送之情，诗意渐入佳境。杜审言已经出发，送行人依然怅望不已。只见那送行人所在的河桥，似乎全然不懂人的心思，依然故我，没有半点依依惜别的姿态，兴许是它看惯了太多的离别？此处将人的情感转移到物的身上，进而责备物无人情，构思巧妙，语意独特。只有那江边的树远远伸展开去，似乎在饱含情意，十里相送。对河桥与江树一扬一抑，情意顿笃。

颈联将送行的画面在脑海中延伸。孙楚是西晋名士，凌傲放诞，在四十岁时才做上参镇东军事的小官。屈平即屈原，被楚王及其近佞排挤疏远，忧心国事而自沉汨罗江。汉代贾谊赴长沙王太傅任时，曾作《吊屈原赋》。宋之问以孙楚与贾谊比喻杜审言，其实是在对他卓异的才能进行赞赏，并对他不被重用反遭贬谪的命运寄予同情。尾联更以龙泉剑的典故，对杜审言的被贬愤愤不平。西晋豫章人雷焕善望气，向张华指出丰城有宝剑之气，于是张华补雷焕为丰城令，果然找到龙泉和太阿两柄宝剑。此处以龙泉剑喻杜审言，比喻他怀抱美玉而被贬逐蛮荒的命运。

宋之问和杜审言性格相近，政治立场也类似，又同为初唐写作律诗的翘楚，所以两人的朋友之情较深。此诗无凌厉躁劲之语，而通过工稳的诗句将离别的怅惘、命运的叹息等感情糅合起来。全诗朴素自然，不假雕饰，是宋之问律诗中较好的作品。

（黄　鸣）

题大庾岭北驿　　　　　　宋之问

阳月南飞雁，传闻至此回。
我行殊未已，何日复归来。
江静潮初落，林昏瘴不开。
明朝望乡处，应见陇头梅。

【鉴赏】唐中宗景龙元年（707），宋之问以谄附张易之兄弟，流放钦州。钦州在今广西，大庾岭是南下的必经之路。这就是宋之问在大庾岭北边的驿站里题的诗。

首联的阳月，指农历的十月，这个月阳气始生，故称阳月。传说中北雁南飞，至湖南衡山而回。此处的"传闻"，当是另一异说。《唐会要》称："五岭之外，翔雁不到。"极言五岭之险峻。前四句的诗意，是说十月雁南飞，据传到此岭而回。可我还有漫漫长路要跋涉，翻过了大庾岭去啊，何时才能像大雁一样北返？这四句以叙事抒情为主，有比有兴，一气贯注，为下面诗句情感的延伸作了丰厚的铺垫。

江潮初落,江面上一片静谧,树林深密,谷壑中瘴气郁结。这两句写眼前所见之景,与中原风物殊异。岭南自古以来被视作瘴疠之地,罪人至此,就有可能死于是乡。由此,宋之问不禁兴起了对故乡的深深思念。他说:明天早上当我登上了大庾岭头(写诗之时尚未过岭),回头望乡时,我应该能看到岭头那盛开的梅花吧? 这句诗实有寓意。南朝梁陆凯在江南,折梅花一枝寄长安友人范晔,诗云:"折梅逢驿使,寄与陇头人。江南无所有,聊寄一枝春。"宋之问在此暗用陆凯折梅相寄的典故,表达了对故乡的思念之情。

宋之问人品卑下,本不值得同情。但他的诗中也表现了一些迁客离人悲凉的情绪。唐代罪人多流放岭南,大庾岭也因此成为罪人们南下时的一个重要标志。过了此岭,就是岭南,从此与中原隔绝。这种一岭架隔南北的形势,往往会给被贬者以巨大的心理冲击。宋之问自然也不例外。以迁谪之身,写凄绝之情,诗中有一种凄咽的情感在流动,又在末尾望乡处渲染生情,不粘不脱,含蓄不尽,是宋之问诗中的名作。 （黄 鸣）

渡 汉 江　　　　　宋之问

岭外音书断,经冬复历春。
近乡情更怯,不敢问来人。

【鉴赏】 神龙二年(706),宋之问从泷州贬所逃归,途经湖北襄阳,渡汉水,写下了这首诗。

"岭外音书断",泷州在今广东省罗定市,在五岭之南,故称"岭外"。宋之问以诏附张易之兄弟被流放,其事不甚光彩,到贬所后从冬到春,与家里都失去了音信。此次宋之问狼狈北逃,家乡是第一个目的地,本应是极为急切地希望回去。但渡过汉水之时,面对这滔滔的江水,他却胆怯了。他感到:越接近家乡,越觉得心里没底,不知道这一年中家人怎么样了? 他们安全吗? 有没有挨冻受饿? 他们会怎样看待自己? 还会欢迎自己吗? 种

种思绪纷至沓来,不禁使宋之问在汉江的小船里感慨万千。他都不敢询问从家乡过来的人了!

此诗诗眼,在"断"和"怯"两字。"断"字举重若轻,将音讯的隔绝用一个斩钉截铁的动词限定住,有一种人在命运的控制下的无力之感。下两句中,一个"怯"字,写尽了游子离家的心理:想见到家人,但却又有种种顾虑和疑忌,担心自己在家人眼中的角色和身份,担心家人有没有变故,这种种不确定的因素造成了一种不确定的情感,他不知道自己是该哭还是该笑,该走快点还是该走慢点。这种心理状态,不但宋之问有,其他很多处在类似境地的人都有。正因为这首诗描写出了这种人类心理上的普遍性,耐人咀嚼,我们可以从中体会到特定条件下人类精神的复杂性。

值得指出的是,宋之问此次潜逃而回,并没有逃回自己的家乡,而是到了洛阳。不久之后,因其弟告变之功,他又重新恢复并擢升了官职,直到唐玄宗即位后将他再次流放赐死。作为一个极度热衷于功利的诗人,宋之问的品行最终玷污了他的诗。

(黄　鸣)

沈佺期(656—714?),字云卿,相州内黄(今河南内黄)人。因媚附张易之兄弟,唐中宗即位后流放驩州,后赦回。官太子少詹事,人称沈詹事,又与宋之问并称"沈宋",是初唐律诗定型的关键人物。有《沈佺期集》,《全唐诗》编其诗为三卷。

杂诗三首(其三)　　　　　沈佺期

闻道黄龙戍,频年不解兵。
可怜闺里月,长在汉家营。
少妇今春意,良人昨夜情。
谁能将旗鼓,一为取龙城。

【鉴赏】这是一首闺怨诗,但诗里面有金戈铁马的壮丽之声。

黄龙戍在今辽宁开原西北,唐时为东北边防的要塞。首联借少妇之口,写出战事发生之地,而战事发生之地也就是这位独自伤神的少妇的丈夫所戍守的地方。"频年不解兵",一个"频"字强调了频率之繁,间接表现了这位少妇的厌兵之感。

"可怜闺里月,长在汉家营",唐人多以汉代唐,为唐诗习语,而这位少妇与她的丈夫夫妻分离,唯一能将他们联系起来的就是天上的这轮明月。照在少妇梳妆楼的明月,与挂在丈夫驻守的军营上空的月亮,岂不都是同一个月亮?此句写少妇的相思之深,时时刻刻对自己的丈夫魂牵梦萦。此句托明月以寄相思,语极凄婉。清人黄生评价说:"三、四即景见情,最是唐人神境。"(《唐诗摘钞》卷一)

颈联中,少妇与丈夫达到了心灵的契合。少妇在这个春天的思念之情,也就是丈夫在军营里对妻子的思念之情啊!尾联中突然有了新的希冀:有谁能带领大军,一举攻下敌人的城池呢?这样的话,丈夫不就可以回家与自己团聚了吗?

盛唐边塞诗,往往注重奇壮高逸的意趣,里面的情绪是昂扬的、不可阻挡的。而在沈佺期的初唐风格的诗中,却把克敌制胜作为夫妻团圆的手段而加以追求,可见初唐、盛唐的情调是不大一样的。但我们并不能说沈诗中的思想感情就不正确,事实上,普通百姓对于战争的观念,能够达到这一境界,已经很高了,因私情以见公义,我们怎能苛责?屈复《唐诗成法》云:"'长在'又止用'情'、'意'二字收住,并不是说怨恨,而怨恨已极,方逼出七、八不可必之想法,细极。"可谓是善窥诗意者。　　　　(黄　鸣)

独 不 见　　　　沈佺期

卢家少妇郁金堂,海燕双栖玳瑁梁。
九月寒砧催木叶,十年征戍忆辽阳。
白狼河北音书断,丹凤城南秋夜长。
谁谓含愁独不见,更教明月照流黄。

【鉴赏】此诗另题为《古意呈乔补阙知之》,是沈佺期诗中的压卷之作,也是初唐七律的神品。

《独不见》是乐府旧题,写"伤思而不得见"(《乐府解题》)的题材。初唐的七言律多有乐府的根源,此诗也不例外。

卢家少妇,原指南朝乐府歌中的洛阳女子莫愁,后泛称少妇,在这首诗里,她就是抒情的主体。郁金堂是用香料抹壁的厅堂,玳瑁梁指涂饰成玳瑁彩纹的屋梁。此联写少妇住处之华美,又以"海燕双栖"来比喻夫妻双宿双飞之状。原本这位少妇有一个幸福的家庭,但是,"九月寒砧催木叶,十年征戍忆辽阳",九月寒砧声渐起,砧是捶捣衣料的砧石,辽阳是唐代的东北边塞。《诗·豳风·七月》有"九月授衣"之语,此处即谓在家的少妇赶制秋衣,用以寄给远方征戍边塞的丈夫。此联的"忆辽阳",正是整篇的主脑。

白狼河就是大凌河,在今辽宁省境,是唐代边关的一条河流;丹凤城就是长安城。此联是写征戍辽阳的丈夫音讯断绝,不知存亡,长安城南的思妇望着天边的银河,只感到秋夜的凄冷与漫长,恨不能飞到丈夫身边。这位少妇向谁诉说此际含愁独处、不见爱人的心境呢? 老天又偏让那明月映照着床头的帏帐,使人更不能入眠。

此诗写思妇怀戍之情。这是从古以来的题材,早已不再新鲜。但沈佺期能够将老题材用极美丽的形式重新演绎,给人一种惊艳之感。诗的首联和颔联,相承而下,以富丽之语起兴,自然转下,如羚羊挂角,无迹可寻。前三句说闺中,第四句方转入塞上,"九月"和"十年"属对工稳,写尽愁苦,但却音节朗畅,气象阔大。又以颈联之"白狼河"与"丹凤城"两两相对,补足诗意。初唐人诗中极少此种浑融的意象与圆熟的技巧。郝敬《批选唐诗》云:"化近体为古意,风韵淹雅,而略少意趣。近体不主意而主风韵,故冠冕初唐不可易也。"认为此诗"冠冕初唐",诚非过誉。　　　　(黄　鸣)

李适之(? —747),祖籍陇西成纪(今甘肃秦安),李唐皇室后裔。天宝元年(742)至五载(746)任左相,天宝六载(747),受李林甫迫害而自杀。李适之是杜甫笔下的"饮中八仙"之一。现存诗三首,见于《全唐诗》与《全唐诗补编》。

罢　　相　　　　　　　李适之

避贤初罢相,乐圣且衔杯。
为问门前客,今朝几个来?

【鉴赏】说起李适之,我们会想起杜甫《饮中八仙歌》中的那位"左相日兴费万钱,饮如长鲸吸百川,衔杯乐圣称避贤"的左相来。李适之精明强干,是治世之能臣,然而他不幸在天宝年间为相,和李林甫同朝争权。李林甫是唐代有名的奸相,对待政敌心狠手辣。李适之简易不拘小节,但他也是一位明事理、辨是非的大臣。由此,他与清流名臣韩朝宗、韦坚等交好。当韩朝宗和韦坚都被李林甫构陷时,李适之惧不自安,上书求退,于是罢知政事,拜太子少保。李适之如愿以偿地从宦海中抽身而出。他非常高兴,和亲朋好友一起欢会饮宴,庆祝他的罢职,并写了这首诗来表达自己的感受。

这是一首讽刺诗。"避贤初罢相","避贤"是避李林甫,而李林甫是他的政敌,又是有名的小人,绝对称不上贤臣。这里是语带讽刺的说法。既然罢相,则不如共乐圣明,一饮尽欢。可是,我敢摆酒宴客,但昔日的门前之客,因为自己左相的权势而趋附唯恐不及的那些人,今天又有几个来到这里的?语中充满了自我调侃和感叹之意。

究其原因,李适之因为与李林甫不和而罢相,早已在那些闻风趋势的人中间传开。在封建时代,一个人如果不再做官,那么他的朋友起码会少一大半;如果这个人因为得罪了当前炙手可热的红人而不再做官,那么他剩下的朋友因为避免嫌疑、畏仇避祸,又会少一大半。这种情况下,敢来赴李适之的宴席的人,自然是少之又少了。此处故意发问,实际上是在讽刺李林甫与这个凉薄的世道。

此诗三、四句用口语写尽世态炎凉,具有一定的认识价值。李适之虽然主动解除相位,但李林甫依然没有放过他。他被认为是韩朝宗和韦坚的朋党,在退职后被贬为宜春太守。天宝六年,李林甫派御史罗希奭杀韦坚、李邕等人于贬所,罗至宜春,李适之恐惧,仰药自杀。其子李霅也被李林甫害死。

(黄 鸣)

贺知章(659—744),字季真,自号四明狂客,越州永兴(今浙江萧山)人。性放旷善谑,与张旭、包融、张若虚合称"吴中四士"。官至秘书监,世称"贺监"。天宝三载(744),求为道士而还乡,未几而卒。《全唐诗》录其诗为一卷。

咏　柳　　　贺知章

碧玉妆成一树高，万条垂下绿丝绦。
不知细叶谁裁出，二月春风似剪刀。

【鉴赏】这是一首有名的咏柳诗。

柳树是中国古诗中常见的意象。南朝梁简文帝萧纲有《柳》诗云："垂阴满上路，结束早知春。花絮时随鸟，风枝屡拂尘。欲散依依采，时要歌吹人。"初唐"文章四友"中的李峤亦有《柳》诗，中有"庭前花类雪，楼际叶如云。列宿分龙影，芳池写凤文。短箫何以奏，攀折为思君"之语。这些诗往往从客观物态的角度来描写，虽曲尽其形，但却有形无质，没有写出柳树的风神来。贺知章的这首《咏柳》诗比他们前进了一大步。

首先贺知章是用拟人的手法来写柳。他将柳树比作一位美人，浑身是碧玉的妆饰，高高地耸立。而柳树的枝条，万条纷垂，就像是美人裙间下垂的绿色的丝绦。这个拟人的描写新颖独特，又曲尽物态，更尽其风神，我们看到这两句诗，眼前就仿佛出现柳树在春风中微微拂动的骀荡之态。

下两句更是比喻警策。柳树的细叶，是哪位巧手裁缝裁出来的呢？不是别人，正是那二月的春风，它像剪刀一样，将柳树的叶子裁成了这般秀丽的模样。读诗至此，不禁令人拍案叫绝。亏他想得出来，能用这样的比喻将二月春风中的稚柳写得如此动人。而整个"吹面不寒杨柳风"的春天的气息，也向我们扑面而来了。

（黄　鸣）

回乡偶书　　　贺知章

少小离乡老大回，乡音无改鬓毛衰。
儿童相见不相识，笑问客从何处来。

【鉴赏】贺知章算不上是唐代第一流的诗人，但这首七绝却无愧为第一流的唐诗。清人李德举《唐诗真趣编》评价此诗说："人皆知气象开展、音节宏亮为盛唐，不知盛唐中有如此淡瘦一种，却未尝不是高调。"此诗之妙处，不仅在于风格之淡瘦高调，更在于以朴实细腻之笔，勾勒出"近乡情更怯,不敢问来人"的人类普遍情感。

唐玄宗天宝二年(743),贺知章以 85 岁高龄告老还乡,次年,诗人回到阔别 50 多年的故乡越州永兴(今浙江萧山),面对着曾经魂牵梦萦却又如此陌生的故园,诗人不禁感慨万千,写下这首传诵千古的名作。

诗的前两句可谓信手拈来,不着痕迹,却散发出浓郁的生活气息。当年我在年少时远离家乡,如今年逾古稀才姗姗回家,我的乡音没有丝毫改变,但我鬓角的毛发越来越少。在此,诗人有意选择两组对比鲜明的意象,给读者以强烈的视觉冲击与心理感受:少小离家对老大回乡,意味着时空的漫长穿越,以及对家乡的情意依然浓烈;乡音未改却已鬓毛稀疏,暗示离家之久远,以及世事无常、生命凋零的感叹。此二句,诗人以意象的强烈反差烘托出诗人的"久客之感",情真意切而又感人至深。

如果说前两句不过是平铺直叙的话,三、四句则笔锋陡转,为我们展示出一幅诗人与儿童戏剧性问答的温馨场面。正当诗人无限感伤之时,突然有一位故乡的小童迈步向前,笑盈盈地问道:"老大爷,您是从哪里过来的啊?"对故乡的思念人皆有之,"近乡情更怯"的感受人皆有之,面对熟悉而陌生的故乡故人,却总有万语千言无处表达的感觉。岑参有"故园东望路漫漫,双袖龙钟泪不干。马上相逢无纸笔,凭君传语报平安"的诗句,正传递出这种思念满怀却又欲言又止的微妙情绪。诗人用童子的笑问作结,正彰显出诗人对重返故乡既失落又兴奋、既伤怀又欢畅的复杂情绪。一"客"字,让诗人的身份发生位移,从原来的"主体"沦为今天的"客体",主客易位之间,恍惚的是岁月的沧桑与时空的颠倒,极大地提升了全诗的哲理意蕴与审美境界。

就情感基调而言,全诗大起大落,从曾经的伤感唏嘘到其后的童趣满怀,我们分明从诗人与童子的对话中,触摸到一股欢快的情绪在跳跃。从创作风格来说,全诗全用直白语,天然去雕饰,但却语浅而情真,情景交融,可谓"情景宛然,纯乎天籁"(清宋宗元《网师园唐诗笺》卷十四)。从哲理意蕴来看,诗人以阅览人世沧桑与人生智慧之笔,写尽繁华落尽的淡然与平和,沉淀出深邃的人生智慧。古人云:"宠辱不惊,闲看庭前花开花落;去留无意,漫随天外云卷云舒。"或许,洪应明的这段话,正可作为本诗人生表达与哲理阐释的最佳注脚。

(乐　云)

张若虚，生卒年不详，扬州（今江苏扬州）人。曾官兖州兵曹。与贺知章、包融、张旭同称"吴中四士"，《春江花月夜》为其名作。《全唐诗》录其诗二首。

春江花月夜　　　　　张若虚

春江潮水连海平，海上明月共潮生。
滟滟随波千万里，何处春江无月明。
江流宛转绕芳甸，月照花林皆似霰。
空里流霜不觉飞，汀上白沙看不见。
江天一色无纤尘，皎皎空中孤月轮。
江畔何人初见月，江月何年初照人。
人生代代无穷已，江月年年只相似。
不知江月待何人，但见长江送流水。
白云一片去悠悠，青枫浦上不胜愁。
谁家今夜扁舟子，何处相思明月楼。
可怜楼上月徘徊，应照离人妆镜台。
玉户帘中卷不去，捣衣砧上拂还来。
此时相望不相闻，愿逐月华流照君。
鸿雁长飞光不度，鱼龙潜跃水成文。
昨夜闲潭梦落花，可怜春半不还家。
江水流春去欲尽，江潭落月复西斜。
斜月沉沉藏海雾，碣石潇湘无限路。
不知乘月几人归，落月摇情满江树。

【鉴赏】《春江花月夜》是唐代最美丽的诗歌之一。

诗题原为隋炀帝所制，如炀帝《春江花月夜》："暮江平不动，春花满正开。流波将月去，潮水带星来。"其诗要紧扣春、江、花、月、夜五字。在隋炀帝手中，此诗篇幅短小，还是乐府余风。到了张若虚手中，他却将这种宫体的体裁从内容到情感都大为拓展，终于以"孤篇横绝，竟为大家"。张若虚只留下了两首诗,但他在中国诗史上具有大家的地位,其原因就在这首《春江花月夜》。

春江的潮水啊,仿佛和大海相连,海上的明月冉冉升起,映照在这潮水上空。水光滟滟,随波流转,历经千里万里,这春天的江水上,哪一处没有这皎洁的月光? 江水流过那弯弯曲曲的江岸和草地,月光照在开满鲜花的树林里,空气中流溢着乳白色的光辉,就像小雪粒一样,又像秋天的白霜,在空中飞流。飞流的霜啊,弥漫在空中,远处岸边沙滩也成了一片白色,这无限的空间中,仿佛就只有月光在流动。看吧!江天一色,纤尘不生,皎皎的空中,一轮孤月高悬。

且让我们体味这月光吧! 江水千百年来一直在流淌,那第一个在月夜看到如此美景的人到底是谁呢? 江上的明月,又是在什么时候第一次照到观赏它的人身上呢? 个人的生命是短暂的,但整个人类的存在则是绵延无穷的。而这江上的明月,一夜一夜,一年一年,都是这般美景。因而"人生"与"明月"才能够长久共存。不知道江月到底在等待着什么人,只见到长江流水,一浪接着一浪地往下奔驰。

一片白云悠悠地向远处飘荡,青枫浦上的旅人,却不胜其愁。今夜扁舟之上的人儿到底是谁家之子? 他为什么离开妻子,跋涉于江湖之间,只留下那位少妇在明月映照的楼上望月怀人,尝尽相思之苦? 明月朗照,徘徊于妻子的楼前,它应该照亮了妻子的梳妆台吧?

千里之外的妻子,想要赶走这月光,何必让它徒惹相思呢? 但卷起玉帘,驱不走它,在为丈夫捣衣的石砧上,拂不去它的光彩。此时和丈夫一起望着这轮明月,两人却分隔千里,我愿追随着这月光的华彩,流照在夫君的身上。鸿雁长飞,飞不出月的光影,努力只成徒劳,鱼儿在水中跃动,只激起阵阵涟漪,努力也成无用。那思念的人儿啊,你到底在何方?

江湖之上的游子,昨夜梦到了落花,它飘飞在幽潭之上,可怜的游子,春意过半却仍未归家。江水流去了春天,春去也,春残也,江潭上的落月又西斜。斜月被沉沉的海雾遮盖,碣石与潇湘,我们相隔得是如此遥远。不知在这月色之下,有几人乘着月光在回家的路上奔波着,只剩下欲坠的残月,把离情别绪洒在这葱郁的江边树林之上。

此诗从春江花月夜写起,将这种乐府的短题扩充到对宇宙人生哲理的思考,再归结到离人思妇的相思之情。诗中层次错落有致,将诗情、画意、哲理熔为一炉,创造了唐诗中至为高爽的一种美学范型。毫无疑问,诗中最为重要的是"月",借着这个"月"字,我们领略了春江夜月惝恍迷离的美景,空灵中带着一丝神秘。由月到那永恒的宇宙,令我们追溯到人类初生时甚至人类未产生之时的江景,由此横亘了巨大的时间和空间,使得整诗有一种理趣的色彩。写相思之情,从丈夫到妻子再到丈夫,视角的移动就是情感的呼应过程,而那皎洁的月色,也无处不在。

整诗刻画了春江花月夜的美景,旅人妻子的相思之苦,乃至人生与宇宙无限的哲理。将理与情蕴含在美丽的景色中,造成一种迷蒙的美感。诗歌意象繁多,但绝无堆砌之感,仿佛它们在皎洁的月华之下都染上了一层清凉平静的色彩。诗中情与理的表达是以一种从容不迫的、含蓄隽永的弦调奏出来的,用清冷平静之笔写炽热的离情,的确是大手笔。淡雅的景色之下,读者可以看到浓郁的光影和色彩。此诗真正达到了艺术的极致!

闻一多先生在《宫体诗的自赎》中说:"在这种诗面前,一切的赞叹是饶舌,几乎是渎亵。……有的是强烈的宇宙意识,被宇宙意识升华过的纯洁的爱情,又由爱情辐射出来的同情心,这是诗中的诗,顶峰上的顶峰。"这个评价是很高的,但并非过誉。张若虚以一首《春江花月夜》成为唐诗大家,其原因正在于诗歌中的冲融和易风格下华美的色彩。能把这两种诗歌要素结合得水乳交融的,中国诗史上也没有几个人能做到。

(黄 鸣)

张说(667—730),字道济,一字说之。世居河东(今山西永济),官至右丞相,封燕国公。其文笔华丽,朝廷重要文诰多出其手。有《张燕公集》。

蜀道后期　　　　　　　张　说

客心争日月，来往预期程。

秋风不相待，先至洛阳城。

【鉴赏】这首诗是张说在校书郎任内出使西川时所写。"后期""后"
为动词，指从蜀中回洛阳的归期推迟了。

"客心争日月，来往预期程"，一个"争"字，写尽了旅人的思家之感。
他掐着指头计算着时间，路上要花多少日子，办事要多长时间……紧着日
子算，他对归期就有了一个大致的估计。

但"秋风不相待，先至洛阳城"。秋风怎么不等等我啊，它就先到了洛
阳城。张说的家在洛阳，所以他急着回家的目的地就是洛阳。此处不说
自己要推迟回家，而是说秋风性子急，跑得快，先到了洛阳。实际上这是
委婉的说法，因为秋风无情，本不必等也不会等着自己一同归去。现在秋
风的先至洛阳，实即自己误了归期。此处不说人而说秋风，人内心的焦虑
和失望也就跃然纸上。

此诗篇幅虽小，但张说的诗心颇为曲折。小诗的笔调淡定，给人一种
误期的遗憾之感。急切却不失从容，确是一位将要官至高品的大臣手笔。

（黄　鸣）

送梁六自洞庭山作　　　　张　说

巴陵一望洞庭秋，日见孤峰水上浮。

闻道神仙不可接，心随湖水共悠悠。

【鉴赏】张说开元年间与姚崇不谐，被贬岳州（今湖南岳阳），这首诗
就是他在贬谪中所写。梁六即梁知微，是作者友人，时任潭州（今湖南长
沙）刺史，途经岳州入朝，张说就写了这首诗为他送行。

岳州即巴陵，首句写地点，入笔虽平，而蓄势甚深。洞庭八百里，气象
森渺，古来共谈。在张说的大手笔下，一定有格外的风致让读者欣赏。果
然，下句就用笔不凡。"日见孤峰水上浮"，君山之峰，浮于水上，动态之中
已有厚重之势、突兀之笔，而峰为孤峰，更是张说处在贬谪之中的贬宦之

情的流露。不然，以洞庭湖山水之佳，峰峦自然也是秀丽的，但一个"孤"字，就将张说的主体情绪表露无遗。

"闻道神仙不可接"，此处的"神仙"颇有意味。洞庭湖是一个充满神话色彩的地方。传说它是湘君姊妹的游息之所，又有人说湖底有金堂数百间，玉女居于其中（王嘉《拾遗记》）。这是表层的意思。事实上，在热衷于事功的人看来，神仙更是皇帝的代称。能与神仙接近，就是说能在皇帝身边得到任用。这也是古典文学中的一种常见的象征意象。张说是一位热衷于权位的人。史载其"素与姚元崇不平，罢为相州刺史、河北道按察使。坐累徙岳州，停实封。说既失执政意，内自惧。雅与苏瑰善，时瑰子颋为相，因作《五君咏》献颋，其一纪瑰也，候瑰忌日致之。颋览诗鸣咽，未几，见帝陈说忠謇有勋，不宜弃外，遂迁荆州长史。"（《新唐书·张说传》）为了重新回到朝廷中枢，他不惜矫情待时，向故人之子求援，终于如愿回到长安。写作此诗时，他还被贬在洞庭湖边，以张说的心理来说，看到友人进京入朝，他的心中未免有些牢骚，有些希冀。正因为此，末句之"心随湖水共悠悠"就好理解了，这是张说的求进之心在同湖水共悠悠啊！

此诗笔力开阔，运思天然，通体散行，具有盛唐的特点。胡震亨说张说"变沈、宋典整前则，开高、岑清矫后规"，是初盛唐诗风转变的关键人物，这个评价是允当的。

（黄　鸣）

苏颋（670—727），字廷硕，谥文宪。京兆武功（今陕西武功）人。历高宗、武后、中宗、睿宗、玄宗五朝，有政绩，玄宗时袭封许国公。与张说同以文章显，时号"燕许大手笔"。又工书，尝撰并书唐陇右节度使郭知运碑，在京兆武功。亦工诗，《新唐书·艺文志》录《苏颋集》三十卷，《全唐诗》卷七三、七四编诗二卷。《全唐诗补编·续拾》卷一〇补诗一首。

汾上惊秋　　　　　　　　　　苏　颋

北风吹白云，万里渡河汾。
心绪逢摇落，秋声不可闻。

【鉴赏】汾水在今山西省。"河汾",是指汾水流入黄河的一段。河、汾沿岸,汉、唐时属河东郡。汉武帝元鼎四年(前113)夏,有方士报,在河东郡汾阴县(今山西万荣南)掘获黄帝铸造的宝鼎。武帝大喜,秋天亲自来到汾阴祭祀,并作《秋风辞》:

"秋风起兮白云飞,草木黄落兮雁南归。兰有秀兮菊有芳,怀佳人兮不能忘。泛楼船兮济汾河,横中流兮扬素波。箫鼓鸣兮发棹歌,欢乐极兮哀情多。少壮几时兮奈老何!"

开元十一年(723)春,唐玄宗到汾阴祭祀后土,并改汾阴为宝鼎县。当时苏颋被贬益州长史任上,已于十年秋返京,随玄宗参与祭祀,并于十一年秋再度入蜀。这首诗大概就作于这期间。

首二句白描,写景叙事化用汉武帝《秋风辞》"秋风起兮白云飞……泛楼船兮济汾河"的诗意。此事此景,既联系着时代的盛事,也勾连起对汉武帝的想象。诗人自己贬官外放,也像白云一样,被寒冷的北风驱遣,来到汾水上,即景起兴牵引出个人失意的哀愁。

后两句顺势抒情。"摇落",指草木凋零,宋玉《九辩》有"悲哉秋之为气也,萧瑟兮草木摇落而变衰"句,也即用前引汉武帝诗中"草木黄落"诗意。感秋而悲,本是中国古代文士固有的思维模式,前举《秋风辞》,汉武帝本乘兴而来,见秋风起,也不禁写下"欢乐极兮哀情多。少壮几时兮奈老何"的诗句,感叹时光流逝,年华老去。这里,诗人本来满腹心事,又逢草木被风吹落,自然更黯然神伤,觉得不忍再听秋声。

但这里"摇落"或可有更深一层含义:诗人曾与父亲苏瑰同掌枢密,时以为荣。后袭封许国公,并于开元四年(716)任职宰相。开元六年(718),宋璟、苏颋为稳定市场,严禁恶钱,却因用人不当而失败,苏颋被罢为礼部尚书,不久改任益州长史。此时,诗人渡过汾水,又将远赴蜀中,前途难测。故诗中的"摇落",也可暗示其暮年失意的遭际。遭逢挫折,本已满怀愁绪,风声、水声、落叶声……更让诗人惊觉秋意浓重,并因此加深了生命沉沦之感。故曰"秋声不可闻"。

"不可闻",实则不愿听闻、不忍听闻,隐约吐露出迷惘、惆怅、悲伤、忧虑种种情绪。到这里,题目的"惊"字有了着落:"惊"表明诗人的思绪受到了震动,是沉浸在思绪中而被秋声惊醒,察觉秋意已浓?还是欣赏秋景而惊觉时光流转、人世浮沉?抑或兼而有之?诗人并未确指,也不需明言。

全诗短小含蓄,"前三句无一字说到'惊',却无一字不为'惊'字追神取魄"(清李锳《诗法易简录》),乍看平常的北风、白云、落叶、渡河,都笼罩在诗人的百感交集中,令简洁素朴的语言充满弦外之音,味外之味。

(冯丽霞)

张敬忠,生卒年不详,京兆(今陕西西安)人。中宗时任监察御史。神龙三年(707),朔方军总管张仁愿奏用张敬忠分判军事。后迁司勋郎中。历任平卢节度使、河西节度使、益州大都督府长史、剑南节度使、河南尹、太常卿等职,存诗二首,见《全唐诗》卷七五。诗以《边词》知名。

边　　词

张敬忠

五原春色旧来迟,二月垂杨未挂丝。
即今河畔冰开日,正是长安花落时。

【鉴赏】张敬忠生卒年不详,两唐书亦无传。这首诗大约是他在朔方军总管张仁愿幕下时所写。

在此以前,如魏晋南北朝时期,除曹操、曹丕、王粲、陆机及高昂等人有从军经历外,大多数的边塞诗作者缺乏对边地生活的真实体验与感受,往往凭借想象,模仿汉魏边塞乐府诗进行创作。在这种写作模式中,边景描写也是通过模拟和想象来完成的,故而在意象选择上呈现集中化、同质化倾向。如写地理则冰川、陇水、关塞、黄沙,写动植物则衰草、枯树、飞蓬、鸿雁,写地名则陇头、雁门、阳关、阴山……诗人们运用密集的边塞意象,突出边塞高寒、萧条的特点,从而抒发思乡怀归的凄苦情怀。虽亦有佳作,但不免存在概念化、印象化、较浮泛等问题。

初唐时期边塞诗歌的数量较少,充满诗坛的是应制、奉和、侍宴等宫体诗。沉沦下僚的初唐四杰则把目光投到更广阔的江山塞漠,写下不少边塞诗歌。他们的作品在描写边塞景物风光时,常借辽远、壮阔的景象或戍边征战的艰苦来衬托慷慨赴边、保卫疆土的英雄气概。

张敬忠这首《边词》同样描写边塞风物,却呈现出更加个性化的面貌。

首句可谓全诗总述:"五原春色旧来迟"。"五原",即今内蒙古自治区五原县。这一带地处塞漠,气候严寒,风物荒凉,春色姗姗来迟。"旧来迟",表示一直以来就是这样,流露出一种自然如此、坦然受之的意味。此后,作者就五原春迟展开描述。农历二月,五原的杨柳还没有发出新芽。这一句背后隐藏着作者对长安春天的追忆。这时的长安,应已是"碧玉妆成一树高,万条垂下绿丝绦"(贺知章《咏柳》)了。

三、四句以流水对的形式再次明确对比:到五原河畔冰雪消融的时候,长安已经是落花时节。这里与首二句之间,存在着初春到暮春的时间差,在出句与对句中,则存在着两地风物的对比。但只是客观比较,并无高下之分。在对遥远的故乡景物的回忆中,诗人流露出思乡情绪,但并不因此绝望凄苦,这里的春天虽然来得晚,毕竟已"河畔冰开",暖意萌动。

这首反映边地生活风情的诗,相比六朝边塞诗密集的边塞意象,其意象更为疏朗;对比六朝诗人不免空疏的想象之词,张敬忠的亲身体会显得更加生动细腻。诗人并不极力突出边塞的萧瑟、苦寒,也因此而并未流露出沉重的叹息,或身处穷荒绝域的孤凄。诗人没有借边塞的荒凉、空阔来衬托自己建功立业的雄心,故而诗中也没有慷慨言辞掩盖下的焦虑与渴望。与其他或雄壮或悲凉的边塞诗相比,这首诗流露出一种顾盼自如的盛世情调与宁静之美,诚如刘永济所评:"此边词而不言边塞之苦。但用对比手法将河畔与长安两两相形而意在言外,且语意和平,可想见唐初国力之盛。"(《唐人绝句精华》)

(冯丽霞)

张九龄(678—740),一名博物,字子寿,韶州曲江(今广东韶关)人。武周朝进士,位至宰相,直言敢谏,举贤任能,为一代名相。后为李林甫所谮,贬荆州长史。开元末年,告假南归,卒于曲江私第。张九龄七岁能文,终以诗名,长于五古,提携后进文士不遗余力。有《曲江张先生文集》二十卷传世。《全唐诗》卷四七至四九编其诗为三卷。《全唐诗补编·续拾》卷一一补诗二首。

望月怀远

张九龄

海上生明月，天涯共此时。
情人怨遥夜，竟夕起相思。
灭烛怜光满，披衣觉露滋。
不堪盈手赠，还寝梦佳期。

【鉴赏】"举头望明月，低头思故乡"（李白《静夜思》），望月而思乡、念远，正是古往今来文人墨客的共同情思。张九龄这首《望月怀远》也是个中名篇。

首联"海上生明月，天涯共此时"为千古佳句，"海上生明月"写明月升起，回应"望月"诗题。起句看似平淡，毫无点染，如脱口而出，却展现了一幅深邃、宏阔景象。用"生"而非"升"，仿佛明月自海中缓缓吐露，写出大海包孕之态。下句的"共"字把天各一方的思绪联系在一起，于是自然引出各在天涯的情人，由景入情，转入"怀远"。月光挽起两地，牵动两颗心，共享明月时，思念似乎也有了传达的媒介。整个画面散发着高华静穆的光芒，又有缠绵不尽的画外情思。

对月怀远，通宵相思，又不能相见，难以入睡，故有"怨"。怨天涯路远，怨情人分离，怨长夜漫漫，怨月色撩人……以怨字为中心，夜色、月光、情人都笼罩在惆怅之中。三、四句用流水对，以"情人"联结"相思"，"遥夜"呼应"竟夕"，上承起首两句，一气呵成，自然流畅。

久久不能入睡，是烛光太耀眼吗？于是灭烛，然而"明月不谙离恨苦"（宋晏殊《蝶恋花》），依旧清辉笼罩，甚至显得益发明亮，索性披衣出户望月。只是"出户独彷徨，愁思当告谁"（古诗十九首《明月何皎皎》）？唯觉风清露浓，夜色寒凉。"披衣觉露滋"的"滋"字不仅指露水润湿衣衫，而且含滋生不已的意思，表明时间流逝，写尽了"遥夜"、"竟夕"的精神。五、六两句纯为叙事，一个满怀心事、坐卧不宁、踯躅彷徨的主人公形象跃然纸

上,平直叙述中传达出曲折的思念之情。

因怜爱这皎洁的月光,于是想要满满地捧起,赠给远方的情人,然而"照之有余辉,揽之不盈手"(晋陆机《拟明月何皎皎》),"不堪盈手赠"即化用陆机诗意。相思难寄,只好返身入户,寄情于梦中相会。

全诗以月生为起,以还寝作结,完整地叙述了望月、怀远的全过程,可谓起结圆满。作者以平淡朴素的语言,流畅悦耳的音调,景中含情,曲写相思,寓怀深挚隽永,诗境清浑雅洁。至于诗中所写远人,是男是女,是情人,抑或某种理想,则不必拘泥。

(冯丽霞)

湖口望庐山瀑布水　　张九龄

万丈红泉落,迢迢半紫氛。
奔流下杂树,洒落出重云。
日照虹霓似,天清风雨闻。
灵山多秀色,空水共氤氲。

【鉴赏】张九龄这首诗,大约作于贬洪州都督期间。开元十一年(723),张说为宰相,张九龄深受器重。开元十四年(726),张说被劾罢相,他也贬为太常少卿。不久,出为冀州刺史。"九龄以母老在乡,而河北道里辽远,上疏固请换江南一州,望得数承母音耗",唐玄宗"优制许之",改为洪州都督。俄转桂州都督,仍充岭南道按察使。""又以其弟九章、九皋为岭南道刺史,令岁时伏腊,皆得宁觐。"(《旧唐书·张九龄传》)此时虽遇贬谪,但系因张说而受牵连,又蒙天子垂怜,故内心不平并不激烈,山水诗也多清秀澄澈之景。

湖口即鄱阳湖口,唐为江州戍镇,属洪州都督府统辖。位于鄱阳湖、长江之滨的庐山,有"匡庐奇秀,甲天下山"(白居易《草堂记》)之誉。庐山瀑布即山上奇景之一。据晋人周景式《庐山记》记载,此瀑布在"黄龙南数里","其水出山腹,挂流三四百丈……望之若悬索"(《太平御览》卷七十一引)。

首联远望瀑布全景,"万丈"、"迢迢"夸言天远山高,瀑布顺山势而下,仿佛从天而降,气势惊人。"紫氛",指缥缈轻盈的紫色云气,李白"日照香炉生紫烟"同样描写这种景象。"红泉"、"紫氛"表现出瀑布在阳光照射下夺目的光彩。

颔联写瀑布飞流而下的动态美。庐山高耸,云气缭绕,丛林峻茂。瀑布自半山树丛奔流而落,激起阵阵水汽,与云雾融成一片,好像水流是穿杂树而下,脱云气而出,"下"、"出"均见奔腾倾泻之势,风姿豪放。

　　颈联写瀑布之声色。远望瀑布,若彩练当空,阳光经过水汽的折射,更呈现出彩虹般缤纷斑斓,回应了首联的"红泉"、"紫氛"。天气晴朗,瀑布的声音却令人好像听到了风雨声,趣味良多。"闻"字符合远望之境:声音隐隐传来,又不甚真切,正如明代钟惺所评:"惟望瀑布,故'闻'字用得妙。若观瀑,则境近矣,又何必说'闻'字?"(《唐诗归》卷五)

　　尾联议论,诗人伫立于鄱阳湖口,欣赏祖国的壮丽河山,盛赞"灵山多秀色",瀑布奇景更是其中特出者,水汽云气弥漫天地,境界恢宏。

　　庐山瀑布胜景非常,曾引来众多诗人落笔。除张九龄这首外,著名者如李白《望庐山瀑布》:"日照香炉生紫烟,遥看瀑布挂前川。飞流直下三千尺,疑是银河落九天。"李诗奇想发落天外,用简笔勾勒,有一番磅礴自由气度。张九龄这首则用繁笔,从不同角度细致摹写,节奏舒缓,也自有一种端庄秀色。其中瀑布来自高远、穿绕杂树、脱出重云、得到光照、声响远传的形象,似乎也寄托着诗人的理想境界与政治抱负。所以,整首诗既是雄奇壮观的瀑布图景,也是诗人的心声吐露,景中含情,象外有象,情调悠远。

(冯丽霞)

赋得自君之出矣　　　　　张九龄

　　自君之出矣,不复理残机。
　　思君如满月,夜夜减清辉。

　　【鉴赏】《自君之出矣》是乐府旧题,诗题来自建安诗人徐干著名的《室思》诗,该诗以女子的口吻,诉说对远方丈夫的深情思念。其第三章云:"自君之出矣,明镜暗不治。思君如流水,何有穷已时。"设喻妥帖,生动展现缠绵相思之情,深受后人赞赏。

　　南朝以来,不断有人模拟这四句的形式,抒写思妇的哀怨,《自君之出矣》遂成为独立的乐府诗题。

　　与其他拟乐府诗不同,后世的《自君之出矣》基本上都保持着徐干原诗的内容与形式,即写思妇闺怨,五言四句,首句必述"自君之出矣",次句顺势记叙自君之出后的一件日常生活之事，后两句则以"思君如……"引出各种喻体，以有形的物象来比拟无形的内心情思。因叙事与设喻不同，此类同题诗呈现出丰富多彩、摇曳多姿的意趣之美，如南朝宋刘义恭"思君如清风，晓夜常徘徊"；南朝梁范云"思君如蔓草，连延不可穷"；唐代雍裕之"思君如陇水，长闻呜咽声"……其余如南朝宋代刘裕、颜师伯，齐代的王融，梁代虞羲，陈代陈叔宝、贾冯吉以及隋代陈叔达等均有拟作，唐代作者尤多，可参看宋人郭茂倩所编《乐府诗集》。

张九龄这首，可谓其中最著名者。

起首两句延续了同题诗一贯的表达，而以"不复理残机"来暗示思念，残机，指残剩着未完成的织物的织机，如南朝《子夜歌》："始欲识郎时，两心望如一。理丝入残机，何悟不成匹。"机上织物残落，传达出寂寞冷清的气氛；无心继续纺织，仿佛在诉说着自夫君离开后，女主人心神不宁、百无聊赖的样子。以上，是对事情的概括介绍。后两句则比拟相思之情。

"思君如满月，夜夜减清辉"，以满月形容相思，有多重含义：其一，表明思妇节操似月光般无邪，忠贞专一；其二，表明女子思念之情如月光朗照，无处不在；其三，以圆月一天天残缺，光芒减弱，表现出思妇因日夜思念，"为伊消得人憔悴"（宋柳永《凤栖梧》）的样子。古诗十九首中，以"相去日已远，衣带日已缓"（古诗十九首《行行重行行》）直接描摹思妇的消瘦形象，形象具体突出。张九龄的表达则更为含蓄婉转。此外，这一比喻富有浓郁的生活气息，可以设想，当女主人公因相思难以入睡，应常常望月怀远，眼见月圆复缺，相思日深。故诉相思之情时，用这样的比喻就自然浑成，巧妙而又妥帖，符合思维的逻辑。

诗歌沿用旧题，而所用明月意象美妙晶莹，写相思之情，却不过于哀苦，显出清新端庄之美。

（冯丽霞）

王之涣（688—742），字季凌，郡望晋阳（今山西太原），占籍绛州（今山西新绛）。官莫州文安尉。善作边塞诗。《全唐诗》录其诗六首。

登鹳雀楼 王之涣

白日依山尽，黄河入海流。

欲穷千里目,更上一层楼。

【鉴赏】鹳雀楼,据沈括《梦溪笔谈》:"河中府鹳雀楼,三层,前瞻中条,下瞰大河,唐人留诗者甚多。"其楼在今山西永济西南黄河岸边,因时有鹳雀栖于其上,故名。在这"留诗者甚多"的人中,只有李益、王之涣和畅当三人的诗最为有名,而尤以王之涣的诗歌为佳。

前两句气势雄阔。一轮落日在眼前连绵不断的群山间渐渐西沉,黄河在远处猛然转折,向东朝着大海奔腾而去。此处写白日与黄河的壮阔,同时也正是写鹳雀楼地势之险峻。十个字气势浑成,如天然铸就的伟词,朴素而壮丽,自然而贴切。白日、黄河、山、海都是不假修饰的自然界专有名词,用四个依、尽、入、流的动词将它们贯穿起来,简单而有力,具有强大的语言张力。

后两句则将理境引入情境之中。前十字言景,已极为壮大,难以再续,即使勉强再续,那也将成为赘笔。于是作者的诗笔一宕,由写景转入言理:想要极目看到千里之外更广阔的景色吗?再上一层楼去!这既是实写,也是虚写。实写者,登得越高,望得越远,这是生活常识,也是人们耳熟能详的经验。而虚写者,鹳雀楼已经极为高峻,即使再上一层楼,也不可能看到千里之远。它既有生活经验的合理性,也有抒情主体的超越性。其中所传达的不断进取和高瞻远瞩的生活态度,正是这种超越性所在。

此诗虽然只是写登楼,但字里行间表现出的祖国大好河山之美与积极向上的人生态度,却深深地打动了后世的读者,千古传诵不歇。

(黄 鸣)

凉 州 词 王之涣

黄河远上白云间,一片孤城万仞山。
羌笛何须怨杨柳,春风不度玉门关。

【鉴赏】《凉州词》是王之涣的名作。

"黄河远上白云间",这是大漠中特有的景象。唐时凉州在今甘肃武威境内,并无黄河流过。然而唐人诗歌中的凉州多泛指西北,黄河流经兰州,亦可入凉州词中。远远望去,黄河北流,流向天边,与远处地平线上的白云似乎相接,这是在辽阔空旷的大漠中远眺时的视觉错觉,给人一种身临其地的感觉。

"一片孤城万仞山",那黄河绕经的一片孤城,坐落在万仞高的群山中,显得分外险峻而孤零。此处的孤城和山到底在何处,研究者颇多争论。此处的孤城,应是边境戍守之堡,否则它应该在人烟较密之处,就不是"一片孤城"了。此句用"一片"形容"孤城",造成一种浓郁的忧伤情绪,这种情绪从何而来? 当然是驻守在孤城中的将士们。要知道,这首诗是一首边塞诗,边塞诗又怎能离开那些忠勇卫国的军人们? 这两句诗中有画,画中有诗,是盛唐诗歌意与境偕的典范。

羌笛,是西北少数民族吹奏的乐器。羌笛所歌,是乐府里的《折杨柳歌辞》,其辞云:"上马不捉鞭,反折杨柳枝。蹀座吹长笛,愁杀行客儿。"折柳赠别是唐人习俗,此处的戍卒们闻《折杨柳》之歌而思归,也在情理之中。如果诗歌的情感就这样蔓延下去,那就成为像范仲淹《渔家傲》里的情调:"羌管悠悠霜满地。人不寐,将军白发征夫泪。"那就气象萧瑟多了。

盛唐诗之所以为盛唐诗,其原因正在这最后两句的结合。"羌笛何须怨杨柳,春风不度玉门关"。守关的将士,十分清楚戍守边塞就是他们对国家的责任,所以他们的心中虽然有怨恨,但绝不极端。他们只是自解道:"听着羌笛又何须怨恨它奏起《折杨柳》之曲,从而引起我们的思乡之情呢? 就连那春风都不会度过玉门关啊!"言下之意是情况虽然恶劣,但戍守边关是我们应尽的责任,就算是思乡之情为羌笛勾起,我们也无须怨恨。

前两句用线笔勾勒出边关的壮阔之景与孤零之状。在末两句中,有一种悲壮的情感,这一群平凡的戍卒们,当他们意识到肩上的重任时,个人境遇的恶劣便置之度外。这种悲而不伤、婉而能壮的风格,正是盛唐人宽阔不羁的心灵气象的体现。

此诗极为有名,唐人薛用弱《集异记》、元辛文房《唐才子传》均记载了有名的"旗亭画壁"的故事,王之涣与王昌龄、高适共诣旗亭,遇伶人唱曲宴乐,三人约定,谁的诗被伶人选唱,就在墙壁上画一横印,选唱多者为胜。《唐才子传》记载说:"尝共诣旗亭,有梨园名部继至,昌龄等曰:'我辈擅诗名,未定甲乙。可观诸伶讴诗,以多者为优。'一伶唱昌龄二绝句,一唱适一绝句。之涣曰:'乐人所唱皆下俚之词。'须臾,一佳妓唱曰:'黄河远上白云间,一片孤城万仞山。羌笛何须怨杨柳,春风不度玉门关。'复唱二绝,皆之涣词。三子大笑。"王之涣的《凉州词》被乐工传唱,应是当时的事实。而王之涣诗独占鳌头,与它的艺术成就和盛唐气象是分不开的。

(黄　鸣)

宴　词　王之涣

长堤春水绿悠悠,畎入漳河一道流。
莫听声声催去棹,桃溪浅处不胜舟。

【鉴赏】这首诗是在宴会上所作。按照诗的内容来看,这可能是一个和友人送别的宴会。

长堤优雅地向前伸展,堤内的春水微微荡漾,那绿色分外纯粹,似乎要把人带到梦里去。田间的小沟里,渠水轻缓地流动着,千百道小沟里的渠水汇入了漳河。这两句写景,清雅秀丽,"绿悠悠"用语似平而实腴,正是在这绿得醉人的春水里,朋友就要离去啊。那渠水可以汇入漳河,无所滞碍。倒是我们的别离之情,却无法跟随朋友的小船一块儿远去。不要听那声声相催的桨声,这浅浅的桃溪水,根本负载不起那载着离情别意的小船啊!

此诗将离情用通感的艺术手法化为实在的重量,并以"不胜舟"来描写不能追随朋友远去的惆怅。宋朝女词人李清照有"只恐双溪舴艋舟,载不动许多愁"(《武陵春》)之句,与此诗中的末两句有异曲同工之妙。

(黄　鸣)

孟浩然(689—740),字浩然,以字行。襄州襄阳(今湖北襄阳)人。早年隐居鹿门山,四十岁入长安赶考落第,失意东归,自洛阳东游吴越。张九龄出镇荆州,引为从事,后病疽卒。他不甘隐沦,却以隐沦终老。其诗多写山水田园的幽清境界,却不时流露出一种失意情绪,诗歌淡雅而有壮逸之气,为当时诗坛所推崇。在描写山水田园上,孟浩然与王维齐名,世称"王孟"。

夏日南亭怀辛大

孟浩然

山光忽西落,池月渐东上。
散发乘夕凉,开轩卧闲敞。
荷风送香气,竹露滴清响。
欲取鸣琴弹,恨无知音赏。
感此怀故人,中宵劳梦想。

【鉴赏】这首诗写夏夜池边水亭乘凉时的清爽闲适和对友人的怀念,写出闲适自得的情趣,表达出知音难觅的感慨。夏日纳凉,本是人间细琐之事,但作者于细微处见深情,诚如《唐诗镜》评孟诗云:"孟浩然材虽浅窄,然语气清亮,诵之有泉流石上、风来松下之音。"这首诗堪称代表。

"山光忽西落,池月渐东上",开篇自然入笔,《王孟诗评》说此处"起处似陶,清景幽情,洒洒楮墨间"。日落西山,一轮明月渐渐升起,月影在池水中荡漾。"忽"、"渐"二字写得妙,日落月起,一快一慢,表现出作者厌恶日晒而凉爽即来的心理愉悦。"池"字暗合"近水楼台先得月"的俗语,给人无限心理期待。"散发乘夕凉,开轩卧闲敞",诗人沐浴之后,洞开亭户,"散发"不梳,靠窗而卧,这一系列的动作,自然闲适,很好地体现了作者的隐士之情和隐者风范。一"凉"字、一"敞"字,流露出的是作者身心为之大放的情境。语序的有意颠倒,起到了一种更加奇妙的艺术效果。

"荷风送香气,竹露滴清响"两句,是被历代推崇的写景佳句。晚风徐来,荷花浓郁的芳香入体入心,夜阑人静,露滴翠竹之声清晰可闻。"送"字是拟人化手法,也写出晚风的可亲。"清响"二字更显夏夜之宁静,同时也反映了诗人隐居生活中心境的平和。这两句,前写嗅觉,后写听觉,却触动赏诗者的五官四肢,宛若身处这夏日的凉爽之中。《唐诗选脉会通评

林》引陈继儒的话评说这两句："风入松而发响，月穿水而露痕，《兰山》、《南亭》二诗深静，真可水月齐辉，松风比籁。"在这恬静适意的夏夜，没有知己畅谈，那么就弹琴聊以自遣吧。可是又无知音欣赏，寂寞之感倍增，于是更加怀念故人。作者于落笔之处才点题，表露心迹。知音难觅，本是文人的普遍的文化情怀，这里说无知音，至少有两层含意。一是说，辛大是作者的知音，要是此时他在这里该有多好。二是指作者仕途中无引荐的伯乐，在这宁静的夏夜，对月抒情，想朋友的同时也在想自己的人生。

全诗感情细腻，文字行如流水，淡而有味，是清新而浑然一体的名篇。诵读起来，也有一种音乐之美。

（吴中胜）

夜归鹿门山歌　　　　孟浩然

山寺钟鸣昼已昏，渔梁渡头争渡喧。
人随沙岸向江村，余亦乘舟归鹿门。
鹿门月照开烟树，忽到庞公栖隐处。
岩扉松径长寂寥，唯有幽人独来去。

【鉴赏】孟浩然的诗以短小绝句有名，而歌行体则少见佳作，此诗是孟氏少数几篇歌行佳作，为后人推赞。此诗取得成功的关键在于融进了自己的人生情思。

题中"鹿门山"在汉江东岸，沔水南畔，与孟浩然的家乡襄阳隔江相望。汉末著名隐士庞德公，因拒绝出仕，携家人隐居于此，鹿门山因此成了隐逸圣地。所以题目就透出隐逸情趣。我们知道，孟浩然四十岁到长安求仕不成，云游江南数年后返乡。世道的冷漠和仕途的艰险，使诗人自然产生隐逸之情。

日暮时分，传来山上寺院的钟声。天色已晚，渔梁渡口喧闹不已，人们争着要过河。人们是要回到江边的村庄，我的目的地则是鹿门。月光笼罩之下，鹿门山烟树迷蒙。走过弯弯曲曲的山间小道，猛一抬头就看到当年庞公的隐居之处。石窗、小径、松柏……一如当年，静静地在山上，很少有人光顾，只有像我这样的"幽人"才在夜间来此谒访。

此诗犹如素描，但字里行间有作者的心思在。诚如《汇编唐诗十集》云："浅浅说去，自然不同，此老胸中有泉石。"前人评此诗，多用"幽绝"、

"幽秀"、"精幽"等字眼,一个"幽"字紧紧把握住了此诗神髓。　　(吴中胜)

望洞庭湖赠张丞相

孟浩然

八月湖水平,涵虚混太清。
气蒸云梦泽,波撼岳阳城。
欲济无舟楫,端居耻圣明。
坐观垂钓者,徒有羡鱼情。

【鉴赏】唐代人要进入仕途,往往需贵人引荐,写诗作文给有名望的人看,以期得到赏识提携,时称干谒。这首诗主要表现了孟浩然积极入世的思想和希望在政治上得到援引的心情。孟浩然一生中的绝大多数时间都在隐居,政治上不得意。因此,他迫切需要贵人的引荐,这首诗就是一首有名的干谒诗。

八月的洞庭湖水高涨,水面几乎与湖岸持平。湖面浩渺无边,水天相接,含混一片。云梦泽水气蒸腾,波涛汹涌似乎要把岳阳城撼动。想渡水却苦于找不到船与桨,在这个圣明时代,人人都在建功立业,自己却闲居无事,委实羞愧难容,闲坐观看别人辛勤临河垂钓,只能白白羡慕别人得鱼成功。

开头四句着意写景。看似不涉干谒,不关情思,其实不然。"气蒸"句乃本诗中的名句,与杜甫的"吴楚东南坼,乾坤日夜浮"同是咏洞庭湖的佳句。范致明《岳阳风土记》:岳阳城居湖东北,"湖面百里,常多西南风,夏秋水涨,涛声喧如万鼓,昼夜不息,漱齿城岸,岁常倾颓"。故有"波撼"一句。《西清诗话》评诗的此联说:"洞庭天下壮观,骚人墨客题者众矣,终未能若此诗颔联一语气象。"才情卓异,奇思妙想如孟浩然者泼墨如水,浓描洞庭,绝不是等闲之笔。孟浩然的高明就在于表达心意旁敲侧击而不显山露水。这天地之间的浩荡汪洋的一湖秋水,既烘托出作者经世致用的凌云壮志和积极进取的勃勃雄心,又暗示张九龄宽宏大度,海纳百川的胸襟气度。壮景奇观,惊天动地,隐喻风流俊杰即将横空出世。此为借景传情,托水言志。

后四句是本诗主旨所在,由写景转入抒情,生出求荐之意。"欲济无舟楫",是从眼前湖水触发出来的,诗人面对浩渺的湖水,想起自己还是在野之身,要找出路却无人援引,这正如想渡水却没有船只一样,类比非常巧妙。《唐诗从绳》评此处云:"此篇望人援手,不直露本意,但微以比兴出之,幽婉可法。""坐观"两句暗指自己希望像众多渔夫一样,能有垂钓的工具和机会,意即能得到对方的赏识,肯为自己援引,给自己提供一个机会,不要使自己的雄心壮志沦为一场空。《淮南子·说林训》:"临河而羡鱼,不如归家织网。"此处不禁让我们想起了"姜太公钓鱼,愿者上钩"的古语,孟诗反其意而用之。《唐诗举要》说此诗尾联:"唐人达官诗文,多干乞之意,此诗收句亦然,而词意则超绝矣。"

　　纵观全诗,写景雄阔,气势非凡,阐述心迹,不卑不亢,露壮志才情,隐寒碜卑微,委婉含蓄而又大气磅礴,才气纵横而又开合有度。孟诗清淡,但清淡中常见傲气,本诗可谓一流。《瀛奎律髓汇评》谓此诗"当与杜诗俱为有唐五律之冠",此言不假。

(吴中胜)

秦中感秋寄远上人　　孟浩然

　　一丘常欲卧,三径苦无资。
　　北土非吾愿,东林怀我师。
　　黄金燃桂尽,壮志逐年衰。
　　日夕凉风至,闻蝉但益悲。

　　【鉴赏】秋,是一个让人容易伤感的季节,落叶萧萧,勾起的是失意人难以排遣的苦涩和抑郁不得志的感怀。有那样一个诗人,在长安的一个秋天,无奈赋诗,留给后人咏叹。

　　孟浩然,少时隐居鹿门山,四十岁时到长安应进士举,失意而归,张九龄镇荆州时,招至幕府,其间一直想让张九龄援引以实现自己的政治愿望,但终未能如愿,后病疽死。

　　《秦中感秋寄远上人》正是这样一首悲情诗,诗中写了诗人向"远上人"诉说他求仕不成,不得已才想要去田园归隐,但又苦于无营生之资财的悲愤。"远上人"是对一位名叫远的僧人的尊称。以诗相寄,主要还是借此诉说自己的贫愁。首联"一丘常欲卧,三径苦无资"中的"苦"字,可以说是诗人心境的真实写照,想要长久的隐居世外,欲隐却无资,这句诗用了"一丘"和"三径"的典故,以表明隐逸思想。这两句诗道出了自古以来文人的普遍窘境，一方面向往自由，另一方面又没有支撑这一自由天地的物质基础，所以不得不依附于政治权贵聊以度日，又时时因身心不自由而发牢骚。颔联"北土非吾愿，东林怀我师"表达了诗人不愿做官的思想，"北土"指京城长安，是文人士大夫求取功名之地。"东林"，晋时刺史桓伊为高僧慧远于庐山东面建房殿，为东林寺，这里指代隐居生活。"东林寺"也与要寄诗的对象吻合。这两句是说，大家都在求取功名的道路上苦苦摸爬，但这不是"我"的人生志向，"我"向往的是隐逸自由的生活。颈联"黄金燃桂尽，壮志逐年衰"，这也是用典，《战国策·楚策》谓"楚国之食贵于玉，薪贵于桂"。这里描述的是诗人生活日益窘迫，壮志一天天磨灭的现状。尾联"日夕凉风至，闻蝉但益悲"扣题，点出秋季，太阳慢慢落山了，凉风袭来，蝉一声声地鸣叫着，在诗人耳朵里变成了伤感的曲调，诉说着无尽的心事，徒增烦恼，更添悲情。

读罢全诗，让人仿佛看到那样一个诗人，寄情山水，放浪形骸，借酒消愁。回首望去，似乎历史上大凡伟大的诗人都与仕途无缘。诗仙李白有"仰天大笑出门去，我辈岂是蓬蒿人"的豪言壮语，也有"安能摧眉折腰事权贵，使我不得开心颜"的真情流露，更有"古来圣贤皆寂寞，惟有饮者留其名"的豁达。诗圣杜甫的一生也是颠沛流离，但仍然保持着"安得广厦千万间，大庇天下寒士俱欢颜"的博大胸襟。诗人们的灵魂是高洁的，所以，他们的眼里也容不下一点污浊，而官场处处充满着铜臭，处处是尔虞我诈，人人自危，于是他们竭力抗争着，昂着高贵的头颅，一身正气。也正如此，才成全了他们的诗，随着岁月越酿越醇，才有了他们傲然独立在历史长河中的身影，始终清晰。

此诗直抒胸臆，诗风明朗，在秋的大背景下恰到好处地抒发了内心的苦闷。诗中运用了借代的修辞手法，并借用典故，增添了诗的鉴赏性和可读性，使该诗意境深远，耐人寻味。

（吴中胜）

早寒江上有怀

孟浩然

木落雁南度，北风江上寒。
我家襄水曲，遥隔楚云端。
乡泪客中尽，孤帆天际看。
迷津欲有问，平海夕漫漫。

【鉴赏】孟浩然自幼生活于"襄阳美会稽"的秀丽山水中,受其陶冶,又受到故乡古代隐逸高风的熏陶,形成了时怀隐逸、流连山水的情怀。但孟浩然并不是一个一生只求高卧云山的隐士,他小时就怀有"鸿鹄志",济时用世的愿望很强烈。他早期的隐居,实是为出仕而隐,本希望通过隐居著文和结交干谒获得社会声誉,谋取王公大臣的荐举,以实现入仕的目的。可惜这条路很难走通,他转而出山应进士试,结果落第。尔后又尝试其他求官之路,最终都未成功。于是便开始了他漫游的生活。

《早寒江上有怀》(又作《早寒有怀》)便是诗人流寓于长江下游一带时所作。"木落雁南度,北风江上寒",首先将诗人思乡的情绪烘托出来。北风萧瑟,大雁南飞,落叶纷纷,悲伤、凄凉之情油然而生,带领读者走进诗人悲伤、复杂的内心世界。首联下笔高超,为历代诗评推崇。《唐诗别裁》评起句"起手须得此高致。"《唐贤三昧集笺注》评云:"客怀凄然,何等起手!""我家襄水曲,遥隔楚云端",则在首联烘托气氛的基础上,直接抒发对家乡的思念。三十九岁以前,诗人主要在故乡襄阳隐居读书。自长江下游遥望襄阳,地势较高,所以诗人更加感到家乡的遥远,好比天上的云端,可望而不可即。"乡泪客中尽,孤帆天际看",前句写自己对家乡的思念,思乡的泪水在漫漫旅途中早已流尽,"我"依旧孤单一人,还在他乡流浪;后句写襄阳的亲人,天天遥望天边的"孤帆",盼望亲人早点回来。"迷津欲有问,平海夕漫漫",反映出诗人当时无奈、迷茫的情状,只见天色昏暗,江流宽广,茫无边际,欲问津而无由,欲行而不知所往。"迷津"也指人生的道路迷茫一片,作者借此景抒情,委婉地抒发了人生失意、前途渺茫的悲哀。因此诗人的思乡之心也就更切了。

此诗写乡思,层层深入,没有了田园诗的恬静和幽美,抒发出诗人因前途渺茫的悲哀,更加突出了诗人对家乡的思念。艺术上,逸笔以神胜,《唐宋诗举要》云:"纯是思归之神,所谓超以象外也。"

(吴中胜)

留别王侍御维　　　　　孟浩然

寂寂竟何待,朝朝空自归。
欲寻芳草去,惜与故人违。
当路谁相假,知音世所稀。
只应守寂寞,还掩故园扉。

【鉴赏】 孟浩然四十岁时赴长安应进士第,落第还乡,作者临行前告别王维时作了这首诗。一个仕途落寞又颇有书生脸面的人给一个功成名就的朋友写诗,内含失落、渴望举荐又不好明说,种种复杂的心理一起涌上心头,辛酸怨怼又感情真挚。

首联"寂寂竟何待,朝朝空自归"。"寂寂"的意思是作者当时的落寞的处境,"竟何待"即竟待何,还等待什么的意思。朝朝空归,写出了作者落第处境与失落心态。这样寂寞无聊的日子还有什么可期待的呢?"我"每天忙忙碌碌却都是空手而归,什么都没有得到,天地不公啊。颔联"欲寻芳草去,惜与故人违",承落第意进一步诉说。"芳草"是用屈原《离骚》香草美人的艺术手法,指代自己的美好理想。前人说孟此处有归隐意,这倒未必是作者的内心想法。诗人只因落第而有此言罢了,内心还是希望有人举荐而一展宏图的。命运又将我们分开,表达朋友之间的惜别之情,真挚而动人。

颈联承惜别,说如今当权者们谁肯提携我啊,世上是我知音的人实在寥寥无几,寻到自己的知音实在是难啊。"当路"是指身居要位的人,即朝廷当权者。作者直指当权者无情,发出知音难遇之慨,更加显示出作者与王维情感之深。尾联由"当路"生出,说或许我今生今世命中注定要空守寂寞,还是回家好了,关闭我的院门,从此过隐居的日子。纵然作者与友人情深,但是现实的确冷酷,作者无奈选择了归隐。悲愤又无奈,悲情深广。《王孟诗评》说"末意更悲",体味甚当。

这首诗写出了作者由落第而思归,由思归而惜别,由惜别而愤世,由愤世而决意归隐,情感一波三折,内心冲突甚为激烈,而在诗的结构安排中却表现得极其平静自然,孟浩然诗中的艺术个性亦在此最见突出。《唐诗品》评孟诗云:"襄阳气象清远,心惊孤寂,故其出语洒落,洗脱凡近,读之浑然省净,而采秀内映,虽悲感谢绝,而兴致有余。"此诗就是一例。

(吴中胜)

晚泊浔阳望庐山

孟浩然

挂席几千里,名山都未逢。
泊舟浔阳郭,始见香炉峰。
尝读远公传,永怀尘外踪。

东林精舍近，日暮但闻钟。

【鉴赏】这首诗是作者于开元二十一年（733），漫游吴越之后，还乡途中所作。本诗上半部分叙事，略微见景，稍带述情，落笔空灵；下半部分以情带景，情是内在含蓄的，又以空灵之笔结尾，给人无限遐想。

试想在千里烟波的江上，溯江而上，心意悠然。路上也未始无山，但总不见名山，读到这里，身为读者的我们似乎可以感受到作者旅途困顿，微含失望的心情。一路上没什么名山胜水，对喜好游山玩水的诗人来说是多无聊的事！别急，等到船泊浔阳城下，猛一抬头，那秀拔挺出的庐山就矗立在眼前。一路的无聊飞到九霄云外，无限的期待就在眼前。前四句一气呵成，到"始"字轻轻一点，舟中主人的喜出望外之情溢于言表。

香炉峰是庐山的秀中之秀。"日照香炉生紫烟"，李白用浓笔描绘在红日映照下的香炉峰是何等的绚丽多彩，也反映了李白热烈奔放的激情和瑰丽绚烂的诗风。孟浩然则以他怡然之情领略山色之美，以淡笔勾勒江山美景，诗中透露的是含蓄空灵之美。

诗人陶醉在香炉峰的美景中，神思也随之悠然飘忽，他不禁想起了东晋高僧慧远。慧远爱庐山，刺史桓伊为他在此建造了"东林精舍"。而清幽山色也使诗人忘记了尘世，此地实在是隐士的好去处。

夕阳西下，当诗人沉浸于遐思远想，缅怀这位高僧的尘外幽踪时，隐约听到从东林寺传来的阵阵钟声。东林精舍仍在，而远公却早作古人，高人不见，空闻钟声，一股惆怅之情涌上心头。慧远大师以及他的弟子们能够过这么平淡的生活，不为世俗所羁绊，而作者自己却只能在世俗的樊笼中郁闷地生活。这一句把作者内心深处的情感和此生最大的愿望表达出来了。

此诗如口语般随意自然,明朝李沂在《唐诗援》里说:"只如说话,而当代词人为之敛手,良由风神超绝,非复凡尘所有。王曰:'前半偶然会心,后半淡然适足,遂成绝唱。'"所言极是! （吴中胜）

过故人庄 孟浩然

故人具鸡黍,邀我至田家。
绿树村边合,青山郭外斜。
开轩面场圃,把酒话桑麻。
待到重阳日,还来就菊花。

【鉴赏】中国是礼仪之邦,中国人也素来热情好客。这种热情不是停留在表面形式上,而是深入到日常言行之中,好客是发自内心的。因为是发自内心,所以不讲形式。因为不讲形式,客人也言行自然,有"宾至如归"之感。中国人这种真诚好客的民族情结表现在许多经典诗文之中。孟浩然的这首诗就以清新自然的语句写出了自己做客的经历。

首联"故人具鸡黍,邀我至田家",点题,开门见山,入笔自然。如叙家常一样娓娓道来,显得轻松自如,简单随和。"鸡黍"是个典故,《论语·微子》篇记述荷蓧老人"杀鸡为黍"招待子路的故事。从此,"鸡黍"为后人所广泛运用,当作友谊的象征。杀鸡煮黍,款待来客,符合农家的生活习惯。在农村,平日能有什么吃呢?能杀鸡煮黍已是待如座上宾了。再说,鸡也是就地取材,不必过于劳神。这样既热情又随意,很能体现"田家"的朴素风味。

颔联"绿树村边合,青山郭外斜",描写了故人庄的自然环境美。上句是近景,绿树环绕,别有天地,幽雅恬静而富有神秘感;下句是远景,是田庄的背景,村后的山外青山,远山近树,恰似一幅绝妙的青山绿水画,这真是世外桃源啊,让人心旷神怡、浮想联翩。一"合"一"斜"两字用得灵妙。

颈联"开轩面场圃,把酒话桑麻",写在故人家的生活场景。房间毕竟视野较窄,打开窗户面对的是打谷的场地和一片菜园子,视野顿开,兴致来了。把酒临风,情不自禁地谈起农桑之事。这后一句的"话"字值得玩味。从全诗的情绪看,这次谈话一定是十分愉快的,故人村庄的恬静美丽,农人劳动的乐趣,田家生活的安逸,都使人产生了共鸣。此时,诗人忘却了仕途的烦恼与都市的喧嚣,沉浸在诗情画意的美感和享受之中,并被"故人"淳朴真挚的友情所同化,他似乎觉得在此情此景中找到了自己心灵的归宿。

尾联"待到重阳日,还来就菊花",承上文而来,诗人为田园风光和农家生活所吸引,一席畅谈、酒足饭饱之后,意犹未尽,故而在临走时向故人直率表达了重阳节再次造访的愿望。简单的两句诗就将主人的热情淳朴,客人的愉悦满意及主客之间亲密无间的情意都包蕴其中了。《唐诗摘钞》评此句说:"觉一片真率款曲之意溢于言外。"这种"乐此不疲"的愿望进一步深化了上几句的内容,这主动表示要"还来"与首联"邀"有对比深化之妙,很耐人寻味。

《瀛奎律髓》评此诗曰:"此诗句句自然,无刻画之迹。"《唐诗近体》也说此诗"通体朴实,而语意清妙",行文朴素而情感真率是此诗的显著特点。

(吴中胜)

春　晓　　　　　孟浩然

春眠不觉晓,处处闻啼鸟。
夜来风雨声,花落知多少。

【鉴赏】此诗短短二十字,却韵味无穷,古今诗评家都推崇备至,乃至儿童学诗,开口就念"春眠不觉晓"。《王孟诗评》云:"风流闲美,正不在多。"诚哉!

诗文贵曲,委曲才有味。"春眠不觉晓",诗一开始就给人无限玄想。为什么会"不觉晓"呢?春天晚起?昨夜苦读?日来劳作?……作者没有说,又尽在不言中。诗的第三句,已有所披露,并由此引出下句"花落知多少"的悬念。正因诗没有直言说尽,更能给人留下想象的余地。《唐诗解》云:"昔人谓诗如参禅,如此等语,非妙悟者不能道。"

诗忌俗。春天,桃红柳绿,莺飞草长,云霞舒展,水泉潺湲,万物复苏,生意盎然。本有许多风物景色可写,他写春天,不写桃红柳绿、莺飞草长之俗景,亦不取万物复苏、生意盎然之俗境,诗人别开生面,抓住"春晓"这一特定时段,在极平常中发现生活乐趣,抒写生活感受。写出春夜睡意沉沉,待到啼鸟啾啾才被惊觉,醒来眼见户外春雨初霁,天朗气清,回想夜里风雨潇潇,禁不住问道:此时落红该有多少? 无限春情春意,包孕在这一声自问之中。《唐诗笺要》云:"朦胧臆想,构此幻境,'落多少'可以不说,又不容不说,诚非妙悟,不能有此。"另一方面,一场春雨过后,天地间自有许多变化,作者没有细说,而是从"花落"这一细节道出,以小见大,别有洞天。《唐人绝句精华》云:"此古今传诵之作,佳处在人人所常有,唯浩然能道出之。"正点出此诗视角之独特处。

诗贵立意。前贤评此诗,多指出此诗有惜春之意,有屈原"哀众芳之零落"之感。似乎诗意有些伤感,如此解诗,并不恰当。虽然诗中写了夜来风雨,落花纷飞,但此诗并没有给读者带来伤春的哀叹,相反,是通过雨过天晴,众鸟喧闹,花落春浓,给人一种春光似海,春意盎然的美的感受,情调有欢欣鼓舞之意。

《唐诗笺注》评此诗"诗到自然,无迹可求"。天工自然恰是孟浩然诗的特色所在。此诗不作奇语妙句,如冲口而出,却字字天成,句句有味。

(吴中胜)

洛中访袁拾遗不遇　　孟浩然

洛阳访才子,江岭作流人。
闻说梅花早,何如北地春。

【鉴赏】 从字面上来看,这首诗歌说的是:我到洛阳去拜访才子袁拾遗,不料他却已经被流放去了外地。虽然听说那里的梅花开得早,却怎能比得上洛阳的春天这般美好。

这首诗安排了两个心理转折。一是走访不遇,在作者心中,袁拾遗是个大才子,所以特意从家乡襄阳到洛阳,想去拜访他。首句"洛阳访才子",暗用了潘岳《西征赋》"贾谊洛阳之才子"的典故,自古洛中才子多。把袁拾遗同西汉大文豪贾谊相比,足以说明他对袁拾遗的推崇备至。却万万没想到,要拜访的人被贬遥远的岭外了。这里的"江岭"是指大庾岭(今江西省与广东省分水岭),过此即是岭南地区,唐代许多文人流放岭外,如沈佺期就是唐代较早被贬到岭外的文人。想访而不得,这是一个心理转折。这个心理转折,隐含了作者的不平之鸣,竟然大才子都被贬了!当今世道太不看重人才了。另一个心理转折是,常人认为,南方的气候比北方的要好，但作者并不如此看。"梅花早"、"北地春"这里用了"一枝春"的典故。《太平御览》卷九七○引南朝宋盛弘之《荆州记》说："陆凯与范晔相善，自江南寄梅一枝，诣长安与晔，并赠诗曰：'折花逢驿使，寄与陇头人。江南无所有，聊赠一枝春。'"梅花在寒冬开放，也是大庾岭特有的一道景观。"一枝春"成为梅的代称。后世文人多有描写，如宋黄庭坚"欲问江南近消息，喜君贻我一枝春"，陈师道"寒里一枝春，白间千点黄"就是用这一典故。这首诗尽管没有用"一枝春"三个字，但以"梅花"与"春"作比，改用陆凯的诗句是明显的。为什么梅花开得早的江南不如春天的北地呢？原因很简单，因为岭南是贬所嘛。北地洛阳才是文人们向往的大展宏图的地方。

此诗尽管有两个心理转折，也暗用了两个典故，但毫无凝滞之感。语言浅易，语脉平和，是一首巧夺天工的好诗。 　　　　　（吴中胜）

宿建德江　　　　　　　孟浩然

移舟泊烟渚，日暮客愁新。
野旷天低树，江清月近人。

【鉴赏】客舟行驶在新安江上，现在是在建德地界了。天色将晚，江面烟水迷蒙，靠岸找个地方歇歇脚吧。可上岸后往哪走？去哪里歇脚呢？此处人生地不熟，吃住不会很贵吧？想想这些，真是发愁啊。

光是愁也解决不了问题，在暂时没有想好去处之前，索性看看此处的风景吧。岸上旷野无垠，天地相接，透过树底能看到远处的天边。水面风平浪静，江天一色，水中月亮的倒影清晰可见，人仿佛伸手可触。"野旷天低树，江清月近人"为千古名句。在常识中，天比树高，月离人远。此处一"低"一"近"用得妙，反常而有诗味。《唐诗真趣编》评云："'低'字从'旷'字生出，'近'字从'清'字生出。野惟旷，故见天低于树；江惟清，故觉月近于人。清旷极矣。"此联表面写景，但景中有情，字里行间渗着旅思，客愁自见。正如《唐诗笺注》所说："'野旷'一联，人但赏其写景之妙，不知其即景而言旅情，有诗外味。"

本诗语少意远，词句平素，自然天成，为孟浩然又一首短小味长的名诗。 　　　　　（吴中胜）

送杜十四之江南

孟浩然

荆吴相接水为乡,君去春江正渺茫。
日暮征帆何处泊? 天涯一望断人肠。

【鉴赏】 江淹说:"黯然销魂者,唯别而已矣!"亲朋离别,自然难舍难分,于是自古以来有许多离别之诗。这也是一首离别诗,读完此诗会不由地产生一种伤感。好朋友杜十四(即杜晃)要去东吴,孟浩然前去送别。诗人从微妙处入手,表达了自己对杜十四的依依惜别之情。

首句"荆吴相接水为乡",点明两湖和江浙相隔不远,同时杜十四要去的地方又是江南,江南水乡是众所周知的。在这里诗人特意将"水乡"写成"水为乡",就是说两湖是水乡,杜晃要去的江南一带也是水乡,所以去了不会水土不服的,表达了自己对出行者的宽解安慰之情。"相接"即两地相连,相去不远,"我们"还可以经常来往,将来还会有再见面的机会。"君去春江正渺茫"紧承上句,描写了出行当天的环境,或是实景,或是诗人此时的心情,以景衬情,情景交融。紧接着一个问句,似问非问,"日暮征帆何处泊?"天色已晚,真的很担心友人所乘之船没有落脚之地,表达了诗人对友人的关心,一份真挚的情谊流淌在字里行间。

前三句都写得较为含蓄且略显普通,感情抒发也较为一般。作为盛唐时期的一位有名的诗人,孟诗的艺术表现手法确实十分独到,末句"天涯一望断人肠"将本诗的感情推向最高点。"天涯一望"把诗人焦急的心情也表现出来了,"孤帆远影碧空尽",诗人放眼望去,竟不见友人踪影。"断人肠"更是把诗人的伤感表现得淋漓尽致,此时,那种依依惜别之情涌上心头,正如《唐诗直解》中评价的"明净无一点尘氛,不胜歧路之泣"。有了前三句的完美铺垫,最后一句画龙点睛,将送别时的复杂感情表现得十分到位。最后的"断人肠"三个字给读者深刻印象,把人带入深远的意境之中,让人回味无穷,给人以无限遐想,充满了诗情画意。

全篇句式近歌行体,如行云流水,脱口而出,语言天工自然。诵读起来朗朗上口,音律和谐,真是不愧为诗的孟浩然!《唐贤三昧集笺注》评此诗云:"一气呵成,有情有色。"评语甚恰。

(吴中胜)

李颀，生卒年不详，东川(今四川三台)人，家于河南颍阳(今河南登封)。唐玄宗开元二十三年(735)进士(《唐才子传》卷二)，官新乡尉。长期未得升迁，后弃官归隐。诗歌内容广泛，尤以边塞诗著称。

古从军行 　　　　　李　颀

白日登山望烽火，黄昏饮马傍交河。
行人刁斗风沙暗，公主琵琶幽怨多。
野营万里无城郭，雨雪纷纷连大漠。
胡雁哀鸣夜夜飞，胡儿眼泪双双落。
闻道玉门犹被遮，应将性命逐轻车。
年年战骨埋荒外，空见蒲桃入汉家。

【鉴赏】诗题为《古从军行》，实为以古讽今。以汉事喻唐事，是唐代诗人的习惯，诸解多指此诗针对唐玄宗穷兵黩武而发。

"白日"两句以时间、空间的推移写征人的日常生活。白日、黄昏，代表时间的流逝；登山、饮马，表明空间的转移；烽火、交河，说明边庭烽烟战事。烽火，是古代预警入侵的信号；交河，在今新疆吐鲁番西面，此处借指边疆上的河流。从清晨到黄昏，从登山望烽火到河边饮马，在时间与空间的转换中展现出广阔的边庭。

"行人"两句则从客观描述走近征人的内心世界。刁斗，是古代部队宿营时报更的，也用来在暗夜行军时保持联络。已是黄昏，风沙漫天，天昏地暗，行军不得不用刁斗进行联络。顶风而行，身负重荷，口不能言，征人行军之难可想而知。公主琵琶，笔墨在虚实之间。汉代细君公主出嫁乌孙国，马上乐队沿途奏乐为她解忧，可是塞外的音乐如此令人惆怅，解

闷的琵琶怎么能真正消愁呢？此处或闻琵琶之声，更多的意旨却是落在心情幽怨的类比上。

"野营"四句着重描写征人生活之艰苦。荒凉的广漠，气候恶劣难耐，种种苦况，诗人不是直接发表意见，而是通过对比层层揭示。首先是直描，荒凉万里，雨雪不断，整个大漠都被风雪笼罩。接着写即使久居此处的胡雁、胡人都忍不住哀鸣、流泪，更何况是汉人驻军？夜夜哀鸣，双双落泪，叠词起到的强化作用将这种苦寒境况更推进一层。

"闻道"四句就眼前即景宕开，转而写征人对于征战的感受。"闻道"句用汉武帝典。其时李广利奉命出征西域，因粮食匮乏要求回师休整，汉武帝派人拦在玉门关，不准其回国。正是由于皇帝的旨意，将士们才不得不在外苦征。征战年年，死在塞外的将士只有把尸骨抛在关外，而战争付出了这么多生命的代价，得到的却是塞外葡萄从西域进入汉朝。一个"空"字，把作者的态度明确表现出来，可谓意在言外。

（张春晓）

古　意　李　颀

男儿事长征，少小幽燕客。
赌胜马蹄下，由来轻七尺。
杀人莫敢前，须如猬毛碟。
黄云陇底白云飞，未得报恩不得归。
辽东小妇年十五，惯弹琵琶解歌舞。
今为羌笛出塞声，使我三军泪如雨。

【鉴赏】这首诗是一首拟古诗，写一位勇士的侠骨柔情。首先以"事长征"、"幽燕客"数语，简笔勾勒出一位有志男儿的形象。这位勇士以国事为己任，长年征战在幽燕边庭。他勇猛异常：在战马奔驰之际较量胜负，从来没有把自己的性命当作一回事；在战场上奋勇杀敌，杀得敌人胆战心惊。他长得也极其粗犷：胡须像刺猬的刺一样，又短又硬，显示出边塞男儿的勇猛气概。从事迹到外貌，一个豪迈勇敢、视死如归的勇士形象逐渐生动起来。

这时，作者宕开笔去。因为勇猛的形象已经描述得很充分，再写下去这个人就没有层次感了。"黄云陇底白云飞",笔锋突然一转,变得飘逸起来。山坡下,北风卷起沙尘滚滚而来,天际白云飞动。笔墨从战场上腾挪开去,却并不唐突,因为大漠开阔苍凉的景色是对英雄的极好衬托。"黄云陇底",是所见之景;"白云飞",是缥缈之思。神思摇曳之际,笔触倏然深入征人细腻而多情的内心世界。"未得报恩不得归"仍是承上,表明边塞男儿的精忠报国之心。但"未得"、"不得归"数字,已隐隐透出几许无奈之情。笔锋到此又是一宕,叹归之情戛然而止,说到歌舞娱军的辽东小妇那儿。本来是为了缓解战事间的紧张与疲惫,可是一曲羌笛出塞曲引起的思乡之情,令三军将士为之落泪。诗人以飘逸之景蓦然宕开笔触,从外到内展开壮士的侠骨柔情:他忠心报国,在战场上杀身成仁,绝不退缩,同时他的内心又充满柔情,赤诚的报国之心,深沉的思乡之情,凡此种种,百炼钢化为绕指柔。

我们不妨将这首诗和《诗经·小雅》的《采薇》篇对看,可以发现两者有异曲同工之妙。此诗既有如《采薇》"我戍未定,靡使归聘"、"岂敢定居,一月三捷"的报国之志、征战之荣;亦有"曰归曰归,岁亦阳止"、"忧心孔疚,我行不来"的思归之念,就连篇末也同样采取了以乐景写哀的衬托手法。《采薇》结以"昔我往矣,杨柳依依。今我来思,雨雪霏霏",是以乐景写哀,此诗结句亦是壮士在一片歌舞娱情中感伤落泪。"我心伤悲,莫知我哀",应是千古以来征人的心声吧。

(张春晓)

送魏万之京 　　　　　　李 颀

朝闻游子唱离歌,昨夜微霜初渡河。
鸿雁不堪愁里听,云山况是客中过。
关城树色催寒近,御苑砧声向晚多。
莫见长安行乐处,空令岁月易蹉跎。

【鉴赏】魏万,住在王屋山,号王屋山人。首句从眼前即景写起,交代时间、人物、事由。时间是清晨,事情是唱离歌,即道离别。人物身份是游子,由此确立了客中送客的主题。

此时此景交代足,笔墨一宕到了昨天夜里。原来,这位即将远行的游子是昨天夜里专程赶来道别的。这番心意已足深厚,更何况是微霜,说明天气寒凉,而路途还要渡河。冒着风霜,跋山涉水,只是一夜就匆匆告别。不写送别多么不舍,仅从乘夜赶来短暂相聚话别一事,已经将深情厚谊写足。其下写难堪之情。这种难堪不仅仅是离别带来的,还与前文"游子"相呼应。离别是第一层愁苦;大雁哀鸣声声,更增别情,此不堪者二;北雁南飞,背井离乡,客中送客,此不堪者三;诗人羁游他乡,归途无望,是更不堪者。

怀此难堪之情,遥想朋友远去的京城,自不免着尽清冷的色彩。一叶知秋,物之凋零最能感受节令变迁,也暗喻京城的世态炎凉。寒、晚,用色冷寂。诗人笔下的京城给人的印象是极无暖意的。这和诗人自己的身世有关。诗人早年出入京城,结交贵族,希冀用世,倾尽家财,终落魄归去。后折节读书,考取功名,却怀才不遇,最后愤而归隐。诗人早已洞穿繁华京城背后的冷峭和无情。不说寒冷的空气吹落了树叶,使树色变得枯黄,反说是树的凋零催近了寒冷,这是由景生情,"寒"是天气亦是内心的感受。在京城各种纷繁的物象中,作者选取了捣衣砧声。唐代的府兵制度规定,出征的战士要自备衣物,衣服都是由家中制好寄去,制衣就先要把布料在石砧上用木杵捣后才方便缝制。所以唐诗中写征人,常常会写及捣衣声,如宋之问《明河篇》"南陌征人去不归,谁家今夜捣寒衣",而征人之情亦暗合离情。本句与沈佺期《独不见》之"九月寒砧催木叶,十年征戍忆辽阳"同为无理而妙,前者写木叶催寒,后者写砧声催落叶,"催"所带来的迫近感正是内心的真实感受。

末联为诗人情真意切的劝勉之语,劝诫友人要努力而为,不要沉溺于及时行乐,耽误大好时光。诗人有感而发,也许,他年轻时也是如此意气风发地憧憬京城的繁华,期待平步青云,立身成名……往事早已成空,但仍不断有人怀着同样的梦想前往京城,诗人不禁感慨万端。全诗意境冷峻凄清,惆怅慷慨,具有雅致的唐人风味。

(张春晓)

送 刘 昱　　　　　李 颀

八月寒苇花,秋江浪头白。
北风吹五两,谁是浔阳客?
鸬鹚山头微雨晴,扬州郭里暮潮生。
行人夜宿金陵渚,试听沙边有雁声。

【鉴赏】"八月"两句点明季节和地点。时间为农历八月,秋天已至,遂见苇花、白浪。苇花之寒、浪头之白均与秋令相关合。地点直接点明为江边,浪花激起白浪和苇花之摇曳均为江边之景。"北风"句承上启下,苇花之摇摆,浪花之翻卷,均暗与"风"相合。所谓五两,是古代测量风向和风力的工具,即用鸡毛五两系在高竿上,根据它的飘浮情况对风力和风向作出判断。"谁是"句从景引出行人。刘昱去的方向是浔阳,问谁是浔阳客,是明知故问。"鸬鹚"两句点出送别的时间地点。鸬鹚山头,扬州郭里,两处地名均指送别之处。鸬鹚山在镇江,而镇江与扬州相去不远,隔江相望。微雨晴是就天气而言,暮潮生是指时间而言,二句互文见义。雨后初晴的黄昏,诗人在江边看着北风吹动岸边的苇花,心中的别情依依就像那一浪浪拍着堤岸的潮水一样。诗人没有正面写别情,而是把它放在了景语当中。正因为是秋天雨后的江景,故连同诗情一起,萧瑟中带着清朗,爽利而不失缠绵。

诗境从远处的苇花白浪渐渐推近,那里有送别之人和浔阳之客,他们在风中衣袂飘摇,行者终是在黄昏时分乘着一叶孤舟离去。夜色渐浓,慢慢看不清了,但是送别的人还在遥想,夜晚行者是要住在金陵渚吧,他在夜宿之时会不会听到沙汀上的雁声呢? 看似闲闲的一笔,既是合理的想象,又再次把离情隐隐呼出。"试听",说明行者静夜无眠;"雁声",离群孤雁方才哀鸣,再次呼应别情。诗人就此收束,景中寓情,点到为止。诗中别情呼之欲出,多情却不沉溺。

(张春晓)

慕毋潜,生卒年不详,字孝通,虔州(今江西南康)人。开元十四年(726)登进士第,由宜寿尉入为集贤院待制,迁右拾遗,终著作郎。

春泛若耶溪

慕毋潜

幽意无断绝,此去随所偶。
晚风吹行舟,花路入溪口。
际夜转西壑,隔山望南斗。
潭烟飞溶溶,林月低向后。

生事且弥漫，愿为持竿叟。

【鉴赏】若耶溪，在今浙江绍兴，今称平水江。溪畔青山叠翠，溪流澄澈如镜，相传有七十二支流。自平水而北，会三十六溪之水，汇于大禹陵，又分为两股，一脉流入鉴湖，一脉流走百里北向入海。若耶溪有群山峻岭，有道观寺庙。湖光山色，猿啼鸟鸣，幽静深邃。

綦毋潜归隐江东，泛舟若耶，以寄闲情，于是写下了这首《春泛若耶溪》。诗题已经把时间、地点、情事交代明确。季节为春天，万物生长，有溪边青山叠翠之美。情事是泛舟溪上，若耶溪是一路泛舟所在。全篇核心皆在"幽意"二字，随着时间与空间的悠然转移，泛舟之行的"幽意"愈来愈深邃，正与"无断绝"相合。"此去随所偶"，随便小舟顺水而行。人生自由无拘，则可以随便舟行处，作者超然随意的心态是幽意的第一层展现。

下面六句是舟行所到之处及所见之景。"晚风吹行舟"与"随所偶"相呼应，小舟顺风顺水而行，正是"随所偶"之意。若耶的风，朝南风，暮北风，人们称之为若耶樵风。传说汉朝太尉郑弘少年时，遇到一位神仙问他有什么愿望，郑弘就说，希望若耶溪早上起南风，便于大家进山砍柴，而傍晚吹北风，小舟顺风而归，不会再被风浪阻碍湿柴。神仙如了他的愿。其实这是汉代的水利工程回涌湖水库造成的气候现象。此时既是晚上，或为北风，吹着小舟进入溪口。一路山花盛开，俨然如路铺展。花气袭人，不言自明。已至夜深，小舟转到西边的山谷。仰观星辰之明亮，夜空之静穆，舟行于山壑之中，更见幽意无限。渐行渐远，来到潭水深处，月色下水烟融融，雾气袅袅，如梦如幻，月在林梢，渐已滑下天际。幽夜之景如此美好，诗人不禁深受感动，愿意就此归隐，尽享山林之趣。

在唐人,若耶溪是摆脱抑郁不平,超凡脱俗,寄情山水,得到心灵慰藉的地方。孟浩然在长安求仕不成,心情沮丧地离开科考之路,来到若耶溪散心。傍晚时分,他看到了澄明的山水、垂钓的老翁、浣纱的少女,顿时放开心胸。王籍的千古佳句"蝉噪林逾静,鸟鸣山更幽",就是对幽美的若耶溪的描述,而"此地动归念,长年悲倦游"的人生感慨、归隐愿望,就这样被若耶溪的幽意之美激发出来,亦如此诗感怀。

(张春晓)

王昌龄(698—757),字少伯,太原人,一说京兆长安(今陕西西安)人。开元十五年(727)进士,初任校书郎,后授汜水尉,再迁江宁丞。晚年贬龙标尉。后因世乱还乡,为刺史闾丘晓所杀。后世称为王江宁或王龙标,长于七言绝句。

从军行（七首选四）　　王昌龄

烽火城西百尺楼,黄昏独上海风秋。
更吹羌笛关山月,无那金闺万里愁。

【鉴赏】烽火城西,点明这段情境发生的背景和地点。烽火,表示战事正在进行,诗中所有的情感都源于战争中人们的离别和彼此的牵念。烽火,是现实的背景,更是人心复杂情绪的来由。古来向有登楼思乡的传统,诗中人不仅在楼上,更在百尺高楼上。楼越高,人越显得渺小,人之渺小,越衬出在命运面前的无能为力,面对离别的无所作为;楼越高,风越大,人之凄楚无助之感愈重;楼越高,视野越开阔,人心越渴望远眺到家乡,而无论楼有多高,家乡总是在云端之外,渴望越甚则失望之情愈深。登楼一望已是百般惆怅,何况是在秋日黄昏。黄昏,本就是美好事物面临消逝的伤感时节,所谓"夕阳无限好,只是近黄昏"。秋天是最撩人愁思的季节,如宋玉《九辩》云:"悲哉秋之为气也,萧瑟兮草木摇落而变衰,憭慄兮若在远行,登山临水兮送将归。"万物凋零,令人倍感生命易逝,美好短暂。秋风萧瑟,满目苍凉。季节时令更加触动了人的思乡恋远之情,更何况还是"独上"此楼,一个人面对这样开阔而寥落的秋景。所谓海风,拂人面,伤人心。如此二句,已把征人的难堪之情推到极处。

第三句出一"更"字,是已如此不堪,更还有羌笛之声在黄昏之际响起。羌笛之声本自凄清,何况吹的是一首离别之曲《关山月》,征人之心立时随着笛声神思摇荡。在这个秋日的塞外黄昏,征人在高楼之上酝酿了很久的情绪终于在笛声中喷涌而出,随着那笛声盘旋不尽,越飘越远,直至思接万里,用那无形之物勾连起一段异地同悲之情。无那,无奈之意。金闺,对闺中的美好称呼。不说自己情苦,只说远方之人无奈。家中妻子的愁闷,远隔万里,如何消得?一声愁叹,征人在这个黄昏的无限怅然之情呼之欲出。

这首诗写征人对家中的思念,通过时间、季节、地点等层层推进,把这种感情逼到百般回旋、无以言表之际,忽借通感之笛声,借万里愁人之心,把自己的一片深情表达出来,读来令人回味无穷。

> 琵琶起舞换新声,总是关山旧别情。
> 撩乱边愁听不尽,高高秋月照长城。

【鉴赏】军中女乐响起,这次乐声换了新曲,征人的心中充满期待。但一曲新声听下来,征人不免感到失望。"总是关山旧别情",总是,是一种失望,亦是一种无奈。表明从前演奏之曲就是别离之乐,甚至也曾经换过新曲,换出来的仍然是离别之乐。征人们对于新声的期待是什么呢?应该是解闷消愁。然而,这个"总是"观照的到底是乐曲,还是人心?魏晋时,声无哀乐,哀乐是人心感受音乐的情感,曾经是一个重要的讨论命题。以此来看,总是关山旧别情的不是音乐,而是人心,是征人心中永远难去的隐痛。另外,音乐来源于生活中的真情实感,力图新变也摆脱不了别情,说明别情是边塞生活中重要且普遍的情感内容,是无法逃避的母题。

征人们深感离别之苦,希望暂借新声忘怀别情。可是无济于事,终于不得不坦然直面这令人内心烦闷凌乱的边愁。边愁由音乐撩起,乱字终由心生。别情为旧,又总是听闻,入耳入心皆为边愁,故曰"听不尽"。听不尽的边愁无法排遣,唯有暂时撇开。诗人宕开一笔写景,其时其地之景,亦关合心情。古诗凡景语皆情语,即写景的诗句总是蕴含了诗人的情感在内。这篇也不例外。地处关外,边庭广袤,地势开阔,天高地远,所以连用"高高"二字来写秋月。自古以来,人们的思念往往寄托在一轮明月之上。因为无论远隔千里,人们总能看到同一轮明月,在月华照映之下,仿佛思念在月光中传递。如同张若虚《春江花月夜》中所写"此时相望不相闻，愿逐月华流照君"。明月与长城，看似漫不经心地就地取材，却是全诗的精神内核。明月是思乡的寄托，长城自古以来就是兵战的象征，更凝聚了无数将士保家卫国的雄心壮志。秋月格外皎洁，清朗之夜，明月高悬，长城连绵不绝，月光如水照在苍茫的长城之上，肃穆而宁静。诗句写尽边庭的壮美景色，亦把心情衬托得回旋曲折。是思乡的叹息、念远的惆怅，还是忠于职守的责任、保家卫国的荣誉？情景交融之中，更写出征人胶着与矛盾的复杂感情。

> 青海长云暗雪山，孤城遥望玉门关。
> 黄沙百战穿金甲，不破楼兰终不还。

【鉴赏】此诗描写了征人的生活和在孤独中孕育着豪迈的情感。

第一句写自然环境之萧瑟，突出一个"暗"字。青海，即青海湖。长云，是布满长空之云，"长"字体现出广阔高原云彩的特点。云多使天色昏暗，就连反光强烈一向明亮的雪山都为之黯淡。又或云遮雪山，雪山固然壮阔，长云更其浓厚弥漫，雪山在长云之下终是暗去。高原的物候特征，衬托出战场的寥落悲壮。

第二句极写"孤"字。孤，既是地理位置之远，更是边关征人内心的孤寂感。自古以来，玉门关已是中原和边关的分水岭。如王之涣所云"羌笛何须怨杨柳，春风不度玉门关"，是说再往西去，出了玉门关，连春风都吹不到那里，连杨柳都不生长了，羌笛虽怨也无济于事，又何必再吹呢？诗中征人所守之城比玉门关还要远，竟要"遥望"才可看到，则城池之远，家乡之遥可想而知。这座城池不仅极其遥远，还是一座孤城，在此卫戍，征人内心之寂寞不言自明。

第三句写战士的生活，在沙漠中多次激战，连金属铠甲都磨破了。不写战事的紧张，征人的辛苦，只写一副铠甲因为用得过多而破损，实是以小见大的手法。通过这样一个小小的细节，将战场的硝烟滚滚、战士们的殊死杀敌悉数表现出来。

第四句是征人们的豪言壮语。无论地方多么遥远，自然环境多么恶劣，内心多么思念家乡，但作为一个战士首要的职责就是保家卫国，所以他们自勉也是自豪地说：不击败敌人决不回家。唐人七绝中像这样慷慨激昂、壮怀激烈的边塞诗,还有张仲素的《塞下曲》:"朔雪飘飘开雁门,平沙历乱卷蓬根。功名耻计擒生数,直斩楼兰报国恩。"令狐楚的《少年行》:"弓背霞明剑照霜,秋风走马出咸阳。未收天子河湟地,不拟回头望故乡。"楼兰,汉时西域诸国之一,曾经和汉战争,唐时已不存在,此处是泛指边庭战争。终不还,是誓言,亦是期望;是期望,亦是无奈。正如《出塞》诗所云:"秦时明月汉时关,万里长征人未还。"何时归家,身不由己,才是征人心中的最痛。他们的命运是"十五从军征,八十始得归",看家中断壁残垣、松柏冢累累的生者;还是竟如"年年战骨埋荒外"的不幸死者?自古征人之苦莫不如此。

　　　　大漠风尘日色昏,红旗半卷出辕门。
　　　　前军夜战洮河北,已报生擒吐谷浑。

　　【鉴赏】这是战争中胜利的一幕。

　　前二句写战争中的景象,突出大漠的"风"。第一句写风沙之大,铺天盖地,遮掩日光,把大漠自然环境之恶劣一笔带出。第二句以动态写风,红旗翻飞,因为风大,都卷到一起去了,以红旗、辕门带出战争的场景。辕门,军营的正门。古代乘车作战,行军扎营时用车环卫,以保安全,出口处用两部车的辕相对竖起作门状,故称辕门。后来习惯把军营的正门叫作辕门。此二句不仅把地理环境和战争事件交代清楚,战事的紧张亦在强劲的风势中逼迫而出。

　　三、四句写战事中的捷报。增援部队正向前挺进,战争已胜利结束。洮河,在今甘肃西南部。吐谷浑,我国古代民族,住在洮河流域,这里用来泛指敌人。这两句直赋其事,其中的喜悦与自豪显而易见。"已"字,将前军的英勇,制胜的迅速,闻捷的喜悦,都生动地渲染出来。成功描写胜利喜悦的,还有王建的《赠李愬仆射》:"和雪翻营一夜行,神旗冻定马无声。遥看火号连营赤,知是先锋已上城。"

　　此诗和前数首一起构成了王昌龄的《从军行》组诗。在这一组诗里,每首诗都精确地描绘了部分场景,结构在一起组成了征人战争与生活的广阔图景。战士们情感丰富而细腻,既有浓浓的思乡念远,又有保家卫国的自勉与责任;既有捷报频传的喜悦与自信,也有独处塞外的无奈与孤寂。它们被置放在边庭的自然环境之下,那里有雪山暗云,有烽火高楼,有大漠风尘,雄浑的意境蕴含着缠绵而又悲壮的基调。边庭的音乐,屡屡扣动着征人的内心,有羌笛吹响离别的《关山月》,有军中乐声永远不变的离别乐章,衬托着感情的深沉与苦痛。这些感情在紧张的战事中不断得到沉淀与升华,边塞的战争与思念,凡此种种侠骨柔情的征人生活,尽在诗人笔端。

(张春晓)

出　　塞　　　　　王昌龄

秦时明月汉时关,万里长征人未还。
但使龙城飞将在,不教胡马度阴山。

【鉴赏】这首诗以其卓越的时空感和情感的普遍认同成为古诗中脍炙人口的作品。

前二句以互文见义之法,极写自古以来征战的士兵总是卫戍边疆不得归家的现实。建筑边塞防备胡人,始于秦汉时代。"秦时明月汉时关",是互文见义之法,并非单指秦时的明月,汉时的关塞,而是合指秦汉的明月、秦汉的关塞。秦汉时代开始,已经是征人难还,时至唐代,仍然面临同样的问题。"万里",点出地域的广阔、边塞的苍茫,既是写征人离家之远,其所代表的空间感同时蕴含着时间的跨度。秦汉的明月与关塞仍见证着唐代征人"人未还"的共同命运,古今纵横捭阖,具有历史沧桑感。

一、二句与三、四句中间隐藏着一个疑问,因为互为因果,所以诗人虽然省略了,我们在接受的时候却不突然,那就是为什么征人总是不能归家? 为什么边庭总是被胡人侵略而难以取胜? 这个问题自秦汉而至唐代,是汉人心中难以释怀的民族情结。诗人没有给这个历史问题做出正面回答,而是说如果有飞将军李广这样的人物在,一定不会让胡人度过阴山,侵略汉地。将领无能,是历朝历代征人饱受离别之苦的源头,这是历代征人的心声,也是历代百姓的心声。而之所以不是每个朝代都能派出像李广一样神勇的边关将领,责任却不得不归咎到朝廷的用人不当。古人讲究怨而不怒,对于朝廷的批评也很含蓄,点到即止,意在言外。

这种以想象的境界来反映愿望的表现手法,还有李白的《永王东巡歌》:"三川北虏乱如麻,四海南奔似永嘉。但用东山谢安石,为君谈笑静胡沙。"无名氏《胡笳曲》则与本诗用意相同而手法相反,诗云:"月明星稀

霜满野,毡车夜宿阴山下。汉家自失李将军,单于公然来牧马。"同样借古
讽今,《出塞》以假想之辞,想如果有李广这样的将军就会如何,而《胡笳
曲》则是落笔现实,因为没有李广将军这样的人所以才这样。两诗一虚一
实,一正一反,王诗一唱三叹,更为深婉内敛。 （张春晓）

采 莲 曲　　　　王昌龄

荷叶罗裙一色裁,芙蓉向脸两边开。
乱入池中看不见,闻歌始觉有人来。

【鉴赏】这首诗描写了一群年轻女子采莲嬉戏的场景。全诗没有用
与颜色相关的字,但鲜艳的色彩如在眼前。翠绿的荷叶覆满水面,划着船
儿在水中采莲的女孩子们穿着同样翠绿的衫子,朝气蓬勃,与亭亭玉立的
荷叶浑然一色。她们的小船在荷盖下穿行。翠盖之上,荷花开得正好,那
是鲜艳欲滴的粉红色。美丽的花儿看到青春靓丽的女孩们,忍不住纷纷
迎上前来亲近,在女孩们可爱的面庞前让开道来。明明是女孩们分拨开
荷盖芙蓉,却说是芙蓉向脸两边分开,这是拟人的手法,一来趣味横生,二
来衬托出采莲女孩们的娇美如花。花之动,是风吹动,还是纤纤玉手拂
动? 此处化用了萧绎《采莲赋》"莲花乱脸色,荷叶杂衣香"之意。
　　"乱入池中看不见"的原因正是前二句所述,浑然一色的绿色衫子,娇
美如花的面庞,加上正合南朝乐府《西洲曲》"采莲南塘秋,莲花过人头"的
情形,女孩子们在荷叶丛中自然有些看不分明。正因为看不清,所以要靠
"闻歌"方能察觉,原来莲花丛中的女孩子们已经近了。若隐若现的身姿,
曼妙甜美的歌声,女孩子们的青春朝气更见生动明媚。这首诗写得清纯
活泼,有民歌之风,女孩子们的嬉戏之姿与汉代乐府所唱正相若:"江南可
采莲,莲叶何田田。鱼戏莲叶间。鱼戏莲叶东,鱼戏莲叶西,鱼戏莲叶南,
鱼戏莲叶北。" （张春晓）

长 信 怨　　　　王昌龄

奉帚平明金殿开,且将团扇暂徘徊。
玉颜不及寒鸦色,犹带昭阳日影来。

【鉴赏】此题又作《长信秋词》，原有五首，此其三，被誉为唐代宫怨诗的名篇。诗人借咏汉代才女班婕妤的深宫幽居遭遇，表达对深宫女子凄凉人生的伤感与哀叹。

长信宫是汉代三宫之一，位于西汉长安城内东南隅，是汉代太后的寝宫。长信宫之所以著名，与汉代才女班婕妤密切相关。据《汉书》载，班婕妤入宫后，曾深得汉成帝宠近，后因赵飞燕而失宠，班婕妤因担心赵飞燕加害，请求到长信宫侍奉太后，自此困守冷宫，直至终老。在长信宫中，班婕妤曾创作过《怨歌行》等名篇，其不幸遭遇也一再被后人吟咏，王维、崔湜、李白等诗人都曾经以此题材创作诗歌。王昌龄以"长信怨"作题，为全诗奠定了哀怨凄婉的感情基调。

"奉帚平明金殿开，且将团扇暂徘徊。"前两句描绘出班婕妤在长信宫里的日常场景。"奉帚平明金殿开"语出班婕妤"共洒扫于帷幄兮，永终死以为期"的诗句。清晨时分，皇宫的金殿初开，班婕妤早早起来，拿着扫帚在打扫殿堂。为何自扫宫殿？表明失宠已久。已经是深秋了，但她还是不愿舍弃那手中的团扇，因为它可以陪伴自己消磨时光，度过一个又一个无聊的日子。

团扇，又称绢宫扇、合欢扇，本是汉代宫廷妃嫔仕女的饰品，其之所以成为文学作品中的一个经典意象，源自班婕妤的《团扇歌》，诗云："新裂齐纨素，皎洁如霜雪。裁为合欢扇，团团似明月。出入君怀袖，动摇微风发。常恐秋节至，凉飙夺炎热。弃捐箧笥中，恩情中道绝。"因为此诗的关系，团扇被寄寓"恩情中道绝"的象征意义，成为后代红颜薄命、佳人失宠的代名词，诠释出古代社会宫廷女子的幽怨人生与悲惨命运。此处，"且"字和"暂"字用得巧妙，既解答出女子秋天用团扇的疑惑，也传递出宫廷女子难以言说的凄苦幽怨。

"玉颜不及寒鸦色，犹带昭阳日影来。"在描绘出班婕妤的日常生活后，诗人陡然将关注的目光投射在班婕妤一个细微的动作上。在百无聊赖的洒扫中，她忽然一抬眼，看到寒鸦从昭阳殿的上空飞来，不仅感慨自身的遭遇：即便我颜白如玉，但还是比不上那丑陋的寒鸦。为何？因为那些寒鸦是从昭阳殿那边飞过来的，还带着昭阳殿的日影啊！清人沈德潜曾评价此二句曰："昭阳宫，赵昭仪所居，宫在东方，寒鸦带东方日影而来，见己之不如鸦也。优柔婉丽，含蕴无穷，使人一唱而三叹。"（《唐诗别裁集》卷十九）此二句，既是自怜，也是"怨而不怒"，颇得风人之致。

本诗之所以为后人所称道，不仅在于其"怨而不怒，诗人忠厚之旨也"（清施补华《岘佣说诗》），更在于其想象之奇妙，譬喻之浑然天成。清人贺裳曰："即论宫词，如'玉颜不及寒鸦色，犹带昭阳日影来'，尝因其造语之秀，殊忘其着想之奇。"明人邢昉《唐风定》亦曰："一片神工，非从锻炼而成，神韵干云，绝无烟火，深衷隐厚，妙协《箫韶》。"从艺术表达上看，此二人之论，诚不虚谬。

（乐　云）

闺　　怨

王昌龄

闺中少妇不知愁，春日凝妆上翠楼。
忽见陌头杨柳色，悔教夫婿觅封侯。

【鉴赏】 一个贵家少妇，因为丈夫出了远门，在家中无所事事，于是在一个风和日丽的日子里，打扮得漂漂亮亮的，走上高楼，向远处眺望，欣赏初春的美景。这是一个充满闲情逸致的日子，贵家少妇本不知愁，生活无忧，闲庭信步，心情轻松而愉悦，所以很有心情打扮。"忽见"二句转得极为突然，却在情理之中，将少妇急转突变的微妙心理描述得真切而自然。

站在高楼之上，看到陌头已经一片杨柳青青。欣欣向荣、万物复苏的景象在唤醒生命的热情与憧憬的同时，激起曾经无欲无求的少妇对于生命荣枯的感慨，"惜春长怕花开早，何况落红无数"？一眨眼，这个春天就会从刚刚冒出新绿到满野葱茏，从花儿含苞欲放到盛开怒放，转眼枯叶飘落，落红满地。少妇忽然感到春日易逝，而独守空闺，浪费多少青春华年，这样的等待究竟什么时候可以到头？年复一年的杨柳青青，花开花谢，春去春回，而人的青春与生命却再不重来。少妇在优裕物质生活中沉睡的心灵和迟钝的触觉，因为物候的兴发而骤然变得敏感多情。她不禁深深悔恨鼓励丈夫为追求名利而离家远走。她曾经为夫婿的事功感到骄傲，但在这一刻，她更加听从了自己内心渴望的声音，原来，她更想得到的是珍惜每一刻生命的爱与记忆。

这首诗是一个生动的心理流程。诗写到这里,画面定格,少妇仍在楼头遥望,只是她脸上无忧无虑的微笑早已凝固,哀怨之情在眸中流动。她凝望的不再是无边的春色,望尽天涯路的是那更在春山之外的行人。诗写完,余情未了。那里,一个少妇的闺怨才刚刚开始。　　　　(张春晓)

听流人水调子　　　　王昌龄

孤舟微月对枫林,分付鸣筝与客心。
岭色千重万重雨,断弦收与泪痕深。

【鉴赏】这首诗是诗人在羁旅途中,听到江湖艺人所弹音乐的所闻所感。诗人用通感的手法,把音乐与自然景物、内心情感的三重交汇描写得真实动人,将浪迹天涯的行客情感表现得深婉细腻。

第一句写诗人所处的境遇,铺垫下与艺人奏乐感同身受的基础。诗人晚年独自奔赴龙标(今湖南洪江)贬所,舟行表明人在旅途。曰"孤舟",实言孤独之人,并可知江岸四周环境冷落,亦表明诗人贬所的偏远。古诗中,月亮是相思寄远的象征,古代交通不便,信息传递困难,相思念远往往寄托于同一轮明月。奈何而今就连月亮也暗淡无光,想寄情都难以实现。满怀愁闷无法排遣,又正对着枫树林,就更加深了情感的郁结。古人送别多在江边,羁旅亦多水路,江边多植枫树,所以枫树成为离别的象征。如《楚辞·招魂》"湛湛江水兮上有枫,目极千里兮伤春心",张若虚《春江花月夜》中"青枫浦上不胜愁",杜甫《梦李白》里"魂来枫林青,魂返关塞黑",均是将离别之思与枫林相系。诗中第一句将感情的张力拉到极点,无以排遣,于是请浪迹江湖的艺人为他弹一曲筝乐。由此引起音乐与自然、情感的融会贯通。

第三句用通感的手法将音乐的空灵飘逸和山间的烟雨迷蒙、心灵的如痴似梦融会在一起,亦真亦幻。将乐声比喻为落雨并不少见,如白居易《琵琶行》中的"大弦嘈嘈如急雨,小弦切切如私语",李贺《李凭箜篌引》"石破天惊逗秋雨"等等,大多旨在描绘乐声之美而取其音似。此诗则是为了衬托心境,更注重内在的神似,音乐、自然、神思因为共同的空灵寂寞之感而有更深的融合。四周寂静,唯有一曲筝乐在夜色中奏响,乐声回旋不尽,意境悠远,如同飒飒风雨漫天而来,和千山万岭"山色空蒙雨亦奇"的烟雨蒙蒙,一起打动行者内心深处凄迷难抑的客心。

曲声戛然而止,弦已断,情仍在。行者的泪水早已流下,所谓"泪痕深",一来是泪痕之重,可见泪水之多、流淌时间之长;二来说明内心情感被打动的力度与深度。或可与白居易《琵琶行》的结尾相对读:"凄凄不似向前声,满座重闻皆掩泣。座中泣下谁最多?江州司马青衫湿。"这是音乐之于人心的感动,更是对人生的磨难和压抑情感的表达。　　　(张春晓)

送 魏 二

王昌龄

醉别江楼橘柚香,江风引雨入船凉。
忆君遥在潇湘月,愁听清猿梦里长。

【鉴赏】这首诗写送别,不仅写目前之惜别,更有遥想中的离愁别绪。

前二句为即景。第一句交代时间、地点、情事。既在江楼饯别,可知送别之地正在江边。时间是橘柚飘香的秋天。之所以闻到橘柚的香气,是因为江风阵阵,和下句"江风引雨"相关合。坐在江楼之上,看到行舟已经备好,杯酒无绪,满川风雨,更增愁怨。惜别之情无以为怀,唯有一醉方休。正如白居易《琵琶行》中所言:"醉不成欢惨将别,别时茫茫江浸月。"都是以醉作为别情之痛的注脚。

终于还是要告别了。诗人和朋友走下江楼,外面风雨交加,风吹着雨都打进了船舱。因是秋天,故为凉雨,亦暗合心情之冷落。临别的凄风苦雨,更激起离人心中的依依惜别之情。诗人不禁为离人的将来设想。遥想友人夜泊潇湘之上,听到猿啼,岂不苦阿惆怅?潇湘,潇水在零陵县与湘水会合,流入洞庭湖,合称潇湘。猿啼之声凄厉,在山谷中回旋往复,倍加哀绝,古歌谣有"猿鸣三声泪沾裳"之语。离人本自发愁,更哪堪闻得猿啼?愁闷消解不去,即使已经醉酒入梦,这份愁情还是随着梦中声声入耳的猿啼悠长不绝。此处似梦似真,既和首句"醉别"相呼应,又应船行即景。

诗人为离人设想,写对方之愁,而一己之惆怅亦在不言中。

从眼前想象将来别情,著名的篇章还有王维《送韦评事》:"欲逐将军取右贤,沙场走马向居延。遥知汉使萧关外,愁见孤城落日边。"写送友人出塞从军，一、二句写其出征，三、四句想象其出关之后的情景。又有李益《写情》："水纹珍簟思悠悠，千里佳期一夕休。从此无心爱良夜，任他明月下西楼。"一、二句写相思之苦缘于佳期的结束；三、四句由此设想，从此以后再无佳期，即使月明如水，也无心欣赏了。而柳永《雨霖铃》"今宵酒醒何处？杨柳岸、晓风残月"，则在手法和意境上与此诗最为相似：现在和将来，愁与醉，真与幻，在时空流转的风中月下、水波的不尽摇漾之中融合无间。

（张春晓）

芙蓉楼送辛渐　　　　王昌龄

寒雨连江夜入吴，平明送客楚山孤。
洛阳亲友如相问，一片冰心在玉壶。

【鉴赏】 这首诗是王昌龄的名篇，最后一句尤为脍炙人口。此诗通篇浑然一体，无论是内心情感的表白，还是送别意境的营造，都与"一片冰心在玉壶"相一致。

芙蓉楼，原名西北楼，在今镇江西北。王昌龄当时在南京做官，友人辛渐即将由镇江过江，取道扬州前往洛阳。王昌龄从南京赶到镇江，在芙蓉楼给辛渐饯行。雨一直下个不停，一夜寒雨汇入江水，东流吴地。"寒"字，点明季节特征，亦衬托心情之黯然神伤。"连"字说明雨下得很大很久，雨水、雾气、涟漪，水天一色。烟波浩渺，江水东流不尽，更显得水天苍茫一片。夜雨无眠，惜别的意绪和落不尽的寒雨，带着悲凉的意味，却因为滚滚江水的不尽奔腾而显得意气不堕。

天一亮，诗人送友人乘船北上。夜雨洗净了天空，格外澄澈。开阔的江面上，楚山孤立。这是眼前所见之景，楚山的孤独却源于诗人的感情投射。友人的离去，使他感到深深的孤寂，故眼中所见独立的楚山亦觉其孤

81

独。同时，楚山岿然不动、遗世独立的姿态，亦是诗人不屈于世俗的精神意志的外现。山是即景，亦喻心境，更是诗人人格的象征。

话别之际，诗人托友人向洛阳亲友带个口讯，说如果问到他现在的处境，回答就是"一片冰心在玉壶"。即无论处境如何艰难，他都会坚持做人的原则，纯净真诚，坚贞不虚。南朝诗人鲍照《白头吟》即有云："直如朱丝绳，清如玉壶冰。"冰心玉壶，就是光明磊落、表里如一的品质，唐人如李白、卢纶、骆宾王、王维等人多以玉壶作为人格的自勉。唐人在《玉壶冰赋》中云："壶至洁，玉至鲜，有若君子清标。俨然色澄澄而外澈，质规规而内圆。"王维《清如玉壶冰》诗云："抱明中不隐，含净外疑虚。气似庭霜积，光含砌月余。"他们都对玉壶象征的品格心向往之。其时诗人正处人生的低潮期，从岭南被贬归来任江宁丞，几年后被贬更其偏远的龙标。所谓"谤议沸腾，两窜遐荒"，可知诗人虽然被短暂招回，但众口铄金，日子并不好过。这一句托给朋友的话，更是坚定不移的自我表白和自勉。

这首诗具有纯澈明净的特征，不仅表现在诗歌的写景造境上，更和诗人的内心世界浑然一体，故此深入人心。

（张春晓）

送柴侍御　　王昌龄

沅水通波接武冈，送君不觉有离伤。
青山一道同云雨，明月何曾是两乡。

【鉴赏】这首送别诗写得很特别的地方是，大多送别诗极写其远，而寓伤离别之意，此诗却反写其近，别情真挚而洒脱，颇见盛唐气象。诸如王勃《送杜少府之任蜀川》"海内存知己，天涯若比邻"，高适《别董大》"莫愁前路无知己，天下谁人不识君"，都是类似之意。

此时诗人或贬在沅水之滨的龙标，友人柴侍御即将乘船前往武冈。水道相通，仿佛友谊也因此连绵不绝，并未中断，所以诗人第二句即说送别并不让人感觉有离伤。此句不合常情，但接在两处水道连通之后，情感的相通便顺理成章。但这样一句话还是显得有些突兀，似乎有些薄情，于是诗人在第三句再做道理。前句已言水道相通，第三句再申言其实两处只隔了一道青山，绕过这座山就到了武冈，地理距离并不遥远，还在同一片天空下，山中的云雨都是相同的，何况同一轮明月照着你和我，就像仍

82

在一起，哪里像是分别两处呢？地理距离虽近，总是分隔两处。诗人的最后一句很有意思，明明是两乡，却言何曾是两乡。看到这里才知道，其实诗人要强调的，不是因为距离的远近友谊没有隔绝，而是因为心中的默契和友谊的深厚使心理距离为零，才拉近了现实距离。

不写送别之伤，但写距离之近，实则还是写友谊之深，惜别之意表达得相当洒脱。盛唐的诗人们有着高昂的精神面貌，对人生的抱负怀有极大的热忱，鲜少陷入失望绝望。尽管王昌龄再次被贬，可是送别友人时依然意气不衰。在困境中自振而不沉溺自伤的情感，就是盛唐的人生。

（张春晓）

祖咏（699—746），洛阳人，开元十二年（724）进士。向与王维友善。作品以描写山水自然为主，有《祖咏集》。

望 蓟 门   祖 咏

燕台一去客心惊，笳鼓喧喧汉将营。
万里寒光生积雪，三边曙色动危旌。
沙场烽火连胡月，海畔云山拥蓟城。
少小虽非投笔吏，论功还欲请长缨。

【鉴赏】蓟门，又称蓟城，即今北京市。幽蓟一带是唐代东北地区的军事要地。这首诗抒写诗人初到这一要地观察的景象和感想，表达出立功报国的志向。据说，战国时燕昭王为了招纳有才能的人才，曾经筑起一座高台，上面放置黄金，这就是黄金台，也叫燕台。这个台在蓟门一带，所以诗人用"燕台"来代指蓟门，泛指平卢、范阳这一带。唐代的范阳道，以今北京西南的幽州为中心，统率十六州，为东北边防重镇。它主要的防御对象是契丹。唐玄宗开元二年（714），并州长史薛讷，将兵御契丹；开元二十二年（734），幽州节度使张守珪斩契丹王屈烈及可突干。这首诗的写作时期，大约在这二十年之间，其时祖咏当系游宦范阳。

诗人写诗，吊古感今。开首两句说北望蓟门，触目惊心。起句突兀，暗用典故,燕自郭隗、乐毅等去后,即被秦所灭,客心由此暗惊。又汉高祖曾身击臧荼,故曰"汉将营"。"燕台一去"犹说"一到燕台",四字倒装,固然是诗律中平仄声排列的要求,更重要的是,以地名起笔平添雄壮气势,山川险要,激情满怀,"惊"突出特有感受。诗人初来闻名已久的边塞重镇,游目纵观,眼前是辽阔的天宇,险要的山川,不禁激情满怀。一个"惊"字,道出他这个远道而来的客子的特有感受。营地充满战争的气氛:笳鼓喧声重叠。笳是用来召集队伍的吹器,就像今天的军号;鼓是激励士气的打击器。汉将营里,也就是大唐兵营里,笳鼓之声喧喧,说明集合练兵颇为紧张。此句借用南朝梁人曹景宗的诗意:"去时儿女悲,归来笳鼓竞。借问行路人,何如霍去病?"这一句表现了军营中号令之严肃。

中间两联写"望"到的景象:厚雪堆积,铺满大地,放眼望去,万里皆白,雪光寒气逼人;在这边防地带(古时"三边"指"幽、并、凉"三州,这里代指蓟门一带),连绵千万里的白雪,朦胧曙色中,唯独高悬的旗帜在空中飘扬。这种肃穆的景象,暗含着汉将营中庄重的气派和严整的军容。边防地带如此的形势和气氛,自然令诗人心灵震撼了。

"沙场烽火连胡月",写战地烽火,烽火与胡地月光相连,雪光、月光、火光三者交织成一片,不仅没有塞上苦寒的悲凉景象,而且壮伟异常。"海畔云山拥蓟城",写地势稳如磐石,蓟门的南侧是渤海,北翼是燕山山脉,带山襟海,簇拥护卫着蓟门关。这两句表现出军事上"攻"、"守"相得益彰,"惊"转为"不惊",也为下文投笔从戎铺垫。

最后两句写自己虽然早年不能像东汉时定远侯班超投笔从戎,定西域三十六国,但此时被边关壮美的景色和边疆熊熊的烽火震撼,被古代的英雄业绩所激发,顿生投笔请缨建功立业的爱国热情。

全诗想象雄奇,写景壮阔,抒情豪迈,气势不俗,扣紧一个"望"字,以"烽火"承"危旌",以"雪山"承"积雪"。写"望"中所见,抒"望"中所感,格调高昂。诗从军事上落笔,着力勾画山川形胜,意象雄伟阔大,尾联抒发从戎之志,使人读了亦生慷慨之情。

(易文翔)

终南望馀雪　　　　祖　咏

终南阴岭秀,积雪浮云端。
林表明霁色,城中增暮寒。

【鉴赏】据《唐诗纪事》卷二十记载,唐玄宗开元十二年(724),祖咏在长安应进士试,这首诗是他的应试诗。按例,应试诗应为五言六韵十二句,但祖咏写了这四句就交卷,考官问他何故,他回答说"意尽"。也就是说,他认为已经将意思表达清楚了,无须画蛇添足。

这首诗写雪晴后,从长安城南望终南山的景象。"终南阴岭秀",从长安城中遥望终南山,见到的自然是它的"阴岭"(山北叫"阴");而且,唯其"阴",才会有"馀雪",阳光普照的地方,雪当然融化了。放眼望去,终南山给人的印象是秀丽。为何"秀"?"积雪浮云端",终南山的阴岭高耸入云,积雪未化,随着白云的流动,白雪就像漂浮在云之端。"浮"字用得很生动,形象地表现出高出云端的积雪在阳光的照耀下有如水浪波光粼粼。前两句虽没有写到阳光,但后面的"林表明霁色"作了补充,将前后照应,则能想象到雨雪初晴,阳光给"林表"抹上的色彩。

"林表明霁色","明"字表明晴天,"霁"说明在雨雪初晴之时,这两个字将"望馀雪"写活了。从地理位置来看,终南山距长安城约六十里,在冬季,从长安城内遥望终南山,阴雨之日自然看不清楚;晴空当照的时节,终南山也是雾霭笼罩;若想看清楚其面貌,大概只有在雨雪初晴之时。现实生活中,我们都有久雨初晴,视野开阔的经验。所以,一个"霁"字,使"望馀雪"成为可能,诗人的描写更为真实。再将此句推敲,"林表"是终南山阴岭的"林表",说明"霁色"不在山下,也不在山腰,而在山顶。阴岭的山顶是西边,由此可知,其时为夕阳西下之时,落日的余晖撒在山顶,染红了丛林,照亮了积雪。如此,结句的"暮"字已呼之欲出。

俗谚曰:"下雪不冷消雪冷。"一场雪后,只有终南阴岭尚余积雪,其他地方的雪正在消融,吸收了大量的热,自然要寒一些;"日暮天寒",日暮之时,又比白天寒;望终南馀雪,寒光闪耀,就令人更增寒意。意已尽,自然无须赘述。

这首诗前三句写望中所见,从阴岭、云端、积雪到林表,极有层次。末句写望中所感,把"馀雪"二字作了深层次的抒写,将终南山馀雪美景恰到好处地描绘出来,正因如此,王士禛在《渔洋诗话》里,把这首诗和陶潜的"倾耳无希声,在目皓已洁"、王维的"洒空深巷静,积素广庭闲"等并列,称作古今咏雪的"最佳"之作。

(易文翔)

裴士淹,生卒年不详,开元末,尝为郎官。诗一首。

白 牡 丹 裴士淹

长安年少惜春残,争认慈恩紫牡丹。
别有玉盘承露冷,无人起就月中看。

【鉴赏】唐时长安广植牡丹,牡丹之名贵者一株值万钱。牡丹开放于暮春百花凋谢之时,占尽风光,遂使富贵之家以争赏牡丹相夸耀,形成风气。白居易《秦中吟·买花》即讽其事。李肇《国史补》也有记载:"京城贵游尚牡丹三十余年矣,每春暮,车马若狂,以不耽玩为耻。"

此诗前二句所写,纪当时之实。"长安年少"暮春争赏慈恩寺紫牡丹——名花植于名寺,于是赏者奔赴如恐不及,"争认"二字,写出红尘拂面、车马骈阗景象,刻画出"长安年少"浅薄庸俗的心态。后二句展示白牡丹的丰姿,玉盘承露,倩影绰约;冰清玉洁,品格超逸。惜乎"无人起就月中看",与"争认"紫牡丹形成鲜明对照。"无人"者,并非真无一人,仅无俗人而已。能"起就月中看"白牡丹者,自是白牡丹超逸品格的同调。诗人既伤白牡丹之受人冷落,亦伤时风庸俗,并非为咏物而咏物也。从诗的结构上看,为突出白牡丹的孤芳自赏,先写"长安年少"之争赏紫牡丹,以宾衬主,对比鲜明,增强了艺术效果。

又白居易《白牡丹》诗曰:"白花冷淡无人爱,亦占芳名道牡丹。应似东宫白赞善,被人还唤作朝官。"以白牡丹为喻,自怨自艾,与本诗立意相近。以"白"扣姓,思亦巧,可与此诗并读。 　　　　　　(杨　军)

王维(692?—761),字摩诘,原籍太原祁县(今山西祁县),父辈迁居于蒲州(今山西永济)。进士及第,官至尚书右丞,世称王右丞。王维诗明净清新,精美雅致,李杜之外,自成一家。其名字取自维摩诘居士,心向佛门。虽为朝廷命官,却常隐居蓝田辋川,过着亦官亦隐的居士生活。王维又是杰出的画家,通晓音乐,善以乐理、画理、禅理融入诗歌创作之中。苏轼谓其"诗中有画"、"画中有诗",

他是唐代山水田园诗派的著名代表。

九月九日忆山东兄弟　　　　王 维

独在异乡为异客,每逢佳节倍思亲。
遥知兄弟登高处,遍插茱萸少一人。

【鉴赏】说到王维的诗作,我们印象是诗中有画、诗中有乐、诗中有禅。但这首作于诗人十七岁时的作品,却不是以色彩、构图、声响或禅意取胜,而是以朴质与深厚见长。一如诗人的年龄所传达的讯息:纯真而质朴;一如诗人的学识所折射的光芒:深刻而浑厚。

《易经》中,"六"为阴数,"九"为阳数,九月九日,日月并阳,两九相重,故名重阳,亦称重九。重阳佳节,倍感思亲,因有此作。

年轻的士子独自游历在外,漂泊无依,孤独凄然。正如风雨中飘摇的一叶浮萍,找不到自己想要停泊的港湾。繁华的帝都对漂泊在外的士子而言只是"异乡",他始终无法融入其中,他的自我感觉是"异客"。一个"独"字,两个"异"字,真切地道出了士子身处孤子之境的感受。

时间是医治一切创伤的良药,游子的思乡怀亲之情也许会伴随着时间的流逝慢慢淡却,也许会在忙碌的生活中慢慢被挤压到情感的一隅。可淡却不是忘却,一隅仍是存在。生活的触媒(比如佳节)说不准什么时候就拨动了这根敏感的心弦。此时,佳节时刻,思乡怀亲之情更易毫无节制地爆发出来,"每逢佳节倍思亲"即道出了思乡情感喷发的强度与力度。"每"字与"倍"字则强化了这种表达。在家乡,有着自己牵挂的亲人,有着自己熟悉的生活点滴,更有着许多美好的往日记忆。就是这样的种种情思,都在佳节时刻涌上心头,而此刻士子独自在外,则在对比的心绪中倍

感孤子。如果这种情绪只是偶尔一次触动客子的心绪,那么这应该是可以慢慢淡却的情思。事实却不是这样,这种思绪是经常的,而且每经历一次给人情感的挤压力度是加倍的。我们每个人都有这种体验,在王维用朴质无华的语言表述之后,再逢此心情,我们找不到更合适的语言去替代它——"每逢佳节倍思亲"!这两句朴质的诗句,道出了"人之同有之情",故而打动了太多游子离人之心,千古传唱,历久弥新。

若顺着作者的思绪,下面两句诗应该写诗人如何"倍思亲",但诗人却宕开笔墨,换一种叙事视角,不是写自己如何"思亲",而是遥想故乡兄弟们重九登高,插茱萸的热闹场面,写兄弟们所感到的缺憾——"遍插茱萸少一人",于热闹处写冷清,佳节的团聚与热闹反衬出诗人内心的孤寂与伤感。这就使诗作更加迂回曲折,让诗意反复跳跃,既朴素自然,又显含蓄和深沉。

诗作开门见山,直切题意,中间宕开笔墨,却能收放自如,将客子在外身历佳节的内心情感体验细腻、真切地展示出来,千百年后,无出其右。

(刘　琴)

和贾至舍人早朝大明宫之作　　王　维

绛帻鸡人报晓筹,尚衣方进翠云裘。
九天阊阖开宫殿,万国衣冠拜冕旒。
日色才临仙掌动,香烟欲傍衮龙浮。
朝罢须裁五色诏,佩声归到凤池头。

【鉴赏】乾元元年(758)的早朝,中书舍人(掌管草拟诏令)贾至写了一首《早朝大明宫呈两省僚友》,引起诸僚友的共鸣,于是杜甫、岑参、王维纷纷和作。通过一首同题之作,恰可见诸诗人诗风的不同。

天宝十四载(755),安禄山于范阳起兵,大唐王朝在一阵渔阳鼙鼓中开始渐渐远离盛世的荣耀。王维虽在乱中被迫接受了伪职,但因为一首《凝碧诗》,再加上其弟王缙削己官位以赎兄罪,肃宗遂宽免了他。乾元元年春王维复官,责授太子中允,加集贤殿学士;旋迁太子中庶子、中书舍人。因此,我们看这首歌功颂德的和诗,虽"句意严整,如宫商迭奏,音韵铿锵,真麟游灵沼,凤鸣朝阳"(元杨载《诗法家数》),但"无性情风旨之可言,仍是初唐应制之体",不过相较于初唐应制诗,又"色较鲜明,气较生动,各能不失本质耳"(《瀛奎律髓汇评》引纪昀评语)。不管怎样,我们确能够通过这首诗来认识王维。

首联用"鸡人"(宫中头戴红巾的负责报时的卫士)、"尚衣"(唐时专门负责皇帝服冕的机构)、"翠云裘"(天子之衣)来渲染天子早朝之准备,突出皇家的威仪,为早朝的庄重烘托气氛。颔联从大处着笔,气势开阔。层层叠叠的宫门迤逦打开,万国使节拜倒在丹墀之下,那山呼万岁之声阵阵雷动,响彻云霄。颈联则将视域收回,聚焦于天子身后的障扇(仙掌)和浮动在天子旁边的香烟。一个"才"字暗示出天子的尊贵,一个"欲"字则交代出自己的向阙之心。一句"香烟欲傍衮龙浮"也呼应贾至诗中的"衣冠身惹御炉香"。以上两联既从大处落笔,又从小处着眼,以大见小,以小衬大,突出显示了皇家的威严和天子的尊贵,也表白了自己的"欲傍"之情。

尾联以想象中早朝结束后的事情(草拟诏令)为结。"佩声"代指中书舍人贾至,"凤池"是凤凰池,指中书省。早朝时群臣之间定有事情商量,那么早朝之后则需要中书舍人来草拟诏令,从而归结到贾至的职责上。

这首诗从早朝前、早朝中写到早朝后,衔接映衬得宜,又不忘"和"字而呼应贾至,遂称佳制。"右丞此篇……盖气概阔大,音律雄浑,句法典重,用字清新,无所不备故也。"(明顾璘《批点唐音》)于技法上与杜、贾、岑诸作相颉颃。所欠者,只是此时战火尚在燃烧,而宫中似乎一片升平,王维诸人则庆幸于乱后复官。在一片称颂声中,我们既看不到其早年的"游侠气",也读不到后来他于山水诗中所表达的那份恬淡和禅悦。(刘晓亮)

送　别　　　　　　　　王　维

下马饮君酒,问君何所之?
君言不得意,归卧南山陲。
但去莫复问,白云无尽时。

【鉴赏】这是一首送别诗,但是我们却读不出送别的时间,也找不到送别的地点,这样模糊的送别背景图,似乎正宜读者去飞腾自己的想象。或许是在喧嚣的闹市间,衬托出的是对宁静归隐生活的向往;或许是阳春三月,折柳赠别,更多的是一份惜别的依恋;又或许是秋高气爽的时节,在波光粼粼的水边,流水亦寄托着离人的不尽情思;甚或是在萧瑟的寒风中,送别的主题更渗进了一份莫名的凄怨、哀伤与苍凉。

虽然送别的背景是如此朦胧,送别的主体却是异常的清晰,我们分明看到:疾疾的马蹄扬起高高的尘土,那是闻讯赶来的诗人生怕错过与友人的话别而快马加鞭;殷勤把盏处,肺腑私语时,长揖相别际,潇洒中有留恋,留恋处亦潇洒。

"下马饮君酒,问君何所之?"开篇即写"劝君更进一杯酒",写饮酒饯别,点明主题。诗人驰马赶来,似有万千话语欲与友人叙说,但当下最关心的莫过于友人的居处去所,故首先发问"君何所之"? 如果得悉友人的去所,即便有万千阻隔,也还有再见的可能。这句直白、质朴的诗句,将不尽的牵挂揉进其中。

"君言不得意,归卧南山陲",由诗人转叙了友人的回答,"不得意"三字,写尽了悲酸。古来多少士人,都在儒与道之间苦苦寻觅一条折中之路。人生在世,或许是七十古来稀,甚或更短,很多人即在这短暂的人生中找不到一条真正想要走的路,在仕与隐的选择中痛苦地煎熬。如果说李白"人生在世不称意,明朝散发弄扁舟"抒写的还是一种理想,"君言不得意,归卧南山陲"则叙写了既定的现实,二者同样的潇洒出尘。

诗人终于松手了,终于不再苦苦追问了,让友人的离去不带一丝尘杂。诗人说,尘世的繁杂与功名利禄总是有尽头的,而隐居的闲适则一如山中的白云无有尽时。纷扰的尘世已羁绊了友人太多时日,如今归隐了,友人自可享受隐居生活的自由自在,闲看花开花落,坐望云起云收。

如果说王勃"海内存知己,天涯若比邻。无为在歧路,儿女共沾巾"是把送别的主题赋予了少年气,这首《送别》诗,则将一份潇洒出尘的"仙气"赋予了送别。

(刘　琴)

酬郭给事　　　　　　　王　维

洞门高阁霭余晖,桃李阴阴柳絮飞。
禁里疏钟官舍晚,省中啼鸟吏人稀。
晨摇玉佩趋金殿,夕奉天书拜琐闱。
强欲从君无那老,将因卧病解朝衣。

【鉴赏】七律这种体裁在初唐刚起步,用这种体裁作诗的人并不多,直到杜甫,才将之完善,并影响了后世大多数诗人。但杜甫的这种完善之功,也包含了盛唐诸家的贡献,这其中即有王维对于七律这种诗体的开拓。王维所写七律不多,据统计只有20首,而且应制的即有7首,此外还有酬赠诗、山水田园诗等。以酬赠诗来说,除为所赠之人说些揄扬的话之外,总体情调总是让人心生凄恻。历来论王维诗歌风格的诗评家多认为其多愁善感,但在他的酬赠送别七律中则一反悲愁哀怨的风格,表现出踔厉风发、意气慷慨的高迥格调,非他人所能摹写。

这首《酬郭给事》是王维送给一位郭姓给事中的诗。这个郭给事不详何人,给事指给事中,是门下省之属官,常随侍皇帝左右,以备顾问应对。可见这个郭给事是皇帝身边的一位重要人物。从整首诗来看,王维也突出写明了这位给事中的重要地位。

首联揭示了郭给事的显达。"洞门"指的是宫殿或深宅中重重相对又相通的门,这里指宫门。"洞门高阁"暗示皇家,"余晖"则象征皇恩,"霭"形容多。这一句揭示了郭给事蒙受浩荡皇恩。《韩诗外传》载:"夫春树桃李,夏得阴其下,秋得食其实。"于是遂以"桃李"比喻栽培的后辈和所教的门生。"桃李阴阴"是形容郭给事的门生很多,而"柳絮飞"则是指那些门生个个都飞扬显达。

颔联写出了郭给事的贤能。"禁里"指宫中,"省中"指门下省内。本来宫中、门下省应该比较繁忙,但王维用一个"疏"和一个"稀"写出了禁中、省内吏人稀少,讼事无多,时世清平。原因是郭给事的贤能,所以即使做官,也比较闲静、悠然。

颈联则落实到郭给事本人,写出其蒙受重用。"玉佩"是指玉制的装饰品,古时贵族方可佩带。"趋"是小步走。从配饰到行动,都写出了郭给事对皇帝的尊敬。"天书"指皇帝下达的诏令;"琐闱"是带有雕饰的门,这里代指宫门。早晨郭给事盛装朝拜,傍晚则捧诏下达,不辞辛劳。"晨"与"夕"不仅交代了郭给事一天的忙碌,也暗示其一天随侍皇帝身旁,深得皇帝重用。

既然郭给事是这样一个贤能之人,诗人当然愿意向他学习。于是尾联表达了这种想要跟随却不能跟随的无奈。"无那"即无奈,"解朝衣"指辞官。说自己非常想追随郭给事,无奈自己身老多病,无法相从,只能回家休息了。本句点明主题,反映了诗人的出世思想。

古代很多诗评家对这首诗的结句都甚推崇,如明顾璘谓:"结语深厚,作者少及。"(《王孟诗评》)明李沂评曰:"结语多少蕴藉,令人一唱三叹。"(《唐诗援》)金圣叹也评论到:"后解(指后四句)始酬郭给事。言摇玉佩,奉天书,与君同事,岂不凤愿?然晨趋夕拜,老不堪矣。诵之使人油然感其温柔敦厚,不觉平时叫嚣之气皆失也。"(《选批唐诗》)

悲音固好,然壮音亦佳,王维的酬赠送别七律(不止《酬郭给事》)中这种踔厉风发的高迥格调,是对诗歌美学的重大发展,也决定了他的此类诗作在七律发展史上的特殊意义。有人曾推崇王维为"盛唐律诗第一高手"(参陆平:《王维:盛唐律诗第一高手》),客观地讲,相较于杜甫,王维即使做不得"第一高手",但"高手"绝非虚誉。

(刘晓亮)

鹿 柴 王 维

空山不见人,但闻人语响。
返景入深林,复照青苔上。

【鉴赏】 鹿柴,是王维在辋川别业的胜景之一。辋川有胜景二十处,王维逐处作诗,每作一诗,并有好友裴迪同咏,收录为《辋川集》,这首诗是其中的第五首。清沈德潜《唐诗别裁》说:"佳处不在语言,与陶公'采菊东篱下,悠然见南山'同。"王维此诗与陶渊明的空灵、隐逸有相似的境界。《唐诗品汇》引宋刘辰翁评:"无言而有画意。"这些评语都表达了一致的内容,那就是"诗中有画"。

本诗是一首山水诗,诗中表达了作者对大自然的热爱,同时也表达了对尘世官场的厌倦。全诗营造出清净空寂的意境。清吴瑞荣《唐诗笺要续编》中说:"景到处有情,情到处生景,可思不可象,摩诘真五绝圣境。"本诗纯乎写景,无一语言写情,但却又充满感情,景与情高度统一。

诗的前二句讲空寂的山林不见有人,但却听到了其他地方传来的人声。山林里本应有鸟语虫鸣,风声水响,但在这里却杳无声息,只是偶尔传来一阵人语声,却不见来人。作者通过短暂的人声反衬出了山林长久的寂静,有以动衬静之意。"人语响"打破山空寂,空谷传音,愈见空谷之空;空山人语,愈见空山之寂。人语响过,空山又归于万籁俱寂的境界,并且正是因为有了刚才那一声人语,这份空寂感便更为突显了。此外,因受到佛教思想影响,作者不自觉地在诗中表露出禅意,而"空"字是禅意的最好体现。

诗的后两句讲深林返照,落在林间青苔上。这里作者运用了反衬,青苔上的光斑与深林里的幽暗构成了强烈的明暗对比,尤其是"返景"微弱短暂,一抹余晖转瞬逝去后,接踵而来的便是漫长的幽暗,反而使深林的幽暗更加突出。如果说,一、二句是以有声反衬空寂;那么三、四句便是以光亮反衬幽暗。

远处人声传来,一缕斜阳透过深林投射在青苔上,赋予了诗画动感,令人有身临其境的感受。诗中,作者使用白描的手法来描写景物,笔墨极简淡,正好凸显了鹿柴的清幽,并十分巧妙地运用了四个意象:空山、返景、深林、青苔。空山主要指的是空静的环境;"返景"意为夕阳柔和的光线;"深林"以"深"字体现出林之密和林之暗,"青苔"则直接表现了苔藓的颜色青色。这四个意象看似简单,实则意蕴丰富,极好地传达出空静的氛围,斜晖与深林的明暗交织对比,青苔丰富画面色彩,使景致更加鲜活。

通读全诗,我们可以想象到这样一幅画面:在空空的山林里没有看见人,却听到了别的地方传来了人声。落日斜晖投入林子里来,光影刻照在青苔之上。诗人用简单的几笔绘出一幅寂静幽清的画卷,令人神往。隐居在风景优美却人烟稀少的辋川,应当是寂寞的,但王维偏偏是能享受孤独的人,因此从诗中我们没有读出孤独的愁绪,反而读出心灵的宁静。而如果没有对大自然的细致观察,潜心默会,也是不能够写出这样优美的诗篇,令后世千古传诵的。

(林锦萍)

山居秋暝   王 维

空山新雨后,天气晚来秋。
明月松间照,清泉石上流。

竹喧归浣女，莲动下渔舟。

随意春芳歇，王孙自可留。

【鉴赏】明月将清辉洒满松林，清泉在石头上潺潺流过，不唯如此，山雨初霁，洗去了如盖青松身上的尘埃，让青松的身影更加伟岸挺拔，在月色下焕发出勃勃生机。微雨也让清泉更加清冽，它欢快地在山林间奔走，仿佛一条洁白无瑕的白练在山间萦绕。这就是诗人笔下的"山居秋暝图"，"诗中有画"的评语用在这里再恰当不过了。

诗人似乎是独自迈步在雨后的山林中，这一刻，一切都是静谧的、美好的。欣赏着青松间透下的月色，聆听着泉水自在的叮咚声，这无疑是一种美好的享受。可是，突然，诗人发现，这个山林不惟他自己所"独有"，翠竹深处，传来了浣女们洗衣归来的欢笑声，莲叶纷披，那是渔舟在月色下打破了荷塘的宁静。好一幅"荷塘月色图"！这样，本来宁静的画面因浣女、渔舟的出现而有了更加灵动的色彩。这是一幅人与自然和谐相"依"的动人图画！

雨后山林有太多可供选择的描写对象，但我们可以看出，诗人有意识地截取了青松、泉水、翠竹、莲这几个事物作为观照对象，实际上，在对它们的描摹中寄寓了诗人的高洁理想。

诗人的高洁人格在新雨后的山林得到了印证，诗人的高洁理想也在这里得以表达。末句，诗人低吟："随意春芳歇，王孙自可留。"这里是诗人心目中理想的乐土，是他称心的世外桃源，诗人由此发出了但愿长留于此的感慨！诗句实是反用了《楚辞·招隐士》"王孙兮归来，山中兮不可久留"之意。在他眼里，山林并不是一个孤寂的所在，山林比朝中更具清幽的自然美与和谐的人性美，可以远离纷争，是一个值得托付自己的理想所在，故而诗人坦言"王孙自可留"。

诗作善于截取有深意的画面表达诗人的深远理想，在写作中以静衬动，以动衬静，绘制了一幅颇具深意的"山居秋暝图"。　　　　　（刘　琴）

竹 里 馆 　　　　　　　　　　王　维

独坐幽篁里，弹琴复长啸。

深林人不知，明月来相照。

【鉴赏】《竹里馆》是唐代诗人王维晚年隐居蓝田辋川时创作的一首五言绝句。王维早年信奉佛教,思想超脱,加之仕途坎坷,四十岁以后就过着半官半隐的生活。正如他自己所说:"晚年惟好静,万事不关心。"因而诗人常常独自坐在幽深的竹林之中,弹着古琴以抒寂寞的情怀。作者对大自然真挚的喜爱从诗中流露,正如清代宋征璧在《抱真堂诗话》中说:"王摩诘胸中真有辋川,非强为之词者。"

本诗写山林幽居情趣,属闲情偶寄,通过描绘诗人月下独坐、弹琴长啸的场景,写出了隐者的闲适生活以及情趣。表达了作者不受俗世纷扰的超然世外的悠然闲适的心情。明代顾璘在《王孟诗评·王诗》中说:"一时清兴,适与景会。"作者正是在意兴清幽的状态下与竹林、明月本身所具有的澄净的属性悠然相会,而落笔成篇的。

前两句描绘了隐居之士独自一人坐在幽深的竹林里,一边弹着琴弦,一边又发出长长的啸声。这里以弹琴长啸,反衬出竹林的幽静。简朴清丽的笔墨营造出有景有声的画面、幽静闲远的气氛。作者作为隐士,在这一幅看似有些寂寞的画里却自得其乐,尘虑皆空,体现出作者宁静、淡泊的心情。"弹琴""长啸"也体现了诗人高雅脱俗的情趣。

后两句意思是说,自己僻居深林之中,无人相伴,但也并不为此感到孤独,因为那一轮皎洁的月亮还在时时照耀自己。以明月的光影,反衬深林的昏暗。写到月来照,不仅与"人不知"有对照之妙,也起到了点破暗夜的作用。这里使用了拟人化的手法,把倾洒银辉的一轮明月当成心心相印的知己好友,足见诗人新颖而独到的想象力。诗人高雅的志趣虽不易引起别人共鸣,但与明月相照,相信有志同道合之人,心中并不觉得寂寞。沉浸在月下深林,怡然自得,别具一番滋味,作者的心境也与自然的景致融为一体。

本诗的意境清新静谧。竹林幽静,月光皎洁,诗人不禁诗兴大发,仰天长啸,一吐心中千思万绪,竟只有明月相知。全诗由简单的词句构成,不以字句取胜,而从整体见美。美在神不在貌,而其神是蕴含在意境之中的。诗的意境的形成,全赖作者心性和所写景物的特质相一致,而不必借助于外在的色相。因此,外在景与内心情融合无间、融为一体。语言上则从平淡中见韵味,拆成单句来看平淡无奇,而整体看来,内含意境无法言喻。自然平淡的风格美与意境美起了相辅相成的作用。清代黄叔灿说:"《辋川》诸诗,皆妙绝天成,不涉色相。止录二首(《鹿柴》、《竹里馆》),尤为色籁俱清,读之肺腑若洗。"正是诗中将这种清静安详的境界描绘得淋漓尽致才赢得了如此评价。

诗人以画入诗,使其山水诗富有诗情画意,以自然平淡的笔调,描绘出空明澄净的月夜幽林画,融情景于一体。通过音响与寂静以及光影明暗的衬映,着力渲染幽静的意境与寂寞的情怀,却不觉消极情绪,反倒感受到了一种闲适自由的生活态度。　　　　　　　　　　　　(林锦萍)

山中送别　　　　　　　　王　维

山中相送罢,日暮掩柴扉。
春草明年绿,王孙归不归?

【鉴赏】没有秾丽的语言,没有刻意的技巧,质朴中却淡出了一片"春风吹又生"的离思。诗人善于选取最具包孕性的时刻,去析解送别的情怀,正如唐汝询在《唐诗解》中所说:"扉掩于暮,居人之离思方深;草绿有时,行人之归期难必。"

有人说,在中国古典别离诗中流动着两种液体,一是眼泪,一是酒水。泪的味道既咸且苦,酒的味道又辛又辣,可说是五味俱全。但是,王维的这首送别诗却跳出了泪与酒的窠臼,将送别的不尽情思化入令人产生无穷低回想象的空白中,但送别的五味却没有因之而有丝毫的减弱。

"山中相送罢",一开头就告诉读者,诗人要叙写的不是相送时的情形,而是送别后的心绪。离别时固然让人揪心,离别后的寂寞与惆怅更加难以排解。真正有过送别经历的人会由此悟出,黯然销魂的感觉或是在别前,或是在别后,别离一刻的紧张与忙碌会暂时冲淡浓浓的离思。

相送已罢,经过短暂的(在离人心中却是漫长的)时间沉淀,当暮色渐

临，当不经意中重复往日最平常的"掩柴扉"时，千思万绪又涌上心头。抒写人的情感状态是最难的，所以诗人只是截取一个动作去表现，省去了万千叙写，却做到了最大程度的包孕性。这使每日重复的动作中有了不同于往日的意味——物是人非啊！往日轻掩柴扉，柴门内是一片如春的温暖，可以把酒言欢，涵咏诗赋；而此刻的柴扉里屋，烛光或许一如往日的摇曳，但诗人此时的心绪却是寂寞的、怅惘的，清冷的环境更让白日的送别情景在诗人心头久久萦回，挥之不去⋯⋯

"春草明年绿，王孙归不归？"是啊，"草绿有时，行人之归期难必"，在来年春草碧色的时刻，行人是否能如春草的滋生般依时而返？诗人不敢做出回答，只是在心头反复咀嚼离思，反复询问自己。或许他告诉自己，草色尚知不违春意，依时返绿，友人理应更懂诗人的企盼，早日归来。但毕竟，诗人无法把握友人的行期，而这也是他在离别之际犹豫再三并没有问出口的悬念。如若已向行人发问，归期尚有定日，而此时诗人只能反复自问并给自己千万个难以确认的答案。这就更恰切地写出了诗人此时的万分惆怅与寂寞，侧面烘托了友人间真挚、深厚的感情。

最为平凡的素材，最为朴质的语言，经诗人妙手点染与组合，展示给读者一种历久弥新的诗的韵味。

（刘　琴）

相　思

王　维

红豆生南国，春来发几枝。
愿君多采撷，此物最相思。

【鉴赏】本诗又名为《江上赠李龟年》，可见为怀念友人之作。据《云溪友议》载：安史乱时，唐宫乐师李龟年流落江南。一次于湘中采访使筵上唱这首诗，满座遥望玄宗所在的蜀中，潸然泪下。可见此诗在当时传诵的情况。这首诗，一直传诵到今天。真挚的相思之情由外在具体的景物生动展现，听者怎能不为之动容。随着《唐诗三百首》流布的广远，影响之深刻，这首诗一直传诵至今，几近家喻户晓。

这是王维青年时期的咏物寄相思的诗作，亦是眷怀友人之作。本诗以含蓄深沉的语言，传达浓烈的相思之情。而红豆成了赤诚友爱的一种象征。表明友谊真切，如李白的《赠汪伦》，同是友谊诗但写作手法完全不一样。寄情于物，写下平实的语句，深深相思情却自然流露了。

本诗中的第一、二句因物起兴，像是诗人在外散步，偶然看见结在枝上的红豆，心中日夜思念的人儿倏然出现，情思油然而生。"红豆生南国"，其中"南国"既是红豆产地，又是好友所在之地。此处已直指对友人的眷念。而"春来发几枝"选择富于情味的事物来寄托情思，设问寄语，语极朴实，却意味深长，又极富形象性，暗逗情怀。

诗的第三、四句意在暗示珍重友谊，表面看似嘱人相思，实则深寓自身相思之重。其中一个"劝"字充满深情，而"多"字表现了一种热情饱满、一往情深的健美情调。诗人本是怀人，但却遥嘱友人"多采撷"红豆，不直言思念，而说"此物最相思"，无限的怀念，一个表程度的副词"最"字强调了相思情怀，"最相思"呼应"红豆"，切合红豆"相思子"的别称，强化了"红豆"与"相思"之关系，同时又关乎情思，有一语双关之说。

春天来了，万物复苏，在这美好的春光里，诗人也对朋友产生了思念之情。"红豆"的鲜艳与"南国"大地葱绿结合，脑海里展现出春回大地的画面，在色彩的对照中、鲜明的画面感里，突出了"红豆"这个意象，从而暗示着对身处南国朋友的思念之情。诗人不从正面描写自己是如何思念好友，而从友人的角度着手，希望友人多采摘相思之物红豆，以此暗示远方的友人要珍重友谊，同时，也表达了自己心中对朋友的深重怀念。

通读全诗，语言清新流畅，看似平淡实则含蓄深沉，语意高妙，看似语浅实却情深，传达着浓烈的相思之情。以采摘红豆来寄托相思情，希望友人多采撷最为贴合相思意的红豆。故《唐诗评注读本》中说："'愿君多采撷'者，即谆嘱无忘故人之意。"这首诗的生命力，还在于它的取象。"红豆"这个意象有着长期流传的、具有深厚民俗基础的故事，丰富了诗的内涵。在生活中，最情深的话往往朴素无华，自然入妙。王维很善于赋予朴素的语言丰富的内涵，以此来表达深厚的思想感情。

（林锦萍）

渭川田家　　　　　　　　　　　王　维

斜阳照墟落，穷巷牛羊归。
野老念牧童，倚杖候荆扉。
雉雊麦苗秀，蚕眠桑叶稀。
田夫荷锄至，相见语依依。

即此羡闲逸,怅然吟《式微》。

【鉴赏】这是一幅恬静、美妙的田家晚归图。金色的落日余晖洒满村落,茫茫的暮色即将临近,这是一个祥和、忙碌的时刻。看:牛羊开始成群地走向村子,慢慢没入长长的小巷。一位慈祥的老人正倚着拐杖,于柴门外翘首期盼,他在静静地等待放牧归来的孩子的可爱身影。可以想象,经过一天的放牧生活,孩子也正兴奋地向家的方向奔走。在那里,有慈爱的爷爷为他准备了无尽的关爱! 田野里,青青的麦丛中野鸡正卖力地鸣叫,深情地呼唤着自己的配偶;桑林里桑叶的日渐稀少换来了满眼的金色或银色,蚕儿们已为自己营造了一个个美丽而温暖的小"家"。农夫们三三两两地扛着锄头从地里归来,偶尔相遇在田间小道,便亲切地絮絮小语,似有说不完的话儿与人分享。

对这样和谐、美妙的图景来说,诗人不是"此中人"的身份,他只是羡煞这种生活的旁观者。诗人在仕途中几历沉浮,偶尔经过这一村隅,他看到的是一切皆有所归的情景,联想到自己的彷徨无依,不由感慨地微微低吟:"即此羡闲逸,怅然吟《式微》。"其实,农民的生活并不像诗人想象的那样闲适安逸。但诗人略去了其间的辛酸与苦涩,选取倍具泥土气息的田园生活一隅,用这里的温馨恬适与官场的欺诈险恶对比,表达了诗人归隐田园的意志。《式微》是《诗经·邶风》中的篇什,诗中反复咏叹:"式微,式微,胡不归?"这里,王维借诗言志,将他所有的心绪都倾注在对《式微》的吟唱中了。

从"斜光照墟落"的景物描摹,到"怅然吟《式微》"的情感抒发,诗人用一个"归"字统领主题,一切皆有所归,唯自己孤单无依。但诗人也在苦苦寻觅,他在《式微》的诗句中找寻精神的皈依。   (刘 琴)

辛 夷 坞   王 维

木末芙蓉花,山中发红萼。
涧户寂无人,纷纷开且落。

【鉴赏】这是一种美丽的花,它的花苞在每一根枝条的末端傲然绽放,有如一枝枝带露的荷花,亭亭地、静静地在自己的世界言说自己的美丽。"山中发红萼",在青青的山色中,红色是一种多么醒目的颜色!它可以在入眼的第一刻吸引你、打动你,让你的目光久久为它停留。红色亦是一种生命的色彩,代表温暖与活力,神秘的辛夷坞中,一片春意萌动。就是这种美丽的花儿,寂寞地开在寂寞的涧户,随着春天的脚步慢慢零落。但这也是一种美丽的零落,是"零落成泥碾作尘,只有香如故"的完美谢幕!

这是一种寂寞的花。它无意与春色争胜,只是幽幽地开在寂寞的一角,悄悄展示她美丽的衣襟,又悄悄咀嚼凋零的痛苦。花期总是短暂的,我们会眼看它含苞,眼看它绽放,又眼看它零落。我们常说,"有花堪折直须折,莫待无花空折枝","君看今日树头花,不是去年枝上朵","且看欲尽花经眼,莫厌伤多酒入唇"。花期是需要好好把握的,无人赏爱总是多少有些寂寞。寂寞绽放与凋落的辛夷花又何尝不在向世人诉说着自己的落寂呢!

但这又是一种自由的花!一任自己的含苞、一任自己的开放、又一任自己的零落。在寂寞的涧户深处,没有人会过问它的开放与零落,也没有人会对它做出或爱或憎的评论。它只是任性随意地开放,向自然、向青山言说自己最自然的美丽,"兰生幽谷,不为无人而不芳",辛夷的开放,不正同于空谷幽兰么?

在美丽、自然与落寞中,我们宁可欣赏它傲然开放的美丽与自由自在。这是一片明秀的诗境,里头充溢的是一种完全摆脱了尘世之景的宁静心境,净化掉了一切情绪的波动与思虑,只向世人展示着一种难以言说的自然之美。这是一种最原生的状态,不受人为因素的干扰,没有孤独,也没有惆怅,只有一片空灵与寂静。这是一幅诗意与禅意并胜的图画!

(刘　琴)

杂诗(其二) 王　维

君自故乡来,应知故乡事。
来日绮窗前,寒梅著花未?

【鉴赏】这首小诗一如《山中送别》("山中相送罢,日暮掩柴扉。春草明年绿,王孙归不归?")那样直白、朴质,仿佛就把大白话搬进诗作——

"君自故乡来,应知故乡事"。说一个久在异乡的人,突然在他乡遇到了一位来自故乡的旧时友人,这时就不仅是"他乡遇故知"的那份惊喜和感动,其中还包含着对友人带来故乡讯息的殷切期待。友人从遥远的故乡而来,理应知道故乡的人事变化。这绝对是无理之语! 仿佛若不带来故乡的消息,就有愧于友人的期待了! 但在这无理设问中,透露了久在异乡之人欲了解家乡情况的紧张与急迫。这样一句大白话,我们却可以从中读出一幅友人相见的活泼图画,动人的乡思就渗透在这份急切之中了!

长久飘零在外,故乡的点滴情事都会牵引离人的心绪,在游子心中,有太多问题萦绕在心头,可话到嘴边,又不知如何问起,只道出一句"君自故乡来,应知故乡事"。但实际上这还并不是发问,故乡的变化友人是难以一下就讲清楚的,所以还必须有一个话头,才可以逐渐铺洒开去。我们来看游子的发问:"来日绮窗前,寒梅著花未?"按理说,凡是和故乡有关的人事都在离人的发问之中,比如亲人、儿时玩伴,比如菜畦麦地、新房旧瓦,又比如道路变迁、人事变幻等等,但离人唯独选取了窗前的那株寒梅,想知道友人出发之际,寒梅是否已含苞枝头,有待怒放了?

或许,在离人心中,这株寒梅曾凝结着自己许多美好的记忆。曾经某个时刻,或许家人曾团聚于此,或许友人曾吟诵于此,或许诗人心目中的女子曾驻足于此,或许⋯⋯更可能的是,也许在离人心目中,根本就没有这么多或许,他只是在万千思绪中理不出头绪,脱口发问"来日绮窗前,寒梅著花未"? 让我们的一切猜想都随风而散。若是有心发问,则这株寒梅是凝聚了离人太多往日情怀的载体;若是无心冲口而出,则也是离人思乡情浓的最自然、最真挚的表现。

诗作朴质到一如一张白纸,读者可以张开自己想象的翅膀,去随意扑腾、点染,描绘出一幅我们心中的图画。但我们知道,它的底色永远是洁白的、无瑕的!

(刘　琴)

田园乐(其六)　　　　王　维

桃红复含宿雨,柳绿更带朝烟。
花落家童未扫,莺啼山客犹眠。

【鉴赏】王维《田园乐》组诗由七首六言绝句构成,生动、传神地写出了诗人退居辋川别墅拥抱自然的乐趣。

诗作首先为读者绘制了一幅美妙的雨后春意图。历经一宿的蒙蒙春雨,空气是那样澄澈、透明。在这澄澈中,花的香味淡淡地钻入你的鼻子,循着沁人心脾的花香望去,你看到的是一片桃红柳绿的大好春色:或深或浅的桃花花瓣,在不经意中挽留了昨夜的细雨,这细雨有如晶莹的露珠静静地栖息在柔嫩的粉色中,让花儿更加鲜艳欲滴。长长的柳枝也在细雨中洗去了往日的尘埃,淡去了抽条发芽的疲惫,神采奕奕地随风挥动它稚嫩的手儿,向满川春色问候、致意!微雨过后,似给这本来美丽的桃花世界,又披上了一层神秘的白纱,似轻烟般散落的雨雾是春色最好的外衣。有些柔嫩的花朵似乎都经不起这样轻柔地滋润,又或许是花期已过,我们可以看到满院的缤纷落英,花儿在向人们绽放它们最后的美丽。在这片雨后的寂静中,莺儿却不知趣地用它婉转的歌喉打破了清晨的这份宁静!

在这幅美妙的雨后春意图中,有一份难得的闲适寓于字里行间。桃花、宿雨、细柳、落花、黄莺,似乎都在它们各自的轨道上缓缓前行,没有任何阻滞,不受任何干扰。花儿自在地开落,柳枝自在地轻拂,莺儿自在地歌唱,最自在的要数这春色中人了:家童无须早起,山客酣眠未醒,也许他们还不清楚昨夜春雨的到来,也许他们还在美好的睡梦中徜徉……

这首《田园乐》,善于运用明丽的色彩来构图。绿色是春天的主调,缤纷是春色的点缀,在红与绿的对比中,更见红的烂漫,更显绿的生机。诗作同样善于截取自在的意象——粉桃、绿柳、落花、鸣莺去表达自在的思绪,闲适的心境。同时,诗作还以和谐的韵律取胜,在工整的对句中可见诗人锤炼字句的功夫以及把握格律的功底。在看似不经意地叙写中体现了诗人创作的灵心慧质与匠心独运。

(刘　琴)

书　事　　　　　　　王　维

轻阴阁小雨,深院昼慵开。
坐看苍苔色,欲上人衣来。

【鉴赏】初读此作,我们会强烈地感受到,这是一位慵懒的诗人在慵懒的时刻写下的慵懒的诗作。但细细品赏,我们更会意识到,在慵懒背后,自有一种活泼泼的生命力在流淌。

仿佛是轻阴让细雨停止了飘洒,诗人在满是轻阴的院落里缓步前行,他走向院落深处,是为了打开院门去感受雨后的清润么？不！诗人无意于在这样的白昼让院外的尘杂干扰自己的宁静独处,他只愿安静地栖息于这样一片宁静的天地中,让静谧包围自己,让疏懒自由漫延,让自由浸润心田。

什么是"轻阴"？没有大雨滂沱,没有细雨纷纷,没有"山雨欲来风满楼"的压抑,也没有"天街小雨润如酥"的慰藉。若是疾风骤雨,倒不乏痛快淋漓之感；若是和风细雨,亦是柔媚可人之极；甚或绵绵不断,亦有"像牛毛、像细丝,密密地斜织着"的情韵。

"轻阴"是什么？那是天空也许会偶尔透出一丝亮色,但阳光总也不展开笑颜；那是乌云时而飘散在你的视线里,但小雨总也不会温柔地抚摸一下大地。"轻阴"是最易让人产生疏懒意绪的温床。在这样的时刻,会忘却所有的"欲为"而崇尚"不为",崇尚一种闲适到极致、疏懒到极致、恬静到极致甚至寂寞到极致的生活状态。"深院昼慵开"、"坐看苍苔色"即是如此吧！

诗人无意介入院门外的世界,更无意于让院门外的世界介入到他的深院。在独自踽踽行遍这座深院之后,遍览了院落的雨后景致之后,诗人安静地坐了下来,他把目光聚于这满地的苍苔,"坐看苍苔色,欲上人衣来",十足的疏懒意绪、满腹的生命色彩都从这十个字中跳跃出来！

细雨涤净了苍苔的轻尘,并给予细细的滋润与呵护,青苔有了平日所没有的鲜亮色泽,透出一种可爱的勃勃生机。诗人看青苔的翠色,一任眼光迷离,一任苍苔的翠色在眼前不停地扩大、漫延,漫延至衣襟,甚至漫延到双足与手臂……正是这样略带夸张的主观幻觉的描写,写尽了深院地碧苔青的幽静,更写尽了诗人欣赏这份幽美的认真与投入。

轻阴的气氛、幽静的景致、疏懒的意绪、活泼的青苔,共同构成了这样一首神韵天成、意趣横生的小诗。于此,似乎可以窥足王维"静穆"的一面了。

（刘　琴）

山　中　　　　　　王　维

荆溪白石出，天寒红叶稀。
山路元无雨，空翠湿人衣。

【鉴赏】清浅的小溪，嶙嶙的白石，夺目的红叶，蜿蜒的山路，满眼的空翠——这是一幅清新、静谧的诗意图！小诗虽然是在描绘初冬时节的山景，却不是着眼于冬日的萧瑟与枯寂，而是写透了山色的苍翠，写满了山中的生机。

"荆溪白石出"——写溪水。荆溪，本名长水，又称浐水，源于陕西蓝田县西南秦岭山中，北流至长安东北入灞水。诗作应写的是溪水上游穿行于秦岭山中的一段景致。有水无山，少了一番情趣；有山无水，缺了一份生机；山水相依，才是完整的令人羡煞的山景。循着蜿蜒的小路，倾听山溪的叮咚，不由得心生探寻溪水源头之意。待见到这一湾溪水，才发现已天寒水浅，原来本应活泼的小溪已变成涓涓细流，但即便是涓涓细流，也自有它的可爱之处。在清浅的溪水中，嶙嶙的白石从这里那里探出了头，似乎要感受一下这初冬的清寒，或许要挽留一下刚刚逝去秋日的绚烂。

"天寒红叶稀"，转而写山中红叶。在漫山碧绿或空翠之中，红色无疑最先入人眼。如果时间停留在深秋时分，那漫山的红叶足以动人心魄。但即便是已入初冬，即便只剩几片未曾凋落的霜叶，还是让我们的诗人为之驻足了，凝想了！或许诗人从这几片红叶中幻出了秋日满眼的绚烂，回味与流连于昔日的美好之中了；或许诗人由此生出无限感慨，慨叹于美好生命逝去的悲哀了！

但诗人毕竟没有拘泥于这一番悬想与感慨中，也未曾只着眼于眼下的一湾溪水、几处白石与数片红叶，而是放手去写整个山色——"山路元无雨，空翠湿人衣"，从整体上把握了山景的特点。

初冬时节，清寒浸透，但秦岭山中的苍松翠柏，依然葱郁挺拔，山路穿行在这无边的浓翠之中，诗人行走在这浓翠笼罩的山路之上，怎能不心生"空翠"之感！一个"空"字，写出了山色的空明，更写出了诗人心理的安适与恬静。苍翠的山色本身无法浸湿人的衣襟，但它浓郁得似乎可以溢出翠色的水分,人则沐浴在这翠色的水分之中了,一点一点受到它的浸润,不觉心生"空翠湿人衣"之感!仿佛苍翠的山色用它的热情挽留了来人、拥抱了来人。这种无间的亲密换作他词恐怕无以表达!诗人用触觉感受来表达视觉感受,让诗作有了一种生机,与人的恬适心境更为贴近。

精于调色,善写感觉是此诗所长,亦是诗人所长。

(刘　琴)

陇 西 行　　　　王 维

十里一走马,五里一扬鞭。
都护军书至,匈奴围酒泉。
关山正飞雪,烽火断无烟。

【鉴赏】作为盛唐田园诗派的代表诗人,王维的诗作一向以闲适恬静与平和淡雅见长,此首则是罕见地突破自己的创作风格,从田园到边塞,从幽雅到激越,如平地惊雷,如铮铮铁骨,彰显出盛唐诗歌的大气磅礴与雄心万丈。

时值隆冬,天气十分寒冷,草木枯落,毫无生机,路上更是人迹罕见,只有驻扎在边塞的军营依旧戒备森严。这时远处传来十分急促的马蹄声,路上尘土飞扬。是谁在这么寒冷的冬天还在骑马飞奔呢?近了,但见一个身披铠甲的兵士正在跃马扬鞭,飞驰而来。他一走马,一扬鞭,瞬息之间,却已行了十里、五里。风驰电掣般的速度让人觉得军情肯定很急。果然,他连衣冠都来不及整理一下,便匆匆下马,大叫一声:"报将军,军书到!"原来是边关告急,军使送书信来了。信中写着,酒泉危险,已被匈奴团团包围了!将军看完之后,神情立刻凝重起来,寻思着该如何采取行动。事出突然,为什么边关那边会没有信号呢?他登上城楼,向着关山方向举目远望,却只见白茫茫一片的漫天飞雪,丝毫没有烟火迹象。原来是雪太大,烽火根本没法点起来!

从体裁来看,此诗属古体诗。从题材来看,此诗属边塞诗。此诗短小精悍,一般认为作于王维入河西节度使幕期间。这首诗,之所以为后人所称道,其突出之处在于:一是取材角度新颖,虽写边塞战争,但不正面描述战争,而是特意从军使飞马告急和烽火不起这两组片断入手,悬念丛生而又摇曳生姿。二是在意象的选取上别具一格,以寥寥数语,勾勒出一幅苍凉壮阔、大雪纷飞的关山戍边图,展现出"意余象外"的深邃与凝重。三是文字简洁精炼,节奏铿锵有力,渲染出浓郁的战争气氛。"踏遍关山千里雪,英雄战马不知寒",或许便是此诗给我们留下的印象。

(乐 云 虞盈盈)

辋川闲居赠裴秀才迪　　　　王　维

寒山转苍翠,秋水日潺湲。
倚杖柴门外,临风听暮蝉。
渡头余落日,墟里上孤烟。
复值接舆醉,狂歌五柳前。

【鉴赏】这是一首表现作者辋川闲居生活情景的诗,为我们展示了一幅秋日暮色图。

"寒山转苍翠,秋水日潺湲。"首联分别从山色、水声两方面描摹辋川秋景。同一座山,在不同季节呈现不同色调,相应的给人的感觉也不同。"山寒水瘦"常用来形容秋冬山水。这里在山前着一"寒"字,就显出深秋的季节特点。"转苍翠"表示山色愈来愈深,寒意愈来愈重,这又是就一日之内从朝到暮的变化说的,意思是随着天色向晚,山色也显得更加苍翠了。北方山区的河水,一到深秋,日见其浅,这样一来,水石相击的淙淙声反倒越来越清晰了。"转苍翠"和"日潺湲"写出了不易被人觉察的季节、时辰的变化,使貌似不变的山容水态显出动态,这不仅体现了诗人观察的精细,也使自然物染上诗人的主观感情色彩。

"倚杖柴门外,临风听暮蝉。"颔联写人,是抒情主人公亦即诗人的自画像。诗人站在柴门外,欣赏着山光水色,聆听着晚树蝉鸣,潇洒安闲的神情可以想见。"柴门"指没有装饰的白板门,表现隐居生活的淡泊。"倚杖"表明年事已高。在这样的境况下能保持恬然自适的心态,则主人公的精神世界就被表现出来了。所以,这一联虽是写貌,却已传神。从结构上看,这一联放在前后两联景语中间,有承前启后的作用。以人事把两联景语隔开,避免了堆垛呆板之弊。

"渡头余落日,墟里上孤烟。"颈联写原野暮色。和首联不同的是这一联景语偏重于人事活动方面。夕阳欲坠,渡头空荡荡的,看不到船只往返。而村落里已升起第一缕炊烟。这是田家黄昏的典型景象。

"复值接舆醉,狂歌五柳前。"尾联又是写人,刻画裴迪的狂士形象。意思是说:又正好碰到裴迪,他老兄喝醉了,步履蹒跚,无所顾忌地唱着歌。这两句,把裴迪放达自适的情态刻画得活灵活现。接舆是春秋时代"凤歌笑孔丘"的楚国狂士陆通的字。陆通因昭王朝政无常,就披发佯狂,不去做官。这里用以比裴迪,表明诗人对裴迪超然物外的品格的赞许。"五柳"用陶渊明《五柳先生传》典故。陶渊明笔下的五柳先生是一位忘怀得失、诗酒自娱的隐者,因门前有五棵柳树,就用来作为名号——实际上是陶渊明的自我写照。王维这里自称"五柳",就是以陶自况。辋川有佳山水,又有情投意合的朋友相伴,则"随意春芳歇,王孙自可留"(《山居秋暝》)了。

五言律这种诗体,到盛唐已经定型。通常的结构方法是前起后结,中间四句二言景、二言情。但这首五律却有点特别,是首联、颈联写景,颔联、尾联写人。风景人物,交互出现,相映成趣,形成物我一体、情景交融的艺术境界。此外,颔联的对仗也不够工稳。有意思的是,这些不合常格之处,反倒给读者以新鲜别致、流走自然之感。

(杨　军)

酬张少府　　　　　　　　王　维

晚年惟好静,万事不关心。
自顾无长策,空知返旧林。
松风吹解带,山月照弹琴。
君问穷通理,渔歌入浦深。

【鉴赏】 回首往事,感慨万千。年少壮志时的我,曾经拥有怎样的政治抱负啊!张九龄任宰相时,我对现实充满希望。然而,没过多久,张九龄罢相贬官,朝政大权落到奸相李林甫手中,忠贞正直之士一个个受到排斥、打击,政治局面日趋黑暗,我的理想随之破灭。我该何去何从?值得庆幸的是直到暮年我还洁身自好。

一年之计在于春,人生也是如此。人生漫漫,我已走到暮年,再没什么追求和理想,只想静静地来,轻轻地去,两耳不闻窗外事,一心只想乐逍遥。何处再去追寻我青年时的梦想啊?难道都随风飘逝了吗?我想紧紧抓住,怎奈人到暮年,世事难料,再也没有精力去奋斗去争取了。我的心是空的,带着我那副老朽的躯壳返回山林,抛下一切尘世烟云。摆脱了现实政治的种种压力,迎着松林吹来的清风解带敞怀,在山间明月的伴照下独坐弹琴,明月遍洒比弹奏的琴韵还辽阔。自由自在,悠然自得,这是多么令人舒心惬意啊!"松风""山月""素琴"的高洁之意永远是我隐逸生活和闲适情趣的追求,说我逃避现实也罢,自我麻醉也罢,无论如何,总比同流合污、随波逐流好吧?

先前收到张少府君的来信赠我以诗,何以回报?我以我的幽幽之心、切切之情还以酬答。您要问有关穷通的道理吗?我可要唱着渔歌向河浦的深处逝去了。因为这个东西实在太深奥了,如同渔父在茫茫海面留下的歌谣一样,飘然消逝在海面上,缥缈而悠长。任凭我们怎样捕捉也捕捉不住,唯有静静地生活来安享晚年。我们应该羡慕"五柳先生""少无适俗韵,性本爱丘山"的性情,从自然而来,归自然而去,饮天露以为趣,采山菊以为乐,悠悠然见南山。

中年已去,暮年已至。纵有万千感慨,奈何年事已高;纵有万千壮志,奈何老骥伏枥。松风有意,吹人解带而饱享大自然的恩赐;山月多情,照人弹琴而领略那音乐的美妙。我们还是以"松月"为伴,以"山风"为友,在大自然的怀抱中追寻任情自适的个人小天地吧。

（黄　蓓）

观　猎　　　　　王　维

风劲角弓鸣,将军猎渭城。
草枯鹰眼疾,雪尽马蹄轻。
忽过新丰市,还归细柳营。
回看射雕处,千里暮云平。

【鉴赏】四周沉静在一片安详之中,耳畔突然传来洪钟般嘹亮的角弓声,中间还夹杂着狂风的呼啸声,浩浩荡荡充斥于整个山谷。风之劲由弦的震响而出,弦鸣声则因风而益振。在劲风中射猎,该具备何等手眼!究竟是何人有如此气魄?我顺着豪迈声音的牵引登高一望,原来是将军在打猎!我被眼前这场面震撼了,刹那间,我摇身一变,一身骑装在身,一张良弓在手,踏马步,挥利弓,射劲风。

转眼我就投身到这猎场。此地在长安西北，渭水北岸，此刻平原草枯，积雪已消，冬末的萧条中略带一丝儿春意，绿色的生命正在蓄势待发，大雪化尽，使我们的马儿跑起来追赶猎物更加迅速。将军在矫健的马背上可谓"仰手接飞猱，俯身散马蹄"，在疾风劲草中追逐那头鹿，用鹰一样锐利的双眼捕捉猎物的方向。耳边除了呜咽的风声、嘹亮的角弓声、呼啸的逐鹿声，其他一切都不复存在。所有英雄豪杰的风采尽显其中，所有激情皆散落在马蹄激扬的尘埃之外。

　　一驾轻骑，满载而归，收获了猎物，更收获了激扬的英雄之情。此等猎骑英姿远非实际功利所及。大雕可射，喜悦难逐。仰天长啸，我愿弯弓射"喜悦"。八千里路云和月。疾风劲马转眼就飞过了新丰市、细柳营门前，为迎接我们凯旋，已经摆满美酒佳肴。美哉，美哉，此等兴奋岂不令我们快马加鞭，一路狂啸？

　　风定云平，我似乎又应声而变，回到原地遥望那群雄激昂的射雕之地，一片安详。唯有大雕翱翔在那广阔的土地和无际的蓝天之间，一派云淡风轻。傍晚的云层与大地连成一片，任你遨游，任你驰骋，任你遐想。

（黄　蓓）

使至塞上　　　　　王　维

　　单车欲问边，属国过居延。
　　征蓬出汉塞，归雁入胡天。
　　大漠孤烟直，长河落日圆。
　　萧关逢候骑，都护在燕然。

【鉴赏】现在是开元二十五年（737）的春天，我近来隐约感受到了自己处境的尴尬，似乎朝廷有人排挤我。河西节度副使崔希逸战胜吐蕃，这使我分外激动,但是另一方面我的担忧还是最终发生了,皇上命我以监察御史的身份出塞宣慰,察访军情。名义上是出使边塞,实际上却是我远离朝廷的开始,于是我踏上了漫漫黄沙之途。

在前方等待我的将是怎样的一个情景呢? 漫天飞舞的狂沙如同金子般洒落在人烟稀少的土地上。前方的路很遥远,一辆轻车载上我的激情和热情,我将出发去那神圣的西北边塞,慰问保家卫国的战士。我愿自己像随风而去的蓬草一样出临"汉塞",像振翮北飞的"归雁"一样进入"胡天"。带着内心的激愤和抑郁,肩负着神圣的责任和使命,从关中平原翻山越岭,历尽艰辛的跋涉,一步步地走出唐关汉塞,真可谓踏破无数木屐,走遍万里行程。茫茫的边塞展现给我的是怎样的一个神奇画面啊! 置身于广袤的塞外,映入我眼帘的只有两个镜头:大漠孤烟和长河落日。烟缘何"直"? 我时常感慨人的渺小,如今身在这一望无际的大漠,种种感慨更是油然而生。望不到尽头,穿不透边际的沙漠上,唯有烽火台燃起的那一股袅袅浓烟显得格外醒目也分外孤单,似乎有直入云霄的气势。落日缘何"圆"? 从天滚滚而来的黄河之水划过这寂静孤傲的大漠,恰似绵长的马群咆哮而过,留下一蹄烟云。泛黄的天空,孤伤的心情,伴随着一轮塞外的圆日,仰首长望,日永远都是圆的,而此时此刻的太阳映照着茫茫黄沙,时刻撞击着我的忧郁和悲伤,显得是圆而又圆,分外落寞。为何这一轮圆日尽是夕阳西下而非旭日东升呢? 莫非如同我此刻的心情? 虽说身为人臣,君让往西,臣不敢赴东。然而我却是带着遭受排挤的苦闷奔赴边塞的,前途茫茫,敢问路在何方? 待到萧关,从候骑口中打听到大军统帅已亲临前线,战事已推进一步,边疆的统帅正率兵虎据燕然,镇守着祖国的西北边陲。我的心情开始狂喜同时又指责自己,是排挤又如何呢? 我不是亲耳听到了这振奋人心的消息了吗?

不管路在何方,我将用满腔热情赞美祖国的河山,歌颂这茫茫黄沙飞舞、闪耀着金子般光芒的土地。

(黄 蓓)

奉和圣制从蓬莱向兴庆阁道中
留春雨中春望之作应制　　　　王 维

渭水自萦秦塞曲,黄山旧绕汉宫斜。
銮舆迥出千门柳,阁道回看上苑花。

云里帝城双凤阙，雨中春树万人家。

为乘阳气行时令，不是宸游玩物华。

【鉴赏】 从这首诗的题目来看，首先"奉和"两字说明这是一首奉命酬和之作，其次从"圣制"二字可以看出所酬和的是皇帝的一首诗。诗题中的蓬莱指的是唐大明宫，在皇宫的东北方；兴庆也是宫名，在长安城东南。据《旧唐书·地理志》载，大明宫与兴庆宫之间，有夹城复道相通。另诗题中的"圣"指的是唐玄宗，王维所和之作是唐玄宗一首描写雨中春望的诗。

首联从大处着眼，先写出了唐长安城的地理位置。"秦塞"指长安一带，因长安古属秦地，四周赖山川之险，故称秦塞；"黄山"，指的是黄麓山，在今陕西兴平市；"汉宫"指唐代的宫殿，古人常用汉来代唐，比如白居易的"汉皇重色思倾国"等。渭水萦绕，群山环抱，在这山环水绕中安然静卧着一座长安城。

颔联则回应圣制之出游中的"望"。"迥出千门"，说明皇帝之车驾走出了很远。一路走，一路看，还不时回看上苑中的花。

颈联则回应圣制之出游中的"春"，同时也包括这"春"中之"望"。"凤阙"是汉时长安城建章宫中的一座楼，这里又代指唐宫门前的望楼。春雨弥漫，长安城门前的望楼高耸入云，远远望去，万家攒聚，如入梦里。

按照奉命之作的惯例，不可避免地要对圣治进行称颂。这首诗即在尾联交代：不要以为天子的出游纯粹是乘着好时节来游玩，其实他是为了了解时令，从而颁布政令。

这首诗虽为应制之作，受限于主题先行的框架，但诗人的技法却也能够完美地体现出来。被苏轼所称道的"诗中有画"体现在这首诗里就是构图、布置的完美，其围绕"望"字，以春天为背景，让人觉得整个长安城尽染春色；又烟雨缭绕，暗示大唐盛世的一片祥和。明顾可久评这首诗："温丽自然，景象如画。"(《唐王右丞诗集注说》)就在这春意盎然、一片祥和中，自然引出结尾的颂赞，皇帝就连出城走走，也是为了了解时令，体恤民情。难怪清黄生赞道："风格秀整，气象清明，一脱初唐板滞之习。盛唐何尝不应制？应制诗何尝不妙？初唐逊此者，正是才情不能运其气格耳。"(《唐诗摘钞》)

（刘晓亮）

终 南 山　　　　　　王 维

太乙近天都，连山接海隅。

白云回望合，青霭入看无。

分野中峰变，阴晴众壑殊。

欲投人处宿，隔水问樵夫。

【鉴赏】绵延八百里、高峻广袤的终南山屹立在长安城的南边，巍峨的山峰似乎就在眼前。山与山相连，峰与峰相接，绵绵起伏的山脉一直延伸到了海天相连、旭日高升的东海之涯。我漫步进入山中，那云雾缭绕、变幻莫测的奇妙景象让我犹如置身仙境。朝前看，弥漫的白云让我迷失在云海之中，茫茫的雾气、淡淡的白云缠绕着我，仿佛只要再走几步，就可以浮游于白云的海洋。这茫茫云海、蒙蒙青霭，如此迷幻；然而继续前进，峰回路转，烟云变灭，换步移形，白云继续分向两边，可望而不可即；回头看，分向两边的白云又合拢来，汇成茫茫云海。终南山中千岩万壑，苍松古柏，怪石清泉，奇花异草，一切都笼罩于茫茫"白云"、蒙蒙"青霭"之中，够不到又看不真切，如此令人神往。我留恋沉醉于云雾缭绕之间，山水流淌之畔。东边日出西边雨的景象在这里演绎得惟妙惟肖，阴天和晴天千岩万壑的景象在终南山各有一番情趣。夜幕降临，想要找个人家住下，我只好缠着雾，绕着云，隔着水向山里樵夫打听。

终南山的云雾是多么宁静啊！我的生命即将走向终点，一切起笔的气势磅礴，经过我一生的曲折往返最终都要走向自然而归于平静。我生命中诗意张扬的个性已离我远去，淡泊的心情将会陪伴我度过生命的暮年。回顾我的一生，犹如观看终南山，从远观的气势磅礴巍峨到置身其中的云雾缭绕，辗转迂回，再到融入其中的淡泊宁静。我唯愿化作终南山中一樵夫，与云为伴，与雾为友，携手山水。

（黄 蓓）

老 将 行　　　　　　王 维

少年十五二十时，步行夺得胡马骑。

射杀山中白额虎，肯数邺下黄须儿。

一身转战三千里，一剑曾当百万师。

汉兵奋迅如霹雳，虏骑崩腾畏蒺藜。
卫青不败由天幸，李广无功缘数奇。
自从弃置便衰朽，世事蹉跎成白首。
昔时飞箭无全目，今日垂杨生左肘。
路旁时卖故侯瓜，门前学种先生柳。
苍茫古木连穷巷，寥落寒山对虚牖。
誓令疏勒出飞泉，不似颍川空使酒。
贺兰山下阵如云，羽檄交驰日夕闻。
节使三河募年少，诏书五道出将军。
试拂铁衣如雪色，聊持宝剑动星文。
愿得燕弓射大将，耻令越甲鸣吾君。
莫嫌旧日云中守，犹堪一战立功勋。

【鉴赏】这首诗写了一个老将军一生经历的故事。他曾经建立功勋，却得不到应有的赏赐，只落得路边叫卖为生的悲惨下场。但是当国家危难之时，他又不计前嫌，挺身而出，报效祖国。诗中引用了大量典故，表现了诗人深厚的文学功底和运用自如的娴熟技巧，也是其前期慷慨激扬的爱国诗作的代表。

老将军年轻的时候，非常的英勇善战。少年时代就有了汉朝名将李广的机智和英勇，竟能步行夺过敌人的战马并且逃脱敌手，也曾引弓射杀过山中最凶猛的白额虎。曹操的次子曹彰，绰号黄须儿，曾经征代郡乌桓，立过大功。但是和他年轻时比起来，曹彰的刚猛也是不足称道的。不仅如此，在战场上，他以"一身转战三千里"，凭借手中的一把宝剑，就能抵挡敌军的百万之师！在这种奋勇冲杀的精神鼓舞之下，汉军的士气十分高涨，大家都视死如归，以迅雷不及掩耳之势追击敌人。他还曾经带领大家巧妙地布置铁蒺藜阵，使得敌骑纷纷逃散，乱成一片。但这样一位难得的良将，却无寸功之赏，实在是令人感叹。诗人马上想到了汉武帝时的两位将军，同样英勇，却有着截然不同的命运。贵戚卫青因为"天幸"而不断地立功受赏，并且一直做到大将军的官位；而名将李广只因"数奇"不但没有被封侯，反而得罪受罚，最后落得个刎颈自尽的下场。这里显然有借典故批评统治阶级用人唯亲、赏罚不公的意思，也饱含了对将军不幸的命运的深切同情。

　　自从被统治者遗弃之后，老将军的生活真是凄苦极了！因为心中总是愤愤不平，他的面容逐渐枯槁，随着时光的流逝，愁得连头发都白了起来。他从前射箭的本领非常高超，射麻雀能够只射中它的一只眼睛，现在因为一直没心情练习，左手的肘部像生了个瘤子，活动已经很不利落了。身体不好不说，还得自谋生计。昔日秦国的东陵侯召平，在秦朝灭亡后，也只能当起农民，在长安的东城下种起了瓜果。他不仅种瓜，还得在路旁大声叫卖，真是一点保障都没有。陶渊明隐居后在自家门前种起了柳树，还自号"五柳先生"。老将军也学着种柳树，聊以自慰。而他住的地方呢？门前冷落，从无宾客往还，穷巷的两旁是无人照看任其生长的老树，窗户的对面是空寂无人的寒山，世态炎凉令人无限感慨！可贵的是老将军依旧有"老骥伏枥，志在千里"的豪情。后汉名将耿恭在匈奴疏勒城水源断绝后，与战士们同甘共苦，终于又得泉水却敌。他发誓要像耿恭那样有决心，而不像灌夫那样借酒使气，等待机会再次出征立功！

　　终于报效祖国的机会又来了，西北贺兰山敌阵如云，边关一带很不安定，日夜有告急的军书送来。节度使在三河（河南、河内、河东）招募青年从军，以便征集大军分途前进。老将军再也坐不住了，把昔日的铠甲擦得雪亮发光，并挥舞宝剑又练起了武功。他想起了昔日自己的威武，不禁激动万分，跃跃欲试。他渴望能得到产于燕地的名弓，以射杀敌军将领，绝不让外患对朝廷造成威胁。最后诗人借云中太守魏尚的典故，再次表明了老将坚决的态度，只要朝廷仍肯重用，他定能再度奋战沙场，建功立业，报效祖国。赤子之心溢于言表，可敬可佩！

（虞盈盈）

积雨辋川庄作　　　　　王　维

　　积雨空林烟火迟，蒸藜炊黍饷东菑。
　　漠漠水田飞白鹭，阴阴夏木啭黄鹂。
　　山中习静观朝槿，松下清斋折露葵。
　　野老与人争席罢，海鸥何事更相疑。

　　【鉴赏】 论及王维七言律的特色，明代的许学夷说："摩诘七言律亦有三种：有一种宏赡雄丽者，有一种华藻秀雅者，有一种淘洗澄净者。"（《诗源辩体》）清代的施补华在其《岘佣说诗》中引用许印芳的话说："摩诘七律，有高华一体，有清远一体，皆可效法。"又近代的陈衍谓其七律兼有"华丽、雄壮、清适三种笔意"（《石遗室诗话》）。"淘洗澄净"、"清远"和"清适"是一个意思，都抓住了王维诗"清"的一面。而王维又笃信禅宗，在参禅打坐、香烟缭绕中体会到了那种空寂的自由，显之于诗，则呈现出"空"的一面。有时候读王维的诗，常常想到宋张炎评价姜夔词的那句"不惟清空，又且骚雅"，差可比拟。

　　唐玄宗主政后期，渐渐走向昏聩，开元二十四年（736），在李林甫的谗言迷惑下，玄宗迁张九龄为尚书右丞相，罢知政事。佞臣当道，也让曾经畅想"孰知不向边庭苦，纵死犹闻侠骨香"（王维《少年行》）的王维失去了对皇帝的信心。于是他在离长安四十公里之外的蓝田购得宋之问的山庄，又加以修葺、装饰，从而造出来一个包含孟城坳、华子冈、文杏馆等二十多处景点，涵盖山、岭、岗、坞、湖、溪、泉、沜、濑、滩以及各种植被的"世外桃源"——辋川别业。只不过陶渊明的"桃源"是假想虚构中的，而王维的则是实实在在且更加让人"恋思"的地方。不过，王维并没有辞官。《论语·泰伯》有谓："危邦不入，乱邦不居。天下有道则见，无道则隐。邦有道，贫且贱焉，耻也；邦无道，富且贵焉，耻也。"王维往来于庙堂与山野之间，在半隐半仕、出处自得间参悟生命、感受自然。"仕即仕，隐即隐；仕非仕，隐非隐，仕隐兼得而又仕隐相忘。"王维"完成了入世—出世—非入非出的生活体验，达到了人生的大彻大悟，实现了仕与隐的绝对自由。"（霍松林、傅绍良：《盛唐文学的文化透视》）这首《积雨辋川庄作》便是他在这桃源中的"自由"之作。

　　首联写出了"适"。因空林久雨，所以柴火都湿了，烧起来着得比较慢；用这慢火蒸熟了简单的饭菜（野菜和黄米饭），然后送到了东边新开垦的田地里。山中岁月，除却焚香坐悟，亲躬稼穑也可缓解尘世的疲劳。

　　颔联写出了"空"。广阔无垠的水田上白鹤自在游弋着，浓密成荫的树丛里黄鹂唱着美妙的歌。正是这旷野里的翱翔、啼叫反倒衬托了这里的空寂与安详。

颈联写出了"静"。"槿"是一种早开午谢的花,因为开谢时间短暂,所以称为"朝槿";"葵"向称"百菜之王",沾着露水的葵菜,突出了此地蔬菜的新鲜。山中吃食简单,但正因为这份简单,所以内心变得安静下来,也如此发现了这世间的美好。

尾联写出了"闲"。并且这份闲是自己所追求的。王维自称"野老",如杜甫一样("少陵野老吞声哭,春日潜行曲江曲。"),曾经"与人争席"过,但如今已经看淡这一切了,所以你们这些"海鸥"就不要再怀疑我了。所谓:"不知腐鼠成滋味,猜意鹓雏竟未休。"(李商隐《定安城楼》)王维所追求的是这份"闲"。

王维的这种"半隐半仕、亦仕亦隐"的状态有点像后来白居易提出的"中隐",其实不管是大隐、小隐、中隐还是半隐,都是无奈之举。

这首诗充分展现了王维善于"诗中有画"、体现其禅寂的特色,在"适""空""静""闲"的描画中,将一个美好的"桃源"现人目前,让人们在品味中也陶醉于这种清适的生活体验。王国维论艺术境界有"有我之境"和"无我之境"之分,抛开王维这首诗的尾联,前六句真乃"无我之境"的"优美"体现,只有尾联"我"比较明显,似乎于全诗的浑融上稍欠了一点点。

(刘晓亮)

李白(701—762),字太白,号青莲居士,祖籍陇西成纪(今甘肃天水),幼时随父迁居绵州昌隆(今四川江油)青莲乡。天宝元年(742)被召至长安,供奉翰林。文章风采,名动一时,后弃官而去。天宝十四载(755)冬,参加永王李璘的幕府,后流放夜郎,途中遇赦。晚年漂泊东南一带。其诗风雄奇豪放,想象丰富,语言流转自然,音律和谐多变。

蜀 道 难　　　　　　李 白

噫吁嚱,危乎高哉。蜀道之难,难于上青天。
蚕丛及鱼凫,开国何茫然。

116

尔来四万八千岁，不与秦塞通人烟。

西当太白有鸟道，可以横绝峨眉巅。

地崩山摧壮士死，然后天梯石栈相钩连。

上有六龙回日之高标，下有冲波逆折之回川。

黄鹤之飞尚不得过，猿猱欲度愁攀援。

青泥何盘盘，百步九折萦岩峦。

扪参历井仰胁息，以手抚膺坐长叹。

问君西游何时还？畏途巉岩不可攀。

但见悲鸟号古木，雄飞雌从绕林间。

又闻子规啼夜月，愁空山。

蜀道之难，难于上青天，使人听此凋朱颜。

连峰去天不盈尺，枯松倒挂倚绝壁。

飞湍瀑流争喧豗，砯崖转石万壑雷。

其险也如此，嗟尔远道之人，胡为乎来哉。

剑阁峥嵘而崔嵬。

一夫当关，万夫莫开。

所守或匪亲，化为狼与豺。

朝避猛虎，夕避长蛇。

磨牙吮血，杀人如麻。

锦城虽云乐，不如早还家。

蜀道之难，难于上青天，侧身西望长咨嗟。

【鉴赏】《蜀道难》本为南朝乐府旧题，属"相和歌辞"中的"瑟调曲"。郭茂倩《乐府诗集》卷四十引《乐府解题》说："《蜀道难》备言铜梁、玉垒之阻。"而自梁简文帝至初唐张文琮，已有一些写入蜀之难的诗篇。李白此诗，唐代以来就有种种猜测，或认为是为房琯、杜甫而作，担忧他们遭受剑南节度使严武的迫害，或认为是讽刺唐玄宗幸蜀之非，或认为是讽刺章仇兼琼之飞扬跋扈，或认为是自为蜀咏，别无寓意。今人詹瑛则认为是送友人入蜀而作。但正如前人所言，"乐府诸篇，不必一一求其所指；其有所指者，辞义明白，自有不可掩之实，亦不待强为之说。若牵合穿凿，为诗家之

117

大病矣"(《李诗选注》卷二)。

本诗的中心内容,就是"蜀道之难,难于上青天"。诗人所着力描写的,就是蜀道难的"难"。蚕丛、鱼凫开国以来四万八千岁,蜀秦隔绝,不相往来;太白、峨眉之巅,仅有鸟道尚可通行;五丁开山,也开辟了历史:这是从侧面描写入蜀之难。山峦高峻险阻,河流湍激回旋,善飞如黄鹤、善攀如猿猱,也是欲度还愁,入蜀者惊心动魄,抚胸长叹,这是正面描写蜀道的峻险高危。剑阁险要,环境险恶,形势变幻莫测,这是写居留蜀国之难。李白并没有走蜀道的经历,但他能成功地写出蜀道之难,原因首先在于他想象丰富,才气挥霍,如南海明珠随地倾出万斛,诗人将有关蜀道的神话、传说、历史和文学资料交融在一起,结合自己登临山水的体验,巧妙地构思出蜀道之难的形象、氛围、境界,使人产生新异、奇险乃至神秘的感觉。同时,诗人在描述过程中极尽夸张、形容之能事,无论写山峰之高耸入云,还是写绝壁之险象万状,都让人触目惊心。李白超越梁陈诗人之处,还在于他的《蜀道难》诗中有人,不单写自然环境的艰险,还写到人事环境的险恶;不仅生动地写出游蜀者的历险感受,还饱含着对游蜀者的深切关怀。当然,诗歌句式的灵活多变,语言的奔放恣肆,也是让读者叹为观止的重要因素。诗人冲口而出,奔放恣肆,似乎无章可循,但细细品来却是铺叙有理,起止有法,关锁紧严,故由此而有"谪仙人"的称号:"李太白初自蜀至京师,舍于逆旅。贺监知章闻其名,首访之。既奇其姿,复请所为文。出《蜀道难》以示之。读未竟,称叹者数四,号为谪仙,解金龟换酒,与倾尽醉。"(孟棨《本事诗·高逸第三》)   （闵泽平）

乌 栖 曲　　　　　李　白

姑苏台上乌栖时,吴王宫里醉西施。
吴歌楚舞欢未毕,青山欲衔半边日。
银箭金壶漏水多,起看秋月坠江波,东方渐高奈乐何!

【鉴赏】《乌栖曲》为南朝乐府《西曲歌》旧题,《乐府诗集》中所收《清商曲辞·西曲歌》,内容多写男女欢情。姑苏台在今江苏苏州西南。据《述异记》载:"吴王夫差筑姑苏之台,三年乃成。周旋诘屈,横亘五里,崇饰土木,殚耗人力。宫妓数千人。上别立春宵宫,为长夜之饮。造千石酒钟。夫差作天池，池中造青龙舟，舟中盛陈妓乐，日与西施为水嬉。"此诗即取材于此，描写吴王夫差与西施昼夜饮酒作乐之事。

日落时分，姑苏台上，吴王宫里肆筵设席。皓齿慢发，轻舞飞扬，宫中美人西施醉态朦胧。歌舞尚未停息，西边山峰已经吞没半轮红日，不知不觉暮色即将降临。正沉醉之时，欢娱未已，于是夜以继日。铜壶漏水渐渐增多，银箭刻度不断上升，漫漫秋夜也就在酣歌曼舞中迎来黎明，一轮秋月，划过长空，坠入江波。太阳升起来了，东方已经发白，黎明已经来临，新的一天会怎样度过呢？依然纵情欢娱，还是戛然而止？

李白此诗，虽然表面上是写吴宫昼夜相继的荒淫，写吴王醉生梦死的堕落，但历来人们都认为是借以讽刺唐玄宗与杨贵妃夜饮的时事。"此太白借吴王以讽明皇之于贵妃也。夫山衔日而欢未毕，月坠波而乐无极，吴王将此日月，浸淫乎歌舞之场，以至亡国，世主可不以之为戒哉。"（《古唐诗合解》卷三）李白虽有讽谏之意，却出语极为含蓄委婉，无一语涉及时事，即使在曲终情浓之时，也只是缀一单句，"东方渐高奈乐何！"将警醒之意留待后人去想象。"乐极悲生之意写得微婉，荒宴未几而麋鹿游于姑苏矣。全不说破，可谓兴寄深微者……末缀一单句，有不尽之妙。"（《唐宋诗醇》）此诗句句隐含规劝讽刺之意，句句却只是客观叙述，纯粹通过语句的锻造与氛围的渲染来传达幽情别思。诗中写"乌栖时"，写日落时分，自然会使人联想到吴宫的幽暗，联系到吴国的没落趋势。"青山衔日"、"秋月坠波"，不仅借山借水从动态角度写日月之行，写出时间的流逝，同时也营造出悲凉寂寥的氛围，写出了享乐者难以名状的怅恨和无可奈何的颓废心理。故前人说："起看秋月二句，意思委婉，反复讽诵，为之泪下。"（桂天祥《批点唐诗正声》）

（闵泽平）

将进酒　　　　　　　　　　李　白

君不见黄河之水天上来，奔流到海不复回。
君不见高堂明镜悲白发，朝如青丝暮成雪。
人生得意须尽欢，莫使金樽空对月。
天生我材必有用，千金散尽还复来。
烹羊宰牛且为乐，会须一饮三百杯。
岑夫子，丹丘生，将进酒，杯莫停。

与君歌一曲，请君为我倾耳听：
钟鼓馔玉不足贵，但愿长醉不复醒。
古来圣贤皆寂寞，惟有饮者留其名。
陈王昔时宴平乐，斗酒十千恣欢谑。
主人何为言少钱，径须沽取对君酌。
五花马，千金裘，呼儿将出换美酒，与尔同销万古愁。

【鉴赏】《将进酒》原是汉乐府短箫铙歌的曲调，古人多用来颂扬武功以美君德，李白借用古词"将进酒，乘大白"之意以写眼前宴饮之乐，所以这首诗实际上就是劝酒之歌，所劝的对象就是"岑夫子，丹丘生"。大约在天宝十一载（752），李白与友人岑勋、元丹丘登高饮宴，诗兴大发而赋此篇。

诗人开端即言人有生则必有死，正如黄河之水从天而来，一泻千里，势不可回。由此联想到人既生之后，未死之前，美好光阴能有几时？昨日黄发少年，转瞬之间就成为皓首老翁。人生本来颇为短暂，由青春而衰老似乎只是朝暮间事，得意之日就应当分外珍惜，就应当纵情欢乐，而纵情欢乐的最好方式就是饮酒。世间拘泥迂腐之人，虽有千金而吝惜不用，一朝散去，亦如黄河之水。金钱只是阿堵之物，有去必有来，不用不见其多，用也不见其少。上天既然赋予我有用之材，何愁千金之不复来？饮酒之至乐，就是痛饮，就是豪气干云，一饮三百杯，而不是大排筵席，装腔作势。因此无妨将钟鼓馔玉之富贵，都换作饮酒之资，日日痛饮，"长醉不复醒"，自然就会忘却人生易老的烦忧。日日饮酒至老死而化为酒糟，才是人生最畅快之事。前代圣贤之士，日日孜孜矻矻，犹有所不足，生前不饮，身后何其寂寞。惟有饮者，生前快乐，而旷达之名，垂千载之下，至今人们犹津津乐道，称誉不已。陈思王曹植恣肆欢谑，何其快哉！我们也当倾囊而出，即便千金散尽，更当不惜将出名贵宝物——"五花马"、"千金裘"来换取美

120

酒,图个一醉方休。

诗人劝酒,兴之所至,极而言之,虽有岁不我与、及时行乐等消极情怀,但他说得真实,说得酣畅淋漓,说得理直气壮,其间也不无怀才不遇之慨叹。"旷达如此,而以销愁终之,自有不得已之情在。"(《唐诗解》卷二)"此篇虽似任达放浪,然李白素抱用世之才而不遇合,亦自慰解之词耳。"(《分类补注李太白诗》卷三)既然诗人意在自我宽慰,所以颇多大言壮语,一任豪情奔涌,所谓"千金散尽还复来"、"但愿长醉不复醒"、"与尔同销万古愁"等,均极尽夸张之能事。句式错落有致,节奏有快有慢,情绪大起大落。

(闵泽平)

秋登宣城谢朓北楼　　　　　李　白

江城如画里,山晚望晴空。
两水夹明镜,双桥落彩虹。
人烟寒橘柚,秋色老梧桐。
谁念北楼上,临风怀谢公?

【鉴赏】这是一首写景抒情之作,诗中着力刻画了诗人秋日登宣城谢朓北楼所见的江城美景,抒发了因政治失意和客游四方的抑郁感伤之情。

"江城如画里,山晚望晴空。"宣城处于山水环抱之中,陵阳山山峦盘曲,三大主峰挺拔秀丽;句溪和宛溪流水潺潺,萦回映带着整个城郭。诗人在一个晴朗的秋日傍晚,登上谢公楼,远眺长空,岚光山影,明净如洗;俯视江城,如在画中。诗开头两句,先从总体上向读者展示出江城秀色的全景,以此统摄全篇,这就一下子把读者带进诗的意境之中,接下来的四句再作具体描写,让读者仔细欣赏这幅画的各个局部。

"两水夹明镜,双桥落彩虹。"中间四句写景都是从上面一个"望"字生发出来的,这两句写"江城如画"。"两水"指上面提到的句溪和宛溪。宛溪源出峄山,在宣城的东北与句溪相会,绕城合流,所以说"夹"。秋水澄澈,又是远望,斜阳下水面上泛出晶莹的光,所以用"明镜"来形容。"双桥"指横跨溪水上的上、下两桥,上桥叫凤凰桥,在城东南泰和门外;下桥叫济川桥,在城东阳德门外。长桥横卧溪上,从高楼上远远望去,在夕阳的余晖中,桥影幻映出奇异的色彩,犹如两道彩虹从天而降。作者抓住宣城独具特色的景物及其在秋日傍晚的明丽色调，把江城之美气韵生动地表现出来了。

"人烟寒橘柚，秋色老梧桐。"这两句承首联的"山晚望晴空"。诗人把视野扩展到郊外，因为是傍晚，山冈一带的丛林里冒出了农家的缕缕炊烟，橘柚深碧，梧桐微黄，呈现出一片苍寒景色，使人感到是秋光渐老的时候了。橘柚前着一"寒"字，梧桐前着一"老"字，表现出不同色彩给人的不同感觉。诗人把自己一刹那的感受用极其凝练的形象语言准确地传达出来，透露出季节和环境的气氛，这就不仅写出了秋景，也写出了秋意。

"谁念北楼上，临风怀谢公？"诗的结尾两句是抒情。从字面上看，点明了登览的地点是在"北楼上"，由于这楼是谢朓所建，由登楼而怀古，似乎顺理成章，不容作别的解释了。但前一句有"谁念"二字，"念"在这里是理解的意思。两句大意是：谁能理解我在北楼上迎着秋风缅怀谢公的心情呢？这说明诗人"怀谢公"之情，不仅仅是一般人所理解的思慕前贤之情，而是有更深的寄托。天宝初年，李白奉诏入长安，待诏翰林，但由于唐玄宗已不再是昔日的开明君主，他只想让李白作朝廷的装饰品，使得诗人无法施展济苍生、安社稷的抱负，加上权臣的排挤，诗人不久便被"赐金放还"。这"攀龙忽堕天"的经历成了李白在政治上遭受的最沉重打击。此后的十年间，他一直处于失意之中，飘荡四方，客中的抑郁和感伤，随时随地都会触发。他"秋登宣城谢朓北楼"而"怀谢公"，除了时令和地理方面的原因外，更重要的原因是他把这位前贤引为同调，人虽隔世，精神却遥遥相接。这种渺茫的心情，反映了他政治上苦闷彷徨的孤独之感。正因为政治上受到排挤，找不到出路，所以只能寄情山水，这种复杂的情怀，又有谁能理解呢？经这样一分析，再回过头来读前面的写景诗句，那明镜似的两水，彩虹般的双桥，和炊烟、橘柚、梧桐等构成的秋色图，都被涂上苍凉凄清的色调，折射出诗人感伤寂寞的意绪。

（杨　军）

行路难（其一）　　　　　李　白

金樽清酒斗十千，玉盘珍羞直万钱。
停杯投箸不能食，拔剑四顾心茫然。
欲渡黄河冰塞川，将登太行雪满山。
闲来垂钓碧溪上，忽复乘舟梦日边。

行路难,行路难,多歧路,今安在?

长风破浪会有时,直挂云帆济沧海。

【鉴赏】《行路难》是古乐府旧题,内容多写世路的艰难和离别的悲哀。《乐府诗集》卷七十收此诗,列入杂曲歌辞。今存最早的作品是鲍照的十八首《拟行路难》。李白有三首《行路难》,作于不同时期,都受到了鲍照的影响,这里所选的是第一首。

诗人首先描写了一个"金樽清酒"、"玉盘珍羞"的宴会场面,他面对满桌美酒佳肴,拿起筷子,端起酒杯,却食不甘味,于是推开杯盏,扔下碗筷,抽身而起,拔剑四顾,想将它刺向一个地方,可又觉得茫然一片,不知应该将剑刺向何处。李白曾经说"人生得意须尽欢,莫使金樽空对月",那么为什么他"停杯投箸不能食"呢? 当年鲍照"对案不能食,拔剑击柱长叹息",是因为心中有无限悲愤而无从发泄。现在李白"拔剑四顾心茫然",显然心中也有着巨大的痛苦,这痛苦的根源则在于"行路难"。他想横渡黄河到达彼岸,但因黄河为坚冰所封冻,诗人惟有望河兴叹;他又想攀越太行之山,却又因大雪封山,无从攀登。自然界中有不少艰险之路,人生的道路上又何尝不是布满荆棘与陷阱,稍有不慎就可能陷入困境。诗人进退两难,彷徨不已。冰塞黄河,雪拥太行,前途茫茫,仕途艰难,但机遇总是存在的,上天曾经眷顾多少贤!九十岁的吕尚在磻溪钓鱼时尚能得遇文王,名相伊尹曾梦见自己乘舟绕日月而过,受到商汤的赏识。自己说不定也会有这样偶然遇合的机会,但憧憬是美好的,现实却是那样残酷,人生之路崎岖坎坷,歧途甚多,究竟怎样是正确的选择,才可能得到名垂后世的遇合呢? 这不免让李白有些茫然与迷离,但倔强的他不会轻易气馁,积极用世的人生态度使他很快摆脱了歧路彷徨的苦闷,驱走了心中的阴霾。他坚信有一天他也会乘长风破万里浪,鼓满云帆,漂洋过海,到达自己理想的彼岸。

这首诗歌只有短短八十二字,却显得层波叠澜,变化多端,诗人情绪跌宕起伏,迷茫与执着、苦闷与自信交替出现,迅速转换,将一进退失据而心犹不甘、倔强自信挣扎在痛苦之中的诗人形象充分展现出来。他对前途的美好憧憬,事实上是一种自我的心理调节,说得越自信与果断、越豪放与达观,越表明他心中充满了焦虑、迷茫与无奈。

(闵泽平)

长 干 行   李 白

妾发初覆额，折花门前剧。

郎骑竹马来，绕床弄青梅。

同居长干里，两小无嫌猜。

十四为君妇，羞颜未尝开。

低头向暗壁，千唤不一回。

十五始展眉，愿同尘与灰。

常存抱柱信，岂上望夫台。

十六君远行，瞿塘滟滪堆。

五月不可触，猿声天上哀。

门前迟行迹，一一生绿苔。

苔深不能扫，落叶秋风早。

八月蝴蝶来，双飞西园草。

感此伤妾心，坐愁红颜老。

早晚下三巴，预将书报家。

相迎不道远，直至长风沙。

【鉴赏】《长干行》本为乐府旧题，属杂曲歌辞，原是长江下游一带的民歌。李白所作有两首，此选第一首，写一商人之妇对入蜀丈夫的思念。

诗篇从女主人公的回忆开始，她与丈夫一起长大，彼此"青梅竹马"、"两小无猜"。小姑娘的头发刚刚能够覆盖住前额的时候，她在自家门前折花嬉戏，未来的丈夫——当初拿着一根细长的竹竿当作高头大马，一路吆喝着跑来的小男孩，就开始进入了她的生活。小女孩把玩着青梅，小男孩跨骑着竹马围绕井栏跑来跑去，在幽静的长干里，他们就这样愉快地度过了天真无邪的童年，没有丝毫的男女嫌疑，现在想起来仍然感到甜蜜幸福。十四岁时，女孩嫁给了男孩，初嫁时羞颜未开，不太适应自己身份的改变，不敢袒露自己的情感，经常低着头对着墙壁的暗处，任凭夫君千呼万唤，也不肯回头望上一眼。一年后，她抛弃了娇羞与局促，适应了妻子的角色，也开始了与丈夫炽热的爱恋生活，她心情舒畅，喜悦溢于眉间，希望这种幸福生活能够永远持续下去。她在心中暗暗发下誓言，愿意如尘灰相和,与丈夫白头偕老,永不分离。

　　谁料想十六岁那年丈夫就离家远行,自己也走上了望夫台。丈夫风霜露雨,自己在家中担惊受怕。她仿佛看见了高浪急流下的暗礁滟滪堆,也仿佛听见了沿江两岸猿猴连绵不绝、令人肠断的哀鸣之声。丈夫出门之前依依不舍,门前曾经尽是他徘徊的脚印,现在也为深深的青苔所覆盖了。这绿苔太厚,怎样扫也扫不干净。不知什么时候,一片黄叶被秋风吹落,恼人的秋天已早早来临。看到西园的草坪上双双飞舞的蝴蝶,又勾起了无限相思之情,容颜就在相思中悄然憔悴。她苦苦地等待,痴痴地期盼,呼唤千里之外的丈夫,无论你什么时候准备回家,一定要事先捎个信来,我定顺风去寻找你的踪迹,即使是远到七百里外的长风沙,我也会欣然前去等候与迎接。

　　此诗生动地描述了一位南方女子的心理成长历程,将其丰富细腻的情感世界表露无遗,如《唐宋诗醇》所言:"儿女子情事,直从胸臆中流出。萦回曲折,一往情深。"其取材、构思、叙事、情调都具有浓郁的民歌色彩,明艳娇憨而略带哀怨的女主人公形象尤其令人难忘。

(闵泽平)

清平调词三首　　　　　李　白

云想衣裳花想容,春风拂槛露华浓。
若非群玉山头见,会向瑶台月下逢。

一枝浓艳露凝香,云雨巫山枉断肠。
借问汉宫谁得似,可怜飞燕倚新妆。

名花倾国两相欢,长得君王带笑看。
解释春风无限恨,沉香亭北倚阑干。

　　【鉴赏】《清平调词》三首,是李白于天宝初年入长安供奉翰林时所作。《李翰林别集序》(乐史)记载:"开元中,禁中初重木芍药,即今牡丹也。得四本红、紫、浅红、通白者,上因移植于兴庆池东沉香亭前。会花方繁开,上乘照夜车,太真妃以步辇从。诏选梨园弟子中尤者,得乐一十六色。李龟年以歌擅一时之名,手捧檀板,押众乐前,将欲歌之,上曰:'赏名花,对妃子,焉用旧乐辞焉!'遂命龟年持金花笺,宣赐翰林供奉李白立进

《清平调词》三章，白欣然承诏旨。由若宿醒未解，因援笔赋之。……龟年以歌辞进，上命梨园弟子略约调抚丝竹，遂促龟年以歌之。"

第一首写杨贵妃艳丽动人。首两句说唐明皇看到云，即想起杨贵妃漂亮的衣裳；看见花，即想到杨贵妃娇好的容颜。漂浮的白云因风的吹舞而轻扬，即使无云也可想见风的姿态；花因露水的滋润而更加鲜妍，即使眼前无花，有露水也可想象花的娇容。贵妃的国色天香姿态，则不是可以想象出来的，她本非人间所有，若非群玉山头见之，则当瑶台月下才能相逢。

第二首写杨贵妃因貌美而得宠。一枝浓艳之花，露华凝结而天香喷发；今贵妃亦非凡品，其如花之容，令明皇眷恋不已，如露凝而花香愈浓。贵妃"三千宠爱在一身"，前代少有，巫山神女虽自荐于襄王，毕竟只能在梦中相随，孰若贵妃朝朝暮暮侍奉于君王之侧。巫山神女不足论，前代美女也仅有汉代赵飞燕修新妆之时，才勉强能与贵妃相提并论。但赵飞燕要依赖妆饰才能弥补先天不足，远不如贵妃天生丽质。

第三首花、人合写。名花生在世间，不得绝代佳人赏玩，枉为名花；绝代佳人不得在沉香亭赏玩名花，枉为佳人。今佳人、名花相映生辉，又得风流天子赏爱，故两不辜负而相欢，亦无所遗憾。也只有牡丹之名花、倾国之妃子，两不相让而对欢，才能现出玄宗的春愁春恨。前人或认为李白此诗措辞委婉，赞美声中实含讥讽之意，故有高力士摘词中飞燕之事激怒贵妃之说，显然这是附会之词。李白这组作品，意在反复歌咏贵妃的美丽，颂扬唐玄宗雍容华贵的生活，只是即景即事而已。　　　　（闵泽平）

丁都护歌　　　　　　　　　　李　白

云阳上征去，两岸饶商贾。

吴牛喘月时,拖船一何苦。

水浊不可饮,壶浆半成土。

一唱都护歌,心摧泪如雨。

万人系磐石,无由达江浒。

君看石芒砀,掩泪悲千古。

【鉴赏】《丁都护歌》是南朝乐府旧题,属《清商曲辞·吴声歌曲》,曲名也作《丁督护歌》。《宋书·乐志》记载:南朝宋高祖刘裕的女婿徐逵之为鲁轨所杀,刘裕便派遣府内直督护丁旿去料理丧事;丁旿回来之后,徐逵之的妻子(也就是刘裕的长女)向他询问殡殓时的情况,每问一声,就哀叹一声"丁督护"!其声哀切,催人泪下。后来,人们便依声制曲,题为《丁都护歌》。现存的歌辞,大多写戎马生活的艰辛和思妇哀怨之情。

李白的这首《丁都护歌》,意在借哀怨凄切的曲调,写纤夫在炎热夏日拖船运石的痛苦。朝廷在云阳一带采石,租船搬运,将之由运河拖运到江岸。适逢盛夏之时,天旱水浅,酷热难当,船夫们头顶烈日,逆流拉纤,不胜劳苦。气候如此炎热,劳动强度如此大,渴自然成为纤夫们最强烈的感觉。但河水枯竭,浑浊多泥,盛在壶中,一半是泥浆。这种水人如何能饮,但天热人渴,不喝它又能喝什么呢?船夫们心中有无限的怨情,那凄惨的号子真让人潸然泪下,那又多又大的石头,个个贮满了纤夫的凄楚,使人为之感伤千古。一声歌,一行泪,凄切哀怨,令人不忍听闻。

全诗描绘出一幅辛酸的"拉纤图",将船夫拖船之艰辛、生活条件之恶劣,行役之苦痛一一画出,取得了惊心动魄的效果。李白的诗歌通常以大言壮语来直截了当地倾泻牢骚、自鸣不平,这种以写实手法来描摹生活场景的作品在李白诗集中并不多见,它与杜甫一些诗作的风格较为接近,所以《唐宋诗醇》评论这首诗"落笔沉痛,含意深远,此李诗之近杜诗者"。不过,诗人观照现实,反映劳工疾苦,也非不动声色的冷静叙述,而是和他的许多作品一样,以饱满的情绪充实其中,是以无限感慨与嘘唏语调来表达自己的怜悯与同情,故叙述中多喟叹之词,如"拖船一何苦",叹息沉痛而深长。全诗层层深入,结尾一句,写磐石之大之多,点明劳工之苦,把诗情推向极致。每一层叙述与描摹之后,都是以慨叹作结,整首诗读来令人悲愤满腹。

(闵泽平)

静 夜 思   李 白

床前明月光，疑是地上霜。
举头望明月，低头思故乡。

【鉴赏】 潇洒的诗人也有落寞的时候。他年纪轻轻就仗剑去国，辞亲远游，到过通衢大都，到过名山大川，也到过一些幽僻荒凉的村庄。走的地方多了，家乡的影子越来越淡，渐渐竟模糊不清。人生如旅途。行走在旅途中，劳累了，自然就会记起家中的千般好处、万种温馨。心灵惫顿了，茫然了，就会寻找慰藉。再长久的漂泊，也许都不会让飘逸的诗人沉寂下来；辛苦的寻觅，也许都不会让执着热情的诗人感到厌倦。但他总有小憩的时候，正如喧闹过后会倍感冷清。在客中，一个小小的房间，在夜晚，他独处的时候，诗人不免有些百无聊赖，不经意间看见在床前方寸之地上有一片白色，疑心是霜，以为拂晓时分已经来临，举头一看，皓月当空，低头之际，乡思扑面而来。

前人说诗人因"疑"而"望"，因动而"思"，并无他念，真静夜思也。但诗人是否并无他念，我们不得而知。但正因为他说得含蓄，才能触发我们的心弦。我们还不知道诗人在低头、抬头之间如何顿生乡思，或许是这种情感长久蕴藏在心中，偶见明月而一触即发。也因为诗人只写感受而叙述缘由，我们才能把自己的乡思也一并注入其中。所以俞樾也说："床前明月光，初以为地上之霜耳，乃举头而见明月，则低头而思故乡矣。此以见月色之感人者深矣。盖欲言其感人之深而但言如何相感，则虽深仍浅矣。以无情言情则情出，从无意写意则意真。"（《湖楼笔谈》）

《静夜思》是乐府旧曲。在静谧的夜晚，在清辉的笼罩之中，人们的心底总会不由自主地涌现一些难以言说的情感。这些情感行之歌咏，著之篇什，汇集在古曲《静夜思》中。李白借古题以写旅情乡思，所思所感，率口而出，佳诗天成，妙手偶得，故其不胫而走，流播闾里，几乎使人们忘记了它乐府的本来面目。

                                            （闵泽平）

月下独酌   李 白

花间一壶酒，独酌无相亲。

举杯邀明月，对影成三人。
月既不解饮，影徒随我身。
暂伴月将影，行乐须及春。
我歌月徘徊，我舞影零乱。
醒时相交欢，醉后各分散。
永结无情游，相期邈云汉。

【鉴赏】"花间一壶酒，独酌无相亲。举杯邀明月，对影成三人。"一壶酒，一个人，一明月，一孤影。好似台上一出戏，眉目之间便道尽了悲欢离合。手持一壶梨花白，独自徘徊这繁花碎影之间，举杯邀请那明月共饮，低头才发现携着影子成了三人同欢。李白总是能从那简单的景色之中，提炼出令人心神向往的梦境。真真假假、虚虚实实间，让你分不清现实与梦幻，但亦心甘情愿沉沦。李白在抬头低头之间，将孤独化为了不孤。

从逻辑上讲，物与人的内心世界并无多少关系。但从诗意的角度上看，二者却有密不可分的关系。这也正是中国诗歌中的"兴"之起源。李白赋予月亮与影子生命，将其人格化，其充分的想象力，让人不由的心生赞叹。

"月既不解饮，影徒随我身。"可是现实终是残酷的，那明月怎会与我一同痛饮呢？那影子也只不过是追随着我的身体罢了。字句之间，又回到现实，孤独之感又悄然出现。

"暂伴月将影，行乐须及春。我歌月徘徊，我舞影零乱。"暂时就与这明月与孤影做伴吧，行乐就应将这美好的春光紧紧抓牢。我高声地歌唱，那朗朗皓月悠悠徘徊；我肆意地舞蹈，那幽幽孤影紧紧相随。任那孤单之感在我歌舞之间悄然地消散，我与这皓月孤影相伴，共饮美酒，同度春光。

"醒时相交欢，醉后各分散。永结无情游，相期邈云汉。"清醒的时候，我愿与明月孤影如好友般共寻欢乐。一杯接一杯，酒入肠。等沉醉在这佳酿中，我们便各自散去吧。又要剩下我独自一人。但是愿你我相约，忘却那些纷繁的伤情，在那缥缈璀璨的星河相见。

此时的李白，正是官场失意之时。心中一番热切的抱负，却败给了残酷的现实。黑暗的官场，无人能够理解自己心中的理想。这一种孤寂与郁愤，深深笼罩了李白的身上。这首诗，以一种独白的形式，诉说了李白从孤独到不孤,再由不孤到孤独,最后独剩自己,但是却与明月孤影相约银河的复杂情景,也表达了诗人起起伏伏不定的心境。独自一人饮酒,但却邀得明月孤影相伴,这样别致浪漫的情怀,除了李白,试问世间能有几人能够拥有? 在这番困境中,李白性情中的放浪形骸、狂荡不羁仍是显露无遗。

(孟　佳)

秋 浦 歌　　　　　　　　李　白

白发三千丈,缘愁似个长。
不知明镜里,何处得秋霜。

【鉴赏】这首五言绝句,借助夸张的手法,运用含蓄委婉的笔调,抒发了诗人壮志难酬的苦闷和对时局的无限忧虑。

写《秋浦歌》时,李白54岁,正当天宝末年。这时李林甫已死,杨国忠当权,朝政更加腐败,战祸连年不断。凭诗人特有的敏感,李白觉察到一场严重的社会危机在酝酿中,心中充满悲苦,聚集着无限愁思。我们读"白发三千丈"这首小诗,听到诗人心灵在诉说,他忧心如焚,愁思深广无边,不仅头发愁白了,而且白发长到三千丈——他究竟为什么而愁,如果说仅仅因为自己的出路和前途愁到这地步,显然不合李白的性格特点。原来诗人是对时局怀着很深的忧虑,这就是前两句高度夸张的思想感情内涵,也是小诗其所以具有强大震撼力的根源。

"抒情诗里往往运用夸张手法,说出事实上绝对不会有的事,诗人却通过它来抒写极为深刻的感情。由于感情是真切的,所以这些事实上不会有的话也变成合理的和真实的了。"(周振甫《诗词例话·夸张》)"白发三千丈"似乎不合理,但"缘愁似个长"一句,在说明了白发如此之长的原因的同时,深刻地表达了作者当时悲愤在胸、愁思无限的真切感情,这就使前一句不仅显得合情合理,而且生动地展示了诗人极度的悲愁,获得强烈的艺术效果。正是"白发三千丈"的形象,使诗人要表达的无形的然而又是深长无限的"愁思"变得真实可感了。

"不知明镜里,何处得秋霜",是说真不知明镜里照见的满头白发是从哪里得来的。诗人故作惊人之态,诧异明镜里的秋霜,仿佛不知道那秋霜就是自己头上的白发的反映,委婉含蓄地抒发了忧虑难以自解的苦闷心情。《李诗咀华》写道:"'何处得秋霜'这五个字,可能勾起了一番痛苦回忆:数十年来,在人生的道路上奔波颠簸,哪一次失意,哪一回挫折,不使他胸中沉积起一层郁愤,头上增添数茎白发!"这满头秋霜,乃是大半生坎坷经历的印迹和明证啊!正所谓"冰冻三尺,非一日之寒"。而"安史之乱"前夕的时局危机,又使诗人积郁已久的愁思骤然增大增强,有如冰上凝霜。这两句有问无答,把无限的悲愤和忧思留了下来,使读者在回味和思考中,认识到封建社会一位天才人物的可悲命运,进而联想到那制造个人和时代悲剧的制度。

一首五言绝句,不仅内容深厚饱满,而且构思新颖奇特,"突然而起,四句三折,格力极健",让人百读不厌。 （杨　军）

客中作　　　　　李　白

兰陵美酒郁金香,玉碗盛来琥珀光。
但使主人能醉客,不知何处是他乡。

【鉴赏】这首诗有的本子题作《客中行》,是李白开元年间游历齐鲁时的作品。

"兰陵美酒郁金香,玉碗盛来琥珀光。"诗一开头点出作客的地方,这大概是李白"仗剑去国,辞亲远游"以来所到过的最远的地方。但紧接着把这个地方和美酒联系起来,就一下子扫除了异乡作客难免产生的凄楚情绪,而带有一种使人迷恋的感情色彩。古代诗人大都能饮酒,而李白更是一位有名的"酒中仙",他到兰陵这个出产名酒的地方作客,真是"得其所哉"。更神奇的是这兰陵美酒又是用郁金香这种草药泡制的,据说郁金香浸过的酒,色泽金黄,香味醇浓,喝了有散发郁闷的功效。不仅酒好,连酒器也很精美。美酒盛在玉碗里,呈现出琥珀一般美丽悦目的色泽。试想:当面前有如此之美的酒,我们的诗人还能不痛饮吗?

"但使主人能醉客,不知何处是他乡。"这两句紧承前面两句而来,意思是说:只要作主人的能够使作客人的开怀畅饮,那么,客人就再也不会感到有什么故乡和他乡的分别了。这是前面两句描写和感情发展的结果。"能醉客"的"醉"是"使……醉"的意思。能使客人陶醉的除了"美酒",更重要的是主人的"盛情"。诗人正是在兰陵美酒和主人的真挚友情

131

之中,才进入其乐融融的境界而有点"乐不思蜀"了。这就从侧面表达了对友人待客热情的感激。

《客中作》这类题目,在一般诗人笔下,多是用来写离别之悲、他乡作客之愁的,已经成为古代诗歌创作中的一个传统主题。李白却反其道而行之,表达的是完全与众不同的思想感情。李白以其敏锐的洞察力体验生活,比许多诗人看得更深更透,使旧题别开生面,产生了引人入胜的艺术效果。当然,《客中行》还从一个侧面反映出盛唐时期蓬勃向上的时代气氛。

（杨　军）

子夜吴歌·秋歌　　　　　李　白

长安一片月,万户捣衣声。
秋风吹不尽,总是玉关情。
何日平胡虏,良人罢远征?

【鉴赏】丈夫出征,远戍边关。夫妻分离,相隔万里之遥。又是一年秋来到,在萧瑟的玉门关,丈夫想必已经难以抵御一阵胜似一阵的凉风了。长安城内,皎洁的月光轻柔似水,散播在忙碌的妻子身上。她们揪心着边关的爱人,正赶着捣制寒衣寄往边塞。伴随着飒飒秋风,传来此伏彼起的捣衣声。长安城中,万户之众,家家户户,砧声不断,一声紧似一声,即使以秋风阵阵,也吹不散这浓浓的情思。又有多少主妇这样度过了一个又一个忙碌的夜晚!善良的妻子们不辞辛苦,只愿这亲手赶制的寒衣能够带给丈夫一些温暖,只愿把自己的祝福与期待带给丈夫,希望边疆安定,丈夫早日安全返回家园,与自己白头偕老。

《子夜吴歌》本是南朝民歌吴声歌曲之子夜歌,《乐府诗集》将其收入清商曲辞。李白的《子夜吴歌》共有四首,分别是春歌、夏歌、秋歌、冬歌。

秋、冬歌二首浑然一体，皆写征夫妻子的相思之情。这里所选为《秋歌》，以长安城头之月、万户捣衣之声，写出了思妇的相思之情。诗人关注思妇的相思之心，表达她们渴望平定胡虏、良人罢征的愿望，其实也就是表达了对朝廷穷兵黩武政策的不满，所以《唐诗解》说："此为戍妇之辞，以讥当时战伐之苦也。言于月夜捣衣以寄边塞，而此风吹不尽者，皆我思念玉关之情也。安得平胡而使征夫稍息乎？不恨朝廷之黩武，但言胡虏之未平，深得风人之旨。"诗歌前四句，一气呵成，恰似信手拈来，王夫之说它们是天地间生成的好句子，为李白偶然拾来。前人亦主张将后二句删除，将前四句当成绝句来读。但倘若删去后二句，则李白的微情妙旨就无从传达了。

（闵泽平）

宣城见杜鹃花　　　　　　李　白

蜀国曾闻子规鸟，宣城还见杜鹃花。
一叫一回肠一断，三春三月忆三巴。

【鉴赏】李白二十五岁出蜀后，至老也没有再回故乡。但在他的作品中，我们很少看到他流露思乡情绪。乡土之思即使偶尔闪现在诗中，也是非常轻微的。不过，李白"仗剑去国，辞亲远游"，是满怀信心与期待的，这使他的诗风旷放而飘逸。然而长期漂泊，屡屡受挫，人老年衰，壮志难酬，一向乐观的诗人也难免会情绪低落，乡思也会涌上他的心头。这首诗应该是在这样的心情下写成的。

姹紫嫣红的暮春三月，杜鹃花花团锦簇，满山遍崖，灿然若火。想当年，诗人在家乡的时候，每每看到杜鹃花盛开，就会听到阵阵的杜鹃鸟声。提起杜鹃鸟，让人不由自主地想到"苌弘化碧，望帝啼鹃"，从而激起思乡之情。古代蜀中之帝杜宇，又称望帝，自以为德薄，不愿意窃据帝位，为避位而出走，死后精魂化为杜鹃鸟，每到暮春时分，就啼叫起来，没完没了，似乎在呼喊着"不如归去"。看着宣城艳丽的杜鹃花，诗人耳旁顿时响起了杜鹃鸟凄恻动人的啼叫声，好像在提醒他也"不如归去"。但诗人又怎能这样空手而归？当年意气风发，仰天大笑出门而去，自以为功名俯拾可取，唾手可得，谁知一再受挫，一事无成。看着眼前的朵朵杜鹃花，想着家乡亲人的苦苦期待，诗人又怎能不愁肠寸断呢？

诗的前两句,巧用花、鸟、地名,形成自然的对仗,以空间的延伸和时间的延续,真实地再现了诗人乡思涌动的过程。"杜鹃"一语双关,诗人借花写鸟,借鸟抒情。由眼前的实景,写到记忆中的虚景,思绪由安徽宣城而飞越千里回到蜀国的故乡,环环相扣,虚实相生,远近结合。三、四两句巧用数字,进一步渲染浓重的思乡之情。全诗情景交融,浑然一体,颇能引起游子的共鸣。

(闵泽平)

赠孟浩然　　　　李　白

吾爱孟夫子,风流天下闻。
红颜弃轩冕,白首卧松云。
醉月频中圣,迷花不事君。
高山安可仰,徒此揖清芬。

【鉴赏】安陆可谓是李白的第二故乡,在《上安州裴长史书》中,他写道:"见乡人相如大夸云梦之事,云楚有七泽,遂来观焉。"壮丽的风景吸引了他,在这里诗人大约度过了十年的时光,其间有些不太愉快的记忆,他多次干谒当地官员未成,反而得罪安州刺史,以致"谤言忽生,众口攒毁",后来他把自己这段生活总结为"酒隐安陆,蹉跎十年"(《秋於敬亭送从侄耑游庐山序》)。但这十年,也有一些甜蜜与温馨的回忆。他高歌豪饮,语惊四座,得到了唐高宗时的宰相许圉师的赏识,并与其孙女成婚。在这期间,他往来襄汉,还结交了像孟浩然这样的朋友。《赠孟浩然》一诗,就是此时所作,表达了作者对孟浩然的喜爱与景仰之意,写出了一位风流倜傥、潇洒清远的雅士形象。

当他见到孟浩然时,这位名动天下的隐士已经步入暮年。年少之时,孟浩然就弃轩冕而不仕,在达官贵人的车马冠服与高人隐士的松风白云之间,选取了后者。李白曾拜访过韩朝宗,希望得到他的荐引,并称赞说:"生不用万户侯,但愿一识韩荆州。"韩朝宗这位天下举子仰慕的名公巨卿,曾想推荐孟浩然入朝为官。约定动身的那天,孟浩然正与友人畅饮,旁人提醒他该出发了,孟浩然却斥责说:"既然已经饮酒了,哪里还顾得上出仕那件事呢?"年老之后,孟浩然卧松云而固隐,常常在皓月当空的清宵,把酒临风。清闲之时,则流连花月之中。其儒雅风流,着实让诗人仰慕敬重。

前人撰写赠诗,若对方擅长诗文,往往有意学其文风。此诗即学孟浩然的"一气舒卷"而又不失李白本色,以一种悠然的语调来表达诗人的敬慕之情,不斤斤于对偶声律,消散爽朗,不无风神飘逸之致,颇具古朴之风。吴汝伦说:"一气舒卷,用孟体也,而其质健豪迈,自是太白手段,孟不能及。"(《唐宋诗举要》卷四引)

(闵泽平)

闻王昌龄左迁龙标遥有此寄　　李　白

杨花落尽子规啼,闻道龙标过五溪。

我寄愁心与明月,随风直到夜郎西。

【鉴赏】 自古以来,文人相轻,沿袭成俗,所以惺惺相惜者,便弥足珍贵。在唐代,七言诗成就最为突出的,历来认为是李白与王昌龄。王世贞说:"七言绝句,王少伯(王昌龄字少伯)与太白争胜毫厘,俱是神品。"(《艺苑卮言》)甚至还有人认为他们是前无古人,后无来者:"天生太白、少伯,以主绝句之席,勿论有唐三百年两人为政,亘古今来,无复有骖乘者矣。"两位诗人七绝水平之高,令后人仰慕,而他们之间的深厚情谊,也让人敬重。

大约在天宝七年(748),本为江宁(今属南京)丞的王昌龄,被贬为龙标(今湖南洪江)尉。王昌龄究竟为何被贬?殷璠《河岳英灵集》说他"不矜细行",《新唐书》说是"不护细行",可见都认为是有失检点。此事反响甚大,当时"谤议沸腾",所以对王昌龄的处置也格外严厉,竟将他左迁至荒僻之地。这使王昌龄的许多朋友大为叹息。李白得知王昌龄遭贬的消息,已经是次年杨花飘落、子规鸣啭的暮春时节,他恨自己"闻"之甚晚,不能够亲自为王昌龄送行,现在只有寄上一首诗表达郑重的关注之情。诗歌虽是"遥寄",但所包含的感情甚为沉重。

似花还似非花的杨花,飘零殆尽。也许不会有人对漫天飞舞的杨花惋惜,但当耳旁传来阵阵哀切的鸟声时,人们就不会无动于衷了。子规凄惨地叫着"不如归去",花儿随风而去,西园落红难缀,连"惟解漫天作雪飞"的杨花都不愿再多片刻的滞留,追随春天而归去了。就在伤感的时候,又传来了令人惊诧的消息,老朋友被贬谪了,而且是贬到五溪(据《水经注》，指雄、樠、酉、沅、辰，在今湘西、黔东一带）之外的龙标，这怎不让人悲痛？更为遗憾的是，朋友到如此荒远的地方，自己却没能够送他一程。他离去的时候，心中肯定是充满了凄楚；在漫漫征途之中，肯定是分外孤独；在荒凉的蛮荒之地，肯定是相当寂寞。千里阻隔，诗人不能亲自陪伴他，为朋友排解忧愁，就把自己的牵挂与关注之情寄给明月吧。天上的明月，不是被风吹着正缓缓西行吗？它一直在默默地关注着友人踯躅的身影，陪伴他流落到夜郎之西。将自己的愁心寄予婵娟，它定会把这份缠绵深挚的友情转达给友人。

（鲁林华）

荆 州 歌　　　　　　李　白

白帝城边足风波，瞿塘五月谁敢过。
荆州麦熟茧成蛾，缲丝忆君头绪多。
拨谷飞鸣奈妾何。

【鉴赏】仲夏五月，江陵城外，麦浪滚滚，收割的季节马上就要到了。一位缲丝的少妇，看着渐渐成熟的麦子，不禁想起出门在外的丈夫，思绪万千。丈夫惦记着家里，肯定正归心似箭，匆匆忙忙从蜀地赶回。但是，五月的瞿塘峡，水流湍急，危机四伏，稍不小心，就可能出现意外。她热切盼望丈夫早日归来，以解相思之苦，但丈夫归家途中的危险，又使她忧心忡忡。正心烦意乱之际，耳旁又传来阵阵布谷鸟的叫声，反复说着"行不得也哥哥"，似乎是对乘舟欲行的丈夫的劝阻，又似乎是对她的责备，这更使她方寸大乱，不知所措，只有徒然叹息。

这首写少妇思夫之诗，受到了梁简文帝的《荆州歌》影响。梁简文帝诗中说，"纪城南里望朝云，雉飞麦熟妾思君"，李白信手拈来，加以点化，民歌风味更为浓厚，也更契合人物的身份与心理。它从思妇眼中写出五月麦熟时节家家缲丝、布谷飞鸣的情景，暗借缲丝来双关思绪纷乱，能在一片闹意中烘托出盛夏气息，人物活动的背景渲染更为充足，人物心理的描绘更为细腻深刻，人物形象也颇为生动。明人杨慎对这首诗非常推重，认为它"有汉谣之风，唐人诗可入汉、魏乐府者惟太白此首，及张文昌《白鼍谣》、李长吉《邺城谣》三首而止"（《杨升庵外集》）。

（鲁林华）

清 溪 行　　　　　　　　李 白

清溪清我心,水色异诸水。
借问新安江,见底何如此。
人行明镜中,鸟度屏风里。
向晚猩猩啼,空悲远游子。

【鉴赏】安徽池州风景宜人,尤其是清溪,蜿蜒曲折,清澈见底,颇受人们喜爱。天宝十二载(753)秋,李白游池州,写下了许多赞美清溪的诗篇,这是其中之一,又名《宣州清溪》。

这首诗紧紧扣住清溪"清"的特色展开,先总写清溪给诗人的最直观、最深刻的感受,那就是清溪之水色,与众不同,诗人的心也仿佛随之变得清净明亮。溪水之清,超过了许多作者所游历的名川大河。新安江向来以水清著称,如沈约有诗《新安江水至清浅深见底贻京邑游好》:"洞澈随深浅,皎镜无冬春。千仞写乔树,百丈见游鳞",但即使那里的水也比不上清溪的清澈。人行走在清溪岸边,鸟穿越在山间,这些倒映在溪水中,就如同人在明镜中,鸟在屏风里,恍如进入仙境一般。

"人行明镜中,鸟度屏风里"可能受到了沈佺期的名句"人疑天上坐,鱼似镜中悬"(《钓竿篇》)的影响,或是从相传为王羲之所作的"山阴路上行,如在镜中游"(《镜湖》)两句脱化而来,但李白的这两句,写景更为生动细致,语言更为精丽工整。王、沈二人所作,以镜为喻,确实写出了湖水、潭水的清澈明亮,也生动地传达出了他们如身临其境的愉悦心情。李白则不用"疑"、"似"、"如"之类的模糊词语,直说人行走在明镜之中,写实性更强,不容人置疑,也更真切地表达出了他为清溪之清水所迷的感受。诗人面对如此美景,自有一番怡然之情,但沉浸在清寂的氛围里,孤独的感受也会随之滋生。所以傍晚时猩猩的啼叫,就勾起了诗人思乡的情怀,似乎是在为他的长期飘零而哀鸣。诗人情绪的低徊,反映出了他内心的落寞悒郁,留下无穷的回味。《唐宋诗醇》对结尾尤其赞赏:"仁兴而言,铿然古调,一结有言不尽意之妙。"

(鲁林华)

沙丘城下寄杜甫

李　白

我来竟何事？高卧沙丘城。
城边有古树，日夕连秋声。
鲁酒不可醉，齐歌空复情。
思君若汶水，浩荡寄南征。

【鉴赏】天宝三载（744）的春天，李白离开长安，开始他的漫游之旅。放归山林，对心高气傲的李白不啻是一个沉重的打击，但他并不甘心就此告别仕途，他坚信自己有朝一日会重入君门。抱着这一志向，他开始了艰辛、痛苦的等待历程。在《书情赠蔡舍人雄》中，他说自己是"一朝去京国，十载客梁园"。其实，他并非一直滞留在梁园，而是南至吴越，北上幽燕，足迹几乎遍及大江南北。等待的过程是漫长的，漫游的征程是寂寞的，足以让诗人感到安慰的是，在途中他遇见了二三知己。在洛阳，四十多岁的李白碰见了三十三岁的杜甫，这是怎样的一个时刻呢？两颗巨星碰撞，会产生怎样的火花呢？秋天的时候，盛唐的另一位大诗人高适也加入进来。三个人在梁园相会，同游孟诸（山东单县）、齐州（山东济南）等，这样的漫游想必不会再寂寞了。第二年秋天，李白与杜甫再次相聚于东鲁，这是他们平生第二次会面，也是两人的最后一次相聚。相聚虽然短暂，留下的回忆却异常温馨。送走了杜甫，寂寞的滋味便涌上李白的心头，诗人提笔写下了这首《沙丘城下寄杜甫》。

　　我为什么会来到山东，为什么会寄居在汶水？这是诗人对命运的质问，而非简单的自责与反思。正是舒展才华的大好时光，自己却只有闲居在东鲁。这究竟是谁的错误？如果自己高卧在沙丘城，又能如何呢？这里的生活如此单调，令人烦闷。抬眼望去，唯有城边的古树，在瑟瑟秋风中伫立着，默默地陪伴自己。秋天是伤感的季节，凄清的氛围里，惆怅将自己紧紧纠缠住，几乎让自己透不过气来。人们常常用轻歌曼舞、酣醉痛饮来排遣忧闷，但现在诗人对鲁酒、齐歌毫无兴趣，因为他的心中已经储满了离别思念之情。在这个季节，在这样的环境中，唯有一二知心好友才是最好的安慰。想着远去的杜甫，诗人那浩如一川汶水的满腹牵挂之情，追随杜甫悠悠南去了。

　　自李杜优劣论兴起之后，常有人提起二人的友情并不存在。他们认为杜甫对李白有倾慕之意,而李白殊不以为然,对杜甫并没有特别的关注。此诗或可为有力的反证。《唐宋诗醇》卷六也指出:"白与甫相知最深。……甫诗及白者十余见,白诗亦屡及甫。即此(《沙丘城下寄杜甫》)结语,情亦不薄矣。世俗轻诬古人,往往类是,尚论者当知之。"(鲁林华)

越女词五首(其三)　　　李　白

耶溪采莲女,见客棹歌回。
笑入荷花去,佯羞不出来。

【鉴赏】《越女词》是李白在越地会稽(今浙江绍兴)一带所作,又名《越中书所见也》。唐代的吴越,虽然经过了六朝经济开发和文化熏染,其淳朴之气还是相当浓厚的。李白漫游至此,为越地秀丽的山水所陶醉,为越地质朴的风情所吸引,诗风也变得清新自如。全诗洋溢着热烈欢快的气氛,生动地描写出了采莲少女天真活泼的神态。

耶溪,即若耶溪,《太平寰宇记》说在会稽东南二十八里,相传是西施浣纱的地方。来到这里,诗人总是期待着与浣纱的女子相逢,体验当年惊艳西施的感觉。不过,诗人没有遇见浣纱的女子,但他并不失望,因为他的视线很快为一位采莲的女孩子吸引住了。这位活泼的女孩子,轻松地划着船儿,愉快地哼着民歌,是那样的烂漫而灵巧,充满活力。她仿佛察觉到了陌生的眼光,突然抬头,望见陌生男子,迅速掉转船头,笑着躲进荷花丛,装作害羞的样子,不肯出来。诗人顿时好奇起来,这位女孩子真的害羞吗?那她为什么要把歌声与笑声留下来呢?既然又歌又笑,为什么召唤她,她又不出来呢?

这首诗在写作上可能受到了南朝诗人谢灵运的影响。谢灵运《东阳溪中问答》说:"可怜谁家妇,缘流洗素足。明月在云间,迢迢不可得。""可怜谁家郎,缘流乘素舸。但问情若为,月就云中堕。"谢诗只是单纯地写作者的所见所感,较为板滞,而李诗清新自然,写活了少女矜持的心思与情怀。

(鲁林华)

上李邕

李白

大鹏一日同风起，抟摇直上九万里。
假令风歇时下来，犹能簸却沧溟水。
世人见我恒殊调，闻余大言皆冷笑。
宣父犹能畏后生，丈夫未可轻年少。

【鉴赏】李邕，字泰和，广陵江都（今江苏扬州）人。他是盛唐时期著名的狷狂之士，又特别喜欢奖掖后进，《旧唐书》本传说，"邕素负美名，频被贬斥，皆以邕能文养士，贾生、信陵之流。……人间素有声称，后进不识，京洛阡陌聚观，以为古人"。李白"十五好剑术，遍干诸侯；三十成文章，历抵卿相"（《上韩荆州书》），曾到处游历，多方干谒，对于李邕，李白是引为同调的。在其后所写的《答王十二寒夜独酌有怀》诗中，李白曾有"君不见李北海，英风豪气今何在"这样的诗句。李邕说过，"不愿不狂，其名不彰"，李白的狂傲之气则有过之而无不及。在这里，诗人对李邕充满了期待之情，反复要求他不能像时人那样小看自己，而应该效法先师，因为孔子知道"后生可畏"。

　　在诗中，李白还认为自己如大鹏一样，时来运转，就会乘风万里，直上云霄。大鹏一飞冲天，扶摇直上九万里，即使不借助风的力量，以它的翅膀一扇，也能将沧溟之水一簸而干。诗人说他自己即使不得其时，也不会如世俗之人那样默默无闻。李白一生，常以振翅高飞的大鹏自况。开元十三年（725），年轻的李白出蜀漫游，在江陵遇见名道士司马承祯，后者称赞他"有仙风道骨，可与神游八极之表"，李白就写下《大鹏遇希有鸟赋并序》（后改为《大鹏赋》），以庄子《逍遥游》中的大鹏鸟自喻。临死之际，李白写有"大鹏飞兮振八裔，中天摧兮力不济。余风激兮万世，游扶桑兮挂石袂"（《临路歌》），自比为折翅悲鸣的大鹏。

　　这是一首奇特的干谒诗，它所显示出的纵横狂放之气，既反映了李白

非凡的气度、雄伟的胸襟,也反映出盛唐特有的昂扬精神和风貌。

（鲁林华）

听蜀僧濬弹琴　　　　　　李　白

蜀僧抱绿绮,西下峨眉峰。
为我一挥手,如听万壑松。
客心洗流水,馀响入霜钟。
不觉碧山暮,秋云暗几重。

【鉴赏】“蜀僧濬”,即四川一位名为濬的和尚。有人认为他就是李白《赠宣州灵源寺仲濬公》中的仲濬和尚。如果是这样,那么此公不但擅长琴术,而且“风韵逸江左,文章动海隅。观心同水月,解领得明珠”。这首诗主要写濬公琴术之高超。

诗歌从演奏之人写起,蜀僧濬抱着绿绮古琴,从“秀甲天下”的峨眉山而来。李白在诗中多次提到峨眉山,它是诗人心目中故乡的象征,所以从千里之外的故乡而来的蜀僧,首先就给他一种亲切之感。诗人省掉了濬公离蜀漫游的种种过程,只说他抱琴而来,“为我一挥手”,好像是专门前来为诗人弹琴的。接下来诗人由听琴的感受来写演奏者技艺的高超。琴声响起,始如万壑松涛澎湃,磅礴激越,继而如山泉叮咚,清新悦耳。诗人听得心醉神驰,感觉不到时间的流逝,心中的愁苦如被流水冲刷,只剩下一片清澈、明净。琴声袅袅,余音不绝,与远处的钟声融为一体。

这首诗意境空灵深微,旋律流畅优美。诗句看似随口道来,却能准确表达出诗人听琴后的细腻感受,“一气挥洒,中有凝练之笔,便不流入轻滑”(高步瀛《唐宋诗举要》)。

（鲁林华）

江上寄巴东故人　　　　　　李　白

汉水波浪远,巫山云雨飞。
东风吹客梦,西落此中时。
觉后思白帝,佳人与我违。
瞿塘饶贾客,音信莫令稀。

141

【鉴赏】巴东,地名,今湖北秭归县、巴东县一带。这首诗大约是李白初到湖北汉水流域时,写给蜀地旧友的。

起首两句点明了诗人与朋友所处的不同位置。诗人站在汉水之畔,望着层波叠浪、渐远无穷的流水,不禁想起远在巴东、在烟云朦胧的巫山之下的友人。汉水与巴东,为崇山峻岭所间隔,但阻断不了诗人对友人的思念之情。这种思念之情是如此浓厚,以致诗人在睡梦中被东风带回到巴东,与友人相聚。直到醒来时,他才发现自己早已告别了友人,离开了白帝城。他惦记着朋友,也希望朋友不要忘记他,时时传来音信。

此诗叙友情,娓娓道来,亲切自然,情深而无声嘶力竭之弊,意浓而无纤弱之失。

(鲁林华)

杨叛儿　　　　　李　白

君歌《杨叛儿》,妾劝新丰酒。
何许最关人? 乌啼白门柳。
乌啼隐杨花,君醉留妾家。
博山炉中沉香火,双烟一气凌紫霞。

【鉴赏】《杨叛儿》本为乐府古题。传说南朝齐隆昌年间,一位姓杨的巫婆常带着儿子出入宫廷,其儿长大后为何皇后所宠爱,当时有童谣唱道:"杨婆儿,共戏来所欢。"后来"杨婆儿"讹传为"杨叛儿"。乐府《杨叛儿》主要写男女私情,鲍令晖《杨叛儿》云:"暂出白门前,杨柳可藏乌。欢作沉水香,侬作博山炉。"白门本来是六朝时建康城(今江苏南京)的西门,后常用来指代建康,在诗中成为男女欢会之所的代称。博山炉即焚香用的铜器,传说是西王母送给汉武帝的,仿照海上仙山博山的形态铸成,下面有盘,上面的炉盖如山。沉香就是沉水香,是当时颇为珍贵的一种香料。

李白的这首诗受到乐府《杨叛儿》的影响,诗人先描绘出了一对青年男女欢会的场面:男子纵情而歌,女子手擎美酒,劝情郎痛饮。这是他们期盼已久的日子,应该沉醉在这幸福的时光中,开怀畅饮,喝醉了就留在她家,这是女子对爱的大胆表白。结尾处,女子更为直接地表示,她与情人,如博山炉和其中的沉香那样融洽而难分离,其情交融如双烟一气,直上云霄。杨慎曾说:"古《杨叛曲》仅二十字,太白衍之为四十四字,而乐府之妙思益显,隐语益彰。"(王琦注《李太白全集》引)南朝乐府情歌,多隐语妙思,委婉曲折;李白此诗,大胆直白,无所顾忌,以情取胜。 （鲁林华）

酬崔侍御　　　　　李　白

严陵不从万乘游,归卧空山钓碧流。

自是客星辞帝座,元非太白醉扬州。

【鉴赏】当初李白于江陵遇著名道士司马承祯时,就曾受到他"有仙风道骨,可与神游八极之表"的赞誉。天宝初年,李白入长安,谒见贺知章,贺知章读其《蜀道难》时,又以"谪仙人"称许之。杜甫《饮中八仙歌》写李白"天子呼来不上船,自称臣是酒中仙",把李白说成是"酒中仙"。在《寄李十二白二十韵》诗中,杜甫又写道:"昔年有狂客,号尔谪仙人。"顺承了贺知章"谪仙人"的称呼。崔成甫(即诗题中的崔侍御,他曾任秘书省校书郎,冯翊、陕县二县尉,摄监察御史)《赠李十二白》亦云:"天外常求太白老,金陵捉得酒仙人。"又把李白说成"酒仙人"。与李白有过从、并受托编辑李白诗文的王屋山人魏万有《金陵酬李翰林谪仙子》一诗,诗题以"谪仙子"称呼李白。后世还有李白骑鲸升天的传说。李白不知道后世对他的仙化,但他对当时谪仙的称呼欣然认同并引以为自豪。在这里,李白把自己醉隐江南之事,与太白酒星醉游人间相比,其戏谑疏狂之态可掬。

此诗清浅可爱,如出山泉水,虽一望透底,却并非一览无余,清澈的诗句里,隐藏着无穷的诗意。崔侍御曾写诗给李白,说他常想见李白,如今在金陵得偿夙愿,称述李白是"君辞明主汉江滨"(《赠李十二白》)。李白在诗中回复他,说自己归隐山泽,不是自己的主动选择,乃是玄宗皇帝赐金放还。不像严子陵,坚持要求回到故乡富春山,整日垂钓碧溪。当年,严子陵与光武帝同榻而眠,睡梦中将脚放在光武帝的肚皮上。第二天,太史官上奏,说客星犯帝座。光武帝再三挽留,封他为谏议大夫,严子陵还是辞别而去。太白酒星醉卧扬州,也是他喜欢游戏人间。如今,诗人醉饮金陵,却并非他所愿意。他之所以嗜酒狂饮,并非好酒,实则是因为心中有诉说不尽的愤懑。

（鲁林华）

143

寄东鲁二稚子

李　白

吴地桑叶绿，吴蚕已三眠。

我家寄东鲁，谁种龟阴田。

春事已不及，江行复茫然。

南风吹归心，飞堕酒楼前。

楼东一株桃，枝叶拂青烟。

此树我所种，别来向三年。

桃今与楼齐，我行尚未旋。

娇女字平阳，折花倚桃边。

折花不见我，泪下如流泉。

小儿名伯禽，与姊亦齐肩。

双行桃树下，抚背复谁怜。

念此失次第，肝肠日忧煎。

裂素写远意，因之汶阳川。

【鉴赏】 鲁迅先生曾说过，陶渊明在后人的心目中飘逸得太久了，其实他有摩登与深情的一面（《且介亭杂文二集·题未定草（六）》）。李白在我们心目中也飘逸了很久，通常只看到他纵饮高歌，似乎不食人间烟火，其实他对家庭、对子女也有牵挂，有思念。天宝八年（749），李白在金陵附近，曾经写过一首《寄东鲁二稚子》，表达他对儿女的思念，意兴凄婉，让我们看到了他舐犊情深的一面。

江南的春天，郁郁葱葱，抬眼望去一片嫩绿。吴越的村妇，却没有闲暇去欣赏这秀丽的景色，她们正忙着采集桑叶。春蚕三次蜕皮，马上就要结茧了。抽丝意味着丰收，村妇们脸上洋溢着兴奋的笑容。诗人看着忙碌的村妇，不禁想到东鲁家中春天的农事。自己家中那龟山（位于今山东新泰市西南）北面的田地，有人在耕种吗？农忙的时候，家人是否在翘首以待，等着我的归来呢？三年多了，自己浪迹天涯，四处飘零，从来没有对家中的农事有所安排与帮助。想到这里诗人禁不住有些羞愧，思念之情抑制不住，仿佛随着风儿飞越山山水水，回到了山东老家的酒楼前。酒楼前的那株桃树，还是临行之前自己亲手栽种的，现在想必枝叶茂盛，快有酒楼高了吧。心爱的女儿平阳,想必也成为婷婷少女了,也许正伫立桃花树下,拈着花蕊,泪眼婆娑,苦苦地等待着远方的父亲。儿子伯禽,也应长得快与姊姊同样高了吧,会不会一起嬉戏在桃花树下呢?他们的母亲过世了,父亲又长期在外,现在有谁去疼爱他们呢?想到这里,诗人如何不心急如焚,如何不心烦意乱。情急之下,他撕开一块白色的生绢,匆匆写上自己的思念之情,寄给远在汶水的家人。

这里没有飘逸,没有夸饰,没有豪言壮语,所写的只是一位父亲的絮絮叨叨,但"家常语琐琐屑屑,弥见其真"(沈德潜《重订唐诗别裁集》卷二)。正是这些家书式的琐屑之语,才让我们看到了一位父亲的自责、自咎,看到了一位人性化的诗人对子女的怜爱,从而也让我们认识了一位更为真实的李白。

(鲁林华)

赠 汪 伦　　　　　　　李 白

李白乘舟将欲行,忽闻岸上踏歌声。
桃花潭水深千尺,不及汪伦送我情。

【鉴赏】古往今来,能够在历史上留下身影的,或是建立了不朽功勋,或是具备非凡才华,或是拥有传奇经历。芸芸众生,则须因缘巧合,或因附骥尾而行显。当年明朝人唐汝询读到李白的《赠汪伦》一诗,就对汪伦颇为嫉妒。他在《唐诗解》中说:"伦,一村人耳,何亲于白?既酿酒以候之,复临行以祖(饯别)之,情固超俗矣。太白于景切情真处,信手拈出,所以调绝千古。"李白之诗调绝千古,汪伦也随之名垂千古。《汪氏宗谱》说汪伦又名凤林,是唐朝时知名士,曾为泾县令,与李白、王维等人都是好朋友。《泾县志》则说汪伦的别墅在桃花潭岸,即李白《过汪氏别业二首》中所写的"池馆清且幽"、"随山起馆宇,凿石营池台"等。又传闻近年在泾县水东长滩发现一块汪伦墓碑,上书"史官之墓汪伦也"。这些说法,可信程度不一,往往是在借李白之诗而说汪伦生平。

在这些故事中,最生动的还是李白与汪伦结识的经过。袁枚在《随园诗话》中说,汪伦是泾川豪侠之士,常常为朋友一掷千金。他听说李白到了安徽,非常兴奋,有心结识又怕大名鼎鼎的李白不予理睬,便写信说他所住的地方有十里桃花,有万家酒店。李白平生好饮,喜爱青山绿水,收到信就欣然而来。见到汪伦,他就要去看信中所说的"十里桃花"和"万家酒店"。这时,汪伦微笑着说:"桃花是潭水的名字,在十里之外;万家呢,是一家酒店店主的姓。"李白听了,先是一愣,接着哈哈大笑起来,高高兴兴地在汪伦家中住了下来。数天后,李白将要离去,汪伦赠送数匹宝马,十捆绸缎,在家中设筵饯别。诗人坐在船上将要出发了,忽地听到岸上传来的"踏歌"声。循声望去,才发现汪伦带来众人为他送行来了。李白十分感动,当即提笔写下了这首《赠汪伦》。

后人羡慕汪伦,还在于李白这首诗确实写得很好。好处首先在于"不雕不琢,天然成响,语从至情发出"(《删补唐诗选脉笺释会通评林》引周敬语)。桃花潭水为本地风光,诗人随手拈来形容汪伦的送别之情,自然而亲切。此诗的好处还在于比喻曲尽其妙。诗人说汪伦别情之深,远非桃花潭水所及,避免了直说之弊,余味无穷。"若说汪伦之情比于潭水千尺,便是凡语。妙境只在一转换间。"(沈德潜《重订唐诗别裁集》卷二○)所谓转换,就是诗中所说的"不及"。

(鲁林华)

江夏别宋之悌　　　　　李　白

楚水清若空,遥将碧海通。
人分千里外,兴在一杯中。
谷鸟吟晴日,江猿啸晚风。
平生不下泪,于此泣无穷。

【鉴赏】这首诗最后两句,情感格外凄恻。历来文人多据此认为,它是李白晚年流放夜郎途经江夏(今湖北武昌)时所作。如《李诗选注》卷九说:"白与之悌必所亲厚,患难流离,易于感受。白过江夏,乃窜夜郎之时所经之地,故其情如此。"《唐诗解》卷三三也说:"水如碧天,似足寄情,故尔我虽有千里之别,聊尽一杯之兴。又况鸟之吟、猿之啸,皆不恶也。于是乐极哀来,乖离生感,忽不觉涕之淫淫耳。其在夜郎流放之时欤!"

近年来,郁贤皓考证出宋之悌为宋之问之弟、宋若思之父,开元中自右羽林将军出为益州长史、剑南节度使,寻迁太原尹。开元二十三年(735)的春天,宋之悌贬官朱鸢(古属安南都护府交趾郡,今属越南河内),途经江夏,与李白相遇而饮,李白当即写下此诗。

楚天的江水清澄透亮,缓缓东去,历经万里征途,终将会汇入遥远的碧海。友人也将渡海而去,远行千里之外。两人从此天各一方,为千山万水所阻隔,但他们的友情并不会因此受到丝毫影响,就好比江水与海水也会相通一样。离别之际,无数安慰的话语涌上心头,却又不知道如何开口,那就把它们融化在这一杯酒中吧。我所想说的话,其实你也知道,重新提起那些伤心的事情只能增加一些感慨嘘唏而已,还是珍惜这眼前的美景,享受这美好的相聚时刻吧。你听,窗外传来阵阵布谷鸟欢快的叫声,晴朗的天空里,布谷鸟也在呼朋引伴,尽情展示它们婉转的歌喉。夕阳西下,晚风徐徐,又传来清猿的啸鸣。如此良辰美景,怎能不令人沉醉。只是想到酒醒之后,晓风残月之中,朋友茕茕孑立、形影相吊,独自一人浪迹天涯,将离别当作等闲之事的诗人,也会潸然泪下。

此诗颔联"人分千里外,兴在一杯中",是历来称颂的名句。前人说它与高适的"功名万里外,心事一杯中",都是从庾抱的"悲生万里外,恨起一杯中"点化而来,而高诗浑厚,李诗超逸。诗人风格的差异,有时候确实就体现在这些细微的字句之间。

(鲁林华)

早春寄王汉阳　　　　　李　白

闻道春还未相识,走傍寒梅访消息。
昨夜东风入武昌,陌头杨柳黄金色。
碧水浩浩云茫茫,美人不来空断肠。
预拂青山一片石,与君连日醉壶觞。

【鉴赏】这首诗是上元元年(760)早春,李白由零陵回江夏时所写。王汉阳,汉阳县令王某,他和李白一样都是善饮之人。李白在不少诗中都写到了与他共饮的事情,如《寄王汉阳》"南湖秋月白,王宰夜相邀。锦帐郎官醉,罗衣舞女娇",《醉题王汉阳厅》"我似鹧鸪鸟,南迁懒北飞。时寻汉阳令,取醉月中归",《赠王汉阳》"天落白玉棺,王乔辞叶县。……与君数杯酒,可以穷欢宴",《自汉阳病酒归寄王明府》"莫惜连船沽美酒,千金一掷买春芳"等。可见两人都是嗜饮之人,而此诗即可看作诗人邀请王县令前来酣饮的帖子。全诗笔调轻快,语清辞秀,逸兴雅致溢于言表。

诗人迫不及待地盼望着春天的归来,不停地寻觅着春天来临的迹象,甚至在寒梅绽放的时候就已经开始期待了。现在，终于可以听到春天的脚步声了，他感觉春天已经离他很近了。昨夜东风悄然潜入武昌，第二天起床一看，春光骀荡，原野上杨柳已经呈现出黄金之色，诗人欣喜若狂，春天它回来了。春水漫漫，碧云悠悠，如此美景怎能不与友人共享，怎能不高歌酣饮。他想到了王汉阳，一位豪放、洒脱而又善饮的同道中人，便盛情邀请，希望他能速速渡江，来作郊外之饮。为了迎接友人的到来，他做好了一切准备工作，好酒自然少不了，甚至青山中的一片石头都已被拂拭得干干净净。他期待着与王县令坐在青石之上，以青山为庐，白云为盖，以满眼春色佐酒，连日痛饮。

（鲁林华）

庐山谣寄卢侍御虚舟　　　　李　白

我本楚狂人，凤歌笑孔丘。
手持绿玉杖，朝别黄鹤楼。
五岳寻仙不辞远，一生好入名山游。
庐山秀出南斗傍，屏风九叠云锦张，影落明湖青黛光。
金阙前开二峰长，银河倒挂三石梁。
香炉瀑布遥相望，回崖沓嶂凌苍苍。
翠影红霞映朝日，鸟飞不到吴天长。
登高壮观天地间，大江茫茫去不还。
黄云万里动风色，白波九道流雪山。

148

好为庐山谣，兴因庐山发。

闲窥石镜清我心，谢公行处苍苔没。

早服还丹无世情，琴心三叠道初成。

遥见仙人彩云里，手把芙蓉朝玉京。

先期汗漫九垓上，愿接卢敖游太清。

【鉴赏】此诗作于上元元年(760)，当时李白在浔阳。卢侍御，即殿中侍御史卢虚舟(字幼真)，他也爱好青山绿水，李白在《和卢侍御通塘曲》中说："君夸通塘好，通塘胜耶溪。"这首诗"先写庐山形胜，后言寻幽不如学仙，与卢敖同游太清，此素愿也"(沈德潜《重订唐诗别裁集》卷六)。

诗人说他本来就像楚国狂人接舆，有隐居的夙愿。当年孔子去游说楚王，接舆在车旁唱歌嘲笑："凤兮凤兮，何德之衰？往者不可谏，来者犹可追！已而！已而！今之从政者殆而！"(《论语·微子》)现在，诗人也不会惶惶于出仕，而是要游览名山，做一位真正的隐士。他在晨曦中辞别黄鹤楼，手持绿玉杖，离开武昌，踏上了前往庐山的旅程，开始了他所喜欢的寻仙访道的生活。庐山真不愧为天下名山，它高耸入云，挺拔在南斗星旁。五老峰下九叠如屏风，云霞像锦绣一般张开，山影倒映在鄱阳湖上，分外秀丽。金阙岩前两座高峰巍然屹立，屏风叠左面的三叠泉石梁瀑布飞泻而下，有如银河倒挂。在这里，满眼皆是曲曲折折的山崖，重重叠叠的山峰，树木苍翠，山花烂漫，在朝阳红霞的映衬下极其明媚。吴天苍茫辽阔，伫立在庐山骋目四望：黄云滔滔汩汩，变幻无穷；长江浩浩荡荡，直奔东海；九条支流，波涛汹涌，堆叠似山。这样壮丽的景色，让李白诗兴大发。照照石镜，心情会清澈许多。想想当年谢灵运游览的足迹已经为青苔覆盖，心情又有些黯淡。世事变幻，人生短暂，唯有炼丹成仙，才能摆脱俗世的烦恼。三丹和积，可谓学道初成，仿佛望见仙人脚踏彩云，手捧莲花，前去朝拜天帝。他已经和仙人订下约会，终有一天，将同卢敖共游仙境。

这首诗写李白游心仙境，意兴高迈，如"天马行空，不可羁绁"(《唐宋诗醇》卷六)。写峰峦，写瀑布，写遨游，写求道，意脉贯通，吐辞雄快，形象超逸，仙气弥漫。

(鲁林华)

梦游天姥吟留别　　　　　李　白

海客谈瀛洲,烟涛微茫信难求。

越人语天姥,云霓明灭或可睹。

天姥连天向天横,势拔五岳掩赤城。

天台四万八千丈,对此欲倒东南倾。

我欲因之梦吴越,一夜飞度镜湖月。

湖月照我影,送我至剡溪。

谢公宿处今尚在,渌水荡漾清猿啼。

脚著谢公屐,身登青云梯。

半壁见海日,空中闻天鸡。

千岩万转路不定,迷花倚石忽已暝。

熊咆龙吟殷岩泉,慄深林兮惊层巅。

云青青兮欲雨,水澹澹兮生烟。

列缺霹雳,丘峦崩摧。

洞天石扉,訇然中开。

青冥浩荡不见底,日月照耀金银台。

霓为衣兮风为马,云之君兮纷纷而来下。

虎鼓瑟兮鸾回车,仙之人兮列如麻。

忽魂悸以魄动,恍惊起而长嗟。

惟觉时之枕席,失向来之烟霞。

世间行乐亦如此,古来万事东流水。

别君去兮何时还?且放白鹿青崖间,须行即骑访名山。

安能摧眉折腰事权贵,使我不得开心颜!

【鉴赏】李白说,他"五岳寻仙不辞远,一生好入名山游"(《庐山谣寄卢侍御虚舟》),经常听海外归来的人谈起海上仙境,令他无限神往;从越州来的人,谈到家乡的美景也如数家珍,称赞他们的天姥山掩映在浮云丽霓之中,不输仙境,也让他兴致盎然。但瀛洲那样的仙山缥缈神秘,隐藏在万顷碧波之中,可遇而不可寻求,不如到天姥山寻幽探胜。天姥山有多高呢？越人这样崇拜它，想必应该是耸立云霄，横跨天宇，在它面前，雄伟的五岳相形见绌，奇丽的赤城山逊色三分，甚至传说中高达四万八千丈的天台山，也只有拜倒于它的东南面。这样的灵秀之地，还是先在梦中去亲近一番。

一夜千里，飞至越中，越中靓丽的风景令人目不暇接。美丽的镜湖如明镜，在月光照耀之下，熠熠生辉。剡溪碧波荡漾，蜿蜒曲折，美不胜收。当年，谢灵运在此流连忘返，遗踪至今尚存。诗人追随前贤，也穿上特制的登山的木屐，轻松地登上了陡峭的高峰，放眼望去，海日升空，曙色一片，耳旁天鸡啼晓。天姥山峰峦峭峙，山路盘旋，千岩万转。深山之中，光线幽暗，倚石栖息之时，感觉就像暮色降临。远处又传来阵阵声响，在山林间轰鸣，好似熊的咆哮，龙的低吟，连山颠也为之战栗。一阵乌云飘来，山谷迷蒙一片，雾气腾腾，烟霭层层。电光一闪，霹雳雷至，地动山摇，丘峦崩摧，一个神仙洞府倏然而现。这个洞天福地金碧辉煌，异彩纷呈，光耀夺目。一群群仙人身披虹霓，御风而行，密密麻麻，令人心惊目眩。

诗人惊喜交加，突然从梦中醒来，梦里的仙境一下子消失得干干净净，使他惆怅不已。自古以来，美好的事物就如同流水一样，永远无法将它挽留。快乐总是短暂的，何苦折磨自己，周旋在权贵之间，低头哈腰，狼狈不堪？不如身骑白鹿，恣情山水。

诗人写梦游天姥，实际上所传达的是他的人生境界，光怪陆离中隐藏着深沉的慨叹，梦境愈出愈奇，而喟叹越来越深。可贵的是，梦境虽奇，而脉理极细。故后人评论道："七言歌行，本出楚骚、乐府，至于太白，然后穷极笔力，优入圣域。昔人谓其以气为主，以自然为宗，以俊逸高畅为贵，咏之使人飘扬欲仙。而尤推其《天姥吟》、《远别离》等篇，以为虽子美不能道。盖其才横绝一世，故兴会标举，非学可及，正不必执此谓子美不能及也。此篇夭矫离奇，不可方物，然因语而梦，因梦而悟，因悟而别，节次相生，丝毫不乱。"（《唐宋诗醇》卷六） （鲁林华）

金陵酒肆留别　　　　　　　　　　　李　白

风吹柳花满店香，吴姬压酒劝客尝。
金陵子弟来相送，欲行不行各尽觞。
请君试问东流水，别意与之谁短长？

【鉴赏】这是开元十四年（726）的春天，李白出蜀离川已经两年了。两年中，大半年的时间是在金陵度过的。在这里，他饱览了江南风光，结交了许多朋友。暮春时节，惬意的日子终于结束了，他要继续自己的旅程，离开金陵，前往扬州。临行之际，朋友们依依不舍，齐聚在江滨一家小酒店里为他送行，诗人写下了这首诗。"此咏金陵留别而言其情之长也。风吹柳花，飘落于满店香者，如人之无定也。吴姬压酝美酒以劝客尝，盖为祖饯之意耳。金陵子弟来相送者，欲行矣，而又不忍遽行，子弟奉我，各尽其觞，取醉以别，情则渥矣。请君试问东流之水，今日之别意与之相较，谁为短长？水之流而不息，即情之永而不忘也。"（《李诗直解》卷三）

和煦的春风，把柳絮轻轻卷起，让它优雅地在空中盘旋起舞，又缓缓地散落在水村山郭，消失在草野乡间。空气中花香四溢，和着青草的泥土气息，沁人心脾。当垆的江南女子，满面春风，刚刚捧出新榨的美酒，醉人的酒香就扑鼻而来，客人已经微微醉了。这时，送行的朋友们相拥而入。这群年轻人大声叫唤着，摆开了筵席，开怀畅饮起来。风华正茂的他们，喝起酒自然也是虎虎有生气，祝福的话儿也无须多讲，只要把这一杯又一杯饯别的酒喝掉。无论是要远行的诗人，还是来送行的朋友，都要喝得痛痛快快。多次起身要告别，又多次被朋友按下起不了身，自己也不忍心在这样热闹的场合一走了之。离别之时，与朋友们的情谊有多深厚呢？它就好比眼前的江水，无穷无尽。

以江水来作比喻，写悲写愁，写离情别意，古已有之，但大多显得沉重，如"大江流日夜，客心悲未央"（谢朓《夜发新林》）、"大江一浩荡，离悲足几重"（阴铿《晚出新亭》）。李白此时正意气风发，虽有离别，却没有太多的愁绪，所以把依依惜别之情也写得饱满悠扬，忧而不伤。辞意轻清而音调嘹亮，简短而浅显，所以能够脍炙人口，流播闾里。

（鲁林华）

黄鹤楼送孟浩然之广陵　　　　李　白

故人西辞黄鹤楼，烟花三月下扬州。
孤帆远影碧空尽，唯见长江天际流。

【鉴赏】黄鹤楼上，诗人祖饯送别。丝竹声中，孟浩然登上舟船，挥挥手，挂帆东去。诗人伫立楼头，凭栏目送远去的风帆，久久不愿离去。一片孤帆，在辽阔的江面渐行渐远，慢慢只能望见一个模糊的影子，最后连这影子也消融在水天相接之处，唯剩下一江春水，在碧空掩映之下，无语东流。

开元十六年（728）的春天，孟浩然即将前往繁华的扬州，李白的心情颇为复杂。来到江汉平原后，李白虽然结识了许多朋友，最为倾慕的却只有孟浩然。现在这位老朋友要离开自己，心中难免留恋，难免依依难舍。但转念想到，在这春意最为浓厚的三月，前往繁花似锦的扬州，沿途春水碧天、烟云草树，晴岚氤氲，千里莺啼，酒旗招展，风光着实旖旎，诗人又不免为友人感到高兴。何况友人此行，说不定能有所遇合，这更是令人欣喜的事情。不过，天高鸟飞，海空鱼跃，孟浩然得其所愿，而诗人由于种种原因滞留在江夏，不能展翅腾飞，与之共同翱翔于蓝天，这对生性喜动的李白而言，在纵目骋怀、登楼远眺之际，多少会有一些惆怅与茫然。诗人描摹离别之景，实际上是在抒写其怅恨之情。"此诗赋别时之景，而情在其中也。言我故人孟君，西辞黄鹤楼之地而行矣，当春景烟花之时，三月而下扬州。我送于江干，跂予望之，孤帆远影，碧空已尽，帆没而不见矣。唯见长江飞流无际，故人已远，予情徒为之怅怅耳。"（《李诗直解》卷六）　　（鲁林华）

渡荆门送别　　　　　　李　白

渡远荆门外，来从楚国游。
山随平野尽，江入大荒流。
月下飞天镜，云生结海楼。
仍怜故乡水，万里送行舟。

【鉴赏】青春年少的李白终于出川而来了。家乡之外的风物景色，从百家之书中他获得过基本印象，从种种传闻故事中他知道了大致轮廓，而想象的翅膀又曾多少次飞跃山川，进入楚天吴国。如今，放舟东来，顺流而下，一日千里，外面的世界即将出现在眼前，年轻的诗人怎能不激动万分。幽深的峡谷中，湍急的江面上，小舟如离弦之箭，两岸风光纷至沓来，层见叠出，令人眼花缭乱。

冲出西陵峡，江流平缓，江面开阔，风景与峡中迥然不同。《水经注·江水》上说："江水又东历荆门、虎牙之间。荆门在南，上合下开，阙彻山南，有门像；虎牙在北，石壁色红，间有白文类牙形，并以物像受名。此二山，楚之西塞也。水势急峻，故郭景纯《江赋》曰'虎牙桀竖以屹崒，荆门阙竦而磐礴，圆渊九回以悬腾，溢流雷响而电激'者也。"现在，诗人看到江北的虎牙山与江南的荆门山就在眼前，心情一下子振奋起来，紧张中带着无数期待。虎牙山与荆门山相对峙立，宛如大门似乎想紧紧扼住江流，江流冲开了束缚，甩开群山的挤压，在千里平原上铺展开来。没有了压制，没有了约束，焦躁的江流反而安稳起来，它不再咆哮，不再奔腾，只是缓缓地向前推进，仿佛也在细品赏沿途旖旎的风景。江面上的小船也释放出紧张的心情，开始从容漂流起来。

伫立在船头的诗人，极目四望，天空寥廓，眼前是一望无际的低平的原野，胸襟也为之开阔起来。白天所见到的空阔苍茫已让诗人感到新鲜，黄昏降临，楚天的夜景又让他惊奇万分。皓月东升，如明镜悬挂在湛蓝的天幕之上；白云舒卷，筑起座座人间罕有的琼楼玉宇。这与蜀地的景致有多大的区别啊。想起家乡，诗人心底升起了一丝眷恋之情。外面的世界很精彩，家乡的风物很亲切。精彩的世界是陌生的，等待自己去熟识；家乡的山水是多情的，它不远万里，追随我远行江汉，似乎不忍心游子独自飘零。

前人多喜欢将李白、杜甫进行比较，以有所轩轾，尤其是同题作品，更是他们津津乐道的话题。杜甫有诗《旅夜抒怀》，其中"星垂平野阔，月涌大江流"两句，常与李白此诗"山随平野尽，江入大荒流"相提并论。丁谷云说："胡元瑞谓'山随平野'一联，此太白壮语也，子美诗'星垂平野阔，月涌大江流'二语骨力过之，似矣。岂知李是昼景，杜是夜景，又李是行舟暂视，杜是停舟细视，可概论乎？"（《李诗纬》卷三引）除此之外，我们还应考虑两人写诗的处境与心情。

（鲁林华）

送 友 人　　　　李　白

青山横北郭，白水绕东城。

此地一为别，孤蓬万里征。

浮云游子意，落日故人情。

挥手自兹去，萧萧班马鸣。

【鉴赏】友人即将远行，诗人不忍遽然相别，一路相送，直至东门之外。抬头眺望，横亘在城郭北侧的青山阻挡了诗人的视线；低头顾视，波光粼粼的流水绕城东潺潺而过，又阻挡着他们前行的步伐。送君千里，终有一别。两人并肩缓辔，低声唔语。友人此行，将如同孤飞的蓬草一样随风飘转，飞越万里之外。其行踪飘忽不定，又如天空中的白云。这次离别，不知何日才能再相见。聚散两依依，心中满是离情愁思，眼前景色也都沾染着离别的思绪。即将落山的太阳，也滞留在空中，久久不愿沉没下去，似乎它也知道一旦夜幕降临，友人就将消失在群山万水之中。座下的马儿，似乎也懂得主人的心思，在夕阳的映照下缓缓而行，临别之际萧萧长鸣，不愿与同伴离别。马犹如此，诗人更不堪承受离别之苦，望着友人挥手而去、踽踽远行的身影，禁不住伤感起来。

这是一首著名的送别诗，没有太多的背景烘托与渲染，诗人只是以细致的离别场面，把人们常有的那种送别感受传达出来。如《唐诗解》所言："即分离之地，而叙景以发端，念行迈之遥，而计程以兴慨。游子之意，飘若浮云，故人之情，独悲落日，行者无定，居者难忘也。而挥手就道，不复能留，唯闻班马之声而已。黯然销魂之思，见于言外。"因为诗歌没有交代具体的送别对象，所以能引起人们普遍共鸣。诗的前半部分虽写送别之地，但青山、白水、东城，又无处不有，无所不在，是离别者常见之景致；后半部分写送友之情，孤蓬万里、浮云落日、萧萧班马，也是游子常有之情。整首诗妙合无垠，不见丝毫捏合痕迹，"首联整齐，承则流走而下，颈联健劲，结有萧散之致。大匠运斤，自成规矩"（《唐宋诗醇》卷七）。　　（闵泽平）

宣州谢朓楼饯别校书叔云　　　　李　白

弃我去者，昨日之日不可留；

乱我心者，今日之日多烦忧。

长风万里送秋雁，对此可以酣高楼。

蓬莱文章建安骨，中间小谢又清发。

俱怀逸兴壮思飞，欲上青天揽明月。

抽刀断水水更流，举杯销愁愁更愁。

人生在世不称意，明朝散发弄扁舟。

【鉴赏】宣州，江南名城，在今安徽南部。谢朓楼，南齐谢朓任宣州太守时所建，又称谢公楼，位于宣州城陵阳山巅。登此楼而望，满城风光尽收眼底。叔云，指李白族叔、校书郎李云。诗题一作《陪侍御叔华登楼歌》，叔华，即李白族叔李华，开元、天宝年间著名的古文家，曾任监察御史。据詹瑛先生考证，当以后者为是。

天宝十二载(753)，已经五十出头的李白来到宣州。此前，他曾游览了北方的幽州。初、盛唐的文人，往往抱有从军的志愿，向往驰骋边关、奋勇杀敌、博取功勋的生活，即所谓"宁为百夫长，胜作一书生"(杨炯《从军行》)。但幽州之行，让李白大失所望。安禄山的野心昭然若揭，幽州已成是非之地，战火即将燃起。李白不敢久留，匆忙南下。国势不可预料，自己前途未卜，种种郁悒压在心头。深秋季节，登上谢公楼，放眼四望，茫然无措，无所依傍，苦闷的情怀难以抑制，喷薄而出，一如神龙出海。

日月如流，光阴飞逝，已去之昨日无法挽留，方来之烦恼忧愁又难以抵御，令人心烦意乱。人生本来聚散难定，更何况在萧瑟的秋天，秋色阴暗，秋声凄切，秋意萧条，烟气飘飞，山河空寂，怎能不愁绪满怀。万里长风之中，大雁悠然而过，人生亦如白驹过隙，不可稍驻，何苦自寻烦恼，不如开怀畅饮。人生不朽，亦非难事，文章自可博取后世声名，你我也不必沮丧。昔日蓬莱文章(传说仙府秘籍收藏于海上仙山之一蓬莱，所以东汉将朝廷图书收藏馆命名为蓬莱。蓬莱文章，此处即指汉代文章)，建安骨力，都是逸兴不群，壮思飞越，中间又有谢朓，诗风清新秀发。畅饮高楼，酒酣耳热，豪情逸兴也就油然而生。飘逸之兴，雄壮之思，似乎也要腾空而起，直冲云霄，摘取天上的明月。

豪情过后是寂寞，眼前的现实终究难以直面。人生不朽，莫如立德、立功、立言。立德、立功已如泡影，立言亦非易事。前人文章，高旷清远，不易企及。想到这里,忧愁又扑面而来,滔滔不绝,无法排遣。人生在世,贵在称心得意,为何我总是流落不偶,蹭蹬失意?长此以往,不如抛弃头巾,披散头发,驾一叶扁舟,遨游江湖之上吧!

（闵泽平）

把酒问月　　　　　李　白

青天有月来几时？我今停杯一问之。
人攀明月不可得,月行却与人相随。
皎如飞镜临丹阙,绿烟灭尽清辉发。
但见宵从海上来,宁知晓向云间没。
白兔捣药秋复春,嫦娥孤栖与谁邻?
今人不见古时月,今月曾经照古人。
古人今人若流水,共看明月皆如此。
唯愿当歌对酒时,月光长照金樽里。

【鉴赏】月与酒,大概是李白最忠实的朋友,无论身处何方,无论是失志沮丧还是志得意满,他都要向月亮倾诉,要用美酒慰藉或庆祝。高兴的时候,"人生得意须尽欢,莫使金樽空对月"(《将进酒》);孤独失意的时候,"举杯邀明月","我歌月徘徊"(《月下独酌》)。"小时不识月,呼作白玉盘"(《古朗月行》),月亮可以算作他的"总角之交";"举杯邀明月,对影成三人"(《月下独酌》),月亮是他在寂寞时的朋友,永远不会离他而去;"床前明月光,疑是地上霜。举头望明月,低头思故乡"(《静夜思》),月亮又总是与浓厚的乡情纠结在一起;"却下水晶帘,玲珑望秋月"(《玉阶怨》),月亮还代表着相思……

对于长安的月亮,李白也有很深的感情。"长安一片月",曾让他低徊慨叹。还是在长安,还是皓月当空的时候,李白依然在月下畅饮,这次他不是独酌,友人贾淳陪伴着他。两人喝了多少,似乎都已经记不清了,反正两个人的话越来越多,也越来越离奇。借着酒意,贾淳说月亮亘古未歇,见多识广,可以向它请教请教。借着酒意,诗人一挥而就,写下了《把酒问月》。

张若虚曾经问过:"江畔何人初见月,江月何年初照人?"(《春江花月夜》)他关心的是人和月亮究竟在什么时候相识。而在这首诗中,诗人问得更为彻底:明月究竟在什么时候开始出现的,是不是与青天一同出现的? 明月高高在上,遥不可攀,无法企及,但它并不冷漠,并不高傲,总是那样温柔多情,天涯海角,万里追随,不弃不离。如明镜飞升,悬挂高空,又使多少人沐浴在它的清辉之下。即使烟雾可能会暂时遮蔽它的清光,但撩开面纱露出娇容的圆月,又是何等艳丽! 夜晚来临的时候,人们都看见月从海上升起,带来无数银光,又有谁会关注它在拂晓时分悄然隐去?月中白兔啊,年复一年地在捣药,它这样不辞辛劳,究竟是为什么? 碧海青天中的嫦娥,夜夜独处的时候,又有谁知晓她的寂寞? 恒河沙数,明月亘古如斯;人生苦短,渺如沧海之一粟。"生年不满百,常怀千岁忧"(《古诗十九首》),不如对酒当歌,使月光长照金樽,酒不空而月亦不落。

(闵泽平)

陪侍郎叔游洞庭醉后三首(其三)　　李　白

划却君山好,平铺湘水流。
巴陵无限酒,醉杀洞庭秋。

【鉴赏】乾元二年(759)的秋天,李白在岳阳与李晔不期而遇。李晔是他的族叔,此前由刑部侍郎贬官岭南,现在正狼狈地前往贬谪之地。而李白,春天的时候还在流放的途中,后在巫山遇赦而返。一个流放归来,一个将要流放,两人相遇,各自会是怎样的一种心情呢,这只有洞庭湖才能知晓了。

亲人他乡相聚,自然少不了唏嘘庆幸;相似的境遇,自然少不了感伤悲涕。劫后余生者,会有重世为人的恍惚;流放岭南者,会有生死未卜的惧虑。无论是唏嘘庆幸,还是感伤悲涕,还是恍惚惧虑,都需要相互倾诉,需要相互安慰。于是,两人联袂出游,泛舟洞庭湖上,临风酾酒,提笔赋诗,以遣郁恺。话儿说得越来越少,酒却喝得越来越多。酒喝多了,什么样的想法都可能出现。诗人满肚子的郁闷,看着这君山,怎么都觉得碍眼,于是他说他要削平君山,使湘水浩浩荡荡地流向前方。满眼的碧波,仿佛也变成了美酒。连洞庭湖都有些醉意了,看那君山的红叶,不就是一抹酡红吗?

铲平君山的想法，匪夷所思，赞成者有之，反对者亦不少。赞成者说，这是诗人的豪放之举，文人就应该大胆地想象，"诗豪语辟，正与少陵'斫却月中桂，清光应更多'匹敌"（黄叔灿《唐诗笺注》）。他们还说，李白的这一奇思妙想，正显示出诗人胸襟的阔大，"划却君山而令湘水平铺，太白胸中放旷、豪迈可知"（吴烻辑注《唐诗选胜直解》）。但也有人不以为然，"洞庭有君山，天然秀致。如划却，是诚趣也。诗情豪放，异想天开，正不须如此说。既如此说，亦何大胸次之有？"（陈伟勋《酬雅诗话》）折中者说，划却君山与胸襟无关，与诗趣无关，只与诗人的遭遇有关。为什么呢？因为兀立在洞庭湖中的君山，挡住湘水不能一泻千里直奔长江大海，就好像诗人人生道路上的坎坷障碍，破坏了他的远大前程。他要铲去君山，表面上是为了让浩浩荡荡的湘水毫无阻拦地向前奔流，实际上是抒发他心中的愤懑不平之气。他希望铲除世间的不平，让自己和一切怀才抱艺之士有一条平坦大道可走。这一说法看似公允、中正、平和，不免有穿凿之嫌。其实，从整组诗来看，我们就知道诗人说的是酒话。诗题是"游洞庭醉后"，组诗第一首说他"三杯容小阮，醉后发清狂"，以蒙眬的醉眼看来，一切皆有可能了。

　　　　　　　　　　　　　　　　　　　　　　　　　（闵泽平）

登金陵凤凰台　　　　　　　　李　白

凤凰台上凤凰游，凤去台空江自流。
吴宫花草埋幽径，晋代衣冠成古丘。
三山半落青天外，二水中分白鹭洲。
总为浮云能蔽日，长安不见使人愁。

　　【鉴赏】据说在天宝三载（744）左右，李白登上黄鹤楼，看到崔颢的《黄鹤楼》诗赞叹不已。江山如画，他诗兴大发，也欲挥笔题诗，但想来想去，总是跳不出崔颢诗的意境，只好搁笔叹道："眼前有景道不得，崔颢题诗在上头。"这让自负的诗人非常沮丧，为此耿耿于怀。三年后，他来到金陵，登上凤凰台，郁积已久的情感终于找到了突破口，一气呵成，写出了这首志在与崔颢《黄鹤楼》一较高下的《登金陵凤凰台》。

　　凤凰台，故址在今南京市凤凰山。《太平寰宇记》记载，南朝刘宋元嘉十六年，有三鸟翔集此山，状如孔雀，文彩五色，音声谐和，众鸟群集。于是人们置凤凰台里,起台于山,号为凤凰山。凤凰本是祥瑞之物,登上此台,诗人想到凤去台空,自然怅然若失。凤凰一去不复返,建筑凤凰台的南朝也为历史的灰尘所掩盖。昔日繁华喧闹的吴国宫廷,如今冷落荒凉,杂草丛生;煊赫一时的东晋名士,也进入坟墓,变成了黄土。朝代兴废,世事更替,无可阻挡。后之视今,犹今之视昔。唯一不变的是青山常在,绿水长流。极目远眺,西南长江边上,三峰并列,南北相连,山岚水气,若隐若现。秦淮河横贯金陵,由城西注入长江,为白鹭洲横截,一分为二。三山二水可见,而同样位于西北的长安,却是云雾缠绕,杳渺难见,令人怅然。

李白作此诗,或许有与崔颢《黄鹤楼》一较高下之心,后人也多将两诗相提并论。有人认为李诗不如崔诗自然,不及崔诗超妙,不如崔诗有气魄,更可笑的是有浓厚的模拟痕迹。"学《黄鹤楼》,极可笑,又两拟之,更不知何所取。"(王闿运手批《唐诗选》卷二)也有人认为李诗更为雄伟(《瀛奎律髓汇评》卷一引陆贻典语)。更多的人,认为两诗各有所长,"崔诗直举胸情,气体高浑;白诗寓目山河,别有怀抱。其言皆从心而发,即景而成,意象偶同,胜境各擅。论者不举其高情远意而沾沾吹索于字句之间,固已蔽矣。"(沈德潜《重订唐诗别裁集》卷一三)   (闵泽平)

春夜洛城闻笛　　　　　　　李　白

谁家玉笛暗飞声,散入春风满洛城。
此夜曲中闻折柳,何人不起故园情!

【鉴赏】这是一个醇香的夜晚,渐熄了万家灯火,寂灭了日间喧闹,轻风骀荡,带来了一阵婉转悠扬的笛声,在婉转悠扬中,还有一份深隐的凄清与哀伤。这笛声随风飞遍东都洛城的每一个角落。

或许,有一个地方,有一位诗人,正被这不知何处飘来的笛声打动了、感动着。此刻,他再也无法入眠,揽衣出户,在月色的清辉中放飞自己的思乡之情,一如笛声的飞扬与悠扬。引起他一怀愁绪的,正是这样一首凄清的《折杨柳》的曲子!这是一首汉乐府古曲,抒写离别行旅之苦。古人离别时,正是从路边折取长长的、柔柔的柳枝相送,以示离别之情。柳枝的绵长一如离人的依念之情,又如惹人思绪的带刺蔷薇:"长条故惹行客,

似牵衣待话，别情无极。"（周邦彦《六丑》）

在这样的时刻，在这样的夜晚，这样满含离怀愁绪、略带凄清与哀伤的曲子，怎能不撩人情怀、惹人产生不尽的思乡之情呢！所以诗人才说："此夜曲中闻折柳，何人不起故园情！"这是情到浓处的自然之语，不带丝毫斧斫的痕迹，正如笛声吹奏技艺的纯熟，是那样随意地挥洒！

此时，诗人正沉浸在浓浓的乡思之中，心潮澎湃，而笛声的吹奏者或许正致力于发抒自己当下的心绪感受，并未曾想到他的心绪会打动、感染着另一个地方的痴情听众。这位痴情听众又将他的情绪蔓延开去，认为这首曲子会打动更多的、甚至是全部的旅人的心——"何人不起故园情"！这是一种情感的推移，更是肺腑之语！

（刘　琴）

刘昚虚，生卒年不详，字全乙，洪州新关（今江西奉新）人。开元中进士及第，后又登博学宏词科。官弘文馆校书郎，后流落不偶。与祖咏、綦毋潜、刘长卿、李贺等并称为"大名家"（严羽《沧浪诗话》）。

阙　题　　　　　刘昚虚

道由白云尽，春与青溪长。
时有落花至，远随流水香。
闲门向山路，深柳读书堂。
幽映每白日，清辉照衣裳。

【鉴赏】这首诗的原题可能失落，唐代殷璠《河岳英灵集》在辑录这首诗的时候没有题目，后人只好给它安上"阙题"二字。

刘眘虚为人淡泊，脱略势利，在壮年辞官归田，寄意山水。这首诗句句写景，诗情画意满卷，好词佳句盈篇，是刘眘虚的代表作。

　　诗描写的是隐藏在深山中的一座别墅。开篇写进入深山的情景，"道由白云尽"，说明通向别墅的路是从白云尽头开始的，山路被白云隔断在尘境之外，可见这里地势高峻。以此起笔，暗示前面爬山的文字，也突出了别墅周边环境的幽美。次句写春光与溪水。"春与青溪长"，点明季节，伴随山路有一条曲折的小溪，其时正当春暖花开，山路狭长，溪水悠长。沿着青溪一路前行，看不尽繁花盛草，真是无尽春色源源而来。青溪行不尽，春色也就看不尽，似乎春色也是绵绵不绝了。

　　"时有落花至，远随流水香"这两句紧接上文，着笔细写青溪、春色，表达了诗人的喜悦之情。诗人将落花拟人化，从中可以感受到他遥想青溪上游一片花红柳绿的神情。落花纷飞，随流水而至，又随水流去。诗人完全被这青溪春色吸引，他沿着青溪一直往前走，还不时地看到落花飘洒在青溪中，水流也似乎散发着芬芳的花香。仔细琢磨，又可以品味出这两句的"韵外之致"。王士祯在论及山水诗派诸家创作时，常常以"入禅"的独特情境来形容诗的妙谛，他说："刘眘虚'时有落花至，远随流水香'，妙谛微言，与世尊拈花、迦叶微笑，等无差别。"（《蚕尾续文》）认为这两句所包含的微妙真理，与佛陀拈花、迦叶微笑之寓意深隐、妙不可言完全相等，毫无区别。这其实就是一种超越语言局限的浑化境界。

　　一路行走，一路观赏，终于"闲门向山路"，来到别墅前。"闲门"，显然少人来打扰；"向山"，则暗示主人爱好观山。进门一看，"深柳读书堂"，院子里种了许多长条飘拂的柳树，斑驳柳影中便是主人的读书堂。

　　结末两句，诗人仍然只就别墅的光景来描写。"幽映每白日，清辉照衣裳。"这里的"每"作"虽然"讲。因为山深林密，所以虽然在白天里，也有一片清幽的光亮散落在衣裳上面。静谧舒适的环境为诗人专心致志读书提供了最好的条件。走笔至此，戛然而止，给读者留下了回味、思索的空间。

　　诗人如摄影师一般，将镜头一点点推进，从山路到溪流，从远景到近景，将登山、进门的一路经历，通过几个放大的景物描绘出来。全诗皆为景语，文字精美，虽无一句直接抒情，但情韵盎然，意境幽美。"一切景语，皆情语也。"（王国维《人间词话》删稿）诗人巧妙地运用景语，描摹风景的同时，给风景抹上感情色彩，并将人物的行动、神态、感情、心理活动乃至身份、地位等等隐藏其中，给读者带来了直观的美感和形象之外的趣味。殷璠评论刘眘虚的时候说："情幽兴远，思苦语奇。忽有所得，便惊众听。"（《河岳英灵集》）在此诗中，诗人描绘了一个超凡绝尘的所在：它在白云的尽头，有美好的春色伴着的清溪流过，落入溪流之中的花瓣随同流水散发出幽幽的花香，在此处有一间绿树掩映、清辉遍洒的书屋。沿途的景致烘托出了"读书堂"的清幽、高雅，后四句的白描，更写出了主人闲适的情趣，给人以"禅意"的感觉，诗韵萦绕，令人回味无穷。　　　　（易文翔）

王湾，生卒年不详，洛阳人。景云三年（712）进士及第，授荥阳县主簿，后因功授洛阳尉。《全唐诗》存诗十首。

次北固山下　　　　　　　　王　湾

客路青山外，行舟绿水前。
潮平两岸阔，风正一帆悬。
海日生残夜，江春入旧年。
乡书何处达，归雁洛阳边。

【鉴赏】这首五律《次北固山下》在当时及后世受到普遍重视，明代胡应麟甚至认为诗中的"海日生残夜，江春入旧年"二句，是区别盛唐与初唐、中唐诗界限的标志（《诗薮》）。据资料记载，此诗最早见于唐代芮挺章编选的《国秀集》。唐人殷璠选入《河岳英灵集》时题为《江南意》，但有不少异文："南国多新意，东行伺早天。潮平两岸失，风正数帆悬。海日生残夜，江春入旧年。从来观气象，惟向此中偏。"

王湾，洛阳人，景云三年（712）进士及第，次年他出游吴地，由洛阳沿运河南下瓜州，后乘舟东渡大江抵京口（今镇江，即北固山所在地），接着东行去苏州。诗人一路行来，当舟行次北固山下的时候，潮平岸阔，残夜归雁，触发了诗人心中的情思，吟成了这一千古名篇。

这首诗写冬末春初，旅行江中，即景生情，而起乡愁。全诗以对偶句发端，秀丽、工整、跳脱。诗人清晨在江岸边远眺，青山重叠，小路蜿蜒；碧波荡漾，小船疾驶。"客路"，指诗人前行之路。"青山"为题中"北固山"。这一联先写"客路"而后写"行舟"，其人在江南、神驰故里的漂泊羁旅之情，已流露于字里行间，与末联的"乡书"、"归雁"，遥相照应。青山绿水，漂流他乡的游子已经踏上远在青山之外的路途，载着归客的行舟也开始行进在绿如青草的江水之上。诗人以平实之笔开篇，犹如画家作画以前在纸上铺设的底色，为抒情言志创设出收缩自如的挥洒空间。

颔联"潮平两岸阔，风正一帆悬"，写潮水漫无边际上涨，江面也变得宽阔了，再加上江水中央一片船帆高高挂起，第二参照物的切入，使得长江两岸的距离愈显阔大。渐渐上涨的江水与恰到好处的春风吹拂二者相合，才有这"风正一帆悬"，句内因果呼应，既勾勒出壮美的大江行船图，又承接首联、引发下联，巧妙过渡。江春悄悄闯入旧年，山才会青，水才会绿，才会有"潮平两岸阔"。"阔"写出了涨潮时长江的气势，水面变得辽阔了。"悬"反映了一帆风顺，行船平稳，同时也折射出诗人胸襟的开阔和心情的舒坦。"阔"，是表现"潮平"的结果。春潮涌涨，江水浩渺，放眼望去，江面似乎与岸平了，船上人的视野也因之开阔。这一句，写得恢宏阔大，下一句"风正一帆悬"，愈见精彩。"悬"是端端直直地高挂着的样子。诗人不用"风顺"而用"风正"，是因为光"风顺"还不足以保证"一帆悬"。风虽顺，却很猛，那帆就鼓成弧形了。只有既是顺风，又是和风，帆才能够"悬"。"正"字，兼包"顺"与"和"的内容。此句即是妙在通过"风正一帆悬"这一小景，把平野开阔、大江直流、波平浪静等大景展现出来。

"海日生残夜，江春入旧年"两句抓住海上日出的瞬息变化和江上春气回转的微妙特征。北固山是扬子江的中段，早起的诗人举目东望，只见江天一色，一轮红日从东方江海相接的地平线上慢慢升起，回眸西探，却见西边天幕上的夜色尚未完全褪去；一夜之间已是中分两年，早上升起的海日预示着新的一年正在开始，春天已按捺不住自己的脚步，悄悄渡江北上走进了旧年。"生"和"入"二字用得非常巧妙，诗人把昼夜更替的壮观景象与新旧相接的时光荏苒描绘得传神入化，给人开辟出自由想象的无限空间。"海日生残夜，江春入旧年"道出流年似水、岁月暗换的人生感悟。同时，通过"生"和"入"二字，诗人把思归盼归的乡情暗暗融入这"海日、江春"之中，人在此昼夜更替、新旧相接之时萌发思归盼归的乡情是自然而然。此外，这一联更是诗人借物言志："海日"能冲破黎明前的黑暗喷薄而出，"江春"能跨越天堑奋力北上，人也应顺应天时在一元复始的大好

164

春光中有所作为,只有如此,思归盼归乡情的萌生和付出才最有价值。这一生花之笔妙在诗人无意说理,却在描写景物、节令之中,蕴含着一种自然的理趣:"海日"能冲破黎明前的黑暗喷薄而出,源于壮阔东海的托举;"江春"能跨越天堑奋力北上,根在春天荡涤寒冬唤醒万物的伟大力量;天人两合,物我一理,人既要像海一样容纳百川,又要像春天一样生生不息、奋斗不已。也正是在这一点上,颔联与颈联又找到了更高层次的交汇点、碰撞点:天人两合,物我一理,君子理当厚德载物,厚德载物才能"风正一帆悬",才能像浩荡的春江之水奔腾向前。正因如此,整首诗才浑然一体,让人感到此二联去掉哪一个,都找不到最能负载诗人此时此地心情的最佳景物。

尾联两句由旅途景色引起乡思,引出以归雁捎书,表达了诗人羁旅愁怀、思念家乡的深情。海日东升,春意萌动,诗人放舟于绿水之上,继续向青山之外的客路驶去,诗人看着眼前的"平潮、悬帆、海日、江春",不由得萌发出一个美好的想法:我写上一封书信让那北归的鸿雁捎给洛阳的家人,让他们也知道我此时此地的心情吧。尾联不仅与首联相照应,也使诗中客观景物抹上了人的感情色彩,原本自然景物也就具备了人的灵性,向人们诉说着诗人心中的美好感觉和愿望。流年虽如江水东流一样不可回还,可诗人心中那份深深的乡情并不因岁月的交替而消失,相反,却正如船夫所唱的渔歌一样世世代代相传,永远在江天之中回荡。这两句紧承三联而来,遥应首联,全篇笼罩着一层淡淡的乡思愁绪。

诗人很注意炼字炼句,"入旧年"、"生残夜"等用字准确精练,生动细致地描写了动人的景色。这首五律虽然以第三联驰誉当时,传诵后世,但并不是只有两个佳句而已,从整体看,也是相当和谐,相当优美的。

(易文翔)

崔颢(? —754),汴州(今河南开封)人。早有才名。开元十一年(723)进士及第。曾任太仆寺丞、司勋员外郎。《全唐诗》卷一三〇编其诗为一卷。

黄鹤楼　　　　　　　　　崔　颢

昔人已乘黄鹤去，此地空余黄鹤楼。
黄鹤一去不复返，白云千载空悠悠。
晴川历历汉阳树，芳草萋萋鹦鹉洲。
日暮乡关何处是？烟波江上使人愁。

【鉴赏】 这首诗是崔颢的代表作。据元代辛文房《唐才子传》记载，李白登黄鹤楼本欲题诗，因为见到崔颢的这首题诗，停笔不作，叹曰："眼前有景道不得，崔颢题诗在上头。"传说或许是后人附会，未必真有其事。然而李白的确曾两次作诗拟此诗格调。其《鹦鹉洲》诗前四句说："鹦鹉东过吴江水，江上洲传鹦鹉名。鹦鹉西飞陇山去，芳洲之树何青青。"与崔诗如出一辙。又有《登金陵凤凰台》诗也明显摹学此诗。论诗之人对崔颢此诗也是赞誉有加，如严羽《沧浪诗话》谓："唐人七言律诗，当以崔颢《黄鹤楼》为第一。"崔颢的《黄鹤楼》名气一大，黄鹤楼这个景观也随之享誉后世。

"昔人已乘黄鹤去，此地空余黄鹤楼。"黄鹤楼故址在武昌黄鹤山（即蛇山）的黄鹄矶头，相传始建于三国吴黄武年间，历代屡毁屡修。昔日楼台，枕山临江，轩昂宏伟，辉煌瑰丽，峥嵘缥缈，几疑"仙宫"。传说仙人子安乘黄鹤过此（《齐谐志》），费祎登仙每乘黄鹤于此憩驾（《太平寰宇记》）。首联融入仙人乘鹤的传说，描绘了黄鹤楼的近景。"黄鹤一去不复返，白云千载空悠悠。"伫立楼上眺望，水天相接，白云悠悠，随着视野的宽广，景物宏丽阔大，诗人的心境也渐渐开朗，胸中的情思插上了纵横驰骋的翅膀：黄鹤楼久远的历史和美丽的传说一幕幕在眼前回放，思绪牵回现在，物是人非、鹤去楼空。诗人登楼眺远，浮想联翩，诗篇前四句遂从传说着笔，引出内心感受，景寓情中，意中有象。仙人乘鹤，杳然已去，永不复返，仙去楼空，唯留天际白云，千载悠悠。这里既含

有岁月不再、世事茫茫的感慨，又隐隐露出黄鹤楼莽苍的气象和凌空欲飞、高耸入云的英姿，而仙人跨鹤的优美传说，更给黄鹤楼增添了神奇迷人的色彩，令人神思遐远。在这里，诗人巧妙地利用了"仙人乘鹤"传说，从虚处生发开去，从而使诗篇产生了令人神往的艺术魅力。

接着就写实景，"晴川历历汉阳树，芳草萋萋鹦鹉洲。"隔江一派大好景色弥望：晴朗的江面，汉阳地区的绿树分明可数，鹦鹉洲上的青草，生长得十分茂盛。眼前的胜景明朗开阔，充满勃勃生气，使人心旷神怡，流连忘返，竟至于直到日落江中，暮霭袭来。崔颢南下漫游，离家日久，面对着沉沉暮色，浩渺烟波，自然产生思乡怀归之情："日暮乡关何处是？烟波江上使人愁。"诗人纵笔顺势一路写去，既表现了作者丰富复杂的内心感受，又展示出黄鹤楼气象万千的自然景色，变化着的感情和变化着的景色，构建出优美动人的意中有象、虚实结合的艺术意境。

此诗"黄鹤"二字再三出现，却因其气势奔腾直下，使读者"手挥五弦，目送飞鸿"，急忙读下去，无暇觉察到它的重叠出现。表面上破坏了律诗的格律，其实崔颢是依据诗以立意为要和"不以词害意"的原则进行实践，所以写出这样七律中罕见的高唱入云的诗句，正如沈德潜所评"意得象先，神行语外，纵笔写去，遂擅千古之奇"（《唐诗别裁》卷十三）。此诗前半首用散调变格，后半首就整饬归正，实写楼中所见所感，写从楼上眺望汉阳城、鹦鹉洲的芳草绿树并由此引起的乡愁，这是先放后收，文势贯穿始终，符合律诗的起、承、转、合。元代杨载《诗法家数》论律诗第二联紧承首联时说："此联要接破题（首联），要如骊龙之珠，抱而不脱。"此诗前四句正是如此，首联叙仙人乘鹤传说，颔联与破题相接相抱，浑然一体。杨载又论颈联之"转"说："与前联之意相避，要变化，如疾雷破山，观者惊愕。"这说明章法上至五、六句应有突变，有如"急雷"，出人意料。此诗转折处，格调上由变归正，境界上与前联截然异趣，恰好符合律法的这个要求。叙昔人黄鹤，杳然已去，给人以渺不可知的感觉；忽一变而为晴川草树，历历在目，萋萋满洲的眼前景象。这一对比，不但能烘染出登楼远眺者的愁绪，也使文势因此波澜起伏。《楚辞·招隐士》曰："王孙游兮不归，春草生兮萋萋。"借用这一典故，引出乡关何处、归思难禁的意蕴。末联以写烟波江上日暮怀归之情结，使诗意重归于开头那渺茫不可见的境界，这样能回应前面，如豹尾之能绕额的"合"，也是很符合律诗法度的。由此，崔颢的《黄鹤楼》可谓在艺术上达到了出神入化的境界，故被人们推崇为题黄鹤

楼的绝唱。 （易文翔）

长干曲四首(其一、其二)　　　　　崔　颢

"君家何处住？妾住在横塘。"
停舟暂借问，或恐是同乡。

"家临九江水，来去九江侧。
同是长干人，生小不相识。"

【鉴赏】 长干里，在南京秦淮河南岸今雨花台至长干桥一带。长干居民往来水上，衍生出如许动人的情怀和歌吟，为六朝乐府的成型奠定了深厚的民间基础。所谓《长干曲》，是乐府《杂曲歌辞》调名，原为长江下游一带民歌，内容多写江上渔家生活。崔颢这两首诗继承了前代民歌的遗风，但这两首"爱情诗"既不艳丽柔媚，也非浪漫热烈，女主角情怀的吐露到"或恐是同乡"为止，男主角的回应也以"生小不相识"为限，风格朴素真率、干净健康。

茫茫大江之上，一位船家姑娘，在泛舟时听到邻船一个男子的话音，于是天真无邪地自报乡里，打听对方的籍贯。"妾住在横塘"五字，借女主角之口点明了说话者的性别与居处。又用"停舟"二字，表明是水上的偶然遇合，用一个"君"字指出对方是男性。题前的叙事，由话中全盘托出。开篇单刀直入，让女主角出口询问，现身纸上，而读者也闻其声如见其人，绝没有茫无头绪之感。此句"声态并作"，可谓"应有尽有，应无尽无"，凝练集中而又玲珑剔透。姑娘一张口就问一位素昧平生的男子"君家何处住"，还未等到对方回答，又迫不及待地自报籍贯。情思之热切，待人坦诚，姑娘的豪爽与纯真栩栩如生。然而，豪爽中又有几分羞涩与端庄。就在"停船暂借问"的一瞬间，这位聪慧的姑娘又似乎意识到了自己的冒失与莽撞，可能会导致被人误解的难堪。于是，顿生剖白之心，赶紧改口说："或恐是同乡。"这一改口，目的是为了掩盖自己的害羞和窘态，结果却更加流露出了自己已有爱慕和求偶的心情。在质朴平淡的描述中，将人物极为细微的心理变化写得非常生动，写得情趣盎然，真可谓是"清水出芙蓉，天然去雕饰"，纯朴之极，自然之极。

168

民歌中有男女对唱的传统,邻船的小伙听到姑娘的询问开始答唱。从姑娘欲盖弥彰的表白中,他听懂了"或恐是同乡"这一平淡话语所蕴含的弦外之音、言外之意,于是回答:"家临九江水,来去九江侧。同是长干人,生小不相识。"第一句是回答"君家何处住"的提问,这儿的"九江",是泛指长江下游即长干一带的九条支流。"来去九江侧",诚实的小伙如实地告诉对方,自己是一个长年风行水宿、为生活奔波的人。言辞之中既包含着坦诚、无奈,又有着期待和试探。最后一句"同是长干人,生小不相识",道出既是同乡,又同是船家儿女,相同的命运也许可以把我们结合在一起。这一句笔力翻腾,却又一往情深,将两人一见如故,相见恨晚的情愫直言而出,平民百姓之间那种纯朴而真挚的爱情表白,读来真令人赞叹不已。

诗没有背景,纯是两个人物的对话,宛若唐代的"参军戏"。在朴素真切的对话中,表现一对青年男女萍水相逢时的喜悦爱慕之情。全诗没有华丽的言辞,没有高深的意境,只是一幅浅白的生活场景,一段平常的对话,笔墨简约、朴素,细细品味,却凝练集中,蕴藉含蓄,充满浓郁的生活气息,人物的形象、情感、神态、动作,栩栩如生,让人读后莞尔。古今论诗家对这首诗交口赞赏,明代钟惺说:"急口遥问,一字不添,只叙相问意,其情自见。"(《唐诗归》)清代管世铭说:"宛如舣舟江上,听儿女了问答,此之谓天籁。"(《读雪山房唐诗抄》卷二十七《五绝凡例》)王夫之评云:"墨气所射,四表无穷,无字处皆其意也。"(《姜斋诗话》卷二)可以说,崔颢抓住了人生片断中富有戏剧性的一刹那,将平凡的题材描绘出了不平凡的图画。

(易文翔)

行经华阴 崔　颢

岧峣太华俯咸京,天外三峰削不成。
武帝祠前云欲散,仙人掌上雨初晴。
河山北枕秦关险,驿路西连汉畤平。
借问路旁名利客,何如此地学长生。

【鉴赏】这是崔颢从中州西赴长安行经华阴时所写的一首诗,用雄浑沉壮之笔,写出了西岳华山的气势,较之杜甫之咏泰山,轩轾难分。华山自古以"险"著称,又是道教灵山,而崔颢这首诗不仅生动地描绘了华山之险,也将华山的仙气萦绕于字里行间。

首联起笔即不凡,用一"俯"字,突出了华山的气势凌人,"岧峣"则写出了华山的高峻,使"俯"字更有说服力。从华山之顶,可以俯瞰咸阳,以秦帝京之雄,衬出华山之峭拔。下句"天外三峰",《广舆记》载:"华山石壁直立,如削成。最著者莲花、明星、玉女三峰。"诗言"削不成",意思说非人力所能及,也就是说只有造化之鬼斧神工方能成此奇观,进一步凸显华山的奇险。

首联从大处着眼,颔联即写到眼前。武帝祠指巨灵祠,是当年为汉武帝登华山仙人掌峰而建。诗人行经华阴,恰值雨过天晴,所以漂浮的云雾欲散不散。仙人掌,指的是仙人掌峰。举首仙人掌上,经过一场雨的洗润,一片新绿。这两句,一句云烟缭绕,一句雨过天晴,一朦胧,一清新,流畅自然,对仗工整却几乎令人不觉其为工对。

颈联接着颔联的眼前景延伸开去,又将华山(乃至关中)的险峻地势进行了描摹。黄河华山,凭借函谷关之险,傲视秦川;而秦川之上,平可跑马,一路西驰,连接起汉时的畤台。

前六句极写西岳之雄壮和仙迹之灵秀,自然而然地引出最后"学长生"之意。而这层意思,诗人又不自道出,而是巧妙地转向旁人劝问,为了名利而终日奔波,何不如在此地学习神仙之道呢!

崔颢生当开元盛世,如殷璠在《河岳英灵集序》中所指出的:"开元十五年后,声律风骨始备矣。"所以他的诗自然蕴含了这种时代气息,笔之于诗,即如这首《行经华阴》,意境开阔,气势雄壮,情致委婉,对仗工稳,笔触洒脱。所以明人胡缵宗在《唐雅》中说道:"唐诗称雄于近代者,以七言近体,自工部以及谪仙、司勋(崔颢)……辞多雄浑壮丽,自成一代之音,可称于百世。"以这首《行经华阴》对华山的摹写,真"后人不敢着笔"(明桂天祥《批点唐诗正声》)也。

(刘晓亮)

崔国辅,生卒年不详,吴郡(今江苏苏州)人,一说山阴(今浙江绍兴)人。开元十四年(726)进士及第,曾任集贤直学士、礼部员外郎等职。殷璠《河岳英灵集》谓其诗:"婉娈清楚,深宜讽味,乐府数章,古人不及也。"《全唐诗》卷一一九存诗四十一首。

怨词二首(其一)　　崔国辅

妾有罗衣裳,秦王在时作。
为舞春风多,秋来不堪著。

【鉴赏】这是一首宫怨诗。诗以一个宫女的口吻,写她翻检衣箱,发现敝旧罗衣,睹物生情,引发对往事的回忆,不禁黯然神伤。

"妾有罗衣裳",第一句点明主人公的性别和身份。在古代,宫廷的宫女会因为御前表演或服侍博得君王一晌欢心,获得赏赐。"罗衣裳"便是君王常赐予宫女的物品,它是一种丝织品衣物。"秦王在时作",说明这件罗衣是"秦王"在世之时所作,暗示"秦王"已故。唐诗中常以"汉宫"泛指宫廷,这里的"秦王"也是泛指帝王。一、二句暗含这位宫女对往昔的追忆,对青春岁月的缅怀,流露出来的不仅是"物是人非"的感慨,更是"物"也非新的无奈。三、四句紧承这种情绪,第三句说宫女曾身着罗衣,舞动青春时光;第四句语意突转,落笔于眼前秋凉之时,罗衣再不能穿,久被冷落。两句对比鲜明,构成唱叹语调。"不堪"二字,语意沉痛。表面看来是在感叹"衣不如新",但对于宫中舞女,一件罗衣又算得了什么呢?深入其潜台词,可见不仅仅是指衣,"春"、"秋"并非单纯指季候,分明暗示年华的变换。"为舞春风多",包含着宫女对青春岁月的回忆;"秋来不堪著",则暗示其失宠后的凄凉。

全诗如戏剧独白似的展现了一位一朝得宠、长期受冷落的宫女的内心世界。诗表面上是惜衣,实质却旨在惜人,衣和人之间形成隐喻关系。罗衣与人,本是不相同的两种事物,诗人抓住罗衣"秋来不堪著",与宫女见弃这种好景不长、朝不保夕的遭遇的类似之处,构成确切的比喻。

仔细琢磨此诗,诗人的意图是否只是感叹宫女悲惨的命运?唐人作宫怨诗,固然以直接反映宫女的不幸这一社会现实为多,但有时诗人也借写宫怨以寄托讽刺,或感叹个人身世。自屈原以来,就时常有文人自比美人,感叹自己的才识不被君王赏识。清刘大櫆说此诗是"刺先朝旧臣见弃",而诗人在天宝年间曾被贬黜。由此可见,崔国辅在诗中以宫女喻己,由此及彼,以其精湛的写作技巧、绝妙的笔端委婉地讲述了自己被贬的苦闷。

(易文翔)

171

采 莲 曲

玉溆花争发,金塘水乱流。
相逢畏相失,并著木兰舟。

【鉴赏】《采莲曲》为乐府旧题,内容多描写江南一带水乡风光,表现采莲少女劳动生活情态,以及她们对纯洁爱情的向往与追求等等。崔国辅这首《采莲曲》就是一首清新且富有情趣的诗作。

"玉溆花争发,金塘水乱流。"溆,指水边,杜甫诗中有"舟人渔子入浦溆"。这两句的字词,诗人下了一番功夫。用"玉"形容塘边,比"绿"字显得明秀、准确,在读者面前描画出来的是一幅与水相映的塘边风景:绿草丰茂、空气清新、露珠欲滴、风光明媚。玉溆配以鲜花,也为人物的活动铺设了明丽动人的环境。金塘的"金",和前面的"玉"相得益彰,读者可以因此想见金灿灿的阳光下,水波粼粼,桃腮彩裙,碧荷兰舟,相映生辉的情景。"金"、"玉"从色调上而言,也是完美的契合。黑格尔说:"颜色感应该是艺术家所特有的一种品质,是他们所特有的掌握色调和就色调构思的一种能力,所以也是再现的想象力和创造力的一个基本因素。"崔国辅精通画理,明白诗、画的隐性沟通,他在诗中能很好地借鉴绘画的各种表现手段,尤其是色彩的运用,使得诗具有形神兼备、气韵生动的绘画美。接下来的"争"、"乱"二字,更是传神,活泼而生机盎然。"玉溆花争发",是说玉光闪闪的水塘之滨,繁花似锦,色彩缤纷。一个"争"字,写活了百花吐芳斗艳的姿态。"金塘水乱流",塘水本不流动,即使是与河流相通的池塘,也只流向一个方向,但由于采莲轻舟的此往彼返,塘中之水也回环流动起来。一个"乱"字,既写水流的波动,又生动地表现出了青年男女轻舟竞采、繁忙不息的劳动情景。诗人不直接写人,而是通过水波蛇行回旋的乱流,烘托出人物活动的情态,将人物与美丽的大自然融为一体,使全诗别具一种引人遐想的优美意境。

这些江南水乡的青年男女天真活泼,对美好的爱情有着大胆炽热的追求:"相逢畏相失,并著木兰舟。"情侣们水上相逢,喜出望外,又担心水波再把他们分开,于是两只船儿紧紧相倚,并驾齐驱。"畏相失",活现出青年男女两相爱悦的心理状态,凸现了情侣间的相互爱慕之情。

唐代有不少诗人写《采莲曲》都涉笔少男少女对爱情的追求，如白居易的"菱叶萦波荷飏风，荷花深处小船通。逢郎欲语低头笑，碧玉搔头落水中。"又如李白的"若耶溪边采莲女，笑隔荷花共人语。日照新妆水底明，风飘香袖空中举。岸上谁家游冶郎，三三五五映垂杨。紫骝嘶入落花去，见此踟蹰空断肠。"相比而言，崔国辅这首《采莲曲》不直接写人，而通过富有诗情画意的景物，将人物的活动融入美景之中，神态更为逼真，富有浓郁的生活气息，真切、淳朴，是一首清新活泼的抒情小诗。 （易文翔）

小长干曲　　崔国辅

月暗送湖风，相寻路不通。
菱歌唱不彻，知在此塘中。

【鉴赏】小长干，属长干里，遗址在今南京市南，靠近长江边。长干曲，乐府杂曲歌辞名，内容多写长干里一带江边女子的生活及情趣。这首《小长干曲》的内容就是如此。

这是一首情歌，写一名青年男子对一位采菱姑娘的爱慕与追求。相见、欢聚、别离等等都是男女间爱慕之情的表现题材，但诗人避开了这些常见场景，紧扣江南水乡的特点，抓住特定时间、地点、条件，自然风趣地表现了这种柔情蜜意。

"月暗送湖风"，诗的开篇点明时间是夜晚，地点是湖滨。"月暗"，不是没有月光，而是月色暗淡；一个"送"字，赋予了湖风一种舒展、爱抚的感情，表露出男子的内心情感世界。他的兴奋与欢悦，令他感受到湖风的轻柔，好像大自然特意为他送来的一般。这一句五字，勾画出了一幅月色朦胧、湖风轻拂的景象，营造了一种优美又似具有某种神秘色彩的氛围。

在这富有诗情画意的水乡湖滨，一位年轻人，踏着月色，沐着凉风，急

173

忙忙、兴冲冲地走着。但是夜色暗淡，道路难辨，走着走着，突然路被隔断了。"相寻路不通"，侧面点出了菱湖之滨的特点：荷塘密布，沟渠纵横，到处有水网相隔。显然，男子事先并未约会，只因情思驱使，突然想会见自己的恋人。一个"寻"字，传达出如此讯息，使画面生动起来。

"菱歌唱不彻，知在此塘中。"正在焦急踌躇之际，优美动听的菱歌吸引了他的注意，他侧耳倾听，仔细辨别歌声。"彻"，本为不尽之意，这里用来形容菱歌的时断时续，经久不息，同时也描摹出歌声的清脆、响亮。姑娘用歌声传达对生活的热爱和对幸福的憧憬，读者能从这歌声中想象出那采菱姑娘天真活泼、娇憨可爱的神情。从歌声中，男子辨别出来，知道那是自己的意中人。"知"字十分传神，不仅表现了小伙子心情由焦急到喜悦的变化，而且点明小伙子对姑娘非常了解，甚至连她的一举一动、一颦一笑都非常熟悉。这两句承上转折，正当踟蹰怅惘、望而不见之际，莲塘中歌声四起，忽又恍然大悟，"看不见"的采莲女子仍在这田田荷叶、艳艳荷花之中。自始至终，女子并未出现，她仍然掩映于荷叶荷花之中，闻歌而不见其身姿面影。这一描写，更增加了画面的生动意趣和诗境的含蕴。

这首诗表达了人们对幸福的憧憬和对生活的热爱，尽兴道来，炽烈浪漫，摆脱了种种伦理规范和理智的锁链，又不似宫体诗的淫艳，洋溢着一股青春的活力，可谓"清水出芙蓉，天然去雕饰"。诗中率真、淳朴、自然的情感与平易晓畅的语言构筑的意境浑然天成，韵味无穷。　　　　　（易文翔）

王翰，生卒年不详，字子羽，并州晋阳（今山西太原）人。景云年间进士及第，曾任昌乐县尉、通事舍人、仙州别驾等职。翰能文善诗，与祖咏、杜华友善，有诗唱酬。《全唐诗》卷一五六存其诗一卷。

凉 州 词　　　　　王　翰

葡萄美酒夜光杯，欲饮琵琶马上催。
醉卧沙场君莫笑，古来征战几人回。

【鉴赏】唐人七绝多是乐府歌词，凉州词是其中之一。它是根据凉州

（今甘肃省河西、陇右一带）地方乐调歌唱的。《新唐书·乐志》说："天宝间乐调，皆以边地为名，若凉州、伊州、甘州之类。"这首诗地方色彩极浓。从标题看，凉州属西北边地；从内容看，葡萄酒是当时西域特产；夜光杯是西域所进，相传是周穆王时代，西胡以白玉精制成的酒杯，有如"光明夜照"，故称"夜光杯"；琵琶更是西域所产。这些无一不与西北边塞风情相关。王翰的这首七绝正是一首优美的边塞诗。

首句用语绚丽优美，音调清越悦耳，显出盛宴的豪华气派和热烈场面。"葡萄美酒夜光杯"，意思是举起晶莹的夜光杯，斟满殷红的葡萄美酒。此句在读者的面前展示出琳琅满目、酒香四溢的盛大筵席。这情景使人惊喜，使人兴奋，为全诗的抒情营造了气氛，定下了基调。

第二句开头的"欲饮"二字，渲染出美酒佳肴的诱人魅力，表现出将士们豪爽开朗的性格。正当大家"欲饮"未得之时，乐队奏起了琵琶，酒宴开始了，那急促欢快的旋律，像是在催促将士们举杯痛饮，使已经热烈的气氛顿时沸腾起来。这句诗改变了七字句习用的音节，采取上二下五的句法，更增强了它的感染力。这里的"催"字，有人说是催出发，和下文似乎难以贯通。有人解释为：催尽管催，饮还是照饮。这也不切合将士们豪放俊爽的精神状态。"马上"二字，往往又使人联想到"出发"，其实在西域胡人中，琵琶本来就是骑在马上弹奏的。"琵琶马上催"，所渲染的是一种欢快宴饮的场面。

诗的三、四句写筵席上的畅饮和劝酒。过去曾有人认为这两句"作旷达语，倍觉悲痛"。还有人说："故作豪饮之词，然悲感已极。"话虽不同，但都离不开一个"悲"字。后来更有用低沉、悲凉、感伤、反战等等词语来概括这首诗的思想感情的，依据也是三四两句，特别是末句。"醉卧沙场君莫笑，古来征战几人回"，这是在酣醉时的劝酒词，写征人互相斟酌劝饮，尽情尽致，乐而忘忧，豪放旷达。意思是说：醉就醉吧，醉卧在沙场上有什么呢，请不要见笑，从古至今征战的人有几个是活着回来的。清代施补华说这两句诗："作悲伤语读便浅，作谐谑语读便妙，在学人领悟。"（《岘佣说诗》）为什么"作悲伤语读便浅"呢？因为它不是在宣扬战争的可怕，也不是表现对戎马生涯的厌恶，更不是对生命不保的哀叹。让我们再回过头去看看那欢宴的场面吧：耳听着阵阵欢快、激越的琵琶声，将士们真是兴致飞扬，你斟我酌，一阵痛饮之后，便醉意微微了。也许有人想放杯了吧，这时座中便有人高叫：怕什么，醉就醉吧，就是醉卧沙场，也请诸位莫笑，

175

"古来征战几人回"，我们不是早将生死置之度外了吗？可见这三、四两句正是席间的劝酒之词，并不是什么悲伤之情，它虽有几分"谐谑"，却也为尽情酣醉寻得了最具环境和性格特征的"理由"。"醉卧沙场"，表现出来的不仅是豪放、开朗、兴奋的感情，而且还有着视死如归的勇气，这与豪华的筵席所显示的热烈气氛是一致的。这是一个欢乐的盛宴，那场面和意境绝不是一两个人的浅斟低酌，借酒浇愁。它那明快的语言、跳动跌宕的节奏所反映出来的情绪是奔放的，狂热的；它给人的是一种激动和向往的艺术魅力，这正是盛唐边塞诗的特色。

王翰是盛唐著名诗人，当时唐朝国力强盛，声威远震。作为军队中的战士，自然有着时代的豪情，不会惧怕死亡，逃避战斗，他们甚至怀有建功立业、猎取功名的梦想。当然，久经征战以后，他们逐渐认识到：一个普通士兵的出生入死，只不过是为李唐王朝镇压边民，为将军们封侯拜将而已，对于他们自己来说并没有什么实际意义。最终的结果只能是战死沙场。见惯了这样的现实，又加上男儿的意气和战士的英爽，所以有一种当时军营中特有的豪迈而悲壮的情调，这种情调在酒酣半醒之时，最容易流露出来。但是，从这句醉言中表达出来的复杂心情，仔细品味，仍可以体味出对战争的不满和厌倦。葡萄美酒斟进夜光杯，随军乐队在弹奏琵琶助兴，即将开赴前线的将士怎么能不痛饮！抒情主人公的内心也有几分无可奈何，但那种豪迈的英雄气概仍然存在，情绪仍然是乐观的。这种诗只有盛唐人写得出来，也只有盛唐人能如此微笑着感受走向死亡的痛苦。

（易文翔）

张旭，字伯高，一字季明，吴郡（江苏苏州）人，主要生活于盛唐时期，曾官金吾长史，人称"张长史"。其人嗜酒，善草书，每醉后号呼狂走，乃下笔，或以头濡墨而书，既醒，自视以为神，故世称"张颠"。曾自言见公主担夫争道，又闻鼓吹而得笔法意，观公孙大娘舞剑器，乃尽其神。时以李白歌诗，旭草书，及裴旻剑舞为三绝。又工诗，与贺知章、张若虚、包融号称"吴中四士"。

桃花溪

张　旭

隐隐飞桥隔野烟，石矶西畔问渔船。
桃花尽日随流水，洞在清溪何处边。

【鉴赏】据《清一统志》载："湖南常德府，桃花溪在桃源县西南二十五里，源出桃花山，北流入沅。"溪岸多桃林，暮春时节，落英缤纷，随波逐流。相传东晋陶渊明的《桃花源记》就是以这里为背景的。

史载张旭曾为常熟尉，后入京官拜金吾长史，并无确证说他曾到过桃花溪，但这并不妨碍诗人创作。因为经过南北朝、隋直到唐代，由于《桃花源记》的广泛流传和对陶渊明隐逸情怀、高洁人格的认同和追慕，使得"桃花源"已成为世人精神世界和文化谱系中的一个符号。王维曾有一首《桃源行》诗，用诗语复写《桃花源记》，清人翁方纲赞许为"古今咏桃源事者，至右丞而造极"（《石洲诗话》）。末四句云："当时只记入山深，青溪几度到云林？春来遍是桃花水，不辨仙源何处寻。"全诗意旨同这首《桃花溪》一样，落于追问桃源的所在。但据学者对王维生平的考证，并无他游历桃源的事迹。在唐代，类似这样没有确证到过桃源，但写作桃源诗的例子还有不少，也就是说，桃花源是文人心中的一个情结。"桃花源"是陶渊明构想出来的理想世界，在那里没有赋税、没有纷争、没有欺诈，是真纯、安宁之地。这样的世界永远无法成为现实，但又是后世人们一心向往的圣地。这里，对桃花源无尽的找寻与终究难寻的事实正映射出人的卑微现实与不断追求纯然的真善美之间的永恒矛盾，这种永恒的张力也是"桃花源"永具魅力的原因所在。

从诗文来看，诗中人并没有刻意寻桃花溪，他站在溪畔，望见远处一座飞桥，在如烟的山雾中若隐若现，此时的他，似乎并没有"入云深处"（《山中留客》）的心念，而是有意无意地向渔夫问起"桃花源"，至于是否能得到确切的回答，他并不在意。他明白，山中的春光、美景可以尽情地游览、享受，而人间的"桃花源地"却是永远无法达到的。

诗人的高妙不仅在于对这种深沉的人生、社会、命运的体察，也在于他表达主题的艺术手法。飞桥隐隐和烟霭中的群山，看似远隔，却终能达致；清溪、桃花、山洞，在脑海中是那么清晰，仿佛信步可寻，但实际上却有如天人之隔。世间万物的真幻之理简直就浓缩在这短短四句诗中了。

（唐　磊）

山中留客

张　旭

山光物态弄春晖，莫为轻阴便拟归。
纵使晴明无雨色，入云深处亦沾衣。

【鉴赏】 在明朗的春日踏青是一件令人欣喜的事，诗人的心情正如春日一般轻快，这种喜悦令他并未耽迷于山景的某处细节。在他眼中，处处都是那么美好，群山焕发着荣光，万物各具姿态，共同沐浴在春日中，相互嬉戏，营造出一个活泼、光彩的春日山景。

山中云雾变幻，偶尔会有片云遮住日光，而轻阴中的山色层次感会更加分明、动人，对于喜好自然美景的游人来说，这也是不可放过的，然而诗人路遇的那位游客大概对此并不熟悉，以为会遭遇山雨，去意萌生，诗人即以此诗相赠，挽留游客，劝他不要因为这轻阴便轻易丧失欣赏美景的兴致。

诗人并没有用阴天的山景之美来诱引游客留下，而是使用一种有趣的逻辑来说服他：纵然是晴空万里，你游兴不减，待你进入山林深处，那里云雾缥缈，林花带露，也会沾湿你的衣襟。本来，被雨淋湿和被雾珠沾湿衣裳，感觉是不同的，但是结果同样是湿，这样一想，那种担心似乎是多余的。

看来，诗人早已预设好了游山的路径，那就是要"入云深处"。而留客不过是此番游览的一段插曲，那位游客是留是走，已无关紧要，"入云深处"的景色如何尚未得见，但这些都不妨碍诗人要深入山林的兴致，无论是轻阴蔽日还是雾露沾衣，哪怕是不意逢雨，都要乘兴而来，尽兴而归。有了这样的心态，就能时时是好时，处处是好景。

如此，我们便明白了此诗的真正主旨：留客这一小小的插曲引起诗人的诗性，但此诗之深意不在留客，而是抒写诗人自我的情志，他怀着喜悦来山中感受春色，要入云深处阅尽山中美景，也许还憧憬着意外的收获。面对自然、面对美，诗人有着一颗敏感、开放的心灵，诗人内在的生命力与这春天的生机一样盎然。看那有趣的留客逻辑也正是这一心灵的自然产物。

（唐　磊）

戎昱(744—800),荆州(今湖北江陵)人。青年时举进士落第,乃放浪形骸,游名都,观山水,以游历吟哦为乐。后长期辗转幕府,中进士后尝为辰州刺史,迁虔州刺史,后期客居剑南、陇西等地。部分作品反映社会生活,忧念时事,较为突出。原有集,已散佚,明人辑有《戎昱诗集》。

移家别湖上亭　　　　　　　　　　　戎　昱

好是春风湖上亭,柳条藤蔓系离情。
黄莺久住浑相识,欲别频啼四五声。

【鉴赏】题旨一看即明,乃是迁居抒怀之作。湖上亭应是诗人常常流连的地方。诗人另有一首《玉台体题湖上亭》诗,起云:"湖入县西边,湖头胜事偏。绿竿初长笋,红颗未开莲。蔽日高高树,迎人小小船。清风长入坐,夏月似秋天。"足见诗人对此湖的喜爱。驻足湖上亭,想起此番离去,不知何时能有机会再来游历这曾经熟悉的地方,再来感受这湖头胜事,一份怅惘自然涌向诗人心头。

但阵阵春风实在动人,诗人忍不住还要赞叹。"好是"一词,屡见于唐诗,如白居易《赠皇甫六张十五李二十三宾客》诗"幸陪散秩闲居日,好是登山临水时",韩翃《送客水路归陕》诗"好是吾贤佳赏地,行逢三月会连沙"等皆是,用此词往往传达着一种按抑不住的喜悦或激赏。偏偏此际是离别时,心绪使然,昔日的胜景全染上淡淡离愁。

古人折柳送别,柳寓"留"意,藤蔓千回百绕,正印合着诗人此时既欣喜又失落,既留恋此地又不得不离开的心理纠缠。"系"字为二句之眼目,音意均生动妥帖。久住于此,连黄莺也仿佛与诗人熟稔("浑"字足显诗人对黄莺的亲切与喜爱),它竟知道诗人要离去,频急地啼叫了数声,似乎在留人。

古代诗歌写情,妙在不使情成为径直之事,这里写去用留笔,并全以拟人法令柳枝、藤蔓、黄莺都以"主人"身份挽留诗人,而诗人自己则似乎已成为客者,正得曲笔写情之妙。诗写至莺啼忽然收尾,但情思袅袅,余音不绝,因为这湖上亭景、莺啼声声已长久地驻留在诗人心中。(唐　磊)

高适(702?—765),字达夫,德州蓨(今河北景县)人。少贫寒,曾客游河西,为哥舒翰书记。后历任淮南、西川节度使等,终散骑常侍,封渤海县侯。边塞诗最为人称道,诗风雄浑、粗犷、悲壮。与岑参齐名,合称"高岑"。有《高常侍集》。

封 丘 作 高 适

我本渔樵孟诸野,一生自是悠悠者。
乍可狂歌草泽中,宁堪作吏风尘下?
只言小邑无所为,公门百事皆有期。
拜迎官长心欲碎,鞭挞黎庶令人悲。
悲来向家问妻子,举家尽笑今如此。
生事应须南亩田,世情尽付东流水。
梦想旧山安在哉,为衔君命日迟回。
乃知梅福徒为尔,转忆陶潜归去来。

【鉴赏】高适,字达夫,正如此字所透出的信息,高适晚年得到玄宗、肃宗赏识,连续升迁,官居高位,被誉为诗家之达者。但其早年仕途偃蹇,曾北上蓟门,漫游燕赵,欲在边塞寻求报国立功的机会,却并未找到出路。此后,他在梁、宋一带过了十几年"混迹渔樵"的贫困流浪生活。直到天宝八载(749),高适已年近五十,才由宋州刺史张九皋推荐,举有道科,任封丘尉。此诗即作于封丘任所。

混迹渔樵、狂歌草野,也许曾嗟叹生活之贫困,流浪之无依。但与身为封丘小吏的卑微不堪相比,昔日的狂歌草野是那样的悠然自在!

"乍可"、"宁堪"的对比,无须回答的设问,写尽了诗人的彻悟与追悔。我们仿佛看见一位愤激满怀的诗人正激愤地向我们挥泪讲述。

县尉本是一卑微小职,有着鸿鹄之志的诗人,在历经仕途坎坷后,或许曾幻想暂时栖身于封丘小邑,聊度时日。他曾天真地以为,小邑微官本无多少职事,自有一番清闲与自在,殊不知一进公门,才知种种令人厌烦的琐碎公事都有规定的章程与期限,毫无闲散与自由可言。不唯如此,最难堪的莫过于"拜迎官长心欲碎,鞭挞黎庶令人悲"!短短十四字,写尽了士卒小吏的悲哀。诗人一直欲有所作为,不料却身为下吏,每每要躬身屈膝于所谓官长面前,有志难逞的悲哀溢于言表。如果能有所作为,起码还可以让自己救人于水火的理想得以实践一二,但如今却每每要含泪鞭挞无辜的黎民百姓!

带着这种悲愤,诗人欲向家人寻求理解与安慰,不料妻子儿女对此均不以为然,并笑慰诗人说如今都是这样的吧!满腔悲愤无处诉说,没有一位知音和他产生共鸣,诗人感到孤独了,寂寞了,欲寻求新的精神皈依:"生事应须南亩田,世情尽付东流水。"还是弃此微官,躬耕归隐吧!

然而,诗人又面临新的困境:昔日的旧山已不可得见,眼下的事务又缠绕其身。自己正如同汉代的南昌尉梅福,欲竭诚效忠,却无投书之路!诗人不由感慨,还是欣然而赋《归去来兮辞》的陶潜悠闲自在啊!

诗作交代了不堪作吏的缘由、现状,抒发了诗人弃官归隐的愿望与不能归隐的现实并再次强化这一愿望的发抒,起承转合错落有致,写出了下层文人乃至所有欲有所作为的文人普遍的心路历程,写出了他们的苦痛与挣扎。诗句散行对偶交互为文,化凝重为流动,让诗意在回环往复的旋律中亦有回环往复之妙。

(刘 琴)

除 夜 作　　　　高 适

旅馆寒灯独不眠,客心何事转凄然?
故乡今夜思千里,霜鬓明朝又一年。

【鉴赏】除夕之夜,普天共庆,万民同乐,这是一次参与面最广的盛大节日之旅。文人学士似乎也都全身心地投入到了这节日的盛典之中而无暇稍顾于诗词歌赋。即便有所发抒,更多的也是歌功颂德与点缀升平之作。旅居在外的客子如高适，却吟出了如此情真意切的《除夜作》。

若论此诗何句最佳，"旅馆寒灯独不眠"无疑当之无愧！七个字，四个词，却字字都有韵味，词词均有分量！除夕佳夜，家人欢聚，达旦不眠，守岁至晨。这本是一个欢乐祥和，充满温情、温暖的时刻，而客居在外的诗人高适，在这样的良辰却独自咀嚼着凄凉的况味。

"旅馆"二字，首先奠定了孤寂凄清的基调。或许，窗外的万家灯火太易唤起诗人昔日欢乐的记忆和当下美好的想象，可转头环视，却是自己一人寂寞地徘徊于客舍，没有亲人的欢声笑语，也感受不到家的温馨氛围，有的只是一番彻骨的沉寂。所以，此时此刻，那盏散发着光与热的油灯似乎也与诗人过不去了，它透出阵阵寒意，寒透了诗人本已倍感孤寂的心。如若是一家欢聚，则不会有阵阵孤寂感的侵袭；如若本感孤寂，却可酣然高卧，梦中亦有一番和乐欢聚的满足！而这一切，都不过是诗人无望的期待罢了！在寂寞的旅馆，寂寞的旅人偏偏无法入眠，只得在时间的缓缓流逝中一遍又一遍地咀嚼着寂寞的苦味。

"客心何事转凄然？"在客心寂寞之时，是谁在发问？是诗人自己在辗转反侧中对内心的追问？还是那一盏寒灯生怕旅客过于孤寂开始了与他的对话？其实，这是一个无须回答的问号！除夕的氛围浓烈得令人兴奋，眼下的情境却凄然得令人窒息，还有何事让客心"转凄然"呢！

承接作者思绪，诗作后两句自然要写到诗人在此种时刻此种情境下是如何思念故乡的亲人，是如何怀念往夕除岁的欢乐聚首了。可诗人却写"故乡今夜思千里"！站在亲人的角度，写他们对千里之外的"我"的思念，写亲人在欢聚时刻所感到的缺憾。在这种对写中，把双方浓烈的情意都写足了。此种手法，我们在"遥知兄弟登高处，遍插茱萸少一人"（王维《九月九日忆山东兄弟》）中领略过，在"今夜鄜州月，闺中只独看"（杜甫《月夜》）中体味过。清沈德潜亦说："作故乡亲友思千里外人，愈有意味。"（《唐诗别裁集》）诚如言哉！

除夕守岁，站在岁末与岁首两端，也许在眼睛一眨之间就跨过了两个年度。在不尽的思念中，霜鬓不知何时又新添了丝丝白发。

这样一首《除夜作》，诗意完整，语言精练，明胡应麟即赞之"添著一语不得"（《诗数·内编》卷六）。

（刘 琴）

182

燕 歌 行　　　　　高 适

开元二十六年,客有从御史大夫张公出塞而还者,作《燕歌行》以示适,感征戍之事,因而和焉。

> 汉家烟尘在东北,汉将辞家破残贼。
> 男儿本自重横行,天子非常赐颜色。
> 摐金伐鼓下榆关,旌旆逶迤碣石间。
> 校尉羽书飞瀚海,单于猎火照狼山。
> 山川萧条极边土,胡骑凭陵杂风雨。
> 战士军前半死生,美人帐下犹歌舞!
> 大漠穷秋塞草腓,孤城落日斗兵稀。
> 身当恩遇恒轻敌,力尽关山未解围。
> 铁衣远戍辛勤久,玉箸应啼别离后。
> 少妇城南欲断肠,征人蓟北空回首。
> 边庭飘飖那可度,绝域苍茫更何有!
> 杀气三时作阵云,寒声一夜传刁斗。
> 相看白刃血纷纷,死节从来岂顾勋?
> 君不见沙场征战苦,至今犹忆李将军!

【鉴赏】开元年间,契丹屡屡入侵,东北边境烽烟四起,尘土弥漫,老百姓处于水深火热之中。好男儿挺身而出,为讨伐入侵的贼敌,辞家上了前线。当时坐镇东北的是御史大夫兼大将军张守珪,他率领将士纵横驰骋,英勇杀敌,势不可挡,屡建战功。皇帝对此非常满意,重重封赏了他们。

开元二十六年(738),张守珪部将赵堪、白真陀罗假借张之命令,逼令平卢军使乌知义奔击叛奚。当时出征的军队,浩浩荡荡,气势雄壮。敲锣打鼓,队伍雄赳赳开出山海关,战士们慷慨激昂,随着这震天金鼓昂首阔步。校尉从大沙漠送来了紧急的军书,说是单于把战火燃到狼山。

唐军转战来到狼山一带,此处山川连绵,景象萧条,一片肃杀的气氛。敌人的骑兵迅疾彪悍,像狂风暴雨卷地而来。战士们做好了迎战的准备,个个争着上前线。战斗开始了,汉军奋力迎敌,刹那间,硝烟弥漫,尘土飞扬。战斗持续了整整三天三夜,战场上血流成河,一片昏天黑地。有身首异处的,有嗷嗷叫唤的,叫人惨不忍睹。我们的战士早已将生死置之度外,他们义无反顾,继续与敌人做着生死搏斗。然而,在这严重紧要的关头,那些将军们却远离阵地,他们无视兵士的拼死血战,耽于酒色,肆意逸乐,过着歌舞宴饮的糜烂生活。

时值深秋,北方沙漠之中,衰草在寒风中颤抖,血红的夕阳坠落在漠中孤城的远方,战斗还在继续,我们的战士一个又一个地倒入血泊……那些将军深受朝廷的恩遇,却骄逸轻敌,守备松弛。当敌人突然进攻之时,尽管广大士卒拼尽了力气,却一时难解关山重围。

连年不熄的战火,使戍卒长期不能返回家园,家中妻子一定泪如雨注时时感伤。边将的昏庸无能使战士白白牺牲,亲人柔肠寸断。战斗在蓟北的士兵,含着眼泪一次次地回首故乡,长年穿着盔甲战衣拼战在前线,与遥遥相隔万里的家人恐怕已无相见之日了。

白天,战场上杀气腾腾,寒风凛冽,恶云成阵。夜晚,军营戒备森严,刁斗声声,令人胆寒。警报频传,黑夜弥漫着一股阴森森的寒气。战士们在这旷远迷茫的疆域忍受着战火的煎熬,做梦都盼望着飞渡万水千山,与家人团聚。

尽管生还无望,但是爱国士卒并不把个人的安危荣辱放在心上,他们宁肯为国死节捐躯,也绝不让寇骑践踏祖国的大好河山。而将军们一心为求功讨赏,想博取天子恩遇。让人不得不想起八九百年前威镇北边的飞将军李广,他处处爱护士卒,使士卒咸乐为之死。从汉到唐,悠悠千载,边塞战争不计其数,驱士兵如鸡犬的将帅数不胜数,备历艰苦而埋尸异域的士兵,更何止千千万万! 可是,千百年来,只有一个李广,怎不教人苦苦地追念他呢?

(褚菊萍)

塞上听吹笛　　　高　适

雪净胡天牧马还,月明羌笛戍楼间。
借问梅花何处落,风吹一夜满关山。

【鉴赏】寒冷的冬天即将过去,春天的脚步近了。这恐怕是冬日里的最后一场雪了。出了几个大晴天,厚厚的积雪被阳光召唤回家了。春姑娘带来了自己的礼物,胡天戈壁塞上,露出了几丛零星的新绿。这绿意犹如生命般跳跃着,给大地增添了无限生机。

夕阳沉下山去,傍晚静悄悄地降临了。又到了一天的休息时间,这是戍边的战士最盼望的时光。为了保卫祖国的大好河山,他们离开生长的故乡,告别了年迈的父母,长期驻扎在这荒凉而又陌生的边塞。战争是残酷的,刀光剑影,战士们的生死只在一线之间。夜幕的降临意味着战士们又躲过了一天,意味着他们还有机会回到故乡,体味母亲温暖的怀抱。因此,这黑暗深沉的冬夜对他们来说是美好光明的。

冬日冰封的积雪掠夺了战马的食物,贮存的粮草也已经吃得差不多了。眼看着马儿日渐饥瘦,战士们一个个心急如焚。谁也不知道硝烟何时又要燃起,这可怎么办?

幸好天公开眼,积雪褪去了,草儿露出来了。这新抽的嫩芽,正好来给马儿吃。今天一天,牧马的战士集体出发遛马去了。看!远处扬起了一阵轻尘,那是战士们驱马回营房了。

天渐渐暗下去了。夜晚的天空平静如镜,透射出湖水般的深蓝。星星眨巴着眼睛,幸福地躲在母亲的怀抱,嬉戏玩耍。月亮藏匿了一天的光芒,在这一刻毫无保留地释放了出来。这皎洁的清辉,像被施了魔法,牵动着游子的心扉。

哪里传来了悠扬的羌笛声?好像是从戍楼中飞出来的。笛声随风荡漾,荡起每一个游子的离愁别绪,让每颗远离故土的心,驻足倾听。

劳累了一天的战士全神贯注地听着调子。音动心随,儿时的记忆,涌现在眼前。那美好的童年时光多么令人回味!抓蜻蜓、捕蝴蝶、摸河鱼、掏鸟窝……点点滴滴,就像发生在昨天一样。这一刻,时间停止了,空间静止了,战士的心田盛开了一朵朵梅花。花开花落终有时,随着笛音由高扬转为低沉,怒放的花朵开始凋谢了。风吹动着笛声,也扇落了心梅。一瓣一瓣,梅花飘散开来,如天女散花。这些来自天堂的仙子会飘向何方?我想,风神会把她们带到关山的每一个角落!

今夜无眠,战士们的思绪被笛声牵引着,久久不能释怀。遥远的花香一次又一次地把战士们的乡愁唤醒。

(褚菊萍)

185

别 董 大　　　　　高 适

千里黄云白日曛,北风吹雁雪纷纷。
莫愁前路无知己,天下谁人不识君。

【鉴赏】吹起了呼呼北风,顿时尘土弥漫,狂沙翻涌,白云被染成了黄色,天与地已经分不清界限,混成一个浑黄的世界。在这辽阔浩瀚的原野上,只有晚霞微微泛着几缕光芒,交融着密布千里的黄沙,把大地笼罩得昏昏沉沉。

迎着呼啸的寒风,天空卷落下片片白雪。雪纷纷扬扬,着实很大。北风怒吼,如发狂的雄狮,一下子把雪花揽入自己的怀抱,一下子又狠狠地把它们猛抛甩出去。劲吹的朔风撞击着纷飘的大雪,发出凄冷寒怆的怪异声。这时,从远方传来阵阵鸿雁的悲鸣,那是南飞的雁群,惜别深沉的故土而发出的声声哀号,悲凉之中透露着缠缠绵绵的情思。

日暮天寒,游子何之?老天似乎看懂了一切,也为今日即将分离的两位知己深吼长啸。这两人就是高适和董庭兰。董庭兰在兄弟中排行第一,故人称董大。他擅长鼓琴,他演奏出的琴声,时而哀怨时而欣然,时而凝重时而飘洒,时而幽暗时而明净。他将自己高洁的理想融入琴音之中,从而勾勒出一个圣洁的天堂。聆听他泉水流淌似的琴音,使人顿觉神清气爽,飘飘然仿佛入了仙境。

高适十分仰慕董大的才华,更被他美好的心灵所感动,两人很快成了无话不说的挚友。长期的浪游生活使高适倍加珍惜这个难得的知己。然而,今天他们就要分离,庭兰君将要离开这里,奔赴远方。高适有种种的不舍,但又不知该从何说起。"大哥,不要担心,一路上你一定会遇上知心朋友的,小弟我在这里会一直祝福你的。""哎,贤弟啊,你叫我哪里去找你这样的知己?""大哥谦虚什么,普天之下,又有哪一个不认识你董庭兰君呢?我有幸能成为大哥的知己,今生已没有遗憾了。""贤弟!""大哥!"四周狂风大作,尘沙飞舞,高适与董庭兰抱头痛哭,作最后的告别。

人生的旅途是由一个个的驿站连接起来的。缘来而聚,缘去而散。天下没有不散的筵席。"大哥!来日方长,有缘定会相聚的。期盼那时我们都已实现了各自的理想。""珍重啊!贤弟。"

阔别知音,董大鼓起琴弦以寄好友。高适目送董大,迟迟不肯离开。

随着董大慷慨激昂的韵音渐行渐远,高适忽然感觉信心满怀,浑身都充满了力量。

(褚菊萍)

送李少府贬峡中王少府贬长沙　　高　适

嗟君此别意何如,驻马衔杯问谪居。
巫峡啼猿数行泪,衡阳归雁几封书。
青枫江上秋帆远,白帝城边古木疏。
圣代即今多雨露,暂时分手莫踌躇。

【鉴赏】送别之作往往满含依依不舍之情,然高适的送别诗却显得豁达、豪迈,如"莫愁前路无知己,天下谁人不识君"(《别董大》)。这首送二少府之作也是如此。少府是县尉,李、王二人皆不详事迹,峡中泛指四川东部一带。通观这首诗看不出送别之地在哪里,时节当在秋季,送别之不舍虽不无显露,但大体是劝慰。

首联通过"嗟"、"意何如"、"问谪居",表达了对李、王二少府遭受贬谪的同情,以及对分别的惋惜。接下来则通过工整的对句分写二人即将面对的现实处境,进一步表达对他们的关心和慰藉。

颔联上句写李少府贬峡中,古代巴蜀民歌有谓:"巴东三峡巫峡长,猿鸣三声泪沾裳。"这里以古民谣来暗示李少府所去峡中的荒凉景象;下句写王少府被贬长沙,路途遥远,即使通过归雁传书也传递不了几封书信。

颈联上句换成先写王少府。青枫江指的是浏水,在长沙与湘江汇合。诗人宽慰王少府,在秋高气爽的季节,扬帆江上,自会洗尽烦恼。下句又转到李少府,白帝城在今重庆市奉节县,是峡中名胜。诗人设想李少府去古木萧疏的白帝城凭吊古迹,以求慰藉。

这两联交替写到二人,结构严密,对仗工整,情感交织,将自己对二人的关心蕴于环境的描写中,情景交融。所以清盛传敏赞道:"中联以二人谪地分说,恰好切潭、峡事,极工确,且就中便含别思。"(《碛砂唐诗纂释》)清何焯也评道:"中四句神往形留,直是与之俱去。"(《瀛奎律髓汇评》引)这不禁让我们想到李白寄给王昌龄的那句"我寄愁心与明月,随君直到夜郎西"(《闻王昌龄左迁龙标遥有此寄》)。高适虽不明言随二少府而去,但其心却早已"直到"峡中、长沙了。

最后两句,以通达的口吻劝诫二人尽可放心而去,不久即可召还升迁。能够在友朋分别之际不悲观、不消极,这份豪情豁达委实非一般士人所能拥有的。

(刘晓亮)

崔曙,宋州(今河南商丘)人。开元二十六年(738)登进士第,以《试明堂火珠》诗得名。诗一卷。

九日登望仙台呈刘明府容　　崔　曙

汉文皇帝有高台,此日登临曙色开。
三晋云山皆北向,二陵风雨自东来。
关门令尹谁能识,河上仙翁去不回。
且欲近寻彭泽宰,陶然共醉菊花杯。

【鉴赏】这是一首登览感怀之作。据《太平寰宇记》所载,望仙台在陕州陕县(今属河南三门峡)西南,为汉文帝刘恒所筑,以望祭河上公。“河上公”何许人?据晋朝人葛洪《神仙传》所载:河上公者,不知其姓名。汉文帝时,在黄河岸边结草为庵,研究《道德经》颇有造诣。而为史家艳称的“文景之治”,其思想基础恰好也是老庄哲学,于是,文帝常以治国安民之策向这位道家高人请教。文帝所筑望仙台经历了八个世纪的沧桑,至唐玄宗开元间,又迎

188

来中国历史新的鼎盛期,它是否要向登临者诉说什么？诗以纪事发端,点出望仙台本事。用"曙色开"三字总写高秋气象,既表现出登高台人久抱抑郁,情思忽得一畅,又为以下写景张本,使远山近谷历历如见,把读者引进独特的诗境之中。颔联景语,具体展示望中所见,是全诗的精彩之笔,不仅有由远及近的层次布置,而且"三晋云山"的实写与"二陵风雨"的虚拟交相辉映,暗传出肉眼看不见、画笔描不出的历史风云,颇有"登高壮观天地间"的苍茫气象,故前人称赞说:"形势物候俱确切,不独诗格雄健。"颈联就函谷关和望仙台抒怀。昔日老子因关门令尹的挽留在函谷关著《道德经》的故事已成陈迹,望仙台上亦不见河上公的踪影,登高远望,顿生天高地迥、宇宙无穷之慨。故前人又称赞说:"读此诗,见先生有上下古今、旁若无人之致。"诗的尾联以菊花杯邀刘明府共醉作结,补足题旨。唐人称县令为明府,刘明府当为陕县县令。重九之日,应尽地主之谊。

　　这首诗在唐代七言律的发展史上占有重要地位。前人曾推举唐人七律诗的压卷之作,有人举出沈佺期的《独不见》标志七言律的形成,但它有可挑剔之处。有人举出崔颢的《黄鹤楼》因李白搁笔而举世熟诵,但它颔联该对仗而不对仗,与七律的正格不合。这样一来,崔曙这首写于盛唐初期的佳作,就以其名语浑成、格法典重成为公认的范本和七律成熟的标志。至于杜甫继有更高造诣,那是后话。这首诗提供的创作经验是多方面的。即以所谓"制题"论,就十分典型:首二句"台"字、"登"字,三、四句"望"字,五、六句"仙"字,七、八句"明府"、"九日"。因九日及菊花,因菊花及陶,非泛及也。(参阅方东树《昭昧詹言》)堪称一气转合,就题有法。

(杨　军)

储光羲(706?—763?),润州延陵(今江苏金坛)人,祖籍兖州(今山东兖州)。开元十四年(726)进士,仕宦不得意,隐居终南山的别业。后出山任太祝,世称储太祝。安史乱起,被俘迫受伪职,后脱身归朝,贬死岭南。擅山水隐逸之作,《四库全书总目》评其诗"源出陶潜,质朴之中,有古雅之味,位置于王维、孟浩然间,殆无愧色"。

钓 鱼 湾

储光羲

垂钓绿湾春,春深杏花乱。
潭清疑水浅,荷动知鱼散。
日暮待情人,维舟绿杨岸。

【鉴赏】此诗为组诗《杂咏》五首
其四。其他四首各题为《石子松》、
《架檐藤》、《池边鹤》、《幽人居》,檐藤
幽居、松鹤相伴、垂钓春湾,一看便知
组诗描写诗人山林隐居生活的主题。

沈德潜《唐诗别裁集》解诗中"待
情人"三字云:"待情人,候同志也,见
钓者意不在鱼。"再联系《池边鹤》诗
末云:"江海虽言旷,无如君子前。"
《架檐藤》诗末又说:"何许答君子,檐
间朝暝阴。"这里,"情人"与"君子"同
指具有和诗人一样隐逸情怀的同志。
从"日暮待情人"到"江海虽言旷,无如君子前",我们能体察到诗人那份寂
寞之情,而这份情愫是田园生活的闲适、隐地风光的秀美都无法排遣的。

也有人说这是一首爱情诗,描写一位青年一边垂钓一边等待着爱人
前来。这样解读也未为不可。自屈原以来,以"美人香草"比喻"君子贤
人"早已形成传统,这首《钓鱼湾》虽不是政治隐喻诗,但以"情人"拟"君
子"的手法则与那一类作品相同。

再看此诗的写法。首句直接入题,点出时间地点事件,素朴简练,二
句以顶真格接上句,顿生摇曳之感,颇类古诗。勾勒描写深春景致,只用
杏花一物,着一"乱"字,便把浓浓春意带到读者目前。"乱"字之妙,不仅
在摹景,还透露出诗人心中些许烦乱之情,为"待情人"埋下伏笔。

三、四句写湾,并点出垂钓事。"潭清疑水浅,荷动知鱼散",对仗精
工,一静一动,一疑一知,一写潭水,一写荷鱼,单句亦各有其妙,十字之
内,诗人将意象的组合、声辞的搭配、意趣的形成与转换,安排得非常巧
妙,又毫无滞涩之感,让人不得不佩服其遣词造句的能力。

末二句由景入情，又由情归景，结以"维舟绿杨岸"，仿佛把一道隽永的图景印入读者脑海中，令"待情人"之思显得悠远绵长。这种一收一放的写景抒情方式在唐诗尤其是唐代绝句中已非常成熟，如"日暮相关何处是，烟波江上使人愁"（崔颢《黄鹤楼》）、"日暮酒醒人已远，满天风雨下西楼"（许浑《谢亭送别》），均系此类。

综观全诗，仅六句三十字，但其中具有古诗之浑朴、律诗之精巧及绝句的隽永，将这些诗体的特点熔于一炉，形成别具特色的短篇。（唐 磊）

江南曲四首(其三)　　储光羲

日暮长江里，相邀归渡头。
落花如有意，来去逐船流。

【鉴赏】唐吴兢《乐府古题要解》云："《江南曲》古辞云'江南可采莲'……盖美其芳晨丽景，嬉游得时。"古辞乐府《江南曲》写江南水乡风光，并隐喻爱情主题，"莲"与"怜"双关，暗指爱人。储光羲的《江南曲》即承用古辞体而作。

乐府体《江南曲》的风格大多活泼、明快，与江南水乡的风光有着天然的相似。此诗首二句直接点明时间、地点与事件。虽没有具体说明时节，但一般说"落花"，应是在春夏之际，这是江南水乡最好的季节。日暮时余晖脉脉，江风习习，渔船上的年轻人相约同回码头，三三两两的渔舟竞驰江中，轻快的气氛跃然纸上。

下二句便是正题。诗人如何表现青年男女间的爱情呢？"落花如有意"，这"落花"意象一是指芳华流逝，如谢朓《往敬亭路中》云："新条日向抽，落花纷已委。"或常与佳人连属，如萧纲《咏内人昼眠》云："梦笑开娇靥，眠鬟压落花。"此处的"落花"应与后者用法同，指代异性。不过不必拘泥地认为异性必定指女子，细细品味，恐怕解为异性男子更为合适，否则"来去逐船流"之语则不免有轻佻之嫌。也就是说，此诗表达了一位青年女子矜持、羞怯的心理和一种欲藏又露、难以捉摸的感情。

比较储光羲《江南曲》其四："隔江看树色，沿月听歌声。不是长干住，那从此路行。"该诗运用六朝乐府《长干曲》诗意，《长干曲》云："逆浪故相邀，菱舟不怕摇。妾家杨子住，便弄广陵潮。"如此便知，同这首《江南曲》

其三一样,其四也是描写江南水乡女子思慕爱情,表达心声的作品。本诗某些地方也明显借用《长干曲》,全诗清丽婉转,深得乐府古诗之妙。

(唐 磊)

张谓(? —777?),字正言,河内(今河南沁阳)人。天宝二年(743)登进士第,后官至礼部侍郎,三典贡举。其诗辞精意深,讲究格律,诗风清正,多饮宴送别之作。《全唐诗》存诗一卷。

同王征君湘中有怀 张 谓

八月洞庭秋,潇湘水北流。
还家万里梦,为客五更愁。
不用开书帙,偏宜上酒楼。
故人京洛满,何日复同游。

【鉴赏】 清人贺裳《载酒园诗话》云:"张正言诗,亦倜傥率真,不甚蕴藉,然胸中殊有浩落之趣。"张正言即张谓,此诗正体现了其倜傥率真又充满浩落之趣的风格特点。

张谓为河内(今河南沁阳)人,故此诗是北人南客,感秋怀乡之作。起二句因秋而兴感,见水北流而思乡。暗示出"湘中有怀"的题旨。"还家万里梦,为客五更愁"两句看似平淡,但遣用之词无不敲打着思乡心念:"还家"与"为客"相对,"梦"与"愁"相交织,"万里"极言归途之远,"五更"强调思情弥漫之久,于是浅语造就深情,无怪清人潘德舆赞赏此联说:"三、四常语,然已入骨髓中去。"(《唐贤三昧集评》)

怀着这样的情思,当然不能展卷读书,而适宜借酒消愁。诗人选"不用"二字,正显出本性中的那一份洒脱、旷达;"偏宜"二字看似有些执拗,实则体现出诗人的率真性格。

回看前面六句,首二句是暗合题旨,三、四句正面展开,五、六句以酒遣愁是宕开,律诗"起承转"的章法已备,那么结句如何"合"呢?"故人京洛满,何日复同游",拈出"故人"、"同游",再次切入思乡的主题。

有人认为题目中"同王征君"四字是赘语,但就诗意来看,王征君大概也是北人南客,与作者怀有同样的心情,他们一同登楼饮酒,怀念家乡,正与诗末故人同游之语形成对照。这样的安排,紧扣主题,构思巧切。唐人作律,很讲究题目与诗文的配合。像张谓这首诗称得上"格度严密,语致精深",堪称唐律的上乘之作。

（唐　磊）

题长安壁主人　　　　张　谓

世人结交须黄金,黄金不多交不深。
纵令然诺暂相许,终是悠悠行路心。

【鉴赏】唐代诗人题壁蔚为风气,多在酒肆、旅店或楼台、寺院,诗人行止于此,兴之所至,便挥毫留诗。这首诗就是张谓在长安的一家人中做客时题于壁上的。有趣的是,与张谓大约同时的著名诗人白居易有《题长安主人壁》诗三首(按:依此,本诗题目作《题长安主人壁》似更合理),均是表达希望得到援引而进入仕途的意思,大概对那位长安主人寄托着希望,所以语气也充满尊敬。但张谓此诗对主人可谓大不敬,警示中寓有讥刺,通过这首诗我们能感受到张谓那率真磊落的性格。

回看此诗,其实无须疏解,诗意甚明。前两句简直就是大白话,清人贺裳《载酒园诗话》称其诗"不甚蕴藉",在这里真是一点不过分。黄金一直是古代社会的硬通货,而金钱换"友谊"的事情无论古今都不乏其例。早在西晋,鲁褒就深刻地指出:"舟车上下,役使孔方。凡百君子,同尘和光。上交下接,名誉益彰。"(《钱神论》)尽管大家都知道有钱难买真心的道理,但又常被眼前利所蒙蔽,这是理性与人性的永恒矛盾。

后两句说的就是这个永恒矛盾。"然诺"是信义的标志,金钱是欲望的化身,道德和欲望之间的沟壑永难填平,这是作为社会动物的人本然而终极的顽疾,所谓"悠悠行路心"正指向这个本性。行路者即日常人,"悠悠"一词十分恰当地表现出这份本性长久而自然地生长于世人心中。当然,这样一种看似平淡的口气,对人的讥刺不露骨而能达到鞭挞入骨的效果,端是厉害。

读罢此诗,读者自然会升起一份疑问,即真情、信义安在?封建社会往往从贤圣的道德出发,加以规引、劝诱,而理性的当代人,最好还是从

"行路心"出发,认识人本性的顽疾,用理性的道德律和法律来维系内心和社会的平衡,才是真实可行的办法。 （唐　磊）

早　梅 张　谓

一树寒梅白玉条,迥临村路傍溪桥。
不知近水花先发,疑是经冬雪未销。

【鉴赏】以早梅为题作诗,在唐代颇为流行,就在张谓同时或先后,就有孟浩然、戎昱、韩愈、柳宗元、元稹等人写过同题诗作。元稹有一首《赋得春雪映早梅》,说明"早梅"或"春雪映早梅"很有可能是当时文人聚会行酒的规定题目之一。不过这首《早梅》,在唐代诸多"早梅诗"中堪称精品。

诗起首便点题,且显出高致。"一树"云云,唐人喜用,如杜牧《鹭鸶》诗云"一树梨花落晚风",冯延巳《采桑子》诗云"一树樱桃带雨红"等都是名句,不能理解为一棵树,不过用这个词,给人的感觉就是一棵充满生命力的树,说"一树寒梅"就仿佛把那棵开出众多梅花的树带到眼前,这正是"一树"的妙用。接下来写花枝的莹润洁白、修长秀丽仿佛条状白玉一般,这一比喻显示出寒梅那精致、高洁的美。

下句写寒梅的周围环境。"迥临村路"的"迥"颇妙,愈发凸显了这棵梅树的生机,还使诗景顿生摇曳。怎么理解这个"迥"呢,一种想象是:从诗人的角度看去,村路在梅树一旁向前蜿蜒伸展,这个"迥"字传达出这样的讯息,即诗人的目光是依着梅—村—路—梅的顺序,有一个远近交替的变换。视野之中,还有梅树旁的小桥与流溪。另有一种可能是:梅树枝干拗曲,底端背向村路,而上端又回向村路,所以"迥临"。无论是怎样的想象,都能体会出这梅树给这安静祥和的乡村小景所带来的别样景致和精神。

写到这里,诗人忍不住要把见到这株早梅的惊喜再渲染一下,因此故意卖了个关子,已明知是早梅,却偏说"不知",也显示出诗人乍一看到此梅的惊异,恍惚中还以为是经冬未消之雪,细想之下,才明白是"近水先发"的缘故。由惊到疑,再到恍然,没有写出来却可以想象的是诗人会心的微笑。

综论全诗,有高致、有精巧、有理趣又兼有情趣,故能在诸多《早梅》诗中脱颖而出,长久被人吟诵。

(唐　磊)

刘长卿,字文房,宣城(今安徽宣城)人,一作河间(今属河北)人。玄宗天宝进士。肃宗至德间任监察御史、长洲县尉,贬岭南南巴尉,后旅居江浙。代宗时历任转运使判官,知淮西、鄂岳转运留后,贬睦州司马。德宗时,任随州(今属湖北)刺史,世称"刘随州"。其诗以五七言近体为主,尤工五言,人称"五言长城"。有《刘随州集》。

余干旅舍

刘长卿

摇落暮天迥,青枫霜叶稀。

孤城向水闭,独鸟背人飞。

渡口月初上,邻家渔未归。

乡心正欲绝,何处捣寒衣。

【鉴赏】孤身一人,出门在外,一经某种媒介的触发,思乡之情便会如同暑热之际的汗液,从身体的每一个毛孔渗透而出,难以遏制。此诗即为诗人刘长卿寄居在余干(今属江西)一旅舍时,写下的一首风格凄清的思乡之作。

诗作以时间推移为线索,写了诗人在不同时间的所见、所闻,郁郁的离情、凄凄的心境、无边的乡愁均渗透在这番描述之中了。

"摇落暮天迥,青枫霜叶稀。"当"摇落"二字映入眼帘、吟响耳畔时,我们就仿佛听见古人在那里幽幽地吟唱:"悲哉秋之为气也,萧瑟兮草木摇落而变衰。"(《楚辞·九辩》)满目萧瑟、落叶飘零,诗人此时独自徘徊在旅舍门外,触目的是悠远的暮色、苍凉的天地。再也不见春夏的繁华,甚至连霜叶也一片一片凋残了它曾经如花般的红艳色泽。

暮色渐浓,余干城门作别了白日的喧嚣,向水而闭。这时,一只小鸟不合时宜地背人飞远,不,那不是不合时宜,而恰恰是与小城有着某种默契,小城见证了鸟儿的孤寂,鸟儿似乎也为小城的寂寞在作证。

一轮明月在水边的渡头缓缓升起,连她似乎也感受到了孤单。向日热

195

闹的码头今日却分外寂静,邻家捕鱼的船儿还迟迟未见踪影。此时此刻,诗人难免会遥想,那远在故乡的亲人啊,这时是否也正在水边凝望,期待那远远驶来的孤帆片影呢?他们一定会为"过尽千帆皆不是"而深感失望吧?

清旷的天底下,霜叶凋零殆尽,小城寂寞地沉睡,独鸟离人而飞,渡口清冷无比,一切都似乎与诗人此番的乡思心境正相合拍。望着眼前这些寂寞冷清的物事,诗人再也遏制不住自己的乡情旅思。"乡心正欲绝",一个"绝"字,眼看把乡思之情写到了极致,作者却又用"正欲"二字稍加挽回,说乡心是欲绝而未绝。为诗人笔致所引逗,我们不由对他将要发抒的情思产生好奇,是什么让诗人这浓浓的离思得以缓解或转移了呢?且看诗作最后一句:"何处捣寒衣?"刹那间,我们明白了,诗人的离思不是暂缓,而是在那不知从何处传来的捣制寒衣的声音触发下一发而不可收拾了。那哪里是捣制寒衣啊,那一下一下,分明都捣在了诗人本已脆弱不堪的心上啊!

(刘 琴)

酬李穆见寄 刘长卿

孤舟相访至天涯,万转云山路更赊。
欲扫柴门迎远客,青苔黄叶满贫家。

【鉴赏】 在自己满是青苔黄叶的清贫居室里,诗人刘长卿收到了爱婿李穆的寄诗,诗云:"处处云山无尽时,桐庐南望转参差。舟人莫道新安近,欲上潺湲行自迟。"(《寄妻父刘长卿》)女婿这是在给自己尊敬的岳父大人透露自己行将归来的消息,并将途次中所见所感也一并寄予,似乎有待这位诗翁指点一二。岳父深知爱婿颇有清才,二人也甚为相得,细细把玩这首新巧的诗作,老翁不禁碾墨挥毫,写下此作,聊寄自己的殷殷企盼之情。

李穆当时正从桐江到新安逆水行舟。刘长卿从爱婿的角度着墨,说"孤舟相访至天涯,万转云山路更赊",遥想李穆一叶扁舟漂泊行旅的艰辛。逆水行舟,新安之地仿佛遥似海角天涯。云山环抱中的水路,总是在刹那间给人以无限希望,却又总是在顷刻间让人跌落至失望的低谷。那小舟的每一次转弯处,都让人心生目的地即将到达的猜想,而前路漫漫,新安似乎还在无限遥远处向归心似箭的行人招手示意。虽未跟随女婿一同体验万转云山行次的艰辛,但诗人以锐感的心灵来体验,无限体贴之意自然溢满字里行间。

遥想毕竟只是遥想,眼下,诗人最难耐的是寂寞。年长的诗人打量着自己清寒的柴门牖里,"欲扫柴门迎远客,青苔黄叶满贫家"。柴门清淡,好似久已未有友人问津,青苔黄叶在小院子里随风轻舞,也许爱婿的到来正是清扫这满眼秋色的契机呢!看,老翁不正亲自打扫一番么!在诗人翻飞的扫帚下,简单的院子立即会呈现一种亲切、和乐的氛围,或许那种亲切与和乐里还带着扬起的灰尘的味道呢!

小诗的结尾是开放式的,我们似乎可以想见,李穆带着一身旅途的疲惫走进岳父清寒的柴门。在那里,等待他的或许只是一顿平常的晚餐,但老翁期盼的目光、关切的问候,小屋里温馨的氛围、和谐的情感,那正是漂泊在外的李穆最最需要的啊!

(刘　琴)

听 弹 琴　　　　　　刘长卿

冷冷七弦上,静听松风寒。
古调虽自爱,今人多不弹。

【鉴赏】汉魏六朝南方清乐尚用琴瑟,而到唐代,音乐发生变革,"燕乐"成为一代新声,乐器则以西域传入的琵琶为主,公众的欣赏趣味也变了。刘长卿清才冠世,一生两遭迁斥,有满腹不合时宜和一种与流俗落落寡合的情调。

这是一首托物言志诗,又名《弹琴》。前两句是描写音乐的境界,后两句则是议论性抒情。写诗人静听弹琴,弹琴人技艺高超,琴声幽清美妙,并借古调受冷遇以抒发自己怀才不遇的抑郁自伤之情,感叹世上知音罕有,表达了诗人孤高自赏、不同凡俗的高雅情操,对世人不爱高雅的古乐感叹不已,流露出淡淡的感伤。

诗中的第一、二句描写了听者的情态、琴声的优美、弹琴人的技艺。

诗中用"七弦"这样的具体意象来代表琴,更为形象,而泠泠琴声由弦上来,清幽美妙,沁人心脾。"静听"生动地描绘出了听者的情态,侧耳入神地倾听,也从侧面体现出了琴声的动人,以及弹琴人的技艺高超。"松风寒"绘出了寒风入松林的画面,十分巧妙地用画面来表现琴声的凄清悠扬,且有古曲名为《风入松》,可谓是一语双关。

诗的第三、四句说虽然古调是诗人自己所喜爱的,而当时的人们大多都不弹奏古调了。"古调"象征诗人的高雅志趣,"虽"字作为一个转折,从对琴声的赞美进入对时尚变化的感慨。时代变化,受人欢迎的乐曲是能表达世俗欢快心声的新乐。清越的"松风寒"的古调虽然优美,却没有多少人有这样的高雅品位去欣赏了。"多"字反衬出了世上知音的稀少难觅,言下便流露出一份曲高和寡的孤独感。

本诗先描绘了音乐之美,再抒发情感。前两句写了古调的悠扬动人,引出后两句孤芳自赏的古调情怀,为后面抒发情感埋下伏笔。而古调的幽清美妙,也暗喻了诗人自己是才华洋溢的人。清代吴瑞荣在《唐诗笺要续编》中说:"如置身高山流水之间。"水流石上,风入松林,琴声绕耳,给人以清净雅致的感受。而高山流水却难遇知音,以此抒发了自己怀才不遇,孤芳自赏,知己难求的郁闷心情。

诗人自称"五言长城",而明代顾璘在《批点唐音》点评这首五言诗时说:"语不须多,不须深。"短短二十字的诗,不多,用词不深,但个中的情感却直截了当地表达了出来。 (林锦萍)

送 上 人 刘长卿

孤云将野鹤,岂向人间住。
莫买沃洲山,时人已知处。

【鉴赏】灵澈上人是中唐时期一位著名诗僧,俗姓杨,字源澄,会稽(今浙江绍兴)人,在会稽云门山云门寺出家。与刘禹锡、刘长卿、吕温交往甚密,互有诗相赠,享誉当时诗坛。刘长卿为灵澈留下许多诗作,多为送别,都表达了两人深厚的友谊和惜别不舍之情。

这是一首送行诗。诗中的上人,指的正是灵澈。诗人以野鹤喻灵澈,恰合其身份。后二句含有讥讽灵澈入山不深的意味,讽劝其不应到沃洲山去凑热闹,那个地方已被世人所熟知,不能说是隐居之地,应另寻福地。清代孙洙在《唐诗三百首》中说:"即终南捷径之意。"

诗中第一、二句说孤云陪伴着野鹤居住在天上,又怎么能到人间来住呢?"野鹤"指的是世外高人,超脱世俗之人,这里指的是灵澈上人。而反问的语气突出了上人的清高,也为下文对入山隐居提出的警示埋下伏笔。以孤云野鹤为例来引出上人不该隐居在俗地的道理更易于理解,也更有说服力。

诗中第三、四句说不要买沃洲山这样时人尽知的名山来归隐,沃洲山在当时是名山,即为众人皆知的世俗之地,象征俗地不适合隐居。清代沈德潜在《唐诗别裁集》中说道:"有'三宿桑下,已嫌其迟'意,盖讽之也。"言语委婉带有一点讽刺的意味,隐含揶揄灵澈入山不深。但作为好友能够提醒灵澈归隐应深,不应与世俗纠葛过多,也足见友谊深厚。

本诗是一首送别诗,但并未见直言惜别不舍之情抑或是挽留。前两句用孤云野鹤作为例子,从正面规劝灵澈想要当孤云野鹤,就应当隐居,而隐居也应当透彻,从而引出后两句诗。其中也隐含了做事不应三心二意的道理,既然选择了隐居山中,就不应选择世俗名山之地,应当远离尘世纷扰,安于淡泊。

诗人的诗大多气韵流畅,意境幽深,婉而多讽。清代宋宗元在《网师园唐诗笺》中评价诗人道:"峭刻浑成。"即文笔锐利之意。诗中直言"岂向人间住"、"莫买沃洲山",都足见笔尖犀利肃穆。虽无直说惜别之情,但通读全诗,领会个中婉言劝勉之后,自然也感受到了诗人对好友的浓浓情义。

(林锦萍)

长沙过贾谊宅 　　　　刘长卿

三年谪宦此栖迟,万古惟留楚客悲。
秋草独寻人去后,寒林空见日斜时。
汉文有道恩犹薄,湘水无情吊岂知?
寂寂江山摇落处,怜君何事到天涯!

【鉴赏】在一个深秋的傍晚,刘长卿于秋风萧瑟荒草凄迷中,独自来"过"访追悼贾谊旧宅,看着这荒草遍地、荒凉寂寞的故宅,刘长卿的思绪不禁萦绕向贾谊。回想西汉文帝时,贾谊是著名的政治家,才华横溢,深受文帝器重,因遭守旧大臣的妒忌和中伤,被贬出使为长沙王太傅。他的不幸遭遇,引得多少贤人志士为之悲痛。悲其世道昏暗,痛其直臣被贬。

刘长卿轻轻踱步于宅院之中,彷徨瞻顾。稀疏的秋草划过裤角,又有阵阵秋风袭面,他顿了顿步,不禁黯然长叹:草木犹在,只可惜那九百年风霜雨露的挫折,使这位令后世崇敬和同情的先人之踪迹已杳然难觅。刘长卿深深地吸一口气,抬头仰望,却空见一抹斜阳掩映于幽深萧瑟的寒林。几许惨淡的余光渐渐暗淡,便更觉周围空疏冷寂了。此时,刘长卿心中不免生发出几分回天乏术的痛苦和无可奈何的怅惘,顾自低吟起贾谊的《鵩鸟赋》:"庚子日斜兮,鵩集予舍……野鸟入室兮,主人将去……"吟至怵情共鸣之处,便掩面而泣,深感自己一贬再贬的不幸与多舛。

回想当年,汉文帝与民休息,政治稳定,爱才惜才,旧史将之与其子景帝两代并称"文景之治",可谓是有道之君。令人慨叹的是,就连这样一位开创昌明之世之君,尚且对贾谊刻薄寡恩,致使贾谊徒然以吊祭屈原来发抒悲愤,那么,遇上政德不如汉文帝的君主呢?遇上世道不如文景之治的势况呢?再看看自己,沉沦坎坷,半世迁谪,原来一切也竟在意料之中。诗人不禁吁嗟叹息:湘水无情,旧宅无知,流去了多少年光。屈原哪能知道,上百年后的贾谊会来到湘水之滨悼念自己;贾谊更想不到,近千年后的刘长卿又会迎着萧瑟的秋风来凭吊自己的遗址。只可徒然自悲明君难逢,盛世不遇;只可怜自己知音难觅,抑郁无诉。

刘长卿久久伫立宅前,长泣不绝,悲不自胜。唯其泣声与秋风传来贾谊当年悲愤抑郁的苦楚心声相呼应。暮色更浓了,江山更趋寂静。一阵秋风掠过,黄叶纷纷飘落,在枯草上乱舞。刘长卿恍然感悟到,自己的命运如这荒村日暮般枯寂、萎然,而那李唐王朝呢?又何尝不在衰败之际、危殆之中?

(董镇菲)

送灵澈上人
刘长卿

苍苍竹林寺,杳杳钟声晚。
荷笠带夕阳,青山独归远。

【鉴赏】自上元二年(761)从贬谪地南巴(今广东茂名南)归来,到唐

200

代宗大历四年(769)左右再度回到吴中,前后大约十年光景,刘长卿一直失意待官,四处漂泊,心情郁闷。

正当刘长卿闲游润州之时,碰到了自己多年未见的好友灵澈僧。灵澈俗姓汤,字源澄,会稽(今浙江绍兴)人,出家的本寺就在会稽云门山云门寺。源澄为人秉性耿直,忤权贵,遭贬斥,乃弃官归隐云门寺,与刘长卿相友善,两人一直情谊深挚。好友多年未见,本该举杯把盏话家常、促膝长谈抒胸臆,然而,灵澈正走在返回竹林寺的路上(竹林寺乃灵澈此次云游挂单之所),相见就要离别,无奈刘长卿只能与其惜时小聚,短暂话别。

当是时,一个是宦途失意客,一个是方外归隐僧,他们同有不遇的体验、失意的感受,理该苦诉衷肠、吁嗟长叹,道尽世间之不如意,聊以相慰。然而,两人却在几杯清茶间闲适相谈,淡泊相待,坦然相对。苦饮人生波折多舛,笑谈幽寺依山傍水。此时,刘长卿不禁向源澄所谈的寺院望去,只见远处一片苍翠的山林,云树苍茫,烟霞缭绕,却不见寺院。诗人便笑问源澄:这竹林寺藏于何处? 源澄笑答:只在此山中,云深不知处。闻此答,刘长卿哈哈大笑。

不知不觉,几个时辰悄然过去,远处传来寺院杳杳的报时钟声,声声暮钟催人愁。刘长卿挥手别道:今日一别,不知何时再聚,望源澄兄日后保重。看着灵澈挂负斗笠,披戴着满身斜阳的余晖,向青山深处独自缓缓地走去,诗人不禁面露怅然若失之态,失落之感徘徊心头。刘长卿久久伫立凝望,依依惜别,目送灵澈一步一步前行,直至他的身影渐渐消失在青山夕照之中,

此次送别对刘长卿而言,可谓是闲淡释然,却记忆深刻,久久难忘。

(董镇菲)

逢雪宿芙蓉山主人　　刘长卿

日暮苍山远,天寒白屋贫。
柴门闻犬吠,风雪夜归人。

【鉴赏】夕阳西下,山野一片暮色苍茫,远处千峰百嶂开始笼上一层淡淡的薄雾,四围山色逐渐暗淡凝重。刘长卿翻山越岭,经过一天劳碌奔波,早已劳顿疲惫不堪,此时,他背靠一棵青古的松柏,环顾荒山壁下,落

日西斜,满眼荒芜,心中不禁涌起一股落寞之感,喟然愁叹道:这荒山枯岭,未见人踪,唯吾一人踽踽独行于此,山路漫长,行途遥远,而今又是这般天寒地冷,积雪重重,不知今夜栖身何处……

凄厉的北风呼啸着,一阵阵袭来,穿过稀疏的枯枝,像锋利的刀片,割擦过脸颊,且留下两片火辣辣的生疼。寒气渗透了棉袄,直浸肌肤,冻得他连打几个寒战,容不得片刻犹豫,还是趁夜色未临,赶紧找寻今夜栖身下榻之处吧。

正当刘长卿无助迷茫之时,远处一简陋的茅屋跳入他的视线,顿时让他如久旱逢甘霖般看到了希望,倍增了精神,大步向前走去。到了茅屋前,见窗内烛影跳动,他便叩了叩柴门,一八旬老妪开了门,刘长卿立即向她道明来意。老妪面带慈祥,听明来意,便快快邀他进屋,刘长卿进了屋,见屋内设施朴素简易,且老妪与其儿媳热情忠厚,既为其熬粥果腹,又引他去另一间茅屋休息,便很是感激。刘长卿早已山行劳累,加之一路辛苦,便早早躺下休息。

时至午夜,睡至正酣,忽闻柴门外一阵犬吠,打破了山乡之夜的宁静。刘长卿梦中惊醒,见窗外一片漆黑,便竖耳倾听,只听得门外北风咆哮,密密的雪花拍向窗户,积落在窗棂上厚厚一层,突然又听见一阵急促的叩门声,接着,柴门"咯吱"一声启开,又"咯吱"一声关上,随之传来一声声对答:"冻着了吧!今天怎么这么晚啊?""想多卖掉些猎物。""快趁热吃了,早些休息!"……许是那家男主人回来了,刘长卿独自思忖道。

屋外风雪肆虐,刘长卿睡意全无,想想自己,漂泊湘楚,为求官而多方奔走,为生活而劳碌,想想白屋主人,冲寒冒雪,深夜归家,无非也是为生活四处奔忙,而那位白屋主人却是如此达观开朗,在艰苦中享受生活的温

馨,享受家人的天伦之乐。自己又为何总长吁短叹,不如像白屋主人那样,知足常乐,多看看生活中美好、积极的一面。　　　　　　　(董镇菲)

杜甫(712—770),字子美,先世由襄阳(今湖北襄阳)迁居巩县(今河南巩义)。开元年间,漫游各地。天宝后,寓居长安近十年。安禄山陷长安,逃至凤翔,官左拾遗,后出为华州司功参军。不久弃官居秦州、同谷,移家成都,筑草堂于浣花溪上。曾任剑南节度使严武幕参谋,武表为检校工部员外郎,世称杜工部。晚年出蜀,卒于湘江途中。其诗沉郁顿挫,以古体、律诗见长,语言精练。有《杜工部集》。

韦讽录事宅观曹将军画马图　　　　杜　甫

国初已来画鞍马,神妙独数江都王。
将军得名三十载,人间又见真乘黄。
曾貌先帝照夜白,龙池十日飞霹雳。
内府殷红玛瑙盘,婕妤传诏才人索。
盘赐将军拜舞归,轻纨细绮相追飞。
贵戚权门得笔迹,始觉屏障生光辉。
昔日太宗拳毛䯄,近时郭家狮子花。
今之新图有二马,复令识者久叹嗟。
此皆骑战一敌万,缟素漠漠开风沙。
其余七匹亦殊绝,迥若寒空动烟雪。
霜蹄蹴踏长楸间,马官厮养森成列。
可怜九马争神骏,顾视清高气深稳。
借问苦心爱者谁,后有韦讽前支遁。
忆昔巡幸新丰宫,翠华拂天来向东。
腾骧磊落三万匹,皆与此图筋骨同。

自从献宝朝河宗,无复射蛟江水中。

君不见金粟堆前松柏里,龙媒去尽鸟呼风。

【鉴赏】此诗为咏画之作。咏画诗是诗歌中较难着手的一体,因为吟咏生动的实景易,描写已确定画面与基调的纸上之画难。它需要对图画内容、艺术表现形式以及画外的气韵有着通盘的把握,然后将之还原到现实之中,再进行诗歌语言的转换。这种类似于反复编码的过程,非常考验诗人的诗歌技巧。

杜甫确是一位写咏画诗的好手。他的咏画诗,不但能栩栩如生地反映画面的内容,还能够结合现实,在当下与历史之间徜徉,找到其最吻合的契合点,达到一画之中,所见不止画面,而是心怀天下的情怀。这种诗艺,可谓神乎其神!

诗歌起始,便是一段历史的追溯。谈画,不从画本身说起,而是从此类绘画主题的历史说起,使得笔下有一种历史的凝练感。"国初以来画鞍马,神妙独数江都王",以唐初江都王李绪善于画马引入,自然而然地引导出盛唐时代的高明画手曹霸。"将军得名三十载",讲曹霸得名之久;"人间又见真乘黄",写其丹青画工,足以追步前人,真正的神骏之马,于一百年后又见于斯世。诗句中有欣慰,有赞赏。

下段则历数曹霸画马的辉煌历史。他曾经摹写过先帝的名马照夜白,其画工入神,导致兴庆宫内的龙池都飞起了霹雳。这句是用夸张的笔调写曹霸所画之马的神妙。因为天马被认为是龙种,所以马有龙象。龙池起霹雳,描写照夜白的神骏如天空中划过的闪电,这一句诗充满了动感。正因为有了这样的画笔,才使得"内府殷红玛瑙盘,婕妤传诏才人索",能让内府赐下玛瑙之盘,能使婕妤和才人传诏索画的,只能是皇帝。玛瑙盘赐给了曹将军,将军拜舞而归,穿轻纨和细绮的人们簇拥着将军归家,这真是一幅声动九重天、誉满长安城的生动画面。名声起来了,其画笔为贵族世家所认可,求其一纸而不可得,甚至贵戚权势之家,要得到一幅曹将军的画,才觉得家中具有了与身份相称的格调。这一段诗,写曹将军凭借画马而声名鹊起,摹写世态极佳。

在对历史的追溯之后,杜甫笔调一转,又转回到图画本身。此图为曹霸所画的九马图。此图中绘有唐太宗的名马拳毛䯄,也绘有最近出名的平定安史之乱的大功臣郭子仪的狮子花。有识之士,看到这两匹马的形象,怎能不为之嗟叹不已？它们都是万里挑一的战马,在战场上一往无前,破敌陷阵,有万马不当之勇。至今在画上看来,还觉得在缟素的画面上,迎面扑来了辽远大漠的阵阵风沙,仿佛金戈铁马的战阵就在眼前一般。其他的七匹马也无一不佳,就像寒空之中忽然掠过长烟飞雪一般。雪白的马蹄踏过大道,养马的官员和仆役在两边森然侍立,排成行列,整个画面给人一种异常肃穆的感觉。

正当我们要沉浸到画中的时候,杜甫的笔调又是一宕。这一宕非常必要,因为此诗的主题是观韦讽录事所藏的曹霸九马图。画者固然殊胜,藏家的眼光也令人佩服。这是题画诗的题中应有之义。于是,借助"可怜九马争神骏,顾视清高气深稳"这一句来转折,诗笔就从图画本身转到了画外。本句非常具有分量,因为它写天马顾盼生姿的态度,妙得其神。一句"借问苦心爱者谁,后有韦讽前支遁",立刻把目光引到了贤主人的身上。之所以不采用"前有支遁后韦讽"的句式,是为了押韵,也造成了句式的奇崛效果。

到此,谈画之势已尽。难得的是,杜甫又从笔调渐低处,无中生有,又兴起一个转折,这个转折还非常正大,因为它系着的是杜甫的忠君爱国之情。"忆昔巡幸新丰宫",是回忆盛唐时代唐玄宗出行的盛况,翠绿的华盖拂天蔽日,向东而去。又玄宗骑将王毛仲,跟随唐玄宗东封泰山时,取牧马数万匹,以马的颜色分队,异色相间,涌流而东,在高处看去,就像几段巨大的锦绣在地面游走一般。那时的马,与曹霸所画之马,其体格气韵都如出一辙。可见曹霸的九马图,让杜甫恍惚回到了开元、天宝时代。然而,昔日的繁华,终成已逝的烟云,自从唐玄宗远行献宝于天,朝于河宗之后(隐喻玄宗的封禅泰山),不再有射蛟江中之事(隐喻玄宗的巡狩)。而今又经过安史之乱,唐玄宗早已退位成为太上皇,并于前年(唐代宗宝应元年,公元762年)抑郁而终,埋葬在金粟山上的泰陵之中。杜甫不禁叹道:君不见金粟堆前的松柏林里,天马已经去尽,不复再现人世,只有鸟声呜呜,在风中无奈地呼喊。

此诗结笔沉重,因为其中寄寓了杜甫的家国之思,作为一个全程经历了开元、天宝盛世的诗人,他对唐玄宗的感情是非常复杂的,在某种程度上,唐玄宗相当于杜甫心中关于唐代盛世的一个历史符号和象征。如今世易时移,这个历史符号已经完全消逝,就连天马也似乎绝迹于人间,抚今追昔,怎不令人怆然!

由一幅画，说到时代的命运，云卷云舒，天下大势寓于尺幅之画中，使得本诗具有了强大的历史张力。清代张溍《读书堂杜诗注解》说："杜诗咏一物，必及时事，故能淋漓顿挫。今人不过就事填写，宜其兴致索然耳。"本诗末段所言唐玄宗时事，就有着非常浓重的历史沧桑之感，读之令人怅然。

（黄　鸣）

贫 交 行　　　　　杜　甫

　　翻手为云覆手雨，纷纷轻薄何须数。
　　君不见管鲍贫时交，此道今人弃如土。

【鉴赏】杜甫一生，历尽坎坷悲辛，参透人情世道。正如他在诗作《奉赠韦左丞丈二十二韵》中所述："骑驴三十载，旅食京华春。朝扣富儿门，暮随肥马尘。残杯与冷炙，到处潜悲辛。"在饱谙世态炎凉、人情冷暖的滋味后，杜甫将一腔幽愤发而为诗，写下了千古人情的共同悲哀。

　　诗题题为"贫交行"，可见诗人所尊崇的交友之道乃贫贱之交。杜甫认为，在贫贱之际，方显真交本色。而富贵时的交友则充满势利与欺诈。因为有了利益上的冲突，在交往过程中难免出现反复，这就是诗作所述"翻手为云覆手雨，纷纷轻薄何须数"。人际交往有如云雨变化，而这种变化又是如此轻易，在翻手覆手的顷刻之间就已完成！真诚至交阅此诗句，一定会浑身激灵，慨叹人心不古。难怪清人浦起龙说："只起一语，尽千古世态。"（《读杜心解》）

　　面对如此浇薄的世风，作者愤而发言，这种种浇薄之态又何须一一点出！崇尚势利之交的当下世人，理应心知肚明！似乎失却了对当下社会世态的一切信心，诗人也无法展望未来的人心走向，所以，这位孤单的饱尝冷暖滋味的老人回望过去，在遥远的早已逝去的时空中寻找，希冀从中找到一丝光亮，一份安慰！这不，看，老人找到了！

　　"君不见管鲍贫时交，此道今人弃如土。"老人在回眸中欣然一笑，管鲍之间的真诚交谊，那才是流传千古的佳话啊！他仿佛看见两位先贤缓缓向他走近，给他演绎着他们相交的点点滴滴。管仲少年时家境贫穷，同鲍叔牙一起，经商于南阳，在两人共分盈利时，他总是占便宜多拿一些，鲍子不以为意，认为他要养活老母而从不计较。管仲打仗总是中途逃跑，鲍子认为他不是胆小怕死，而是不愿轻易送死。鲍叔牙后追随齐桓公，并向他极力推荐管仲，认为自己只是"君之庸臣"。在管鲍二人辅佐下，桓公终成霸业。管仲在悼念鲍子时，深情地说："生我者父母，知我者鲍叔也。"

沉浸在对久远故事的回味中，诗人似乎久久不愿从这样的美好中飘离思绪。

（刘　琴）

丹青引　　　　　　　杜甫

将军魏武之子孙，于今为庶为清门。
英雄割据虽已矣，文采风流犹尚存。
学书初学卫夫人，但恨无过王右军。
丹青不知老将至，富贵于我如浮云。
开元之中常引见，承恩数上南薰殿。
凌烟功臣少颜色，将军下笔开生面。
良相头上进贤冠，猛将腰间大羽箭。
褒公鄂公毛发动，英姿飒爽来酣战。
先帝天马玉花骢，画工如山貌不同。
是日牵来赤墀下，迥立阊阖生长风。
诏谓将军拂绢素，意匠惨淡经营中。
斯须九重真龙出，一洗万古凡马空。
玉花却在御榻上，榻上庭前屹相向。
至尊含笑催赐金，圉人太仆皆惆怅。
弟子韩幹早入室，亦能画马穷殊相。
幹惟画肉不画骨，忍使骅骝气凋丧。
将军画善盖有神，必逢佳士亦写真。
即今漂泊干戈际，屡貌寻常行路人。
途穷反遭俗眼白，世上未有如公贫。
但看古来盛名下，终日坎壈缠其身。

【鉴赏】此诗或题为《丹青引赠曹将军霸》。此为安史之乱后，杜甫于广德二年(764)在成都所作。曹霸为开元、天宝之际的书画名家,战乱后流落至蜀,杜甫写此诗赠给他,实为画家曹霸一生小传。题为《丹青引》,自然是着重曹霸在画艺上的成就。

首句相当于传记中的介绍其家世里居,追本而溯源。曹霸本为魏朝皇室曹髦之后,为魏武帝(曹操)的子孙,但传至唐代,已为庶人,家世贫寒。"英雄割据虽已矣,文采风流犹尚存",前句为其显赫家世作结,后句则着重写其文采风流的延续,实为本题重心所在。学书学卫夫人,精隶书,但恨无过王右军,盖人的天资有所侧重,右军的书法,又有几个人能超过呢?丹青一途,自是曹霸精擅,以此相伴终身,不知老之将至。"富贵于我如浮云",引《论语》中语,偏又自然贴切,浑然天成,写出了一位痴迷于绘画艺术而不在意世间荣华富贵的画家形象。元代吴师道《吴礼部诗话》称:"又凡作诗,难用经句,老杜则不然,'丹青不知老将至,富贵于我如浮云',若自己出。"是为确论。

曹霸虽无追逐富贵之心,但其画名足以引起皇帝注意。开元年间就常被召入宫中作画。唐太宗时曾图二十四功臣于凌烟阁,百年后已经褪色失真。作为绘画高手,曹霸受命修补,其下笔不凡,使得旧画重开生面。看吧,画中的文臣头顶进贤冠,猛将腰间挂着大羽箭壶。褒公段志玄、鄂公尉迟敬德俨然如生时一般,连面上的毛发都让人觉得正在微微颤动,英姿飒爽,就像仍身处战场鏖战一般。这是何等高明的手段!

不仅如此,曹霸还曾受命画玄宗的玉花骢马。这天马被牵到宫殿的台阶之下,其形神骏,顾盼之间,连宫门似乎都生起了长风。曹将军拂开素绢,提笔作画。只见他仔细端详,若有所思,时而蹙眉苦思,时而作势揣摩。"意匠惨淡经营中",写尽了高明画师是如何专心致志地关注于绘画艺术自身的,名画并非一日所能成就,它需要高超的艺术思维的构建和经营,这个过程并非坦途,是需要艺术家的惨淡经营的。从这一点来说,杜诗此句已经接触到了艺术创造的基本规律。

如此投入,结果自然神奇。不一会儿,雄骏的如龙般的天马就立于纸面,"一洗凡马万古空",其诗意如高崖耸立,一洗天穹。其神气顾盼生姿,使人心胸开阔,为之洗尽凡俗。此时将画作呈上,玉花骢就像立于御榻之上,而庭前的真马,却依然挺立在阶前。真马与所画之马,似双马鼎峙。此段极力写画马,读诗至此,方知此前写图画功臣图像之能,实为此处画马作铺垫,让我们不禁为曹霸的画马技艺叹为观止。

此时玄宗含笑，命人赐金，马夫与马官皆惆怅不已，均为曹霸的画艺惊叹，总觉得眼前之事实在不像是真实的。有人认为此句中蕴含感慨，大概是马夫与马官辛勤饲马不得奖励，画马之人却获得奖励，以此认为玄宗赏罚失当。但细味诗意，应该还是以惊叹画艺作解较好。下句又引曹霸弟子韩幹作比较，认为韩幹画马，只画肉而不画骨，使得画中的宝马气韵凋丧，不及曹霸突出了马的刚强之气。这段评价涉及具体的画技，杜甫所言是否允当，暂且不论，但将骨与肉进行对比，很明显杜甫是比较注重"骨"的。

既然有此神技，又有着痴迷于绘画艺术的精神，能让他为之图画留影的当然均为佳士。然而此下又一转，转到了开元、天宝之后的漂泊之时，天地间干戈未止，昔日的高明画手，如今只能靠给寻常人画像来维持生活。于途穷路尽之时，遭尽世人白眼，世上还有谁如您这样贫穷呢？且看古来拥有盛名之人吧，也许，终生困顿就是这些人的宿命吧！此处老杜有感而发，写尽了战乱之中普通人的颠沛流离与命运的巨大反差。曹霸画艺再精湛，名声再大，又怎敌得过这天崩地解的时代？此处蓦然结束，只留下深深的叹息飘荡于纸面。

本诗沉郁顿挫，章法严整，以人物列传之法组织诗句的叙事节奏，别开生面。《杜诗镜铨》引张惕庵曰："此太史公列传也。多少事实，多少议论，多少顿挫，俱在尺幅中。章法跌宕纵横，如神龙在霄，变化不可方物。"杜诗被称为"诗史"，非但体现于"三吏"、"三别"等诗中，于此诗亦可体味。

（黄　鸣）

赠卫八处士　　　　杜　甫

人生不相见，动如参与商。
今夕复何夕，共此灯烛光。
少壮能几时，鬓发各已苍。
访旧半为鬼，惊呼热中肠。
焉知二十载，重上君子堂。
昔别君未婚，儿女忽成行。
怡然敬父执，问我来何方。

问答乃未已，驱儿罗酒浆。
夜雨剪春韭，新炊间黄粱。
主称会面难，一举累十觞。
十觞亦不醉，感子故意长。
明日隔山岳，世事两茫茫。

【鉴赏】 身逢战乱，面对仍然动荡不安的局势，友人相见，恍如梦寐。

"人生不相见，动如参与商。"一开始，诗人就陷入了一种深沉的悲哀情绪中了。参与商是中国古代的星宿名，按照当今天文学的星座划分，参星是现在的猎户座，商星是天蝎座。参星在西而商星在东，当一个上升，另一个即下沉，永不相见。经历了几年辗转流离的生活，今日能以一身之完与卫八处士相见，诗人抑制不住内心的感慨，悲喜交集的情绪溢于笔端。"今夕复何夕，共此灯烛光。"早已被战乱推得遥远的和平宁静的生活又回到眼前，两位老友眼含热泪，共话别肠。

久别重逢，首先关注到的自然是彼此的容颜早已不再如往昔。诗人不禁深深叹息，是啊！人生在世，年轻少壮的岁月能有几时呢？也许就是三两年的磨砺辗转，彼此双鬓便早已被斑白的华发爬满。此时，我们在这里聚首，话起彼此或牵挂或认识的邻里友人，从对方口中得到的，却是多半已与尘世永隔的消息。这怎么不让我们的内心难受万分呢！

其实，相别既久，此番相见，已是极为不易。二十年的岁月过去了，有谁能想到在这一刻，我们可以在这里安然会面呢？昔日我们分别之际，朋友你还没有成婚，现在膝下儿女早已成行。看他们是那样彬彬有礼，亲切

大方中不失其父亲的风范呢！他们没有把我这个老者当作陌生人，而是热心地询问着路上的情况。这一幕，不禁让我这个早已习惯了"朝扣富儿门，暮随肥马尘。残杯与冷炙，到处潜悲辛"的悲酸生活的老人感到无比温暖啊！

　　被这番温馨氛围包围的诗人正要回答小儿女们的提问时，友人却催促他们赶快去准备酒饭。这就绕过了一段艰辛痛苦的回忆，让整首诗作只呈现出一种和乐美好的意境了。看，似乎就是顷刻之际，两位老友面前已摆上了香喷喷的晚餐。酒是刚刚张罗的佳酿，菜是冒雨采摘的新鲜春韭，饭则散发出阵阵黄粱米的香味。如此难得的会面机会，又怎舍得不拼却一醉呢！"一举累十觞"呵！

　　但在把酒言欢之际，诗人那善感的心灵又陷入了一种新的感慨中了："明日隔山岳，世事两茫茫。"昔年之别，今日有幸在辗转中聚首，可今日欢会，后会何期呢！两位老人不再作任何痴想，举杯，一切尽在不言中。

（刘　琴）

孤　雁　　杜　甫

孤雁不饮啄，飞鸣声念群。

谁怜一片影，相失万重云？

望尽似犹见，哀多如更闻。

野鸦无意绪，鸣噪自纷纷。

　　【鉴赏】不知在什么时候，也不知在什么地点，一位孤单前行的老人孤独地默数自己孤寂的脚步。这时，耳畔突然传来了一声凄恻的哀鸣，老人不禁为之驻足了，回首了，他在茫茫天空仔细搜寻，搜寻这凄恻哀鸣声的来源。他看到了，一片孤单的身影正在自己头顶的天空费力地向前"游移"。老人在默想，这一定是一只失群的小雁，看它那可怜样儿、费力劲儿，就知道它有一段时间不进饮食了，甚至连水也顾不得喝上一口，只是在茫茫长天之下奋力地追赶，追赶着自己失落的同伴。从它那凄楚的哀鸣声中，就可以听出，这只落单的小雁是何等孤独与凄凉！"孤雁不饮啄，飞鸣声念群。"但这又是一只无比坚持的小雁，有了既定的目标，它就在努力追寻，哪怕付出再多的艰辛！一飞一鸣，写足了孤雁的凄恻，更写足了诗人对孤雁的同情。清人浦起龙在《读杜心解》中即说:"'飞鸣声念群',一诗之骨。"

"谁怜一片影,相失万重云?"如果要给此设问一个回答,我们当然知道,诗人杜甫此时的眼光正追随着这只孤雁,诗人正把他的无限同情与关注赋予这个顽强的生灵呢!但诗人如此写作,并不是需要谁给他一个答复,他是在极力表现小雁的孤独与寂寞。在漫漫苍穹下,孤雁的身影只是"一片",是几乎不能引起任何目光关注的"一点"。就是这样单薄的力量,如果拧在一起,那也足以令行人仰首一瞥了。可是,这只孤雁却失去了与众雁共翔的机会,如今只剩下孤单的自己,用单薄的身躯、微弱的呼声在浩天之下苦苦寻觅。

可是,孤雁并不甘心放弃,在它眼里,虽然望尽长空也不见同伴的身影,但它却分明看见,同伴正在前头向它挥手示意呢!所以它拼尽了所有的气力,继续前行!在前行的过程中,它还要继续它泣血的呼叫,因为它坚信,自己的呼喊与努力,一定会得到天边同伴的呼应!

感慨于孤雁的凄恻与执着,诗人又被野鸦的聒噪惊醒了思绪,"野鸦无意绪,鸣噪自纷纷。"这些野鸦啊,也太不识时机了,只一味耽溺于它们的玩乐,而丝毫不体味天空孤雁的心情!

老杜写雁,仅仅是在写雁呢,还是渗透了他自己的情感体验呢?答案恐怕是后者罢!

(刘　琴)

月　夜　　　杜　甫

今夜鄜州月,闺中只独看。
遥怜小儿女,未解忆长安。
香雾云鬟湿,清辉玉臂寒。
何时倚虚幌,双照泪痕干。

【鉴赏】 天宝十五载(756)六月,安史叛军攻进长安,杜甫携家逃难,寄居鄜州(今陕西富县)。七月,肃宗即位于灵武(今宁夏回族自治区灵武县),杜甫前往投效,途中为叛军所俘,带到长安。幸因官职卑微,未被囚禁。身处沦陷的长安,望月思家,心有所触,写下这首情感细腻深厚的《月夜》。

作者身处长安,按常理,诗人应写长安之月,但诗人却转移笔墨,透过一层,写鄜州之月。面对同一洒下清辉的明月,一是客中独看,一是闺中独看,共把怀思与挂念遥寄对方。诗人不从自己着墨,正体现出情感的细腻与深厚处。接下来,我们发现,诗人点出了"儿女",读者便产生了疑问:既有儿女,为何称"独看"呢?原来是"儿女"尚小,未谙世事。或许此时小女儿正依偎在妻子身旁,但他们欣赏的是自然的月色,而不是"人化的月色",他们不懂母亲此时看月的心境,猜不透母亲"忆长安"的内心活动。用"不解忆"进一步反衬出闺中看月的孤独。

明月的清辉,月月都能看到,但诗人特意点出今夜的"独看",则在诗人心中,往日的"同看"是记忆中的,未来的"同看"却只在憧憬中,今夜,他们只能独自咀嚼牵挂的泪水。

闺中看月,孤子一人,雾湿云鬓,月寒双臂。这一"湿"字,一"寒"字,就不仅是写实事,而是将妻子独自看月的心境渗透其中。明月独"赏",对影自怜,诗人的吉凶祸福是萦绕心头挥之不去的忧虑,她的忧虑与担心正如薄雾的笼罩,亦如月色的清寒。

两地看月,泪痕分别写在两地人的脸颊上。诗人以实现希望的语句作结:"何时倚虚幌,双照泪痕干?"在绝望的相思中点燃希望的火花,即便这种希望只存在于遥远的未来。结合诗人忧国忧民的情怀,不难看出,"独看"的泪痕中有对天下乱离的悲悯,"双照"的理想中写满了对平和安定生活的期待。

诗作构思独特,语言朴实,用笔跳跃,情感深挚,杜诗沉郁顿挫的特色于此可见一斑。

(刘 琴)

寄韩谏议注　　　　　杜 甫

今我不乐思岳阳,身欲奋飞病在床。
美人娟娟隔秋水,濯足洞庭望八荒。
鸿飞冥冥日月白,青枫叶赤天雨霜。
玉京群帝集北斗,或骑麒麟翳凤凰。
芙蓉旌旗烟雾乐,影动倒景摇潇湘。
星宫之君醉琼浆,羽人稀少不在旁。
似闻昨者赤松子,恐是汉代韩张良。

昔随刘氏定长安，帷幄未改神惨伤。
国家成败吾岂敢，色难腥腐餐风香。
周南留滞古所惜，南极老人应寿昌。
美人胡为隔秋水，焉得置之贡玉堂。

【鉴赏】 本诗中的韩谏议是什么人，一向为注家争论不休。有人认为即李泌，然而杜甫作诗，颇有史识，不会为此藏头露尾之事，如果真是李泌，杜甫定会明白说出，不会故作狡狯，而以隐语出之。朱鹤龄注较可取，他说："韩谏议不可考。其人大似李邺侯，必肃宗收京时尝与密谋，后屏居衡湘，修神仙羽化之道。公思之而作，'似闻'以下，美其功在帷幄，翛然远引；'周南'以下，惜其留滞秋水，而不得大用也。"（《杜诗详注》引）此说平实，可从。

此诗颇有楚辞风味。"今我不乐思岳阳"，其中之"我"应为杜甫，他的所思，乃在岳阳，更在困居岳阳的韩注谏议身上。韩谏议的遭遇，令杜甫不乐，因为他已经卧病在床，虽然心里仍想为朝廷所用，但已无能为力。

其下写洞庭风物，美人娟娟，但远隔秋水，喻指其目标可望而不可即；濯足于洞庭，眼光望向八荒，喻指其身陷于洞庭，虽有自由自在的濯足之乐，但眼光只能远望八荒，不复能望回长安，暗指其远离权力中心的境遇。鸿飞冥冥，日月惨白，青枫蒙上了秋霜，慢慢变成了红叶。季节的递换，也蕴含着人事上也到了霜冷之时的意思。

下面转向了非常玄妙和瑰奇的想象世界——杜甫在用自己的诗笔构建一个凭空构撰的仙人的世界。这个世界有三十二天，每天都有天帝，三十二天之上便是无为之天白玉京。群帝常集于北斗，有的骑着麒麟，有的骑着凤凰。芙蓉即是荷花，扎着芙蓉的旌旗在空中飘荡，空气中飘浮着不知名的玄奥音乐，影动天上，倒映于潇湘，摇曳生姿。《列子》有"黄帝张乐于洞庭之野"的记载，洞庭之野，在此正是本地风光。星宫的仙君们醉饮着琼浆玉液，飞仙却稀稀落落，并不在身侧。

这一段描写，完全是虚构和想象，出自于杜甫的笔下，是很少见的。杜甫诗一般较为写实，很少大力描写虚幻之景，这里倒更像是李白的作品。但此诗的确是杜甫所作，则其中一定有所隐喻。《杜诗详注》引唐汝询评曰："此借仙官以喻朝贵也。北斗象君，群帝指王公，麟凤旌旗，言骑从仪卫之盛。影动潇湘，谓声势倾动乎南楚。星君比近侍之沾恩者，羽人比远臣之去国者。"那么，如果唐汝询说成立的话，韩谏议大抵就相当于这个神仙体系中的"羽人"。

以下又引赤松子之故实，史称张良与赤松子游，这当然是无法证实的事情。但是杜甫用张良典故，意图主要还是在他的忧谗畏讥而自请告退这一事迹上，这一点与韩谏议颇为相似。所谓"国家成败吾岂敢，色难腥腐餐风香"，所指向的就是一位远离朝政，不再关心国家成败的旧臣。

凡古之大臣，其身处于此种境遇，均不能再有大的作为和期望。但世事如棋，谁又知道这会不会对韩谏议更好一些呢？韩谏议相当于正处在"周南留滞"之中，但还是不用忧愁吧。君不见，主寿昌的南极老人星正高挂天际。美人啊，为什么你还是远隔秋水呢？什么时候，你才能重回庙堂啊！这里的"美人"，指代的应该就是韩谏议。整首诗就在这里截断，有卒章显志之妙。

这首诗是杜诗中比较难懂的一篇，一是它的惝恍迷离的仙界描写，二是它的人物韩谏议相对淡化而无可考的背景，使得整首诗如纸上烟云，云遮雾掩，给人带来一种与大多数杜诗不一样的艺术感受。　　　　（黄　鸣）

九　日　　杜甫

重阳独酌杯中酒，抱病起登江上台。
竹叶于人既无分，菊花从此不须开。
殊方日落玄猿哭，旧国霜前白雁来。
弟妹萧条各何在，干戈衰谢两相催。

【鉴赏】重九佳节，应该是与家人团聚的日子。大大小小、和和睦睦的一家子相聚在一起，登高饮酒插艾赏菊，对眼下也对未来作出种种美好的期待。可目下，杜甫已离开故园，在外漂泊数年，家，似乎已成了一个遗忘许久的词汇。但诗人一刻也没有忘记那个也许破败、也许已并不存在的家，每逢佳节，他都把更为诚挚的思念献给了它。这不，写作此诗时，杜甫正寓居夔州，遥想去年今日，不禁感叹，又一年的岁月过去了，而自己，却依然辗转在外，依然只能对故乡、对亲人遥寄一番思念。暗自神伤的诗人抱病登台，把无限感喟寄予诗作。

"重阳独酌杯中酒，抱病起登江上台。"这样的佳节时分，不管置身何处,如果不应个景儿,登登高,饮饮酒,那实在有些说不过去! 所以我们的诗人也兴致勃发,抱病登台。也许他正在幻想,在高台之上,遥望故土,或许能看到故园的一点踪影呢! 这个时候,哪怕没有任何人前来相伴,仅仅是自己独酌一番,那也是相当美妙的事情了。谁说独自一人,把心思寄予酒杯,一口喝下,让所有的不快都化为乌有不是一件可心的事呢?

可是诗人毕竟"抱病"了,此时不容许他任性独酌,"竹叶于人既无分,菊花从此不须开。"他说,此时酒既已于我无缘了,那菊花从此也就不须绽放了。要不,不是冷清了菊花,就是冷清了美酒! 好句无理之语! 这里取"竹叶青"酒的"竹叶"二字与菊花相对,别具一格,别有风味!

正当诗人感觉有些不快的时候,偏偏在耳边传来了黑猿凄怨的啼哭声,与落日相伴,更有了几分苍凉的味道。这就足以让诗人的情绪低落到极点了,可自然偏偏还不作美,不稍稍化解一下目下的不快氛围,还一任南飞的大雁在我们诗人的头顶凄怨地鸣叫! 乡愁撩人啊!

诗人闭上眼,还哪有心思管那美酒,管那菊花,管那啼猿,管那飞雁! 他的整个心都为兄弟姐妹所牵动了。"弟妹萧条各何在,干戈衰谢两相催。"战争扰乱了原本平静的生活,让我们姊妹兄弟离散,如今音信渺茫。如果"我"还有大好的青春年华,费尽所有的心力,我也将遍历各处,将他们一一找回。但在频频的干戈声中,"我"早已花白了头发,衰老了心灵,何时才是我们团聚的时刻,何时我们才能共聚故园,把目下的生活当作故事来回味呢……

(刘　琴)

旅夜书怀　　　　杜甫

细草微风岸,危樯独夜舟。
星垂平野阔,月涌大江流。
名岂文章著,官因老病休。
飘飘何所似,天地一沙鸥。

【鉴赏】 经历了几年的辗转漂泊,在朋友的资助下,诗人好不容易在成都郊外建造了一处简单的草堂,有了一个安身之所,也度过了几年相对平和安定的生活。但客居在外,自己的遭遇总是和他人、和朋友紧紧相连。永泰元年(765)正月,诗人辞去了节度使参谋职务,同年四月,他的好

216

友严武去世。这样,他在成都赖以生存的所有条件都失去了。失去了一份糊口的职务,更失去了他长久依存的好友,他只能如一只飘零的大雁,携雏另觅新的居所。于是,他带着家人离开生活数年的成都草堂,乘舟东下,漂泊岷江、长江流域。这首诗,便作于诗人飘零途中。

江岸,细草绵绵,微风轻拂。江边,是一叶扁舟,高高的桅杆正孤独地耸立,一如诗人此番孤独的心绪。细味此句,不觉感受到诗人的寄慨遥深之处,在写景背后,是诗人的情感在支撑这片诗境。那微风轻拂的,又何止是细细的草儿,那是天地间渺小的一个个体——诗人,更是诗人那颗脆弱的心。那停泊江畔的小舟,又何止是在言说自己的孤单,它更在印证诗人的寂寞。寂寞的孤舟与寂寞的诗人,相看之际,不禁泪珠纷飞。

在浩渺的江面,放眼望去,天空的明星低垂,大地的原野辽阔。江水流动处,涌动着月亮的身影,波澜翻滚处,月亮的影儿被打碎了,但只要波涛稍微平静,完整的月影便又出现在你的视线中了。这两句诗,大气磅礴,但大气磅礴处,正掩盖着诗人孤苦与凄怆的内心世界。所以,有时候读诗作,更应透过表面,去体味诗人所要表达的真正意味。

收回放飞的目光,感叹自己飘零的身世,杜甫在感慨:"名岂文章著,官因老病休。"诗人空有一腔抱负而未能实现,反倒因诗作成就了他的声名。这样,杜甫的人生在他自己表述来看,倒像有了一种反讽的味道。对理想不能实现的慨叹恐怕会终其一生了!他说"官因老病休",实际上,他的失官,与老病并无太大关联。官场的百态无须在此一一说明,深含的意思却每个人都能够读出。

于是,诗人只能感慨自己的孤苦飘零,"飘飘何所似,天地一沙鸥"。自己正如同在天地间漂泊的一只沙鸥,总是没有一个固定的安身之地。也许这种漂泊的生活将这样持续下去吧,也许最终自己尚不如一只可以归巢的鸟儿吧。

(刘　琴)

哀 江 头

杜 甫

少陵野老吞声哭,春日潜行曲江曲。

江头宫殿锁千门,细柳新蒲为谁绿。

忆昔霓旌下南苑,苑中万物生颜色。

昭阳殿里第一人,同辇随君侍君侧。

辇前才人带弓箭,白马嚼啮黄金勒。

翻身向天仰射云,一笑正坠双飞翼。

明眸皓齿今何在,血污游魂归不得。

清渭东流剑阁深,去住彼此无消息。

人生有情泪沾臆,江水江花岂终极。

黄昏胡骑尘满城,欲往城南忘南北。

【鉴赏】这是一个凄恻哀伤的故事。

故事背景:一位老人独自背负行囊,匆匆赶赴灵武。因为他刚刚听闻,在那里,肃宗即位! 他暗自感叹,终于,收复长安有望了!(此前不久,长安为安史叛军所占。)不料,突然遭遇叛军,混乱之中,老人连同很多人一起,都为叛军所获,被押赴长安! 但因官微职小,老人得以幸免于难。

场景一:同样的地方,不一样的心情,在矛盾痛苦中,老人忍受了严冬的酷冷,眼见春回大地了。一天,他默默走出蜗居,来到了曲江江畔。这里,曾是长安有名的游览胜地,亭台楼阁错落有致,奇花异卉争芳斗艳,更兼来往行人、车辆川流不息,真乃说不尽的繁华,道不尽的风流。但如同东逝的流水,曲江今日,早已消退了昔日的辉煌。如今的游人,只剩下这位"少陵野老"(杜甫自称)。老人不是趁着游玩的兴致,赏柳乐水,而是在默默哭泣,而且是"吞声哭",是强自按捺的悲泣! 他在曲江江畔行走,似不敢公然露面,只是向着曲江曲处迈进。是为到无人关注的角落里去舔舐伤口吧! 这伤口究竟是为何呢? 我们谁也不知道。只见江畔锁了千重宫殿,绿了万千柔柳、新蒲,却没有人驻足流连欣赏它们的美好。柳蒲"为谁绿",野老为谁哭呢?

场景二:昔日曲江江畔,玄宗与后妃公主经常前来游玩。御驾游苑,自是满城哗然，排场无限了！看，玄宗和杨贵妃正同辇前来，才人们装束一新，弓马娴熟，在拈弓仰首之际，空中比翼飞鸟早已应声而落。妃子为此粲然一笑，明眸皓齿，千娇百媚！

插曲：汉成帝游于后宫，曾邀班婕妤同载，被婉言拒绝。"观古图画，圣贤之君，皆有名臣在侧，三代末主，乃有嬖女。今欲同辇，得无近似之乎？"

场景三：安史之乱，杨妃遭变横死，葬于马嵬坡下，"血污游魂归不得"；玄宗入于蜀道，前路崎岖，彼此音容渺茫。而花自开落水自流，人事变化，又有几人在感慨？

落幕：黄昏来临，胡骑满城，老人本欲归家，在慌乱中却不辨南北，走向家的相反方向……

联结几个场景，故事明晰了：安史之乱，叛军猖獗，君妃遭殃，曲江生变，环境恐怖。老人心念故都，感今追昔，无限感慨，寄予诗作。而这位老人，就是诗圣杜甫。

（刘　琴）

古柏行　　　　杜甫

孔明庙前有老柏，柯如青铜根如石。

霜皮溜雨四十围，黛色参天二千尺。

君臣已与时际会，树木犹为人爱惜。

云来气接巫峡长，月出寒通雪山白。

忆昨路绕锦亭东，先主武侯同閟宫。

崔嵬枝干郊原古，窈窕丹青户牖空。

落落盘踞虽得地，冥冥孤高多烈风。

扶持自是神明力，正直元因造化功。

大厦如倾要梁栋，万牛回首丘山重。

不露文章世已惊，未辞剪伐谁能送？

苦心岂免容蝼蚁，香叶终经宿鸾凤。

志士幽人莫怨嗟，古来材大难为用。

【鉴赏】本诗是杜甫在夔州（今属重庆）所作。

诸葛武侯在唐代的剑南道地区（即今四川、重庆一带）可谓是家喻户晓，史载诸葛亮逝世之后，蜀中百姓感其恩义，于所在处处为其立庙。杜甫在夔州也见到了武侯庙，但是，他的注意力却被庙前的一棵古柏吸引住了。

　　这棵古柏不知生长了多少年了，它的枝条像青铜般坚硬，它的树根固如磐石。在不知多少年的风雨中，它的树皮被风吹雨打得成了苍白的颜色，表面也光滑得可以直接让雨水沿着树皮滑溜下来。这棵古柏是如此巨大，要四十个人才能合抱，它深青色的树干直指天际，高不可攀。

　　起首四句，写古柏极有精神，诗笔夸张，极写古柏的高大。而这个高大又是因为什么原因呢？下面两句做了回答：原来诸葛武侯与刘备君臣相得，又刚好成为风云中心的人物，其遗爱流播于蜀地，以至于其祠堂前的古柏也为人所爱惜。这两句写诸葛亮在蜀地的遗爱极佳。因此，这棵古柏是如此高大，当云朵从东方飘来时，它就与东方的三峡之气相连接；而当月出之时，寒气袭人，古柏就与西边的大雪山声气相通。这两句还是落足于古柏的高大之上。但宋代的刘须溪曾提出反对意见，认为它们应该在"君臣已与时际会"句之前。果真如刘须溪所说的话，君臣遇合导致留下遗爱于民间的事迹，就落脚得比较勉强了。杜甫作诗一向谋定而后动，此处虽然断开进行插叙，但没有百姓的爱惜，古柏不可能长得如此之高，也不可能"云来气接巫峡长，月出寒通雪山白"了。

　　此时杜甫的思绪由眼前的武侯祠萦回到了成都草堂附近的先主庙和武侯祠，在那里，诸葛武侯永远陪伴着曾经三顾茅庐请他出山辅佐的先主刘备。那里的柏树，枝干虬结，给成都城外的郊原带来了一阵古老的气息。先主祠中彩绘的门窗是那么的深邃，就像诸葛武侯的功业那样，永远让人景仰。这四句笔调宕开，转写成都先主祠，起到对比的作用。

　　下句又转回夔州的古柏：它孤独而出群，因生长在武侯祠前，被人倍加爱惜，虽然得其所哉，但树高招风，其地又在高山之上，直指青苍的高空，烈风吹袭，它所承受的摧残也比成都平原上的柏树要更多。它没有被大风连根拔起，这自然是神明的力量。古柏形体挺拔，象征着正直与正道，造化天成，神明又怎能不扶持它呢？此句虽然是咏物，但也是写人，所隐喻的，应该就是杜甫自身的命运。大厦将倾，栋梁之材就会显出它的重要性，庙前的古柏重如丘山，上万头牛也拉它不动，这是极度的夸张，但也隐含了大材难为世用的道理。在杜甫看来，自己的命运，与这棵古柏似乎交融到了一起。这株古柏,未露出它的纹理,世间就已经为之惊叹,如果要把它砍伐用做栋梁之材,它也会心甘情愿,但谁能将它送出深山呢?此处不但是为古柏的命运而叹,更是为自己的命运而叹:就像古柏虽有材质但却无人送出深山一般,又有谁能送(推荐)自己呢?自己本有心为世所用,却一直少人汲引扶助,面对古柏,杜甫不禁兴起了深深的同情之感。

下两句续其意而下:柏心味苦,赤心已尽,难免会容纳蝼蚁之物;但柏叶余香犹在,还可以栖鸾宿凤,余芳可挹。这两句也寄寓着杜甫的身世之思及其用世之意。而诗之最末,则迸发出无可奈何之下的最强音:"志士幽人莫怨嗟,古来材大难为用。"志士与不得志的幽人不要再悲叹了,古来大材的命运,就难以为世所用啊!诗意至此,所吟咏的对象,柏耶?人耶?已经混沌一片,不可分割了。从"大厦"句到末尾,达到了主体与客体的高度融合。清代黄生说:"大厦一段,口中说物,意中说人。结句人物双关,用笔省便。"是读出了其中三昧的。

此诗寄寓遥深,通篇使用比兴之体,沉郁顿挫,意味深长,是杜甫夔州诗中的名篇。

(黄 鸣)

悲 陈 陶 杜 甫

孟冬十郡良家子,血作陈陶泽中水。
野旷天清无战声,四万义军同日死。
群胡归来血洗箭,仍唱胡歌饮都市。
都人回面向北啼,日夜更望官军至。

【鉴赏】唐肃宗至德元载(756)冬,长安西北,陈陶,唐军和安史叛军之间爆发了一场战争。这不是一场普通的战争,战争的惨烈程度几乎令人难以想象。来自西北十郡(今陕西一带)清白人家的子弟,血染陈陶战场。陈陶,这里埋葬了四五万唐军将士的英魂。杜甫此时正被困长安,亲闻了这次战争,我们看诗人是用怎样的笔墨来描述这次战事之惨烈的。

"孟冬十郡良家子,血作陈陶泽中水。"孟冬,交代了战争的时间;"十郡",点明了参与者的范围;"良家子",是说牺牲者的身份;"血作陈陶泽中水",是指战事的惨烈与失败的结局。十四字,已勾勒出战事的全部内容。这些清白人家的子弟,就这样血染陈陶战场,"血作陈陶泽中水",丝毫没

221

有夸张的成分！四五万将士的生命就这样被埋没了，他们的死，太过沉重！

战事过后，原野空旷肃穆得令人窒息！天与地似乎也在哀悼逝者的魂灵。"四万义军同日死"，诗人再次强调了战争的惨烈。一个个鲜活的生命已不复存在，有谁再经过陈陶战场，听到的恐怕是"天阴雨湿声啾啾"的魂灵的低泣吧！

陈陶战场在哀悼，天与地在沉默，可是这场战争的所谓"胜利者"呢？"群胡归来血洗箭，仍唱胡歌饮都市。"叛军是如此专横与逍遥！他们似乎迅速抹去了陈陶战事的记忆，似乎从未去过陈陶战场，似乎从未意识到四万亡灵正因他们而悲号！他们仍心安理得地在都市饮酒作乐，逍遥度日！

可是，长安城的普通民众愤怒了！在叛军的铁蹄下，他们不敢放声悲啼，不敢告慰亡灵，只能吞声踯躅！但悲伤终是压抑不住的，他们还是北向悲泣，向着陈陶战场，向着肃宗所处的方位！这些民众每时每刻、每日每夜都在翘首期盼，期盼唐军早日挥戈前来，早日收复长安，还给他们一个安定、太平的长安城，还给他们一个祥和的生活空间！

诗人蘸泪写下此作，他的心也和千万长安人民一起，在悲泣！

（刘　琴）

兵 车 行　　　　　　杜　甫

车辚辚，马萧萧，行人弓箭各在腰。
耶娘妻子走相送，尘埃不见咸阳桥。
牵衣顿足拦道哭，哭声直上干云霄。
道旁过者问行人，行人但云点行频。
或从十五北防河，便至四十西营田。
去时里正与裹头，归来头白还戍边。
边庭流血成海水，武皇开边意未已。
君不闻汉家山东二百州，千村万落生荆杞。
纵有健妇把锄犁，禾生陇亩无东西。
况复秦兵耐苦战，被驱不异犬与鸡。
长者虽有问，役夫敢申恨。

且如今年冬，未休关西卒。

县官急索租，租税从何出。

信知生男恶，反是生女好。

生女犹得嫁比邻，生男埋没随百草。

君不见，青海头，古来白骨无人收。

新鬼烦冤旧鬼哭，天阴雨湿声啾啾。

【鉴赏】战争与徭役总是给普通民众带来无边的灾难与痛苦。从《诗经》开始，中华文人就开始关注这一题材，抒写大众的这份苦难。至汉代，至唐代，世世传承，代未能衰。作为一位关心人民的诗人，杜甫也饱尝战乱流离之苦，故对此感触尤深。在这一领域，他倾注了较多的情感与笔墨，诗作成就也尤为突出。

这首《兵车行》，即以雄浑饱满又低沉回环的笔墨，艺术地再现了兵役给人民带来的不幸。诗人情感的抒发在一个场景、一段"倾诉"中得以完成。

我们仿佛可以跟随诗人的脚步，驻足在咸阳道旁，亲眼看见那令人揪心的送别场景：兵车碾过，战马踏过，在隆隆与嘶嘶的声响中，走来全副武装的穷苦百姓。在扬起的铺天尘埃中，传来了爹娘妻儿奔走相送痛哭的声音。这里一片混乱，找着亲人的，还来得及作一下短暂的也许是最后的道别。还有那在混乱中不见亲人踪迹的老幼，只能立在路边，或跟随人群的脚步，在震天的巨响中发出微弱无助的呼喊。他们的心在滴血，脑子早已一片空白，早记不起与儿子或父亲何时的一面竟成永诀！"耶娘妻子走相送"，写尽了离人的悲哀！一个"走"字，写尽了老弱妇幼的尽心努力与绝望挣扎。

如此场景深深震慑了诗人，他不禁走上前去询问因由，被征士卒在这里以矛盾的心绪作了一番血泪控诉：频繁的征兵是造成妻离子散、田亩荒芜、家园无存的根源。士人一旦出征，则一生青春甚至一生都由此葬送。"边庭流血成海水，武皇开边意未已。"诗人以汉喻唐，将讽刺的矛头直指最高统治者。他再也按捺不住内心的悲愤，诗作语气也转为激越，用"君不闻"三字提点读者，以下文字须细细品尝，切不可轻轻带过！

打点自己纷乱的思绪，诗人选取一个异常的现象切入分析："信知生男恶,反是生女好;生女犹得嫁比邻,生男埋没随百草!"战乱之中,一身得完已是命运的眷顾!千古以来重男轻女的观念在这里被颠覆了!可见普通百姓的身体与心灵在这无休止的征战中被摧残到何种程度!

遥想青海边,古战场,平沙莽莽,阴风惨惨,"新鬼烦冤旧鬼哭",结合诗作伊始尚算人声鼎沸的场景,掩卷沉思,看官又想到了些什么呢?

(刘 琴)

垂老别　　　　杜 甫

四郊未宁静,垂老不得安。
子孙阵亡尽,焉用身独完!
投杖出门去,同行为辛酸。
幸有牙齿存,所悲骨髓干。
男儿既介胄,长揖别上官。
老妻卧路啼,岁暮衣裳单。
孰知是死别,且复伤其寒。
此去必不归,还闻劝加餐。
土门壁甚坚,杏园度亦难。
势异邺城下,纵死时犹宽。
人生有离合,岂择衰盛端。
忆昔少壮日,迟回竟长叹。
万国尽征戍,烽火被冈峦。
积尸草木腥,流血川原丹。
何乡为乐土? 安敢尚盘桓!
弃绝蓬室居,塌然摧肺肝。

【鉴赏】唐军在平定安史叛军的过程中,兵败邺城,伤亡惨重。为补充兵源,四处征丁,老翁幼男均难幸免。此首《垂老别》,即写一暮年老翁与老妻挥泪告别的凄凉场景。诗作善于写心,将老翁的情感变化写得开合自如,清浦起龙在《读杜心解》中评曰:"忽而永诀,忽而相慰,忽而自奋,千曲百折，末段又推开解譬，作死心塌地语，犹云无一寸干净地，愈益悲痛。"

　　"四郊未宁静，垂老不得安。"此句涵盖了本诗的写作背景。当战乱四起之际，是难以找到一方乐土的，且不说壮年男子早已被征去前线，目下，是连垂老之翁妇也难以幸免了！这不，子孙们早已阵亡了，留下这孤独残躯又有何用呢？因此，在兵帖的催促下，老翁毅然扔掉了一直倚赖的拐杖，颤巍巍地迈出自家大门。同行的人见此情景，痛彻骨髓，不免为他掬一把同情的泪水。但老翁却是豁达的，他说男子既已披上戎装，就应勇敢向前，义无反顾。所幸自己牙齿尚还完好，应该还能应付前线的艰苦生活吧。

　　带着几分"豪情"，老翁悄然出门，本想瞒过亦已年迈的老妻，没想到二老却还是肝肠寸断地相见了："老妻卧路啼，岁暮衣裳单。"岁暮天寒，老妻衣衫褴褛，哭倒在路旁。此番情景，早已坍塌了老翁那勉强培养出的几分"豪情"！二老都已心知此乃死别，却彼此安慰：一个说你要多加保重，一个说我担心你的冷暖。这是让人不忍卒读的血泪描述！吴齐贤在《杜诗论文》中说："此行已成死别，复何顾哉？然一息尚存，不能恝然，故不暇悲己之死，而又伤彼之寒也；乃老妻亦知我不返，而犹以加餐相慰，又不暇念己之寒，而悲我之死也。"

　　老翁毕竟要强作坚强，继续宽慰老妻，说前线战况未必如你想的那么糟糕，一时之间我不会有什么事的！人生在世，分分合合总是难免的啊！

　　在这番劝慰中，老翁开始怀想以前太平安宁的日子了！只是眼下，却是"万国尽征戍，烽火被冈峦。积尸草木腥，流血川原丹"。尸横遍野，流血千里，哪里是一方乐土呢！所以，我们不能在此徘徊留恋了，得为"乐土"去尽力一搏啊！

　　"弃绝蓬室居，塌然摧肺肝。"在心绪如此彷徨反复中，老翁的情绪还是跌落至谷底。

（刘　琴）

春日忆李白　　　　　　杜　甫

　　白也诗无敌，飘然思不群。
　　清新庾开府，俊逸鲍参军。
　　渭北春天树，江东日暮云。

何时一樽酒，重与细论文。

【鉴赏】李白、杜甫，这两颗唐代文学史上最璀璨的明星，以他们的思想与笔力，共同谱写了盛唐文学的辉煌，也结下了千古传诵的友谊。他们对彼此的人品与文笔，都了然于心，形于诗作，自然是无一字不精彩，无一字不到位。

李杜因相与共论文而相知、相惜，在二人各自的旅程中，不时都怀想起对方。如果说李白的豪放与飘逸尚决定了他对友人并非时时牵挂，更多时候是去挥洒自己"一斗诗百篇"、"天子呼来不上船"的狂放与不羁，那么，沉郁如杜甫，他对李白的怀念则时时郁积于胸，经情感和时间的沉淀后，化作一首首动人的诗作，化作一句句不能改却一字的绝妙言辞。

"白也诗无敌，飘然思不群。清新庾开府，俊逸鲍参军。"这是对李白之人、之诗独到精确的评价，是发自内心的赞美。杜甫说，李白的诗作是无人可与匹敌的。而他之所以"诗无敌"，是因为他的诗是卓然不群的，其诗作就像北周庾信那样清新，像刘宋鲍照那样俊逸。其实，从这四句，我们不仅可以读出李白诗作的韵致，更可以想见李白其人的神采。他仿佛正从诗作中走出，一如既往的狂放不羁，潇洒飘逸。两个语气助词"也"、"然"的运用，则让小诗有了灵动的韵致，而不显丝毫呆板。对比南北朝诗人，在赞誉中就有了一种前无古人的味道。

杜甫如此推崇与热切赞美的友人，此时却和他南北暌违，不能时时相见。时杜甫身在长安，而李白正漫游在江浙一带，"渭北春天树，江东日暮云"即是谓此。此时，渭北早已到来的春色，未免撩起了诗人对友人的阵阵思念。同时，诗人也用悬想的笔致揣度对方的行踪，此时此刻，友人大

概也正翘首北望,在思念正在怀想他的"我"吧!但我们都只见眼前之景,那满树的春色、天边的云彩,可否为彼此捎去一份问候呢!

思念之余,则是对未来相聚的期盼,"何时一樽酒,重与细论文"?六朝时将有韵之文称为"文",无韵之文称为"笔",此处"论文"亦即论诗。李杜二人因诗相识相知,因而杜甫深切期待二人重聚把酒论文的温馨一刻。

(刘 琴)

丽 人 行　　　　杜 甫

三月三日天气新,长安水边多丽人。
态浓意远淑且真,肌理细腻骨肉匀。
绣罗衣裳照暮春,蹙金孔雀银麒麟。
头上何所有?翠微㔉叶垂鬓唇。
背后何所见?珠压腰衱稳称身。
就中云幕椒房亲,赐名大国虢与秦。
紫驼之峰出翠釜,水精之盘行素鳞。
犀箸厌饫久未下,鸾刀缕切空纷纶。
黄门飞鞚不动尘,御厨络绎送八珍。
箫鼓哀吟感鬼神,宾从杂遝实要津。
后来鞍马何逡巡,当轩下马入锦茵!
杨花雪落覆白蘋,青鸟飞去衔红巾。
炙手可热势绝伦,慎莫近前丞相嗔!

【鉴赏】此诗为杜诗中直刺时事者,具体来说,是讽刺唐玄宗时代的宠妃杨氏及其家族骄奢淫逸的,是杜甫歌行中的名篇。

三月三日,正是上巳节,此日长安士女多喜游曲江。这天,杜甫也来到了曲江之边。作为一位旅食京华、求乞权门希望能得到荐引的寒士,杜甫虽然过着"朝扣富儿门,暮逐肥马尘"(《奉赠韦左丞丈二十二韵》)的生活,但在这和煦的春日,老杜总也有着游春的自由和兴致的。天下的美景,本来就是寒士与富贵人家所共有的啊!

只见曲江边上,到处都是美丽的仕女。她们姿态优雅、意气高远,她们肤如凝脂、肌理匀称，无一不显现出端庄的神情。她们穿着用金银线绣着孔雀和麒麟的罗裳，映照得这暮春都似乎失去了颜色。她们头上戴的是什么？是翡翠做的匐叶，垂在美丽的鬓角；她们的背影看起来如何？珍珠压着她们的裙带，稳稳地衬出她们的身材。此段通过繁复的服饰描写，写出了这班贵族妇女衣饰的华美。

对于老杜来说，这些丽人简直是可望而不可即的人物。就从那些丽人中挑几位来说吧。这中间围在云幕之中的几位，是皇后的椒房之亲，也就是正被唐玄宗宠幸的杨贵妃家的女儿们。她们是杨贵妃的姊妹，出入宫禁，毫无顾忌，被赐予虢国夫人和秦国夫人这样尊贵的封号。此时她们正在欢宴，只见翡翠制成的盆中盛着美味的炙驼峰，水晶制成的盘子里盛着白色的鱼脍。面对如此美味，她们拿着犀角制成的筷子却迟迟下不了筷，因为嫌弃没什么可以入口，可怜那些厨子们，用精美的餐刀切了这么久的美味，都白白忙活了。就像知道她们没胃口一般，路上忽然有宦官纵马飞驰而来，不带起一丝尘土，原来是皇帝派他们送来御厨们精心制作的美食，一路上络绎不绝。

在这里，杜甫以一位旁观者的视角，起到了后世的摄影机的作用。杨家贵族妇女们的骄奢，皇帝的宠溺，被一一录制下来，再现给千秋后世之人。身前满是美食，驼峰与鱼脍，都是普通百姓难以吃到的东西，其价值甚高，在这些丽人们看来，却还觉得根本下不了筷，没有入口之物。皇帝也仿佛知道她们的心意，派遣宦官将宫中御厨制作的珍馐不断送来，从宫中到曲江，其中所费的人力财力且不管它，只此就可见到杨氏家族所受的恩宠之深。

有着这样的恩宠，杨家丽人们游春之处，箫鼓哀吟，其声动人，足可感动鬼神。宾客众多，都是朝中权贵、占据要津的大人物。此时忽然有鞍马仪仗前来，鞍马上的男人意态悠闲，在拥挤的人群中徐徐而行，大模大样，旁若无人。这是谁呢？只见他来到了池边的楼前，下马踩上了锦作的地毯，仰首阔步，直接走了进去。杨花如雪般落下，覆盖了白蘋，青鸟啊，你这传情达意的使者，早把丽人们的锦帕带给了这位男子。这就是目前炙手可热的杨国忠丞相啊！大家还是谨慎一些，不要走得太近，免得丞相发脾气。

此段先是用戏剧化的笔调，写杨国忠的到来，却又欲擒故纵，在篇末才点出他丞相的身份。其权势熏天而自高自大的嘴脸令人一览无遗。杨国忠不欲游人窥视其阴私，所以近前作嗔怪状，其淫乱之意，已经跃然纸上。而"杨花雪落覆白蘋，青鸟飞去衔红巾"二句，则运用了南朝民歌的双关手法，兼用北朝胡太后与杨白花的宫闱秽闻，来影射杨国忠与自己的姊妹之间的奸情。至此真相大白，原来曲江边的丽人们，她们所有的无非是骄奢淫逸而已。此时，诗歌的前半段对她们的外貌和衣饰的极力描写，就仿佛成了可笑的反衬和嘲讽：原来这样的美丽皮囊下面，包裹着的无非是不堪入目的内质啊！丽人行，此丽人是真丽人否？至此，全诗之势已足，诗也就戛然而止了。

本诗写丽人，实则写杨氏家族的丑行，但诗风蕴藉而含蓄。仇兆鳌《杜诗详注》称其"本写秦、虢冶容，乃概言丽人以櫽括之，此诗家含蓄得体处"，是有见于此的评论。老杜此篇，既得南朝乐府民歌之力，也上承了《诗经》的风雅传统。《杜诗镜铨》引李安溪云："此诗实与'美目巧笑'、'象掃绉绤'同旨。诗至老杜，乃可与《风》、《雅》代兴耳。"王夫之《姜斋诗话》亦称其"赐名大国虢与秦"之句与《国风》同调，是所谓"怨而诽、直而绞者也"。这些评论，都注意到了老杜诗歌蕴藉含蓄的一面。　　　　　　（黄　鸣）

春　望　　　　　　杜　甫

国破山河在，城春草木深。
感时花溅泪，恨别鸟惊心。
烽火连三月，家书抵万金。
白头搔更短，浑欲不胜簪。

【鉴赏】也许在我们尚未知道这首诗作的整体内容时，便早已熟悉了千古名句"感时花溅泪，恨别鸟惊心"。唐肃宗至德元载（756）六月，安史叛军攻陷长安，七月，肃宗即位灵武。杜甫得闻，便把家小安置在鄜州（今陕西富县）的羌村，只身投奔肃宗。不料途中为叛军所获，带到长安。但他终因位卑职小，未受囚禁。次年三月，感念国难、忆及亲人，杜甫满含深情写下此诗。

转眼间，在乱离之中，又逢阳春三月。一个鸟语花香的晴日，诗人迈步在城隅间，四处张望，似在寻觅某种失去的东西。而在他心中，失去的究竟是什么呢？从他幽幽的低吟中，我们捕捉到了某种讯息："国破山河在，城春草木深。"这个三月，不同往昔！往日的祥和与美好已不复存在，触目所见，是沦陷的国都、残破的城池，虽然山河犹在，但早已是野草遍地，乱木森然。宋司马光即说："'山河在'，明无馀物矣；'草木深'，明无人矣。"（《温公续诗话》）早已窥不见都市昔日的繁华，触目的是满眼苍凉。这样的大好春日，春色的美好却只能面对断壁颓垣展示！

"感时花溅泪，恨别鸟惊心。"眼前残破荒凉的都城现状深深地刺痛了诗人的心。再加上忆及远方的亲人，感时伤别之情再也按捺不住。在诗人眼里，那些原本美好的花鸟却成了让诗人堕泪惊心之物。或者可以说，诗人移情于花鸟，它们也似乎体会和具备了诗人的情感，感时伤别，花也溅泪，鸟亦惊心！

情感的郁积已让诗人不再翘首张望，而是开始数着脚步低首沉吟："烽火连三月，家书抵万金。"战火已延续至今春三月，谁也无法估料何时战乱才会消失它的身影。在颠沛流离之中，诗人和远方亲人一样，都是多么盼望得到彼此的消息啊！哪怕只是一字平安也好！可是，和平时原本十分简单的事情，在烽烟四起的当下，却是难上加难！

诗人感慨之余，却束手无策。他扬起手，意欲整理一下鬓发，聊解一下愁绪，却蓦然发现，那满头花发不知何时已悄悄地一根根滑落，触手所感，那稀疏的短发，几不胜簪！本为消愁，却在感时伤乱、忆念家人之余，又添新的愁怀！国都何日恢复，家人何时完聚？而此身已老……

诗人留给我们的，似乎只是他感慨之余的孤独背影。　　　　　（刘　琴）

九日蓝田崔氏庄　　　　杜　甫

老去悲秋强自宽，兴来今日尽君欢。
羞将短发还吹帽，笑倩旁人为正冠。
蓝水远从千涧落，玉山高并两峰寒。
明年此会知谁健，醉把茱萸仔细看。

【鉴赏】 此首诗作,在看似潇洒豪壮的笔调中略带几分凄清哀伤的味道。

重阳佳日,登高赏菊,饮酒思亲,成了历来文人共同的抒写主题,而诗人杜甫,却别出心裁地在这一题材中感叹老态,抒写忧愁,让诗作呈现别一面貌。

秋天,落叶飘零、满地黄花,总是带给人太多的伤感愁怀。而当盛年不再之际,萧瑟的秋风与凋黄的落叶又似乎总是关合了衰老。因此,善感如杜甫,在重九佳日这样美好的节令,面对秋景,不免暗抒愁怀:"老去悲秋强自宽,兴来今日尽君欢。"面对满眼秋色,身旁没有妻子宽慰,膝下亦无儿女环绕,但好在有友人陪伴。因此,他说愿意趁着兴致,与友人尽欢而散! 其实,又有谁读不出他"强自"为乐的内心世界呢!

不知什么时候,头上只剩下几根萧索稀疏的短发了,是"白头搔更短"之故吧! 为了略加掩饰,老人在头上特意加了一顶帽子。可是,那秋风也太不知趣了,总是开玩笑似地试图将它吹落,让"我"的萧疏短发和"龙钟"年龄暴露在光天化日之下! 所以诗人不得不强颜为欢,笑着请旁人为他正一正这"调皮"的帽子! 这里,杜甫巧妙地化用了"孟嘉落帽"的典故。东晋王隐《晋书》载:"孟嘉为桓温参军,九日游龙山,风至,吹嘉帽落,温命孙盛为文嘲之。"只是名士的风流蕴藉在杜甫诗作中化为年老的悲哀与感伤。

重九登高,杜甫也未能免俗,"蓝水远从千涧落,玉山高并两峰寒"。诗人宕开哀叹的笔墨,来写水、写山。水为"蓝"水,山是"玉"山,蓝水奔泻,玉峰并立,无限豪壮由此特出,豪壮中又含几分柔美。这是给人以无限希望的美好景致,面对如此美妙的山水,诗人又作何感想呢?

"明年此会知谁健,醉把茱萸仔细看。"刹那间,情绪从高峰跌落到低谷! 山水依旧,人事难料! 明年此际,我们还会有几人健在,来此相聚? 诗人的心情转为沉重,却向酒中寻找慰藉。在醉眼蒙眬之际,手把茱萸,细细赏玩,似要把这茱萸的每一瓣花、每一片叶都刻进脑海,装进未来的记忆中。

(刘 琴)

前出塞九首(其六)　杜 甫

挽弓当挽强,用箭当用长。

射人先射马，擒贼先擒王。

杀人亦有限，列国自有疆。

苟能制侵陵，岂在多杀伤？

【鉴赏】 古来文人，历来以修身、齐家、治国、平天下为己任。在他们看似柔弱的外表下，有着对家国深沉的情感；在看似懦弱的身躯里，是一腔丹心铁血。忧国忧民，上下求索，屈原如是，杜甫也如是。秉承了优良的爱国传统，伟大的诗人杜甫将所见所历之悲慨，加以思想的提炼，形诸诗的语言，畅言了自己深邃独到的政治见解。

天宝末年，哥舒翰征伐吐蕃，绝对是唐代历史上有记载的大事。不管战争的初衷如何，但杀伐总是未可避免，人民总是承受了深重的灾难。杜甫对此心有所感，用《前出塞》为题记录下这段时事，对唐玄宗开边黩武的行为给予了一定的讽刺。此诗为组诗第六首，诗作朗朗上口，寄慨遥深。

"挽弓当挽强，用箭当用长。射人先射马，擒贼先擒王。"四句短言，颇有谣谚的味道。如果让一群天真烂漫的儿童在祥和的背景下拍手而歌，那也一定别具一种味道。这是一番制敌方略的演说，说队伍要强悍，士兵要勇敢，要开动脑筋，用长避短，射取战马，擒拿首领，才能克敌制胜。如此表述，就仿佛正在描述一番战斗厮杀的场面：唐军将士正意气风发，骑着骏马，手挽硬弓，挥舞尖利的兵器，横跃战场，奋勇杀敌。大唐国威似乎由此立见。

但杜甫毕竟是杜甫，其伟大处正在于透过简单的分析，他看到了更为深层更为重要的东西。"杀人亦有限，列国自有疆。苟能制侵陵，岂在多杀伤？"诗人慷慨陈词，旗帜鲜明地表达了自己独到的见解。诗人认为，每个国家都有自己固定的疆域范围，拥有强兵的终极目的应立足于自守，而不是向外扩张，徒增杀伐。只要能保证自己的边疆不受侵陵，则无须多动干戈，更不能以黩武为能事，去侵犯异邦。清张远即誉此几句为"大经济语"。(《杜诗会粹》)

"武"，为会意字，"止戈为武"乃"武"之本意。杜甫此诗，先扬后抑，极好地诠释了这一"武"字。清浦起龙读至此诗，即道："上四(句)如此飞腾，下四(句)忽然掉转，兔起鹘落，如是！如是！"即言诗作在奔腾流走的气势中回落至反对穷兵黩武的主旨。

(刘　琴)

八 阵 图

杜　甫

功盖三分国，名成八阵图。
江流石不转，遗恨失吞吴。

【鉴赏】杜甫入蜀之后，对诸葛亮的济世之才情有独钟，写下了多首关于诸葛亮的诗歌，本诗写于杜甫初入夔州时的大历元年(766)，他在凭吊相传由蜀相诸葛亮所首创的八阵图遗迹时即兴创作了本诗。这首诗的内容，既有对诸葛亮功绩的全面概括和总结，也有对诸葛亮军事成就的高度赞美，还有对诸葛亮失误之处的客观评析。在杜甫所有诗作中，吟咏诸葛亮丰功伟绩的诗篇相当引人注目。

　　这是一首咏怀诗。诗人赞颂了诸葛亮的丰功伟绩，尤其称颂他在军事上的才能和建树。这首怀古绝句，具有融议论入诗的特点。既是怀古，又是抒怀，情中有情，言外有意，在绝句中别树一格。但诗中的议论并不空洞抽象，反而语言生动形象，抒情色彩浓郁，融怀古、述怀为一体，给人一种此恨绵绵、余意不尽的感觉。本诗和《蜀相》、《武侯庙》等可以看成为一组组诗，是杜甫对诸葛亮一生的各方面予以评价议论之作品。

　　诗中的第一、二句肯定了诸葛亮的功与名，赞颂他的丰功伟绩。第一句说诸葛亮在确立魏蜀吴三国鼎立的局势，并促成蜀国占有一分天下的过程中，功绩最为卓绝。可以说没有诸葛亮就没有西蜀的天下，其赫赫功业自不可磨灭。也有学者认为"盖"是指超过，意为诸葛的智慧和功绩超过三国时期的每一个人。第二句说诸葛亮因八阵图扬名。"八阵图"是军事操练和作战的阵图，是诸葛亮的一项创造，反映了他卓越的军事才能。以八阵图为典例，将他的军事才能、用兵谋略都概括了出来，以点带面，以小见大。

　　诗的第三、四句就凭吊遗迹发出感叹。第三句说无论江流如何冲刷，时光流逝，八阵图的石堆却依然如旧，岿然不动。"石不转"化用了《诗经·邶风·柏舟》中的诗句"我心匪石，不可转也"，暗喻了两层意思，一是诸葛亮对蜀国忠贞不渝的心，如磐石不可动摇；二是指诸葛亮名垂千古，而这却也是历史遗恨的证明。最后一句照应首句的功绩，却遗恨不能完成统一大业。清代沈德潜在《唐诗别裁集》中说道："吴蜀唇齿，不应相仇。'失吞吴'，失策于吞吴，非谓恨未曾吞吴也。隆中初见时，已云'东连孙

233

权,北拒曹操'矣。"

　　头两句诗在写法上用的是对仗句,"三分国"对"八阵图",以全局性的业绩对军事上的贡献,显得精巧工整,自然妥帖。在结构上,前句开门见山;后句点出诗题,进一步赞颂功绩,同时也呼应诗的题目,为下文凭吊遗迹做了铺垫。三句紧接二句"八阵图"来展开,末句照应首句卓绝功绩。三、四句,对刘备吞吴失师,葬送了诸葛亮联吴抗曹统一天下的宏图大业,表示惋惜。

　　通读全诗,诗人借八阵图思考诸葛亮的功名与遗恨。与其说是在写诸葛亮的遗恨,不如说是诗人在为诸葛亮惋惜,并在这种惋惜之中渗透了个人的抑郁情怀。清代爱新觉罗·弘历则评价说:"遂使诸葛精神,炳然千古,读之殷殷有金石声。"这首诗也随着诸葛芳名的流传而广为传唱。

(林锦萍)

羌村三首(其一)　　　　杜　甫

峥嵘赤云西,日脚下平地。
柴门鸟雀噪,归客千里至。
妻孥怪我在,惊定还拭泪。
世乱遭飘荡,生还偶然遂。
邻人满墙头,感叹亦歔欷。
夜阑更秉烛,相对如梦寐。

　　【鉴赏】细论此诗的写作背景,我们仿佛看见了诗人数年的流离辗转:安史之乱,长安沦陷,玄宗幸蜀;肃宗即位灵武,杜甫前往投效,却为叛军所获,押解长安。幸复脱离叛军,投奔凤翔,肃宗授其左拾遗的官职。而适逢房琯罢相,甫上书救援,触怒肃宗,被放还归家。诗人历经如许乱离,回到鄜州羌村探望家小,并因作《羌村三首》,此其一。

　　长久流离在外,遍尝人间艰辛,蓦然归家,得以骨肉完聚,得享家庭温馨,不论是诗人,还是妻小,其心绪总是悲喜交集的。

　　经过长途跋涉,回到羌村,已是某日的日落时分。这是一个万物回归的时刻,连太阳似乎也经过了一天的奔走,疲倦地想要停下脚步,好好歇息一会儿了。在夕阳的照射下,天空堆满了云彩,那云彩的薄处尚透出晚霞的赤色,但堆积处则有如层峦叠嶂,云彩的万千变化尽在瞬息之间。鸟儿此时似乎已经归巢了,一路走来,处处是它们的鸣叫,似在欢迎历经了千里跋涉的诗人。万物回归,诗人也回来了!柴门的鸟噪声透出乱离的影子,连这与人最亲近的角落也有了它们的踪迹。触目所见,结合自己的流离奔走,虽然回家了,但诗人心中也不免有太多感慨。

所谓"近乡情更怯",诗人有些不敢想象与家人、邻里相见将是怎样的一种情景,但他终究要面对呀!这不,且看诗人如何叙写?

与妻孥相见:"妻孥怪我在,惊定还拭泪。"经过一年多的分离,夫妻团聚,理应高兴异常,可妻子的反应却是"怪我在",直等"惊定"之后方才去擦拭满脸泪痕!这是战争对人的摧残,在兵荒马乱之中,很有可能一经分离即是永诀,连诗人自己也承认,"世乱遭飘荡,生还偶然遂"。不是么?脱离叛军之手,又为肃宗怪罪,在动乱中辗转回村,一路该历经了多少九死一生的时候!如果命运稍有差池,不早阴阳相隔了么!

邻里围观:邻里乡亲不忍打扰这一家的团聚,只在墙头感叹歔欷。或许,他们正想念同样流离在外的亲人,正羡煞了这一家子的团聚呢;或许,他们的亲人就在回家的路上,夜里就会敲响门扉;或许,亲人们已经命丧战乱,永无归日了。

家人秉烛夜坐:在"惊定"之后,在夜阑人静之时,家人围坐,尚然如在梦寐。孩子们有的赖在父亲怀里,有的靠在父亲宽厚的背上,有的伏在父亲的膝盖上,生怕父亲会再离开他们。妻子眼睛还是红红的,多日来的担惊受怕、惶恐不安并没有完全消除。

以此结尾,留给读者太多悬想。

(刘　琴)

曲江对酒　　　　　杜　甫

苑外江头坐不归,水精宫殿转霏微。
桃花细逐杨花落,黄鸟时兼白鸟飞。
纵饮久判人共弃,懒朝真与世相违。
吏情更觉沧洲远,老大徒伤未拂衣。

【鉴赏】杜甫似乎对曲江别有一份深情,他的很多诗作即题以"曲江"，如《曲江二首》《曲江对酒》《曲江对雨》等，亦有很多诗作言及曲江。但在不同时期，面对同样的曲江景致，诗人的心情却是不一样的。清浦起龙对比了诗人作于安史之乱前后的诗作，言："此处曲江诗，所言皆'花'、'鸟'、'蜻'、'蝶'。一及宫苑，则云'巢翡翠'、'转霏微'、'云覆'、'晚静'而已。视前此所咏'云幕'、'御厨'，觉盛衰在目，彼此一时。"

此诗作于乾元元年（758）春，安史之乱后，杜甫四处辗转，仕途失意，不免满腹牢骚，寄予诗作。

"苑外江头坐不归，水精宫殿转霏微。"诗人在曲江西南芙蓉苑久久独坐，不觉已是日暮时分。水边宫殿渐呈"霏微"之态，有了一丝迷蒙的感觉。这里，诗人的用字极为讲究：用一"不"字，表明作者的主观态度是不想回去，不愿回去，这就多少透露了诗人情绪的端倪。若改为"未"字，则直呈了久坐未归的客观现实，诗意过于简单与表面化。用一"转"字，写出了诗人静坐不归之"久"，故而能精确地观察到日暮时分光线的变化。

作者不仅观察到了"水精宫殿转霏微"的状态，还见到了更美妙的自然春色："桃花细逐杨花落，黄鸟时兼白鸟飞。"桃花似乎在有意追随飘落的杨花，它们是那样的小心翼翼，轻盈地不弄出一丝声响；飞鸟在欢快地斗歌和鸣，时而飞上，时而飞下，一片欢腾之象。据南宋胡仔《苕溪渔隐丛话》载，"桃花细逐杨花落"原作"桃花欲共杨花语"，后杜甫"自以淡笔改二字"，由拟人法改描写法。二句都妙，只是描写法似乎更符合诗人因仕途失意而懒散无聊的心情。要不，诗意就过于恬适轻灵了！

在如此美好的暮春之景面前，诗人沉思半晌，转入抒怀："纵饮久判人共弃，懒朝真与世相违。"说"我"日日纵饮，早甘愿为人所弃；"我"懒于朝政，本是与世相违。其实，这不过是诗人的牢骚之语，是说既然已遭嫌弃，不如纵酒日醉；既已不为所用，何苦勤于政事！

"吏情更觉沧洲远，老大徒伤未拂衣。"诗人由满腹牢骚转为愁绪的抒发。时杜甫虽然只任左拾遗的小官，且不受重用，但他终为之所缚，未能辞官而去。欲进不能，欲罢不可，内心难免痛苦万分！曲江对酒，又有谁人可以倾诉？仍不过是他孤单的身影罢了！

（刘　琴）

日　暮 杜　甫

牛羊下来久，各已闭柴门。

风月自清夜，江山非故园。

石泉流暗壁，草露滴秋根。

头白灯明里，何须花烬繁。

【鉴赏】杜甫的诗作，似乎总是带着一种愁绪、一种老态。对家园的情感早已将他的自我挤压得气喘吁吁，即使身处恬美的乡村，我们从诗中也读不出一丝安适。在某种程度上可以说，他的诗太沉重了！

"牛羊下来久，各已闭柴门。""牛羊下来"，很容易让我们想起《诗经》里的吟唱："日之夕矣，羊牛下来。"那绝对是一幅静谧、安定的田园生活图景！牛羊归来已久，此时已没了那份嘈杂，多了一份闲静。可我们的诗人似乎没有心思享受这份闲适与恬静，"各已闭柴门"，在他眼中，大家都关上了自家的院门，都在各自的天地里去享受家的欢愉了。可诗人自己呢？他似乎只是与世隔绝的存在！

这就不得不说到诗作的写作背景。此诗作于诗人流寓夔州（治今重庆奉节）瀼西东屯期间。彼地清溪萦绕，山壁峭立，风光独好！可当诗人将自己深闭柴扉之内，透过低矮的窗户观察村人晚归时，他的心是寂寥的。当寂灭了日间的喧嚣，诗人独自凝神坐定。尽管皓月潇洒地将清辉洒向这牖小窗，清风也大方地向诗人敞开了怀抱，一切显得是那样美好，我们的诗人呢？他却独自在角落里低吟："风月自清夜，江山非故园。"这样如画的风光又与"我"何干呢？这并不是"我"故乡的明月与清风啊！掩卷沉思，杜甫长期流寓在外，走到哪里，他都无法将自己融入其中，都无法以"此中人"的身份去写"此时"的美好，他的心始终有着一份对故乡的深深眷念！

乡愁是什么？是漫漫长夜苦苦不眠时的悠悠思念！"石泉流暗壁，草露滴秋根"，原句应为"暗泉流石壁，秋露滴草根"，诗人在这里有意让词序错位，似乎叙写了诗人此番错位、凌乱的心态！在寂静的深夜，诗人仿佛听见了石壁泉水在月色照耀下叮咚作响的声音，同时，他又仿佛看见那秋夜的露珠凝结在草叶上，晶莹欲滴！

如此美妙的景致，经诗人道出，便让人感到了一丝凄冷，这恰"迎合"了诗人此时的心绪："头白灯明里，何须花烬繁。"长期流离在外，不觉已花白了头发，那不解人意的灯花，又何苦在此时繁茂结烬现出喜兆呢！诗歌于此落下了忧伤的帷幕。

（刘　琴）

新 安 吏　　　　杜 甫

客行新安道，喧呼闻点兵。
借问新安吏：县小更无丁？
府帖昨夜下，次选中男行。
中男绝短小，何以守王城？
肥男有母送，瘦男独伶俜。
白水暮东流，青山犹哭声。
莫自使眼枯，收汝泪纵横。
眼枯即见骨，天地终无情。
我军取相州，日夕望其平。
岂意贼难料，归军星散营。
就粮近故垒，练卒依旧京。
掘壕不到水，牧马役亦轻。
况乃王师顺，抚养甚分明。
送行勿泣血，仆射如父兄。

【鉴赏】安史叛乱，形势严峻。唐肃宗乾元元年（758）冬，郭子仪收复长安和洛阳。次年春，郭子仪和李光弼、王思礼等九节度使乘胜追击，包围安庆绪叛军于邺城（治所在今河南安阳）。然而肃宗却违背了疑人不用、用人不疑的原则，致使领兵间互不信任，诸军不相统属，及至史思明援

238

军至,唐军大败。唐军为补充兵力,四处拉丁抽夫,致使民生哀怨。杜甫此时正由洛阳赶赴华州任所,将途中所见形诸诗篇,这便是组诗"三吏"、"三别"。《新安吏》是组诗中的第一首。

"客行新安道,喧呼闻点兵。"诗人开篇即以一句总括全诗,以下皆是围绕"点兵"而生发出的文字。"客"这里是杜甫自称。

诗作第一层:与新安吏的对话。看到喧嚷的人群,一张张尚嫌稚嫩的面孔,对比唐代的定制(唐高祖武德七年(624)定制:男女十六为中,二十一为丁。天宝三载(744),改以十八为中,二十二为丁),诗人忍不住发问:"县小更无丁?"是新安县城太小了吧,这里难道已没有可供服役的丁男了么?"府帖昨夜下,次选中男行。"新安小吏没有正面作答,而是搬出府帖,说府帖就是这样规定的,要先抽中男去服兵役!诗人还不罢休,继续发问:"中男绝短小,何以守卫城?"这些中男都还太过弱小,又怎能去守卫都城呢? 没有人再去理会这个"饶舌"的路人。

于是"路人"将目光转向人群,此即诗作第二层。杜甫打量着这些被抓的中男,他们有的稍显健硕,旁边尚有母亲相送,可有的却骨瘦如柴,尚自伶俜一人! 在扰攘的人群中,竟不见一位父亲的身影! 话外之音已不言自明:作为"丁"男的父亲们,也许正出征在外,也许早已尸横疆场。于是,诗人深感悲凉,"白水暮东流,青山犹哭声",白水与青山都在为众人的不幸而呜咽!

"莫自使眼枯,收汝泪纵横。眼枯即见骨,天地终无情!"诗人袖手而立,只能眼睁睁地看着人群走过,远去,他什么也做不了。于是诗作转入第三层:劝慰征人。其实,与其说是劝慰,不如说是诗人的喃喃自语吧!行者行矣,只剩下这位失魂落魄的"路人",伶俜地在此低语。

其实,因眼含着恢复的热望,更多"劝慰"之语,或许并非出自诗人本心,不读也罢。

(刘 琴)

石 壕 吏 　　　　　杜 甫

暮投石壕村,有吏夜捉人。
老翁逾墙走,老妇出看门。
吏呼一何怒,妇啼一何苦!
听妇前致词:三男邺城戍。

一男附书至，二男新战死。

存者且偷生，死者长已矣！

室中更无人，惟有乳下孙。

有孙母未去，出入无完裙。

老妪力虽衰，请从吏夜归。

急应河阳役，犹得备晨炊。

夜久语声绝，如闻泣幽咽。

天明登前途，独与老翁别。

【鉴赏】《石壕吏》是被誉为"诗史"的杜诗的代表作之一。这首五言古诗，通过对作者亲眼所见的石壕吏乘夜捉人，连老妇也被抓服役的故事，揭露封建统治者的残暴，反映了唐代"安史之乱"引起的战争给广大人民带来的深重灾难，表达了忧国忧民的感情。

这是叙事诗。作者按他的行踪，以第一人称客观叙述一夜和一朝中所见所闻，不加论断，让人从故事中去体会诗的主旨，懂得作者的爱憎。开头四句，一句叙一人一事，极简练地交代了时间、地点、人物，写出了事件的开端，而字里行间又显露出战乱之际特有的骚乱、恐怖气氛。作者接着用"吏呼一何怒，妇啼一何苦"这对比鲜明的两句概括写出事件的发展。然后转入对老妇在差役威逼下一段自诉的详细记录。这段"致词"共有十三句。前五句说三个儿子全都上前线了，而且最近有两个阵亡。尽管如此，官府还要再来抓人，简直到了灭绝人性的地步，这也集中体现了战争给人民带来的灾难的深重。中间四句说家中只有吃奶的孩子，儿媳妇连一件出门的衣服也没有，更反映出"安史之乱"给社会造成的十室九空，人民极端贫困的生活状况。最后四句说老妇在万般无奈中，为了顾惜老翁和幼孙的生存，慨然应征，奔赴国难，这出人意料的结局把全诗推向高潮，是对昏庸的统治者的血泪控诉。末段照应开头，也只有四句，写老妇被带走后举家凄凉，作者天明上路独与老翁告别。事件结束了，而浓重的悲剧气氛几乎让读者透不过气来，表现了作者对这一家悲惨遭遇的无限同情。

从结构安排上看，作者把老妇对差役的"致词"放在突出的地位，让她作了对一家遭遇的血泪控诉，这就自然而然地通过老妇的口，揭露了当时社会的黑暗和人民的痛苦。让事实本身说话，自然比间接描述更为真切感人。详写老妇的苦啼诉说,略写石壕吏之严词追逼,以实写虚,用笔十分简括。全诗主要叙述部分全由一"听"字得来。这样组织材料既可突出老妇的惨痛叙述,又可撇开一些其他描写,使全诗十分简练紧凑。也正因为是"听"到的,才让人感到更真切,更能烘托当时的气氛。前面说作者是客观叙述所见所闻,不加论断,但叙述中有些语句仍然直接或间接表露出自己的感情,如"有吏夜捉人"、"老翁逾墙走"、"吏呼一何怒,妇啼一何苦"等句,都带有感情色彩和暗示作用。再如"夜久语声绝,如闻泣幽咽",明明表示作者一直关注着事态的发展、变化,以致深夜未能合眼。而天明登程的沉痛意绪也沛然可感。

最后,关于这首诗的主旨有两点值得注意。一,这首诗固然通过石壕吏的乘夜捉人揭露了封建统治者的残暴,但最主要的还是在反映"安史之乱"引起的战争给人民带来的深重灾难。这一点我们从全诗记叙中所传达出的动乱年代的时代气息,十室九空的惨状,战事的危急,人民衣不遮体的窘迫,战场伤亡的惨重,老妇应征服役的奇闻等方面,不难感知。作者对唐王朝的腐败不是没有批判,但矛头主要针对造成人民灾难的罪魁祸首安史乱匪。二,作者既看到了人民的苦难,并引起他真切的同情和愤慨,又并不反对这场平定"安史之乱"的战争,因为"安史之乱"不平息,国家社会就不可能得到安宁。从这一角度上说,诗中所述老妇应役一事,既是对统治者严厉的斥责、控诉,也是对人民慨然而赴国难这种精神的褒扬。这一点在《三吏》《三别》的其他诗篇里有更明显的表露。 (杨 军)

新 婚 别 杜 甫

兔丝附蓬麻,引蔓故不长。

嫁女与征夫,不如弃路旁。

结发为君妻,席不暖君床。

暮婚晨告别,无乃太匆忙。

君行虽不远,守边赴河阳。

妾身未分明,何以拜姑嫜?

父母养我时,日夜令我藏。

生女有所归,鸡狗亦得将。

君今往死地，沉痛迫中肠。

誓欲随君去，形势反苍黄。

勿为新婚念，努力事戎行。

妇人在军中，兵气恐不扬。

自嗟贫家女，久致罗襦裳。

罗襦不复施，对君洗红妆。

仰视百鸟飞，大小必双翔。

人事多错迕，与君永相望。

【鉴赏】 诗作采取了浪漫主义手法，似乎谁人路过一扇窗下，无意中听取了一位新婚少妇的心曲：

一开始是一段哀怨的表白：女性对丈夫的依赖，正如同蔓生植物对其它植物的依附。那菟丝（一种蔓生的草）不幸以蓬麻为邻，它的蔓儿无论如何也延展不了太长。那么我呢？"嫁女与征夫，不如弃路旁。"作为一个新嫁娘，嫁与你，本期待与你白首偕老，永结同好，可你偏偏是一个"征夫"，早知如此，还不如弃自己于道旁呢！如果是成婚已久，那就不必说什么了，可我们呢，"结发为君妻，席不暖君床。暮婚晨告别，无乃太匆忙"！我们刚刚办完婚事，我也恰才成为你的结发之妻，但头晚还见花烛闪烁，今晨即面临分别，床席间都还未有熟悉的温度，这样的别离，不是太过匆忙了？如果是为别的什么原因分别，团圆的指望还有八九分，可你却被征去河阳守边，无情的战乱究竟会让这次分离持续多久，再见的希望又有几分呢？那可是无法想象的啊！姑且抛开这些不论，眼下我这媳妇的身份都还没有明确，我将何以去拜见公婆呵！

在对自身不幸哀怨的表白之余，这里是一番矛盾的倾诉，新娘子将话题由自身转到了丈夫身上，对丈夫的安危深深担忧，并表示了与丈夫一同作战的渴求，父母在生我养我的过程中，对我是万分疼爱，但女大当嫁，既然有所选择了，则必当终身一心跟从。可如今，新婚的丈夫你却要被派往前线，生死难料！一想到这里，我就肝肠寸断啊！本来想誓死追随你前去从军，但又怕我一个妇道人家在军中影响了士气，反倒给你添些额外的麻烦。

新嫁娘渐渐由慌乱、矛盾转入冷静、沉重，她坚定地鼓励丈夫："勿为

242

新婚念,努力事戎行!"你一定要不以新婚燕尔为念好好从军打仗,做好你的分内之事。而我,则将洗去一切脂粉,换上普通的衣物,让你少一份牵挂!

"仰视百鸟飞,大小必双翔。人事多错迕,与君永相望!"这是坚定的爱情表白,是对征人最好的鼓励。有了这份情感志意,守边征人们该一往无前,力争早奏凯歌才是!

(刘 琴)

饮中八仙歌　　　　　杜 甫

知章骑马似乘船,眼花落井水底眠。
汝阳三斗始朝天,道逢麹车口流涎,恨不移封向酒泉。
左相日兴费万钱,饮如长鲸吸百川,衔杯乐圣称避贤。
宗之潇洒美少年,举觞白眼望青天,皎如玉树临风前。
苏晋长斋绣佛前,醉中往往爱逃禅。
李白一斗诗百篇,长安市上酒家眠。
天子呼来不上船,自称臣是酒中仙。
张旭三杯草圣传,脱帽露顶王公前,挥毫落纸如云烟。
焦遂五斗方卓然,高谈雄辩惊四筵。

【鉴赏】杜甫此诗所呈现的意境,潇洒得令人有出尘之想。我们仿佛跟随着诗人的脚步,步入了瑶池仙境。在那里,我们和诗人一道,静看酒中八仙的潇洒所为,静听他们的卓然言论。时间仿佛在那一刻定格,摄下这永恒的画面;又仿佛在缓慢流走,似电影镜头般地记下饮中八仙的点滴所为。他们的神采在他们忘我的境界中展示着、张扬着,更感染了所有驻足观看、倾耳聆听的他者!

首先出场的是年事最高的贺知章。带着八九分醉意,这位伟大的长者早已脚步踉跄,在他人的搀扶下,他好不容易才登上马鞍。不妙,看他早已睡眼惺忪,有如驾着一叶小舟在水中飘摇,一不小心就跌落在水中。而他竟会在水中酣然高眠!欢快、轻松的笔调中一现贺知章的旷达。

汝阳王李琎紧随贺知章的脚步来了,他身份显贵,异常受宠。路逢酒车竟然流下了口水,此时,他只恨不得早日将受封之地移往酒泉,到了那

243

里,他可以时时伴着香甜的泉水,时时如闻清洌的酒香了!

李适之,曾任左丞相,雅好宾客,饮酒日费万钱,酒量更是惊人,但在难测的仕途起伏中也不免有几分牢骚。

潇洒的名士崔宗之和苏晋也来了。崔宗之倜傥洒脱,少年英俊,仰首豪饮,千杯难醉,那玉树临风的身姿羡煞了多少轻狂少年!苏晋则在醉与禅的选择中皈依了一杯杯“浊酒”,自是“醉中爱逃禅”了!

最妙的莫过于李白,“李白一斗诗百篇,长安市上酒家眠。天子呼来不上船,自称臣是酒中仙”。在美酒的触发下,诗情倍增,百篇佳作,亦可一时写就!他不仅有诗才,更兼傲骨,在天子面前也敢不听传召,大言臣乃酒中之仙!一位豪放飘逸、傲睨要贵的诗者形象就这样屹立在古来文人的长河中了!

还有张旭,他“善草书,好酒,每醉后,号呼狂走,索笔挥洒,变化无穷,若有神助”(明王嗣奭《杜臆》),三杯酒醉,狂书挥就,草圣名传!他还和李白同样地狂放不羁,在显赫的王公大臣面前,也敢于脱帽露顶,“无礼”之极!

平民人物焦遂,五斗酒罢,高谈阔论,神情卓异……

诗作以流动的笔致,挥洒出一个个动人的形象,闭上眼,他们如在目前,推杯把盏,豪饮不羁。

(刘 琴)

登 楼 　　杜 甫

花近高楼伤客心,万方多难此登临。
锦江春色来天地,玉垒浮云变古今。
北极朝廷终不改,西山寇盗莫相侵。
可怜后主还祠庙,日暮聊为梁甫吟。

【鉴赏】“登楼”是诗人们笔下常见的题目,即景抒怀,伤时而又自伤,也是常见的表现手法。但读杜甫这首《登楼》总会觉得不同一般,那深沉丰厚的思想感情和炉火纯青的艺术技巧,总令人低回吟味于无穷。

诗的前两联侧重叙事和写景,但不是单纯的叙述和描写,而是带着浓厚的主观感情色彩,从而使景语化为情语,让读者触景生情。诗的后两联侧重抒怀,但所抒思想感情又是因登楼所见景物触发的,让人觉得真实可信,从而和作者的思想感情产生强烈的共鸣。更重要的是,杜甫是时代的代言人,他所关心的是国家的前途和民族的命运,个人的艰难困苦往往被置于从属的地位,其精神境界无比崇高。试将此诗与李商隐《安定城楼》、柳宗元《登柳州城楼寄漳汀封连四州刺史》加以比较,不难发现它们之间的差异。

"花近高楼伤客心,万方多难此登临。"首句描写登楼所见花木,寓意与"感时花溅泪"相同。"伤客心"又为全诗定下感情基调。次句叙事,交代登楼背景,"万方多难"补足前句"伤客心"之由,也展示了独特的时代特征。"此"字分量极重,包含此时、此地、此景、此情种种含义,留待下文分解。如此起调,可谓沉厚突兀。

"锦江春色来天地,玉垒浮云变古今。"颔联写登楼极目所见蜀中大地春天景物。上句从空间着眼,写锦江春色与天地间春色同来,不因万方多难而迟到,而改变颜色,但在"伤心"人看来,却触目惊心。下句从时间着眼,写玉垒山的浮云,自古以来即变幻莫测,但此时的变幻,却异乎寻常,藏有杀机,不可掉以轻心。历史常识告诉人们:"天下未乱蜀先乱,天下已治蜀未治",锦江大地春色不改,但它自开元后期以来或是吐蕃入寇,或是军阀作乱,何尝有过安宁之日!其境界之壮阔,可比"无边落木萧萧下,不尽长江滚滚来";其寓意之丰富,可比"五更鼓角声悲壮,三峡星河影动摇"。叶梦得说后人"无复继者",诚不为过。

"北极朝廷终不改,西山寇盗莫相侵。"颈联紧扣时事抒怀。上句扣去年十月吐蕃陷长安,立李承弘为帝,代宗至陕州,后郭子仪收复京城,唐王朝转危为安这段史实。下句扣同年十二月吐蕃又陷蜀境之内的松、维、保三州及云山、新筑二城,西川节度使高适不能救,于是剑南、西川诸州也入吐蕃这段史实。两句既与首联中"万方多难"一语相呼应,又是诗人高楼远眺、驰骋想象的产物。因此,上句的史实又可延伸到安史之乱、玄宗幸蜀及两京收复等,下句又可包括开元末以来吐蕃发动的多次侵扰,以至于南诏、回纥的侵扰。在对时势作历史的审视中,表达了诗人心系国计民生、忠于朝廷的信念。

"可怜后主还祠庙,日暮聊为梁甫吟。"尾联借眼前古迹抒怀。诗人置身刘备、诸葛亮、刘禅君臣祠庙之侧,思接千载,感念古今,慨叹刘禅任用黄皓而亡国,暗讽唐代宗信任宦官程元振、鱼朝恩而招致"蒙尘"之祸。进而想到诸葛亮"两朝开济老臣心",其忠君爱国之心,千载之下仍令人感动。诗人以"聊为梁甫吟",表示对诸葛亮的追慕。至此历史和现实相重叠,伤时与思古相交通,可谓寄托遥深。

胡应麟《诗薮》说《登楼》和《登高》《秋兴》等皆"老杜七言律全篇可法者……气象雄盖宇宙,法律细入毫芒,自是千秋鼻祖",这一评价是比较恰当的。

(杨　军)

登　高　杜　甫

风急天高猿啸哀,渚清沙白鸟飞回。

无边落木萧萧下,不尽长江滚滚来。

万里悲秋常作客,百年多病独登台。

艰难苦恨繁霜鬓,潦倒新停浊酒杯。

【鉴赏】《登高》是杜甫七言律诗的代表作之一。七律这种诗体产生于初唐,到盛唐时期已发展到成熟阶段,其最高成就的代表作家正是杜甫。按常规写法,七律每句七字,每首八句,每两句称为一联。四联之中,中间两联要求对仗,分别写景(或叙事)、抒情,从而形成一种很严整的结构。由于杜甫的诗艺已达到炉火纯青的境界,因而往往对常格有所突破。我们细读这首《登高》,不难发现它四联都是对偶句,既特别严整,又给人耳目一新之感。它的前两联都是景语。首联二句写江边所见实景:西风凄厉,秋空高远,猿鸣哀怨。渚边江水清澈,沙滩白茫茫,飞鸟上下盘旋。描写的方法也相同,就是在"风"、"天"、"猿啸"、"渚"、"沙"、"鸟飞"等物象上,分别加上一个形容词,而这一个个形容词正是诗人面对深秋景物的感受,暗示主人公正在凭高远望。颈联由眼前景物推而广之,驰骋想象的翅膀,描写深秋之际的整个自然界:在无边无际的空间里,到处都是落叶飘零,萧萧而下。而眼前这条浩浩西来、滚滚东去的大江,又让人强烈地意识到"日月不催人自老",顿生宇宙无涯、人生有限的感慨,引发创作主体关于人生经历和命运的思考。前人特别欣赏"无边落木"一联境界的壮阔。它的好处在于景语中含有哲理,让读者回味无穷。从结构上又自然转入后两联的叙事和抒情。

"登高"要叙的事当然是佳节如何度过。盛唐诗人王维早就唱出了"每逢佳节倍思亲"的人之常情,等于为重阳诗确定了主题。而在杜甫重阳诗的系列里,大历二年在夔州写的这一首很有可能是最后一首,这也促使诗人把今年的重阳节和已往的许多个重阳节加以对照,此时此际,杜甫真是百感交集。大半生颠沛流离,直到垂暮之年还在万里之外的客中奔波。更兼年老体衰,百病缠身,亲朋好友一个都不在眼前,而时局又不安定,前程在未卜之中,其处境的孤立无援,心绪的孤独寂寞可想而知。值得注意的是,“万里”“常作客”“百年”“多病”“独”等词语,都是写实,而非夸张。诗人确实身处去故乡万里之外,“亲朋无一字,老病有孤舟”(《登岳阳楼》)也在印证着诗人晚境的凄凉。正是时局的艰难、人生的苦难以及功业未成的折磨,才使诗人过早地繁霜染白双鬓。那么,是否有可以暂时解除烦恼、给重阳节多少带来一点欢乐气氛的方法呢?消愁唯有酒,可惜的是喝惯了的一杯浊酒最近也被迫中断了,可能是健康的原因,也可能是经济的原因。全诗以愁绪无法排解作结。有人批评此诗“感伤过甚,结尾处情绪不免低沉”。实情如此,能不低沉吗?

　　这首诗达到了情景交融的境界。首句“猿啸哀”用《水经注·江水》“巴东三峡巫峡长,猿鸣三声泪沾裳”典故,拈出一个“哀”字。第五句“悲秋”用宋玉《九辩》“悲哉秋之为气也”典故,拈出一个“悲”字,很自然地构成笼罩全诗的感情基调,从而使写景和叙事都染上感伤、哀怨的色彩,在反复咏叹中增强力度,使读者深受感动。

(杨　军)

春夜喜雨　　　　杜　甫

好雨知时节,当春乃发生。

随风潜入夜,润物细无声。

野径云俱黑,江船火独明。

晓看红湿处,花重锦官城。

【鉴赏】这首小诗,玲珑剔透,写雨切春、切夜、切喜,读之神清气爽,若要借助诗中一字来表达感受,则曰“好”!

　　“好雨知时节”,雨乃“好”雨。或许有人会说,用这么平常的一个字眼,也太平淡了,太缺乏诗味了!实则不然!“好”字淡得有如婴儿的啼哭,是一种返朴归真的原始味道。每个人牙牙学语之时,会说的第一个形容词也许就是“好”呢!当我们第一次看到烟波浩渺的大海时,脱口而出的也许就是"好多水啊";当一座耸入云霄的大山横亘目前时,我们会感叹"好一座大山啊"!"好"字是情感抒发最本真状态的表述,用在这里,虽平淡而诗味醇浓,"好"!

"好雨""好"在哪里呢?首先就"好"在它的"知时节",在它的"当春乃发生"。这样的雨,不是伴随着雷声的怒吼、闪电的威慑而骤然出现,以它的滂沱和气势显示它的"凶暴";也不是伴着冷风,在雨雪之间不停转化,让人心生冰寒凄冷之感。而是在春日时节,伴随着清爽的风儿不知不觉地来到,细细地滋润着万物。

这就是"好雨"的第二个"好"处了——"随风潜入夜,润物细无声。"当人们正甜甜地酣眠时,春雨悄悄地来到了田间地头,轻轻抚摸草儿、花儿、苗儿,她柔柔的手掌所到之处,已是一片盎然的春意。这不,明日朝阳初升时刻,你就会看得出变化了!这番"好雨"在无声地滋润万物后,不向人们问候,也不向人们道别,和静夜挥一挥手,和她的"杰作"说声再见,就轻盈地迈动了她的脚步,退回到她的天地中去了。

此时,我们的诗人是不眠的,整个世界,似乎只有他有幸目睹了春日好雨的倩影。但诗人没有惊扰她,只是透过她的玉手,观察到了大地的细微变化:野外的小路融入到了夜色的黑暗中,江面上唯见渔船的灯火。

不眠的诗人有几分兴奋了,他开始想象明朝的春色:"晓看红湿处,花重锦官城。"花儿绽放了,花瓣上还带着几滴水珠,但水珠却阻隔不了清香的散发,这不,诗人已闻到了那股诱人的味道呢!一朵朵、一株株、一片片,汇成了花的海洋……树儿、草儿、苗儿呢?当然更是各展风姿了。

(刘 琴)

水槛遣心二首(其一)　　　杜　甫

去郭轩楹敞,无村眺望赊。
澄江平少岸,幽树晚多花。
细雨鱼儿出,微风燕子斜。
城中十万户,此地两三家。

【鉴赏】定居成都草堂之后,诗人终于暂时告别了四处跋涉的艰辛,似乎也暂时忘却了颠沛流离的烦恼。在经历了一段时间的安居生活后,老杜有了一份静赏绮丽风光的恬适心境,在闲暇之余用心经营了一处遣心之所——水槛。和美的春日里,这边风景独好!

这里位置独佳!"去郭轩楹敞,无村眺望赊。"浣花溪畔,本就是一个远离尘嚣的所在,"水槛"更是距离繁华喧闹甚远,这里别是一个世界。庭院敞亮,旁无村落,四顾无一遮拦,身在此处,万态山水尽收眼底。水槛与自然就这样毫无痕迹地融为一体。"你站在桥上看风景,看风景的人在楼上看你。"诗人在看风景时,水槛与诗人,也许正是他人眼中一道出尘脱俗的风景呢!

这里风景独好!"澄江平少岸,幽树晚多花。"清澈的江水澄净得几乎透明,眼看就要溢出江岸,向周遭景物夸示它的纯度了。那江岸一定是错落蜿蜒向前的,不是么,"清江一曲抱村流"呢!岸边、草堂四周的树木都竞相伸展它们的枝叶,在水边"对镜自怜"的,则更多几分摇曳,让澄净的江水也呈现了三分碧色,不掬起一捧,还以为江水本质如此呢!还有那枝头绽放的花朵,更是不堪寂寞,在幽静的氛围中也忍不住婀娜地呈现她们的万种"风情"!

这不,和风吹来了丝丝细雨,"细雨鱼儿出,微风燕子斜"。水中的小鱼儿经不住细雨的撩逗,不时地跃向水面,向涟漪"问好"!燕子那轻柔的身躯,似乎已不堪这样轻柔之风的吹拂,只能倾斜着掠过烟雨迷蒙的江面。只要风雨再稍微猛那么一丁点,燕子、鱼儿恐怕都早早藏了起来,拒绝成为诗人的眼中图画了!宋叶梦得《石林诗话》对此句甚为推崇:"诗语忌过巧。然缘情体物,自有天然之妙,如老杜'细雨鱼儿出,微风燕子斜',此十字,殆无一字虚设。细雨着水面为沤(水泡),鱼尝上浮而淰(原意为鱼惊骇之状,此处解作鱼在欢欣地跳跃)。若大雨,则伏而不出矣。燕体轻弱,风猛则不胜,惟微风乃受以为势,故又有'轻燕受风斜'之句。"

沉浸在此番美好的享受中,老杜有几分夸耀、几分不舍了:"城中十万户,此地两三家。"茫茫人海,有几人能得享这份静谧与恬美呢! 阅此,读者莫不平添几分妒意呢!

(刘 琴)

茅屋为秋风所破歌　　杜甫

八月秋高风怒号,卷我屋上三重茅,茅飞渡江洒江郊。
高者挂罥长林梢,下者飘转沉塘坳。
南村群童欺我老无力,忍能对面为盗贼,公然抱茅入竹去。
唇焦口燥呼不得,归来倚杖自叹息。
俄顷风定云墨色,秋天漠漠向昏黑。
布衾多年冷似铁,娇儿恶卧踏里裂。
床头屋漏无干处,雨脚如麻未断绝。
自经丧乱少睡眠,长夜沾湿何由彻!
安得广厦千万间,大庇天下寒士俱欢颜,风雨不动安如山。
呜呼! 何时眼前突兀见此屋,吾庐独破受冻死亦足!

【鉴赏】读惯了老杜的诗作,则没有人会觉得这是一首矫情之作。

这是一首用血泪写就的诗篇,字字催人泪下,读完痛彻肺腑。老杜一生,坎坷多难,居无定所,曾衣不得暖,食不能饱,遍尝人世艰辛。乱世磨砺了他,也造就了他,是为今日之诗圣"杜甫"。

"八月秋高风怒号,卷我屋上三重茅。"诗人苦心盖造了一座茅屋,好不容易告别了天为被、地为床的日子,本想安享几日宁静。不料,八月秋至,狂风怒吼,这座茅屋却经受不了风雨的侵袭,在风中已颤巍巍了"身

躯",诗人近乎绝望地倚杖屋前,无助地低吟。他说那茅草洒落在江郊,"高者挂罥长林梢,下者飘转沉塘坳",如果不是高挂在树梢,还有弄下来的可能;如果不是飘转至深塘,也还有收回来的希望。可仰首枝高、俯身潭低,老杜沉默了。

略回转一下年迈的身体,收拾收拾路边散落的也好啊!可回首处,却见南村群童正抱着"我"的茅草飞奔而去。他们是"欺我老无力"呢,居然忍心当着"我"的面作盗贼。本想大声呵斥,可却"唇焦口燥呼不得",连最无力的"抵抗"也无法实现!老人倚杖蹒跚进屋,独自叹息,真想倾诉这番遭遇,可眼观四壁,唯有孤孑的自己。

茅屋已破,若风渐转消,大雨不至也好,可"屋漏偏逢连夜雨"!还未等诗人回过神来,狂风骤停,云色如墨,凄冷的感觉早已袭上身来。回身拉扯一下棉被,诗人再次绝望了:"布衾多年冷似铁,骄儿恶卧踏里裂。"新棉被是又松又软的,可眼下这布,因时日过久,早已凉硬得如同冰冻的铁块了,还有几处因孩子睡相不好而破成了大大小小的洞。夜间,雨脚如麻,"长夜沾湿","我"将何以入睡呢?

由个人的艰苦处境联想到其他人的类似处境,诗人从"床头屋漏无干处"、"长夜沾湿何由彻"的痛苦生活体验中迸发出深沉的感慨,咏歌之不足,故嗟叹之:"呜呼!何时眼前突兀见此屋,吾庐独破受冻死亦足!"诗人的博大胸襟和崇高理想,至此表现得淋漓尽致。

别林斯基曾说:"任何一个诗人也不能由于他自己和靠描写他自己而显得伟大,不论是描写他本身的痛苦,或者描写他本身的幸福。任何伟大诗人之所以伟大,是因为他们的痛苦和幸福的根子深深地伸进了社会和历史的土壤里,因为他是社会、时代、人类的器官和代表。"杜甫在这首诗里不仅描写了他个人的痛苦,而且通过描写他本身的痛苦来表现"天下寒士"的痛苦,来表现社会的苦难。诗人愿以一己之身,承担天下所有苦难,并为此而哀叹、而失眠、而大声疾呼。杜甫之伟大,即在此处!"诗圣"之称,亦缘于此!

(刘　琴)

赠花卿　　　杜　甫

锦城丝管日纷纷,半入江风半入云。
此曲只应天上有,人间能得几回闻。

【鉴赏】此首小诗,明白如话,其诗意似不可仅作一层看。但首先,我们必须承认,这是一首精美的乐曲赞美诗。

"锦城丝管日纷纷",锦城即指成都;丝管,为乐器代称;纷纷,多的样子。是说成都府里,日日管弦,音乐时时相闻。"纷纷"二字,用了通感的手法,用视觉效果来写听觉感受,则写足了乐声的轻扬、柔靡。不仅如此,在诗人的感受中,这样美妙的乐声是"半入江风半入云"。好似有一半随风飘洒在江面上,连江中的鱼儿都欲跳出清澈的水面、伴乐而"舞"了;江边的柔柳繁花更是按捺不住,说不定早已随风轻舞飞扬了;那微泛的涟漪,不也正和着节拍在一圈一圈向外荡漾么?那另一半乐声呢,似乎已轻扬至云端,在蓝天回响它的旋律,在白云间自在穿梭呢!我们常用"行云流水"来形容曲声的流畅和谐,其美妙程度,大概也不过如"半入江风半入云"吧!

在一番具体形象的描绘之余,诗人似乎找不到更为合适的语言去形容了,转而直接抒写感慨:"此曲只应天上有,人间能得几回闻。"说这样绝妙的乐章,应该只存在于瑶池仙境啊,在凡世间又有谁能有这番荣幸,得以"僭越",略饱一回耳福呢!

若单写乐曲,诗作即止于此,但杜甫的诗作,似绝非如此简单。我们从两个方面可窥端倪:

其一,诗题。题曰"赠花卿",花卿何许人也?他名敬定,为成都尹崔光远的部将,曾因平叛立功,但居功自傲,骄恣不法,目无朝廷。以杜甫性情为人,在此等人前,即使不得已略有所为,亦不当如此阿谀过当。若毫无寄托,实难解释。

其二,中国文字的双重意蕴。"天上"、"人间"为仙界凡俗的代指,也用以指朝廷和民间。"此曲只应天上有,人间能得几回闻。"可即在人间,却不仅得闻,乃"日纷纷",这又说明了什么?

后来注家的评议让我们豁然开朗了。明杨慎《升庵诗话》说:"花卿在蜀颇用天子礼乐,子美作此讥之,而意在言外,最得诗人之旨。"清沈德潜《说诗晬语》也说:"诗贵牵意,有言在此而意在彼者,杜少陵刺花敬定之僭窃,则想新曲于天上。"

清杨伦即评之曰:"似谀似讽,所谓言之者无罪,闻之者足戒也。此等绝句,何减龙标(王昌龄)、供奉(李白)。"(《杜诗镜铨》)可见,赞乐为诗意第一层;有所讽乃为第二层。

(刘　琴)

252

不　见

杜　甫

不见李白久，佯狂真可哀！
世人皆欲杀，吾意独怜才。
敏捷诗千首，飘零酒一杯。
匡山读书处，头白好归来。

【鉴赏】小诗诗题即裁取首句前二字"不见"，似乎看不出丝毫用心，其真诚深挚的情感却从诗作的每一个字中迸出。小诗朴质得有如一张白纸，却有无数种生发与抒发的可能；又如一瓢澄澈的清水，可深深滋润久渴者已渐干涸的心田。朴质中寓真诚，正是老杜常用笔法。

"不见李白久"，开篇即用"大白话"叙出，"我"已太久不见挚友李白了。但诗人特出一个"久"字为句末，则强调了与友人分别时间之久，在这悠长的分别时日里，二人互相思念的痛苦就可以想见了。时杜甫寓居成都，李白在流放夜郎途中，二人自上次分别，至今已历十五载。在挚友心中，这是何其漫长的等待！

若非知交，又何来如此切肤的痛，"佯狂真可哀"！杜甫对李白，可谓知之甚深。李白怀才不遇，因而疏狂自适，故作潇洒，其内心的隐痛却时时折磨着这位"佯狂"的天才诗人。杜甫深谙李白内心的痛楚，也感受着他的疏狂自放，哀叹着他的对影自怜，深深体谅着他的每一份苦衷。所以他说："世人皆欲杀，吾意独怜才。"当世人莫不以李白的佯狂为出格，欲借永王李璘一案置之于死地时，杜甫却在大声疾呼"吾意独怜才"，这里，"才"字就不仅仅是指李白那"斗酒百篇"的文才了，更是一种胆识、见识的代称。

"敏捷诗千首，飘零酒一杯。"杜甫深深折服于李白的诗酒风流，此联则勾勒了一诗酒飘零的潇洒书生形象，这正是李白一生的绝好概括。他文才出众，却飘零不遇，长久辗转在外，诗酒似乎成了他生活的全部。他那"举杯邀明月，对影成三人"的"苦衷"，似乎独独杜甫能够体会吧！

在这样深切诚挚的怀思中，老杜更突显自我形象，热切地呼唤："匡山读书处，头白好归来。"诗人要对友人说，这里（匡山）曾是你少时读书的所在，你已在外漂泊多时，在头白年迈之际，你一定要回到此处，重温一番儿

253

时的美好记忆！其实，杜甫作此想，未尝不暗寓了一份私心！他是多么急切地希冀与李白相见，彼此他正在蜀中，李白归来，二人则可重新聚首，诗酒风流怎堪数呢！

（刘　琴）

江畔独步寻花七绝句(其六) 　杜　甫

黄四娘家花满蹊，千朵万朵压枝低。

留连戏蝶时时舞，自在娇莺恰恰啼。

【鉴赏】作别了黄师塔，和一江春水挥一挥手，和可爱的桃花说一声再见，诗人带着几分留恋不舍，继续迈步向前。本以为此处风景已绝好，殊不知前面更有迷人处。那是寻觅后的发现，是蓦然突显的惊喜。

"黄四娘家花满蹊"，这里，已不再单纯地只是如"黄师塔前"的地点介绍，而写入了一个女性人物——"黄四娘"，这就让诗作具有了一种浪漫的味道和民歌的风情。美景往往因人物的出现而更具风姿；人物往往因景色的衬托而倍增魅力；人与景的谐和则达到了天人合一的美妙境界。诗人漫步江畔，不经意中跟随花儿的"脚步"走到了黄四娘家门前的小径之上，这里一片繁花盛开的热闹景象。一个"满"字，我们的脑海中已幻出了竞相绽放的花朵，幻出了沉甸甸的花枝。但诗人却不是说"满枝"，而是说"满蹊"。春色正好、春意正浓之际，按理小径尚不至为凋落的花瓣所布满。这里，"满蹊"恰恰说出了诗人的主观感受。花儿太多了，多得似乎已溢满枝条，那柔弱的枝条已承受不起了！一点一点地向小径弯下腰！"千朵万朵压枝低"，故而连小径上似乎也满是它们的身影。没有人去细数枝上的朵朵繁花，但这却正是春意怡人的体现呢！

这样繁盛的花朵吸引的又何止是诗人追寻的脚步和凝神的赏玩！它们呼朋引伴，首先唤来了它们自然界最亲密的朋友——彩蝶！"留连戏蝶时时舞"，这些蝶儿在花叶间穿梭，那是"穿花蛱蝶深深见"的自在轻舞！它们迷恋着繁花的芬芳，久久在枝头盘桓，似乎愿永栖此处，永不离去。有时恰才迈动脚步，可刚离寸尺之远，便又回转了身，更加热烈地扑向花儿香浓的怀抱！

蝶儿在繁花间流连忘返，诗人呢？更是闭了眼，在这片芬芳的海洋中畅游！这里，不知从哪里传来了一阵阵婉转的歌喉，回一回神，诗人才意识到原来自己身处繁花蹊下,耳畔是黄莺动听的歌声。"自在娇莺恰恰啼",诗人说,莺儿是自由自在的,宛如游人"我"此时的心境。它们的欢快与繁花的盛开正相映成趣,共同言说了春日的美好,生命的美好!

赏景如是,写诗如此,谁能过之! （刘　琴）

江畔独步寻花七绝句(其七)　　杜　甫

不是爱花即欲死,只恐花尽老相催。
繁枝容易纷纷落,嫩蕊商量细细开。

【鉴赏】独步江畔,脚步过处是一派生机盎然的春色,那缤纷的花色不时地打着诗人的眼。渐进江畔尽头,诗人慢慢回走,仔细体味、思量着独步寻花的乐与趣。此时,对繁花珍惜、赏爱之情早已溢出诗外,无法用言语来形容与表达了。

"不是爱花即欲死",看,老杜几乎将字用到了绝处!"爱花欲死",也许正是老杜彼时的心情,正如一书生见到一绝色小姐,出口即是"我死也"!这正是一种全身投注的感情。但杜甫决不似李白,感情奔泻得毫无收敛的余地,老杜着一"不"字,他自有他的顿挫处,有他的挽回理由:"只恐花尽老相催。"他说,这样美好的春色,转瞬也就成了过眼云烟,但繁花开尽之际,又一个春天就这样溜走了,"我"离衰老是更进一步了呵!细细算来,敏感的诗人杜甫已这样默默数去了四五十个缤纷开落的春天。也难怪老杜发此感叹了!虽然春色是动人的、美好的,也许孩子和年轻人看到的是无限的生机与活力,但飘零如杜甫,他敏感的心却更多地为逝去的年华而感慨、为未竟的壮志而叹了!一个"催"字,写足了时间的紧迫,在有限的余生里,"我"又该如何去走?又该干些什么呢?

老杜不由得想挽留一下时间匆匆的脚步,花尽则老相催,老杜似乎有

些担心这开得太繁太盛的花枝了,他说你们的开放与凋落都太迅速了,花儿越是繁茂,其零落也就愈快,所以那些含苞的朵儿、细嫩的蕊儿,你们还是细细地、慢慢地、一瓣一瓣地绽放吧!别哗的一下就显示了你们全部的美丽,更别立即就凋残了你们的生命,最要命的是别霎时就送走又一个春满大地的时刻。如果枝头尚有鲜花的盛开,那春色似乎就驻足了,那样"老将至"的感慨也就不至于如此迅疾地爬满心头了。"我"老杜则还有一份余暇与心思来好好欣赏你们的美丽了。

(刘　琴)

闻官军收河南河北 　　　　　杜 甫

> 剑外忽传收蓟北,初闻涕泪满衣裳。
> 却看妻子愁何在,漫卷诗书喜欲狂。
> 白日放歌须纵酒,青春作伴好还乡。
> 即从巴峡穿巫峡,便下襄阳向洛阳。

【鉴赏】 安史之乱历时八年,且不说它给国家人民带来了多大的灾难,光是诗人杜甫自身的辗转流离,就让他每每想起,泪流满襟。他无时无刻不在盼望唐军早日恢复江山,让社稷重新走上和平的发展道路,这一期盼一望就是八年!终于,代宗广德元年(763),诗人欣闻唐军收复了洛阳和郑(河南郑州)、汴(今河南开封)等州,叛军纷纷溃退。历时长达八年之久的安史叛乱有望结束,爱国爱民的诗人杜甫怎能不百感交集,提笔挥洒,用热泪写就此作!

"剑外忽传收蓟北,初闻涕泪满衣裳。"一个"忽"字,写足了消息传来的突兀。因期盼过炽而日趋沉寂的恢复渴望一下子被重新唤起了,而且唤起得是那样彻底,是胜利的呼声来到了!诗人多年漂泊"剑外",太多的酸苦都已经历过了。在备尝艰辛的时刻,诗人最最渴望的是回归自己的家园,但因战乱的阻隔而从未实现。这时,"忽传收蓟北",诗人感情的闸门再也关不住了。"初闻涕泪满衣裳"是诗人下意识的情绪流露,这里的"泪",首先是高兴的泪,但高兴的同时,太多悲酸也涌上心头,化作热泪,从眼里流出了。但一想到苦难的日子即将结束,又不免把往日的悲苦抛却脑后,且享受眼下的喜悦了!

诗人自己一番喜乐的当儿,也回转身看看妻子儿女的态度变化。一向因生计而愁苦的妻子,这时脸上已丝毫看不出往日的忧愁,她的脸上写满了兴奋。他们似乎早已按捺不住,开始收拾行李,准备向家园进发了!

"白日放歌须纵酒,青春作伴好还乡。"在思乡情绪的触发下,诗人早已在作归乡途中的痴想了。在一个美好的春日里,我们一起纵酒高歌,向家乡进发。因归乡心切,遥远的距离似乎早已不成阻碍,我们仿佛看见了久别的家乡,霎时"轻舟已过万重山",转眼间,全家就从巴峡穿过了巫峡,途中的小鸟、湖水、船儿在远去,粼粼的波纹、簇簇的野花似乎都在为我们欢呼。船行得真快,顺流急驶,到了襄阳,跃马奔腾,转眼间又到了洛阳,终于回到了离别已久的故乡。

沉郁如老杜,好久没有如此潇洒的笔墨了! 清代浦起龙即曰此诗为老杜"生平第一首快诗也"(《读杜心解》)。

(刘 琴)

别房太尉墓 杜 甫

他乡复行役,驻马别孤坟。
近泪无干土,低空有断云。
对棋陪谢傅,把剑觅徐君。
惟见林花落,莺啼送客闻。

【鉴赏】孤独的坟墓前,孤独的老人默然而立,浇下一杯祭奠的热泪,寄予一番深挚的理解,再蓦然回首、离去,身后留下寂然的坟墓。这首诗感情浓烈而意象凄冷,是诗人复杂内心世界的沉痛表白。

房太尉,即房琯,玄宗幸蜀时拜相,为人正直,杜甫对他甚为钦慕。至德二载(757)四月,杜甫从长安逃出,辗转至凤翔,获肃宗褒奖。房琯兵败罢相,杜甫时任左拾遗,上疏言:"罪细,不宜免大臣。"触怒肃宗,险遭刑戮,而终为所疏。房琯罢相,后遇赐还朝,却因疾殁于途中,死后追赠太尉。故诗题题曰"别房太尉墓"。

身在他乡,复为行役所累,宛如笼中的小鸟,几无自己的天空。在驰马奔走之际,途经故人坟墓,诗人驻足一祭。却见伶仃坟墓,在乱岗野草之中,说不尽的凄凉况味。忆及友人生前的戎马生涯,对比逝后的凄楚孤寂,诗人胸中,哀莫能诉。

"近泪无干土,低空有断云。"拔去孤坟上的丛生杂草,任凭泪水淌下,滴入尘土,化作对泉下友人的问候,不一会儿,诗人面前已不见寸方干土。连天空的云朵也被这种哀伤笼罩了,它们簇拥在坟墓上空,盘桓不肯离去。

暂把哀伤收住,回想故人的慷慨生平——"对棋陪谢傅,把剑觅徐君。"此处用了两个典故。《晋书·谢安传》载,谢玄等战于前线,破苻坚,时谢安与人对弈,闻捷,"意色举止,不异于常",尽显风流;刘向《说苑》载,吴季札心知徐君爱其宝剑,适徐已殁,吴解剑系其冢树而去。两番典故,表达了诗人对房琯的推崇和敬重。

一番悬想之余,面对的仍是杂乱、孤寂的坟墓。"惟见林花落,莺啼送客闻。"在这片杂乱中,纷纷凋零的花瓣,正如诗人片片洒落的泪珠,更如诗人渐渐趋于沉痛的心绪。那几声不知何处传来的莺啼,让这片寂寥之地更显空落,那是它们在婉转地送客么?

也罢,不再打扰故人休息了,也该挥一挥手,迈动孤寂的脚步,作别了。

(刘　琴)

绝句二首(其一)　　　杜　甫

迟日江山丽,春风花草香。
泥融飞燕子,沙暖睡鸳鸯。

【鉴赏】读老杜诗作,有时磨就浓墨,铺就纸张,请过王维,让他们一起挥毫展示,到底谁会"拔高一筹"呢?想着想着,不觉已入他们的诗境,更仿佛置身他们的画境之中了。"诗中有画"的点评又何能仅仅用于评点摩诘的诗作呢?现实、沉郁如老杜,有时也放飞了心情,沉醉于撩人的春色、美好的自然中了!

"迟日江山丽"——老杜自是画中着手,他首先即从整体着眼、大处用笔,泼墨渲染了春日阳光普照下眼前江山的一片大好风光。着一"丽"字,则境界全出!老杜时在浣花溪畔,宁谧的草堂。春日和煦的阳光呼唤着他的脚步,不觉已转身前来,来到溪畔,用欣赏的眼光静看这好山好水。江畔已是满眼青绿,连江水也摄足了青幽的色泽,显出碧澄来,正与洒在水中的红日相映,呈现一种灵动的风姿。

"春风花草香"——那是稍微收回了放飞的思绪、远眺的目光,开始用细笔描绘眼前风光的可人了。小草经过了一冬的沉睡,在清风抚摸下,欣欣然张开了眼,用尽全身的力气钻出地面来了;白花经过一年的蓄积,在阳光的温存处,兴奋地挥舞手臂,用所有的激情释放她们的芬芳了! 踏在这片如茵的芳草地上,呼吸沁人心脾带着香甜的空气,诗人沉醉了!

还不仅如此呢,细心的诗人早就发现,不远处还有另一些精灵的影子:"泥融飞燕子,沙暖睡鸳鸯。"春暖花开时节,泥土是那样柔软,燕子不禁起了重新营巢的念头,看它们正兴奋地忙来忙去呢! 春色与春意在它们的忙碌身影中显得更加热闹了。燕子如此忙碌地穿梭,可那鸳鸯却正躺在沙地温暖的怀抱中酣然而眠呢! 又有谁敢说它们不是在用另一种方式享受美好春日的呢! 在这一静一动中,热闹者回报春色以活力,沉静者回馈春光以慵懒,活力与慵懒,正是春日赋予生灵们的权利。

老杜极少有作此等清丽明快之作的心情,老杜此番是真的全身心地投注进去了吧?

(刘 琴)

绝句二首(其二) 杜 甫

江碧鸟逾白,山青花欲燃。
今春看又过,何日是归年?

【鉴赏】"迟日江山丽,春风花鸟香。泥融飞燕子,沙暖睡鸳鸯。"我们甜甜地吟诵着小诗,仿佛感到了迎面春风的吹拂,看到了明丽春色下活跃的精灵身影。慨叹着诗作的清丽明快,诗境的潇洒韵致,我们走过这桢画卷,来到另一幅诗意画前,可看着看着,却分明感到了几分不一样的情感正向我们投射过来。

诗作伊始,仍是一幅绝美的山水画!"江碧鸟逾白,山青花欲燃。"已是暮春时节,在如茵草地、青翠树木的倒映下,早已是漫江碧透! 碧波荡漾处,诗人的心也仿佛跟着在荡漾。这时,碧澄的水面上掠过一阵阵飞鸟,它们的翎毛都白得发亮,恰与江水的澄碧相映照,让彼此的色泽更为打眼了! 山不知道什么时候就朗润起来,放眼望去,早已是漫山的青翠。如果仅仅是一色的碧绿,那也未免过于单调了,那山花仿佛知道自然的心情似的,在这"芳菲尽"的时节,还使出了全部气力,绽放着最后的美好,这样,我们青山拥有的,便不仅仅是一怀碧绿了,还有那正点缀着无边青翠的如火红艳呢？在青与红的相互掩映下，青山与花儿便更显风姿，灵动的感觉就从中飞溢而出了！

徘徊在如此赏心悦目的江畔，体味着如此动人美丽的春色，不论是谁，早应沉迷其中、拼却一醉了。可惟有老杜却在这样的时节、这样的时刻，低落了情绪。——"今春看又过，何日是归年？"

读至此处，不禁有些怨恨起老杜来。他不是说"且看欲尽花经眼，莫厌伤多酒入唇"么？这样的景致，这样的心情能持续多久呢？为何不潇洒地"放纵"一回，把情感投入碧波，彻底洗去尘封的不快呢？为何偏偏在这个当儿和盘托出自己的心绪而无丝毫收敛之意呢！但细细想来，诗人的心情又是可以理解、值得同情的。每一个春过，时间便不觉又溜走一年，眼看辗转漂泊在外已年复一年，又有谁能不动归思，只沉醉于眼下的所谓快乐呢？故乡也许没有如此明媚、美好的景致，但那里毕竟有那里的独特处，那里毕竟是自己最想停泊的港湾啊！

（刘　琴）

绝句四首（其三）　　　　杜　甫

两个黄鹂鸣翠柳，一行白鹭上青天。
窗含西岭千秋雪，门泊东吴万里船。

【鉴赏】这首小诗，作于成都草堂。时安史之乱业已平定，友人严武还镇成都，难得这样的一份好心情，故而触目所及，是一片美好：阳光和煦，春色诱人，鸟儿和鸣。"以我观物，故物皆着我之色彩。"不错的，看老杜笔下景致的活泼你就知道了。

小诗拆开来看，每一句都是一幅可以镶进镜框的风景画，色彩明丽，情调优雅。但它们彼此并不是独立的，而是共同构造了一幅和谐的诗意画。统一它们的，是诗人视线的流转与情感的波澜。那也许是一个春日的清晨，太阳刚刚羞涩地露出了半边红似苹果的脸。宁静的草堂安然地躺在垂柳的怀抱酣然而眠。柳枝正用它们柔嫩的小手不时轻拍这个可爱的"孩子"，生怕惊了它的美梦似的。但新绿柳枝上栖息的两只黄鹂却不依了，它们张开小嘴，使劲地卖弄不知刚刚从哪里学会的"歌谣"。屋内酣然高卧的诗人被这甜美的声音惊醒了，坐起身来寻觅两个精灵的身影。原来它们正相依在柔柳的怀抱呢！

就在这不经意地抬望眼时,诗人发现了更为生动的一幕:"一行白鹭上青天。"蓝蓝的天空正飘浮几丝洁白的云,真想伸过手,去细细抚弄一回,看能否拉出长长的丝线。一行白鹭就在这碧色的蓝天下自由地飞翔,它们呈一字排开,极力舞动翅膀,张扬着生命的活力。晴空万里,一碧如洗,白鹭在"青天"映衬下,色彩愈加鲜亮、明丽、耀眼。两句中一连用了"黄"、"翠"、"白"、"青"四种鲜明的颜色,织成一幅绚丽的图景;加上首句声音的描写,更传达出无比欢快的感情。

迈向窗边,在碧澈的蓝天掩映下,在清朗日光的照耀下,西山雪岭清晰地崭露了它美丽的曲线,那是一种连绵的柔美或壮美。积攒了几千年的白雪也张开了眼,在向诗人打招呼呢!殊不知,它的晶莹早就引逗了诗人的目光,诗人让它入画了,用窗作框,装裱起来。只要蓝天白日配合,便可随时拿出来赏玩!观赏到如此难得见到的美景,诗人心情的舒畅不言而喻。

窗外风景独佳,门前呢?那是另一幅和谐的画面:"门泊东吴万里船"!"万里船"三字意味深长。因为它们来自遥远的"东吴",载满货物后即将开行,沿岷江、穿三峡,直达长江下游,多么难得。因为多年战乱,水陆交通为兵戈阻绝,船只是不能畅行万里的。而战乱平定,交通恢复,诗人也可"青春作伴好还乡"了,怎不叫人喜上眉梢呢?"万里船"与"千秋雪"相对,一言空间之广,一言时间之久。诗人身在草堂,思接千载,视通万里,眼界何等开阔!襟怀何等豁朗!

视线流转处,诗人捕捉了四个精妙的瞬间,在动与静的结合、声与色的携手下,它们正言说着各自的美好,又共同印记了诗人胸中一份难得的安宁、和谐感!

(刘 琴)

倦　夜　杜 甫

竹凉侵卧内,野月满庭隅。
重露成涓滴,稀星乍有无。
暗飞萤自照,水宿鸟相呼。
万事干戈里,空悲清夜徂!

【鉴赏】成都郊外,浣花溪畔,几间小屋,宁静雅致。如若在今天,如

261

果是我,静听竹声,细赏明月,我一定揽之入梦,酣然而眠;如果是你,面对重露稀星、飞萤宿鸟,你也一定提起十二分兴致,把玩至双眼朦胧,在露滴水鸟声中恬美地度过长夜,待来黎明,在新的一天继续赏玩。可是,在多年前的一个晚上,在浣花溪畔,杜甫却失眠了! 一夜辗转、身心俱疲……

经过一天的休整,月亮精神得像个顽皮的孩童,俏皮地爬上树梢,将清辉"朗照"在大地,一切都有几分迷蒙。在茫茫的郊野,几间小屋分外清晰。小屋周围,几竿细竹正在秋风吹拂下沙沙作响。多么美好、静谧与和谐! 可老杜身处居室之内,耳听竹声萧萧,却分明感到了几丝凉意!

"重露成涓滴,稀星乍有无。"他听到了,竹叶上凝聚的小露珠,一个个滚落下来,落到了另一片叶儿之上,终于,柔弱的竹叶被露珠压得直不起腰,只得让它们继续滴落,在一片滴答声中消逝了它们本就短暂的生命。此时月色正好,天空似乎只有它在播洒光辉,那原本灿烂的繁星,早被掩去了光芒,只是偶尔费力地向人们眨一眨它们疲惫不堪的眼睛!

月色西沉,大地渐暗,此时则轮到飞萤来作主角了。看,"暗飞萤自照",它们不依赖月色与星的光辉,在沉沉的暗夜中也有办法走它们自己的路。在打着小灯笼前行的过程中,自有它们自己的乐趣。就是那微弱的光,却让诗人的目光久久为之盘桓,在这片宁静中,突然传来了水畔宿鸟相呼的声音,惊醒了一夜的沉睡。而独独彻夜未眠的,是诗人老杜。

"万事干戈里,空悲清夜徂。"老杜在思想,在感慨。安史之乱刚刚平息,而北方干戈又起,国家的动荡何时是个尽头呢? 在这不眠的长夜里,老杜除了感叹良夜空逝,又能做些什么呢? 眼望皓空,徒增悲叹而已。

(刘 琴)

得舍弟消息 　　　　杜 甫

风吹紫荆树,色与春庭暮。
花落辞故枝,风回返无处。
骨肉恩书重,漂泊难相遇。
犹有泪成河,经天复东流。

【鉴赏】读老杜诗作,总觉得太过沉重,太没意思。写景而不具备闲适赏玩的心境,花不动人,叶不亲人,客观之物着上了太多诗人主观的色彩。若换一双眼睛，换一种心境，则春夏秋冬自有它独特的魅力：花叶飘零，暮春并不仅仅意味着繁华尽逝，也意味着即将拥抱夏日的繁盛与活力。秋风不是萧瑟凄凉地带走一切生机，而是把累累果实带给人间，并指引人们去感受冬日的和美与晶莹。

可杜甫毕竟是杜甫，"风吹紫荆树，色与春庭暮。花落辞故枝，风回返无处"。他这样在描述。当暮春时节的风儿吹动紫荆花树时，此番老杜所持，并不是"且看欲尽花经眼，莫厌伤多酒入唇"的心情。他感叹着紫荆花儿的色泽也失却了往昔的鲜艳，而今呈现一片"没落"的、毫无生气的色调。老杜仅仅是感叹，无意欣赏，更无心挽留，一任风儿一片一片地吹落枝头的花瓣，一任花瓣一片一片地零落到不知什么地方。但老杜也绝非将自己置身于这片凋零的暮春景色之外，他对繁枝不再投以惋惜的目光："花落辞故枝，风回返无处。"在他眼里，花儿似乎并不懂得，它们一次天真的调皮之举，已酿成无可挽回的后果。花儿在不经意中随风飘落，可它们又何尝想到，当它们再欲重返枝头时，却怎么也找不着回家的路！

这是一种无以复加的悲慨！作此悲慨之语，诗人自有他的理由。如今，虽已辗转获悉弟弟的消息，但兄弟离别，漂泊在外，甚至不如飘零的浮萍，他们找不到聚首的时刻。"骨肉恩书重，漂泊难相遇"，人世的漂泊与繁花的飘落是何等相似！"风回返无处"、"漂泊难相遇"，即是一种永无归途的浪迹！若言花期尚有归日，但毕竟，"且看今日树头花，不是去年枝头朵"。人呢，人何以堪呢？

"犹有泪成河，经天复东流。"感慨至极，只能一任热泪流出，汇成一条永不止息的奔腾长河，东流入海，无边的海水也溢满诗人的悲慨！

（刘　琴）

263

观公孙大娘弟子舞剑器行 　　杜　甫

昔有佳人公孙氏，一舞剑器动四方。
观者如山色沮丧，天地为之久低昂。
㸌如羿射九日落，矫如群帝骖龙翔。
来如雷霆收震怒，罢如江海凝清光。
绛唇珠袖两寂寞，晚有弟子传芬芳。
临颍美人在白帝，妙舞此曲神扬扬。
与余问答既有以，感时抚事增惋伤。
先帝侍女八千人，公孙剑器初第一。
五十年间似反掌，风尘澒洞昏王室。
梨园子弟散如烟，女乐馀姿映寒日。
金粟堆南木已拱，瞿塘石城草萧瑟。
玳筵急管曲复终，乐极哀来月东出。
老夫不知其所往，足茧荒山转愁疾。

【鉴赏】读此诗作，有如阅尝一部姿态万千的武侠小说，更妙似欣赏一部声响画面俱佳的影视作品。

故事有一个序幕：话说大历二年（767）十月十九日，杜甫作客于夔州别驾元持的府上。在宅中，他无意间欣赏到了临颍李十二娘的剑器舞，觉其神奇，"壮其蔚跂"，不由发问："请问姑娘师出何人，乃有此等造诣？"十二娘极为自豪地回答："我乃公孙大娘的弟子。"

闻此，杜甫的思绪飘回至开元五载（717），时甫尚年幼，但他却清楚地记得于郾城观公孙大娘舞剑器的情景。那是怎样的浑脱淋漓啊！只要听闻她将舞剑器的消息，便有四方之人闻讯而至，她的舞姿足以让观者情绪为之波动，足以让天地为之动容！当她起舞，那是"㸌如羿射九日落"，利落、矫捷；当她舞动，那是"矫如群帝骖龙翔"，轻盈、大气；一曲当终，那是"来如雷霆收震怒"，浏漓、顿挫；曲罢已矣，那是"罢如江海凝清光"，静谧、肃穆。

"绛唇珠袖两寂寞"，再也难睹如此曼妙的舞姿了！只能暗自感慨，幸亏晚年还有弟子继承她的才艺！要不，真是人世间的一大损失！思绪回转，至于序幕，那是李十二娘神采飞扬的舞姿！但此番，杜甫已经无心欣赏，与十二娘的问答触动了他的惋伤，他不禁抚今追昔，泪满衣襟！

昔年，在政治清明时节，玄宗亲建梨园教坊，弟子八千，公孙舞蹈堪称第一。五十年后，似在反掌之间，世事变幻，人事沧桑，风尘澒洞，战乱纷飞，消散了如烟的繁华，更散尽了昔日才华横溢的梨园弟子！如今看来，只有十二娘这个并不地道的梨园弟子，在落日残阳里凄美地舞动！繁华与衰落如此鲜明的对比，老杜怎能不感伤涕零、感慨万千呢！

寂寞的小臣寂寞地行走在草木萧瑟的白帝城里。急管繁弦，一曲既终，乐极哀来的诗人不知所往，亦不知所止，孤独地走在寒月荒山之中。

（刘　琴）

独酌成诗　　　　杜　甫

灯花何太喜，酒绿正相亲。
醉里从为客，诗成觉有神。
兵戈犹在眼，儒术岂谋身。
共被微官缚，低头愧野人。

【鉴赏】杜甫喜用"独"字，若细加推究，他的一生，自有几番孤单自处的经历，甚至在友人相信、妻小相伴、邻里相亲的日子见到的仍是凄清，所感的仍是孤独。所以，"独"字，实乃诗人杜甫的一种心境罢了，是孤单、孤独、孤寂，任凭读者去理解而已。

又是一个夜晚，一盏清灯，一盏新酒。灯花偏不与人的心境合拍，此时不合时宜地燃烧出几个花蕊，似在向灯前人言说喜讯。可点灯人才不领这点儿情呢！他的内心正孤寂难耐，满怀心事却无处诉说，你高兴地"绽放"给谁看呢？还是一任你自己显摆着明亮与耀眼吧，不拿起剪刀咔嚓剪掉算好的了！诗人目下觉得亲近的，是桌上的一壶色泽尚绿的新酒。为什么此时杜甫对酒情有独钟呢？也许是慢斟细饮之间，真的可以减却几丝烦忧，也许将是"举杯消愁愁更愁"。但眼下，实在找不到更好的解愁的办法了。聊斟一杯薄酒，把愁怀注入杯中，一口喝下，也许愁绪就减少了呢！

在酒力的作用下，诗人的意识已有一丝模糊，或者说，他找到了一个

265

兴奋点。"醉里从为客,诗成觉有神。"这时,他不再感到寂寞了,恍惚间已觉不是他一人在独酌,而是在外作客,有友人相伴,推杯把盏之际,友人正力劝他乘兴作诗一首呢。按捺不住勃发的诗情,杜甫一挥而就,写成后先自我欣赏一番,尚觉有几分不信,诗作是那样天成,分明是有神助么!

但这种沉醉的状态持续不了多久,无限心事又涌上心头。"兵戈犹在眼,儒术岂谋身。共被微官缚,低头愧野人。"在乱离之际,在兵戈扰攘的时代,作为一介书生,又能有多大作为呢?进不能金戈横立、策马战场,退不能为国献策、救民水火,这岂是儒生安身立命、有所作为的时代啊!如今,"我"已作左拾遗这一微官,却亦每每深觉志不获逞,与"野人"闲云野鹤般的生活相比,"我"是深感愧疚啊!

身醉而心不醉,古来文人,又有多少徘徊在仕与隐的十字路口,终身亦未有清醒的抉择!诗人又何尝不是这样呢!　　　　　　　　　　　(刘　琴)

望　岳　　　　　杜　甫

岱宗夫如何,齐鲁青未了。
造化钟神秀,阴阳割昏晓。
荡胸生层云,决眦入归鸟。
会当凌绝顶,一览众山小。

【鉴赏】如果有谁要用"沉郁顿挫"来概括杜甫所有诗作的特点,那么我就要说,你错了! 其实,每个人都曾经年轻过,都有过青年人的朝气与活力,而不是一开始就老成似老杜。老杜呢,他也曾经和李白一样,二十几岁时曾度过一段"裘马轻狂"的漫游生活,在那样潇洒的日子里,我们的诗圣杜甫,也向我们展示了一种无边的青春活力与朝气。这不,谁人不知这首《望岳》,谁人不能脱口而出"会当凌绝顶,一览众山小"呢!

如果您没有去过五岳之首"泰山",请不要觉得遗憾,请轻轻闭上您的双眼,随着我们诗人的缓缓低吟,挥动您想象的翅膀,去神游一回吧! 那绝对会是令您终生难忘的经历。

当巍峨的、神奇秀丽的泰山蓦地映入您的眼帘时,如果有人问您,泰山究竟有多高呢?"齐鲁青未了",我们的诗人这样描述。说到您的心坎里了吧? 可不? 在古齐、鲁两大国的境外,我们还能清晰地望见横亘在那里的泰山呢！

这是远望，还是近观呢？"造化钟神秀，阴阳割昏晓。"大自然似乎特别钟爱巍峨的泰山。看，阳光就让它有了十足的动感！天色的一昏一晓分割于山的阳面和阴面。一个"割"字，不仅恰切，而且极有韵味，写足了造化之功、山势之高。

"荡胸生层云，决眦入归鸟"，请睁大您的双眼吧，细细望去，山中云气层出不穷，是不是让您的心神也随之荡漾了呢！那投林还巢的鸟儿，可给您的双目带来了不适？

还是且闭了眼，深呼吸一口纯净的泰山空气吧！最妙的莫过于诗人情感的抒写了："会当凌绝顶，一览众山小。"说一定要登上泰山最高处，因为在那里，万千山峰将尽在脚下，尽收眼中！那是一份怎样的豪情呢！您是否也感觉到了胸中豪情的涌动呢！

登山如此，做事如此，为人更应如此！置身于更为宽广的世界，有更为宽广的心胸与眼光，"一览众山小"之际，我们会收获更多！　　　（刘　琴）

苦　竹　　　　杜　甫

青冥亦自守，软弱强扶持。
味苦夏虫避，丛卑春鸟疑。
轩墀曾不重，剪伐欲无辞。
幸近幽人屋，霜根结在兹。

【鉴赏】这是一种散布在墙根、屋后、沟沿、山地的竹，低矮、细小而又表皮粗糙。它们也是一丛一丛地生长，只是这"丛"字，一不小心用了，便有夸张之嫌，不妨用"簇"字更为恰切。它的颜色，亦可以称为"绿"，但却丝毫不能带给人以清新的鲜活感觉。它的绿，非常深，隔上三五米乍然望去，几疑为青色；然而再一细看，就会从心底泛起一种苦涩的感觉，沉沉的，却又如山溪般清淡。于是口舌间渗出一丝细细的苦水，苦不堪言，然而略加咂味，即回味悠远。只不过其悠者，在于苦，其远者，在于涩，所以并不为人所喜。

它没有修竹的挺拔高岸，文人以君子比竹，也绝不是指此类。在常人心目中，没有人把它与高洁相连。苦竹，苦竹，它的味道是苦涩，它言说着

267

清苦。可诗人杜甫这里却以苦竹为题,赋予这类常人所鄙弃的另类以诗意,他要表达什么呢?

苦竹散布在阴暗的所在,似乎独自守着自己的方寸土地,独自守着自己的寂寞。没有伟岸的身躯,据说,它的直径仅约15毫米。它们就这样一丛一丛地生长着,自成一个"群体",相互扶持,在软弱中亦言说着坚强。

苦竹的味道不仅不为人所喜,连夏虫也似乎领教了它的"厉害",飞过此地,不作丝毫停留,甚至远远避开。因它们的卑小,春鸟更不会栖身此处。苦竹的寂寞将与谁言说呢?

寂寞如此,它也曾有过昔日的风光么? 没有!"轩墀曾不重,剪伐欲无辞。"繁华的所在自不会重视这不起眼的家伙,但或许正因无用而成其大用呢,至少它们尚且没有沦落到被剪伐的不幸命运呢!

"幸近幽人屋,霜根结在兹"。苦竹终于找到了自己的位置——与幽人居。相伴的是清幽之人,眼见的是清幽之事,自可把霜根深埋,留下更多生命的足迹。幽人、幽所、幽竹,相映成趣! 恐怕会羡煞许多尘世之人吧!

作此诗篇,杜甫之本意在于以苦竹自况,写足了自己为世所疏的感伤。但在感伤之余,他终能自嘲般地一笑,泯却辛酸悲哀,作一幽人也罢呢!

(刘 琴)

绝句漫兴九首(其三)　　杜 甫

熟知茅斋绝低小,江上燕子故来频。
衔泥点污琴书内,更接飞虫打著人。

【鉴赏】这首小诗,若有不同的人情,则可以有两种不同的解读方式。一是人与自然的和谐共处图。

茅斋极度低矮狭窄,燕子似乎熟知了这一情况似的,在它们绕江点水飞行玩乐极度疲倦之后,便轻车熟路地前来歇歇脚,似早已将此处当作了它们温暖的"家"。只要缓过劲儿,它们便又开始在屋内忙活起来,将从外面衔来的泥土恣意地抛洒在琴和书上,似在继续经营它们的小窝。这时,如果有飞虫不合时宜地前来,它们则轻便地转身迎去,丝毫不顾及扰乱了屋内的真正主人。

这正有如《聊斋》里所叙的精灵故事,茅斋的主人公在燕子这种精灵的陪伴下弹琴作诗,人与自然和谐共处,安谧得令人嫉妒。

可明代王嗣奭《杜臆》就此诗偏偏要说:"远客孤居,一时遭遇,多有不可人意者。"如果不是杜甫,如果杜甫不是已卜居草堂有一段时日,有谁不愿按前一种思路去解析此诗呢!可偏偏就是杜甫,偏偏就作于他客愁未醒之际,老杜又怎会有静赏自然,看山花开落、鸟儿纷飞的心境呢?老杜的心境是沉郁的,诗作表达自然也是沉郁了!

茅斋低小,连主人也深觉狭窄,可江边飞燕却频频飞来扰乱主人本就烦扰的心绪。仅仅是飞来飞去,不干扰到"我"的生活也就罢了,可它们偏偏还用衔来的泥土点污了"我"的琴、书。琴、书乃古来书生最要紧之生命,即使遭遇战乱,也一定要首先携琴、书辗转流离,不到万不得已,决不放弃。眼下,乱离奔逃中都未曾遗落的琴、书,却为这帮燕子所点污!呵斥它们,它们听不懂;赶逐它们,它们亦不知道走。还有更过分的呢,这些可恶的燕子,还不时追捕飞虫,竟无视"我"这主人的存在!

其实燕子本无此意,但客愁未醒,又怎能不由此生发出禽鸟亦若欺人的感慨呢!

细赏此作,觉颇有韵味。读者应予老杜多一分理解才是呢!

(刘　琴)

绝句漫兴九首(其四)　　　杜　甫

二月已破三月来,渐老逢春能几回?
莫思身外无穷事,且尽生前有限杯。

【鉴赏】组诗作于杜甫寓居成都草堂的第二年。当已有一份绝好的处所可供安身,当流离失所的生活已成往事,又逢生机与活力无限的烂漫春日,我们的诗圣杜甫又在想些什么呢?

"二月已破三月来"是说已见消散了冬日的冷清与沉寂,也消散了料峭的春寒,真正温情的、美好的春天来到了!花儿绽放,鸟儿和鸣,草堂周围郁郁葱葱,江边水色澄澈可人。这样的一分春色终于打动了诗人,可他却没有蘸满墨水,去描摹这美好春日的无限风光,而是满怀心思地写下:"渐老逢春能几回?"

春色的萌动与崭露,正如同年轻的姑娘小伙儿在挥洒他们的青春与活力。在这年轻与活力的对比下,诗人分明感到了自己的老态。说"我"已日渐衰老,还能有几次机会能好好欣赏与拥抱这美好的春日呢?眼看满眼春色即将零落,"一片花飞减却春,风飘万点正愁人"(《曲江二首》其一),"我"确实应该好好珍惜眼下的美好呢!

"莫思身外无穷事,且尽生前有限杯。"这时,该暂时抛却无穷的世事烦扰,向杯酒中寻求一次恣意的放纵,因为毕竟,这杯酒的沉醉也是一天少过一天了啊!诗人也许正满含着热泪,低吟出此句,这是一如"且看欲尽花经眼,莫厌伤多酒入唇"的义无反顾的投注!

诗人说"莫思身外无穷事",他就真能做到"不思"了吗?不,做不到的,尤其是杜甫做不到。你看他在用词上就有所保留,一个"莫"字,写足了劝慰的劲头!他在劝慰自己,暂且不要去想那些身外之事吧,且贪恋眼下的这杯酒才!但我们都知道,强烈的家园情感在任何时候都没有被他抛却。如今,虽栖身草堂,虽生活宁静,但他的头脑一刻也没有停止过对家事、国事的思考。

于家事而言,兄弟姐妹离散,是"有弟皆分散,无家问死生"(《月夜忆舍弟》);自己曾飘零在外,遍尝艰辛,"生还今日事,间道暂时人"(《喜达行所在三首》其一);而生活的困顿更让他颜面无存,悲慨至极。

于国家事,国家尚望恢复,自己却报国无门,理想无法实现的悲哀时时寓居心头。

所以,即便诗人大言"且尽生前有限杯",可以真能做到放却甚至只是暂时忘却么?答案一定都是否定的。也许你、我、他人都能,但杜甫绝不能。

(刘 琴)

佳　人

杜　甫

绝代有佳人，幽居在空谷。
自云良家子，零落依草木。
关中昔丧乱，兄弟遭杀戮。
官高何足论，不得收骨肉。
世情恶衰歇，万事随转烛。
夫婿轻薄儿，新人美如玉。
合昏尚知时，鸳鸯不独宿。
但见新人笑，那闻旧人哭。
在山泉水清，出山泉水浊。
侍婢卖珠回，牵萝补茅屋。
摘花不插发，采柏动盈掬。
天寒翠袖薄，日暮倚修竹。

【鉴赏】诗人杜甫以满含深情的笔墨，创造了一位绝代佳人的美好形象。

"绝代有佳人，幽居在空谷。"诗人没有具体描绘佳人美貌，但仅"绝代"二字，就足以让人产生无尽的想象。是秀发如瀑、明眸善睐吧！是一顾倾城、再盼倾国吧！是凌波微步、罗袜生尘吧！是"手如柔荑，肤如凝脂"吧！抑或是"巧笑倩兮，美目盼兮"吧！……不，这些诗人都没有指实，就是"绝代"，是无与伦比的一种美貌与气质。而这样的一位佳人，却"幽居在空谷"，独自一人住在幽深的山谷之中，与自然为伴，这是为什么呢？这样的一位绝代佳人，究竟有着怎样的不为人所知的身世秘密呢？

佳人开始倾诉自己的不幸遭遇了。她说自己本出身于"良家"，因身逢战乱，兄弟均遭杀戮，尸骨难收。世态炎凉，因家庭的不幸，丈夫也移情别恋："夫婿轻薄儿，新人美如玉。"佳人不禁暗自感叹："但见新人笑，那闻旧人哭。"是啊，也许"新人虽言好，未若故人姝。颜色类相似，手爪不相如"（汉乐府民歌《上山采蘼芜》）。但所谓树倒猢狲散，娘家既已败落，夫婿转变面孔，另眼相待，也就似乎在所谓的"世情"之中了。

带着这种家庭与个人的双重不幸，佳人没有继续在丈夫的屋檐下忍气咀嚼冷暖,她有她自己的坚持! 柔弱的佳人作出了最惊人的选择:"幽居在空谷!"即便这种"零落依草木"的日子孤苦异常,她依然无怨无悔!

"待婢卖珠回,牵萝补茅屋。"生活自然是清苦的,有时则难免要靠变卖首饰度日,所居也甚为简陋,不得不时时补缀以抵挡风雨的侵袭。但我们的主人公内心是安宁的! 她坦言:"在山泉水清,出山泉水浊。"这位时乖命蹇女子的高洁品格,正如同这山间清冽的泉水,容不得世外之人、世外之物对它有丝毫玷污!

"摘花不插发,采柏动盈掬。天寒翠袖薄,日暮倚修竹。"采摘美丽的花朵,手捧苍翠的柏枝,天寒日暮,翠袖嫌薄,但我们美丽的主人公仍有一份爱美的心情,独倚修竹,向深山幽谷展示她的内秀与外美。末两句以写景作结,画出佳人的孤高和绝世而立,画外有意,象外有情。诗的最后这两句,最为后人激赏:对美人容貌不着一字形容,仅用"翠袖"、"修竹"这一对色泽清新而富含意蕴的意象,与"天寒"、"日暮"的山中环境相融合,便传神地画出佳人不胜清寒、孤寂无依的幽姿高致。

兰生幽谷,不为无人而不芳!

(刘　琴)

蜀　相　　杜　甫

丞相祠堂何处寻? 锦官城外柏森森。
映阶碧草自春色,隔叶黄鹂空好音。
三顾频烦天下计,两朝开济老臣心。
出师未捷身先死,长使英雄泪满襟。

【鉴赏】唐肃宗上元元年(760)春,经过了四年多漂泊流离生活的老杜,来到了成都西郊的浣花溪畔,在他人的资助下,终于有了一个暂时安居栖身之所草堂。这里恬静优雅的环境让诗人飘浮疲惫的心得以沉淀休憩,那曾经千万遍思量的开济老臣怀抱却不时跳将出来,敲击诗人渐趋平静的心。于是,一个风和日丽的春日里,老杜打点一下行装,带着朝圣般的虔诚,去那锦官城外的诸葛祠堂。但这绝不是一篇记游之作,怀人的心情远甚于游览的兴致,故向诗题题曰"蜀相"而非"诸葛祠"。

一开篇,老杜自己发问了,说丞相的祠堂在哪里呢? 也许老杜正经历了一番辗转的打听,才问达到向往已久的目的地,所以在此以一问句开篇,融进了一路寻觅的"波折"。祠堂所在,定不是普通的去处吧! 带着这份悬想,诗人欣喜地发现:"锦官城外柏森森。"锦官城外,诗人远远就望见了一片郁郁葱葱的柏树。在这片翠柏的掩映下,武侯祠也许还有几分"内敛",未曾以一角面貌示人;或许已大大方方地显示了它的静穆与巍峨。这里,不写其它林立的树木而独取翠柏,不正暗示了祠堂主人武侯的高洁品质么?

瞻仰了巍巍的殿宇、凛凛的塑像,走出来,诗人的心空落了。"映阶碧草自春色,隔叶黄鹂空好音。"满院碧草,正一个劲地显摆它的色泽,隔着茂密的枝叶,传来了黄鹂声声清脆的鸣叫。但时间已淘尽了无数风流人物,丞相孔明就是其中之一。如今,这偌大的庙宇,除了瞻望游览的人群,便只有碧草黄鹂与这位千古英雄为伴了。一种荒凉寂寞之感不知什么时候已涌上心头。

"三顾频烦天下计,两朝开济老臣心。"从眼前之景宕开视线,诗人低头凝想,转入抒情。武侯此时是寂寞的,但他生时是幸运的。他鞠躬尽瘁,死而后已,回报了刘备的知遇之恩。只是,汉家基业的巩固太耗神耗血了,"出师未捷身先死,长使英雄泪满襟"。智慧忠诚如武侯,也未能最后完成他的匡助心愿。"三顾频烦天下计"令人想起三顾茅庐和隆中决策,"两朝开济老臣心"句与"出师未捷身先死"句更令人怀念诸葛亮辅佐先主刘备、后主刘禅两朝,取两川、建蜀汉、白帝托孤、六出祁山和病死五丈原等等感人事迹。"天下计"推崇其匡时雄略,"老臣心"赞扬其报国忠忱。老杜本人的忧国之心也隐隐然寄托其中。

有了这两句的沉挚悲壮,末联再作痛心酸鼻的哀哭之语"长使英雄泪满襟",全篇显得精神振起,有震撼人心的巨大力量。　　　　　(刘　琴)

天末怀李白　　　　　杜　甫

> 凉风起天末,君子意如何?
> 鸿雁几时到,江湖秋水多。
> 文章憎命达,魑魅喜人过。
> 应共冤魂语,投诗赠汨罗。

【鉴赏】又是一个秋末天气,凉风骤起,更吹皱了诗人本就颇不平静的心。杜甫时客居秦州(治所在今甘肃天水),北国风物,此时更是一片萧索。放眼四顾,找不到一丝生机与活力,怅望云天,更增愁绪无数。回顾自身遭际,深感人海茫茫,世事难料,无限悲凉,涌上心头,悲秋情绪,挥之难去。适闻友人李白流放夜郎,途中被赦,还至湖南,不由想对挚友聊抒一番心曲。

"凉风起天末,君子意如何?"这样的时节,这样的天气,我的心情是孤独,我的情绪是彷徨,友人你呢?被赦归来,在漂泊他乡的小舟之上,面对周遭景物,你的内心感受又是怎样的呢?该有一股抑郁难平之气吧?抑或也有一丝悲凉与彷徨?还是你果然做到了一如既往的洒脱与旷达?

杜甫说,听闻你遇赦归来,我是多么期盼了解你更多一点音讯啊!可"鸿雁几时到,江湖秋水多"。那负责传书的鸿雁呢?是因什么事耽搁了吧?为何迟迟还不见踪影呢?友人你正处潇湘洞庭之间,水波潺潺,我正为你郁结了一腔愁怀呢?你理该好好珍重,平安归来!

怀思之余,诗人对友人李白的身世遭际给予了极大的同情:"文章憎命达,魑魅喜人过。"命运似乎总与人作祟,好的文章写手为何总是时乖命蹇呢?最可恶的还是那些魑魅小人,总爱背后饶舌!千古文人阅此,又有几个不深感无驻足之地呢!古来才智之士,悲哀如此!后人评此句即曰:"一憎一喜,遂令文人无置身地。"(高步瀛引邵长蘅语,《唐宋诗举要》)

"应共冤魂语,投诗赠汨罗。"杜甫遥想李白应流寓在湘江一带,那里,有被谗放逐、自沉汨罗的千载冤魂。友人李白是否会对水凝想,痴痴地将手中诗稿投赠水中,让涟漪带去对屈原的深挚问候?一个"赠"字,表明这是让人泪满衣襟的跨越千年的对话。屈原与李白,同样的才华横溢,同样的被逐命运,他们应该有灵犀一点,惺惺相惜吧!

杜甫感友人之所历,想友人之所思,固有此作,寄慨遥深。 (刘 琴)

月夜忆舍弟　　　　　　杜 甫

戍鼓断人行,边秋一雁声。
露从今夜白,月是故乡明。
有弟皆分散,无家问死生。
寄书长不达,况乃未休兵。

【鉴赏】一个清冷的夜晚,耳畔传来了单调的更鼓声,不由让人的心绪也变得单调、沉闷了。一位孤单的满怀愁绪的诗人,此时正月夜独坐,头脑一片空白。蓦然响起的更鼓声刹那间惊醒了他,突然,他感到了一丝清冷,猛然意识到,又是秋令时节了!

在这样一个夜晚,伴随沉闷的更鼓之声,诗人感到了分外的寂寞。这不,路上连一个行人也没有,偌大的天地似乎只有诗人自己孤单地呼吸着寂寞的空气。不!不只他一人!还有秋雁呢!听,那不是它们欢快的鸣声么!可再凝神细听,诗人倍感孤寂了!那是一只失群的孤雁在凄楚地鸣叫,一声声,都敲打在了诗人本已孤寂的心上!"我"又何尝不想对你略加挽留了,可只怕我们的相互抚慰只会平添几分凄恻啊!

这样的寂寥,这样的冷落,都是由什么造成的呢?仅仅是因为"我"的寂寞心绪么?不!是频仍的战乱,它阻隔了行人来往的脚步,阻断了本可频传的音信,更扼杀了太多的生灵,让空气的每一个分子都饱含了凄凉!"露从今夜白,月是故乡明。"这样冷漠与凄凉的氛围就更容易勾起旅人的思乡之情。白露的夜晚,清露茫茫,一轮明月,朗照天空。清露更添寒意,朗照的明月却显出几分"朦胧"。明明是同样的清辉洒落,可诗人偏偏觉得"月是故乡明",说故乡的月色更皎好!是什么遮蔽了明月清辉的洒落呢?恐怕是诗人孤寂的心绪吧。

仰望这轮明月,诗人开始思了!可是,在这看似无尽的战乱中,家园早已无存!那就思念"我"那故乡的亲人吧!可却早已失去了他们的音信:"有弟皆分散,无家问死生。"诗人的一腔愁绪无处诉说,已悲慨至无以复加的境地!诗人还在作最后一丝幻想,"我"寄封书信试试吧,或许他们正在我们曾经居住过的某处,焦急地等待"我"的消息呢!但诗人毕竟又是现实的,转念间,他又绝望了:"寄书长不达,况乃未休兵。"和平时期尚且常常寄书不至,何况战乱期间呢!

生死茫茫,世事难料,闭了眼,一任清冷的侵袭……　　　　　（刘　琴）

李华(715—766),字遐叔,赵郡赞皇(今河北赞皇)人。开元二十三年(735)进士,天宝二年(743)登博学宏辞科。历仕秘书省校书郎、监察御史、右补阙等。安史乱中为叛军俘,授伪职,乱后贬杭州司户参军。晚年客隐山阳以终。为著名散文家,与萧颖士齐名,世称

"萧李"。并与萧颖士、颜真卿等共倡古义，开韩、柳古文运动之先河。亦有诗名。其集已佚，后人辑有《李遐叔文集》。

春行寄兴　　　　　　　　　　　李　华

宜阳城下草萋萋，涧水东流复向西。
芳树无人花自落，春山一路鸟空啼。

【鉴赏】 宜阳城即福昌镇（为唐代宜阳县治所，在今河南宜阳县城西），著名的连昌宫就坐落在这里。但经过安史之乱，这里已不复昔日歌舞升平的景象了，唐代诗人张祜曾作《连昌宫》诗伤叹道："龙虎旌旗雨露飘，玉楼歌断碧山遥。玄宗上马太真去，红树满园香自销。"甚至在乱平后数年，这里仍然荒凉，元稹《连昌宫词》便称："两京定后六七年，却寻家舍行宫前。庄园烧尽有枯井，行宫门闭树宛然。"

诗人李华大概也是在安史之乱后来到宜阳的，亲见了乱后此地的荒凉，一句"宜阳城下草萋萋"便道出个中消息。"萋萋"二字让人联想到屈原《楚辞》中说的"王孙游兮不归，春草生兮萋萋"，二者同样都因见草木萋萋而心生凄凉之感。屈原感叹的"王孙不归"在李华那里应该是伤"王孙不至"了（元稹《连昌宫词》便提到"尔后相传六皇帝，不到离宫门久闭"）。

"涧水东流"一句颇耐人寻味，在春行途中，所见景象万千，为何诗人单单拎出涧水东流又折向西这一不同寻常的自然景观呢？并且这与春日也没有什么关联。我们应当从诗人内心的情感和逻辑走向去理解：当见到今日之宜阳城的衰飒凄清，联想起昔日的热闹繁华，这今昔之感自然引发诗人更深的历史感喟，河流尚有东流折西的反复，人世又何尝没有由盛而衰的退转呢？

诗的后二句写春行途中所见之近景。与前二句一样，被描写的景物无不与此际心境相通。"芳树无人花自落，春山一路鸟空啼"，无人欣赏的芳树只有任花自行凋落，山间唯有鸣鸟之声而听不见喧笑的人声，这些物象透出了诗人心中深深的寂寥。

史载李华在安史乱中为叛军所虏，授以伪职，后来乱平后被贬至杭州做一任小官，有学者指出此诗作于安史之乱后不久，若果如此，我们就能更好地理解诗人那份寂寥之情了。

（唐　磊）

岑参(715?—770),原籍南阳(今河南南阳),迁居江陵(今湖北荆州)。年轻时献书求仕无成,奔走京洛,漫游河朔。天宝三载(744)进士及第,授右内率府兵曹参军。天宝八载(749),充任安西节度使高仙芝幕府书记。十三载(754),又充安西北庭节度使封常清判官。后转虢州长史,又任太子中允、虞部、库部郎中,出为嘉州刺史,人称"岑嘉州"。大历五年(770)卒于成都。其诗题材多样,想象丰富,善于描绘塞上风光和战争景象,气势豪迈,情辞慷慨。有《岑嘉州集》。

白雪歌送武判官归京   岑 参

北风卷地白草折,胡天八月即飞雪。
忽如一夜春风来,千树万树梨花开。
散入珠帘湿罗幕,狐裘不暖锦衾薄。
将军角弓不得控,都护铁衣冷难着。
瀚海阑干百丈冰,愁云惨淡万里凝。
中军置酒饮归客,胡琴琵琶与羌笛。
纷纷暮雪下辕门,风掣红旗冻不翻。
轮台东门送君去,去时雪满天山路。
山回路转不见君,雪上空留马行处。

【鉴赏】 天宝十三载(754),岑参再度出塞,在安西北庭节度使封常清幕任判官,武判官是他的同僚,要回京述职,在中军帐里摆开酒宴,为武判官饯行,于是产生了这首咏雪送人之作。诗以咏雪起,在咏雪中暗寓别情。以送人结,展现了雪中送人的奇景和深情,再现了边地瑰丽的自然风光和戍边将士的精神风貌。

    诗从西北边塞的气候特点落墨:这里风大,一刮起来铺天盖地,连坚韧的白草也要折断;这里雪早,一交八月便下雪了。这不仅和内地形成鲜明对照,而且突出环境的险恶。但诗人没有沿"险恶"生发,而是笔锋一转,说这雪像一夜春风吹开的千万树梨花,真是妩媚动人,这就使得读者所担心的"险恶"变得多余而可笑。"千树万树梨花开"的比喻是前所未有的,它赋予风雪奇寒的北国风光以春天的暖意;赋予作者现实军旅生活的体验以诗意,真是"妙手回春"。读者赞叹未已,诗人笔锋一转,连用四句在南方人视为反常的情事,渲染天气的奇寒,展示白雪的威严风骨。"散入珠帘湿罗幕"一句承上启下,自然地由野外雪景转为室内人的生活场景,通过人的感受来写严寒。狐裘变得不暖了,锦衾显得单薄了,将军的角弓冻得拉不开了,都护的铁衣冷得上不了身了。诗人对奇寒津津乐道,使人不觉其苦,反觉冷得新鲜,冷得有趣。归根结底,这又是诗人以及戍边将士昂扬的精神力量在起作用。因为在上述描写的背后,有"将军金甲夜不脱,半夜军行戈相拨,风头如刀面如割"的生活场景,将士们正是如此这般地战天斗地,尽着戍守边疆的职责。白雪的威严风骨难道不正是戍边将士精神风貌的写照?

诗的后半写送人,也是由帐外而帐内。浩瀚的沙海,冰雪遍地;冬云暗淡,低垂在广阔的天宇,诗人用夸张的笔墨,勾画出边塞雪原的全景,也为送别定下凝重的基调。接着描绘饮宴情景。酒宴摆在中军帐内,有"胡琴琵琶与羌笛"等民族乐器的演奏,至于异域风情的歌舞,以及葡萄美酒之类,都是题中应有之义,作者举其一端,突出其边地饯别的特征和由此引发的离愁别绪。对酒宴场面一带而过,而对暮雪下辕门和"风掣红旗冻不翻"的细节却着意加以刻画,都是为了营造一种惜别的氛围。轮台东门的送别是全诗的高潮。深情送别,不仅送出辕门,而且一直送出轮台东门;不仅送出轮台东门,而且还一直望着行人远去,直至行人被层峦叠嶂隐去了,还默默地看着雪地上留下的马蹄印深思,一颗依依难舍的心仍在送着,念着……诗人用叙事代替了抒情,收到了强烈的艺术效果。其意境与李白《黄鹤楼送孟浩然之广陵》"孤帆远影碧空尽,唯见长江天际流"相通。为什么武判官的归京如此牵动人心呢?因为艰苦的边地军旅生活增强了将士、同僚之间的人情味;因为此行征程万里,关山阻隔,困难重重;更因为此行不是个人行为,在现代交通工具和通信手段尚未出现的唐代,边地和中央的联系只靠人员的往返,武判官此行带着戍边将士对家乡亲人的思念,对朝廷的忠诚……责任重大啊!

　　岑参反映边塞生活的诗篇,洋溢着积极乐观的情绪。在艺术上,富有幻想色彩,善于运用变化无端的笔触,描绘现实生活中的体验。往往表现得光怪陆离,给人以惊险新奇的感觉。《白雪歌送武判官归京》集中地体现出这些特点。

(杨　军)

春　梦　　　岑　参

　　洞房昨夜春风起,遥忆美人湘江水。
　　枕上片时春梦中,行尽江南数千里。

　　【鉴赏】看惯了岑参或是奇突或是瑰丽的边塞诗作,如此婉约、温馨的小诗反倒让人觉得有几分惊异。但这首小诗的情感是如此细腻,用字是如此纤巧,结合他雄奇的边塞诗作,我们是否看到了一个多面手的诗人呢?

　　对司空见惯的一些事物,我们的感觉会因习惯而略显迟钝。如同用一只长满了老茧的手去触摸婴儿的肌肤,老茧的僵硬感远甚于滑嫩如荑的触觉。这样的掌心,即使用刀去削,也丝毫不会感觉任何疼痛。当习惯了寒冷萧索的冬季,晒惯了那温和的太阳,又有几人曾体察到春天慢慢走近的脚步,感受到和煦春风的吹拂?看,我们诗作的主人公和千万普通人一样,在深邃的洞房之中,不知被何事撩起了对春的触觉,也许是窗外的一声陌生的呼唤,也许是洞房珠帘的一次平常的摇动。春回大地,总是唤起人种种的心绪,对离人的思念就是其中最平常的一种。

　　"遥忆美人湘江水",花如美人,美人如花。这里,"美人"也许是指容色美丽之人,也许是指品德美好之人,这就是中国语言的多义性。美好的春日总是期待着如花美眷的流连,总是巴望着默契友人的知赏,因此,在这样的春日,在感受到春色铺满大地的时刻,我们的主人公不禁怀想起远在湘水之畔的"美人"来。其实,湘江本身就可以引起关于美好的种种联想,依依美人,独立湘江水畔,那又是怎样令人神往的一种意境呢!

　　但空间却成了二人相见期盼的最大阻隔。面对这种困境,诗人不是让他的主人公捶胸顿足,唏嘘长叹,而是以他独特的办法加以挽回,这便

279

是中国文人常用的手法——寄思于梦！怀想终归只是怀想，在梦中，期盼与幻想可以暂时成为现实。于是，主人公将不尽的情思寄予片时春梦，空间的距离因时间的超越而得以弥补。"枕上片时春梦中，行尽江南数千里。"与苦苦思念的美人相会于湘江水畔，梦中的惝恍迷离与缠绻美好恐怕只有梦中之人能够体会吧！

（刘　琴）

与高适薛据同登慈恩寺浮图　　岑　参

塔势如涌出，孤高耸天宫。
登临出世界，磴道盘虚空。
突兀压神州，峥嵘如鬼工。
四角碍白日，七层摩苍穹。
下窥指高鸟，俯听闻惊风。
连山若波涛，奔走似朝东。
青槐夹驰道，宫观何玲珑。
秋色从西来，苍然满关中。
五陵北原上，万古青蒙蒙。
净理了可悟，胜因夙所宗。
誓将挂冠去，觉道资无穷。

【鉴赏】天宝十一载（752）秋，岑参与高适、薛据、杜甫、储光羲五人同登长安慈恩寺塔，五人均有诗记其事，岑诗以其雄奇峻拔，为世所称。慈恩寺浮图，即今陕西西安大雁塔，为唐高宗永徽三年（652）唐僧玄奘所建。

　　"塔势如涌出，孤高耸天宫"。该诗起式即卓尔不凡，如"大将旗鼓相当，皆万人敌"。一"涌"字，化静势为动势，将巍然宝塔从地下涌出，凭空高耸之势衬托得淋漓尽致。此二句，奠定了全诗雄奇壮阔、苍劲挺拔的情感基调。

　　"登临出世界"八句，写登塔所见所感。诗人拾级而上，如走出尘世，塔阶盘旋，直达天穹。"出世界"和"压神州"二语，彰显出宝塔之大气磅礴与鬼斧神工，霸气尽露。"四角碍白日"二句，极尽夸张之能事，塔的四角遮蔽住白日，七层宝塔已摩天接踵，直与天齐。从塔的高处向下俯瞰，高空之鸟和凌厉之风都沦为高塔之配角，宝塔之高耸入云，可见一斑。

"连山若波涛"八句，以排比句式极力描摹宝塔四周之景色。东面山景绵绵不绝，如波涛起伏。南面宫苑，御道在青槐的映衬下格外葱翠，宫殿突显得灵巧精致，错落有致。秋风从西边袭来，萧瑟肃杀之气直贯长安。北边渭水北岸，前汉五位皇帝的陵寝，历经岁月沧桑，静静憩息于青松翠柏之下。"秋色从西来"四句，其笔力之雄劲，描绘之贴切，向为后人称道。明人钟惺赞此四句"写尽空远"，与杜甫之"齐鲁青未了"相比，"详略各妙"（《唐诗归》）。诗人写四方景色，不仅揭橥出周遭景色之转换，从雄阔到伟丽，从苍凉到悲凉，更暗合着对天下"其兴也勃焉，其亡也忽焉"，及历史盛衰无常的忧虑与反思。

末四句则借景抒怀，有感而发。宝塔纵然雄伟壮丽，但国事日艰的现实却令诗人心胸沉郁滞重。其时，边塞出征失利，朝廷奸宦当道，藩镇图谋不轨，民生凋敝，国家正处于风雨飘摇之中。诗人惆怅难解，唯有向佛家求清净之理。此时，诗人"挂冠"而去，远离俗务，早求佛理的退隐之心已跃然纸上。

总体而言，全诗极尽描绘之能事，为读者全方位呈现出慈恩寺塔的雄壮、孤高、突兀、超逸绝伦的形状与气势。但此诗意旨并非在此。在诗人看来，宝塔之雄壮，正反衬出国事的凋敝，民生之多艰，纵然眼前有奇景，又何曾增添半点喜悦？明人高棅评此诗"皆雄浑悲壮，足以凌跨百代"（《唐诗品汇》），正是把握住了家国之悲的诗歌主旨后的确切之论。

（乐　云）

碛　中　作　　　　　　岑　参

走马西来欲到天，辞家见月两回圆。
今夜未知何处宿，平沙莽莽绝人烟。

【鉴赏】无边的旷野，凛凛的风声，目标何处？是天尽头的一隅，还是信马奔去的所在？诗人仿佛是一位带刀的侠客，座下一匹风神俱佳的良马，正昂然四顾，寻求自己足迹将要掠过的路途。"走马西来欲到天"，这是诗人醉心于边塞的奇情异彩，对西北边塞风光的诗意描述。在他笔下，苦寒与艰难是言说满怀壮志豪情的铺垫。一个"来"字，即道出了诗人"此中人"的身份定位。如果是站在一个旁观者的角度，我们一定会选用一"去"字，将流连顾盼的目光投向远行人的背影，心中默默地为他数着祝福。但岑参却不这般下笔，他说"走马西来"，在信笔挥洒的诗作中，诗人在某种程度上将西北高原边塞当作了自己的家园，当作了自己的归宿，一种勃发的豪情由此可以想见了。

　　但毕竟，诗人是远离家人出门在外了。哒哒的马蹄声中，有着诗人细数辞家时日的默默低语。"海上生明月，天涯共此时"，月色总是易于撩起人的思亲之情。也许此时诗人信马走去，也许他正徘徊在健马周围。或许是无意中发现了那一轮皎月，无限乡思涌向心头；或许是巴望着明月的出现，聊寄一番思念。诗人默默低吟："辞家见月两回圆。"对时间的记忆是如此清晰，又有谁能够想见，豪情满怀的诗人心怀亦有如此细腻的一面呢！但不管豪放也好，婉约也罢，作为诗人，他们总是有着一颗锐感的心灵。眼望着圆月，感叹着月圆人不圆，故乡今夜，明月也应如此般朗照吧？那朗照的明月，可否为我捎去对故乡亲人的一份思念，一份问候？

　　正当我们满以为可循着这位豪情诗人的温情一脉继续前行时，诗人又宕开笔墨，将自己和读者的思绪都拉回至眼前的漠漠原野——"今夜未知何处宿，平沙莽莽绝人烟"。家里固然是温馨的，但诗人此时正走马西行，脚下，是无边的旷野，放眼望去，甚至看不到人烟的踪迹。诗人身边，除了马儿相伴，没有任何阻隔，也就没有任何物事可给人以温暖与安全感。换作任何人，也会心生忧虑，今夜，在这样的原野，究竟可以宿在何处呢？但诗人的目光总是向前的，那走马西来的豪情同样表现在这番叙写之中了。

（刘　琴）

逢入京使　　　　　　岑　参

故园东望路漫漫，双袖龙钟泪不干。
马上相逢无纸笔，凭君传语报平安。

　　【鉴赏】 岑参曾两次出塞，此诗作于他第一次远赴西域充任安西节度使高仙芝幕僚之际。作别了妻子，跃马踏上漫漫征途。如果每日与亲人相伴，便不懂得珍惜亲人间相聚的美好，如果不是时空的阻隔，便难以体会相思怀念的痛楚。此诗不作一生僻字眼，也看不出任何斧凿的痕迹，但诗人浓烈的情感是无以复加的。

作别了亲人，作别了故园。行人每走一步，离故乡妻子便越远一步。当已身处漫漫征途，离家日远之际，转首回望，哪里还有故园的踪迹，哪里还有亲人的身影！只见那漫漫长路，一路风尘，记下了自己远行的脚步，也扬起了亲人牵挂的愁肠。

虽说男儿有泪不轻弹，但再坚强的心，也总有脆弱的时候，也总有不堪触及的地方。每每念及妻子和家中其他的亲人，诗人总是泪流满面。"龙钟"，为淋漓沾湿之意，"泪不干"，也是说相思怀想让人泪水不断。那双袖之上，拭满泪水，化作泪痕，泪痕叠加着泪迹。泪痕印证诗人对妻子的每一次怀想，双袖则成了诗人思念故园的见证！

如果说有时候相思怀人是一种美好，更多时候，思念则像喝了一杯冰凉的水，化作热泪，从眼里流出。诗人岑参每一刻都忍受着思念痛楚的煎熬，正当他内心的这种情感郁积难以发抒的时候，迎面走来了一位相识的故人。一番寒暄之后，岑参得知故人将要回京述职，于是诗人迫不及待地请求他为亲人带去自己的一点讯息。回身寻找纸笔，翻遍了行囊，也不见纸笔的踪影。或许随身即携有纸笔，但马上相逢，时间紧急，地点受限，根本不容许诗人细细诉说衷肠。情急之下，诗人匆匆向故人提出，那就请你替我捎个平安的消息吧！其实，对远行在外的旅人，亲人除了平安，又夫复何求！一句平安，早胜过千言万语，早胜于任何寒温叙说，甚于千种离愁，万般思念。

将自己的一番思念遥寄亲人之后，诗人如释重负，将继续走他的路。那西域的雄奇风光，正在远方向他频频挥手呢。擦一把眼泪，挥一挥马鞭，我们看到的不是龙钟满袖的柔情书生，而是一位极具潇洒风神的边庭战士。

（刘　琴）

行军九日思长安故园　　　岑　参

强欲登高去，无人送酒来。

遥怜故园菊，应傍战场开。

【鉴赏】"独在异乡为异客，每逢佳节倍思亲。"身在异乡，每逢佳节，倍感思亲，这似乎成了中国文人一种固有的情结。佳节之际，写下诗作，聊抒相思，更是中国古代文人表达自己所用最多的方式。但很大部分诗作，总是围绕一己的身世与情怀，去抒写思亲怀友之情，境界不免多少有些狭窄。但岑参此作，在个人的深沉感慨中，寄寓的是对家国命运的关注与担忧，诗境也就显得分外阔大。

这首诗原注曰："时未收长安。"唐天宝十四载（755）安禄山起兵叛乱，次年长安即被攻陷。收复的期望时刻在有良知的唐人心中盘桓不已。即便身逢佳节，他们也不以一己的私意为念，所谓国在哪里，家在哪里。偏偏有一点思亲怀友之情难以抑制么？我们的诗人按捺住自我的情感，将小我拓展至大我，抒发了一种深挚的家国情感，对故园、故都的牵挂与担忧都渗透在本诗寥寥二十字的叙写中了。

"强欲登高去，无人送酒来。"重九登高，饮酒赏菊，是古已有之的习俗。"登高"二字早紧扣诗题"九日"，一个"强"字则写出了万般凄凉与无奈。强，是勉强，是不愿为之而又不得不为之的心态体现。当长安故园这一诗人生活了多年的帝都尚未恢复时，诗人又怎能有心思去过重阳节，去登高赏胜呢？这里，诗人还巧妙地化用了一个典故：据说陶渊明"尝九月九日无酒，出宅边菊丛中坐。久之，逢弘（江州刺史王弘）送酒至，即便就酌，醉而后归"。但岑参恰身逢战乱，行军途中，一身且不由己，酒无疑更是奢谈了！即便有酒亦有菊，又何谈饮酒赏菊的心境呢？

诗人此时凝神所想的，是遥远故园的现状，"遥怜故园菊，应傍战场开"。一个"遥"字，即写出了自身与故园相距甚远，如今只能遥寄一番牵挂与思念，而不能踏上故都，亲掬一把泥土，写下祝福。但诗人对故园、故都思念的情感是无法抑制的，他遥想故园的菊花，昔年是那样的灿烂，如今，也应同样的缤纷吧？只是那缤纷的菊丛中，也许已埋葬了太多将士的英魂。更或许，灿烂的菊丛正在断垣残壁的战场边寂寞地开放，此时，有谁记得是重九佳节，有谁会对你们寂寞地开放投去一瞥欣赏的目光啊！

吟完此作，遥向故园，诗人陷入了无边的沉思。

（刘　琴）

奉和中书舍人贾至早朝大明宫　　　岑　参

鸡鸣紫陌曙光寒,莺啭皇州春色阑。
金阙晓钟开万户,玉阶仙仗拥千官。
花迎剑佩星初落,柳拂旌旗露未干。
独有凤凰池上客,阳春一曲和皆难。

【鉴赏】岑参的这首和诗与贾至原作、王维和作在结构上基本一致:开始写早朝前的景象;接着写宫殿的堂皇及群臣朝见天子的威仪;最后以凤池作结。且三诗各有千秋,难分轩轾。不过,若从整体上来看,岑参之作应在王、贾之上。

首联通过听觉("鸡鸣"、"莺啭")、视觉("春色阑")、通感手法(由视觉之"曙光"而感"寒")等多种角度、技巧来渲染早朝前的时间流转,在光与影、声与色的交织中烘托出早朝前的气氛。故而,接下来以长虹贯日的气魄写出了早朝时的那种隆重、威严。颔联既有动感("开万户"、"拥千官"),又有声色("金阙"、"晓钟"),摄人心魄,引人入胜。

颈联虽缩小视界,然众多景象,眩人耳目。"花"、"剑佩"、"星"、"柳"、"旌旗"、"露",于一联之中融合无间,将早朝之气象呈于目前。

岑参此诗尾联稍欠圆融,明显是对贾至的揄扬。说贾至这个中书舍人(凤凰池指中书省)写的诗很好(像《阳春》这样的高妙曲子一样),附和起来比较难。其实也有点自谦的味道。

对贾至、王维、岑参、杜甫这四首《早朝》诗,自古以来,总有人要排名论次,其实如纪昀所谓"评议纷纷,殊可不必"(《瀛奎律髓汇评》)。我们所欣赏品味的只是各人于同题之作中体现出的不同手法和不同感情。以岑参这首来说,通章八句,前六句绚烂鲜明,波澜壮阔,平整融合,又皆自然流丽。所欠只在尾联堕入唱和诗之旧习,然亦不至损伤整体。明胡应麟相较王、岑,谓:"大概二诗力量相等,岑以格胜,王以调胜;岑以篇胜,王以句胜;岑极精严缜匝,王较宽裕悠扬。"(《诗薮·内编》)强分伯仲,或许容易落入俗套。

(刘晓亮)

走马川行奉送出师西征

岑 参

君不见走马川，雪海边，平沙莽莽黄入天。
轮台九月风夜吼，一川碎石大如斗，随风满地石乱走。
匈奴草黄马正肥，金山西见烟尘飞，汉家大将西出师。
将军金甲夜不脱，半夜军行戈相拨，风头如刀面如割。
马毛带雪汗气蒸，五花连钱旋作冰，幕中草檄砚水凝。
虏骑闻之应胆慑，料知短兵不敢接，车师西门伫献捷。

【鉴赏】岑参的边塞诗以奇情壮采取胜，此诗则较成功地体现了这一特征。作此诗时，作者在安西节度使封常清幕中。封奉命西征，岑写此诗送行。有学者经过一番考证，认为诗中所涉地名，实不可一一确指。诗人或许是以尺幅千里之笔，随意撷取西北边庭之地理风物以成诗境。我们读诗，特别是读岑参奇情异彩的边塞诗作，未尝不可作如是观。

诗人首先向我们展示了边庭环境的严酷。在写作中，作者只注目于一个"风"字，但读者却可飞腾想象，让无数画面在我们眼前呈现。走马川，雪海边，眼望的是无际的莽莽黄沙，这就是行军的戈壁大漠。狂风怒吼，卷起一粒粒沙尘，整个天空都是一片迷蒙混沌。行军将士几乎看不到前行的路，只能在摸索中艰难向前。

白天犹可，到了夜晚，环境更趋恶劣。这时，诗人不再写视觉感受，而是用听觉来写"风"。入耳的是狂风的怒吼，一个"吼"字，写尽了风的狂暴，有如一只困兽，在强力挣扎中爆发出极大的威慑力。伴随而来的，还有砰砰的声音，知情者才会明白，那是被风吹起的如斗碎石，满地乱走互相碰击发出的声响。"大如斗"、"石乱走"，我们的心也仿佛跟随诗人的描述而揪紧。

这样严酷的环境下，匈奴偏偏抓住他们"草黄马正肥"的战机，在汉家边庭制造"烟尘"。所幸的是，唐军早有防备，汉家大将随即出征。行军是艰苦的，将军的铠甲晚上都不敢脱下，衔枚疾走，军戈相拨，但军队仍是如此整肃。汉家将士面临的是"风头如面刀如割"的考验。不仅如此，天气绝冷，战马在奔跑中的汗液旋即凝结成冰，军幕中起草的砚水，也在瞬间凝固了。这种种细节，真切地再现了大漠行军的艰险。环境的严酷，更加衬托了唐军将士的凛凛风骨。

"虏骑闻之应胆慑,料知短兵不敢接,车师西门伫献捷。"诗人在对唐军的胜利作出展望了。是啊,有这样的将军,有这样的将士,能够忍受这样的严酷环境,那匈奴听闻,怕早已闻风丧胆了吧!"料知短兵不敢接"!这是多么肯定的表述!有了斗风傲雪的精神,相信在车师西门,他们一定能奏凯而归。

（刘 琴）

景云(755?—?),大约与岑参同时,善草书,能诗,今存诗三首。

画　松　　　　　　　景 云

画松一似真松树,且待寻思记得无。
曾在天台山上见,石桥南畔第三株。

【鉴赏】这是一首题画诗,画的主题是松。作者景云是一位僧侣,能诗,尤擅草书,曾就学于草书大家张旭,书论称其书法有"意外之妙"。

唐人以"画松"题诗,并不少见。不过一般的写法多是就画或松而展开,如晚唐诗人徐夤《画松》诗云"涧底阴森验笔精,笔闲开展觉神清";或称赏松树之高标,如诗僧皎然的《咏敫上人座右画松》云"真树孤标在,高人立操同"。而这首题画松诗另辟蹊径,从观者的心理活动来表现画松的入神,也令读者感受到景云此诗的"意外之妙"。

首句写观者的第一感受:"一似真松"。用"一似",传达出观者乍见之下恍见真松的惊异。接下来,连锁的反应就是马上在记忆中去追寻,这棵似曾相识的画松到底画的是哪棵真松呢?"且待寻思"的过程是一边看一边想,越看越觉得逼真,越看越搜肠刮肚地寻思那棵原树。终于,在一番回忆后想起来:在天台山上见过,就是石桥南畔那第三棵松树!

读者也许会经不住感叹诗人那"精准"的记忆力,竟能如此具体。唐李郢《重游天台》诗称"南国天台山水奇,石桥危险古来知",这说明天台山在唐代已是著名的游览胜地,而天台石桥又是山中以险著称的胜景之一,想来一定给诗人留下了难以磨灭的印象。不过他连第几株松的样子都能记得,让人有些难以置信。

其实,这颗画松的原型也不一定就是那石桥畔的第三株,但对于寻思

287

的观者来说,是定要寻到原型才肯罢休的,从惊异其逼真、恍觉似曾相识到搜寻记忆最后找到原型,观者才算经过了一次完整的思维之旅,也就获得了观画的最大乐趣。同时,这样的写法也给读者带来了许多意外的情趣。

(唐　磊)

刘方平(750—?),河南洛阳人。天宝前期曾应进士试,未考取,从此隐居颍水、汝河之滨,终生未仕。与皇甫冉为诗友。工诗,善画山水。其诗多咏物写景之作,尤擅绝句,其诗寓情于景,意蕴无穷。存诗不多,但其《夜月》、《春怨》、《新春》、《秋夜泛舟》等都是历来为人传诵的名作。

采 莲 曲

刘方平

落日晴江里,荆歌艳楚腰。
采莲从小惯,十五即乘潮。

【鉴赏】《采莲曲》是乐府旧曲,原是清商部"江南弄"七首之一。六朝时《采莲曲》辞多写江南水乡女子的生活,尤以思君、闺怨等情诗为主。唐代诗人也喜爱为此曲目填辞,贺知章、王昌龄、李白、戎昱等都有同题作品,但也基本上未脱六朝旧辞的习惯,总与情事相关,唯刘方平这首《采莲曲》,纯以采莲女为对象,赞赏其美丽与勤劳,显得清新脱俗。

首二句写采莲女之美。"落日晴江里"是采莲女即将出场的舞台,日落之际,红日映在江面,这份景象南朝诗人谢朓曾描摹过,"馀霞散成绮,澄江静如练"(《晚登三山还望京邑诗》),壮阔的江面因夕阳而生出一丝妩媚,可谓美不胜收。在如画的江景中,采莲女终于出场了。

未见其人,先闻其声,楚地民歌悠扬,乘着江风飘入耳中,才看到采莲女的身影,那容貌、衣裳都还未看清,不过那纤细的身材却已映入眼帘。"楚腰"一词,据《韩非子》记载:春秋时楚灵王好细腰,一时在楚国蔚为风尚,以至于楚国女子多为细腰而饿死。后世遂用"楚腰"形容女子的纤细婀娜。诗人仅凭听到歌声,看到身影怎么就能判断采莲女的"艳"呢?这里,艳不可解为"美艳不可方物"的那种炫目之艳,而应理解为"风采动人",试想在夕阳散晖的大江中,一只渔船穿梭在水中,一个纤细的身影站在船上,远远地传来她动听的歌声,这位姑娘将是多么吸引人啊!

那么,姑娘唱的什么辞呢?细听便知,原来她唱的是:"采莲从小惯,十五即乘潮。"要知,驭船江中并不是轻省的事,有时遇着风浪,首先需要很大力气摇橹、撑篙,同时还要非常沉着镇定,才能平安驶离险区,而这位采莲女十五岁就敢驶着船儿搏潮击浪,实在是令人佩服。并且,一件很艰苦的事情在她看来是那么轻松,那份开朗、自信也瞬间感染了我们。

(唐　磊)

夜　月　　　　刘方平

更深月色半人家,北斗阑干南斗斜。
今夜偏知春气暖,虫声新透绿窗纱。

【鉴赏】刘方平在盛唐诗人中不算知名,存诗以乐府体和绝句为主,但他往往能把这些小诗写得情趣盎然,《夜月》即是一例。

首句"更深月色"四字点题,接下来诗人用"半人家"三字巧妙地破题。更深夜重时,月已东倾将半,连绵的户舍一半在月光下,一半沉于夜色中,只三字就将"更深月色"的景象准确地表现出来。

写罢月色,诗人把目光投向苍穹,那里,北斗星和南斗星静静地斜挂在星空。从夜月到星空,视域扩张,而思域也从宁静的人间转向永恒流逝的时光,《唐才子传》称刘方平诗"多悠远之思",于此可见一斑。

后两句诗人将感官的接触面从阔大的星空收回到月夜的某个细部,他听到了虫声,在这个料峭未消的初春,这声声虫鸣意味着生命在春天的复苏。在这个夜晚,最早知觉春气回暖的不是人类——他们都沉在梦乡中,而是一些微小的生命。虫声甚至穿过纱窗,仿佛是它们要迫不及待地把新春的消息带给人们。

诗的构思是精巧的,先用放笔引出时光的自然流逝,后用收笔,点出新春的到来。前半写月夜之静,后半写生命之动,于是,我们得以领略:在这个静谧的月夜中,时光的交替、生命的萌动都在不知不觉中进行着。

(唐　磊)

春　怨

刘方平

纱窗日落渐黄昏，金屋无人见泪痕。
寂寞空庭春又晚，梨花满地不开门。

【鉴赏】这首春怨诗并非写
一般人之春怨，因二句有"金屋"
一词，一般唐诗用"金屋"，不是
用来形容天宫之富丽，就是借用
汉武帝金屋藏娇的典故，来指代
皇帝的深宫。此诗显然写的是
人间事，所以显然是一首宫
怨诗。

唐人宫怨诗不乏佳篇，如元
稹的《行宫》诗："寥落古行宫，宫
花寂寞红。白头宫女在，闲坐说玄宗。"像这样一类宫怨诗，除了表现宫女
的寂寥外，也表达了作者对这些女子美好青春孤独流逝的同情。就主题
而言，刘方平这首诗并无特出之处，其长处还是在取景遣词以造意上，而
这也正是诗人所擅长的。

起句"纱窗日落渐黄昏"，并未点出女主角，仿佛一间空屋，任斜阳洒
落在窗纱上。从日落到黄昏，其实时间不长，但这里用"渐"字串联，仿佛
中间经过漫长的时光一样，这就不是物理时间而是心理上的时间了。所
以，虽然没有直接写到人，却写出了人内心的活动，还是暗点出主角来，这
正是不写而写之妙。

二句才点到人，但也没有正面写。本来是主人公独坐垂泪，却要写
"金屋无人见泪痕"，又是曲笔。且佳人之寂寞，连一见泪痕之人都不得，
这是"进一层"的写法。而金屋佳人为何流泪，前二句还看不出来，到了
三、四句才有交代。原来是因为空庭寂寞，不仅如此，又一个春天即将过
去，韶华易逝，容颜易老，却又无计留春，怎不叫人伤悲？

末句"梨花满地不开门"，同时对前句"寂寞空庭春又晚"和二句"金屋
无人见泪痕"形成呼应，使主人公悲凄的心情得到进一层渲染。因为晚

春，所以梨花会落，又因为是空庭，所以才会满地花瓣，无人踏乱，这是与第三句相呼应；无人前来，所以不必开门，这是呼应第二句，同时梨花满地的意象又容易让人联想起"泪痕"斑斑的场景，虽然不是直接以梨花比喻泪水，但因为形成对应，产生了联想暗示，便带来充分的美感。把梨花与泪联系起来，在此前的诗歌中还不多见，刘方平创造性地将二者用作对照呼应，直接启发了白居易在《长恨歌》中所写的"玉容寂寞泪阑干，梨花一枝春带雨"。

回观全诗，紧紧围绕"怨"情展开，首句先渲染气氛，二句直陈怨意，由于有了前句铺垫，所以二句的直陈毫不突兀且更显可怜。三、四句用暗合呼应写景，层层加深加重怨情，又能出之以温婉，应该算是宫怨诗中的"正格"（即"温柔敦厚"的要求）。

有的学者认为："此等诗往往是诗人借以自抒牢骚，有所讽示。此诗大概是刘方平不遇时之叹。"（喻守真《唐诗三百首详析》）宫怨、闺意一类题材确实常被诗人用来"自抒牢骚，有所讽示"，非常出名的一例是唐人朱庆馀所作《近试上张籍水部》，诗云："洞房昨夜停红烛，待晓堂前拜舅姑。妆罢低声问夫婿，画眉深浅入时无。"本是投帖行卷以期援引之诗，却全用儿女事。既然唐诗有此风，论者以为这首《春怨》也是自我感怀的作品亦有其合理性。

（唐　磊）

裴迪（716—?），约唐玄宗开元末前后在世，关中（今属陕西）人。尝为尚书省郎，天宝后，为蜀州刺史。与杜甫、李颀友善。以诗文见称，是盛唐著名的山水田园诗人之一。早年即与王维过从甚密，晚年居辋川，与王维来往更为频繁，故其诗多是与王维的唱和应酬之作。受王维的影响，裴迪的诗大多为五绝，描写的也常是幽寂的景色，大抵和王维山水诗相近。

华子岗　　　　　　裴迪

落日松风起，还家草露晞。
云光侵履迹，山翠拂人衣。

291

【鉴赏】唐玄宗天宝年间，诗人裴迪与王维同隐居于辋川（今陕西蓝田县南），每日"浮舟往来，弹琴赋诗，啸咏终日"（《旧唐书·王维传》）。王维在辋川有别业，是唐代著名的士人园林，其间有华子岗、竹里馆、鹿柴等多处妙景，王维即以这些景致为题赋五言绝句二十首，裴迪逐首和之，并编成《辋川集》，成为文林一段佳话。王维最具代表性的一些五言绝句如《鸟鸣涧》、《鹿柴》、《竹里馆》等均出自《辋川集》，裴迪文才虽不如王维，但"其佳者也可与王维并美"（刘永济语），此篇即是其一。

据王维同题诗："飞鸟去不穷，连山复秋色。上下华子冈，惆怅情何极。"可知，裴诗所写是一秋日的黄昏。日落风起，相映成趣，诗人的心情也自然惬适。秋日干爽，所以草上的露珠很少，在这样的草上行走，柔软而有弹性，又不滑腻，步子自然也就更加轻快。"还家"二句在此处有展开的空间，即可以想象到诗人还家之前已在辋川内悠游了一整天。所以，这前两句，写的蕴藉而有情致，格调则是明快的。

后两句"云光侵履迹，山翠拂人衣"，对景物的观察与感受保持了前面那种轻快的心情。用"侵"、"拂"这两个动词，看似不可解，细味之，就觉仿佛云光、翠山都成了一个调皮的孩子在与诗人嬉戏一般。王国维《人间词话》说词有"有我之境"，有"无我之境"，像王维诸辋川诗所写的"返景入深林，复照青苔上"（《鹿柴》），"涧户寂无人，纷纷开且落"（《辛夷坞》），都可谓"无我之境"，而裴迪这首《华子冈》则分明写的是"有我之境"了。

（唐　磊）

送 崔 九　　　　　　　　裴　迪

归山深浅去，须尽丘壑美。
莫学武陵人，暂游桃源里。

【鉴赏】《送崔九》又名《崔九欲往南山马上口号与别》。崔九即崔兴宗，盛唐诗人，早年与裴迪、王维隐居唱和，后来出仕为官，官至右补阙，但不久即对官场生活产生厌恶情绪，去官归隐。裴迪为之饯行送别，作此诗以劝勉。这首诗大约作于唐玄宗后期。那个时候由于唐玄宗任用奸相李林甫，宠幸杨贵妃，政治十分黑暗，下层知识分子无法入仕，像裴迪、崔兴宗这样的寒士没有出路。所以他们宁愿隐居山林，过一种与世隔绝的生活。

　　这是一首劝勉诗，劝勉崔九若要隐居，就应当坚定不移，不要三心二意，不要做假隐士，入山复出，不甘久隐。诗人送友人归隐山林，劝慰友人安于隐居，不应只是暂时停留，也抒发了自己厌恶尘世的心情。清代黄培芳在《唐贤三昧集笺注》中评价此诗"有味"，可见本诗的语言看似浅白、通俗易懂，实际含蓄深沉，立意深刻。诗中多次用典，使诗的意境更为生动形象，同时也丰富了诗的内涵。

　　诗的一、二句是在告诉友人如若入山去，不论深浅，都一定要尽情欣赏山川秀美，鸟语花香，流水清净。语句通俗平实，却内涵丰富。其中"丘壑"暗用典故，《世说新语·品藻》载："明帝问谢鲲：'君自谓何如庾亮？'答曰：'端委庙堂，使百僚准则，臣不如亮；一丘一壑，自谓过之。'""丘壑"既指丘陵川壑，也含劝友人隐逸山林，莫改初衷之意，同时也为下文预设伏笔。

　　诗的三、四句是在劝朋友不要像武陵人一样，暂歇在桃花源里，而后匆匆离开。意为讽劝好友不要做走"终南捷径"的假隐士，运用典故陶潜《桃花源记》中的武陵渔人入桃花源，居数日后辞别回到世俗中。劝勉友人既然在山水之间找到了真趣，找到了感情的寄托，就不应像陶渊明《桃花源记》里的武陵人一样，找到了桃花源却轻易地离去。

　　此诗明为送别，但毫无惜别之意，主要是劝友人崔九要尽情饱赏山水之美，永远以山林为家，不应只是暂时停留。言外之意，是劝好友不要眷恋功名利禄，要安于淡泊，诗中第二句从正面劝说，结尾二句则从反面劝勉。这一正一反，思虑周全，语意婉转，字里行间满载谆谆嘱咐，浓浓友情。

全诗语言浅显易懂，却立意深刻，寓有凡事应深入事物本质的哲理。送友人归隐山林，劝慰友人安于隐居，也抒发出自己厌恶尘世的心情。这是由于在现实中屡屡失败，产生了对世俗生活的反感，同时更深刻地认识了俗世。另一方面诗人表达了对隐居生活的肯定。明代谭元春在《唐诗归》里说："首二句已尽矣，再下注脚无味。"但也有学者认为，后两句诗说不要像那个武陵人，一到桃源仙境很快就出来，作为一个警醒，也是比喻学习不能浅尝辄止，却富哲理。　　　　　　　　　　（林锦萍）

元结(719—772)，字次山，号漫郎、聱叟、猗玗子。河南（今河南洛阳）人。天宝进士。曾参与抗击史思明叛军，立有战功，后任道州刺史。为诗注重反映政治现实和人民疾苦，散文亦多涉及时政，风格古朴。时人也曾批评其作品"不师孔氏"，加以非难。原有集，已散佚，明人辑有《元次山文集》。又曾编选《箧中集》行世。

欸乃曲五首(其二)　　　元　结

湘江二月春水平，满月和风宜夜行。
唱桡欲过平阳戍，守吏相呼问姓名。

【**鉴赏**】这组《欸乃曲》诗，据诗序说，是作者在道州刺史任上时，某次因公出差，在返回道州（今湖南道县）途中，逢春水大发阻船行进，于是作诗五首，令船夫唱之，"以取适道路"。"欸乃"为拟棹声词，所谓"欸乃曲"就是船歌。

既是用作船歌，就不能太文绉绉，所以这五首诗文辞都比较浅近，并且是为了"取适道路"，说简单点，就是用唱歌来排遣行船的枯燥和辛苦，歌词自然不能太伤感，故这五首《欸乃曲》采用了记游赏景、抒怀寄兴的笔调，还吸取了民歌的写法。其中二、三两首流传甚广，第三首中"停桡静听曲中意，好是云山韶濩音"是久为传诵的佳句。

此诗首句平缓进入，点出时间、地点。二句接续上句交代环境与事件，采选意象并无特出之处，但音节流畅、朗朗上口，加之所选意象如春水、满月、和风能引发美好联想，故读来如和风拂面，虽无惊异之处，但也能让人感到惬意。

后二句并没有接着上两句的和谐情境往下写，而是别出心裁地笔锋一转，写正欲通过平阳关戍，忽被守戍者查问这一细节。读者可以设身处地地想象这个场景，在静夜行船于江中，乍一听到陌生人的呼喝，第一反应是惊；然后知道是守戍官兵，心中应该为之一宽，毕竟不是恶人——若联系作者在道州曾遭蛮贼劫掠（如《舂陵行》所描述的）的故事，此处听到官兵的喝问，恐怕还会因安全感而有一丝淡淡的喜悦呢！

这首诗的成功之处正是诗人敏感地捕捉了被守戍者查问时的微妙心理活动，并把它作为一个细节写入诗中，使得诗歌顿生情趣，并且诗至"相呼问姓名"就戛然而止，给读者留下了充分的想象空间。

另外，有学者指出《欸乃曲》体近"竹枝词"，"竹枝词"原出于夔州（今重庆奉节）一带，最早的文人作品如刘禹锡的《竹枝词》，最有名的一首是"杨柳青青江水平，闻郎江上唱歌声。东边日出西边雨，道是无晴却有晴"。道州离夔州不远，由此推断，大概江南船歌都比较接近，体式多类"竹枝词"，具有用常韵、音节流利、辞意浅近、富有情趣的特点。（唐　磊）

贼退示官吏并序　　　　　　　元　结

癸卯岁，西原贼入道州，焚烧杀掠，几尽而去。明年，贼又攻永破邵，不犯此州边鄙而退。岂力能制敌欤？盖蒙其伤怜而已。诸使何为忍苦征敛？故作诗一篇，以示官吏。

昔岁逢太平，山林二十年。
泉源在庭户，洞壑当门前。
井税有常期，日晏犹得眠。
忽然遭世变，数岁亲戎旃。
今来典斯郡，山夷又纷然。
城小贼不屠，人贫伤可怜。

是以陷邻境,此州独见全。

使臣将王命,岂不如贼焉?

今被征敛者,迫之如火煎。

谁能绝人命,以作时世贤?

思欲委符节,引竿自刺船。

将家就鱼麦,归老江湖边。

【鉴赏】 此诗是一首针砭时弊的讽刺诗。唐代宗广德元年(763)十二月,"西原蛮"(古代统治者对广西西原少数民族的贬称)攻陷道州(今湖南道县)。次年五月,元结任道州刺史。七月,"西原蛮"又攻破永州,但未侵犯道州。道州经历兵燹,民生困顿,社会凋敝,却不幸又逢朝廷派来的官吏横征暴敛,民怨沸腾有加。诗人有感于民生之困顿与官吏之残暴,乃作诗以赋志。

"昔岁逢太平"六句,诗人追忆曾在山林中生活二十余年的太平生活。当时的情况是:井泉就在院内,山洞沟渠就在门前。那时官府收赋税有一定的限度,每到晚上诗人能安然入睡。诗人与其家人,隐逸山林,虽然并不富足,但能安享太平,倒也其乐融融。

然而好景不长,忽然间国家遭逢变乱,安宁的生活被打破,元结也被迫出山,亲临前线,为国效命。"戎旃"一词,原意指军账,此处意指诗人的军旅生涯。"今来典斯郡,山夷又纷然"二句,指的"安史之乱"后,元结被外派任道州刺史,谁知,又碰巧赶上西原的少数民族作乱。

"城小贼不屠"四句,叙道州未被攻掠的原委所在。相邻的州郡纷纷陷落,为何小小的道州却得以保全?读者或许有不解之问。原来是因为道州的百姓实在过于贫困,连盗贼都不忍劫掠伤害。此四句,看似不动声色,但悲愤之气,溢于言外。后人对此评曰:"盖以仁心结为真气,发为愤词,字字悲痛,《小雅》之哀音也。"(清施补华《岘佣说诗》)

连盗贼都不忍心下手,道州百姓的生活该是沦落到如何凄惨的境地?人们不禁问,是什么原因导致此惨状发生?"使臣将王命"四句,为我们彻底解开了谜底。原来是朝廷派来的催征赋税的官员在此地横征暴敛,逼迫人民的生活如在火堆中煎熬。这些打着皇命旗号的官员们,他们的良心还不如盗贼吗?至此,作者对贪官污吏们的声讨与控诉达到极致。

然而，作为朝廷中的一员，诗人却无力改变黑暗腐败官场的现实。既不能做到同流合污，那就只有挂印而去，退隐山林了。"思欲委符节，引竿自刺船"四句，表明作者心迹，坦露心志。我早就想交还官印（符节），拿起竹竿泛舟江上了。我希望未来的日子里，与全家一起，打鱼种麦为生，在江河湖边上终老一生。这既是对统治者残暴统治的无声抗议，同时也再次展现出诗人心忧天下，关心民生疾苦的炽热之心。

此诗之所以为后人称道，不在其结构技巧，而纯在一片天然赤子之心。唐代诗人为官者甚夥，但能如此关注百姓疾苦，痛斥官吏之贪得无厌者，却并不多见。杜甫曾高度评价此诗曰："今盗贼未息，知民疾苦，得结辈十数公落落然参错天下为邦伯，万物吐气，天下少安，可得矣。"

（乐　云）

晁采，小字试莺。大历时人。少与邻生文茂约为伉俪，及长，茂时寄诗通情，采以莲子达意，坠一于盆。逾旬，开花并蒂。茂以报采，乘间欢合。母得其情，叹曰："才子佳人，自应有此。"遂以采归茂。诗二十二首。

雨中忆夫二首　　　　　晁　采

窗前细雨日啾啾，妾在闺中独自愁。
何事玉郎久离别，忘忧总对岂忘忧。

春风送雨过窗东，忽忆良人在客中。
安得妾身今似雨，也随风去与郎同。

【鉴赏】晁采和文茂这一对青年男女尽管可以冲破封建礼教的罗网，争取到美满婚姻，却无力摆脱封建制度的制约，文茂不得不走世俗士子追求功名的老路，从而造成鸳鸯分飞的局面。《雨中忆夫》实际上是晁采的闺怨诗。

前首写空闺独守况味。首句写景，描绘"隔帘春雨细"（柳中庸《幽院早春》）的典型环境。绵绵细雨，整日下个不停，它既限制了主人公行动的

297

自由，也勾起她满怀的离愁别绪，让人心烦。"啾啾"，模拟春雨淅淅沥沥的声音，说明这雨是闺中人所听到的。次句叙事，点破"独自愁"的主旨。"愁"为雨声逗起，实因"独自"而发，空闺独守才是春愁的真正根源。一个"愁"字概括了种种难以尽言之况味。后两句议论。"玉郎"是对丈夫的爱称。"何事玉郎久离别"，此句明知故问，诗人大概有点"悔教夫婿觅封侯"（王昌龄《闺怨》）了。这一句进一步揭示空闺独守的根源。末句用"忘忧总对"反衬这愁绪的无法排遣。"忘忧"即忘忧草，是萱草的别名。《述异记》谓：萱草一名忘忧草，吴中书生谓之"疗愁"。纵然面对忘忧草，愁绪仍是不能稍减，可见愁绪的深长。末句用事，只是出典不在文献，而在玉郎的华章。文茂答晁采《秋日再寄》诗中有"忘忧将种恐飞霜"之句，"忘忧"是他们的廋语，体现出相互劝慰的真挚感情。

后一首着重写忆人，因春风送雨而发奇想，表达对会面的渴望。首句仍是写景。次句中的"忽"是忽然的意思。"良人在客中"本是时时在念的事，用一"忽"字，把主人公因春雨而触发的强烈忆念的情状准确地表现出来。后二句是主人公的奇想：如果自己能化作春雨，让春风吹送到良人身边，该有多好！这里化用曹植《七哀诗》"愿为西南风，长逝入君怀"的典故。随着诗人感情的推移，恼人的春雨也变得不那么可憎了。前一首一波三折，后一首连贯而下，把主人公的心理活动表现得十分细腻、真实。

小说家为晁采《雨中忆夫》创作了一个美丽的故事："晁采畜一白鹤，名素素。一日雨中，忽忆其夫，试谓鹤曰：'昔王母青鸾，绍兰燕子，皆能寄书达远，汝独不能乎？'鹤延颈向采，若受命状。采即援笔直书二绝，系于其足，竟致其夫。"（陶宗仪《说郛》）这故事反映了当时人们对这位反抗封建礼教的女子的美好祝愿，我们也希望它不是出于虚构。　　　　（杨　军）

孟云卿（725？—？），字升之，平昌（今山东商河县西北）人。天宝年间赴长安应试未第，30岁后始举进士。肃宗时为校书郎。安史之乱中，他家境困顿，漂泊四方。存诗十七首。其诗以朴实无华的语言反映社会现实，为杜甫、元结所推重。

寒　食

孟云卿

二月江南花满枝，他乡寒食远堪悲。
贫居往往无烟火，不独明朝为子推。

【鉴赏】诗人孟云卿一生仕途失意，栖栖南北，大历（766—779）初流寓荆州，后又到广陵，这首《寒食》诗大概就是诗人漂泊江南时在某个寒食日前夕写下的。旧俗，农历冬至后一百五日（大概是清明节前一两天）为"寒食日"，禁火三天，人俱冷食。传说"寒食"作为节令，并有此独特风俗是为了纪念春秋时的介之推，相传介之推帮助晋文公重耳从别国返晋后，便隐居山林，重耳无奈烧山想逼他出来，结果之推抱树而死，为了纪念他，晋文公重耳便下令禁止在介之推死日生火煮饭，只能吃冷食。

知道这个典故的含义，我们便可以比较容易理解此诗的字面意思了，这首寒食诗是作者写来自嘲的。

首句"二月江南花满枝"营造了一个繁荣的春天景象，但二句就直转而下，"他乡寒食远堪悲"。作者是河南（今洛阳）人，所以说他乡，这"悲"实际上有几重含义在内，首先寒食日灶停炊冷，食不暖腹，这是一重悲，当然不算什么大悲；二是离家在外，亲人远隔，不能共度节令，堪悲；三则寒食过后清明接踵，这本是为故去的亲友扫墓的日子，但作者身在异地，无法尽此人事，亦堪悲。有了这三重悲，纵使江南春好，美景如画，于诗人自己也不过尔尔了。这样的反衬，实际更可显出诗人的"堪悲"。

不过，"堪悲"不就是"悲"，至少作者还有心情自我解嘲：像我这等穷人本来就薄食寡炊，不独是明天不需生火做饭。在读者看来，如此解嘲，作者必苦笑中充满艰辛。想想仕途顺利的元稹，他写寒食日是何等轻松快意："常年寒食好风轻，触处相随取次行。今日清明汉江上，一身骑马县官迎。"（《使东川·清明日》）两相对照，何啻天上地下之别！不过我们的诗人仿佛还很淡定，从最后一句诗来看，他似乎并不介意这种终日寒食的遭遇。谁也说不清，一生坎坷的他，此时到底是故作旷达还是本来潇洒，不过借"寒食"写"寒士"，确是一个成功的构思。

（唐　磊）

张继，生卒年不详，字懿孙，襄州（今湖北襄阳）人。天宝十二载（753）中进士。至德中与刘长卿同为御史，大历年间以检校祠部员外郎分掌财赋于洪州。与皇甫冉、刘长卿交谊颇深。存诗40余首，主要是纪行游览、酬赠送别之作，多为五七言律诗及七言绝句，语言明白自然，不尚雕饰，《枫桥夜泊》情致清远，历来为人所称道。

枫桥夜泊   张　继

月落乌啼霜满天，江枫渔火对愁眠。
姑苏城外寒山寺，夜半钟声到客船。

【鉴赏】这是一首千古传唱的名作，大约作于诗人张继在安史之乱后避地吴中时。寒山寺在今苏州市西的枫桥镇，始建于南朝梁，自张继此诗后，便闻名遐迩了。

此诗成为经久流传的佳作，有多方面原因。首先此诗意境极美，意象选取十分用心，首句"月落乌啼霜满天"，用乌啼突出月夜之静谧，而在色彩上月色洁白，天穹漆黑，繁星点点缀于夜空，仿佛霜满大地，黑白分明且光色的布局也充满美感。二句"江枫渔火对愁眠"，江畔的枫树、渔船的灯火色调上均偏暖，在前句所铺染的星月夜色中格外显眼，愁眠本在诗人，而托于江枫、渔火，宾主易位，使情境相互交融。加上两句音节流利，平仄调适，读来甚觉悦耳，于是在此二句中，诗歌的色彩美、建筑美、音乐美都得到完美展现，故能脍炙人口。

三句从诗人所在的松江一隅荡开，直至姑苏城外的寒山古寺，当读者思绪正被牵引到那里时，四句接过来："夜半钟声到客船。"这是将时空焦点又收回到诗人立身之处，一放一收，通过悠悠钟声串联，令遐思仿佛音波飘来荡往，读者便不知不觉为之牵引而进入诗境中，感受诗人那不可名状的愁情。如果说前二句是写景成境，后二句则是以境化景，令读者在想象中感受那场景，这是写景抒情的更高妙手法。所以此联更为点睛之笔，其传诵之广，更甚前联。

关于寒山寺夜半钟声，昔人尝怀疑其真，以至聚讼纷纷。宋叶梦得《石林诗话》为我们解开了这个谜团："欧阳文忠公尝病其夜半非打钟时。

盖公未尝至吴中，今吴中山寺，实以夜半打钟。"叶为苏州人，言当不虚。今日的寒山寺依旧是苏州名胜，此诗历经千年流传，寒山寺的钟声早已成为民族文化一点深深的印记。

（唐　磊）

钱起，生卒年不详，字仲文，吴兴（今属浙江湖州）人，天宝十载（751）进士。曾任蓝田尉，官终考功郎中。与王维多有唱和。"大历十才子"之一，有《钱考功集》。《全唐诗》存其诗四卷。

省试湘灵鼓瑟　　　　　　钱　起

善鼓云和瑟，常闻帝子灵。
冯夷空自舞，楚客不堪听。
苦调凄金石，清音入杳冥。
苍梧来怨慕，白芷动芳馨。
流水传潇浦，悲风过洞庭。
曲终人不见，江上数峰青。

【鉴赏】中国诗歌史上有不少考试诗，但大多水平不高，这是因为考试诗是命题而作，诸多条件限制了作者们的诗才发挥。钱起的这首诗，就是一首考试诗。"省试"是唐时各州县贡士到京师参加由尚书省主持的礼部主试。此诗格调却与众不同，它受到了楚骚文学的影响，想象丰富，渲染在神话般意境中的音乐之美。《韵语阳秋》说："唐朝人士以诗名者甚众，往往因一篇之善，一句之工，名公先达为之游谈延誉，遂至声闻四驰。'曲终人不见，江上数峰青。'钱起以是得名。"

关于这首诗，《旧唐书》卷一六八《钱徽传》载有一段故事："父起，天宝十年登进士第。起能五言诗。初从乡荐，寄家江湖，尝于客舍月夜独吟，遽闻人吟于庭曰：'曲终人不见，江上数峰青。'起愕然，摄衣视之，无所见矣，以为鬼怪，而志其一十字。起就试之年，李暐所试《湘灵鼓瑟》诗题中有青字，起即以鬼谣十字为落句，暐深嘉之，称为绝唱。是岁登第，释褐秘书省校书郎。"其中所载钱起月夜闻鬼谣的事，当然是后人附会。也许是

301

此诗意境之美非人工所能及,因此编出此一故事。

诗的开头就进入了神话的境界。湘水女神鼓瑟,曲声动听。于是诗人展开丰富的想象。那瑟曲,是如此动人,以至于水神冯夷闻之竟在水上跳起舞来。在美妙的乐声中暗含有凄苦哀怨的心绪,但那些"楚客"是与湘灵的心灵相通的。当曲调深婉哀痛之时,金石也为之凄凉;而当曲调清亢响亮之时,音乐传到高天入云。苍梧顿生怨情,白芷为之感动。乐声飘扬在水面上,传遍潇湘大地。风一吹,悲情飞过了八百里洞庭湖。以上极力铺展音乐的动人,天地万物似乎为之感化。最后两句更妙:"曲终人不见,江上数峰青。"为历代诗评家所推崇。《而庵说唐诗》说:"落句真是绝调,主司读至此,叹有神助。"《唐诗五言排律》也说:"'曲终'非专指既终后说,盖谓自始至终,究竟但闻其声未见其形,正不知于何来于何往,一片苍茫,杳然极目而已。题外映衬,乃得题妙,此为入神之技。"

此诗以湘神入笔,想象丰富奇特,语言空灵神妙,评者谓得神助,信哉!

(吴中胜)

暮春归故山草堂　　　　钱　起

谷口春残黄鸟稀,辛夷花尽杏花飞。
始怜幽竹山窗下,不改清阴待我归。

【鉴赏】故园之情,是古典诗词的常见抒情主题,故乡、故土、亲朋故旧,都是勾起每个诗人心潮澎湃的源头。因为太多此类诗,所以一些艺术手法庸常习用的诗往往容易被人忘记,而有些手法独到、视角新颖的诗歌则长久地为人所咏诵,且历久弥新。钱起的这首诗就是这样一首手法独特的小诗。

诗的一、二句紧扣"暮春"季节来写,故乡的草堂地处山谷的出口。春末时节,几只黄莺鸟的叫声婉转悦耳。早春开的辛夷花已凋谢了,可爱的杏花正开得鲜艳,春风一吹,漫天飞舞撩人心田。这是一幅山谷暮春风景画,鸟鸣花飞。花开花谢、花谢花又开,节候的迅速转换中,传达出一种生命易逝、人生苦短的些许哀愁。春天固然美好,但一切都会离我们而去。花鸟之类,都是易逝之物,作者写它们,正是为附托人世间某种不变的东西。人世间什么才不会变呢? 诗的三、四句作了回答,而且回答得轻巧空灵,令人玩味。可爱的是,山堂窗前的青青翠竹,不管春夏秋冬,不管刮风下雨,也不管主人仕途穷达,依然如故地等候着主人回家。《注解选唐诗》说此处"春光欲尽,莺老花残,独山窗幽竹不改清阴,好待主人之归。此与'岁寒然后知松柏之后凋'同意"。这一竿竿翠竹,恒久挺拔,正象征着作者的思乡恋乡之情永远不变。作者没有直道其深意,诚如《唐诗解》所言:"隐而不露,有风人遗音。"这一手法,与贺知章《回乡偶书》"唯有门前镜湖水,春风不改旧时波"相近。

《诗式》评此诗说:"四句一气相生,题中无一字漏却,而又极洒脱之致,尤刻画之痕。"正道出此诗语脉贯通、语句自然大工的艺术特色。

(吴中胜)

贾至,据傅璇琮考证,生于唐玄宗开元六年(718),卒于唐代宗大历七年(772)。河南洛阳人,于天宝十载(751)明经擢第。肃宗时为中书舍人,出为汝州刺史,因事贬岳州司马。后官至右散骑常侍。《全唐诗》存其诗一卷。在天宝年间,其诗文颇负盛名,与当时的一些著名文人如李白、杜甫等有广泛的交游。

春思(其一)　　　　　　贾　至

草色青青柳色黄,桃花历乱李花香。
东风不为吹愁去,春日偏能惹恨长。

303

【鉴赏】春天多美好啊,春暖花开,桃红柳绿,鸟语花香……凡俗的人们沐浴在大好春光之中,多情而灵敏的诗人们却不同,他们由自然之春色感悟出人生的道理,因而增添了许多春愁春恨,美好的春天成了这些愁绪的导火索,于是也成了诗人们的讨厌之物了。许多经典诗词就是由此立意,南唐冯延巳《鹊踏枝》"每到春来,惆怅还依旧",李煜《虞美人》"问君能有几多愁?恰似一江春水向东流",欧阳修《踏莎行》"离愁渐远渐无穷,迢迢不断如春水"……春天,成为中国古典诗词的一大节候。这首诗也是写春愁的杰作。贾至在唐肃宗时期曾贬为岳州司马。唐汝询在《唐诗解》中说,贾至的一些有名的绝句"皆谪居楚中而作"。一般认为,这首诗也是在这期间写的。

王夫之说:"'昔我往矣,杨柳依依;今我来思,雨雪霏霏。'以乐景写哀,以哀景写乐,一倍增其哀乐。"(《姜斋诗话》)"以乐景写哀"遂成为经典诗词的抒情模式,为历代诗人所沿用。这首《春思》也是采用这一抒情模式。诗的开头两句描写了一派大好春光:冬去春来,春风唤醒了大地,绿草如茵,柳树刚刚长出嫩黄的细叶。桃李争春,百花争艳,春色撩人,香满人间。看到这天地之间大好春色,谁不会因此而动情,谁不会因之而欣喜呢?一般的人都会与春色共舞,与大地同欢的。但作者不同,他是被贬之人,春天不属于他,欢乐也不属于他。大好春光反倒会勾起他的许多回忆,过去的年年岁岁,自己人生道路上春风得意,所以有心情与大家同赏大好春光。而现在,被贬之时,身心疲惫。大好春光好像故意在与人们作对,更增添自己的哀愁。想到此,诗人才发出感慨:"东风不为吹愁去,春日偏能惹恨长。"春风是不会带愁而去的,反倒会增添新愁。一个"惹"字,视春天通人意,用得生动。《唐诗笺注》称为"绝妙"。前两句如诗如画的春色,实质是在为末两句的"愁"作铺垫作背景。景越好,愁越长。诗的味道在于反常出新,意外之言常常起到这一艺术效果。

此诗把寻常花柳风日写得字字关情,语言平素却句句有味。《诗学渊源》称贾至的诗"亦文质俱见,不落凡近",此诗可为代表。 (吴中胜)

初至巴陵与李十二白裴九
同泛洞庭湖三首(其二)　　　　贾　至

枫岸纷纷落叶多,洞庭秋水晚来波。
乘兴轻舟无近远,白云明月吊湘娥。

【鉴赏】这首诗是贾至与李白、裴九三人同泛洞庭湖时所作。三人因各自原因而至岳州(今湖南岳阳)。唐肃宗乾元二年(759)三月,发生了九节度之师溃于邺水之事,洛阳城内外一片慌乱,时任中书舍人的贾至由汝州南奔,因此被贬为岳州司马。是年秋天,到岳州任上。贾至诗题中称"初至巴陵"(巴陵即岳州),诗中写的又是秋景,可见贬至岳州即在乾元二年秋。李白则因从永王李璘事,受到无辜牵连,流放夜郎,乾元二年春则于流放途中自三峡遇赦放回,夏秋时憩于江夏、岳州一带,正好遇到被贬至岳州的贾至。裴九则是做刑部侍郎时,参与朝中的派系斗争被贬岭南而途经岳州的。三人同病相怜,客遇他乡,相邀同游洞庭湖,同声相应,同气相求,游兴是很浓的。其间,各自都有纪诗,各奔前途时互相之间又有赠诗。在唐诗史上,也可谓一段佳话了。

　　贾至的纪诗一组三首。第一首写相逢,点明"不堪愁"。第三首写游后"兴不尽"、"意何长"。这两首都欠空灵蕴藉。这里选的是第二首。诗歌起句写湖岸秋景,深秋季节,本来是"霜叶红于二月花",分外美丽,但诗人看到的却是秋风扫落叶的无情和萧飒。第二句写湖面水波,一般来说,平湖秋水,水波不兴。但呈现在诗人眼中的洞庭湖,却是在晚风中波涛起伏。古典诗词,素来有悲秋的主题,尤其是当诗人处于人生逆境之时,这种悲秋情结更是油然而生。瑞士诗学理论家埃米尔·施塔格尔说得好:"每一片风景都是一种心境。"湖岸上在风中摇落的枫叶和湖面上晚风荡起的波澜,不正像我们的人生么?于无声处起风雷,于平易处显坎坷。生活和命运似乎掌握在外在的某种机缘之中,无情亦无奈。第三句看似平常淡味,却诗境开阔,大有禅意。他乡遇故知,有朋友相伴,季节的无情并没有使大家的游兴稍减。朋友三人轻舟泛游,天边无尽,水边无尽。纵一苇之所如,凌万顷之茫然,真有羽化登仙、遗世独立之感呐。

　　全诗借"湘娥"一典作结,有异代相怜之意。据说舜帝有二妃名叫娥

305

皇、女英，二女死后成为湘水之神。湘妃已逝，终有江上之清风和天上之明月相伴，诗人不也是如此吗？所以，吊古也是慰今。诗人的愁怨写得深隐不扬，不显山露水，这可以从其他两位心心相印的诗人赠作中略知一二。正如李白《巴陵赠贾舍人》诗所说："贾生西望忆京华，湘浦南迁莫怨嗟。圣主恩深汉文帝，怜君不遣到长沙。"三人游洞庭湖，身处山水，心中还是有"怨嗟"之气，只是借山水聊以遣兴罢了。心中显然有怨气，却不露笔墨，把深长意味寄托在纷纷落叶、淡淡秋水和清风明月之中，不沾不露。

贾至的这一组三首诗中，就是这第二首最为人称道。闻一多先生《唐诗大系》载贾至诗即选的是这一首。全诗语句清丽，意境悠远。中唐时期古文运动的先驱者独孤及，把贾至贬官岳州的诗与阮籍的《咏怀诗》相提并论，是很妥当的。

（吴中胜）

巴陵夜别王八员外　　　　　贾　至

柳絮飞时别洛阳，梅花发后到三湘。
世情已逐浮云散，离恨空随江水长。

【鉴赏】离情别绪本是中国经典诗词的一大题材，是最能引起诗人们诗情和创作冲动的一大事由。平常离别尚能动情，更何堪是他乡送客呢？贾至的这首诗就是表达他乡送客时的心情。贾至和王员外是很好的朋友，他在另一首诗中也写到了这位王员外。《岳阳楼宴王员外贬长沙》说："忽与朝中旧，同为泽畔吟。"可见两人交谊情深。贾至刚到贬所巴陵不久，旧日同僚就要离开此地到新的贬所长沙去。以前是同在朝中做官，今日又同被贬官，同病相怜，其情切切。

诗歌以自己来巴陵一事入笔。"柳絮飞时别洛阳"，暮春时节，"我"被贬出洛阳，柳絮飞舞，满怀愁绪。"梅花发后到三湘"，深秋时节"我"到了这里。时间过得真快，这一切都好像是昨天的事。此诗落笔轻快，对语工巧。一句写起程，一句写到达。中间有多少喜乐哀愁呢？没有说，让人有想象和填补的空白，不着墨处尽诗意。陶渊明的名句"晨兴理荒秽，带月荷锄归"，就是用的这一艺术手法。贾至也深谙其妙。诗的后两句转而写自己对世道人生的体悟："世情已逐浮云散，离恨空随江水长。"经过这场人生变故，作者深深体会了许多的"世情"，世道艰辛呐；同时也生发了许多的"离恨",人生多情呐。诗歌一直在说自己,实质在劝慰友人。朋友你也像我一样,你也要看透这世道人生,谁悲失路之人,一切都得靠自己啊。如今,世俗人情已如浮云般消散了,唯有我们两人的友谊天长地久,遗憾的是,现在我们又要离别了,那满腔的离愁别绪,犹如湘江水般悠长。把人的内心情绪比作水,这是中国诗词的常用手法。李白的"抽刀断水"和李煜的"一江春水"就是显例。贾至的这首诗以水比离愁也用得灵妙。

《唐才子传》评贾至说:"至特工诗,俊逸之气,不减鲍照、庾信。调亦清畅,且多素辞,盖厌于漂流沦落者也。"如用来评价此诗,甚当。

(吴中胜)

郎士元,生卒年不详,字君胄,中山(今河北定州)人。天宝进士。曾任渭南尉、左拾遗等职。工诗,与钱起齐名。有《郎士元诗集》一卷,《全唐诗》编诗一卷。

听邻家吹笙　　　　　郎士元

凤吹声如隔彩霞,不知墙外是谁家。
重门深锁无寻处,疑有碧桃千树花。

【鉴赏】当我们读到这首诗的时候,会感觉到诗人把我们的视觉,听觉,嗅觉都调动起来了,感受到一种心灵的放松和惬意,忘记尘世中的烦恼,体会到一种音乐和自然的美妙。

第一句"凤吹声如隔彩霞",杜甫有诗云:"此曲只应天上有。"白居易也说:"如听仙乐耳暂明。"人们常常把非常美妙的音乐比作仙乐。这里也是如此,宛如凤鸣的曲子似从天而降,非常美妙。"隔彩霞"三字,没有直接来描写音乐,而说音乐来自彩霞之上,通过想象中的奏乐环境之美,烘托出音乐的美妙。"声"是听觉,"彩霞"是视觉所见,这里打通视、听两界,用了通感的艺术手法。第二句"不知墙外是谁家",写诗人对这音乐来源的猜测。音乐的奇妙,引得诗人寻声去暗问。这一句不仅点了题,同时也间接地表现出了音乐的吸引力。第三句"重门深锁无寻处",接着第二句来,但诗情产生了起伏。美妙的音乐自然也是美妙的人儿所吹。作者很想去看看这个美人,但一墙之隔,却庭院深深,竟无法逾越,顿生"只闻其声不见其人"的怅惘和更加强烈的向往,也为读者留下更为广阔的诗意空间。末句"疑有碧桃千树花","疑"字说明这是作者猜测的一种境界。"桃花千树"让我们想到崔护的名诗"人面桃花相映红"。作者由音乐之美自然联想到吹笙之人的美貌,只不过他没有直说人如何如何美,而是落笔写环境,手法灵动巧妙。

诗歌首尾两句分别描绘了两幅图景。一是彩霞满天,仙乐飘飘,似有若无,揭示了音乐好像是从天而降,神奇动人。二是桃花盛开,美丽动人,呈现出一派鲜艳灿烂,热闹缤纷的气氛。给人以神奇美妙,赏心悦耳之感。

这首诗用视觉来写听觉感受,把五官感觉调动起来,用奏乐的环境来写出幻想,这种写法值得我们学习。我们平常只会把看到的听到的如实写出来,少了一种意境和遐想的环境,所以我们对修辞手法的合适运用是必要的。《注解选唐诗》评此诗云:"只是听邻家吹笙,闻其声不见其人,求其人不得其所,一段风景极难形容。此诗情思句律极其工巧。"评价极是。

(吴中胜)

韩翃,生卒年不详,"大历十才子"之一。姚合《极玄集》卷下载:"韩翃,字君平,南阳人,天宝十三载(754)进士。"在"大历十才子"中,他与钱起、卢纶三人的诗是较多的。

寒 食

韩 翃

春城无处不飞花,寒食东风御柳斜。
日暮汉宫传蜡烛,轻烟散入五侯家。

【鉴赏】韩翃广为传诵的一首七绝即是《寒食》。关于这首诗,还有一段为后代津津乐道的佳话。元代辛文房的《唐才子传》(卷四)是这样说的:"德宗时,制诰阙人,中书两进除目,御笔不点,再请之,批曰:'与韩翃。'时有同姓名者为江淮刺史,宰相请孰与,上复批曰:'春城无处不飞花韩翃也。'俄以驾部郎中知制诰。终中书舍人。"因一首诗而为皇上赏识并授予职位,这在古代是非常少见的。这一点类似宋代的陈与义。在科举年代,凭自己的才华而得官是众多士子的一生追求。有此幸运者,自然为人称道。

唐德宗赏识此诗,是因为此诗的确可谓上乘之作。寒食节是中国一个重要的传统节日,《荆楚岁时记》说:"去冬节一百五日,即有疾风甚雨,谓之寒食,禁火三日。按历,合在清明前二日,亦有去冬节一百六日者。"诗歌落笔紧扣节候,"春城无处不飞花"点出春花烂漫、春意盎然。一个"飞"字用得妙,清人徐增《而庵说唐诗》说:"'飞'字窥见作者之意,初欲'开'字,'开'字不妙,故用'飞'字。'开'字呆,'飞'字灵,与下句'风'字有情。""飞"字之灵妙,写出了逼人的春意,与晚唐韦庄词"春日游,杏花吹满头"中"吹"字同妙。第二句顺着首句写来,"寒食"两字点题,"东风"承上句"春"字写来,上句写花,这句写柳。上句写满城之花,这句点出特定的"御柳",即宫柳,似乎无意实则有心,为后面着了底色。前两句写节候、景物,后两句则重在人的活动。沈德潜《唐诗别裁集》云:"烛以传火,清明日取榆柳之火赐近臣,此唐制也。"但此时并非清明时节,按旧俗,寒食节是要禁火三日。唐代也有节日礼制方面的明文规定,据《唐会要》卷二十九"节日"条:天宝十三载三月敕:"自今以后,寒食并禁火三日。"而此时宫廷却蜡烛遍传,轻烟四散,足见宫中礼俗之混乱。"汉宫"指唐宫,这是以汉写唐的手法。这里暗指宦官乱政。中唐以后,李唐政治有两大弊端,藩镇割据和宦官专政。长期在京城为官的韩翃应该对此有所认识,把这一认识自然不自然地流露在诗中也是情理之中的。只是这一表达含蓄深隐,不易为人察识。清代吴乔《围炉诗话》卷一说:"唐之亡国由于宦官握兵,实代宗授之以柄。此诗在德宗建中初,只'五侯'二字见意,唐诗之通于《春秋》者也。"评价确当。

在艺术上,本诗用语浅易却含意深刻,没有大历诗人普遍的重雕琢而无内容的毛病。中唐时高仲武《中兴间气集》卷上评韩翃诗云:"韩员外诗,匠意近于史,兴致繁富。一篇一咏,朝士珍之,多士之选也。"评价妥当,这首诗可为代表。

(吴中胜)

司空曙,字文明,一作文初,广平(今河北广平)人。大历初登进士第,贞元中仕水部郎中,终虞部郎中。与钱起、卢纶等合称"大历十才子",其诗多酬赠唱和之作,诗格清华。

云阳馆与韩绅宿别

司空曙

故人江海别,几度隔山川。
乍见翻疑梦,相悲各问年。
孤灯寒照雨,湿竹暗浮烟。
更有明朝恨,离杯惜共传。

【鉴赏】云阳,唐县名,在今陕西省三原县境内。馆,即驿馆,旅客中途休息的地方。宿别,同住一夜后分手。这首诗写诗人与一位多年不见的老友在旅途邂逅,又匆匆分手的人生片段,感情真挚动人。

一、二句写阔别多年的故人久别重逢。首先点明两人的关系,即是故人。次写别离时间之久,距离之遥远。江海别,隔山川,是极写相隔之远,说明别离之难会。几度,是写故人久未相逢,聚少离多,说明相聚之弥足珍贵。

三、四句写重逢有如梦境,感慨万端。翻,同反字。猛一相见,还以为是在梦中。因为相隔既远且久,没有想到会在客途中偶然相遇,喜出望外之际,竟有点难以置信。这一句把似真似幻的喜极而泣之情描写得生动真切。诗词中写意外重逢有如梦境的,还有杜甫《羌村》"夜阑更秉烛,相对如梦寐",戴叔伦《江乡故人偶集客舍》"还作江南会,翻疑梦里逢",晏几道《鹧鸪天》"今宵剩把银釭照,犹恐相逢是梦中"等。这种忽忽未稳的心态实为人生的真实感受。乍见,是喜。喜极,竟不敢相信眼前是真。终于相逢,相互各问年来情事,不禁悲从中来。杜甫《赠卫八处士》的开篇正可与之对读,其诗云:"人生不相见,动如参与商。今夕复何夕,共此灯烛光。少壮能几时,鬓发各已苍。"这种悲正是人生沉浮如梦,世事难料,生命无常等种种复杂的感情纠合而成,感慨深沉。

前四句写相遇,五、六句宕开一笔,描写是夜的景物,更衬托出感情的凄凉。孤灯,寒雨,湿竹,浮烟,诗人所写意象,皆足令人感伤,何况这种种意象交叠一处,惜别之人真是无以为怀,惜别之情又如何排遣呢?于是顺理成章逗出七、八句。

七、八句写别情难耐,唯有借酒浇愁。夜半寒雨,故人无眠,不堪明日离别,唯有珍惜今夜短暂的重逢。愈珍惜现在之聚合,愈不舍明日之离别。出一"更"字,把现在、明日的无奈不忍之情表达得细致入微。言至此,诗人不再多言,更多感慨意在言外。再次对读《赠卫八处士》结尾:"主称会面难,一举累十觞。十觞亦不醉,感子故意长。明日隔山岳,世事两茫茫。"或能一解诗人会心。

(张春晓)

金陵怀古　　　　　　　司空曙

辇路江枫暗,宫庭野草春。
伤心庾开府,老作北朝臣。

【鉴赏】金陵,即今天的江苏南京,曾先后为六朝国都,故《金陵怀古》多为感怀六朝遗事的诗作。

一、二句以茂盛的春景反衬"宫庭"的荒芜没落。"江枫暗",一方面点明时令是深春,一方面说明树木葱茏。东晋大将军桓温北征途中,看到自己从前种下的柳树已经长到几围粗,不觉感慨万端:"木犹如此,人何以堪。"草木渐长,生命流逝,此处亦含此深心。树木如此繁茂,而曾经在树下奔驰的王公贵人早已化尘化土,他们苦心经营的王朝也已成为历史。浓荫暗色之下,更有逝者如斯、时空流转的沧桑之感。"辇路"通向"宫庭",诗人不写其往昔如何繁华,今朝如何残破,只写野草张扬着春天的气息,茂密地生长在曾经奢华的宫阙亭台。刘禹锡《金陵五题·台城》有云:"台城六代竞豪华,结绮临春事最奢。"台城,即当时的禁城,亦即此处的"宫庭"。南朝陈后主在光昭殿前造起临春阁、结绮阁、望仙阁,楼高十丈,雕栏画栋。楼内珠帘宝帐,楼中有道路交通往来,楼下奇花异草,水榭山石,风景独好。而今这些早已烟消云散。这个春天愈是美好,欣欣向荣,愈是衬托出六朝的没落与衰亡。无情之物,激出许多有情之思。杜甫《春望》"国破山河在,城春草木深"正与此旨趣相同。

庾开府即庾信,因曾官开府仪同三司,故名庾开府。庾信是梁朝的大臣,出使北朝西魏时,梁朝被西魏所灭,庾信遂被强留北朝。北周代魏,庾信被迫仕周,一直到去世,都未能回到日思夜想的江南,却看到南朝最后两个王朝的相继灭亡。他写有《哀江南赋》,将个人际遇、梁室的盛极而衰、羁臣的家国之恨尽付其中。诗中直接出以"伤心"二字评说庾信,一来

311

其身世足以令人叹惋,二来庾信曾写有《伤心赋》云其"既伤即事,追悼前亡,惟觉伤心"。三、四句诗人用了直赋的手法,其后却蕴含着更多的内容。庾信如此伤心,是因为做了北朝臣,那又为何一直到老都做了北朝臣子? 诗人没有直接写王朝兴衰,只是通过一个臣子的命运关照出国家的命运。

诗人金陵怀古,用曲笔写尽六朝兴衰。不写宫廷残破,但写野草茂盛;不写王朝兴衰,但写臣子老死北朝。沧海桑田,物是人非,兴亡之感深寓其中。

(张春晓)

江村即事

司空曙

钓罢归来不系船,江村月落正堪眠。
纵然一夜风吹去,只在芦花浅水边。

【鉴赏】这首诗选取了江村生活中一个小小的片段,表现出江村生活的恬淡闲散。

第一句写渔人一天劳作归来,没有把船系好。"钓罢",说明诗中人的身份是江村的渔人,并且从中得知他已经结束了一天的工作。"归来",说明渔人摇着小船回到江村岸边。"不系船",是整首诗的中心,也是这首诗所要展现的生活细节。不系船是不合情理的,其原因则在后三句诗中逐一交代。第一个原因,"月落"点明夜已深,渔人辛苦工作一天十分疲劳,急着回家睡觉,劳累中无暇顾及系船。渔人不是没有

想到不系船的后果,只是他想得很洒脱。第三、四句是渔人的想法,也是他不系船的原因之二:船就任它随意漂着,即使随风吹去,也不过还是在芦花摇曳的浅水边。

这首诗明白如画,语言浅显,意境明晰。既有劳动人民朴实的生活场景,亦有大自然优美的景物。迟归的渔人在野径中踏着月色向村中走去。风吹动着芦花,小船在水面上轻轻摇荡,渐渐偏离了岸边,向芦花深处滑去。渔人的背影早已消失在月光下,这时,或许已在家中酣眠。静夜之中,清风明月,芦花浅水,好一幅"野渡无人舟自横"的优美画面,好一道清新而富有生活情趣的江边风景。 (张春晓)

喜外弟卢纶见宿　　　司空曙

静夜四无邻,荒居旧业贫。

雨中黄叶树,灯下白头人。

以我独沉久,愧君相见频。

平生自有分,况是蔡家亲。

【鉴赏】外弟,即表弟。卢纶,"大历十才子"之一。这首诗写表弟卢纶来访,两人把酒话谈,诗人感慨良多,因成此篇。

第一句交代时间、地点。时值夜晚,与第四句"灯下"相呼应。"静夜",表明夜已深;"四无邻",周遭没有邻居,一来更见"静夜"之静,二来呼应下句"荒居"之荒。连邻居都没有,可见地处之偏。"旧业贫"三字,见出诗人清贫苦寒的生活,与荒居、静夜形成因果,正因为贫困潦倒,故而只能住在这样简陋的荒居里。

第三句点明季节、天气。这是一个阴雨连绵的晚上,窗外黄叶飘零,时值深秋,萧条冷落之气令人倍增惆怅。就是在这样一个令人情绪低落的秋日雨夜,诗人与表弟卢纶在灯下彻夜长谈。诗人已经老去,即所谓的"白头人"。夜雨中,灯光泛起昏黄的烟霭。荒居,白头人,贫困交加,这是诗人老来多么令人心酸的场面。秋叶枯落,与白头人都是生老病死、生命衰颓的意象。情景交融之中,更衬出诗人境况之凄凉。韦应物《淮上遇洛阳李主簿》云"窗里人将老,门前树已秋",白居易《途中感秋》曰"树初黄叶日,人欲白头时",明谢榛《四溟诗话》评道:"三诗同一机杼,司空为优:善状目前之景,无限凄感,见乎言表。"

　　前四句极写其生活寂寞无依、贫困潦倒的苦况与悲凉,后四句转而谈及与表弟的这次会面,应题写会面之喜。然而相见的欢愉衬托着生活境遇的悲惨,则是悲中有喜,悲喜交加。因为悲,才更见喜。自己生活沦落,而卢纶独不见弃,时常往来,足见感情之真,相知之深。所以诗人在末二句中欣慰地赞美他们的友谊深厚,何况还有亲戚关系。这里用了典故,"蔡家亲",即指羊祜和蔡袭,羊祜为蔡邕的外孙,蔡袭为蔡邕之孙,两人为姑表兄弟,且关系很好,故称这种表亲为蔡家亲。因为相见之喜,也才更见得独居之悲。悲喜之间,令人倍感叹息。　　　　　　　　　(张春晓)

　　皎然,生卒年不详,中唐时期诗僧。本名谢清昼,谢灵运十世孙,湖州长城(今浙江长兴)人。主要活动于大历、贞元时代。一生居吴兴东溪草堂,与当时士大夫如颜真卿、韦应物、李阳冰、顾况等相互唱和,时号江东名僧。有诗文集《杼山集》,有论诗著作如《诗式》《诗议》《诗评》等。

寻陆鸿渐不遇　　　　　皎　然

　　　移家虽带郭,野径入桑麻。
　　　近种篱边菊,秋来未著花。
　　　扣门无犬吠,欲去问西家。
　　　报道山中去,归时每日斜。

　　【鉴赏】 陆鸿渐,名羽。著有《茶经》,被后人尊为"茶圣"。他终生不仕,隐居在浙江苕溪。这首诗是诗僧皎然在陆羽搬家后不久前去拜访的经历,虽然寻访不遇,但是通过居住环境、邻人言语等诸种侧面描写,陆羽超然出世的风采已经卓然呈现。

　　一、二句交代事由。陆羽刚搬家,虽然离城不远,但很幽僻,要穿过无人的野径走入一片桑麻地,才能找到他的家。不仅写及陆羽新家的位置,诗人穿行于城外野径,寻幽访友的足迹亦清晰可见。桑麻,是典型的农家景致。陶渊明在《归园田居》中写他甘心为农，与农夫们共同探讨农作物生长的情形时写道："相见无杂言，但道桑麻长。"孟浩然《过故人庄》云："开轩面场圃，把酒话桑麻。"说明陆羽隐于田园。陆羽毕竟不是农家，虽然隐于农庄，但周边种植的菊花又标明他不同于农人的身份。菊花，自陶渊明起，就是高洁自守的隐者象征，其《饮酒》诗道："采菊东篱下，悠然见南山。"三、四句写景的同时，点明陆羽的身份，亦点明时已初秋的季节特征。随着诗人探访的足迹，诗中景物由远及近。先是在城边，然后沿着荒野小径穿过桑麻，这才来到篱笆边看到尚未结花苞的菊花。下及第五、六句，诗人终于来到陆羽家门前，叩响了友人的柴扉。这不是流水账的行走过程，而是诗人在一步步情境的推进中逐步展示主人的身份性情。

后四句应题写"不遇"。诗人敲门，屋里寂静无声，连狗叫都没有。诗人打算离去，向邻居打听，才知道陆羽早已进山，每天太阳落山才回来。如果说前面四句种种环境的描写都是身份性情的铺垫，到这里就是通过邻家人的旁观直陈，将陆羽无拘无束的生活姿态呈现出来。邻家不知道他的生活内容，只知道他早出晚归，流连山中。诗人定是知道陆羽的逍遥的，我们亦可以揣测，茶圣或是在云雾深处采茶，或在瀑布流泉边点起红泥火炉，独自品茗。

全诗无一直描，通过陆羽生活环境的点染，邻人对他生活方式的描述，陆羽不以凡尘俗世为念的高人隐逸之姿已经飘然若出。是诗和贾岛《寻隐者不遇》"松下问童子，言师采药去。只在此山中，云深不知处"旨趣颇为相近。

（张春晓）

李端，生卒年不详，字正己，赵州（今河北赵县）人。大历五年（770）进士，与卢纶、吉中孚、韩翃、钱起、司空曙、苗发、崔峒、耿湋、夏侯审唱和，号十才子。历校书郎，终杭州司马。

拜 新 月 　　　　李 端

开帘见新月，便即下阶拜。
细语人不闻，北风吹裙带。

【鉴赏】拜新月是唐代风俗。妇女们多以拜新月乞求青春永驻,容颜长在。唐代教坊名曲《拜新月》,便是根据此风俗而来,唐人诗中亦多有言及。

一首短诗,言虽简而意无穷。诗中写女子打开垂帘,看到新月已经升起,随即走下台阶,在庭院中望月礼拜。开帘、见月、下阶、下拜,几个动作一气呵成,用得极精准极连贯。闺中女子本应行为从容,举止闲淡,可是这位女子简直是迫不及待地走出闺房拜新月,可见她内心的急迫与等待的良久。想来见到新月升起之前,她已开帘数次查看。而她急急下拜,心中定然有所渴求。

三、四句用白描的手法描写女子拜新月的形态情致。女子在月下喽喽低语,声音很小,听不到她在祈祷什么,但见衣袂在北风中飘摇。细语人不闻,既是细语,说明这是女子心中极为隐秘的情感,是不愿为人所知而又非常迫切的愿望。同时"人不闻"还与下句北风暗合,北风呼啸,人声自然变得模糊不清。北风之大,女子兀自不觉,夜凉如水,仍然专注地拜在月下,可见一味凝神于内心炽热的情感。

诗中描写她急于拜月的动作,隐秘的低语和专注的神情,始终没有说明她为什么这么急迫而又执着地拜月,她的内心世界早已呼之若出,或许我们可以从拜新月这一唐代风俗的内涵中体会到个中滋味。常浩《赠卢夫人》诗云:"佳人惜颜色,恐逐芳菲歇。日暮出画堂,下阶拜新月。拜月如有词,傍人那得知。归来投玉枕,始觉泪痕垂。"大历才子吉中孚之妻张氏《拜新月》云:"拜新月,拜月出堂前。暗魄深笼桂,虚弓未引弦。拜新月,拜月妆楼上。鸾镜未安台,蛾眉已相向。拜新月,拜月不胜情。庭前风露清,月临人自老,望月更长生。东家阿母亦拜月,一拜一悲声断绝。昔年拜月逞容仪,如今拜月双泪垂。回看众女拜新月,却忆红闺年少时。"二诗实可作为此诗的注脚,将此诗言外之意尽皆表明。女子的惜青春,伤韶华,叹老境,苦怨艾,凡此种种,具在风中凝神处。

(张春晓)

闺　情　李　端

月落星稀天欲明,孤灯未灭梦难成。
披衣更向门前望,不怨朝来鹊喜声。

【鉴赏】这首诗写闺中女子彻夜不眠的场景和盼归的微妙心理。

一、二句写天快亮了,长夜漫漫,而闺中人迟迟未眠。守着孤灯,灯为孤灯,实为人心孤寂,闺中人形单影只。孤灯未灭,可知之前一直点着灯。点灯,自然是为了等人。梦难成,说明闺中人试图安睡,可是睡不着,在床上辗转反侧。这时月亮已经落下,星星也已黯淡,东方欲明,灯仍未灭,是等待之心仍未罢休。正是这种执着之念,逼出了三、四句的门前眺望。

闺中人睡也睡不着,期待之心更加强烈,于是索性披衣起床,到门前张望。"更向"二字把她随着天光欲明,更其急迫的心理状态表现得淋漓尽致。原来,是她听到了喜鹊鸣叫的声音。天亮的时候鹊儿鸣叫,本是生活中很常见的自然现象,但苦苦守候了一夜的闺中人实在难为情,于是一厢情愿地以为它在报告行人归来的好消息,便迫不及待地以此为借口出门等候。谁知一腔热情仍是落空。这令闺中人倍感不快,认为都是喜鹊的过错。这场使气任性的迁怒,把闺中人痴念嗔怨的心态描绘得栩栩如生。虽然不免蛮横无理,却不禁令人会心一笑。

唐代敦煌曲子词《鹊踏枝》有云:"叵耐灵鹊多谩语,送喜何曾有凭据,几度飞来活捉取,锁上金笼休共语。比拟好心来送喜,谁知锁我在金笼里。欲她征夫早归来,腾身却放我向青云里。"上片写因为喜鹊几次飞来报喜,征人都没有回来,女子恼羞成怒地将喜鹊捉住,锁在笼中,下片以喜鹊的拟人语气陈述它的冤情,它实是好心才来送喜。两诗对读,闺中女子相思念远的执着、久候不归的娇嗔怨怪,实有同趣。

（张春晓）

胡令能，生卒年不详，圃田（今河南中牟）隐者。贞元、元和间人。曾以磨镜镀钉为业，号为"胡钉铰"。传说他少时梦见有人剖开他的腹部，放进一卷书，之后遂能吟咏。诗多浅俗。

小儿垂钓　　　　　　　　胡令能

蓬头稚子学垂纶，侧坐莓苔草映身。
路人借问遥招手，怕得鱼惊不应人。

【鉴赏】古诗中写钓鱼的颇多，写孩童垂钓的就很少见。钓鱼诗通常免不了描写隐逸之情，往往在字面以外有更深层次的情感流动。这首诗因为是写儿童垂钓，就显得很单纯，反倒形神俱备地写出了儿童的天真专注。

　　一、二句写一个小孩子学钓鱼的形态。蓬头稚子，点明小孩子的年纪尚幼。头发乱蓬蓬的，显出孩子的质朴无邪。小朋友活泼好动，很难安坐，为了表示要学习钓鱼特意坐下，但仍难老老实实的，而是十分随性地侧坐着。莓苔，青苔。坐在青苔之上，说明带孩子来垂钓的是个中高手，很知道在静僻潮湿之处容易钓上鱼来。草映身，即野草遮掩着稚子的身影，一来与莓苔的生长环境相互呼应，二来说明稚子个子还很小，身子掩在草丛中。

　　三、四句通过小小的动作写他专心致志学习钓鱼的场景。过路的人看到他，就向他问路。童子是一向热情回答问路的，如诗中写有"借问酒家何处有，牧童遥指杏花村"、"松下问童子，言师采药去"等等。结果稚子一反常态，急急忙忙地摇手，他的意思不是不告诉你，也不是说不知道，而是唯恐一点点声音惊走了他的鱼儿。一个很生活化的场景，因为童子学钓的认真劲儿而产生了别样的趣味。

　　天真烂漫的童心最为可贵，同样难能可贵的是诗人用毫不雕饰的语言，白描的手法，浅近平实地把这份童真展示在我们面前。　　　　（张春晓）

咏 绣 障　　　　　　　　　　胡令能

日暮堂前花蕊娇,争拈小笔上床描。
绣成安向春园里,引得黄莺下柳条。

【鉴赏】第一句写景,是为刺绣屏风("绣障")的描摹对象。日暮,点明时间是傍晚。花蕊娇,点明节令为春天,以及写生对象的娇美。这不是单纯的写景,花色之美,正是为屏风绣成后惊人的艺术效果做铺垫,因为屏风正是以它们作为花样的。花娇,人更娇。第二句写人,她们是屏风的制作者。诗中不写人美,但写一群年轻女孩子生动活泼,无所顾忌的任真之态。她们看到黄昏时分堂前百花争艳,美的事物让她们这样欢喜,于是迫不及待地拿起笔描绘下花样,希望捕捉到这个春天最美丽的精髓。

三、四句咏屏风之精美,足以以假乱真。诗中没有写这些女子兴致勃勃地描下花样以后,又是怎样一针一线、精工细作地将它们绣出来,而是直接写到屏风完成以后,把它放在花园里,逼真的屏风仿佛成为春天最灿烂的一隅,把柳枝上的黄莺都吸引下来,直飞向屏风。诗人没有花费笔墨凭空赞美屏风的巧夺天工,而是以一只黄莺的误会,充满情趣地将屏风的精美展现在目前。

这样一群女子,一派纯真,精于女红,她们的身份是什么? 本诗又题名为《观郑州崔郎中诸妓绣样》,即诗中这群可爱任真、技艺超群的女子原来是妓女。这不免让人有点惊讶了,她们在生活中原来也有这样纯真的一面。难得诗人笔下不带有任何偏见,以平等的目光,看她们真实的生活状态。当然,细细看去,诗中动词如"争"、"拈"数语早已透露天机。争,是不礼让;拈,显出手法之轻巧,灵动逼真之处,实非闺阁女子的拘谨庄重。然而人之可爱,技艺之精巧,实非虚妄。　　　　　　　　　　　　　　(张春晓)

严维,字正文,山阴(今浙江绍兴)人。至德元载(756)中进士,历诸暨及河南尉,终校书郎。

319

丹阳送韦参军   严 维

丹阳郭里送行舟,一别心知两地秋。
日晚江南望江北,寒鸦飞尽水悠悠。

【鉴赏】 这首诗写送别友人,诗题即点明送别的地点。诗人的重心不在描写离别的场景,而在于离别以后内心的空寂与离思。

第一句写地点与事由。诗人在丹阳外城的水道送走友人。行舟,即友人韦参军离去所乘小船。从第三句"江南望江北"来看,丹阳在江南,韦参军则是渡江北上。送行舟,则舟已远去,后三句俱为行船离去之后诗人的内心感受。第二句写送别以后内心的感受,深知就此一别,相隔两地,各自惆怅。秋,点明节令的同时,更是内心凄凉的感受。此处不仅恰到好处地把秋季之冷清与心情之凄暗合而为一,还蕴含了文字游戏。从字面上来看,"愁"字上面为"秋",下面为"心"。从意义上来看,"愁"的感受就像是人心里的秋天。正如宋代词人吴文英《南楼令》:"何处合成愁,离人心上秋。"此句将心与秋合在一句当中,既合时令与心情,更暗嵌文字游戏于其中,相当巧妙,没有生涩感。

三、四句情景交融。不再就内心的情感作直白的表述,而是对诗人远眺凝望的这个动作进行特写。天已黄昏,夕阳西下。诗人站在水边,目送友人远去,迟迟没有回去。他就一直那样凝望着,仿佛要一直看尽小船行到江北。黄昏之际,寒鸦在江面上盘旋,以秋季寒凉故称寒鸦,再次点明季候特征对人心理的影响。寒鸦的叫声,令人感到凄惶。寒鸦都已飞尽,可知天色已晚,则船行之已远不可及。江面上再无它物,只有江水悠悠,不觉东流。画面上除了诗人孤独的剪影,空无一物了,剩下一片苍茫的水天一色,诗人内心的失落与寂寥就在这黯淡的景致中彰显出来。情景交融所营造的空间感更加丰富了诗人的感情,忧思无尽,意在言外。

(张春晓)

顾况(727—815),字逋翁,苏州海盐(今属浙江)人。至德二载(757)进士,德宗时以秘书郎迁著作郎,贬饶州司户参军。晚年退居茅山,自号华阳真逸,有《华阳集》三卷。

公 子 行
顾 况

轻薄儿，面如玉，紫陌春风缠马足。

双镫悬金缕鹊飞，长衫刺雪生犀束。

绿槐夹道阴初成，珊瑚几节敌流星。

红肌拂拂酒光凝，当街背拉金吾行。

朝游蓼蓼鼓声发，暮游蓼蓼鼓声绝。

入门不肯自升堂，美人扶踏金阶月。

【鉴赏】这首诗是古题乐府。公子，即贵家纨绔子弟。这首诗从其外表装束写起，写到公子种种恣意而为的行为举止。从白天在街上逞强斗狠，写到晚上纸醉金迷，将一个飞扬跋扈的公子哥写得分外生动。诗人没有对公子进行直接的批判，而是通过对其一日生活的客观描述，褒贬自在其中。

一到四句写公子出场，将他的容貌装束一一描述。一、二句总括其举止轻狂。"轻薄儿"三字对其为人作了一个简单定性，写其"面如玉"，是为了反衬翩翩公子的金玉其外，徒有其表。"紫陌春风缠马足"，和孟郊《登科后》"春风得意马蹄疾"同一机杼，不说人如何张扬嚣张，只说马都像得春风相助一般飞奔向前，则其主人的张狂可知。公子纵马奔驰，乍一看，或以为在野外狩猎郊游，到第五句诗人才交代，原来如此无所顾忌地纵马狂奔，却是在繁华街道之上，公子的轻薄无道卓然可见。公子的马鞍脚踏绣着金线织成的飞鹊，公子一袭长衫，生犀束带。华服公子的具体身份虽不可知，但必然出自名门贵胄。"绿槐"句，与紫陌春风的春天之景相互呼应，同时把公子纵马飞驰的环境交代出来。大道上，公子只管挥舞着缀着珊瑚的马鞭，马鞭飞动，仿佛流星闪过。以珊瑚装饰马鞭，显出公子的贵气。马鞭飞舞，正是"紫陌春风缠马足"的真正原因，马儿跑得疾不是马儿借春风之力，而是公子恣意而为。

如果公子的行径仅限于此，那还只是轻狂之徒。"红肌"句以下，诗人进一步写其纸醉金迷的生活方式。喝得酩酊大醉不说，还借酒闹事。他面红耳赤，在路上横冲直撞。不仅欺负老百姓，对地方官员也完全不放在眼里。金吾，汉代辛延年《羽林郎》曾有"多谢金吾子，私爱徒区区"之语。金吾本是一种铜棒，汉代卫戍京城的武官手持金吾巡夜，因此官名执金吾，省称金吾。公子当众把维持治安的金吾推搡到一边，可见其嚣张跋扈。

公子胡作非为，却没有受到任何拘束，到了晚上依然逍遥地享受糜烂的生活。出门还有鼓声造势，闹哄哄直到回家方才收场。回到家里，还不肯自己入室，一定要美人扶着才肯踏入内室。衣着华丽的公子就这样任性胡为地结束了一天的生活，他无所事事，每日游荡，为非作歹，横行霸道，沉溺酒色。诗人抨击的不仅仅是诗中的公子，更是纵容公子为所欲为的统治阶级的腐朽。

（张春晓）

过山农家

顾　况

板桥人渡泉声，茅檐日午鸡鸣。
莫嗔焙茶烟暗，却喜晒谷天晴。

【鉴赏】这首诗写诗人山行至农家的所闻所见。

第一句写山行。没有出现山字，而山字自现。诗人在山行的过程中，选取了最具有代表性的一个片段。诗人穿过板桥，桥下泉水叮咚。泉水流淌，可知是在山中。板桥多在两山之间的山涧中，则过山可知。诗人不仅以此典型片段缴足题面，而且将山行的意境描写得充满灵动之气。人行于板桥的吱呀之声，泉水流动的淙淙之声，深山寂静之间，忽有声音响起，更见林间幽静。正如王籍《入若耶溪》"蝉噪林逾静，鸟鸣山更幽"的妙处，以动写静，充分体现了动与静的和谐之美。第二句写农家景。已是正午，鸡忽然打鸣，这显然不合常情。原来是客人的到来惊起了家禽，与上句共同衬托出山居的宁静，同时表现出农家的生活情趣。三、四句是诗人与农家主人的谈话。"莫嗔"句,说明诗人前去的时节正是产茶的春天,焙茶之际烟雾缭绕,农家主人急忙请诗人不要怨怪,"莫嗔"表现出农家待客之心的真挚与热情。"却喜"句的色彩忽然一转,写天气晴朗,农家发自内心情不自禁的喜悦。原来雨后初晴的天气晴朗正合晒谷,与雨后泉水之声、焙茶烟暗的天气特征相呼应,同时在情感的表达之际,不着痕迹地把农家的生计内容体现出来。

此诗六言四句,两字一顿,很有节奏感。

（张春晓）

韩氏,宣宗宫人,《题红叶》作者,生平无可考。

题 红 叶 　　　　　　　　韩 氏

　　流水何太急,深宫尽日闲。
　　殷勤谢红叶,好去到人间。

【鉴赏】这是一首宫怨诗,相传为唐宣宗时宫女韩氏所作。唐代被禁锢在深宫的宫女,因渴望自由,题诗于落叶,并放入御沟,随水流出宫门之外。范摅《云溪友议》卷十记载,唐宣宗时,显贵子弟卢渥上京应举,偶尔经过通往皇宫的河沟边,见到一片红叶,让仆人取来,一看,叶上竟题着一首绝句。于是带回收藏在巾箱内。后来宣宗裁减宫女,准许宫女嫁百官司吏。他娶了一位被遣出宫的韩姓宫女。一天,韩氏见到箱中的这片红叶,幽幽地叹息道:"当时偶然题诗叶上,随水流去,想不到郎君收藏在此。"对验字迹,果真如此,令人惊讶不已。这就是闻名的"红叶题诗"的故事。关于这个故事,《青琐高议》和《北梦琐言》(据《太平广记》引)也有记载,但在朝代、人名、情节上有所出入。清代李渔根据这个故事设计了一种"秋叶匾",制成如秋叶状的匾额,并在《闲情偶寄》中称:"御沟题红,千古佳事;取以制匾,亦觉有情。"故"红叶题诗"后常用作良缘巧结的赞辞。

　　这首诗所表达的是一个被限制了自由、无法追求幸福的人对自由、幸福的渴望。诗的前两句"流水何太急,深宫尽日闲",责问流水何太急,诉说深宫太闲,并不明写怨情,而怨情自见。长期被幽闭在深宫之中的宫女,除了伺候主子以外,"闲"笼罩着她的生活,流水匆匆流过,而日子依然闲闷;流水匆匆,虽流入了这深深的皇宫,但仍可以流出去,它是自由的,而宫女虽然很闲,但无法离开这皇宫。"急"与"闲"形成了一种鲜明的对比,"急"象征着河流是多么自由、充满活力、充满激情,而"闲"象征着皇宫中的无聊,也反映出了作为宫女的作者对自己生活的无奈,对生活的迷茫,鲜明的对照凸显了这种看似矛盾而又交织为一体的双重苦恨。诗的后两句"殷勤谢红叶,好去到人间",运笔更委婉含蓄。"殷勤"表示"热烈、恳切";"谢"为"告诉、诉说";"人间",与皇宫相对。"聊把深情寄语红叶,何时才能回到人间"——"谢红叶"本是一件悲哀的事,题诗人却寄予希望,将心事寄托于随波而去的红叶,希望红叶带着她的愿望流到外面的人间。红叶为秋之叶,寓意忧思;红色又是生命之火,象征着炽热、灿烂和希望,意象本身的矛盾与诗意契合。托物寄情,身受幽囚的愤懑、自由生活的憧憬以及冲破樊笼的强烈意愿,借一片红叶全然表达出来。

唐代被禁锢在深宫的宫女,她们身上的压力和内心的悲苦是外人很难体会的,红叶题诗传说是宫女自由、爱情缺失体验的一个隐喻,这种诗展现出一种人性关怀,此类诗还有天宝宫人的《题洛苑梧叶上》、德宗宫人的《题花叶诗》等。

(易文翔)

窦叔向(729?—780?),字遗直,京兆(今陕西扶风)人。唐代宗大历初登进士第,曾官左拾遗,后贬为溧水令。五子群、常、牟、庠、巩,皆工词章,有《联珠集》行于时。叔向工五言,诗法谨严,名冠时辈。集七卷,《全唐诗》存其诗十首。

夏夜宿表兄话旧

窦叔向

夜合花开香满庭,夜深微雨醉初醒。
远书珍重何曾达,旧事凄凉不可听。
去日儿童皆长大,昔年亲友半凋零。
明朝又是孤舟别,愁见河桥酒幔青。

【鉴赏】 这首诗写的是亲友久别重逢,叙旧话别。

诗题点明"夏夜"。开篇渲染"夜"的氛围:"夜合花开香满庭,夜深微雨醉初醒。"夜合花在夏季开放,朝开暮合,入夜香气更浓。表兄庭院里栽种的夜合,此时弥漫整个庭院沁人心脾。首句借以起兴,也反映出了诗人心情愉悦。他和表兄久别重逢,痛饮畅叙,自不免一醉方休。此刻,夜深人定,他们却刚从醉中醒来,天还下着蒙蒙细雨,空气湿润,格外清新。两人决定作长夜之谈,再叙往事,接着醉前的兴致继续聊了起来。

中间二联即话旧。离别久远,年头长,经历多,千头万绪从何说起?那纷乱的年代,写一封告嘱亲友珍重的书信也往往寄不到,彼此消息不通,该说的事情太多了。但是真要叙说,那凄凉的陈年旧事又让人无法静心听下去。正是"少壮能几时,鬓发各已苍"(杜甫《赠卫八处士》),当年离别时的孩子,如今都已长大成人;从前的亲戚朋友却大半去世,健在者不多。这四句,乍一读似乎是话旧只开了头;稍咀嚼,确乎道尽种种往事。亲故重逢的欣喜,人生遭遇的甘苦,都在其中,也在不言中。它提到的,都是常人熟悉的;它不说的,也都是容易想到的。诗人写得真切,读者读来亲切,容易产生共鸣,毋庸赘辞。

"明朝又是孤舟别,愁见河桥酒幔青。"末联与杜甫《赠卫八处士》的"明日隔山岳,世事两茫茫"一样,归结到话别。这种话别,又是话旧,如同当年离别的一幕,黄河边,桥头下,亲友搭起饯饮的青色幔亭,令人依依不舍。明朝又将孤舟独行,一个"又"字点出相逢重别的新愁,勾起的却是往事的旧愁;明朝饯别的苦酒,远远不能与今晚欢聚的酒相比;所以送别不如不送,此谓"愁见"。这两句结束了话旧,也等于在告别,有不尽惜别之情,有人生坎坷的感慨。从"酒初醒"到"酒幔青",在重逢和再别之间,在欢饮和苦酒之间,这一夜的话旧,也是清醒地回顾他们的人生经历。

这首诗技巧浑熟,风格平易近人,语言亲切有味,如促膝谈心。诗人抒写自己亲身体验,思想感情自然流露,真实动人,低徊婉转,耐人寻味。

(易文翔)

张潮,生卒年不详,润州曲阿(今江苏丹阳)人。大历中处士。《全唐诗》存其诗五首。

江 南 行

张 潮

茨菰叶烂别西湾，莲子花开犹未还。
妾梦不离江上水，人传郎在凤凰山。

【鉴赏】这是一首闺中少妇伤离念远的诗。诗中人的丈夫也许是位"重利轻别离"的商人，故诗人把同情的砝码放在闺中人这一边。诗的首句记初别之时，茨菰叶烂，时当秋冬，诗中人送别丈夫于西湾。次句写怀人之时，莲子花开，已是今年的夏秋之交，远行的人还没有回来，一个"犹"字，将别后相思曲曲传出。而"茨菰"、"莲子"，并切江南风物；由茨菰叶烂到莲子花开，中间多少个日日夜夜，其别之久、思之深都尽在不言之中。不曰"荷花"而说"莲子花"，是因"莲"谐"怜"，"莲子花开"正是用谐音表达怀想丈夫之情。此深得南朝民歌风调。第三句承前二句写出思念之深，因在江上分手，故梦不离江水；又启下句，不知行人却在凤凰山，寓"有梦也难寻觅"（《西厢记》语）之意。张仲素《秋闺思》写丈夫从军漠北、久久不归，闺中人只听说他在金微山，但梦里却"不知何路向金微"；虽不能去，并无怨良人之意。刘采春《啰唝曲》"那年离别日，只道住桐庐。桐庐人不见，今得广州书。"言夫婿去家益远，归期益无日矣。虽其怨也，得一书差可告慰。张潮这里所写江干一别，魂梦犹萦，意其远行，却在近处，所谓"常叹负情人，郎今果成诈"（《懊侬歌》）也。"西湾"在扬州瓜洲附近，"凤凰山"在江宁（今江苏南京）南门内。诗中标举两处地名，正要人从其相近悟入，布局巧妙如此。前人未加深究，未免辜负匠心（参阅《千首唐人绝句》刘拜山评语）。

（杨 军）

于良史，生卒年不详，肃宗至德年间曾任侍御史，德宗贞元年间，徐州节度使张建封辟为从事。其五言诗词语清丽超逸，讲究对仗，十分工整。诗多写景，构思巧妙，形象逼真，同时寄寓思乡和隐逸之情。存诗七首，均为佳作，尤以《春山夜月》、《宿蓝田山口奉寄沈员外》两首为最善。

春山夜月

于良史

春山多胜事，赏玩夜忘归。
掬水月在手，弄花香满衣。
兴来无远近，欲去惜芳菲。
南望鸣钟处，楼台深翠微。

【鉴赏】这首诗描写的是春游夜归沿途的景象。

"春山多胜事，赏玩夜忘归。"诗人开门见山，首联点出春游登山，美好的景色令人流连忘返，直到夜幕降临。这一句中的"多胜事"与"夜忘归"统领全诗。下面的描写则是对"胜事"和"夜忘归"具体展开。因为"多胜事"，所以"赏玩夜忘归"，"胜事"也是全诗所着力描绘的。

"掬水月在手，弄花香满衣"，颔联紧承上文，写"胜事"。在这样一个春意融融的夜晚，抬头仰望，皓月当空；低头掬一捧清水在手，那皎洁的月儿在手中盈动；春山百花争艳，花月交相辉映，花儿摇曳多姿，幽香四溢，沾满衣襟。如此美景，把月吟诗，弄花闻香，当然使人驻足游历，忘记归家。这两句是点睛之笔，"掬水"、"弄花"对应上句"赏玩"，泉水澄明清澈照见月影，山花馥郁之气溢满衣衫，"弄花"扣住"春"，"月在手"扣住"夜"。"掬"、"弄"凸显人物动作、神态，将眼前的景色与内心的感受结合，既传神地再现了美景，又形象地表达了诗人的情愫，情景交融、物我合一，富有很强的艺术感染力。

颈联承"夜忘归"，惟兴所适，故不会去计算路程的远近。将要离去

327

时，对眼前的一花一草竟然难离难舍，这正是"兴来无远近，欲去惜芳菲"的诗境。

尾联，诗人宕开一笔：正当他在欲去还留之际，夜风送来了钟声。他循声翘首南望，只见远方的楼台掩映于苍翠浓绿之中。这一联以动衬静，用悠扬的钟声衬托"春山"的幽静，同时视野的延伸，由近而远，增添了整幅"春山夜月图"的层次。

醉人春夜，满山馨怡，满眼奇丽，于良史乘兴赋出了清丽超俗的《春山夜月》，描绘了一幅清幽淡远、悠然自得的"春山夜月图"。全诗用词精雕细琢，又不着痕迹，可谓别具艺术特色。 （易文翔）

柳中庸，生卒年不详，名淡，中庸是其字。蒲州虞乡（今山西永济）人。大历年间进士，曾官洪府户曹。与卢纶、李端为诗友。《全唐诗》存其诗十三首。《征人怨》是流传最广的一首。

征 人 怨
柳中庸

岁岁金河复玉关，朝朝马策与刀环。
三春白雪归青冢，万里黄河绕黑山。

【鉴赏】 这是一首传诵极广的边塞诗。诗中提到的金河、青冢、黑山，都在现今内蒙古自治区境内，唐时属单于都护府。唐朝自安史之乱后，国势衰微，边患日益严重，被征调的士兵长年戍守边境不能归乡与家人团聚，必然产生怨愤之情。这首诗便是以一个隶属于单于都护府的征人身份，写出了这份怨情。

唐诗中写征怨的诗作不少，这首诗避开征人回首、佳人断肠的通用题材。以就时记事开篇，首句写戍守边关时间之长、扎营地点不断转换：年复一年，东西奔波，往来边城；第二句写天天战争不息，生活单调凄苦：日复一日，跃马横刀，征战不休。"金河"，即大黑河，在今内蒙古呼和浩特市南。"玉关"，即甘肃玉门关。金河在东而玉门关在西，相距很远，说明转戍频繁。"马策"，即马鞭。"刀环"，刀柄上的铜环。马策、刀环虽小而微，然而对于表现军中生活来说却有典型性，足以引起对征戍之事的一系列

328

的联想。这两句"岁岁"、"朝朝"相对,"金河"、"玉关","马策"、"刀环"互文见义,重复表现生活的单调,"复"字和"与"字流露出一种无可奈何的厌倦之感,"岁岁"把这种厌倦之感以时间的无限延伸极大地加重,"朝朝"又把令人烦厌的重复行为的频率推到极致。诗人巧妙地利用诗句的蝉联偶对的特点,将此种情绪充分表达。

三、四两句是诗意的加深和扩展。对于满怀怨情的征人来说,他不仅从那无休止的时间中感到怨苦无时不在,而且还从即目所见的景象中感到怨苦无处不有。第三句写边塞气候恶劣,暗示生还无望(归青冢)。"青冢"是西汉时王昭君的坟墓,在今呼和浩特市境内,当时被认为是远离中原的一处极僻远荒凉之处。传说塞外草白,唯独昭君墓上草色发青,故称青冢。时届暮春,在苦寒的塞外却"春色未曾看",所谓"春风不度玉门关",所见者唯有白雪落向青冢而已。肃杀荒凉至此,怎不令人悲凄?继前二句从时间写征人的感受、情绪,末句从空间放大视角,青冢——黄河——黑山,给人以山高水长的距离感。诗人不仅以"万里黄河"展示地域之广阔,而且以"绕黑山"状征途之回转曲折。"绕"是绕来绕去,不同于单线征程,走过不再回头,同前面的"金河"、"玉关"、"马策"、"刀环"的重复、单调感一脉相承。诗的前半写征戍无止期,后半则写征途无尽头,结构对称,字句间渗透着"欲归无计"的渺茫。

全诗没有出现一个"怨"字,但字字流露幽怨之意,处处弥漫幽怨之情。诗人抓住产生怨情的缘由,从时间与空间两方面落笔,让"岁岁"、"朝朝"的戎马生涯以及"三春白雪"与"黄河"、"黑山"的自然景象现身说法,从而获得了"不着一字,尽得风流"的艺术效果。这首诗的谨严工整也历来为人称道,全诗不仅每句自对(如首句中的"金河"对"玉关"),又两联各自成对。后一联的对仗尤其讲究:数字对("三"、"万")与颜色对("白"、"青"、"黄"、"黑")同时出现在一联之中;四种色彩交相辉映,使诗歌形象富于色泽之美;动词"归"、"绕"对举,略带拟人色彩,显得别具情韵。这样精工的绝句,确是不多见的。

(易文翔)

戴叔伦(732—789),字幼公,也作次公,润州金坛(今属江苏常州)人。曾任抚州刺史。赋性温雅,善举止,能清谈,无贤不肖,相接尽心。工诗。贞元十六年(800)陈权榜进士。德宗尝赋中和节诗,遣使者宠赐，世以为荣。集十卷，今编诗二卷。

除夜宿石头驿

戴叔伦

旅馆谁相问？寒灯独可亲。
一年将尽夜，万里未归人。
寥落悲前事，支离笑此身。
愁颜与衰鬓，明日又逢春。

【鉴赏】诗人作诗，如果是思想感情的自然发泄，总是先有诗，然后有题目，题目是全诗内容的概括。从诗题《除夜宿石头驿》可知诗的内容主要是"除夜"和"夜宿"。夜宿的地点是"石头驿"，可知是在旅途中夜宿。诗人长年漂泊在外，客中寂寞相伴，又值除夕之夜，仍是独自夜宿他乡，此情此景，黯然神伤。这首诗真切地抒写了诗人当时的际遇，蕴蓄着无穷的感慨和凄凉之情。

此诗作于诗人晚年任抚州刺史时期。这时他正寄寓石头驿，可能要取道长江东归故乡金坛。"旅馆谁相问？寒灯独可亲。"起句突兀，却在情理之中。除夕之夜，万家团聚，自己却还是浮沉宦海，奔走旅途，孤零零地在驿馆中借宿。长夜枯坐，举目无亲，又有谁来问寒问暖。人无可亲，眼下就只有寒灯一盏，摇曳做伴。"谁相问"，用设问的语气，更能突出旅人凄苦不平之情。"寒灯"，点出岁暮天寒，更衬出诗人思家的孤苦冷落的心情。

一灯相对，自然会想起眼前的难堪处境："一年将尽夜，万里未归人。"出句明点题中"除夜"，对句则吐露与亲人有万里相隔之感。"万里"，并非两地间的实际路程，而是心理上的距离。只要诗人尚未到家，就会有一种远在天涯的感觉。这一联，由两个名词连同前面的定语"一年将尽"、"万里未归"，构成对仗，把悠远的时间性和广漠的空间感，对照并列，形成暗中俯仰、百感苍茫的情思和意境，显示出诗人高超的艺术概括力。

这一晚，多少往事涌上心头。"寥落悲前事，支离笑此身"，说过去的一切事情，也就是种种生活遭遇，都是非常寂寞，非常失意，只会引起悲感。"支离笑此身"是说现在这个漂泊天涯的躯体，又如此之支离可笑。上句回想过去，没有得意事可供现在愉快地回忆；下句是自怜，现在已没有壮健的躯体能忍受流浪的生活。"支离",本指形体不全,这里指流离多病。据记载,戴叔伦任官期间,治绩斐然。晚年在抚州时曾被诬拿问,后得昭雪。诗人一生行事,抱有济时之志,而现在不但没能实现,反落得病骨支离,江湖漂泊,这怎能不感到可笑呢?这"笑",蕴含着多少对不合理现实的愤慨不平,是含着辛酸眼泪的无可奈何的苦笑,写出了这种沉思追忆和忆后重又回到现实时的自我嘲笑。

然而,前方的路又如何呢?"愁颜与衰鬓,明日又逢春。"一年伊始,万象更新,可是诗人的愁情苦状却不会改变。"明日又逢春"这一句,指出今晚是除夕,明天是新年初一,春季的第一天。写的是明日,意义却在今夕。一个"又"字,写出诗人年年待岁,迎来的却是越来越可怜的老境,一年不如一年的凄惨命运。诗人对于"逢春"并没有多大乐观的希望。年年逢春,年年仍然在漂泊中。结尾沉重、压抑,饱含凄苦况味。全诗写情切挚,寄慨深远,一意连绵,凄恻动人,自非一般无病呻吟者可比。

这首诗,一向被认为是唐人五律中的名作。其所以著名,完全是由于颔联"一年将尽夜,万里未归人"。历代以来,到年三十还住宿在旅馆里的人,总会感伤地朗诵这两句,这两句诗成为唐诗中的名句。但是,这两句诗并不是戴叔伦的独创。早在二百年前,梁武帝萧衍有一首《冬歌》:"一年漏将尽,万里人未归。君志固有在,妾躯乃无依。"戴叔伦化用梁武帝的诗句,在梁武帝诗里平淡无奇的句子,在戴叔伦诗里发出光辉,这是点铁成金的技巧。

(易文翔)

三 闾 庙 戴叔伦

沅湘流不尽,屈子怨何深!
日暮秋风起,萧萧枫树林。

【鉴赏】三闾庙,是奉祀战国时楚国三闾大夫屈原的祠庙,据《大清一统志》记载,庙在长沙府湘阴县北六十里(今湖南汨罗市境)。伟大诗人屈原毕生忠贞正直,满腔忧国忧民之心,一身匡时济世之才,却因奸邪谗毁不得施展抱负,最终流放南荒,遗恨波涛。他的高洁人格及不幸遭遇,引起了后人无限的景仰与同情。时隔千载,诗人戴叔伦也感受到了同样的情怀:"昔人从逝水,有客吊秋风。何意千年隔,论心一日同!"(《湘中怀古》）大历年间,奸臣元载当道,嫉贤妒能,排斥异己。在这种时代背景下,诗人来往于沅湘之上,面对秋风萧瑟之景,不由心生怀古吊屈之幽情。

司马迁在《史记·屈原列传》中这样评论屈原:"屈平正道直行,竭忠尽智,以事其君,谗人间之,可谓穷矣。信而见疑,忠而被谤,能无怨乎?"此诗便是围绕一个"怨"字,以明朗而又含蓄的诗句,抒发对屈原其人其事的感怀。

"沅湘流不尽,屈子怨何深!"沅、湘是屈原诗篇中常常咏叹的两条河流。《怀沙》中说:"浩浩沅湘,分流汨兮。修路幽蔽,道远忽兮。"《湘君》中又说:"令沅湘兮无波,使江水兮安流。"首句"沅湘流不尽"如天外奇石陡然而落,紧接着次句"屈子怨何深"又如古钟震鸣,沉重而浑厚,两句一开一阖,顿时给读者心灵以强烈的震撼。从字面上看,"沅湘"一句是说江水长流,无穷无尽。从承接下句来看,"流"又有双关之意,既指水同时也引出下句的"怨",意谓屈子的哀愁是何等深重,沅湘两江之水千百年来汩汩流去,也流淌不尽、冲刷不尽。这样一来,屈原的悲剧就被赋予了一种超时空的永恒意义。他所遭遇的不被理解、信任的悲哀,遭谗见谪的愤慨和不得施展抱负的不平,仿佛都化作一股怨气弥漫在天地间,沉积在流水中,浪淘不尽。诗人在这里以大胆的想象伴随饱含感情的笔调,表现了屈原的哀怨的深重,言外洋溢着无限悲慨。

诗的后两句轻轻宕开,既不咏叹屈原的事迹,也不描写屈原庙,却由虚转实,描绘了一幅秋景:"日暮秋风起,萧萧枫树林。"这两句诗人化用了屈原的诗句:"袅袅兮秋风,洞庭波兮木叶下"(《九歌·湘夫人》),"湛湛江水兮上有枫,目极千里兮伤春心。魂兮归来哀江南"(《招魂》)。夕阳西下,日光已经不再具有正午的光明了,显得有些昏暗不明,模糊不清,给人一种荒凉萧瑟的感觉。江上秋风刮起萧萧飒飒的枫树林,更觉幽怨不尽,情伤无限。抚今追昔,时历千载而三闾庙旁的景色依然如故,可是,屈子沉江之后,而今去哪里呼唤他的冤魂归来? 朱熹云"(枫)玉霜后叶丹可

爱，故骚人多称之"(《楚辞集注》)，如今骚人已去，只有他曾歌咏的枫还在，当黄昏的秋风吹起时，如火的红枫婆娑摇曳，萧萧作响，像在诉说这千古悲剧。结句之传神为人所称道，正如施补华《岘佣说诗》点评："并不用意，而言外自有一种悲凉感慨之气，五绝中此格最高。"　　　　（易文翔）

题稚川山水　　　　　　　　　　　戴叔伦

松下茅亭五月凉，汀沙云树晚苍苍。
行人无限秋风思，隔水青山似故乡。

【鉴赏】山水诗向来多是对自然美的歌咏，但也有一些题咏山水的篇什，其旨趣并不在山水，而别有寄意。此诗即是一例。

从诗的内容可知，此篇当作于作者宦游途中。"松下茅亭五月凉，汀沙云树晚苍苍"，这些是行旅之中遇到的一番景色。这景色似乎寻常，然而，设身处地站在"五月""行人"角度，就会发现它的佳处。试想，在仲夏的暑热中，经日跋涉后，向晚突然来到一个有山有水的地方。憩息于"松下茅亭"，放眼亭外，在水天背景上，那江中汀洲，隔岸的青山，上与云平的树木，色调深沉怡目，像在清水中洗浴过一样，给人以舒畅之感。"凉"字就传达了这种快感。戴叔伦曾说："诗家之景，如蓝田日暖，良玉生烟，可望而不可置于眉睫之前。"(转引自《司空表圣文集》卷三)他作诗讲究韵味。此诗前两句写景，着墨不多，却有味外之味，颇似元人简笔写意山水，有"可望而不可置于眉睫之前"的意趣。

前二句写稚川山水予人一种美感，后二句则进一步写出稚川山水给人一种特殊的感发。第三句的"秋风思"用晋人张翰故事。据《晋书·张翰传》记载，张翰被齐王冏辟为大司马东曹掾，"因见秋风起，乃思吴中菰菜、莼羹、鲈鱼脍，曰：'人生贵得适志，何能羁宦数千里以要名爵乎！'遂命驾而归。"这里的"秋风思"代指乡情归思。它唤起人们对故乡一切熟悉亲爱的事物的深切忆念。"行人无限秋风思"，这一情感的爆发，其诱因非他，乃是一个富于诗意的发现——"隔水青山似故乡"！

按因果关系，有了"隔水青山似故乡"的感受才有"无限秋风思"的感叹。三、四句却予以倒置，这是颇具匠心的。由于感情的激动往往比理性的思索更迅速。人受外物感染，往往有不自知其所以然者，那原委往往颇费寻思。把"隔水青山似故乡"这一动人发现于末句点出,也就更近情理,也更耐人寻味。

诗人用手中的笔表现眼前的景物和自我情怀,以景状物,达到了融情于景,融情于物的境界。此诗的妙处不在于它写出一种较为普遍的思想感情,而在于它写出了这种思想感情独特的发生过程,从而传达出一种特殊的生活况味。

(易文翔)

苏 溪 亭

戴叔伦

苏溪亭上草漫漫,谁倚东风十二阑?
燕子不归春事晚,一汀烟雨杏花寒。

【鉴赏】苏溪在今浙江义乌市境。这首诗描写暮春之景,抒发怨别之情。

"苏溪亭上草漫漫",写出地点和节候。野草茁长,遍地青青,已是暮春时节。古人常在诗中用连绵的芳草起兴,抒发对远方人的思念之情。溪边亭上的春草"漫漫",唤起人们的离愁别绪,正为下句中的倚阑人渲染了环境气氛。"谁倚东风十二阑",以设问的形式,托出倚阑人的形象。"十二阑"出自南朝乐府民歌《西洲曲》,此曲写一名女子尽日在楼头望郎不见。诗人在这里巧妙地化用了《西洲曲》的意境:在东风吹拂中,斜倚阑干的那人是谁呢? 这凝眸沉思的身姿,多像《西洲曲》里的人:"鸿飞满西洲,望郎上青楼。楼高望不见,尽日阑干头。阑干十二曲,垂手明如玉。"寥寥几字,将倚阑人形象地描画出来,正是对"他山之石,可以攻玉"。

倚阑人出现,诗人接着写这位倚阑人眼中所见、心中所思:"燕子不归春事晚,一汀烟雨杏花寒。"燕子还没有回到旧窝,而美好的春光已快要完了。以"燕子不归"暗指游子未归,含蓄地透露了对远人的盼望。"一汀烟雨杏花寒",正是"春事晚"的具体描绘。迷蒙的烟雨笼罩着一片沙洲,料峭春风中的杏花,也失去了晴日下艳丽的容光,显得凄楚可怜。这景色具体而婉曲地传出倚阑人无端的怅惘,不尽的哀愁。凄风苦雨中的杏花,憔悴无光,烘托出美人迟暮的惆怅哀愁。如此写法,使无形之情因之而可见,无情之景因之而可思。

全诗四句皆写景,而景语即情语,以情会景,情景融浑无迹。暮春景色浓郁而迷蒙,恰和倚阑人沉重而忧郁的心情契合相应,诗韵人情,隽永醇厚。
(易文翔)

韦应物(737—792),长安(今陕西西安)人。韦应物青年时代侍卫玄宗,生活不拘小节,豪横放荡。中年后久历州县地方官吏,目睹百姓疾苦和社会时弊,思想渐趋成熟,成为一个清廉的地方长官。他的诗歌在唐代已有盛誉,世称韦左司或韦苏州。

淮上喜会梁州故人　　韦应物

江汉曾为客,相逢每醉还。
浮云一别后,流水十年间。
欢笑情如旧,萧疏鬓已斑。
何因不归去,淮上有秋山。

【鉴赏】按古人的说法,人生有几大喜事,其中就有"他乡遇故知"一喜。在他乡陌生之地遇上故朋旧友,自然喜出望外。这首诗就写这种情景。

在淮上(今江苏淮阴一带),韦应物遇见了旧时在梁州(今陕西汉中)时的好朋友。诗题为"喜会",似乎讲的是相逢后极其快乐的心情,但诗中表现的却是一种喜后生悲的复杂感情。

诗歌从回忆往事开始写起。当年,我们都客居江汉,经常聚在一起喝酒。那时多欢快啊,常常是喝得酩酊大醉而归。人生无常,飘若浮云。从那以后,我们为了生活各奔东西。时间如流水,一眨眼十年就过去了。期间我们各自的人生道路上发生了多少事情啊,可作者并没有细说,只是以"浮云""流水"一笔带过,给人无限想象的诗性空间。这是流水对,自然又不失工严。汉代李陵《与苏武诗三首》:"仰视浮云驰,奄忽互相逾。风波一失所,各在天一隅。"苏武《诗四首》:"俯观江汉流,仰视浮云翔。"后来常用"浮云"表示漂泊不定,变幻无常,以"流水"表示岁月如流水,年华易逝。虽是一笔带过,却把前后两个人生阶段连接起来,显得既自然又严密。十年之后的今天我们又相逢在淮阴，我们依旧喜不自胜。但岁月不留人呐，十年前头发乌黑的我们，今天已经毛发稀疏、两鬓斑白了。这是人生的艰辛留下的印迹。过去生活的地方那么美好，为什么我们不回去呢？因为此处有"秋山"。诗人《登楼》诗说"坐厌淮南守，秋山红树多"，跟末句的意思相同。淮上的满山红叶使我们流连忘返啊。诗的结尾空灵鲜活，别有情调。

此诗一气呵成，情韵通贯。《唐诗三百首》评曰："一气旋折，八句如一句。"

（吴中胜）

东　郊　　　　　韦应物

吏舍跼终年，出郊旷清曙。
杨柳散和风，青山澹吾虑。
依丛适自憩，缘涧还复去。
微雨霭芳原，春鸠鸣何处。
乐幽心屡止，遵事迹犹遽。
终罢斯结庐，慕陶直可庶。

【鉴赏】此诗为韦应物任滁州刺史任上所作，其"萧散冲淡"的诗风与"高雅闲澹"的意境，透露出淡淡的弃官归隐之意。

"吏舍跼终年，出郊旷清曙。"交代诗歌创作的缘由与事由。诗人天天被官场俗务缠身，一年操劳到头，终于有机会到涂州的东郊游玩，领略郊外清朗的曙色，不是令人心境开阔，心旷神怡吗？一"跼"字，一"旷"字，对照出诗人官场生涯的拘束与烦闷，与郊外游玩的舒缓与惬意。

三、四句则写诗人漫步郊野之所见所感。在和煦的春风中，杨柳依依不舍，摇曳起舞。青山如画，消弭着我的红尘俗念。诗人在郊外感受到的轻松豁达与自由散漫，尽在此"散""澹"二字，意蕴含蓄而旨趣幽远。五、六句，继续写诗人走马观花之景。斜倚在树丛中，能安逸地休憩。沿着山涧逶迤而上，郊外的春光处处可见。此四句，将诗人逃离尘世，随缘自适的喜悦与畅快彰显得极为充分。

五、六句纯是写景，但平常之景物，经过韦应物的圣手妙笔，焕发出无

336

限的诗情画意。"霭",本意为云气,在此处意为笼罩。微雨过后,云气蒸腾,笼罩着芬芳的原野。空阔原野上,四处可见春天的斑鸠在欢快地鸣叫,它们是在向理想中的爱人发出求爱的讯息？写"春鸠"的欢鸣,其实暗喻诗人对"春鸠"自由自在生活状态的向往。王维曾有"屋中春鸠鸣,树边杏花白"之句,此二句不遑他让。

诗的前八句,整体洋溢着欢畅愉悦的心情,景中寓情,情随景转。然而,郊游的欢乐终究有结束的时候,在此幽居的念头也只能闪瞬即逝。因为,诗人还有无尽的公事等着他去处理,以致每次的游玩只能行色匆匆。诗人在此发出了最后的喟叹:我终将会辞官挂印而去,我多么希望像陶渊明那样,造茅屋一间,与清风明月为伴,在无忧无虑的大自然中去享受纯净人生的美好。

关于此诗,清人章燮有极其精到的评价:"景中寓情。一解,以春日郊游起。'散'、'澹'二字,凝炼极。二解,写东郊赏览也。三解,有惰于仕进也。"(《唐诗三百首注疏》)简而概之,韦应物写景诗,多侧重于写清幽冷峭之景,即便是喧嚣之景,在诗人笔下亦充满幽怀愁绪,究其实,乃因为诗人对官场生涯的极度厌倦,以及对纯净大自然与平淡田园生活的极度眷念。

（乐　云）

郡斋雨中与诸文士燕集　　韦应物

兵卫森画戟,宴寝凝清香。
海上风雨至,逍遥池阁凉。
烦疴近消散,嘉宾复满堂。
自惭居处崇,未睹斯民康。
理会是非遣,性达形迹忘。
鲜肥属时禁,蔬果幸见尝。

俯饮一杯酒,仰聆金玉章。

神欢体自轻,意欲凌风翔。

吴中盛文史,群彦今汪洋。

方知大藩地,岂曰财赋强。

【鉴赏】此诗是韦应物晚年任苏州刺史时创作的一首文士宴集的五言古诗。名为文人"燕集",实为诗人居安思困的抒怀诗。

起首二句,"兵卫森画戟,宴寝凝清香",颇有魏晋高古之风。卫士们的画戟排列森严,豪华的居室里缭绕着清醇的芳香。短短十个字,不仅交代了文士宴集的地点,而且衬托出作为刺史长官的诗人居所的排场与威仪。

"海上风雨至,逍遥池阁凉。"东南海上忽然风雨骤至,喧嚣的池阁一下子变得惬意而清凉。此二句妙在"逍遥"二字的使用,既为读者营造出一幅清旷高远的意境,又展示出诗人高雅闲澹、逍遥自在的骚人雅致。"烦疴近消散,嘉宾复满堂。"在如此逍遥快活的日子里,烦热与疾病早已消散一空,只留下嘉宾高朋满座。由此,宴集的热闹氛围与诗人的自得意满溢于言表。

然而,从"自惭居处崇"句开始,全诗的基调陡转直下,繁华喧闹的排场烟消云散,逍遥愉悦的心情也荡然无存。在华丽的居室与热闹的宴会上,诗人突然想起居无定所、那些衣食堪忧的百姓来,诗人由此进入深刻的反思。"理会是非遣,性达形迹忘。"通晓自然之理便能明辨是非,天性通达就能做到物我两忘。此二句对仗工整,既是人生哲理的诠释,又是诗人内心反省的观照。

"鲜肥属时禁"六句,寄托出诗人对友人勿忘民生的期望。荤腥之物不宜于在这盛夏的季节里食用,还是请品尝美味的蔬菜与水果吧。如今我俯首饮下一杯美酒,抬头聆听各位朋友如金玉一般优美的华章,该是人生何等的幸事?因为心情欢畅,诗人的身子也仿佛变得轻盈起来,跃跃欲试,马上要御风飞翔起来。

末后四句则是对此次宴集的总结与对在座文士的赞赏。为何苏州能被称为"大藩地"(大郡)?不是因为它向朝廷上交了多少赋税,而在于拥有那些济济一堂的文人才士啊。

关于此诗的收束之语,后人存在争议。明人杨慎不客气地批评末四句是"乃类张打油、胡钉铰之语,虽村教督食死牛肉烧酒,亦不至是缪戾也"(《升庵诗话》)。清人张文荪对此不以为然,反倒认为"末以文士胜于财赋,诚为深识至言,是通首归宿处"(《唐贤清雅集》)。总体上说,张文荪的论断较有合理性。

　　总体来看,这首五言古诗,在艺术和内容上均有可圈点之处。从艺术上说,该诗写物精妙,缘情体物,得宋齐沈约、谢朓之神韵。就内容而言,表面写文人雅集,实则反思民生疾苦,有"居庙堂之高,则忧其民"之文士胸襟。张文荪评此诗曰:"兴起大方,逐渐叙次,情词蔼然,可谓雅人深致。"此言大致不虚。

（乐　云）

滁州西涧　　　　　　　韦应物

独怜幽草涧边生,上有黄鹂深树鸣。
春潮带雨晚来急,野渡无人舟自横。

【鉴赏】在中国山水诗诗史上,这是一首久负盛名的写景佳作。唐德宗建中二年(781)诗人出任滁州刺史,这首诗就是这一时期所写。通篇富有"野美"情趣。

　　作者游览至人迹罕至的滁州西涧,野外的风物打动了久在世俗夹缝中求生存的诗人。涧边无声无息地生长的幽草,深林中自由自在的黄莺的欢叫,都引起诗人的无限诗心。这是自然的色彩与动听的百籁交织成的幽雅景致。"独怜"是偏爱的意思,偏爱幽草,流露出诗人恬淡的胸怀。凡俗之人也许不太在意野外的一草一木、一花一鸟。富有诗心的诗人就能从中感悟生命的自由和欢快。一个"独"字有超脱尘俗之意。傍晚时分下雨,山间小河的潮水涨得更急,本来就少有人迹的郊野渡口现在更是没有人影。渡船悠闲自在地横泊河面,任意东西。这幅野外山水图,幽静清雅,其中情趣为凡俗世界所未有。

　　诗为心声,这首诗流露出的是对世俗的厌倦和对本真生活的向往。韦应物先后做过三卫郎和滁州、江州、苏州等地刺史。他对中唐腐败的政治和官场有较深刻的认识。所以对山野情趣的欣赏也在情理之中。这种宁静绝非是沉寂,草自绿,水自流,鸟自啼,这是一种充满了生机的清幽的境界。无疑,这种境界渗透了诗人情感,是诗人以其恬淡、闲适之情描画

出来的艺术形象。 （吴中胜）

送杨氏女

韦应物

永日方戚戚，出门复悠悠。
女子今有行，大江溯轻舟。
尔辈况无恃，抚念益慈柔。
幼为长所育，两别泣不休。
对此结中肠，义往难复留。
自小阙内训，事姑贻我忧。
赖兹托令门，仁恤庶无尤。
贫俭诚所尚，资从岂待周。
孝恭遵妇道，容止顺其猷。
别离在今晨，见尔当何秋。
居闲始自遣，临感忽难收。
归来视幼女，零泪缘缨流。

【**鉴赏**】此诗是韦应物诗作中较少见的写亲情的送别诗。杨氏女，指的是韦应物的长女，她即将嫁入杨姓人家，身为父亲的诗人自是无限伤感，心情异常复杂，但为女儿人生幸福的考虑，诗人又千叮咛，万嘱托，期冀女儿在夫家恪守妇道，孝顺公婆，睦邻乡里，做一名识大体、有妇德的贤妻良母。

起首四句叙女儿出嫁时父亲的忧愁与伤感。"戚戚"，语出《诗经·大雅》"戚戚兄弟，莫远具尔"，喻指亲人离别之忧伤状。"悠悠"二字则蕴涵两层意思，一是指遥远，久远，一是表忧愁思虑的样子。为何诗人整日里忧愁伤感呢？三、四句给出了答案。原来是我心爱的女儿要出嫁到远方了，身为父亲的诗人，该有多么的不舍与牵挂？"女子今有行"，典自《诗经·邶风》之"女子有行，远父母兄弟"。此处用之，恰好契合了送别亲人远行的此情此景。

"尔辈况无恃，抚念益慈柔。"此二句可谓整诗之诗眼。女儿长大成人，出嫁远行，身为父母的应该高兴才是，为何诗人却如此伤悲？原来是女儿自幼丧母,在她成长的过程中缺乏母亲的呵护,诗人在难过之余,承担着慈父慈母的职责,尽心照顾着年幼的孩子。此二句,既写父女感情真挚之缘由,又生动传递出诗人对女儿的愧疚之情。

"幼为长所育"四句,将笔墨聚焦于父女离别与姐妹互诉衷肠的情景。面对姐姐的远嫁,从小得到姐姐抚养照顾的妹妹依依不舍。然而诗人即便柔肠百结,也无法阻止长女必须出嫁的现实。在情感与理智的天平上,诗人左右摇摆,苦苦煎熬。

"自小阙内训"八句,是诗人对女儿的悉心嘱托与教诲,拳拳之心,溢于言表。你从小缺少慈母的关于妇德的教诲,你将来能否侍奉好公婆令我心忧。幸运的是你的夫家拥有良好家风,信任怜恤你,不会随意挑剔你的过失。安贫节俭一向是我提倡的,你陪嫁的嫁妆很难做到周全丰厚。我希望你能孝敬长辈,恪守妇道,仪容举止都要遵循规矩。

终于,叮嘱的话说完了,此时的诗人还想再跟女儿说点什么,但他已不知讲什么是好,只能感叹不知何时能再相见。今天早晨以后,我们父女便要天各一方,想到此刻伤感的情绪难以抑制。回到家中看到孤零零的幼女,悲伤的泪水沿着帽带滚滚而流。

此诗写亲人离别,少用浓墨重彩,纯以白描,却能获得动人心肺的力量,也是慈父之情与骨肉情深的生动诠释。在情感的表达上,可谓层层推进,情感愈发浓郁,尤其是末二句"归来视幼女,零泪缘缨流",将情感的倾向推向最高潮,不能自抑。难怪清人施补华高度称赞此二句为:"以淡笔写之,而悲痛更甚"(《岘佣说诗》)。

(乐 云)

幽 居　　　　韦应物

贵贱虽异等,出门皆有营。
独无外物牵,遂此幽居情。
微雨夜来过,不知春草生。
青山忽已曙,鸟雀绕舍鸣。
时与道人偶,或随樵者行。
自当安蹇劣,谁谓薄世荣。

【鉴赏】人们常常厌烦自己习以为常的生活方式,平民百姓想做官,做官的人有时也羡慕平民百姓的生活,这其实是喜新厌旧心理的具体反映。韦应物从十五岁到五十四岁,在官场上度过了近四十年光阴,其中只有两次短暂的闲居。他是多么讨厌官场的应酬,多么羡慕闲适自由的生活。《幽居》反映了诗人闲居独处、知足常乐的心情,这是因暂时逃避官场而身心大放时的快慰。

"贵贱虽异等,出门皆有营。"诗的开篇就说出了一则人生常态,人处天地之间,贫贱有别,身份各异,但有一点是相同的,那就是,为了生存,人人都必须出走奔忙。为此,都弄得身心疲惫。"独无外物牵,遂此幽居情",则点出"幽居"的好处是无外物牵绊打扰。接下来的二联"微雨夜来过,不知春草生。青山忽已曙,鸟雀绕舍鸣",用白描手法,写出所居之地的美景和生机盎然的野趣。春雨细无声,春草悄悄生长。山间不知时日,一天不知不觉又过去了。尤为生动是"鸟雀绕舍鸣"一句,寥寥几字就勾勒出人与自然和谐相处的景象。"时与道人偶,或随樵者行",山里少人来,偶尔有过路人聊几句,有时跟砍柴人一起漫步山间。有"远上寒山石径斜,白云生处有人家"的旷意。这与自视清高的"谈笑有鸿儒,往来无白丁"相比,更加平民化、真实化、人情味深厚。"自当安蹇劣,谁谓薄世荣",这是卒章显志,安贫乐道,保持心灵的宁静而不慕名逐利,有"淡泊明志,宁静致远"的洒脱飘逸。

此诗最可贵之处是平淡中见浑厚,质朴而高雅。没有堆砌辞藻,而是娓娓道来,看似平淡无奇,却可从中窥见诗人那颗向往安静的心。隐居是很多人的追求,他们向往与自然为伴,清风明月相守。但所谓"大隐隐于市",殊不知自己的心灵平静才最重要。若心如止水,尘世的喧嚣浮华根本影响不了什么;反之,浮躁的心再怎么远离尘世也无济于事。可是,人最想离开的是世俗,最无法摆脱的也是世俗。刻意追求现实的物质生活易流于庸俗,过分沉迷超凡的精神世界必将落入寂寞,庸俗是生命另一种形式的死亡,有限时光中寂寞也决非生命的本质追求。守住一份静,坦然面对自己,面对这个世界,才是隐逸的最高境界吧!"以手写心",因诗人的心才有这首诗的出现。唐汝询《汇编唐诗十集》说:"不以幽居骄人,何等浑厚!史称韦苏州鲜食寡欲,所居焚香扫地而坐,读此诗其风致可想。"以心会心,才是我们赏诗的妙境。

(吴中胜)

夕次盱眙县　　　韦应物

落帆逗淮镇,停舫临孤驿。
浩浩风起波,冥冥日沉夕。
人归山郭暗,雁下芦洲白。
独夜忆秦关,听钟未眠客。

【鉴赏】此诗作于唐建中三年(782)夏,韦应物自京赴滁州途中。诗人曾夜宿江苏盱眙,乃赋诗以抒乡愁。

开头两句,交代了诗人行程的时间地点以及事由。时间是落帆之时,黄昏已近。地点是淮镇,即盱眙,唐时盱眙属淮南道楚州,故有"淮镇"之说。诗人停船靠岸,在这偏僻的"孤驿"歇息。"驿"是唐代供邮差和官员旅宿的水陆交通站,诗人当晚在此歇息,以缓一路奔波之苦。从"落帆"与"孤驿"之意象,奠定了全诗凄冷孤寂,愁绪满怀的感情基调。

三、四句以叠字写景,状傍晚时分盱眙的秋貌。"浩浩",形容秋风之阔大强劲。"冥冥",形象地描摹出黄昏时分阳光欲明又暗的交融状态。秋风乍起,水波荡漾,暮色明暗,夕阳西下。如此凄清凄凉之景象,对于游宦在外、漂泊异乡的孤独诗人来说,其中的愁苦与郁闷,无形中又更深一层。

五、六句依然写景,但诗人由远及近,描绘出身边事物的生存状态。此时,山郭城池愈发昏暗了,夜色降临,劳作的人们纷纷回到家中。芦苇丛生的水泽一片灰白,正好供南下飞翔的大雁们暂时休憩。此二句向为人所称道,被认为是韦应物写景状物的名句。一是夜色"暗"与"白"的对比,状绘出栩栩如生的夕暗之态。二是寓情于景,以人雁归宿的情状,反衬出诗人孤身一人,客居异乡,无家可归的凄凉惆怅。

"独夜忆秦关,听钟未眠客。"在一系列精心渲染的写景状物的铺垫之下,作者那如春江之水的愁绪终于汩汩而出。在这凄清孤独的夜晚,尤其是身在异乡,又适逢孤身一人,又经历人雁归宿的衬托,诗人对故乡长安的思念该是多么强烈?也难怪作者要一路听钟,彻夜未眠了。

韦应物诗作颇丰,尤善于五言,与王维并称为"五言之宗匠"(张戒《岁寒堂诗话》)。就此诗而言,诗人将大量篇幅用于写景状物,极尽描写盱眙夜色之能事,处处写"夕",如"落帆"、"冥冥"、"山郭暗"、"芦洲白"等,其妙处在于,看似"淡然无意,而真率之气自不可掩"(清乔亿《剑溪说诗》)。此外,诗人特别擅长于以物寓情,借景抒情。透过那些生动精致,有血有肉的物象,我们分明可窥见作者浓郁得化不开的羁旅思乡之情,以及对生命意义的深层体验。

(乐　云)

卢纶(748—799?),字允言,河中蒲(今山西永济)人。屡举进士不第,后得宰相元载赏识,才得以做了几任小官,累官检校户部郎中。"大历十才子"之一,诗多赠答应酬之作,无甚特色。但边塞诗写得磅礴雄浑,一些描绘自然景物的诗也不乏佳作。

逢病军人

卢　纶

> 行多有病住无粮,万里还乡未到乡。
> 蓬鬓哀吟古城下,不堪秋气入金疮。

【鉴赏】 卢纶曾在河中浑瑊幕府担任元帅判官,熟悉边塞军旅生活。他的边塞诗既充溢着杀敌立功的豪情,又有着对朝廷昏庸和边将腐败的谴责,以及对戍边战士痛苦的同情。此诗描写一个贫病交加的军人还乡途中的遭遇。相比那些暴骨沙场、永远回不到家园的将士,诗中的主人公能够从战场归来无疑是幸运的,但他能否回到日夜思念的家乡仍然是个未知数。主人公"行行重行行",已疲惫不堪,再加上"有病",自然想找个地方歇息一下,但由于干粮已尽,他又不敢在路上耽搁,否则就有可能饿死途中,所以只能饿着肚子赶路。首句虽短短七字,但却表达了三层意思,层层递进,刻画出他贫病交加的艰难处境。

第二句紧承上句，"万里"写归家的路是那么的漫长，"还乡"是他的唯一希望，可家乡仍在万里之外，不禁让人担心他是否能活着走到目的地。"未到乡"三字蕴含着他多少难言的无奈和悲哀。第三句进而刻画人物外貌，这位老军人的形象就更鲜明突出，跃然纸上。尽管"住无粮"，但主人公实在是走不动了，只得靠着一座破败的古城墙歇息一下。"蓬鬓"二字，极生动地再现出一个疲病冻饿、受尽折磨的人物形象。"哀吟"直接是因为病饿的缘故，尤其是因为旧伤复发的缘故。尽管他能有幸从战场归来，但残酷的战争还是给他留下了满身伤痕。适逢"秋气"已至，气候变坏，于是创伤发作。他怎能忍受瑟瑟秋风浸入疮口的疼痛呢？作者巧妙地把他放在一个古城墙的背景下，采用集中描画、加倍渲染的手法，着重塑造人物的形象。读完全诗，一位蓬鬓哀吟的老兵形象已呼之欲出了。

全诗写得非常朴素，作者只是客观地陈说，除了"不堪"二字，几乎可以说不带主观色彩。但读者却很容易从字里行间感受到作者的控诉和同情。控诉那些穷兵黩武、不管士兵死活的统治者，同情那些为国奋战、却被统治者无情抛弃的普通士兵。本诗句意深婉，题旨与古诗《十五从军征》相近而手法相远。古诗铺述丰富详尽，其用意与好处都易看出；而"作绝句必须涵括一切，笼罩万有，着墨不多，而蓄意无尽，然后可谓之能手，比古诗当然为难"（陶明濬《诗说杂记》）。此诗即以含蓄手法叙事，从淡语中见深旨，故能短语长事，愈读愈有味。　　　　　　　　（陈　鹏）

塞下曲六首（其二）　　　　卢　纶

林暗草惊风，将军夜引弓。
平明寻白羽，没在石棱中。

【鉴赏】"塞下曲"是唐代诗人写得很多的乐府旧题。卢纶《塞下曲》组诗共六首，有说是题目应为《和张仆射塞下曲》，这是第二首。首句交代了具体的时间、地点。在夜暗星稀的晚上，树林里的光线更加黯淡，忽然一阵疾风吹来，草木为之惊颤。密林中有可能是隐藏着猛虎，也有可能是埋伏着敌军，总之是周围有危险存在，随时都有可能发生。明写"草惊"，其实是人惊，渲染了一种异常紧张的气氛。面对这种危急情况，将军没有表现出丝毫的惊慌失措，而是立即熟练地拉起硬弓。虽然诗人只写将军引弓的力度,没有描写将军射箭,但我们可以想象出将军迅疾向草丛引弓猛射的动作和情态。诗人接下来并没有说危险是什么,也没有说是否射中目标,而是留下悬念,让读者猜测。到了第二日清晨,将军再去昨晚的地方,才发现是一场虚惊,中箭者只不过是一座石头。"石棱"为石的凸起部分,异常坚硬,而羽箭竟然"没在石棱中",从中可出将军膂力过人,艺高胆大,给全诗抹上奇特的浪漫色彩。

　　全诗化用了汉代名将李广的事迹。据《史记·李将军列传》载:李广猿臂善射,其任右北平太守时,有一次出猎,"见草中石,以为虎而射之,中石没镞(一作"没羽")。视之石也。因复更射之,终不能复入石矣"。作者有意识地把将军同历史名人飞将军李广相提并论,以古喻今,赞美唐代边将的勇武。清人吴乔在《围炉诗话》中曾说:"意思,犹五谷也。文,则炊而为饭;诗,则酿而为酒也。"好的诗应当像醇酒,读后能令人陶醉。因此,要将散文的内容改用诗歌表现出来,不仅是一个改变语言形式的问题,还必须进行艺术再创造。卢纶此诗一方面比散文形象更集中,语言更凝练,另一方面则补充了《史记·李将军列传》中对李广射虎情节描写的某些不足,如补充了"林暗草惊风"、"夜引弓"等细节,从而使将军的误射有了更为坚实的依据,更为真实可信。

(陈　鹏)

塞下曲六首(其三)　　　　卢　纶

月黑雁飞高,单于夜遁逃。
欲将轻骑逐,大雪满弓刀。

　　【鉴赏】《塞下曲》本是乐府旧题,用来写边塞风光和军旅生活。卢纶的《塞下曲》共六首,分别描绘了发号施令、射猎破敌、奏凯庆功等等不同场景,表现了边塞将士的英雄气概和艰苦的战斗生活。这里选的是其中的第三首,写将士们雪夜追击溃敌的情景。

　　"月黑雁飞高,单于夜遁逃。"一、二两句写敌军的溃退。"单于"是匈奴君主的称号。匈始是我国古代民族,战国时游牧在燕、赵、秦以北。秦汉以来,不时南侵中原,成为北部边防的对象。唐人写诗,常常以汉代唐,所以这里的"单于"是借指侵扰唐朝的契丹等贵族首领。诗的第一句写景:"月黑",说明这是一个没星没月的漆黑夜晚。"雁飞高",是说连大雁的叫声也听不到。这一句把敌军逃遁时的气氛渲染得相当充分。敌军是在黑夜的掩护下悄悄逃跑的,说明已全线崩溃。敌军满以为神不知鬼不觉,但还是被察觉了,这就暗喻了我军将士斗志旺盛,打了胜仗仍不松懈。

"欲将轻骑逐,大雪满弓刀。"三、四句写准备追击的情形,正面表现将士们的威武气概。当发现敌军逃跑后,我军主帅立即命令骑兵,具体是怎样的装束,下句交代了:身佩弓箭和战刀。弓箭用于远距离的射击;战刀用于白刃格斗。这样的装束已显示了追敌将士的英武和骁勇,他们是实现主帅部署的一把尖刀。这里值得注意的是这支轻骑兵的阵容和装束不是孤立写的,而是借写景自然带出的:刹那间弓箭和战刀上就落满雪花,雪之大、天之寒可想而知;冲寒冒雪,不稍迟疑,则士气之高、军威之壮也可想而知。

这首诗首尾写景,中间叙事,敌军摸黑逃遁是暗写,而着力刻画我军冒雪追击的场景。诗人不仅善于捕捉有典型意义的形象,而且能把它放到最富有艺术效果的时刻加以表现。不写军队如何出击,也不告诉你追上敌人没有,只描绘一个准备追击的场面,就把当时的气氛情绪有力地烘托出来了。追击并不是战斗的高潮,而是迫近高潮的时刻。犹如箭在弦上,将发未发。唯其如此,才能给人以启发,引起读者的联想和想象。当然,这也和该诗是组诗之一有关。作为组诗里的一首,既要突出特定的侧面,注意自身的完整统一;又要服从全诗的总体结构、布置。如果第三首就写到破敌庆功,那么后面就难乎为继了。

卢纶虽是中唐诗人,但他的边塞诗却写得雄壮豪放,字里行间充溢着昂扬向上的盛唐气息。

(杨　军)

送 李 端　　　　　　卢　纶

故关衰草遍,离别正堪悲。
路出寒云外,人归暮雪时。
少孤为客早,多难识君迟。
掩泣空相向,风尘何所期。

【鉴赏】元代傅若金《诗法正论》云:"作诗成法有起、承、转、合四字。"该诗就是一首标准的以起、承、转、合构筑全篇的诗歌。首联是起,点出送别时的环境氛围,严冬故关,衰草遍野,四野苍茫。"黯然销魂者,唯别而已矣。"第二句的"悲"字奠定了全诗凄凉感伤的基调。颔联紧承首联,"路出寒云外"是写故人渐行渐远。寒云低垂,道路好像伸出寒云之外一般。"人归暮雪时"写作者目送友人良久,一直到了傍晚,从中可见作者与李端的深厚情谊。这时,天又下起了雪。暮雪霏霏,寒风萧萧,作者顶着风雪,孤独地踏上归途。颈联是转,作者回忆与友人相识相知的往事,并感叹自己的身世。"少孤为客早"一句有三层递进的意思,少年丧父,已是人生的大不幸,而且还漂泊他乡为客,甚至还是少年时就已离乡背井,可见作者是饱尝人生的艰辛。这也从一个侧面反映了安史之乱给唐代社会造成的动荡。在多难的人生里,难得遇上一个知音,所以作者才感到与李端相逢恨晚。此联表现的时间最长,表现的空间最宽,表现的人事最杂。这里却只用了十个字,便把这一切都表现出来了。尾联是合,收束全诗。作者忍不住再次回首,遥望友人远去的方向,但哪里还有友人的踪影。在这样一个动荡不安的时代里,世事难料,不知何时才能与友人相见。诗人不禁感慨唏嘘,掩面而泣。

这首诗起承转合,层次分明,组成一个完整和有序的篇章结构。尤其是中间两联对仗非常工整,"出"与"归"、"云"与"雪"、"少"与"多"、"早"与"迟"骈偶精工,洗练概括,但又自然畅达,不露雕琢之痕。诗中的衰草、寒云、暮雪等景象凄凉悲楚,不仅渲染映衬出诗人悲凉黯淡的心情,也象征着人事的浮游不定,既是描写实景,又是虚写人的心情。全诗在阔大苍凉的背景下,将离别的悲凉、心绪的烦乱和世事的茫然表现得淋漓尽致,情景浑然一体,有很强的艺术感染力。

（陈　鹏）

李益(748—829),字君虞,凉州姑臧(今甘肃武威)人。大历四年(769)进士,初任郑县尉,后弃官,多次从军边塞出任幕僚。脱离军府后漫游江淮,入长安历任中书舍人、集贤殿学士等职,终礼部尚书。他擅长绝句,尤工七绝,是中唐边塞诗的代表诗人。

喜见外弟又言别　　　　李　益

十年离乱后,长大一相逢。

问姓惊初见,称名忆旧容。

别来沧海事,语罢暮天钟。

明日巴陵道,秋山又几重。

【鉴赏】该诗首联介绍相逢的背景。由于安史之乱及其后的藩镇混战、外族入侵等战乱,诗人在年幼时就与表弟分散,音信全无,生死未卜。"一"字反映出诗人与表弟是突然邂逅、意外相逢。颔联正面描写重逢场面。相遇时,这对表兄弟竟然变成了对面不相识的陌生人。待报过姓名之后,诗人才惊讶地发现面前的这位陌生人,原来就是幼时一起嬉戏玩耍的表弟。诗人一边激动地称呼表弟的名字,一边努力回忆有关表弟的印象。"问"、"称"、"惊"、"忆"这几个动词非常形象生动地描绘出诗人与表弟相认瞬间且惊且喜、将信将疑的戏剧性场面。此联"情尤深,语尤怆,读之几于泪不能收"(贺裳《载酒园诗话又编》),和司空曙的"乍见翻疑梦,相悲各问年"(《云阳馆与韩绅宿别》)有异曲同工之妙。十年阔别,一朝相逢,不知该有多少话要说。诗人在颈联只用"沧海事"三个字,就概括地写出两人离散后个人、亲朋和世事的变迁,并暗含着诗人对于人生无常、社会动乱的无限感慨。二人越说越投机,感觉不到时间的流逝,不知不觉暮色已经降临。远处悠长的钟声随风传来,将沉浸在幸福交谈中的二人惊醒。尾联道出二人的相聚是非常短暂的,明朝又要各奔东西。"巴陵道"即通往巴陵郡(今湖南岳阳)的道路。"秋山又几重"既是写前途山峦重阻,非常艰险,又是写二人离别后,又将天各一方,重山阻隔。在这样一个动荡不安的时代里,各自的命运都不能掌握,今生不知能否再次相逢。诗人以景结情,将真挚的至亲情谊和沉重的世事离乱之感寓于重重秋山之中,从而构成一种苍凉凄恻的离别气氛,耐人寻味。

诗人与表弟从"喜见"到"言别"的过程,真实地再现了安史之乱后人生离散聚合的一个侧影。诗人虽然经历了一段悲喜交织、跌宕起伏的心路历程,但对情感的抒发是非常节制的。全诗以委婉平静的言语、平铺直叙的手法,抒写丰富感人、大起大落的感情世界,朴素自然,真实生动。正如宋人范晞文所评:"久别倏逢之意,宛然在目,想而味之,情融神会,殆如直述。前辈谓唐人行旅聚散之作,最能感动人意,信非虚语。"(《对床夜语》卷五)

(陈　鹏)

汴河曲

李　益

汴水东流无限春，隋家宫阙已成尘。
行人莫上长堤望，风起杨花愁杀人。

【鉴赏】 唐宋人将隋炀帝杨广所开通济渠的末段称为汴河或汴水。当年隋炀帝为了游览江都，满足一己一时的淫乐，先后动员了百余万民众凿通济渠，沿岸堤上种植柳树，世称隋堤。这条汴河，是隋炀帝耗费大量民力物力，最终自取灭亡的历史见证。诗人的吊古伤今之情、历史沧桑之感就是从眼前的汴河引发出来的。

诗歌首句正面写汴河春色。汴水碧波，悠悠东流，堤上绿杨著水，青翠欲滴，婀娜多姿。隋炀帝在通济渠沿线，自东都至江都（今扬州）二千余里，每两驿置一宫，计离宫四十余所。当年金碧豪华的隋宫则已经荒废不堪，成为供人凭吊的历史遗迹。

如果说首句的"无限春"还比较抽象，不够具体，那么三、四句则进一步抓住汴水春色的典型代表——隋堤柳色来抒写感慨。杨柳是春天的标志。在春风中摇荡的杨柳，总是给人以欣欣向荣之感，让人想起繁荣兴茂的局面。当年汴河，杨柳堆烟，本是隋炀帝南游江都穷奢极欲的点缀，如今反倒成了其荒淫亡国的历史见证。"无限春"的自然景色和"已成尘"的"隋家宫阙"，终古如斯的隋堤杨柳和转瞬即逝的宫廷繁华形成鲜明的对比，对于一个身处乱世、忧国忧民的诗人来说，该是多么的触目惊心！那随风飘荡、漫天飞舞的杨花，在怀着深沉历史感慨的诗人眼里，正如隋王朝那短暂如花、被风吹散的生命。而堤柳飞花既不管人间兴亡、世事变迁，也不管面对它的诗人会引起多少感慨，所以说它"愁杀人"，这正透露出诗人的无限伤痛。这两句诗袭自唐朱放《送魏校书》之"杨花撩乱扑流水，愁杀行人知不知"，但比前者有着更重的历史沧桑感。

全诗着重写隋宫今日之荒凉，以暗示昔日之繁华，以今古常新的自然

景物来衬托变幻无常的人事，见出今昔盛衰之感。诗人凭吊隋宫遗迹，回顾前朝旧事，免不了有今之视昔，亦犹后之视今之感。如果执政者不能从亡隋的历史中汲取深刻的教训，那么只能重蹈前辙。诗人在强烈历史感喟中蕴含着避免重演亡隋故事的愿望。

（陈　鹏）

从军北征　　　　　　　　　李　益

天山雪后海风寒，横笛遍吹《行路难》。
碛里征人三十万，一时回首月中看。

【鉴赏】中唐时代，社会矛盾激化，民族关系紧张，边患频仍。由于政治的腐败，国力的衰落，唐王朝已根本无法抵御强蕃的频频侵扰，边塞戍卒和民众只能长期生活在无穷无尽的痛苦和期待之中。昔日神奇壮美的边塞在中唐诗人的眼里也因此变得十分的凄凉、悲怆。李益的边塞诗就较多地反映了这些内容。

天山是横亘新疆中部的一座山脉，由于山势高险，所以冬夏常雪。海风即是从天山下湖面上吹来的风。不同于诗人《夜上受降城闻笛》"回乐烽前沙似雪，受降城下月如霜"两句着意刻画、加倍渲染边塞自然环境的恶劣，此诗只用七个字就交代了西部边塞的季节和气候，从中可见行军将士的艰辛。《行路难》是乐府曲名，多叙述世途艰难以及亲人离别悲伤之意。横笛遍吹《行路难》，所吹的自然是凄凉悲苦之音。"遍吹"二字更点明这时传来的不是孤孤单单、声音微弱的独奏，而是此吹彼和、在夜空回荡，从而形成了浓厚的悲凉气氛。

三、四句"碛里征人三十万，一时回首月中看"，点明唐军是在沙漠中趁着月色行军。当行军将士听到这凄凉的笛声后，在同一时间回首顾望。回首自然是望乡，但却藏一"乡"字。闻笛思乡，乃是唐诗中之常意。但诗人却说三十万人一时回首，便使常意变新。当然，笛声不可能引起全部将士的共鸣，这只庞大的行军队伍也不可能同时回首，这里带有夸张的色彩。

诗人通过虚写笛声导致征人行为举止的细微变化，实写征人的心理感受。在肃杀苦寒的边塞，思亲怀乡是征人共同的感受。这种感受长期积郁胸中，无处表达，这是一种多么痛苦的煎熬！在行军途中，突然听到一阵阵哀怨、凄切的笛声响起，征人们久郁胸中的思亲怀乡之情奔涌而出。这一心理的变化过程，诗人并没有描写，在诗人的笔下只有行军队伍整齐划一的动作变化"一时回首月中看"。它展现的是一幅聚焦完全一致的画面，悲壮中显出凄苦，哀怨中显出无奈，征人的心理刻画得栩栩如生。这一成功的心理刻画，在盛唐边塞诗作中是十分罕见的，可以说，李益在盛唐边塞诗之外，又开拓了一个新的境界。　　　　　　（陈　鹏）

春夜闻笛　　　　　　　　　　李　益

寒山吹笛唤春归，迁客相看泪满衣。
洞庭一夜无穷雁，不待天明尽北飞。

【鉴赏】从李益今存诗作可知他曾到过巴陵（今湖南岳阳）一带，这首诗当是诗人漂泊江南时的思归之作。

首句中的"寒"字所带来的意义有两种，一是荒寒，指这些山是郊外的野山，并无人居，亦无亭台楼阁之胜；二是寒冷，此诗所写的是初春之景，又当清晓之际，山意寒冷。作者是以主观的情感移入客观的景物，奠定了全诗凄凉的情感基调。"春归"在古典诗词中，有时指"春天归去"，有时指"春天归来"。这首诗后面说到鸿雁北飞，自然是指春天来了。唐笛曲有《落梅花》、《折杨柳》，梅花、杨柳都是春天的景色，因此诗人闻人吹笛联想到笛声仿佛把春天唤了回来。"迁客"指遭贬斥放逐之人，但李益并没有被贬谪到湖南的经历，因此这里的迁客很可能是借指自己的漂泊失意。八百里洞庭湖莽莽苍苍，烟波浩渺，迁客骚人，多会于此，由于人的心情不同，览物之情，自然相异。面对如此浩荡之景，诗人却无心欣赏，而是郁郁寡欢，泪沾衣襟。

后两句并没有直接点明诗人悲伤的原因，而是描写大雁北飞。作为一种候鸟，每年秋天，大雁从北方飞到南方栖息过冬。据说它们南飞不越过湖南省衡阳市南的回雁峰，所以它们大多数是留在湖南境内。而春天一到，它们又要飞回北方。当然鸿雁的北飞是由于季节的原因，与笛声没有任何关系，而且栖息在洞庭湖附近的大雁也不可能一夜都飞回北方。这一切都是作者的联想。读到这里，我们才明白诗人悲伤流泪的原因。诗人思乡情深，能够理解大雁亟待春天一到就急切北飞的心情，诗人把自己按捺不住的思乡之情投射到大雁上,所以说它们"不待天明尽北飞"。其实是诗人迫不及待地想立即回到自己日夜思念的故乡。大雁只要等到春天便可以北飞,与大雁相比,诗人即使等到了春天,仍然不能北归,只能羡慕大雁的自由。诗的后两句以斯人南迁对照鸿雁北飞,是人与物的衬比,南与北的衬比。人不如雁,心伤何极!

（陈　鹏）

写　情　　　　　　李　益

水纹珍簟思悠悠,千里佳期一夕休。
从此无心爱良夜,任他明月下西楼。

【鉴赏】这首七绝题曰"写情",实即怨词之意。细玩全诗,很像是写恋人失约后的痛苦心情。

首句正面描写女主人公。水纹珍簟是编有水波纹图案的贵重竹凉席。"思悠悠"三字值得玩味。女主人公因为伤心而思绪万千、辗转反侧,伴着她的,只有散发着凉意和寂寞气息的珍簟银床。我们仿佛可以听到女主人公轻轻的叹息。次句写她难以成眠的原因,原来是这位女子与其钟情的男子偷期密约,而那男子竟爽约不来,千里佳期,一夕成空,留给这位多情女子的只有无尽的惆怅与感伤。"佳期"而言"千里",可见是相隔遥远,相见之难,机会难得。"休"则言"一夕",可见男子变心是多么快,多么彻底,多么出人意料。"千里"与"一夕"形成鲜明的对比,给人以强烈的心理震撼。前两句是先果后因的倒装句式。如果"千里"句放在前,便会直而少致,现在次序一倒,就奇曲多趣了。这是此诗平中见奇之处。

失去了心爱的人后,这位女子再也没有了风清月白花下相偎相诉的良辰美景。良夜中的美景是值得欣赏流连的,离开了相爱的人,也就没心情去欣赏了。这良夜美景不仅成了虚设,而且还会勾起痛苦的回忆。"从此无心"四字可见女子决心之大、痛苦之深。在此之前,南朝谢庄《月赋》云"隔千里兮共明月",宋代苏轼《水调歌头》云"但愿人长久,千里共婵娟",都是指人间的离别是难免的,那么只要两人心心相印,即使远隔千里,也还可以突破时间的局限、打通空间的阻隔,通过普照世界的明月把两地联系起来,把彼此的心沟通在一起,但诗中女子已经对那个男子绝望。明月本期双照,而此后良宵,已成独夜,则无情明月,一任其西下楼头。女主人公挣不断、解不开的愁绪，本与明月无关，明月是无辜的。当然，我们也不能责怪她赌气、任性。长夜漫漫，明月独对，该是什么滋味！"任他明月下西楼"不仅是对明月的恼恨，还凝聚着她对男子负心的失望、独守空房的痛苦以及不能把握自己命运的无望的怨叹。

全诗没有单纯描写女主人公的愁怨和哀伤，也没有仅凭旁观者的同情心来运笔，而是通过人物内心独白的方式，着眼于对女主人公痛苦、赌气、任性的思想感情的描写，新颖而富有韵味，不失为一首佳作。

（陈　鹏）

夜上受降城闻笛 李　益

回乐烽前沙似雪，受降城下月如霜。
不知何处吹芦管，一夜征人尽望乡。

【鉴赏】唐武后时，朔方总管张仁愿为抵御突厥的入侵修建了东、西、中三座受降城，此指西受降城。诗中的前两句是对句，描写边塞荒寒夜景。"烽"即烽火台。有的版本作"峰"，实误。"回乐烽前"就在"受降城外"，两句是平起，都是点明题目中的"受降城"和"夜"。在一个深秋的夜晚，诗人乘着月色，登绝塞之孤城，举目四望，只见辽阔的沙漠和耸立的烽火台，笼罩在寒冷的月光中。沙漠如雪一般银白，城外地上也好像铺满了白霜，景色荒寒，令人感到冷森森的。作者以对句写之，弥见雄厚。诗人抓住"沙似雪"和"月如霜"的边塞特有景色，渲染环境的荒寒，形象鲜明、确切。如霜的月光和月下雪一般的沙漠正是触发征人乡思的典型环境。一是因为边地之感，二是因为月色撩动了乡愁。这为笛声的出现设置了环境，也为末句的抒情作了烘托和铺垫。

末二句写戍边将士闻笛而兴起的思乡之情。芦管指竹笛或胡笳。征人久戍边地，本来就很寂寞，今夜在深秋月下又忽然听到不知何处传来的凄凉的芦笛声，思乡之情油然而生。谁无父母，谁无妻子，"一夜征人尽望乡"，写尽了征人心中的牵念与企盼。诗人没有交代芦管的具体音乐形象，也没有正面刻画音乐的曲调特点，而是描绘了芦管的音响给征人动作、情绪带来的瞬间变化，表现出音乐巨大的感染力。当久戍不归的征人在只有寒沙、冷月相伴的边塞，突然听到声声芦管响彻夜空时，浓郁思乡之情再也无法控制,终于来了个大爆发。视觉、听觉和情感活动达到了完美的统一,收到了余韵悠长、感人肺腑的艺术效果。

这首诗以生动的比喻,色彩鲜明地描写了边地寥廓凄清、寂寞苦寒的景象,由景见情;再写由闻笛而引起的普遍的望乡之情,感慨至深,真是"意态绝健,音节高亮,情思悱恻,百读不厌"(清施补华《岘佣说诗》)的"绝唱"。它代表着李益边塞诗的最高成就。这首诗在当时已传诵很广。如刘禹锡《和令狐相公言怀寄河中杨少尹》中提到李益有"边月空悲芦管秋"句,即指此诗。另据《旧唐书·李益传》载,其"'回乐烽前沙似雪,受降城外月如霜'之句,天下以为歌词",从中可见该诗在当时的流行程度。

(陈 鹏)

江南曲 李 益

嫁得瞿塘贾,朝朝误妾期。
早知潮有信,嫁与弄潮儿。

【鉴赏】 随着唐代商业的发达,嫁作商人妇的少女越来越多。商人长年累月出外经商,致使他们的妻子离别经年,独守空房,便生出许多怨恨来。此类闺怨诗反映了当时较为普遍的社会现象。白居易《琵琶行》中那个"老大嫁作商人妇"的琵琶女,也因"商人重利轻别离",而落得"去来江口守空船"。李益的这首《江南曲》就属于此类闺怨诗。《江南曲》原是乐府民歌的旧题,为《江南弄》七曲之一。因为是民歌体,所以李益有意用民间的口语写作。

瞿塘是长江三峡之一,在今四川巫山、奉节两县之间,为三峡之最险者。往来之人,不能确定日子,况且"商人重利轻别离",所以这位嫁给"瞿塘商"的少妇,总是被夫君延误约期。前二句如同口语,平平道来,朴实无

355

华。后二句的语言还是平易的,依然朴实无华,而内容却陡起波澜,突发奇想,忽出奇语。潮水涨落有一定的时间,很有规律,称为"潮信"。"弄潮儿"是指乘潮涨于潮头表演泅水技艺的青年。诗中的女主人公由丈夫失信联想到潮水有信,再联想到弄潮之人会随潮水一样如期而至。于是,她嗟叹早知潮水有信,后悔没嫁给弄潮儿。其实,这位少妇并非后悔嫁给"瞿塘商",也并非对弄潮儿有特殊的好感,更非真的要嫁给弄潮儿。之所以突发此想,是因为丈夫"朝朝误妾期"。少妇日日期望丈夫回来,而丈夫却迟迟不归。思之深,则恨之切。思念到了极点,则不免由爱生怨,由怨生悔,便忽发天真之想,忽出痴人之语,一吐胸中的长怨。这种天真语、痴人语,虽然奇特,但并不违反生活中的情感逻辑。清贺裳《皱水轩词筌·诗词无理而妙》称李益此诗与张先《一丛花令》末句"沉恨细思,不如桃杏,犹解嫁东风",都是"无理而妙",即认为诗不可执一而论。李益的这首诗喻巧而怨深,虽不可以理求,但自是妙语。

　　诗中女主人公的思想感情是复杂的,爱夫思夫的感情是热切的,但感情的深切交织着失望、痛苦,最后的悔恨却又是强烈的爱心反射。作者把青春少妇爱又不能、恨又不能的心情表达得淋漓尽致,语言浅白清新,毕肖少妇口吻,不露半点斧凿痕迹,可谓尽得南朝乐府神韵。　　　　（陈　鹏）

　　孟郊(751—814),字东野,湖州武康(今浙江德清)人。早年屡试不第,漫游南北,流寓苏州。一生窘困潦倒,直到五十岁时才得到了一个溧阳县尉的卑微之职。其诗与贾岛齐名,皆以苦吟著称,有"郊寒岛瘦"之称。

游子吟　　　　　　　　　孟　郊

慈母手中线,游子身上衣。
临行密密缝,意恐迟迟归。
谁言寸草心,报得三春晖。

　　【鉴赏】《全唐诗》这首诗题下有一个小注:"自注,迎母溧上作。"孟郊一生窘困潦倒,直到五十岁时才得到了溧阳县尉这样一个卑微的职务。若依这个小注,那么该诗应作于其居官溧阳迎接母亲而作。但全诗分明是写儿子出门远游,临行前母亲为儿子缝制衣服,儿子有感而作。看来这个小注不是很可信。

母爱普通而伟大,表现在很多方面。诗人独具匠心,选取母亲为游子缝制衣衫这一极平常而又最足以表达母子之情的场景加以刻画。开头两句"慈母手中线,游子身上衣",突出了两件最普通的东西,即线和衣。这两句虽然是并列和相互独立的,但有着不可分割的联系,"慈母"深爱即将远游的儿子,手中之线必然要缝游子身上之衣,把母爱一针一线地密织在游子的衣衫上,为诗情的逐步升华蓄势。

"临行密密缝,意恐迟迟归"惟妙惟肖地刻画了母亲的动作和心理。母亲担心儿子在外无人照料,衣单身寒,所以要密密麻麻地缝,缝得结实,以免儿子有线绽衣穿之苦。慈母的一片深笃之情,正是通过这细致入微的动作流露出来。俗话说"儿行千里母担忧",儿子尚未出门,母亲已担心其长久不归,盼望其早日归来。这两句还隐含着一种民间风俗,即家里有人远行,母亲或妻子要为远行者做衣服,而且要做得针脚细密,否则远行者的归期就会延迟。江浙地区至今仍有这种说法。行前的此时此刻,老母一针一线都是这样的细密,是切盼儿子早些平安归来,凝结着母亲对儿子的无限疼爱和深情。

前四句是直叙母爱,末二句则是前四句的升华。诗人以"寸草心"比喻儿子的一点孝心,以"三春晖"比喻母爱的温暖,以小草不能报答春光照临的恩,比喻儿子永远报不尽母恩。以前的诗人多是用春草来比喻离情别恨,如"王孙游兮不归,春草生兮萋萋"(《楚辞·招隐士》),"相思若烟草,历乱无冬春"(李白《送韩准裴政孔巢父还山》),诗人却用来比喻人世间母子的真挚情感,从而使这首诗跳出了小己对慈母的感激之情而具有更广泛的社会意义。

这首诗语言质朴真切,比兴形象生动,亲切而真淳地吟颂了一种普通而伟大的人性美——母爱。宋刘辰翁评之为:"诗之尤不朽者。"(《评孟东野集》)清贺裳称:"真是六经鼓吹,当与退之《拘幽操》同为全唐第一。"(《载酒园诗话又编》)虽然他们是从儒家忠孝的观点来品评的,但也可见这首诗很容易引起读者的共鸣,唤起普天下儿女亲切的联想和深挚的忆念,不愧为千古传颂的名篇。

(陈 鹏)

怨　诗　　　　　　　　　　孟　郊

试妾与君泪，两处滴池水。
看取芙蓉花，今年为谁死！

【鉴赏】写女子相思流泪的痴情，是古典诗歌中很常见的主题，在孟郊之前的诗人已写了许多优秀之作，如"看朱成碧思纷纷，憔悴支离为忆君。不信比来长下泪，开箱验取石榴裙"（武则天《如意娘》），"昔日横波目，今成流泪泉。不信妾肠断，归来看取明镜前"（李白《长相思》），但构思都有些大同小异，给读者以似曾相识之感。

　　"诗从肺腑出，出辄愁肺腑"的孟郊似乎有意要与前人一较高下，在构思上不遗余力。诗中女子形单影只，常为相思而落泪。跟一般的闺怨诗不同，这首诗的抒情女主人公是认为丈夫也在思念她的，但她深信自己的思念比丈夫更深更苦，所以要求与丈夫来一个两地比试，以测定谁的相思更深。男女相思之情本是抽象无形之物，很难进行测定，可女主人公却生出奇想。测试的办法就是各自把所流的泪水滴进荷花池里，看今年两处池里的荷花，哪一处枯死。这里，女子至少假定了丈夫也因思念她而落泪，也假定了谁的泪水更多更苦涩，荷花就会为谁而死。这一方面是表白自己对丈夫的相思和忠贞，另一方面也是提醒丈夫，家中有人在苦苦地等待他早日归来，不要耽搁了归期。为何女主人公会突发奇想呢？是因为丈夫常年在外，自己饱受相思之苦，整日泪流满面，深信自己的泪水更多更苦涩，一定是自己这里的荷花会枯死。思妇自信其怨苦之情无人可比，故出此惊天动地之言，不能不令人动容。怪不得清人黄叔灿《唐诗笺注》惊叹："不知其如何落想……此天地间奇文至文。"近人刘永济《唐人绝句精华》亦云："怨深如此，真可以泣鬼神矣。"当然眼泪再多，再苦涩，也断不会使荷花枯死。这种测试方法看来是这样天真、可笑，然而却是情痴者才有之语，显得情真意切。无理而妙是古典诗歌中一个常见的艺术特征。从孟郊的这首诗中不难看出，所谓无理而妙，就是指在看似违背常理、常情的描写中，反而更深刻地表现了各种复杂的感情。

　　设想之奇，炼意之妙，为此诗最为突出之处。诗人能想到用莲花被泪水浸死的假想之词来表现人物怨情之深，用这样的手法来表现女子的痴，真是挖空心思。无怪乎韩愈说他作诗"刿目𬬱心，刃迎缕解。钩章棘句，掐擢胃肾。神施鬼设，间见层出"(《贞曜先生墓志铭》)。　　　　　（陈　鹏）

古 别 离　　　　　　孟　郊

欲别牵郎衣，郎今到何处？
不恨归来迟，莫向临邛去！

【鉴赏】孟郊的诗向以阴郁冷峭、寻奇求险著称，但是这首《古别离》却写得质朴自然、浅切有味。

"悲莫悲兮生别离"，在这黯然销魂的时刻，诗中的女主人公恋恋不舍扯着丈夫的衣裳，让他停一停，问"郎今到何处"。在一般情况下，男女分别时是不会问这句话的，因为依据常理，对方所去的地方应早已知道，不必再问。这里已经产生了一个悬念。可是，作者似乎并不急于解决这个悬念，而是把笔墨继续集中在那位少妇身上。女主人公接着又说"不恨归来迟"。男女在分别时，女方总是希望自己的爱人能够早日归来，与己团聚，而女主人公却说出有悖常理的话，又让读者感到很奇怪，悬念进一步加深。只有等我们读到第四句时，才恍然惊悟，原来诗歌的前三句都是为了引出、衬托末句，所有的一切都是因为女主人公担心自己的丈夫会向临邛去。临邛即今四川省邛崃市。据《汉书·司马相如传》载："文君久之不乐，谓长卿曰：'第俱如临邛，从昆弟假贷，犹足以为生，何至自苦如此？'相如与俱之临邛。"临邛本是汉代著名文人司马相如与卓文君私奔之地，在诗中借指男子寻欢作乐的场所。在"归来迟"和"临邛去"这两个痛苦的选择中，女主人公宁愿选择前者，因为"归来迟"毕竟还会归来，只是时间早晚的问题，丈夫一旦在外另觅新欢，自己则很有可能被抛弃。在封建社会，男人可以寻花问柳，可以有三妻四妾，女人只能独守空闺，从一而终。因此，女主人公的悲剧命运具有一定的普遍意义。

古诗中写男女离别的作品已很多，诗人在构思时，不落俗套，另辟蹊径。诗歌的前三句都是为末句张本，末句才是"谜底"所在，才是全诗的缘由和归宿，只有领会它方能真正地理解前三句，品味出全诗的情韵。全诗带着口语色彩，充满生活气息，写得声口毕肖，缠绵含蓄，情意悠长，活生生刻画出一位对丈夫既爱又忧的女子形象。诗人作了十分精练的概括，

359

把男女分别的原因与场景都略去不提，在简洁明快中包容着丰富的情韵。另外，全诗用短促的仄声韵，亦有助于表现人物急切、不安的心情。声韵的安排，与诗中女主人公内心忧伤、低沉、压抑的情感表达是一致的，从而造成了一种如泣如诉、幽咽凄切的韵感。　　　　　　　　　　（陈　鹏）

古 怨 别　　　　　　　　　　孟　郊

飒飒秋风生，愁人怨离别。
含情两相向，欲语气先咽。
心曲千万端，悲来却难说。
别后唯所思，天涯共明月。

【鉴赏】这是一首描写秋日情人离别的诗歌。首联"飒飒秋风生，愁人怨离别"交代离别时的节令，秋风瑟瑟，万物凋零，红衰翠减。"悲莫悲兮生别离"，首句着重渲染一种足以触动离情别绪的气氛，打下情感的基础，以增强下面抒写情事的真实性和感染力。颔联"含情两相向，欲语气先咽"主要刻画两人难舍难分的场景。在这分别的时刻，纵有千言万语也噎在喉间说不出口了，只有紧握着手、含情脉脉、泪眼相对而已。诗人巧用默无声息的行动的特写镜头，把无限眷恋之情、无可奈何之意，以"此时无声胜有声"的意味白描了出来。这种写法后来的文人常有体会并付诸笔端，如柳永的"执手相看泪眼，竟无语凝噎"（《雨霖铃》），苏轼的"相顾无言，惟有泪千行"（《江城子》）。又如《红楼梦》第三十四回写宝玉受贾政鞭笞之后，黛玉去看他，"此时黛玉虽不是嚎啕大哭，然越是这等无声之泣，气噎喉堵，更觉利害。听了宝玉这些话，心中提起万句言词，要说时却不能说得半句，半天，方抽抽噎噎的道：'你可都改了罢！'"虽然后来黛玉终于说出一句话，但这段描写正可以说明为什么"欲语气先咽"的道理。可见，这一形象的刻画，看似简单，实则是情感的集中表现，是很真挚动人的，正所谓语不求奇，而意致绵密。颈联"心曲千万端，悲来却难说"进一步描写恋人的分别情形。当两人抽咽稍定，能够说话之时，觉得千言万语又不知从何说起。这两句把彼此悲痛、眷恋而又无可奈何的心情，写得淋漓尽致，一对情人伤心失魄之状，跃然纸上。

　　尾联"别后唯所思，天涯共明月"写出了这对情人对别后情景的遐想。

我们可以想象他们在月光之下心心相印、思念对方的情状。"天涯共明月"句,是化自谢庄《月赋》中的"隔千里兮共明月"。诗人巧妙地把写景与抒情融合起来,写出彼此共对皓月之境,又蕴含相思之情。后乎此的有苏轼《水调歌头》中的"但愿人长久,千里共婵娟",都是写月的名句,其旨意也大抵相同,但由于各人以不同的表现手法,表现在不同的体裁中,谢庄是赋,苏轼是词,孟郊是诗,相体裁衣,各极其妙。

（陈　鹏）

登 科 后　　　　孟　郊

昔日龌龊不足夸,今朝放荡思无涯。
春风得意马蹄疾,一日看尽长安花。

【鉴赏】唐德宗贞元十三年(797),孟郊终于进士及第,而这时,他已经46岁了。诗人高兴地作了这首绝句,来表达他当时难以按捺的喜悦之情。

唐代实行科举制,登科可以为官,光耀门庭,为士人显达最重要的途径。故登科的成败是决定士人政治生命的关键,甚为时人看重。在中举之前,诗人曾经几次落第,其中包含着多少难以言说的悲哀和无奈。回首往日的辛酸苦辣,不禁感慨万千。"昔日龌龊不足夸"是指过去那种穷困窘迫的生活已像流水一样逝去不回,不值得一提了。"放荡"是放任感情之意。人生得意须尽欢,今朝金榜题名,须尽情地抒发自己的欢乐。昔日的落魄与今日的得意形成鲜明的对比,非亲身经历者,不能体会其中的情感落差。

唐代的进士考试在秋季举行,发榜则在下一年春天。那些登科的举子在和风丽日、春暖花开的日子里,或赴曲江领宴(天子为新科举子赐宴),或登雁塔题名,或赴乐游园赏花。"春风得意马蹄疾,一日看尽长安花"一联情与景会,意到笔成,淋漓尽致地表现出诗人惬意自得几近癫狂的心态。"春风"既是指自然界的春风,也是皇恩的象征。良辰美景与浩荡皇恩相映生辉,怎能不让诗人心醉。在车水马龙、游人如织的长安道上,自然不能策马驰骋。但人逢喜事精神爽,诗人觉得如果自己的坐骑款款而行,怎能表达激动的心情,只有奔驰于长安道上才能使心中兴奋之情得以充分宣泄。偌大一个长安,无数春花,诗人自然无法"一日看尽"。其实诗人看花意不在花,而在于充分享受纵情驱驰、随兴而往的幸福感受。诗人自以为从此可以风云际会、龙腾虎跃一番了,真是得意之态溢于言表。

孟郊作诗善述悲情,以苦吟著称,注重造语炼字,追求构思的奇特超常,此诗出自胸臆,奔涌直泻,句句有喜悦意,一气流注,而曲折尽情,毫无雕琢,愈朴愈真,可谓孟郊生平第一首快诗。 （陈　鹏）

洛桥晚望　　　　　孟　郊

天津桥下冰初结,洛阳陌上人行绝。
榆柳萧疏楼阁闲,月明直见嵩山雪。

【鉴赏】 唐代东都洛阳西南洛水之上有洛桥,又名天津桥,许多文人曾经题诗,大都是对良辰美景赏心乐事的吟咏。而被苏东坡称为"郊寒"的孟郊写这座桥,却充满了"寒"意。诗歌写诗人冬初在洛桥上"望"中所见,"望"中所感。

前两句写初冬时节,天津桥下刚开始结冰,洛阳的小路上已没有了行人,万籁俱寂,悄无人声。律诗讲究起承转合,绝句也是一样,但全诗却打破了起承转合的常规,第三句仍承前两句,进一步渲染萧瑟气氛。榆柳的树叶就快要落尽,街道上的楼阁也冷冷清清。在前三句冷寂景象的描绘之后,诗人却大笔一转,结句的远景"月明直见嵩山雪"破空而来,诗境雄浑壮阔,与前三句的境界迥然不同,为这个萧寥的季节涂抹上几丝生机。末句虽然袭自谢灵运的名句"明月照积雪"(《岁暮》),但经过孟郊的再创作,更为生动。"直见"二字如"横空盘硬语"(韩愈《荐士》),但是"妥帖"而有力,使画面生机勃然。雄奇之景色、盎然之意趣,尽在这"直见"二字中溢出。正是由于这一句有很强的表现力,后来洛阳八景之一的"天津晓月",很可能就是得名于此。明月、白雪都是冰

清玉洁之物,寄寓的是官卑命蹇的诗人高远而落寞的雪月襟怀。可以说,整首诗的精华就凝聚在这末句上。就全篇而言,这一句如画龙点睛,立刻使全诗神韵飞腾,而更具有动人的魅力。

全诗紧扣题中的"望"字,以"嵩山雪"承"冰初结",以"楼阁闲"承"人行绝",及诗人倚桥远眺,之所以能直望见明月下嵩山峰顶的皑皑白雪,也是因为榆柳萧疏。诗中的景物描写不但切合诗人眼前的情境,而且由近及远,层次分明。从桥下的初结之"冰",到近处的绝人之"陌",透过黄叶落尽的榆柳疏枝见出闲静的楼阁以及明月下嵩山的积雪,从远到近,句句换景,句句腾挪,把读者的视线最后引向一点,集中到嵩山白雪上,有如一幅线条疏落分明的图画,令人从冷峻的笔意中感知冬夜的清冷明净和月下萧疏的意趣。

(陈　鹏)

李约(751—801?),字在博,一作存博,自称萧斋。唐宗室,官兵部员外郎,后弃官隐居。其诗语言朴实,感情沉郁。存诗十首,其中尤以《观祈雨》为最善。

观 祈 雨　　　　　　　　　　李 约

桑条无叶土生烟,箫管迎龙水庙前。
朱门几处看歌舞,犹恐春阴咽管弦。

【鉴赏】封建社会,农业是国家的主体产业,是国家的命脉。"民以食为天",正是反映了这种思想。许多诗人在诗中赞颂了农民的辛勤劳动,同情他们的不幸,揭露并鞭挞统治者的残暴无情。这首诗就是一首较为出名的悯农诗。

首句写春旱,这是祈雨的原因。诗人不是泛泛写旱情,而是选取了两个典型的场面:"桑条无叶"和"土生烟"。桑树本是一种非常耐旱的植物,在正常情况下应是枝繁叶茂,现在却长不出叶来,变得光秃秃的,可见旱情之严重。桑与蚕茧有关,蚕茧又与日常生活的衣饰紧密相关。春旱毁了养蚕业,也就毁了农民一个重要的经济来源。"土生烟"则写出春旱对农业的严重影响。因为禾苗枯萎,便只能见"土"。大地生烟,白晃晃一片。次句写农民祈雨的情形。祈雨是我国古代农业社会的一项重要活动,活动种类花样繁多。在民间信仰中,龙与雨渊源深厚,关系密切,因此龙自古就是人们借以祈雨的主要对象。旧时每遇大旱,通常由地方德高望重的长者主持,或率众祷于龙神庙,或把庙里的龙王神像抬出来,敲锣打鼓,走街串巷。"箫管"指排箫和大管,这里泛指乐器。"水庙"即龙王庙,是祈雨的场所。虽然祈雨的场面非常热闹,但可以想见他们表面强装欢颜,内心却是焦急如焚。透过飞扬的尘土,是一张张困惑的脸加上绝望的表情。

富豪权贵之家自然是别一重天地。"朱门"即红漆大门,代指贵族豪富之家。"几处",犹言处处。统治阶级沉溺于笙歌竟日、曼舞终宵的荒淫生活。他们担忧的雨,正是农民企求的。"春阴"指阴雨的春天;"咽"即声塞、嘶哑之意,指乐器受潮声音不嘹亮。他们唯恐阴雨天使管弦乐器受潮而不能发出清脆悦耳之音,不能更好地欣赏歌乐。显然,他们享乐用的"管弦"与迎龙用的"箫管"是有霄壤之别的。一个渴盼最低生活需求,一个贪图享乐、醉生梦死,落差之大,给人以强烈的心灵震撼。两者处境不同,心情也就各异,诗人所表现的感情也极其分明。尤其是末句的"春"字令人震颤:春天尚且如此,到了炎炎夏日,农民该怎么活啊!《水浒传》中那首著名的民歌:"赤日炎炎似火烧,野田禾稻半枯焦。农夫心内如汤煮,公子王孙把扇摇。"写盛夏伏旱时农民和王孙公子的不同心情,更是唱出了历代被压迫人民的不平,反映了阶级之间的尖锐矛盾。

该诗采用对比手法,将久旱祈雨的情景与朱门的处处歌舞升平相对举,表现两个阶级迥然不同的思想感情,深刻揭露出统治阶级不顾劳动人民疾苦、只知享乐的丑恶行径,与杜甫的"朱门酒肉臭,路有冻死骨"(《自京赴奉先县咏怀五百字》)有异曲同工之妙。

(陈　鹏)

陈羽(753—?),字号未详,吴县(今属江苏苏州)人。早年曾在镜湖、若耶溪一带漫游。登贞元进士第,后官东宫卫佐。其后事迹不详。诗多近体,长于写景,注重文采,多警句。《全唐诗》存其诗一卷。

从 军 行　　　　　　　陈 羽

海畔风吹冻泥裂,梧桐叶落枝梢折。
横笛闻声不见人,红旗直上天山雪。

【鉴赏】这是一首描写风雪中行军的绝句,写得十分壮美。前两句着力渲染环境的严酷。天山脚下寒风呼啸,湖边冻泥纷纷裂开,梧桐树叶早已刮光,枝梢也被狂风折断。作者善于炼字,"裂"、"折"这两个动词形象地刻画出边塞严寒恶劣的环境特点。"横笛闻声"是倒装句式,即"闻横笛声"。在这荒凉的边塞上,忽然传来高亢嘹亮的笛声。寻声望去,只见在天山白雪的映衬下,一面红旗正在向峰巅移动。那水晶一般冻结在空中的鲜艳旗帜,在白雪中显得多么绚丽!"直上"二字的动态描写,更使画面生机勃然。这旗帜在寒风中毫不摇摆、一往无前的形象,不正是将士们斗志昂扬的高涨士气的象征吗?诗歌的结句颇见功力,一白一红,相互映衬,而那天山皑皑白雪为背景上的鲜红一点,那冷色基调的画面上的一星暖色,色彩鲜明,衬得整个画面更加生动。这是诗中一处精彩的奇笔。绝句的前后两联形成鲜明的对比,正是极其严酷的自然环境,才能映衬出行军将士勇武矫健的英姿。全诗押入声"屑"韵,更能增添全诗的悲壮。

　　虽然该诗写部队行军的情景,要展示出唐军的士气和威力,但作者并没有正面描写行军将士,只是选取了两个具有代表性的事物:"横笛"和"红旗"。诗人先写"横笛闻声",后写"红旗直上",符合人们对远处事物的注意往往"先声后形"的一般习惯。"闻声"而远望寻人,寻而"不见",突然看见远处雪山上的红旗在动,从而形成文势的跌宕,给人以强烈的视觉冲击,俨然一幅壮美的风雪行军图。诗歌的后两句都没提到人,但画面上人的活动不但自见,而且是画面的主体,从而使诗情内涵丰富,意境鲜明独特,具有极强的艺术感染力。

在陈羽之前,孟郊《洛桥晚望》云:"天津桥下冰初结,洛阳陌上人行绝。榆柳萧疏楼阁闲,月明直上嵩山雪。"陈羽的这首《从军行》不仅结构和孟诗相似,用韵也和孟诗相同,甚至同是以"雪"收束全篇。"红旗直上天山雪"较之孟郊的结句,色彩和动静的对比更为突出鲜明,富有诗情画意之美。

(陈　鹏)

杨巨源(755—?),字景山,河中(今山西永济)人。贞元五年(789)进士。初为河中节度使张弘靖从事,由秘书郎擢太常博士,迁虞部员外郎。出为凤翔少尹,复召授国子司业。以律诗见长。《全唐诗》存其诗一卷。

和练秀才杨柳

杨巨源

水边杨柳曲尘丝,立马烦君折一枝。
惟有春风最相惜,殷勤更向手中吹。

【鉴赏】我国古代有折柳赠别的习俗,这种习俗始于汉代而盛于唐代。据《三辅黄图》载:"汉人送客至灞桥,往往折柳赠别。"古代长安灞桥两岸,堤长十里,一步一柳,由长安东去的人多到此地惜别,折柳枝赠别亲人。一方面是"柳"与"留"谐音,以表示挽留之意,另一方面的喻义是亲朋离别去乡正如离枝的柳条,希望他到新的地方,能很快地生根发芽,好像柳枝之随处可活。它是一种对友人的美好祝愿。相传为李白所作的《忆秦娥》中有"年年折柳,灞陵伤别"的句子,即指此事。唐代盛行折柳赠别,这种习俗自然会出现在唐诗中。

这首诗虽未指明地点,细味诗意,可能也是写灞陵折柳赠别的事。诗的开头两句描写送别的场景。"水边杨柳曲尘丝"描写春风中水边碧柳生意盎然的秀姿。浓密的柳枝柔嫩轻盈,纷披下垂,在春风中迎风漫舞,轻盈袅娜,如同万条绿色的丝带一般。行者驻马,向亲友说一声:"烦君折一枝柳枝。""烦"即烦劳之意,是行者向送者表示感激之情。

正面描绘别情离绪,似乎已成箭在弦上之势,但诗人反而绕开,借春风柳枝来侧面表现离伤愁绪。"惟有春风最相惜,殷勤更向手中吹"的好处在于用赋比兴的手法,将眼前柳枝的形象与黯然销魂的离人形象融为一体。柳枝虽是被折下,握在行人手中,但多情的春风还是殷勤地吹拂着。这基本上是赋实,虽有虚笔,但仍是从现实生活中锤炼出来的艺术形象。殷勤的春风温柔地吹着柳枝,似有"相惜"之意,仿佛就像前来送行的友人。这是一种十分动情的联想和幻觉,行者以折柳自喻,而将送行者比作春风,以春风拂柳比友人的诚挚关心,这是由兴而比。后两句以特写式的镜头,运实入虚,生动地揭示了送者与行者的真挚情谊,虚实相生,别具情致。诗人匠心独运,造语新奇,用精炼流畅、清爽俊逸的语言,表达了悱恻缠绵的情思;将本来无知的春风、柳枝人格化,赋予它人的感情,这就使得形象的比喻旨意无穷,达到物我交融、浑然一体的境界,以致很难分清是借物寓情还是直接以物拟人了,从而使全诗风流蕴藉,意境深远,余韵悠长。

(陈　鹏)

城东早春　　　　杨巨源

诗家清景在新春,绿柳才黄半未匀。
若待上林花似锦,出门俱是看花人。

【鉴赏】这首诗是写诗人对城东早春景色的喜爱。"诗家"是诗人的统称。"新春"就是早春。"清"不仅写早春景色本身的清新可喜,还指这种景色刚刚显露出来,还未引起游人的注意,环境清幽,别有一番风情。正因如此,这清新的早春景色,最能激发诗人的诗情。第二句紧承首句,是对早春景色的具体描写。早春的景色很多,诗人却不是泛泛地描写,而是独具慧眼,单单挑出柳叶加以描绘。因为早春时节,天气仍然寒意袭人,百花尚未争奇斗艳,而柳枝新叶仿佛听到了春天的讯息,冲寒而出,内蕴着勃勃生机,报道着春天的到来。诗人选择了早春最典型的景物铺开描写,将一幅早春画卷展现在读者面前,写来别有韵味。关于柳叶,以前的诗人也有较多描写,作者却另辟蹊径,抓住了其"半未匀"的特征,即柳枝发芽时颜色发黄,看上去有黄有绿,不太匀净。"才"、"半"二字,不仅照应题中的"早"字,而且把早春之柳的风姿写得十分生动逼真。此句虽不及韩愈《早春呈水部张十八员外》的"草色遥看近却无"新奇独创,但亦能摄早春之魂。

下联由写景转向抒情。诗人用芳春的繁花似锦,来反衬早春的清新可爱。"上林"即上林苑,是汉武帝刘彻于建元三年(公元前138)在秦代的一个旧苑址上扩建而成的宫苑,规模宏伟,宫室众多,地跨长安、咸宁、周至、户县、蓝田五县县境,纵横三百里。诗中用来代指京城长安。诗人认为若一定要等待上林苑花团锦簇、万紫千红时,才要去欣赏的话,那时一出门,已是一路到处挤着去赏花的人了。这种景色人人尽知,已不稀罕了,反而给人一种厌烦之感。繁花似锦写景色的秾艳已极;游人如织写环境之喧嚷若市。百花的姹紫嫣红与世人的相逐为乐是一种配合,柳芽的"清"与诗人独有的趣味是另一种配合,而后者正因前者得以凸显。

诗歌前两句是实写,而后两句则运实入虚。前后两部分形成鲜明的对照。像这样运用对比手法,与一般不同,这是一种加倍写法,更加突出了诗人对早春之景的无限喜悦之情。"若待上林花似锦,出门俱是看花人"一联理趣浑然,可以把它看作是一种创作理念:即诗人所以异于常人者在感觉敏锐,要善于捕捉新生事物,写出新形象、新意境,不能鹦鹉学舌、人云亦云。正因为虚实得体,富于哲理,所以此联也就成为千古传诵的名句。

(陈　鹏)

武元衡(758—815),字伯苍,河南缑氏(今河南偃师东南)人。建中四年(783)登进士第,历官比部员外郎、御史中丞等职。元和二年(807),拜门下侍郎、同中书门下平章事。出为剑南西川节度使。元和八年(813)召还,复为相。因力主削藩,遭藩镇忌恨,为淄青节度使李师道遣刺客暗杀。其诗藻思绮丽,琢句精妙。

春　兴　　　武元衡

杨柳阴阴细雨晴,残花落尽见流莺。
春风一夜吹乡梦,梦逐春风到洛城。

【鉴赏】思乡情怀是我国古代文学中的一个重要主题,有大量作品流传。有唐一代,思乡念归之作甚多。在这众多诗歌中,有些是从一个特殊的角度入手来写思乡之情的，武元衡的《春兴》就是这样一首难得的佳作。题曰"春兴"，是指因春天的景物而触发的感情。诗的开头两句所描写的是一幅暮春景物图画。诗人不是泛泛地描绘春意阑珊，而是先从表现春光已晚的典型景色着笔：杨柳阴阴，细雨连绵，阴晴无定，残花落尽，流莺乱飞。诗人对事物的观察极为深细，这两句所描写的柳暗、花尽与流莺有着明显的因果关系。杨柳的颜色已经由初春的鹅黄嫩绿转为一片翠绿，在细雨的梳洗下，变得有些深暗了。枝头的残花已经在雨中落尽，节候趋暖，鸟儿们开始频繁活动，枝头也可以经常见到流莺的影子了。

第三句忽然转到思乡，好像有些突兀，其实不然。春天是万象更新、景色动人的季节，极易牵动人们最微妙、最深沉的感情。此刻，诗人被春光唤起的，是人生至死不渝的乡情。"鸟飞返故乡兮，狐死必首丘"（《楚辞·哀郢》），禽兽尚且有怀旧之情，人也不免于对故土有一种深沉的眷恋。特别是当春花秋月之下、物换星移之时，平时郁积于心的这种真情便往往会情不自禁地喷发出来。江南暮春的风景透露出一种美好的春天景物即将消逝的意象。黄莺巧啭中透露出哀怨凄切的声音，往往成为历代诗人抒写抑郁特别是春怨的标志。那漂荡流转的流莺，很容易触动漂泊异乡的游子的情怀。诗人触景生情，思乡之情便油然而生了。武元衡是河南缑氏人，在洛阳附近。春景触动他的乡思，便凝聚成乡梦。"梦"本是极其玄虚的境界，难以捉摸，诗人却将这种强烈的乡梦形象化、具体化了。在诗人的笔下，春风变得特别多情和善解人意，特意来吹拂乡梦，为乡梦做伴引路；而无形的乡梦，也似乎变成了杨花柳絮一般被春风吹送，一直吹到故乡洛阳城。

近体诗字数较少，为了其音律和意境的优美，多尽量地避免重字。而诗人却有意打破常规，后两句乡梦春风，循环互用，句法颇为新颖。全诗写春尽花飞，风吹乡梦，虽寻常意境，但情韵自佳，与金昌绪"打起黄莺儿"，同是莺啭梦回，语皆婉妙。

（陈　鹏）

畅诸，生卒年不详，汝州（今河南汝州）人。开元中登进士第，九年（721）中拔萃科。后官至许昌尉。畅诸有诗名，其《登鹳雀楼》脍炙人口。

登鹳雀楼

畅　诸

城楼多峻极，列酌恣登攀。
迥临飞鸟上，高谢世尘间。
天势围平野，河流入断山。
今年菊花事，并是送君还。

【鉴赏】 该诗长期误为畅当所作，且将全诗截取中间两联为五绝："迥临飞鸟上，高出世尘间。天势围平野，河流入断山。"近人岑仲勉、吴企明据《梦溪笔谈》及其他典籍考证此诗实为畅诸之作。

鹳雀楼与岳阳楼、黄鹤楼、滕王阁并称天下四大历史名楼。鹳雀楼的旧址在河中府（今山西永济），高三层，前瞻中条，下瞰大河，唐人留诗者甚多。但是提起《登鹳雀楼》，大多数人首先想到的是王之涣的"白日依山尽，黄河入海流。欲穷千里目，更上一层楼"。殊不知中唐诗人畅诸的这首《登鹳雀楼》与之相比，毫不逊色。

这首诗属于登临之作中最为基本的范式。首联写诗人于重阳日送别友人，列酒酌饮。酒后豪兴大发，偕友人恣情登楼。颔联极言鹳雀楼之高，高耸入云，飞鸟难及。其实，鹳雀楼只是一座三层的楼，即便很高，也不可能真正耸入云天。诗人将夸张和想象相结合，静态和动感相交融，营造了一幅高耸壮阔、苍茫雄浑的壮观图景。"高谢世尘间"，不仅表现楼高，还暗含一种高品位、高境界的人生情趣。颈联写作者登楼所见：中条山脉西接华山，连绵的群山似要围住无际的原野；奔腾咆哮、势不可挡的黄河向着断开的山口呼啸而来，汹涌而去。诗人以"围"写山，凸现山峦起伏、连绵不断的阔远景象；以"入"写河，彰显黄河万里奔腾、滔滔向前的浩大声势。"断"字传神地表现出黄河雷霆万钧的力量，气势可与李太白的"天门中断楚江开"一句相埒。作者虽是在写眼前实景，亦显示出诗人开阔高远的胸襟和激越奔放的豪情。古时重阳日有登高赏菊、饮菊花酒的风俗。尾联概写今日重阳佳节的情事，并点明今日饮酒登楼，全为送友人离去。"黯然销魂者，唯别而已矣"，但诗人并没有像小儿女那样缠绵凄恻，低徊流连，而是豪迈奔放，意气风发。

宋代沈括《梦溪笔谈》云："（鹳雀楼）唐人留诗者甚多，唯李益、王之涣、畅诸三篇能状其景。"王诗景象壮阔，即景言理，哲理深刻；畅诗恢宏奇绝,即景抒情,壮思逸飞。两者各有特色,皆为不可多得的名篇。

(陈　鹏)

崔护,生卒年不详,字殷功,博陵(今河北定州)人。贞元十二年(796)登第。终岭南节度使。其诗诗风精练婉丽,语极清新。存诗六首,皆是佳作,尤以《题都城南庄》流传最广,为诗人赢得了不朽的诗名。

题都城南庄　　　　　崔　护

去年今日此门中,人面桃花相映红。
人面不知何处去,桃花依旧笑春风。

【鉴赏】据唐代孟棨《本事诗·情感》记载,崔护这首《题都城南庄》有一段"本事":"博陵崔护……举进士下第,清明日,独游都城南,得居人庄,一亩之宫,而花木丛萃,寂若无人。扣门久之,有女子自门隙窥之,问曰:'谁耶?'以姓字对,曰:'寻春独行,酒渴求饮。'女子以杯水至,开门,设床命坐,独倚小桃斜柯伫立,而意属殊厚,妖姿媚态,绰有余妍。崔以言挑之,不对,目注者久之。崔辞去,送至门,如不胜情而入,崔亦睠盼而归。嗣后绝不复至。及来岁清明日,忽思之,情不可抑,径往寻之,门墙如故,而已锁扃之,因题诗于左扉曰……"这一富有传奇色彩的"本事"或许发生过,或许是由诗歌敷演而成。但无论怎样,这种情节性演绎增添了诗的形象性,有助于读者更好地欣赏此诗。

四句诗以"人面"对应"桃花",将"去年"与"今日"对比,形成相互映照的两个场景。"人面桃花相映红",此句描绘的情景优美,"桃花"为"人面"的背景,展现出这样一幅画面:都城南庄一个普通的村舍门口,桃花盛开的地方,树下一名女子,美艳如桃花,光彩照人。诗人"寻春遇艳",被女子深深吸引,二人默默对视,"此时无声胜有声",此情此景,令人心驰神往。这种含蓄的表达又能激发读者的无尽想象。

又一个春光烂漫、百花齐放的季节,仍然是那花木扶疏、桃柯掩映的门户,然而,曾经印刻在脑海的"人面"却没有出现,不知去了何处,只留下

371

门前那树桃花依然含笑摇曳在春风之中。桃花含笑春风中,想必从"人面桃花相映红"联想而来。去年今日,伫立桃树下的那位不期而遇的女子,凝眸含笑,脉脉含情;如今,人面杳然,既然有一个美丽的相逢,为何不能有一个圆满的结局?依旧含笑的桃花只会勾起对往事的美好回忆,引发好景不长的感慨。"依旧"二字,含有无限怅惘。

全诗用"人面"、"桃花"贯穿前后,在"去年"与"今日"同一时刻同一地点同一场景而"人面"有无映照对比,将两次不同的感受、感慨曲折反复、淋漓尽致地抒发出来。在回忆中写已经失去的美好事物,回忆变得更为珍贵、美好,于是才有"人面桃花相映红"的传神描绘;正因为美好的回忆,才特别感到失去美好事物的怅惘,因而有"人面不知何处去,桃花依旧笑春风"的感慨。诗人没有直接抒发主观情感,只是把自己两度游春的所见集中到都城南庄一个普通的村舍门口,通过两段情景的铺叙、对照,喜悲相衬,一扬一抑,突出表现了风景依旧、佳人不在的无限惘怅之情。人生道路上,很多人都会有这样的经历,在偶然、不经意的情况下遇到美好事物,当时只欣赏未做他想,而当自己去有意追求时,却再也不可复得。这首诗所反映的正是这种"失去不可复得"的感受,颇能引起有类似经历的读者的共鸣,即使没有这种经历的人,读后也能产生感慨,这也许就是这首诗保持经久不衰的艺术生命力的原因之一吧。

(易文翔)

权德舆(759—818),字载之,天水略阳(今甘肃秦安)人。少有文名,曾官礼部尚书同平章事,因与李林甫不和,出为山南西道节度使。诗多而无甚特色,只有少数乐府诗为人称道。《全唐诗》存其诗十卷。

岭上逢久别者又别 权德舆

十年曾一别,征路此相逢。
马首向何处?夕阳千万峰。

【鉴赏】 送别是古人生活中的常事,也是古诗中屡写不衰的题材。唐诗中的送别诗汗牛充栋,但这首诗却能翻出新意,别具一格。诗人用朴素的语言写一次久别重逢后的离别,全诗不事雕饰,看似素淡无奇,然而平淡中却蕴含着深永的情味,朴素中自有天然的风韵。

前两句写实,道出双方"一别""十年",今日"相逢"。诗题称对方为"久别者",可见双方也许并非挚友。这种平淡之交的"别"与"逢",按常理一般难以有很强的感受,也留不下深刻的印象。诗人不写相逢的叙旧,而着重突出一别一逢之间隔着十年的漫长岁月,如此岁月悠悠,自然引发双方的人事沧桑之感和对彼此今昔情景的联想。于是平淡的叙述也有了几分情致。

接下来的两句,诗人撇开"相逢"的一切细节,直接从"逢"跳到"别",用平淡而富于含蕴的语言轻轻托出双方欲别未别、将发未发的瞬间情景——"马首向何处?夕阳千万峰。"两人在夕阳斜照的黄昏,于万山攒聚的岭上偶然重逢,乍相逢又遽别,几未下鞍!而今马首何向?路在何方?——"夕阳千万峰"。马首所向,是苍莽的群山万壑,夕辉的一抹余光投向峭立肃穆的山峰。诗人没有浓彩重抹,淡淡几笔,没有对作别双方表情、语言、动作、心理作任何具体描绘,却自有一种令人神远的意境。深山夕照悄然作别,前事茫茫,前途渺渺,漫漫长路,苍凉暮色,令人黯然神伤。此情此景,不禁使人联想到人生征途中的聚散离合,偶然而匆匆,无法预期。比较郑谷的《淮上与友人别》:"扬子江头杨柳春,杨花愁杀渡江人。数声风笛离亭晚,君向潇湘我向秦。"同样是匆匆一聚便各奔前程,后者点明了各自的目的地,而这首诗却以"夕阳千万峰"结尾,其中流露出来的怅然若有所思更令人玩味。第三句充满咏叹情调的轻轻一问,第四句宕开写景,以景结情,正透露出诗人内心深处的无穷感慨,加强了世路茫茫的意味。可以说,三、四两句正是诗人眼中所见与心中所感的交会,是一种"此中有真意,欲辩已忘言"的境界。宋代词人姜夔在他的《白石道人诗说》中曾谈到诗语以有含蓄为贵,引用苏轼之语:"言有尽而意无穷者,天下之至言也。"也就是说,好的诗必须做到句有余味,篇有余意,言虽尽而意不尽,就像有些抒情乐曲一样,虽然演奏或演唱已完,它的旋律和情绪仍然在观赏者心中萦绕,久久不能逝去。

(易文翔)

常建(708—765?),字号不详。《唐才子传》记载为长安(今陕西西安)人。开元十五年(727)进士。天宝中为盱眙尉。后隐居鄂渚的西山。一生沉沦失意，耿介自守，交游无显贵。与王昌龄有文字相酬。有《常建集》。

题破山寺后禅院　　　　常　建

清晨入古寺，初日照高林。
竹径通幽处，禅房花木深。
山光悦鸟性，潭影空人心。
万籁此俱寂，但馀钟磬音。

【鉴赏】常建的这首《题破山寺后禅院》曾被宋代洪驹父誉为"全篇皆工"（见《宋诗话辑佚》），这首五言律诗也是他的代表作。常建一生仕途失意，所以寄情山水，写了一些山水田园诗，《题破山寺后禅院》就是诗人游览名山古刹，寻幽探胜之作。

破山寺又叫兴福寺，是由六朝齐代郴州刺史倪德光舍宅改建的，宋代学者朱长文《吴郡图经续记》称之"为海虞之胜处"。诗中抒写清晨游寺后禅院的观感，笔调古朴，描写省净，兴象深微，意境浑融，艺术上相当完整，是盛唐山水诗中独具一格的名篇。

首联总起全诗，点明时间、环境和人物的去向，语言朴实、平易，所勾勒出来的画面却清新、优美，引发读者联想。诗人清晨登破山，入古寺，旭日初升，普照山林，水汽蒸腾，山色空蒙，如烟似雾，如梦似幻，美妙绝伦。诗人的欣悦陶醉之情溢于言表。"高林"一词，语义双关，一指劲健挺拔的

茂林修竹,二是佛家称僧徒聚集的处所为"丛林",此处"高林"兼有称颂禅院之意,在日照山林的景象中流露出对佛宇的礼赞之情。破山寺是一座有着几百年历史的古寺,建筑壮丽,佛殿庄严,气象宏伟,这些诗人都没有描绘,他突出勾绘的是东方冉冉升起的旭日,以及旭日照射下的参天"高林"。这两句烘托出一种清新明丽、绿意葱茏的审美感受,同时又隐含一种幽静之感。诗人深谙"窥一斑以观全豹",以小景传大景之神,他抓住破山寺内外古木繁茂、郁郁葱葱的特征来写,从此处着墨也使古寺的深邃幽静跃然纸上。这一联在结构上承接得十分自然,"初日"上承"清晨","高林"照应"古寺",显然是诗人的精心锤炼才能达到如此"平淡天然"之境。

颔联是诗人随着行进作进一步的描绘,平中见奇,"幽处"生辉。诗人穿过佛殿,沿着竹林小径蜿蜒前行,置身翠竹掩映、静谧无喧的氛围中,自然会有一种超尘出世之感。只见浓荫蔽日,苍苔满地,于曲折幽深疑无路处,忽见花团锦簇禅院房。如此幽静美妙的环境,如此曲径通幽的行程,令诗人惊叹、陶醉。描绘小径的幽深曲折和花木的扶疏掩映,实际上暗示禅院远离尘嚣、深藏不露,也烘托出诗人对唱经礼佛生活的向往。这一联诗人托物寄情,以破山寺后禅房突出的景物特点,抒写自己内心的幽意和淡泊情怀,创造了一种幽深淡雅的艺术意境。

颈联和尾联在意念上紧承颔联,颔联写诗人的发现之美、追寻之乐,这两联则通过有声有色、有动有静、有情有态的景物描写来渲染佛门禅理涤荡人心、怡神悦志的作用,在给读者带来美的享受的同时又把读者带进幽美绝世的佛门世界。红日高照,林木苍翠,百花繁茂,风光无限,鸟儿也怡然自乐,在花木丛中婉转鸣叫。雀鸟本无情智,客观环境的优美或险恶,不会引起它的喜和忧,但在这里,诗人以所见景物的强烈主观感受,寄寓于无知无情的飞鸟,好像它们也为这幽美旖旎风光所感染,欢快愉悦。这种"以我观物,故物皆着我之色彩"(《人间词话》)的艺术描写,不仅不直率浅露,而且构思新巧,别有情趣。"潭影空人心",则是诗人正面抒写在后禅院幽雅宁静的特定环境中观潭影的感受。水潭清澈,山光、天色映入水中,是那样清澈、明晰、澄净,以至于观赏之人杂念顿逝。这里有"禅悟"的意味。《宋高僧传》载,临川郡守裴某,笃信佛教,"每至海霞敛空,山月凝照,心与境寂,道随悟深"。常建虽然不是虔诚的佛教徒,但在佛教盛行的唐代不可能不受其影响,所以在特定的自然环境中,通过对自然景物的审美体验,有可能触发自己的情怀,并把某些自然景物视为契合自己主观

"禅悟"的东西。"潭影空人心",正是诗人在清净无扰的破山寺后禅院,睹"潭影"而杂念俱消的感受。这一联是一个转折,由刻画后禅院的幽静转向表现诗人内心之静,静境得到深化。"空人心"应对"悦鸟性",空灵纯洁的世界的确可以涤除尘念,净化心灵;"悦鸟性"又暗示人只有像鸟一样,远离凡尘,回归自然,崇佛信道,才能保持本真,逍遥适世。

尾联两句以声衬静,营造一个万籁俱寂的境界。钟磬之音,远远超出了"晨钟暮鼓"的报时功能,而被赋予寓意深微的象征意义,这是来自佛门圣地的世外之音,这是引领人们进入纯净怡悦世界的奇妙佛音,这是回荡在人们心灵深处的天籁之音,悠扬而洪亮,深邃而超脱。显然,诗人欣赏这禅院与世隔绝的居处,领略这空门忘情尘俗的意境,寄托了自己遁世隐逸的情怀,礼赞了佛门超拔脱俗的神秘境界。通过静中有声,愈显其静的描绘,突出意中之"静"。"万籁此俱寂"是诗人杂念消除净尽,"心与境寂"的具体表现。在后禅院中的诗人,由"潭影"触悟而杂念消除,此时此刻又使诗人感到万籁俱寂,也就是客观世界静得连一点声音都没有。而此时的内心也是万念俱寂。但万籁俱寂,尚不足以创造静境、表现静趣,因为静到没有任何音响的静境,是一片死寂,给人的审美感受是不寒而栗。常建深知"寂处有音"才能使人感到富有诗意的静境,也才能更好地表现自己的意中之静,所以诗人用"但余钟磬音"作结。诗人在这里十分成功地创造了一种富于静趣的静境,同时那种难以表现的诗人的意中之静,也由此而充分表露。这就是以声显静的创造幽静的诗歌意境的艺术手法。王籍《入若耶溪》"蝉噪林逾静,鸟鸣山更幽",亦即此意。

盛唐山水诗歌咏隐逸情趣,流露的多为一种悠闲适意的情调,但常建这首诗不一样,他在优游自得中写自己的心灵感悟,他所领会的心无纤尘的禅思充溢着玄远清幽的情趣,他所写的不仅是一种景物,更是一种旷远淡泊的胸襟和追求山水林泉之乐的隐逸情怀。

(易文翔)

塞下曲四首(其一)　　　常　建

玉帛朝回望帝乡,乌孙归去不称王。
天涯静处无征战,兵气销为日月光。

【鉴赏】唐代边塞诗的风格,以慷慨、悲壮、雄浑、苍劲居多,诗人多着笔于将士杀敌报国、建功立业的抱负，边塞风光，戍边将士思乡之情等等。常建的这首《塞下曲》可谓是独辟蹊径，绕开上述题材，谱写了一曲风格迥异的边塞之歌。

这首诗没有炫耀武力，也不嗟叹时运，而是立足于民族和睦的高度，讴歌了化干戈为玉帛的和平友好的主题。中央朝廷与西域诸族的关系，历史上阴晴不定，时有弛张。诗人却拣出美好的一页热情称颂，通过和亲，化干戈为玉帛，让明媚的春风吹散弥漫在边疆的滚滚狼烟，疆场没有了战争。这是颠沛流离，饱经战争之苦的平民百姓对和平的期盼。这种描写赋予边塞诗一种全新的意境。

诗的前两句，回顾历史，生动概括了西汉朝廷与乌孙民族的友好交往。"玉帛"，玉器和丝织品，这些在古代非常珍贵，作为礼物赠送，有表示尊敬、臣服、真诚等意思。所以"玉帛"就成了友好的代名词。在此诗中指朝觐时携带的礼品。执玉帛上朝，是一种宾服和归顺的表示。"望"字含意深长，乌孙使臣朝罢西归，频频回望帝京长安，眷恋不忍离去，说明朝廷与乌孙之间的情义深重。"不称王"点明乌孙归顺，边境安定。乌孙是活动在伊犁河谷一带的游牧民族，为西域诸国中的大邦。据《汉书》记载，武帝以来朝廷待乌孙甚厚，双方聘问不绝。武帝为了抚定西域，遏制匈奴，曾两次以宗女下嫁，订立和亲之盟。太初间（前104—前101），武帝立楚王刘戊的孙女刘解忧为公主，卜嫁乌孙，生了四男二女，儿孙们相继立为国君，长女也嫁为龟兹王后。从此，乌孙与汉朝长期保持着和平友好的关系，成为千古佳话。常建首先以诗笔来讴歌这段历史，虽只寥寥数语，却能以少总多，用笔之妙，识见之精，实属难能可贵。

一、二句平述史实，为全诗铺垫。三、四句顺势形成高潮。"天涯"上承"归去"，乌孙朝罢西归，归途遥遥，其辽阔无垠的空间，隐隐从"天涯"二字见出。"静"字突出当前边境和平安定的生活，与昔日战乱明暗交织，表达对穷兵黩武的不满以及希望民族之间友好亲善、化干戈为玉帛的美好愿望。

诗的结句雄健入神，情绪尤为昂扬。"兵气"，犹言战象，用语字新意炼。不但扣定"销"字，直贯句末，且与"静处"挽合，将上文缴足。环环相扣，愈唱愈高，沈德潜谓为"句亦吐光"，可谓当之无愧。从整句看，诗人用彩笔绘出一幅辉煌画卷：战争的阴霾消散净尽，日月的光华照彻寰宇。这种理想境界，体现了各族人民热爱和平、反对战争的崇高理想，是高响入

377

云的和平与统一的颂歌。

　　常建的诗作，大多写于开元、天宝年间。他在这首诗里如此称颂和亲政策与弭兵理想，应该是针对唐玄宗晚年穷兵黩武的乱政有感而发，折射出诗人"心怀天下"的忧虑。

（易文翔）

宿王昌龄隐居　　　　　常　建

清溪深不测，隐处惟孤云。
松际露微月，清光犹为君。
茅亭宿花影，药院滋苔纹。
余亦谢时去，西山鸾鹤群。

　　【鉴赏】常建为盛唐时著名诗人，其存诗虽少，却佳作迭出，《四库全书总目》誉其"卓然与王、孟抗行者，殆十之六七"。此五律与诗人的《题破山寺后禅院》，并列为唐代隐逸诗的名篇。

　　首联叙好友王昌龄隐居之所在。这是一片隐居修身的好去处，清澈的溪水流入石门山的深处，幽静的深山中早已不见主人的踪迹，惟留下孤寂的白云与天地相伴。此联既是实写，也属虚意。天宝中叶，常建辞官西归，途经王昌龄隐居的石门山，在此夜宿，可惜室去人空，空留下诗人一片怅惘之情。不过，从"清流""白云"等字眼，我们隐约可见诗人对此隐居佳绝处的赞美，此清幽高洁的环境，不正与隐居主人清高雅洁的人生志趣相契合吗？

　　"松际露微月，清光犹为君。"此二句写隐居地之夜景，但景中寓意，意兴深远。诗人夜中仰望天际一轮明月，透过茅屋边那稀疏的松树，撒下寒星式的清光。这清光，当年曾经无数次陪伴隐居主人，度过无边的清苦岁

月。今晚，这清光再次投射这茅屋，陪伴也曾与原主人一样穷困劳愁的诗人。通过这"清光"的牵连，诗人仿佛感悟到，在隐居遁世的心态与情怀上，他与好友王昌龄是多么"心有戚戚焉"。

"茅亭宿花影，药院滋苔纹。"此二句写诗人院中散步所见所感，夜晚的茅屋是孤独寂寞的，无处排遣，惟有屋旁种植的那些花草为伴，微风袭过，那些盛开的花儿影影绰绰，为凄凉的隐居生活平添了几份情意。那种着芍药的庭院，由于久无人住，路面结满了青苔。从"茅亭"到"花影"，从"药院"到"苔纹"，一方面交代出此茅屋早已荒废的现实，另一方面也可窥见隐居的主人王昌龄具有超凡脱俗的隐逸情趣。

尾联则抒发诗人对遁世生活与隐逸情趣的向往与追求。今天，"我"也将步隐居主人的后尘，远离官场，归意已定。诗人将何去处呢？原来他要与西山的鸾鹤仙灵为侣，过神仙逍遥快活的日子。"鸾鹤"取典于南北朝诗人江淹的名句"此山具鸾鹤，往来尽仙灵"，山是名山，友是"仙灵"，意喻诗人对隐居之地与归隐生活的无限期待与向往。

就谋篇布局而言，此诗的构思可谓奇巧精妙，含蓄隽永。表面写友人王昌龄隐居之所，实际上暗喻诗人归隐之志。看似赞叹隐居之所及隐居之人的高洁情操，实则劝谕友人与自己一起归隐，正可谓"清澈之笔，中有灵悟"（清沈德潜《唐诗别裁集》）。

此外，此诗的艺术表达也颇多借鉴之处。其一，意象的选择上独辟蹊径，如"清溪"、"孤云"、"花影"、"苔纹"等意象，既是隐居处之真实写照，又灵慧雅秀，"清深沉冥"，蕴禅思佛理之旨趣。其二，言有尽而意无穷，"似初发通庄，却寻野径，百里之外，方归大道。所以其旨远，其兴僻，佳句辄来，唯论意表"（唐殷璠《河岳英灵集》）。

（乐　云）

张籍(766?—830?)，字文昌，行十八。吴郡(今江苏苏州)人。贞元十四年(798)举进士。曾任国子助教、秘书郎、国子司业等职。有《张司业集》。《全唐诗》编其诗五卷，见卷三八二至三八六。

节妇吟

张　籍

君知妾有夫，赠妾双明珠；

感君缠绵意，系在红罗襦。

妾家高楼连苑起，良人执戟明光里。

知君用心如日月，事夫誓拟同生死。

还君明珠双泪垂，恨不相逢未嫁时。

【鉴赏】该诗题下原注有"寄东平李司空师道"语。李师道乃平卢淄青节度使，是当时割据藩镇之一，权势显赫，广罗文人，以增声望与朝廷对抗。洪迈《容斋随笔》云："张籍在他镇幕府，郓帅李师道又以书币辟之，籍却而不纳，作《节妇吟》一章寄之。"李师道曾邀张籍入其幕，而张籍主张统一，反对藩镇分裂，因作此诗以明志，委婉地谢绝李师道的邀请。这首诗仿乐府命题，通篇运用比兴的手法，以妾自比，以君喻李师道，貌似写哀怨凄美的情爱纠葛，实为一首政治诗。

开篇四句五言，用平韵，写尽缠绵之意。君明知妾是有夫之妇，仍厚情于我，赠予贵礼。这份执着的情意实在令人感动，我不忍拒绝，于是把明珠系在自己的红罗衫上，以示对你这片真情的回报。言下之意，我并非薄情之人。此句也暗含微词：你明知妾有夫，却故意送我厚礼，这岂不是非礼之举？

接下来两句突然转仄韵，变为七言，诗意也随之一转。刚系上明珠，转念想到自己的夫君。他在朝为官，显赫富贵，而且夫妻曾海誓山盟，同生共死，情深义重，远非一般的恩情所能比拟的。我知道你对我是一片真情，而我只能拒绝你的这份厚意。此句申明道义，表明心志，入情入理，让人无法拒绝。

最后两句，再转平韵，收束全诗。解珠还君，并酬以"双泪"，君意虽厚，奈何相见恨晚，只能怪天意弄人，缘分浅薄。结语处柔情相牵，辗转不绝。虽为拒绝之辞，但却是脉脉含情，给人以安慰，收束得体。始因多情而不忍拒珠，后因忠贞而决意还珠，一"系"一"还"，将一位温情婉柔的节妇内心描写得细致入微，情真意切。

诗中比兴手法运用巧妙贴切。作者以"节妇"自比，以"君"喻李师道，以"良人"喻朝廷，以妇节喻臣节。此时已经在朝廷受职的张籍，就如同出嫁的女子一样，如果有谁想把他拉到身边，自然如同勾引有夫之妇一样，是不道德的，其心可诛。张籍无法当面谴责李师道的不臣之心，却能借这首情辞婉恋的《节妇吟》，以节妇托情婉言拒绝李师道的罗致征聘，表明自己的心志,如此含蓄委婉,想必李师道看了也无法强求,只得作罢。

(唐 靓)

湘 江 曲 张 籍

湘水无潮秋水阔,湘中月落行人发。
送人发,送人归,白蘋茫茫鹧鸪飞。

【鉴赏】韩愈曾云:"张籍学古淡,轩鹤避鸡群。"这首《湘江曲》清新淡雅,古朴无华,化俗为雅,与众不同,体现了张籍乐府诗的风格。

该诗是张籍宦游湖南时所作。全诗以素雅的白描勾勒出一幅秋日湘江的送别图。"多情自古伤离别,更那堪、冷落清秋节!"在秋天这样一个多愁善感的季节送别,更易撩起感伤万千。秋日的湘江没有往昔的潮起潮落,沸腾咆哮,一切都风平浪静,放眼望去,江面显得更加开阔。冷清的落月,沉寂的江水给别离蒙上了一层愁绪。诗中"湘水"和"秋水"置入同一句中,分别交代了送别的时节和地点,虽然"水"是复用,却未显繁赘,反添音韵之美,同样,"湘水"和下一句的"湘中"的重复也是如此,加强了音韵的回环往复之美,读起来朗朗上口。

接下来,"送人发,送人归"又运用了顶针格的修辞手法紧承了上一句的"行人发"。这两个并列短句突出了一个"送"字,"送"的行为承载者到底是谁?作者接下来的一句暗示了:那江面上茫茫的白蘋和无忧无虑的鹧鸪,它们就像湘江边上忠实的守候者,目睹着出行的人在这里告别亲友,归来时在此重逢相迎,但这其中的离愁别绪,它们又如何能体会呢?唯有我独自伤悲罢了。"送人发,送人归",反复吟唱,一丝孤寂之感油然而生。结语处匠心独运,既写活了景物,又反衬出诗人内心的无限怅惘。

这首别离诗,虽未着一个"愁"字,却物物反衬孤寂之感,句句饱含离别之绪,无论从内容还是音韵都萦绕着一种无法排遣的忧愁之感,将别离时的凄楚和落寞表现得淋漓尽致。

清人翁方纲《石洲诗话》评曰:"张王乐府,天然清削,不取声音之大,亦不求格调之高,此真善于绍古者。"张籍的这首诗,语言自然朴实,凝练流畅,富有民歌谣谚的色彩,却又能平中见奇,化俗为雅,别具一格。

(唐 靓)

秋　思

张　籍

洛阳城里见秋风，欲作家书意万重。
复恐匆匆说不尽，行人临发又开封。

【鉴赏】《秋思》这个题目可直译为《秋日情思》，如果结合这首诗的具体内容，则可译为《秋日乡思》。古代诗歌中，写同类题目的作品极多，那么，为什么秋天更容易惹起人们对故土、对亲人的思念呢？这大概由于秋季是一年中天气由热转冷的季节，要走向冬季，人们的生活会增添许多困难。秋季草木摇落，也会触发游子飘零之感。所以有人把愁苦的"愁"字解释为"离人心上秋"。张籍祖籍吴郡，移居和州，洛阳是他的客居之地，而他的家境又不好，因此当秋风吹起的时候，他平时对家中的惦念之情就一齐涌上心头，真是千言万语道不尽啊。诗的前两句交代客居之地和时令，是异乡的物候变化触发了积郁于心的思亲之情。诗中人"欲作家书"来表达这"万重"心意。古时没有现代化的通信手段，写信是最基本的联系方式，因此可以说这两句平铺直叙之语，道出的也是人所常有之情，并没有多少奇异之处。但后两句则不同："复恐匆匆说不尽，行人临发又开封。"它捕捉到一个外在的动作细节，恰到好处地展示了内在感情的波动，这样就使得"意万重"变得真切，可以看得见了。如果仅仅是自己写好了又添，封好了又拆，倒也平常；不同一般的是在捎信人马上要上路了，诗中人还要匆匆忙忙再拆开信封，添上未及或未尽之言，从而加强了"又开封"的效果，这就不同寻常了。

前人评价说："文昌叙情最切，此诗堪与'马上相逢'颉颃。"所谓"马上相逢"，指盛唐诗人岑参《逢入京使》一诗："故园东望路漫漫，双袖龙钟泪不干。马上相逢无纸笔，凭君传语报平安。"诗人岑参在赴安西幕府的路上遇到由那里返京的一位使者，马上相逢，自然没有现成的笔砚纸张供人写信，于是就捎个口信回去，让家里人知道行人平安无事，少点牵挂。岑参诗的好处也在于选取了"传语报平安"的细节，准确传达出特定环境中的人之常情。可以说二诗同属于平中见奇。其艺术魅力在于"人人有此事，从来不曾说出"，而一经说出就立即为大家所接受，并使得后人无法抄袭，因而能传之久远。

（杨　军）

王建(767?—831?),字仲初,颍川(今河南许昌)人。大历进士,门第衰微,一生沉沦下僚,曾任渭南尉,陕州司马等职,世称王司马。他的乐府诗和张籍齐名,世称"张王乐府"。

江　馆　　　　王　建

水面细风生,菱歌慢慢声。
客亭临小市,灯火夜妆明。

【鉴赏】江馆,即临江的旅馆。这首五言绝句向我们展示了一幅充满浓厚生活气息的江馆夜市的美景图。

由于临江,作者先从水写起。"水面细风生",轻风拂过,江面泛起微微细波。试想在夜晚,视觉是很难捕捉到这一细微动景的,而尾句的"灯火夜妆明"又照亮了眼前这处江景,夜市璀璨的灯光倒映在水中,江面流光溢彩,在清风的助兴之下,冉冉浮动,波光粼粼,颇有诗意。

随风而来的还有轻柔婉转的歌声。"菱歌"是指江南水乡采莲采菱一类的民间小曲,而下句中"临小市"就暗示了:这里听到的菱歌出自歌女之喉。菱歌的曲调本就悠扬婉转,再配上歌女柔媚的歌喉,显得格外清扬悦耳,令人陶醉。这里的"慢"和上句中的"细"都给全诗定下了柔和的基调。

"客亭临小市",诗人在第三句才点明地点。"客亭"是指江馆中的临江小亭。"小市"是市镇上的商市。由于唐朝商业的高度发展,不仅崛起了许多有名的商业城市和贸易中心,而且这种商业气氛也弥漫到了一般的州县小镇,出现了"夜市"、"草市"、"互市"。诗人另有诗云:"夜市千灯照碧云,高楼红袖客纷纷。"(《夜看扬州市》)描绘了酒旗高挑,春酿待沽,倡楼歌女,竹枝低唱的夜市风情。由于靠近夜市,故能耳闻歌女婉曼的清唱,目睹灯火通明的夜市美景,领略水乡夜市的风情万种。作者如此着笔,巧妙地避免了开门见山式的直白、平淡,而是峰回路转,错落有致,使全诗更显婉转,柔韵十足。

如果说"水面细风生"、"菱歌慢慢声"都只是从侧面描写水乡夜市之美,那么末句"灯火夜妆明"则从正面揭开了夜市之貌,让人从视觉上一睹为快。原来那唱歌的歌女,艳丽妩媚,风姿绰约。这万千灯光也给整个繁闹的夜市抹上了明妆,亮丽明艳,光彩照人。"夜妆明"三字,精妙形象,给人无限遐想。

王建的绝句素以风神取胜。这首五绝将美丽繁华的水乡夜市描摹的细致生动,风韵十足,柔婉动人。作为一首旅宿诗,此篇格调高扬,尽显闲适欢愉之情,打破了旅宿诗一贯孤寂凄清的风格。　　　　　（唐　靓）

望 夫 石　　　　　　　王　建

望夫处,江悠悠。化为石,不回头。
山头日日风复雨,行人归来石应语。

【鉴赏】据南朝宋人刘义庆的《幽明录》记载:"武昌北山有望夫石、状若人立。古传云:昔有贞妇,其夫从役,远赴国难,携弱子饯送北山,立望夫而化为立石。"这是有关望夫石传说的最初记载,后世流传很广,许多地方都有望夫石、望夫山,版本不一,但内容则大同小异。这一凄美的爱情故事也吸引了众多文人的目光,历来以"望夫石"为题的诗作颇丰,李白、刘禹锡、王安石等人都先后留下过佳篇,王建这首《望夫石》则以语浅情深、平中见奇被誉为魁首。

首句从人写起,"望夫处,江悠悠。"望夫之妇立于山头,翘首凝望丈夫归来的方向,眼前这滔滔江水,奔流不息,它何时能带回我的夫君?"忆君心似西江水,日夜东流无歇时"(鱼玄机《江陵愁望有寄》),这悠悠江水恰似妾悠悠的思念,日复一日,年复一年,绵绵不断,永无绝期,可谓是"思悠悠,恨悠悠,恨到归时始方休"(白居易《长相思》),一种浓郁的悲情弥漫开来。"悠悠"二字言简意丰,既点明了环境、气氛,又刻画出思妇的无尽相思与哀愁。

"化为石,不回头。"望夫女终日默默地伫立于山头,满怀期待地眺望着远方,守望丈夫归来。日日的期盼,夜夜的等待换来的只是一次又一次地伤悲,但对丈夫的思念却使她一次又一次地登上山头,风雨无阻,坚定不移,最后化而为石,永远矗立于江畔,但即使化身为石她也决不后悔,永不回头!寥寥数笔就使一个忠贞不渝的思妇跃然于纸上。

以上两句是对传说的艺术概括,接下来是作者的感慨之笔:"山头日日风复雨,行人归来石应语。"望夫女化身为石,经历了千百年的风风雨雨,可她的真情、她的期盼还和当初刚上山时一样没有改变。倘若有一天,她那远行的丈夫真的回来了,哪怕已经化成了山石的她,也应该会重新言语,向丈夫倾诉相思的衷肠。该句化石为人,给人以无穷的想象空间。风雨阵阵,吹打着石头,那声音如泣如诉,仿似一位思妇在倾吐相思之苦,大概诗人就是从中得到灵感的吧!

全诗始终抓住石之形与人之情来写,因情化石,赋石以情,构思巧妙,独具匠心。

(唐　靓)

新嫁娘词三首(其一)　　　　王　建

三日入厨下,洗手作羹汤。
未谙姑食性,先遣小姑尝。

【鉴赏】王建是中唐擅长妇女题材的大家,他往往将目光聚焦于女子婚姻家庭中的种种际遇,以优柔之性观妇女之事,体妇女之情,在妇女日常生活琐事中提炼素材,尽骋才情,这首《新嫁娘》便是其中之一。该诗是一首新题乐府,塑造了一位聪敏、灵巧的新媳妇的形象,语言通俗,叙事直白,由于善于捕捉生活中最富表现力的细节刻画人物,读来生动有趣,贴切自然。

“三日入厨下,洗手作羹汤。”“三日”是指新媳妇过门后的第三天,依照古代婚嫁习俗的惯例,这一天,新媳妇得开始下厨做菜了。由于这是第一次在婆家的家务表现,给婆婆、小姑的印象非常重要,直接关系到自己以后在婆家的处境,所以务必格外用心,“洗手”表明了新媳妇的郑重其事,认真谨慎。

除了认真,还得用心,做到周全。即使烧得一手好菜,但每个人的口味不尽相同,倘若能知道婆婆的喜好就好了。这位聪明细心的媳妇并没有憨莽地直接去问婆婆,而是拐了个弯,采取投石问路的方式寻找答案:“先遣小姑尝”。小姑是和婆婆长期生活的人,她们的食性应该一致,所以菜肴做好之后,并不直接端上桌,而是先让小姑尝尝味道,万一不好,还有补救的机会。这一典型的细微情节,就使一位聪明巧慧、熟谙情理、心思细密的新媳妇形象跃然纸上,可谓“诗到真处,一字不可易”(沈德潜语)。

在王建的创作中,乐府诗尤为出色,在新乐府运动中占有重要的一席之地,他大胆以“俗言俗事”入诗,善纳民间日常生活、风俗人情入题,诗风平实质朴,与元白乐府在精神上保持一脉贯通。清人翁方纲《石洲诗话》评价曰:"张王乐府,天然清削,不取声音之大,亦不求格调之高,此真善于绍古者。"这首乐府诗也集中体现了这一风格:不事藻饰,不假雕琢,于平易流畅之中见委婉深挚之致,其诗风对后世也影响颇广。　　　(唐　靓)

雨过山村　　　　　　　　王　建

雨里鸡鸣一两家,竹溪村路板桥斜。

妇姑相唤浴蚕去,闲着中庭栀子花。

【鉴赏】这是一幅描写生动的山村风俗画。诗人通过对雨中路过山村所见所闻的描绘,表现了他对和平宁静的田园生活的赞美。

"雨里鸡鸣一两家",这是入山村前的所闻。因为是雨天,山村的轮廓在远处未必看得分明,但鸡鸣声却听得清晰。《诗经》里有"风雨如晦,鸡鸣不已"的诗句,下雨天,天气晦明无常,会诱发鸡鸣,所以说"雨里鸡鸣"是符合生活真实的。但诗人听到的鸡鸣不是蝉联不绝的一大片,而是稀稀落落的"一两家",这就让读者猜想到,这个山村不会是《桃花源记》中描绘的那种阡陌交通、鸡犬相闻的大墟落,而是住户不多、各抱地势因而零零散散的小山村。鸡鸣给小山村平添一种幽静的气氛,即古人所谓的"鸟鸣山更幽"。

如果说首句是写诗人在村外的感受,显示山村之"幽",那么,次句"竹溪村路板桥斜"就是通过对一条引人入胜的山村小径的描绘,显示山居之"深"。一条小溪从山村流过,竹林夹岸,小径蜿蜒其间,小路尽处是一座小桥——一座用木板随便搭成的小桥。"竹"、"溪"、"路"、"桥"四个名词连用,凸现了山行所见景致,作者着意刻画了那座小桥,这座设在竹溪村路间的板桥,不仅和周围景物和谐统一,而且也显示出山民淳朴的作风。

"妇姑相唤浴蚕去",第三句写入村所见,着重写农事活动。"浴蚕"指古时用盐水选蚕种,一般在二月进行。仲春时节,在这淳朴的山村里,妇姑相唤而行,显得非常亲切,作为同一家庭的成员,关系又很和睦,她们彼此招呼,似乎谁也不肯落后。在人际关系里,婆媳关系一般被认为是比较难处的,但在这小山村里看到的是这般融洽和谐的情景,真令人羡慕。诗人以其敏锐的洞察力,发现了山村精神世界的美。

"闲着中庭栀子花",最后一句,诗人宕开笔触,转而描绘中庭栀子花。写花而用"闲着"形容,很有韵味:花闲着,说明主人都忙农活去了,村中没有一个闲人。栀子花是一种花形硕大、色泽素雅、香气浓郁的花,又因为有"同心花"的别名,故深受青年男女的喜爱。而现在,它被"闲"在中庭,无人欣赏采撷,这就从另一方面说明,农忙时节山村里的居民们一门心思忙于农事,连谈情说爱的"闲"工夫也没有。这种侧面着笔的手法,把田家农忙的气氛表现得相当充分,以虚代实,妙趣横生。

这首诗前两句写景,处处扣住山村特点,显示出山村幽深淳朴的风貌。第三句截取妇姑相唤冒雨浴蚕的画面,表现山民紧张的农事活动。末句渲染了农忙气氛。诗人从景物写到人事,从人事写到环境气氛,运用新鲜活泼的语言,鲜明生动的意象,传出浓郁的乡土气息,而字里行间又流露出诗人对田家生活的赞叹和欣赏之情。

（杨　军）

十五夜望月　　　　　　王　建

中庭地白树栖鸦,冷露无声湿桂花。

今夜月明人尽望,不知秋思落谁家?

【鉴赏】俗话说"月到中秋分外明"。中秋之夜圆月悬空如镜,呈现出明亮、圆满和美丽的视觉形象。清辉泻地,桂香浮动,令人陶醉,它曾激起多少诗人的灵感,迸发出万千诗情?咏月诗词在我国浩如烟海的诗文中,可说俯拾即是。这首七言绝句即为其中的名篇之一,原题为《十五夜望月寄杜郎中》,是作者在中秋之夜为思念故友杜郎中所作,诗中通过对中秋夜景的描述,表达自己对故友无限的思念之情。

首句"中庭地白树栖鸦"写庭中赏月之景。那皎洁的月亮将清辉洒满庭院,一片银白如雪,很自然使人联想到李白的"床前明月光,疑是地上霜"。"地白"二字从视觉入手写月色之美,给人清澄、空明之感,让人不由得沉浸在清净悠远的意境中,躁动不安的心也慢慢沉静下来。"树栖鸦"则是从听觉着手,因为即使月光清澈也很难看到黑色的鸦鹊,想必是白天的时候庭院中是叽叽喳喳,聒噪一片,而此时鸦鹊都安息下来,偶尔从布满银光的树丛中透出微微几声呓语,生怕惊动了这月夜的寂静。

"冷露无声湿桂花"紧承上句,进一步借助感觉写月景。月夜渐深,凉气袭人,阵阵桂香扑鼻,伸手探桂,秋露不知何时已经把桂花打湿了。秋露降临本无声,而作者在这里用"无声"二字并非多此一举,因为如此寂静之夜,应该连露珠的降临都听得见,只因我陶醉于这月夜美景之中,而未觉察罢了,可谓是"此时无声胜有声"。

在这圆月高照,万籁俱寂,寒气凝露之夜,作者仰望明月,凝思入神。"今夜月明人尽望,不知秋思落谁家?"此时笔锋拓开,从微观转为宏观,把自己的孤独寂寞之感推向大众,有"天涯共此时"、"千里共婵娟"之意,在这秋高月明之夜,像我一样思念亲友的人应该不少吧!孤寂之感稍逝,那么万千离人之中,谁的"相思"最为深长呢?诗人猛然一提,将情感推向高潮。作此诗是为了向亲友表达思念之情,所以很明显诗人是为了说自己的"秋思"最真挚,采用疑问"不知秋思落谁家"远比直抒胸臆更为意韵深邃,回味无穷。这里的"落"字,化虚为实,新颖妥帖,掷地有声,不同凡响,仿佛那秋思随着月光洒落人间一样。

这首诗写月景,层次井然,有动有静,虚实结合,和谐统一;写思情,从具体到抽象,思绪缓缓酝开,情感层层推进,情景交融,含蓄委婉,情深意远,为后人广为传唱。

(唐　靓)

薛涛(?—832),字洪度,长安(今陕西西安)人。幼时随父入蜀,后为乐妓,能诗,时称校书。曾居浣花溪与碧鸡坊,好制松花小笺,时号"薛涛笺"。《全唐诗》卷八〇三编其诗为一卷,卷八七九补酒令一首。

送 友 人

薛　涛

水国蒹葭夜有霜,月寒山色共苍苍。
谁言千里自今夕,离梦杳如关塞长。

【鉴赏】这是一首送别诗,作者薛涛"字洪度,成都乐妓也。性辨慧,娴翰墨。居浣花里,种菖蒲满门"(辛文房《唐才子传》),其才颇为时人称赏。元稹曾以诗寄之曰:"锦江滑腻峨眉秀,幻出文君与薛涛。言语巧偷鹦鹉舌,文章分得凤凰毛。纷纷词客皆停笔,个个公侯欲梦刀。别后相思隔烟水，菖蒲花发五云高。"将她与文君对举，并誉其技压须眉。此首《送友人》正如钟惺《名媛诗归》所赞"缥缈幽秀，绝句一派，为今所难"，涵泳再三，但觉音调曼妙，意境深远，似有秋气拂面，月色照人，而那绵渺的离愁别绪便在秋水与月光之间蜿蜒而来。

前两句写送别时的晚景：秋水茫茫，蒹葭带霜，伊人似已乘帆远去，眼前只有那清寒的月色，在苍莽的群山中摇曳出一派凄凉。诗中并未写人，但水边月下分明屹立着一位送行者，她的目光穿越了千山万水，她的离愁在月光里显得格外沁凉。"蒹葭苍苍，白露为霜，所谓伊人，在水一方"，《诗经·蒹葭》的意境似乎在此处复现，但作者改四言为七言，用"霜"、"苍"押韵——七阳部的韵字发音多深远悠扬，易出复沓回环的效果，颇宜唱叹——使音调平稳曼长，与送行者远眺目随时的心情合拍。且增加山、月等意象，使视野变得阔大悠远。这二句景语类似起兴，隐括"所谓伊人，在水一方"的意境，耐人寻味。

第三句直抒胸臆，明明今夕一过，便是千里悬隔，却以"谁言"二字相问，其间交织着征询、无奈、不甘等复杂情绪。似乎人虽远去，还有明月与秋水相共；似乎送行者的心魂已随着离人一道远赴边关；又或者离人的心灵并未走远，还留在水国蒹葭之畔与送行者相伴……种种念想表现得隐约曲折，流露出相思的执着。然而友人此去毕竟是远行边塞，今后相距遥远，梦魂难度。"明月出天山，苍茫云海间。长风几万里，吹度玉门关"（李白《关山月》），那是万里的长风才能飞渡的塞北，羸弱的魂梦该怎生到达呢？更何况自他远去，连离梦都杳杳难寻，更让人情何以堪！

此诗状景化用《诗经》意境，言情曲折空灵，想象出人意表。末句运用"透过一层"的笔法，不言离梦难到塞北，反说离梦杳如塞北，情意蕴藉，令人心折。

（王　颖）

牡　丹　　　　　薛　涛

去春零落暮春时,泪湿红笺怨别离。
常恐便同巫峡散,因何重有武陵期。
传情每向馨香得,不语还应彼此知。
只欲栏边安枕席,夜深闲共说相思。

【鉴赏】此诗将牡丹拟人化,作者与花似久别重逢的恋人,絮絮地倾诉别后相思,构思新颖别致,情调低徊隽永。

首联回忆去年春暮的分离——花谢意味着人与花的离别,"红笺"当指作者自制的深红小笺,"涛工为小诗,惜成都笺幅大,遂皆制狭之,人以为便,名曰'薛涛笺'"(辛文房《唐才子传》)。当去春的最后一朵牡丹迎风落下片片花瓣,诗人伤心欲绝,研墨欲书,她的眼泪在笺纸上洇出缕缕水痕,如同晶莹的纹理,点滴浸染着伤别的意绪。造语真挚,读来感人至深。

颔联两度用典,分别渲染别后的忧恐和重逢的惊喜。"巫峡散"指楚襄王和巫山神女的梦会和别离,传说中的神女"旦为朝云,暮为行雨,朝朝暮暮,阳台之下",此处以神女喻花,为诗境笼罩了一层如梦似幻的氛围,又暗示人神情缘的不永——这是作者担心花谢之后,重会遥遥无期的原因所在。然而在对散不复聚的担忧中,牡丹终于又一次绽放在娇艳的春光里,诗人便如天台遇仙的刘晨、阮肇一样欣喜若狂,不禁慨叹际遇的奇幻。"因何"似在惊疑中的天真发问,仿佛一时还不敢相信上天竟会如此

眷顾。这两句之间有一个情绪上的转折，似在失望和忧虑中蓦地收获惊喜，不禁奋笔疾书，欢乐无限。

颈联刻画赏花的情景。牡丹无语，便以馨香传情，诗人为花之知己，自能体味其中深意，"彼此知"更显得胸有成竹，心领神会。诗人与花脉脉相看，晶亮的眸子黑白分明，一泓秋水映出花的倩影。人耶？花耶？一时竟有些恍惚起来。真是"此时无声胜有声"，他们看似什么也没说，但已是什么都说了。

尾联再出奇语，将人与花的相依相恋更推进一层。"只欲栏边安枕席，夜深闲共说相思"，仿佛白天并未倾诉完胸中的渴慕，还要将枕席安在花边，深夜继续共说相思。诗人与牡丹好比重逢的旧友抵足而眠，愈发显得情谊如山，相思似海。试想诗人半卧花间，看那深蓝如墨的中天悬着一轮银盘，似乎触手可及。席边摇曳的花枝把影子别致地描摹在她的身上，周围弥漫着氤氲的花草香气，月光轻柔地滤过丛丛枝叶，洒下一地细碎的清光。这样的构思，对苏轼的"只恐夜深花睡去，故烧高烛照红妆"似有一定的启发意义。

（王　颖）

筹 边 楼　　　　薛　涛

平临云鸟八窗秋，壮压西川四十州。
诸将莫贪羌族马，最高层处见边头！

【鉴赏】胡震亨曾以"工绝句，无雌声"（《唐音癸签》）来称许薛涛的诗才，这首《筹边楼》便是可与须眉一较短长的豪迈之作。筹边楼位于成都西郊，为李德裕所建。李德裕于大和年间任剑南西川节度使时，正值唐蕃边境战事不断，故而修建筹边楼，以筹划边事。

此诗前两句刻画在筹边楼登临远眺的情境。"平临云鸟"极状楼之崇高，"八窗秋"描摹楼外秋高气爽、清旷无际之景。当诗人登楼之际，只见碧空湛蓝，流云环绕，如同一湾深潭静水。不时有各色的鸟儿飞过，在身边留下道道绚丽的弧。八面来风，她浴在风里，纷飞的发丝宛如迤逦的云。空气里氤氲着秋天的气息，清爽而开阔。真个"壮压西川四十州"！鸟瞰脚下的城池，但见街巷纵横，屋舍栉比，似乎整个西川的土地，都一并展现在诗人的视野里。这两句写得声势恢宏，豪迈中不失庄严气象。一个"压"字,巧妙地点出李德裕修建筹边楼的用意——加强川西防务,保证边境平安。从而为后文的议论作铺垫。

第三句意思陡转,劈面给出语重心长的劝诫:守卫西川的将军们切不可觊觎羌族的马匹,以免招来掠夺之战。末句以景示警,写出这种不义战争所导致的后果:如今登上西川首府左近的筹边楼,都可以看到边境战场的烽火硝烟了。这二句隐含着一个意思:作为加强边防之用的筹边楼,占据着"西川四十州"的制高点,理应处于当地的心脏部位,故而现在登楼可见战地烽火,是一个不正常的现象,说明战争的威胁已经十分严重了。这番道理说来义正词严,但诗人只用看似景语的"最高层处见边头"轻轻一点,充分显示了用笔的老到精当。

这首诗以登楼所见为主要内容,前两句摹写登临胜状,第三句横空插入议论,似与登楼无关,但末句以"最高层处"兜回,说明第三句的议论乃是诗人登楼所思,仍不出"筹边楼"之题。短短七绝之中,有描写、有议论、有叙述、有直抒胸臆、有含蓄点染、有胜景登临、有古今慨叹,展现了诗人驾驭题材及炼句的能力,不愧是"扫眉才子知多少,管领春风总不如"的"万里桥边女校书"。

(王 颖)

韩愈(768—824),字退之。河南河阳(今河南孟州)人,郡望昌黎,世称韩昌黎。因官吏部侍郎,又称韩吏部。谥号"文",又称韩文公。在文学成就上,同柳宗元齐名,合称"韩柳"。有《昌黎先生集》。

八月十五夜赠张功曹　　　　韩 愈

纤云四卷天无河,清风吹空月舒波。
沙平水息声影绝,一杯相属君当歌。
君歌声酸辞且苦,不能听终泪如雨。
洞庭连天九疑高,蛟龙出没猩鼯号。
十生九死到官所,幽居默默如藏逃。
下床畏蛇食畏药,海气湿蛰熏腥臊。
昨者州前捶大鼓,嗣皇继圣登夔皋。

赦书一日行万里，罪从大辟皆除死。
迁者追回流者还，涤瑕荡垢清朝班。
州家申名使家抑，坎轲只得移荆蛮。
判司卑官不堪说，未免捶楚尘埃间。
同时辈流多上道，天路幽险难追攀。
君歌且休听我歌，我歌今与君殊科。
一年明月今宵多，人生由命非由他，
有酒不饮奈明何？

【鉴赏】从诗题来看，此诗为韩愈题赠好友张署的一首赠诗。其时诗人与张署谪居异乡，时逢八月中秋，两人举杯对饮，诗人联想到彼此遇赦回归受阻的政治困境与人生理想的缥缈无根，不禁感慨良多，夜不能寐，遂成此篇。宋人黄震《黄氏日钞》评此诗"感慨多兴"，此诗之"兴"，正在于抒发一种世事无常与天涯飘零的苦闷情绪。

开篇即以大气磅礴之笔，着意渲染作者所处洞庭湖之优美情境。在烟波浩渺的洞庭湖上，远处的薄云四处飘散，不见银河；夜色如水，清风拂来，湖面上荡漾出片片清波。如此良辰美景，自然不乏赏景饮酒之人。随着夜深人静，岸边沙滩上的水面逐渐平静下来，曾经的喧嚣也逐渐杳无声息，在这样的环境里，诗人与好友在此殷勤酌杯，互诉衷肠，酒酣之际，诗人情不自禁地邀请张署高歌一曲，以明心志。张署的歌声是如此之酸楚，以致诗人不忍听完，泪如雨下。此六句，既写景，又叙事，交代诗作的缘由与经过，为其后感情的喷薄欲出，积蓄了充足的势能。

从"洞庭连天九疑高"至"天路幽险难追攀"共计十八句，皆为张署之歌辞，从辞意之"停蓄顿折"来看，大致可分为三个部分。"洞庭连天九疑高"至"海气湿蛰熏腥臊"为第一部分，铺陈出张署贬谪之地的险峻恶劣。作者分别选取洞庭水之波澜、九疑山之高峻、蛟龙之出没、猩鼯之哀号等意象，营造出一幅偏远高峻、鬼哭狼嚎的人间恶境。此处之渲染，既是对诗人谪居环境之恶劣的实写，同时也是对诗人险象环生的政治环境的虚写。"昨者州前捶大鼓"至"涤瑕荡垢清朝班"为第二部分，以畅快之笔铺叙诗人遇赦北归的激动兴奋心情。"捶大鼓"暗示着朝廷大赦，"登夔皋"则意指朝廷能够任用贤能。值此大赦之际，诗人不仅感觉人生命运发生巨变,同时也对朝廷革除弊政,铲除奸佞满怀期待。"州家申名使家抑"至"天路幽险难追攀"为第三部分,遇赦的喜悦并没有维持太久,由于奸佞的阻挠,诗人并没有如期回到京师,只得就地安置。此时,诗人的心情一下子跌落到谷底,恨不得跪地捶打却有苦难说,眼看着同贬之人一个个回到京城,而自己却进京无门,天路难攀,这种喜极而悲的心情该如何平服啊!此三部分,写张署之情绪由悲而喜,由喜及悲的波澜变幻,正可谓"一唱三叹有遗音者矣"(《韩诗臆说》)。

末五句则是韩愈对好友的劝慰与述志。你歌声中所蕴含的悲苦我已经非常明了,但我还是想劝慰你:人生无常,没有必要跟命运去斤斤计较。面对着一年中最好的夜色与月色,我们何妨对酒当歌,畅饮一番? 否则就太对不起这天上皎洁的明月与绚烂的夜色了。

从全诗来看,超过三分之二的篇幅皆张署之歌辞,为何却成为韩愈七言古诗中的名篇? 其一在于此诗之古文笔法,新奇崛起,句法高古,"前叙,中间以正意苦语重语作宾,避实法也。收应起,笔力转换"(方东树《昭昧詹言》卷十二)。此种表现手法,有"倚天拔地之意",在唐诗中颇为鲜见。其二在于以他人酒杯,浇自己之块垒,作者借张署之歌辞,表达自身之牢骚满腹与穷愁苦闷,代表着唐代贬谪诗人的普遍心境。不过,与张署的牢骚苦闷不同,此诗在郁闷绝望之外,依稀可见一丝亮色存在。那亮色,代表着人生的希望与期待,孕育着命运流转的喜怒哀乐,其清旷超脱,实乃有太白风度。

(乐　云)

游太平公主山庄　　　　韩　愈

公主当年欲占春,故将台榭压城闉。
欲知前面花多少,直到南山不属人。

【鉴赏】据《新唐书·公主传》记载:"太平公主,则天皇后所生,后爱之倾诸女。荣国夫人死,后丐主为道士,以幸冥福。仪凤中,吐蕃请主下嫁,后不欲弃之夷,乃真筑宫,如方士薰戒,以拒和亲事。久之,主衣紫袍玉带,折上巾,具纷砺,歌舞帝前。"太平公主是武则天之女,也是一个野心勃勃的女性,后因图谋不轨,被唐玄宗赐死。其山庄位于京兆万年县(今属陕西西安),规模庞大,气派豪华。

"公主当年欲占春,故将台榭压城闉。"这两句诗是说,想当年,太平公主欲占尽春天,将整个春色据为己有,极尽奢华之能事,建造别墅山庄,乐游园上庞大华丽的亭台压倒了城内的重重城门。"欲知前面花多少,直到南山不属人。"想知道山庄前面还有多少花草树木吗?一直到终南山都不属于他人所有。有了前面的描写作铺垫,此句以设问引入,而后又答曰"不属人",山庄之奢华庞大由此可见。然而,过去虽不属人,现在却已对人开放了。

最后这两句诗意味深长,可谓既是写太平公主,也是写天下苍生。它一方面道出了太平公主生前田园的众多与奢华和贵族生活的糜烂,但如今却已全都易主,凄凉之情可见一斑。另一方面,此诗也揭露了当时的豪强势力欺压良民、霸占良地的丑陋行为,写出了民生疾苦。　　（刘　琴）

春　雪　　　　韩　愈

新年都未有芳华,二月初惊见草芽。
白雪却嫌春色晚,故穿庭树作飞花。

【鉴赏】小诗题作"春雪",但诗作中处处透露的却是春来过晚、花开太迟的讯息,白雪的出现亦为点缀迟来的春色。如此看来,诗题似应作"早春"才是。但作者却以他敏捷才思与灵动笔触,让白雪"故穿庭树作飞花"的身姿深深刻在了我们脑海里。我们不由感慨,诗题还是以"春雪"为妙!

"新年都未有芳华,二月初惊见草芽。"新春时节,即农历正月之际,还几乎没有春色的讯息,就难见芬芳的点缀了。一个"都"字,透露了急切盼望春色的人们那焦急与失望的心情。"二月初惊见草芽",二月同样"未有芳华",但毕竟远远望去,已恍惚可见春色朦胧的身影了!看,草芽尚如此柔嫩,还几乎没有任何色泽,但诗人知道,那是"草色遥看近却无"(《早春呈水部张十八员外》),一个"惊"字,写出了历经一番焦急期盼终于见到春色萌芽的惊讶与欣喜。作一"初"字,则多少透露了对春来过晚、花开太迟的一丝不满与怨怅。但不满与怨怅是短暂的,诗人的心绪已为得见春色的惊讶与欣喜所笼罩。

虽已得见草芽,感受到了春色的气息,但毕竟未睹芳华,尚未领略春色满园的热闹，"春"留给了诗人太多遗憾！读至此处，读者不禁要问，"春雪"呢？"春雪"的身影哪去了？于是诗人转而写春雪："白雪却嫌春色晚，故穿庭树作飞花。"在二月初见草芽之际，人尚且能够按捺内心的焦急，且把草芽作芳华玩赏，去体味一番春色。可白雪却忍不住了，它们开始轻舞飞扬，穿树作花，自己装点出一片春色来了！其实，早春二月，春寒料峭，正因春雪纷飞，春色才姗姗来迟，但这里诗人却翻因为果，写"白雪却嫌春色晚"，这就让诗歌淡中出奇，有了一种浪漫与空灵的韵味。"却嫌"、"故穿"运用拟人的手法，将春雪描绘得美好而富有灵性。春雪正如一个调皮的小孩，任性而为，穿树作花。真正的芳华虽未得见，但此番飞花，也别具一番风味！

诗作构思新巧，用字准确，浪漫别致，为韩愈小诗中的佼佼者。

（刘　琴）

早春呈水部张十八员外二首（其一）　韩　愈

天街小雨润如酥，草色遥看近却无。
最是一年春好处，绝胜烟柳满皇都。

【鉴赏】没有新颖奇崛的艺术意境，没有劲拔险拗的语言韵律，就是这样的一种"妥帖"（意到笔随，文从字顺），却能够做到极为准确、精细地状物写景，让小诗别具一种韵味。

早春二月，身处皇都，漫步天街（皇城中的街道），因地处北方，能感受到的或许还是料峭春寒，此番还极难寻觅到春色的踪影。但也许就是不经意间的一场春雨，在不经意中唤醒了一冬的沉寂。正如现代散文大师朱自清先生一篇妇孺皆知的《春》中所述："盼望着，盼望着，东风来了，春天的脚步近了。一切都像刚睡醒的样子，欣欣然张开了眼。"当纤细的雨丝步履轻盈地走过大地的时刻，正是春色回归的时刻。春天正像一位害羞的小姑娘，欣欣然撩开神秘的面纱，随着春风春雨轻舞飞扬，绽放她的美丽。

此番最妙的，莫过于那"遥看近却无"的草色了。春草芽儿细细地冒出，远远看去，朦朦胧胧中，仿佛是一抹极淡极淡的新绿。可是，当你带着无限的惊讶与欣喜走近去寻觅这番草色时，不由得怀疑起自己的眼睛来，是自己身处沙漠,领略了一次海市蜃楼么?不!那纤细柔弱的草芽会温暖地抚慰你!是这抹春色太淡了,淡得我们还只能感觉到却无法触摸她!

诗人醉心于这一番新绿:"最是一年春好处,绝胜烟柳满皇都。"诗人认为,这在似有似无间的初春草色,比那满城处处烟柳的景色不知要妙多少倍!

是啊!在春寒料峭之际,经过一番寻觅的艰辛,这番草色尤为惹人怜惜!

艰辛寻觅之终,是一番乍见的惊喜,这番草色,更加令人流连!

草色是那样的娇嫩柔弱,似应加倍珍爱!

如此草色,充满无限生机与活力,更带给人以无限的幻想与希望!

那一番"烟柳满皇都"正因其"满",反而因处处皆是、色彩过重而失却了几分春意的味道,反倒不那么引人流连与珍视了。

小诗写春,能抓住"最是一年春好处"的早春时节,能写一种似有似无的早春姿态,摄早春之魂,带给人以无限的诗意享受。

敏锐的洞察,素雅的色泽,高妙的诗笔是此诗之魂。　　　　(刘　琴)

左迁至蓝关示侄孙湘　　　　韩　愈

一封朝奏九重天,夕贬潮州路八千。

欲为圣明除弊事,肯将衰朽惜残年!

云横秦岭家何在?雪拥蓝关马不前。

知汝远来应有意,好收吾骨瘴江边。

【鉴赏】《左迁至蓝关示侄孙湘》是韩愈诗中最为传诵的篇目之一,它记录了作者晚年一段悲壮的历程,是韩愈刚直不阿、以天下为己任的崇高人格的写照。

韩愈以儒家正统自命,一生对佛教深恶痛绝,排斥佛教不遗余力。他向宪宗皇帝上《论佛骨表》,明知这是会触犯"人主之怒"的,但仍然义无反顾地"朝奏""一封"于"九重天"之上,这种大无畏的精神多么宝贵!但"人主之怒"是轻易触得的么?韩愈几乎被定为死罪,只是由于裴度等人说情,才由刑部侍郎贬为潮州刺史。潮州在广东东部,距京城长安确有八千里之遥。韩愈在德宗贞元末年任监察御史时曾因上疏请求缓征关中徭役租税得罪,被贬为阳山令。阳山在广东西北,潮州在广东东南,已经在海边了。最高统治者显然要给韩愈颜色看,让他去重温一次历史教训。但韩愈的骨头很硬。他在《论佛骨表》中曾说过:"佛如有灵,能作祸祟,凡有殃咎,宜加臣身。"可见他是做好了精神准备的。"欲为圣明除弊事,肯将衰朽惜残年"两句,就是这种精神的思想基础。这里有忠而获罪和非罪远谪的愤慨和直抒胸臆的胆气,也有"虽九死其犹未悔"的豪迈,充分显示出他刚直不阿的英雄本色。

"云横秦岭家何在?雪拥蓝关马不前",是这首诗中最为传诵的两句,借景抒情,感情悲郁。韩愈被贬的当天即仓促先行——封建王朝执行最高指示是不过夜的,特别是对因大逆不道而"严谴"之臣。他的家人随后也扫地出门,小女儿正在病中,后来死在路上,埋在层峰驿(在今陕西省丹凤县东南武关西北),这"家何在"三字不能当作一般思家之句来读。为国家和人民的利益而坚持真理和正义,竟要付出家破人亡的代价,自古以来,这样的事例实在太多了。最高统治者为了一己私利,有时甚至是为了顾全所谓面子,必欲置"犯上"者于死地而后快,真是又凶狠又愚蠢!唐宪宗在唐代帝王中还算有作为的一个,尚且如此,何况其余。这两句诗,一为回顾,一为前瞻,诗人立马蓝关,大雪寒天,前路的艰危一清二楚。"马不前"三字,露出英雄失路之悲,千载之下,读来仍感人至深。

诗的结语紧扣题目"示侄孙湘",用《左传·僖公三十二年》记老臣蹇叔哭师时语意:"必死是间,余收尔骨焉。"韩愈向侄孙交代后事:我将死在瘴江边,你来了正好收殓我的尸骨。语意照应"肯将衰朽惜残年",进一步吐露了凄楚难言的激愤之情,结语沉痛而稳重。

前人评这首诗说"沉郁顿挫",风格近似杜甫。沉郁指其风格的沉雄,感情的深厚抑郁,而顿挫是指其手法的高妙:笔势纵横,开阖动荡。如"朝奏"、"夕贬"、"九重天"、"路八千"等,对比鲜明,高度概括。三、四句用流水对,紧承上文,给人以浑成之感。五、六句以景语宕开,境界雄阔。结语二句,沉痛而稳重。全诗的抑扬顿挫正与作者思想感情的起伏变化相契合。但这首诗在形象塑造方面带有鲜明的个性化特征,又具有韩诗自己的面目。

(杨 军)

山　石　　　韩　愈

山石荦确行径微，黄昏到寺蝙蝠飞。
升堂坐阶新雨足，芭蕉叶大栀子肥。
僧言古壁佛画好，以火来照所见稀。
铺床拂席置羹饭，疏粝亦足饱我饥。
夜深静卧百虫绝，清月出岭光入扉。
天明独去无道路，出入高下穷烟霏。
山红涧碧纷烂漫，时见松枥皆十围。
当流赤足踏涧石，水声激激风吹衣。
人生如此自可乐，岂必局束为人靰。
嗟哉吾党二三子，安得至老不更归。

【鉴赏】这是一篇汲取散文养料的写景游踪体诗歌，写得畅快淋漓，诗意盎然。一般认为写于唐德宗贞元十七年（801）夏秋间韩愈闲居洛阳时。所游地当为洛阳北面的惠林寺，同游者有李景兴、侯喜、尉迟汾。读罢全诗，读者宛如身临其境，与韩愈等人一起在空灵、宏阔的山林之中自由地游览了一番！

诗人一行人走在山间的羊肠小道上，毫无郁郁不得志之感，出来了就应该完全拥抱大自然，把生命与自然相交融。不知不觉，幽暗的黄昏已经笼罩了大地，他们走进了蝙蝠盘旋的洛阳北惠林寺。首句写寺外山石险峻不平，道路狭窄崎岖；次句写古寺蝙蝠乱飞，荒凉陈旧，一座深山古寺便突显出来。寺僧把诗人等领进前堂，而新雨时至，院子里的芭蕉叶经过雨水的洗涤显得更大更绿了，栀子花也更加丰美了。

寺院的僧人很是热情,带他们欣赏古寺的壁画。夜幕太深,便燃起火把,但还是看不清楚。"稀"字既指看得不真切,又似道出壁画的珍贵难得,一语双关,生动地显露出诗人的惊喜之情。深夜降临,寺僧为他们铺好床席,又准备米饭菜汤,虽是粗陋的斋饭,他们却很满足。在寂静得连虫子都不再鸣叫的深夜,安闲地躺着,用心欣赏泻入门窗的清辉。

翌晨诗人独自离去,在"烟霏"的世界里,踉跄地穿梭在浓雾之中,"出入高下",忽前忽后,摸索前进找寻方向。烟霏既尽,朝阳熠耀烂漫,红光异彩。诗人继续前行,穿行于高大的松枥树之间。听着清涧的淙淙水声,赤着脚享受流水轻拂肌肤的快乐。水声激激风飘飘,掀起诗人的衣裳。诗人早行山间,风光无限,其乐无穷,自然地引出最后一部分的抒情写怀。

人生在世,这样自得其乐,又何尝不可呢? 为什么要让世俗的愁绪羁绊自己的心灵呢? 与我一起同行的伙伴啊,怎么能到年老还不返乡呢? 韩愈宦海沉浮,陟黜升沉,身心俱疲,满腔的愤懑与抑郁之情难以排遣。而此次惠林寺之游,诗人放松心情,自由自在,尽情体验山中的自然美、人文美和人情美,与"为人轨"的官场生活形成鲜明对照,因而萌发了归乡、归耕、归隐的念头。

此诗在形式上,用明丽浓墨的语言,体现遒劲清新的特色;结构上,按游踪的顺序,向我们展示了一组组镜头——如画诗意的景象,用蒙太奇的手法,截取典型的事物与行踪。这全面体现了韩愈务去陈言、以文入诗的特色。方东树称赞道:"不事雕琢,自见精彩,真大家手笔。许多层事,只起四语了之。虽是顺叙,却一句一样境界,如展画图,触目通层在眼,何等笔力! 五句、六句又一画,十句又一画,'天明'六句,共一幅早行图画。收入议。从昨日追叙,夹叙夹写,情景如见,句法高古。只是一篇游记,而叙写简妙,犹是古文手笔。他人数语方能明者,此须一句,即全现出,而句法复如有余地,此为笔力。"(《昭昧詹言》)

(叶洁洪)

张仲素(769?—819),字绘之,河间(今河北河间)人。贞元十四年(798)进士,曾任司勋员外郎、中书舍人等职。工诗善文,尤精乐府。《新唐书·艺文志》著录其《词圃》十卷、《赋枢》三卷,均佚。《宋史·艺文志》著录《射经》三卷、《张仲素诗》一卷。《全唐诗》卷三六七录诗一卷,《全唐诗补编·续拾》卷二三补收二句。

春 闺 思 张仲素

袅袅城边柳,青青陌上桑。
提笼忘采叶,昨夜梦渔阳。

【鉴赏】唐人闺怨诗,表现最多的是从军戍边的征人之妻的怨情。正如明人唐汝询所说:"伤离者莫甚于从军,故唐人闺怨,大抵皆征妇之辞也。"(《唐诗解》)。张仲素以善写闺怨著称。这首《春闺怨》同样写征妇之思。

诗歌以景起兴,"袅袅城边柳",描摹出满城春色。由此衬托,引出二句的"青青陌上桑",由桑叶顺理成章引出了下句的采桑女子。

三句则出现一层突转,"提笼忘采叶"。采桑女默默静立,仿佛一具凝固的雕像。这样一幅静止的场景,可引起读者的思考:为什么如此大好春光,来到陌上却忘记此行的目的? 到第四句方才揭晓:"昨夜梦渔阳。"原来她昨夜梦见在渔阳戍边的丈夫,今天回味梦境,诸事无心。"白日寻思夜梦频"(唐令狐楚《坐中闻思帝乡有感》),夜梦渔阳,正说明她整日记挂,而因昨夜之梦,今天又多了一种思量。思妇的难言之苦,怨怅之情,诗人的同情之意,均未明说,但正如清人李锳所说:"前二句皆说眼前景物,而末句忽掉转说到昨夜之梦,便令当日无限深情不着一字而已跃跃言下。笔法之妙,最耐寻味。"(《诗法易简录》)

其实末句不光可回溯第三句,更可谓逆挽全篇。到这里,首二句仿佛都有了神采,都得到了新的解释——由末句的相思可以知道,首句写柳,不仅是写春天,更渲染着相思气氛。古诗中"青青河畔草,郁郁园中柳"(古诗十九首《青青河畔草》)引起的是对远行丈夫的思念,唐代众多的《折杨柳》歌辞,更是集中于就这一意象阐发相思之情,如张九龄《折杨柳》:"纤纤折杨柳,持此寄情人。一枝何足贵,怜是故园春。迟景那能久,芳菲不及新。更愁征戍客,容鬓老边尘。"这里,诗歌也借杨柳袅袅之态,传达缠绵之思。

二句写陌上桑,也不仅仅为了引出采桑人。《陌上桑》是乐府古题,又名《艳歌罗敷行》,原诗写女子罗敷采桑,为使君相邀,罗敷盛夸其夫以拒之,表现她不慕富贵、忠于爱情的坚贞。而后代对该诗众多拟作中,有一种就专继承采桑与思夫的固定联系,借这一古题来写闺怨。如梁代吴均的《陌上桑》:"袅袅陌上桑,荫陌复垂塘。长条映白日,细叶隐鹂黄。蚕饥妾复思,拭泪且提筐。故人宁知此,离恨煎人肠。"王筠《陌上桑》:"人传陌上桑,未晓已含光。重重相荫映,软弱自芬芳。秋胡始停马,罗敷未满筐。春蚕朝已伏,安得久彷徨。"其他如王台卿的《陌上桑》四首、唐代刘希夷的《采桑》、明代林光宇《陌上桑》、方孟式《陌上桑》三首和乾隆《陌上桑》,均为这样的思路。吴均、王筠等诗中女子采桑、其筐未满,与张仲素诗可谓大同小异。只是前者平铺直叙,后者文字更为省净,笔法更曲折有致。

明代杨慎《升庵诗话》中还曾指出这首诗与《诗经·卷耳》首章"采采卷耳,不盈顷筐。嗟我怀人,置彼周行"的相似之处,同样是因思念而无心采摘,但《卷耳》接下来还写女子幻想丈夫上山、过冈、马疲、人病、饮酒自宽种种情景,把思妇情怀写得非常具体。此诗仅说到"梦渔阳",作者就此带住,采桑少妇昨夜之梦境及此刻的心情,一概留给读者,语约而意丰,构思更见新巧。

张仲素诗语言清婉爽洁,悠远飘逸,少有庸作,由这首《春闺怨》也可见出一二。

(冯丽霞)

秋 夜 曲

张仲素

丁丁漏水夜何长,漫漫轻云露月光。
秋逼暗虫通夕响,寒衣未寄莫飞霜。

【鉴赏】唐初继用了西魏以来的府兵制,士兵的生活用品乃至行军用具都要自备,后来,府兵制渐渐为募兵制取代,但士兵的被服仍需家中缝制寄送,而唐代征戍之地多为西北、东北边疆,气候寒冷,寄寒衣成为征人家庭的普遍工作。故唐代怀念征人的闺怨诗往往在寄衣上做文章。如王勃《秋夜长》末尾吟道:"征夫万里戍他乡。鹤关音信断,龙门道路长。所在天一方,寒衣徒自香。"丈夫音信断绝,制好寒衣却无法寄送到丈夫手中,相思无由通达,倍觉悲凉。李白《子夜四时歌》"秋歌"写了"长安一片月,万户捣衣声"后,"冬歌"接着写制衣与寄衣:"明朝驿使发,一夜絮征袍。素手抽针冷,那堪把剪刀。裁缝寄远道,几日到临洮。"许浑《塞下曲》

更加惊心动魄："夜战桑乾北,秦兵半不归。朝来有乡信,犹自寄征衣。"丈夫阵亡的消息已经传来,妻子仍然将征衣寄出,这样的执着背后是妻子无法超离的痛楚。张仲素《秋闺思》其二:"秋天一夜静无云,断续鸿声到晓闻。欲寄征衣问消息,居延城外又移军。"同样是相思欲寄无处寄的苦恼。

张仲素这首《秋夜曲》也以寄征衣为题,写了一位征人之妇的内心独白。

首句写夜中所闻所想。更漏响着丁丁的滴水声,主人公发出"夜何长"的叹息。大约她一夜无眠,盼着白昼到来,枯燥而冰冷的更漏声,敲打着夜的寂静,令她产生夜长如年的感受。

二句写凝望所见。浮云缓缓飘动,偶尔从云层缝隙露出清冷的月光,天仍未亮。云破月来的夜空景象,大约也令她神驰天外,想到边塞征人。

三句转而回想。月色如霜,带来阵阵寒意。回想秋虫整夜鸣叫,应也是寒冷所致。"逼"字用得神妙,瑟瑟秋寒,既"逼"出秋虫凄惶细弱的鸣声,也"逼"出思妇难以抑止的忧心。由此引起末句的抒情——寒衣还没寄给丈夫,夜色冰冷,担忧丈夫衣衫单薄,祈望"莫飞霜"。这种情感,与梁代钟嵘所谓"塞客衣单,霜闺泪尽"(《诗品·序》)、晚唐诗人陈玉兰所说"西风吹妾妾忧夫"(《寄夫》)一样,表达的都是闺中人的一片关怀、万般深情。

诗歌前三句句句写景,而末句可谓点睛之笔,由这一句,我们方才知道,夜景背后隐藏着一个彻夜不眠的思妇,而她的失眠,不仅因为霜闺寂寞,更是源自对丈夫的牵挂。闺怨诗,从总体风格上,往往明显带有凄恻、哀怨的感伤情调,而这首诗,却没有那样浓厚的感伤情调和悲剧氛围,诗歌传递的不是伤春悲秋的寂寞惆怅,也不仅是柔弱的相思烦恼,而是带着生活的厚度,在秋寒中散发着家常的琐碎与朴实的温馨。

(冯丽霞)

刘禹锡(772—842),字梦得,洛阳人。贞元年间进士及第,登博学宏辞科。授监察御史。因曾参加王叔文集团,贬朗州司马,迁连州刺史。后以裴度荐,迁太子宾客,加检校礼部尚书。世称刘宾客。与柳宗元合称"刘柳",与白居易合称"刘白"。诗风明快俊爽,有《刘梦得文集》。

石 头 城

刘禹锡

山围故国周遭在，潮打空城寂寞回。
淮水东边旧时月，夜深还过女墙来。

【鉴赏】刘禹锡最为后人称许的是其咏史吊古之作，这些诗篇大多写得含蓄蕴藉，情思婉转，神韵悠扬，兴味无穷。前人咏史怀古，多是登临古迹，凭吊遗踪，缘情设景，借题引合。同时也偶有凭虚构象，惟意所至，以无生有。如亭台楼阁等记序之作，往往揣摩虚拟，范仲淹之绘岳阳楼，苏辙之赋超然台，即是如此。刘禹锡对金陵心仪已久，一直以无缘畅游为憾事。后来有人歌咏金陵，他欣然唱和。

长期以来，在阅读咏史感怀诗的过程中，我们已经逐渐形成了固定的分析套路，认定诗人感古之后随之而来的就是伤今，而且诗人的主导情怀即是伤今。六朝的金陵如金粉，殿阁富丽，声色繁盛；今天的金陵自然必须荒凉衰败，才能形成鲜明的对照。金陵的衰败，需要人承担责任，最大的责任人自然是天子；六朝的天子要为金陵的变化承受批评，今日的天子就应该为当前国势的衰微承受批评。于是，这首诗的主旨，历来被理解为对唐敬宗的婉讽。即诗人在朝廷昏暗、权贵荒淫、宦官专权、藩镇割据、危机四伏的中唐时期，写下这首怀古之作，慨叹六朝之兴亡，是寓有引古鉴今的现实意义的。

唐敬宗的生活确实有荒淫的一面，一如六朝耽于声色游乐的天子。但刘禹锡的《石头城》是否为敬宗而写，却不得而知。我们不能排除这种可能性，只是倘若把这首诗的主旨局限于此，就不免失之褊浅了。此诗写金陵围绕在石头城四周的山依然如旧，似乎还可以令人联想到当年虎踞龙盘的模样；但是江潮的拍打和退回，见到的只是空城，已经不知当年的灯火楼台、彻夜歌舞的繁华为何物了。秦淮河东面那轮由古照到今的明月，想必领略过昔时那种醉生梦死的繁华，但它升起东方，待到夜深，也还只是清光飘零地从城垛上照进城来。这是一个关于历史沧桑和王朝兴衰的故事，一个具有关于常与变、瞬息与永恒的故事。其中有繁华易逝感伤，有故国萧条的慨叹，也有人生凄凉的哀鸣。诗人所感伤的，是不可悔改的过去，是无法正视的现实和不可阻挡的趋势。诗人所表达的是一种无可奈何又不甘心的寂寞情怀。"引古惜兴亡"，只是冰山上的一角。诗人描绘金陵的寂寞凄清，是为了烘托渲染氛围。作为虎踞龙盘之所的金陵，很容易牵惹出文人的复杂情绪。

（鲁林华）

柳 枝 词

刘禹锡

清江一曲柳千条，二十年前旧板桥。
曾与美人桥上别，恨无消息到今朝。

【鉴赏】这首小诗，在明代杨慎、胡应麟眼中是神品，在我们看来，也自有她的丰韵。

"清江一曲柳千条"，不着一别字，送别之意早已昭然若揭。中国文字较为固定的语码已将诗歌的主题指向了别离的情感。"清江"，是地点，"柳"，是景物。流水的绵长绾结着离别的牵念，"送君南浦，伤如之何"的感慨刹那间便涌上心头，更添那牵人情思的细柳，在微风中抚人衣襟，似将无尽的挽留之意诉与行人。

"二十年前旧板桥"，读此诗句，我们明白了，那是一段旧日的别离，但却是一段延续至今也从未忘却的情愫。跨越了悠长的时间，还隔着悠长的距离，昔日送别的一幕却一刻也没有暂离心间。于是，诗人似乎穿越了时空的距离，回到了廿年前的清江江畔，那时，是弱柳千条，那时，是水流依依。水波透着碧澈，柳条说着依恋，此情此景，若与美人相伴而赏，那将是怎样地醉人心脾！但此情此景，我们的主人公要面临的却是与美人桥上挥手告别的现实！理想的期许与现实的落差让诗人倍感别离的凄怆！在二人执手相看泪眼处，是说不尽的不舍与依恋，而他们只能把这种不舍与依恋付与无语、凝咽……

而今，江水碧澈依旧，柳条娇柔如昔，行在江畔之人步态依旧，然而，美人不再，行人心态如昔。诗人好似行走在一个大大的圆之上，经历了二十年的情感沉淀，又走回了当时的分别之地，沉淀不下去的，始终是那别离的怅惘与遗"恨"。

于是，诗人说了，"恨无消息到今朝"。时间已历二十载，而昔日分别之人尚不知身处何处。二十年的期许，二十年的等待，而今依旧没有答案！时间早已磨去了主人公的激情与锋芒，始终如一的，仍是对故人的一片牵念之意，抱"恨"之感从昔至今，从未断绝……

一份跨越二十年的牵挂与思念，叫人如何不抵掌凝思，泪洒衣襟。

（刘　琴）

和乐天《春词》　　刘禹锡

新妆宜面下朱楼，深锁春光一院愁。
行到中庭数花朵，蜻蜓飞上玉搔头。

【鉴赏】 一栋别致的小楼，漆以朱色，别致中透出几分贵气，贵气中携以清爽。在那精致的窗棂背后，有一位女子曼妙的身影。

这绝对是一个爱美的女子，她对自己的呵护是多么细致。我们仿佛看见，她正端坐镜前，轻匀粉面。那装束的每一个细节都恰到好处，是淡妆浓抹总相宜的到位与得体。细细地打扮好自己，女子带着雀跃的心情一步步走下朱红色的小楼。小楼掩映在满园春色之中，女子的目光正是为这大好春色所牵引，院落里的每一片新绿，每一个花瓣都让女子顾盼流连。

在不知不觉中，女子走到了院门处，在抬首的一刹那，她才蓦然发现，院门是紧锁的。这样的满园春色，这样的绿柳红花，都只是在院子里静静地开放，在院门之外，也许竟无人知晓这边独好的风景。无人赏爱是寂寞的，连春色也似乎有了一份寂寞的愁绪，"深锁春光一院愁"那！

女子雀跃的心思仿佛被重重地敲击了一下，带着几分惆怅，她缓缓漫步至中庭花色最盛处，默默低数花朵，也许她正想通过细数花瓣来释放自己的无端愁怀呢。花如人，人如花，满院春光只有她自己孤独地欣赏，而自己的青春年华又有谁来欣赏呢！在对春色的赏爱、珍爱、怜爱的过程中，女子也把一份深深的怜爱留给了自己。那是蜻蜓对她的肯定："蜻蜓飞上玉搔头"，女子驻足了，自怜了，神游了，连蜻蜓不知何时停留在了她的头饰之上也未意识到。如花的年龄，如花的美貌，难道只有蜻蜓为之驻足，为之流连么？女子怅惘了……

"诗不难于结，而难于神"，如此神韵，天成自然！

此诗为和白居易的《春词》而作，白诗为："低花树映小妆楼，春入眉心两点愁。斜倚栏干背鹦鹉，思量何事不回头？"两首诗作同样别致而各有千秋。

（刘　琴）

406

竹枝词二首(其一)　　刘禹锡

杨柳青青江水平,闻郎岸上踏歌声。
东边日出西边雨,道是无晴却有晴。

【鉴赏】《竹枝词》是巴渝一带的民间歌谣,歌词杂咏当地风物和男女爱情,富有浓郁的生活气息。这一优美的文学形式,引起了很多诗人的爱好。刘禹锡在任夔州刺史时,为这种歌谣的曲调所吸引,依此写了十来首歌词,以本篇最为著名。

有人曾说:自古以来,人们就喜欢用歌声来传情,这或者是单方面的,或者是双方之间的。细想起来,这一种歌声真是很微妙的。它不像普通的语言表述,需要合适的气氛,恰当的处理,并且要考虑一定的后果;它可以凭空而来,轻妙地游动着,闪烁着,忽远忽近,似是而非;它犹如心情的触须,彼此试探,相互打量,或一触而退,或纠缠不休。你不能够简单地把歌词视为明确的约定,却也不能说它只是虚情假意的游戏——歌不过是一个开头,后面的故事还有待双方来编写。

这样的一位女子,她静静看着眼前杨柳随风轻拂,春日里,冰雪消融,江水上涨,几与江岸相平。不知从岸边何处,传来了一位男子的美妙歌声,女子陶醉在歌声当中,托腮凝神……

那歌声里,分明表达了一种爱恋,可投眸一视的时刻,又找不到爱恋的暧昧。女子疑惑了,"东边日出西边雨,道是无晴却有晴"。也许在这时,晴朗的天空起了某种变化,仿佛细雨即将洒满天地。细细看去,不是的,在这里还是细雨飘洒,可不远处,却是朗朗晴空。这里,"晴"字又何尝不是"情"字的表达呢!爱情是难以言说难以把握的东西,当它正处在朦胧状态,正处在有情无情之间时,也许是最令人心动的。女子心动了,却总觉得难以衡量男子的心绪,她就这样怀抱着揣测,沉浸在自我怀想的世界里。未来的故事有待双方来续写,而此刻,只有她自己……

缥缈如梦,捉摸不定,爱情的味道也许就是这样的。　　　　　(刘　琴)

407

竹枝词九首(其二)　　　刘禹锡

山桃红花满上头,蜀江春水拍山流。
花红易衰似郎意,水流无限似侬愁。

【鉴赏】爱情是什么滋味,也许真的很难说清楚。在不经意的试探时,朦胧中略带几分甜美;在海誓山盟时,甜美中又略带几分若有若无的忧虑。那是一种让人不能停止揣测与思量的感觉。

我们的主人公是一位纯情的少女,她怀抱对爱情的热烈期待,细细品味着初恋的味道。因为内心是甜蜜的,所以她满眼都是灿烂的春色。"山桃红花满上头,蜀江春水拍山流。"山色转青,在淡青的山间,放眼望去,桃花正艳,那一片灿烂的粉色扑面而来,那是令人倍感甜蜜的色彩,温馨而和美,再喧腾的内心也会因之而平静。山脚下,一江春水正缓缓流过,不时拍打着青青的山体,像在诉说对它的依恋。随物赋形,是水的特点,水以它的绵软随着山体的形状婉转向前,更多了几分柔美。花满山头,水拍山流,山花相依,山水相称,这是一种和谐的难舍难分的情意。

女子陶醉在这样的心情里了,眼看着漫山桃花,感触着潺潺水流,品尝着甜美的滋味。可霎时,女子蹙眉了,她的小心思在琢磨什么呢?花开有时,在繁花背后,是片片的零落。眼前的烂漫在不久的将来即是满眼的落英,这个将来,也许就是今朝过后的明天,若有风雨的侵袭,甚至也许就是顷刻之间的现在。繁花如此,而对方对自己的情意呢?能否是永远也开不败的灿烂?还是仅仅像昙花一现,极难把握?

带着这种闲愁,女子忧虑了,她在细细思想,"花红易衰似郎意,水流无限似侬愁"。男子的心绪也许正如同这短暂的鲜花绽放,绽放之后则是无法阻挡无法避免的凋落。眼望着这潺潺流水,这流水啊,似乎懂得了人的心思,正把女子的满腔愁绪揉进自己的绿波里,轻拍着山岸,缓缓而去,似乎欲带走她的愁怀,让她再把灿烂的笑容倒映在自己怀里。　　(刘　琴)

竹枝词九首(其七)　　　刘禹锡

瞿塘嘈嘈十二滩,人言道路古来难。
长恨人心不如水,等闲平地起波澜。

【鉴赏】 瞿塘峡是长江三峡之一，峡谷窄如走廊，两岸崖陡似城垣，令人屏息，郭沫若过此曾发出"若言风景异，三峡此为魁"的赞叹。奔腾咆哮的长江，一进峡谷便遇上气势赫赫的夔门，为夔门两岸的山峰逼成一条细带，蜿蜒于深谷之中。在三峡之中，瞿塘峡最为壮美，也最为险峻，在急流之下，多礁石险滩，杜甫诗云："白帝高为三峡镇，瞿塘险过百牢关。"所以刘禹锡诗作，开篇即云："瞿塘嘈嘈十二滩，人言道路古来难。"古诗词中，常用数字来表指，这里，十二即极言险滩之多，"人言道路古来难"，是杜甫诗中所述之难，也是世人口中所述之难。在此极写瞿塘险滩之多，实为诗作下面所要表达的题旨起兴。

"长恨人心不如水，等闲平地起波澜。"瞿塘峡之险峻还有它特定的成因，是奔腾的长江遇到了峡口的阻碍，因而不得不释放出自己所有的力量一往直前。水性是最难琢磨的：它随物赋形，可以随着承载它的容器，呈现出不同的形状；水是最弱的，也是最坚强的，"天下柔弱莫过于水，而攻坚强者莫之能胜"；水能载舟，亦能覆舟。诗人却言："长恨人心不如水，等闲平地起波澜。"而今世态的艰险可见一斑。人心难测，犹胜于水，在平坦的阳关大道上行走，也许你也会被不知来自何处的障碍所绊，摔得鼻青脸肿。

诗人的感慨是有来由的。永贞元年（805）初，唐顺宗任用王叔文、王伾、刘禹锡、柳宗元等人进行政治革新，由于革新触及了宦官和藩镇的既得利益，遭到他们的联合反扑，革新失败。宪宗一上台，即重用宦官佞臣，对革新派人士横加迫害。诗人屡遭诬陷，两次被放逐，流寓在外达十三年之久。内心的愤恨无以发泄，只能借助于诗词来宣泄苦闷。

文学是情感的宣泄，我们的诗人在此诉说愤懑，直指世道人心，诗作表达爽快凌厉，读之亦觉痛快淋漓。

（刘　琴）

浪淘沙九首（其六）　刘禹锡

日照澄洲江雾开，淘金女伴满江隈。
美人首饰侯王印，尽是沙中浪底来。

【鉴赏】"浪淘沙"是唐代民间歌曲之一，刘禹锡被贬夔州期间，学习民歌体，写下了《浪淘沙九首》。

初读此作，极易为诗歌的民歌情韵所吸引。"日照澄洲江雾开，淘金女伴满江隈。"不难想象，这些淘金女子在天还未亮的时候就离开了温暖的被子，带着劳作的工具，向江畔出发。她们一路走来，也许还让婉转悠扬的歌声在晨风中飘扬。欢快的笑声、打趣声洒满了来路。寻着一点黎明的微光，女伴们来到江畔，挽起裤脚，开始了一天辛勤的劳作。当太阳将第一缕光辉洒向大地的时候，女子们也许已劳作多时了。江面上晨雾被朝晖撩起，露出江中小洲明晰的轮廓。在初升的阳光下，我们才看清楚淘金女子们的劳作场面。她们散满在江湾，正埋头于她们手中的活计，偶尔欠身捶捶后腰，同身边的女伴闲聊几句。

也许很多人为这幅劳作的场景所吸引，它田园、自然，充满活力。但我们的诗人却独独给这样天人合一的画面配上了"画外音"："美人首饰侯王印，尽是沙中浪底来。"我们仿佛在欣赏一个美妙的田园牧歌般的画面时被一个浑厚而深沉的声音所叫醒，不由陷入沉思之中。天尚未明，女子们即相邀出发，天气温暖的时候，还可以感受一下流水没过脚踝的轻痒，享受水流带来的欢乐；而数九寒天，也许这些女子仍要在凛冽的寒风中，在刺骨的水中辛勤淘洗，只为了那沙粒中细细的金光。也许她们已手脚皲裂，也许她们已满面风霜……而在华美的屋檐下，在珍馐罗列的筵席之上，王公贵族们的头上和衣饰上，处处有金子闪耀。在繁华与热闹中，有谁曾念及此物的由来呢？！淘金女子们的血汗，就淹没在歌宴舞曲之中，淹没在觥筹交错之中。

（刘　琴）

元和十年自朗州至京，戏赠看花诸君子　刘禹锡

紫陌红尘拂面来，无人不道看花回。
玄都观里桃千树，尽是刘郎去后栽。

【鉴赏】永贞元年(805),刘禹锡参加王叔文政治革新失败后,被贬为朗州司马,同时被贬的还有柳宗元等人。元和十年(815),朝廷有人想起用他们,刘禹锡与柳宗元等一同被召回京。但诗人似乎并没有"珍惜"这来之不易的机会,既到京师,就仿佛早已忘记了十年被贬的艰辛,借玄都观之游"语涉讥刺"(《旧唐书·刘禹锡传》),触怒了朝廷新贵,短短一月,即再次被贬逐到比朗州更偏远的连州去作刺史。

玄都观之游,本是踏春之旅,为何诗人却独独没有玩出踏春的兴致?带着被贬归来的愤懑,诗人的眼中很难绽放出桃花朵朵,他透过满观春色,透过车毂辘辘,看到的是新贵的"崛起",是他人的追攀。

诗人仿佛一个路人,他并不是看花人群中的一人,他就这样站在一边,静静地看着车马往来,对着扬起的尘埃幽幽地发表自己的怨怼。诗人没有写看花的过程,而是抓住游人看花归来的场景加以渲染,"紫陌红尘拂面来,无人不道看花回。"田间小路,草木将荣,游人看花归来,尘埃散漫。他们脸上都洋溢着欣喜之色,互相诉说着对玄都观桃花的赞美。

诗人只是一个局外人,他说:"玄都观里桃千树,尽是刘郎去后栽。"玄都观里的千株桃花,和诗人有多大关系呢? 它们被栽种时,诗人已离开京都,它们灿烂绽放时,诗人虽然返回京都,却丝毫提不起游赏的兴致。在诗人眼里,桃花已不单纯是自然的桃花,它们如此受宠,恰似朝廷崛起的新贵,受到不同程度地追攀。桃花花期短暂,它的绽放能有多久,它的美丽又能够持续多久呢? 在绚烂的美丽已不复存在的时候,恐怕不会再有人对满地的落英投以青睐的目光了……

自然如此,人事亦如此。清醒的诗人清醒地看着碌碌的世人,清醒地写下暗含讥刺的诗句,即使再次被贬,即使贬所更加遥远,他也并不畏惧。

(刘　琴)

杨柳枝词九首(其六)　　　刘禹锡

炀帝行宫汴水滨,数株残柳不胜春。
晚来风起花如雪,飞入宫墙不见人。

【鉴赏】站在唐代的历史支点上,穿越二百年的时空岁月,回望隋代的人事,历史的空漠感从每一个字的每一个笔画中向外喷散。

411

回望隋代,炀帝行宫,说不尽的繁华风流。从长安至江都,遍布奢华的行宫别院,一路杨柳依依,花儿绽放,鸟儿和鸣。炀帝幸游,所到之处,极尽奢华之能事。

行走在汴水边的炀帝行宫,但见数株残柳,似不胜春风的轻轻吹拂。依依杨柳,曾那样引逗人们冶游的兴致,而今,弱柳残照,说不尽的凄凉况味。残柳,一作杨柳,虽仅一字之差,而境界大小有别。杨柳乃自然物事的直白说明,更多时候用以表达春日的和煦,离别的心情。而"残柳",则把一种萧条之象涵盖其中。从昔日汴水之畔的依依杨柳,到如今的残柳数株,时间衰残了杨柳的生命,更淘洗了沧桑的人事。着一"残"字,则境界全出。几株历经沧桑的弱柳,见证了岁月,也见证了历史。

残柳不胜春风的吹拂,诗人不胜历史的感慨。带着一腔愁绪,诗人在江畔寻觅历史的影踪。时间渐晚,风力稍增,卷起地上散落的絮絮杨花,有如随风起舞的朵朵白雪。杨花与白雪互喻,总是给人以无比形象生动的感受。一代才女谢道韫即以"未若柳絮因风起"的诗句惊叹四座。故事出自《晋书·王凝之妻谢氏传》:"王凝之妻谢氏,字道韫……聪识有才辩……尝内集,俄而雪骤下,安曰:'何所似也?'安兄子朗曰:'撒盐空中差可拟。'道韫曰:'未若柳絮因风起。'安大悦。"柳絮与雪花,一样的轻盈美丽,一样的充满了灵性与诗意。但以杨花喻白雪,显示的是春日的生机,以白雪喻杨花,则多了一份恍如冬季的伤感。

带着这种伤感,作别绵绵的柳枝,诗人的心绪随杨花飘飞,穿越了高高的宫墙,去行宫之内"打探"或许还存在着的寥寥人迹。但诗人最终是彻底失望了:"飞入宫墙不见人。"费尽心力,也不见人的影踪。"只'不见人'三字,写尽故宫黍离之悲,何用多言!"(黄生《唐诗摘钞》)　　　(刘　琴)

岁夜咏怀　　　　　　　刘禹锡

弥年不得意,新岁又如何?
念昔同游者,而今有几多?
以闲为自在,将寿补蹉跎。
春色无新故,幽居亦见过。

【鉴赏】无数人都期待着岁末,期待着守岁之夜。孩子喜欢听鞭炮的炸响,喜欢看烟花的绽放;老人喜欢家人的团聚,儿孙的环绕;而年轻人,更把新的希望寄托于新的时间,期盼来年万事如意。新的一年,总是给人以新的希望,新的怀想。文人们在守岁之时,把一腔诗情加以发抒,或是离家在外,寄寓对亲人的无限思念;或是梳理心情,期待来年的时运转机。岁末咏怀,其题材大多不过如此。

可是,我们的诗人在开篇就颠覆了我们对岁末心情的种种猜想。"弥年不得意,新岁又如何?"他说,多年来我就如此不得意,新的一年又将如何呢?诗人对新年没有任何期许,他将心灵退回到最小的角落,已做好了接受同往昔一样"不得意"的"命运"安排。为什么诗人在新年之际会对未来做如此决绝之想呢?这和此诗的写作背景有关。

永贞革新失败后,革新人物先后被贬,有的不堪贬所的恶劣环境,再也没能回到京师。长期的贬谪生活让诗人对新的政治际遇早已不抱多少幻想。元和十四年(819),刘禹锡老母病逝,在护送寻柩过衡阳时又接到好友柳宗元去世的消息。诗人闻讯异常悲痛,写下许多悼友之作。此后两年在洛阳守丧,《岁夜咏怀》约写于居丧之时。

与诗人同时参与革新运动的好友有的被杀,有的病死,有的杳无音信。"念昔同游者,而今有几多?"特别是好友柳宗元的去世,让诗人倍感痛切。元和十二年(817),朝廷派柳宗元到柳州做刺史,而把刘禹锡派往条件极差的播州(今贵州遵义)。柳宗元考虑到刘禹锡的老母已年近九旬,不宜去往荒远之地,便主动要求与刘对调。可现在,诗人却惊闻比他年轻二十三岁的柳宗元在贬所困病而亡,这怎能叫诗人不捶胸痛哭!

好友不在,前路渺茫,诗人已心如死灰,"以闲为自在,将寿补蹉跎"。在极端的心绪下,诗人诉以极端的表白。他说只望在悠闲自在的日子里蹉跎度岁。看似颓丧的诗句中,透出的是诗人极端的苦闷、满腔的牢骚!

"春色无新故,幽居亦见过。"春色年年皆同,何时能看到一点新变化,

何时能见到一点新的春日风景！何时政治的春风才能吹过此处,让"我"对前路不再倍感绝望呢?

(刘　琴)

乌衣巷　　　　　　刘禹锡

朱雀桥边野草花,乌衣巷口夕阳斜。
旧时王谢堂前燕,飞入寻常百姓家。

【鉴赏】秦淮河,朱雀桥,乌衣巷,好一个繁华的所在。

南京,秦淮河上,一桥飞架南北,这就是朱雀桥。桥的这一头,车水马龙,寻着这些车马的影踪,我们的目光会转向桥的另一端。放眼望去,乌衣巷口,那里有巍峨的亭台楼阁。亭台楼阁之上,开国元勋王导和指挥了淝水之战的谢安等高门士族正舒适地坐定,静享玉液琼浆,海陆八珍。下人不时地奔走相告,说有客来访,静候大人的回话。兴致高时,"见"! 于是客人带着十分谨慎,小心地同尊者说话。高兴处,赐一旁坐,一起看水袖起伏,听人间至曲。倘若心情不佳,挥挥手,执事自觉地回报,来人无奈地退回一边,静静地等候下一次的机会。此时,桥头依然是车水马龙,依然是来人如织,他们就这样希求得到高门士族的接见。

也许是玉液琼浆的味道太醇厚了,海陆八珍的色彩太诱人了,看,那飞燕早经不住诱惑,双双飞将而来,停在华屋之上,叽叽喳喳地嚷个不停。民间有种说法,说燕子来巢,只是为了找个安身的所在,传说它们的言语是:"不吃你米,不吃你谷,只找你借间屋。"不管如何,燕子总是给这里带来了一种新鲜的感觉,那是自然的生机与活力。

诗人漫步在秦淮河边,如今的朱雀桥边,早已失去了昔日的繁华之象。野草丛中,零星地点缀着几朵无精打采的野花,诗人的情绪也霎时低落了。夕阳把一抹余晖投向大地,日薄西山的没落感也就在这抹余晖中洒满了大地。渐渐走近昔日高亭大厦的所在,却早已寻不到它们的踪迹了。这里,平常百姓的居所散布开来,四周是一片宁静。突然,传来了一声燕子的呢喃,诗人感慨了,他说:"旧时王谢堂前燕,飞入寻常百姓家。"燕子最为恋旧,如今,已失去了它们昔日筑巢的所在,但它们依然深深记着这片土地。它们,就是历史沧桑巨变的最有力的见证!

夕阳西下,诗人静静走在朱雀桥上,回望着这段历史,品尝着时光流

逝、历史兴亡的感慨。   （刘　琴）

酬乐天扬州初逢席上见赠　　刘禹锡

巴山楚水凄凉地，二十三年弃置身。
怀旧空吟闻笛赋，到乡翻似烂柯人。
沉舟侧畔千帆过，病树前头万木春。
今日听君歌一曲，暂凭杯酒长精神。

【鉴赏】刘禹锡是中唐著名诗人和政治家，他曾参加永贞革新，失败后被贬出京，长达二十余年。宝历二年(826)，他罢和州刺史任返洛阳，这时白居易也从苏州归洛阳，两位诗人在扬州相逢。白居易在筵席上写了一首诗相赠，刘禹锡便写了这首诗作答。

"巴山楚水凄凉地，二十三年弃置身。""巴山楚水"泛指贬官所历朗州、夔州等地。这些地方当时属荒凉僻远之地，穷山恶水，条件很差，加之自己又在贬谪之中，所以用"凄凉"来形容。"二十三年"是从初贬的永贞元年(805)算起，到宝历二年重回洛阳，共有二十三个年头。这两句分别从地方之远和时间之长两方面回顾自己的贬谪生活。不难看出，这是接着白居易赠诗的尾联"亦知合被才名折，二十三年折太多"说的，作为一首酬答诗，这样写就显出朋友之间推心置腹的亲切关系。

"怀旧空吟闻笛赋，到乡翻似烂柯人。"因为诗人毕竟离开京都故土太久太远了，所以此番回来，感触很多。一是许多朋友已经故去，令人不胜嗟悼，他用向秀写《思旧赋》这一典故，来抒发自己的"怀旧"之情。二是世态变迁很大，回到故土仿佛到了一个陌生世界，他用王质烂柯的典故，来表达回归后的生疏怅惘之情。前一句中的"空"字，后一句中的"翻"字，都富有表现力，准确地传达出诗人复杂的心理活动，让读者感受到作者感慨之深。

"沉舟侧畔千帆过，病树前头万木春。"对照一下白居易的诗，不难看出，这一联是针对白诗中"举眼风光长寂寞，满朝官职独蹉跎"一联而发的。白居易的意思是说同辈人都升迁了，只有你在荒凉的地方寂寞地虚度了年华，颇为刘禹锡抱不平。刘禹锡却说："沉舟侧畔，有千帆竞发；病树前头，正万木皆春"，对世事的变迁和仕宦的升沉，表现出豁达的襟怀。

415

这两句诗意又和白诗"命压人头不奈何"、"亦知合被才名折"相呼应,诗人并不把自己的遭遇归诸命运不佳,二十三年的贬谪生活,也没有使他消沉颓唐。"莫道桑榆晚,为霞尚满天"(《酬乐天咏老见示》),他这棵病树仍然要焕发青春。这一联不仅形象生动,充分显示出刘禹锡作为一个政治家宽广而豪放的胸襟,而且富有哲理性,因而受到读者的喜爱,至今仍常常被人用来说明新事物必将取代旧事物这一客观规律。

"今日听君歌一曲,暂凭杯酒长精神。"意思是说,今天听了你的诗歌不胜感慨,暂且借酒来振奋精神吧!诗人在朋友的关怀下,表示要振作起来,重新投入到生活中去。表现出坚忍不拔的意志。用这样的话语来回答朋友的劝慰,无疑比任何感激的言辞更真挚。至此,前面的感伤低沉情绪便为之一扫。这样点明酬答的题旨,收束全诗,在自我开解中又带有劝慰朋友的意味,真是深情洋溢,于沉郁中见出放达。

白居易十分推许刘禹锡的诗作和为人,称之为"诗豪"。前人也说刘禹锡"英迈之气,老而不衰"。《酬乐天扬州初逢席上见赠》这首诗,在一定程度上体现了这位诗豪的精神风貌。

(杨　军)

望　洞　庭 刘禹锡

湖光秋月两相和,潭面无风镜未磨。
遥望洞庭山水翠,白银盘里一青螺。

【鉴赏】洞庭湖,一个美丽而偏远的地方,她总是不经意地出现在文人的笔墨下,"吴楚东南坼,乾坤日夜浮"(杜甫《登岳阳楼》),"气蒸云梦泽,波撼岳阳城"(孟浩然《望洞庭湖赠张丞相》),"衔远山,吞长江,浩浩汤汤,横无际涯,朝晖夕阴,气象万千"(范仲淹《岳阳楼记》)。而皓月当空,碧水无澜,此情此景,又是另一番洞庭景象。

又是一个秋日,落日的余晖还没褪尽,远处的青山此时已呈现出一种墨绿色,虫子、青蛙在远处的山水里低吟浅唱。船家此时早已收起了桨,任船儿在夕阳余晖映照下的湖面上摇晃。渐渐地,洞庭湖水变得平静起来,霞光散尽,湖水慢慢变黑,又慢慢地像铺上一层银色,一轮满月,倒映在湖水里,一派宁静、和谐。不知人是在画中,还是在梦中。

傍晚,吃过了晚饭,诗人来到了洞庭湖畔,洞庭之景,美不胜收,于是流连于湖畔，不知不觉，到了夜晚时分。他本是洛阳人，却来到了洞庭湖，心里想道，这也许是上天赐予的一种缘分吧！于是内心豁然开朗，转任和州的伤心抑郁一扫而光。他悠闲地漫步在湖边，看着浩瀚的湖面，沉静无比，好似一面未磨的古镜，皎洁的秋月倒映在湖水里，两相辉映，于是吟诗曰："湖光秋月两相和，潭面无风镜未磨。"在梦得那个年代，是没有玻璃的，镜子都是用青铜铸的，磨光以后才能照人。未磨的镜面，平静而又不过于光滑，明朗而又不过于光亮，朦朦胧胧，恰到好处，用来比喻秋夜洞庭湖，再好不过。

梦得悠然自得，不知不觉来到了一座破旧的亭子里，此时，视线由近至远，洞庭山水尽收眼底，墨色群山掩映在湖水里，那应该就是传说中的君山吧！此时，遥看湖水，犹如一只纯洁无瑕的银盘，而那掩映在湖中的群山则好像是白银盘里盛放的一螺青黛，美妙无比。于是吟诗曰："遥望洞庭山水翠，白银盘里一青螺"。诗人此时已全然陶醉在这幅风景画里。现时现刻，诗人梦得的心也豁然开朗起来，是啊，虽然我连遭贬斥，但从另一方面想，我又因这些厄运看到了许多好山好水，如果不是因此，我又怎么会突发灵感，吟出如此好诗呢？就像刚才，如果我不登高远眺，就不会看到山水合一这一番美景了。所以，我也不必再为被贬，流落他乡而苦恼郁闷了。

踏着清露，听着虫唱，吟着好诗，和着美景，诗人梦得回到了自己的住所。

（卢　欢）

白居易(772—846)，字乐天，晚号香山居士。其先太原(今山西太原)人，迁居下邽(今陕西渭南)。贞元十五年(799)在宣城应乡试，次年至长安应省试及第。元和元年(806)策试登第。官翰林学士。

元和十年(815)上书获罪而贬为江州司马。长庆、宝历年间先后任杭州刺史、苏州刺史,晚年官至刑部尚书。他是新乐府运动的倡导者,文学上主张"文章合为时而著,歌诗合为事而作",语言通俗晓畅。有《白氏长庆集》。

钱塘湖春行   白居易

孤山寺北贾亭西,水面初平云脚低。
几处早莺争暖树,谁家新燕啄春泥。
乱花渐欲迷人眼,浅草才能没马蹄。
最爱湖东行不足,绿杨阴里白沙堤。

【鉴赏】《钱塘湖春行》生动地描绘了诗人早春漫步西湖所见的明媚风光,是一首唱给春日良辰和西湖美景的赞歌。

诗的首联紧扣题目总写湖水。前一句点出钱塘湖的方位和四周"楼观参差"景象,两个地名连用,又给读者以动感,说明诗人是在一边走、一边观赏。后一句正面写湖光水色:春水初涨,水面与堤岸齐平,空中舒卷的白云和湖面荡漾的波澜连成一片,正是典型的江南春湖的水态天容。

颔联写仰视所见禽鸟。莺在歌,燕在舞,显示出春天的勃勃生机。黄莺和燕子都是春天的使者,黄莺用它婉转流利的歌喉向人间传播春回大地的喜讯;燕子穿花贴水,衔泥筑巢,又启迪人们开始春日的劳作。"几处"二字,勾画出莺歌的此呼彼应和诗人左右寻声的情态。"谁家"二字的疑问,又表现出诗人细腻的心理活动,并使读者由此产生丰富的联想。颈联写俯察所见花草。因为是早春,还未到百花盛开季节,所以能见到的尚不是姹紫嫣红开遍,而是东一团、西一簇,用一个"乱"字来形容。而春草也还没有长得丰茂,仅只有没过马蹄那么长,所以用一个"浅"字来形容。这一联中的"渐欲"和"才能"又是诗人观察、欣赏的感受和判断,这就使客观的自然景物化为带有诗人主观感情色彩的眼中景物,使读者受到感染。这两联细致地描绘了西湖春行所见景物,以"早"、"新"、"争"、"啄"表现莺燕新来的动态;以"乱"、"浅"、"渐欲"、"才能",状写花草向荣的趋势:这就准确而生动地把诗人边行边赏的早春气象透露出来,给人以清新之感。

南北朝诗人谢灵运"池塘生春草,园柳变鸣禽"(《登池上楼》)二句之所以妙绝古今,受到激赏,正是由于他写出了季节更换时这种乍见的喜悦。《钱塘湖春行》以上两联在意境上颇与之相类,只是白诗铺展得更开些。

尾联略写诗人最爱的湖东沙堤。白堤中贯钱塘湖,在湖东一带,可以总揽全湖之胜。只见绿杨阴里,平坦而修长的白沙堤静卧碧波之中,堤上骑马游春的人来往如织,尽情享受春日美景。诗人置身其间,饱览湖光山色之美,心旷神怡。以"行不足"说明自然景物美不胜收,诗人也余兴未阑,集中饱满的感受给读者无尽的回味。

前人说"乐天之诗,情致曲尽,入人肝脾,随物赋形,所在充满"(王若虚《滹南诗话》),又说"乐天诗极清浅可爱,往往以眼前事为见得语,皆他人所未发"(田雯《古欢堂集》)。这首诗语言平易浅近,清新自然,用白描手法把精心选择的镜头写入诗中,形象活现,即景寓情,从生意盎然的早春湖光,体现出作者游湖时的喜悦心情,是当得起以上评语的。(杨　军)

夜　雪　　白居易

已讶衾枕冷,复见窗户明。
夜深知雪重,时闻折竹声。

【鉴赏】雪,是大自然美丽的精灵,它以天赋丽质装扮山川,飘洒寰宇,也是诗人们情有独钟的诗思寄托物。古人咏雪,有"残雪压枝犹有橘,冻雷惊笋欲抽芽",有"五月天山雪,无花只有寒",有"野云万里无城郭,雨雪纷纷连大漠"等等。在如此众多的咏雪诗词中,白居易的这首《夜雪》,并非光彩夺目,也没有波澜起伏,更没有能让人刻骨铭心,但是这一朵小花,却也开出了别有一番的韵味,耐人寻味,让人一感其清新淡雅、无尽韵味。

"已讶衾枕冷"一句开头,细细品来,就会感受到其独到的描写方式。不写天气,不写环境,仅仅一个字——"冷",形象地表现了雪即将到来的感觉,还有一个"讶"字,也暗含了雪的到来。正因为雪的落地无声,所以通过它的冷来感受才显得更为贴切,朦朦胧胧之中忽然就越发的冷了起来,原来那是因为下雪了啊!

"复见窗户明",紧接着的就是视觉上的变化,窗户的"明",亦是为了写雪的意图,大家都知道,夜已经很深了,可是窗外却分外的明亮,这又说明了什么呢?那是因为雪下得大,雪积得深,积雪的强烈反光给暗夜带来了亮光。这又同时说明了雪的到来,并且是夜雪的到来。这是多么生动又传神啊!

"夜深知雪重,时闻折竹声",此时已经明知是下雪了,而且是大雪,可为什么偏偏是夜深才知呢?"折竹声"这样细小轻微的声音在大白天如何能够听见?在夜深的时候,那折竹声就会显得更加清脆,这一结句以有声衬无声,使全诗的画面静中有动、清新淡雅,真切地呈现出一个万籁俱寂、银装素裹的清宁世界,真可与王维诗句"月出惊山鸟,时鸣春涧中"(《鸟鸣涧》)相媲美。

这首诗最令人感觉到不同一般的还是他的创新之处。从触觉、听觉、视觉、感觉上来透彻地描写夜雪的降临,更以精细的笔触把夜雪的另一种美描写得栩栩如生。

全诗意境朴素隽美,浑成熨帖,更无假饰之嫌,反有着曲径通幽的效果,是不可多得的一首写景小诗。 (肖莉莉)

白 云 泉　　白居易

天平山上白云泉,云自无心水自闲。
何必奔冲山下去,更添波浪向人间。

【鉴赏】诗作描写天平山上白云泉水的悠闲自在,一种恬淡闲适的情怀溢于笔端。天平山在苏州市西二十里,"此山在吴中最为嶙峋高耸,一峰端正特立"(宋范成大《吴郡志》卷十五)。"巍然特出,群峰拱挹",山崖有亭,"亭侧清泉,泠泠不竭,所谓白云泉也"(宋朱长文《吴郡图经续记》卷中《山》)。但诗人并不是写天平山的峥嵘特出,写白云泉的清冽晶莹,而是以独到的眼光观照白云泉水,写其"云自无心水自闲"的情态,并借之抒发作者独特的感受。

"云自无心水自闲"是陶渊明笔下的"云无心以出岫"(《归去来兮辞》),是王维笔下自在开落的辛夷花——"涧户寂无人,纷纷开且落"(《辛夷坞》)。峥嵘的天平山峰,白云似乎触手可及,它们随风飘荡,舒卷自由,无所挂碍;甚至风也不是它们的凭依,它们是自在的、"无待"的;亭畔泉水清冽可爱，自由地在山涧奔驰，发出欢快的呼声，尽享这自然的美好。两个"自"字的连用，写尽了云水的自在与逍遥。以我观物，一切皆着我之色彩，若诗人没有一份"闲看花开花落，坐望云卷云舒"的自然闲适心境，哪得如此诗句！

"何必奔冲山下去，更添波浪向人间"，深谙"云自无心水自闲"的意味，诗人更加直白地抒发自己的情感。这样自在自乐的白云泉水，从容地奔驰在山间，是逍遥而惬意的，又何必向山下奔冲而去，给本已纷扰多事的尘世增添新的波澜呢！

其实，这是诗人处世态度的诗意言说。

白居易自称以儒家"穷则独善其身，达则兼济天下"的态度处世，但实际上，他对"兼济"和"独善"的取舍是随时变化的。他贬官江州前，仕途较顺利，又正值元和年间宪宗较为振作的时期，"兼济"思想占主导地位。四十四岁政治上受打击后，面对朝政日非的现实，思想便从"兼济"急剧转向"独善"。"面上灭除忧喜色，胸中消尽是非心"（《咏怀》），"无情水任方圆器，不系舟随去住风"（《偶吟》）。诗人晚年虽宦途显达，却再无"兼济"之志，而是开始了一番新的精神之旅。

这首小诗用清淡的笔墨诗意地描摹白云与泉水的神态，"乐天诗极清浅可爱，往往以眼前事为见得语，皆他人所未发。"（《古欢堂集》）同时，诗作言浅意深，颇有寄托，云水的逍遥写尽了诗人恬淡的情怀，泉水奔驰的波浪象征着社会风浪。

（刘　琴）

大林寺桃花　　　白居易

人间四月芳菲尽，山寺桃花始盛开。
长恨春归无觅处，不知转入此中来。

【鉴赏】读这首小诗，我们仿佛跟随着诗人的脚步，送走缤纷的春色，眼看满眼芳菲零落将尽，却转入深山古寺，这里的一片桃花冲入眼帘，正继续言说着春光的美好。诗人由此生发出一番感慨："长恨春归无觅处，不知转入此中来。"整首诗作，明白晓畅，不着一奇字僻语，却意趣盎然，味之无极。

"人间四月芳菲尽，山寺桃花始盛开。"在春日已零落了满眼缤纷之际,诗人乘兴出游,似乎欲挽留这无边的美好春色,以期在某时某地有所遇合。也许正为了迎合诗人这份惜春的情怀,在高山古寺之中,一片烂漫的桃花冲入诗人眼帘。初夏时节,一面是"芳菲尽",一边是"始盛开",这番对比描绘,更显深山古寺春色的缤纷。可以想见,一片冲面而来的春色带给诗人的惊异和欣喜将到何种程度。"人间"二字更让小诗具有了一种独特的韵味。写山下春光已逝是"人间"之景,那么与之遥相呼应的山寺桃花胜景呢? 是"此景只应天上有,人间哪得几番见"么? 山寺的这番奇遇,经诗人这番叙写,便有了一种人间天上对举的味道。

　　"长恨春归无觅处,不知转入此中来",诗人由眼前烂漫桃花的触发发抒感慨。曾经为春光的逝去伤感不已,怨恨不已,而此番则感受了一种柳暗花明的惊喜。诗人由惜春、恋春转而怨春,在眼前春色的触动下,怜惜、依恋、怨怼之情都已不复存在,他欣喜地发现,春光如同一个顽皮的小孩,不知何时蹦蹦跳跳地藏到了这个幽静之所,而此前,只不过因为自己缺少了发现的眼睛罢了!

　　在诗人笔下,桃花的绽放代替了春色的烂漫,春光因此极具形象性、可感性。春光甚至具有了人的情感与气质,一如小孩的活泼与顽皮,更具小孩的生机与活力。

　　小诗作于元和十二年(817)初夏,当时白居易任江州刺史。江州之任实为诗人政治生涯上的分水岭。这首纪游小诗,或许正暗寓了诗人另一番政治与人生体验呢! 春色无处不在,只看你如何去体验与理解罢了! 对仕途的追攀一如对春色的寻觅,无意间,也许你将收获一份惊喜,将感受另一番人生况味!

(刘 琴)

卖 炭 翁　　　　白居易

卖炭翁,伐薪烧炭南山中。
满面尘灰烟火色,两鬓苍苍十指黑。

卖炭得钱何所营？身上衣裳口中食。

可怜身上衣正单，心忧炭贱愿天寒。

夜来城外一尺雪，晓驾炭车辗冰辙。

牛困人饥日已高，市南门外泥中歇。

翩翩两骑来是谁？黄衣使者白衫儿。

手把文书口称敕，回车叱牛牵向北。

一车炭，千余斤，宫使驱将惜不得。

半匹红纱一丈绫，系向牛头充炭直。

【鉴赏】《卖炭翁》是一首叙事诗，依事件发展的时间顺序，分为前后两部分。从开头到"市南门外泥中歇"为第一部分，余下的内容为第二部分。

第一部分写卖炭翁劳苦悲惨的生活。开头四句以简洁的笔墨塑造出艰难困苦的劳动者形象。"伐薪"、"烧炭"概括了复杂的工序和漫长的劳动过程，为下文写宫使夺木炭的罪行做了铺垫。"南山中"是他伐薪烧炭的场所，那里山深林密，人迹罕至，具有环境的烘托作用。终南山在长安城南五十里以外，把炭由山中运到城里卖，也不容易，这又为下文"晓驾炭车"伏笔。在交代了人、事、地之后，作者用"满面"、"两鬓"两句准确而精炼地刻画出卖炭翁的外貌，形象地写出了老人劳动的艰辛。这样的外貌描写不但与下文宫使外貌的描写形成对比，而且还揭示了木炭来之不易，与下文所叙木炭轻易被夺形成对照。中间四句写卖炭翁的心理活动。前二句一问一答，写出卖炭翁的心愿。他烧炭求售只是为了求得起码的温饱，既区别于为赚钱而贩卖的木炭商，也区别于指望发家致富的自耕农。卖炭翁贫无立锥之地，别无衣食来源，全指望千辛万苦烧成的"千余斤"木炭能卖个好价钱。这就为后面宫使的掠夺进一步做了有力的铺垫。"可怜身上衣正单，心忧炭贱愿天寒"，这是扣人心弦的名句。"身上衣正单"就应该希望天暖，然而这位老翁是把解决衣食问题的全部希望寄托在"卖炭得钱"上的，所以他在冻得发抖的时候，一心盼望天气更冷。诗人深刻理解卖炭翁的艰难处境和复杂的内心活动，只用了十多个字就如此真切地表现了出来，而且还用"可怜"两字倾注了自己的同情，从而迸发出激动人心的艺术力量。后四句写卖炭翁赶车卖炭的情景。"夜来"、"晓驾"、

"辗冰辙"、"日已高",既反映了老翁为了赶车卖炭,冒着严寒,一夜未睡的情况;又反映了驾车时间之久,路程之长;"牛困人饥",写出了人畜俱已疲惫不堪的情景,"泥中歇"更显示出卖炭翁歇不择地的困态。"市南门外"表明尚未到达市场,与下文联系起来,暗示所谓"宫市"的掠夺的魔爪伸到了长安城的各个角落。

第二部分写炭被掠夺和卖炭翁的悲痛。前四句描绘宫中爪牙仗势欺人、横行霸道的丑恶行径。"翩翩"两句,一问一答,点明身份,又显示出爪牙横冲直撞、趾高气扬的神态。"手把"、"口称"刻画爪牙专横跋扈、蛮不讲理的行为。本来就是光天化日之下的公开掠夺,却还要亮出"文书",口称奉皇帝命令而来,真是可憎而又可恶。写宫使掠夺与上文写老翁的悲惨生活形成对照,更显示出封建剥削的残酷性。这里值得指出的是,"手把文书口称敕"一句已经点破了宫使是仗着皇帝的威势而来的,皇帝放纵鹰犬到处害民,是长安市上"宫市"丑剧的总导演。

后四句写被掠夺的结果。"一车炭,千余斤",这是老翁一年血汗的结晶,是全家衣食的来源,竟白白的被宫使抢走了。这正如《杜陵叟》中所写的:"剥我身上帛,夺我口中粟,虐人害物即豺狼,何必钩爪锯牙食人肉!"但是慑于皇权的淫威,这位卖炭翁只能一声不响地把苦水往肚里咽。"惜不得"三字写出了老翁的悲痛和失望、无可奈何的心情。"半匹红纱一丈绫,系向牛头充炭直",红纱、绫等物,并不是什么值钱的东西,据《资治通鉴》记载,这都是用红紫颜料染成的破烂,根本不能用。拿数量极少的破布败绫来换千余斤木炭,这是什么交易? 至此,"名为宫市,其实夺之"的本质就被揭露无余。当卖炭翁空着肚皮赶着空车走在返回终南山的路上会想到些什么? 他往后的日子又怎么过? 是谁把卖炭翁逼到这种境地?这些诗人没有明写,而让读者在思考中自然得出宫市害民的结论。

(杨　军)

赋得古原草送别　　　白居易

离离原上草,一岁一枯荣。
野火烧不尽,春风吹又生。
远芳侵古道,晴翠接荒城。
又送王孙去,萋萋满别情。

【鉴赏】重读这首儿时每每脱口而出的诗作,似乎因太过熟悉而产生了陌生化的感觉。一闭上眼,就幻出一群小伙伴拍手而歌此作的情景,耳旁响起的,是他们稚嫩而清脆的声音。诗作的旋律因他们的吟唱而久久在耳际跳跃、回响。

诗作构思巧妙,从草写到古原,写到送别,把草与送别极自然地关合起来,完成了诗题。

诗歌前四句,抒写春草的旺盛生命力。"离离"是草茂盛的样子。"一岁一枯荣"是写草的自然生长机理。草为一年生植物,春荣秋枯,在一荣一枯之间就完成了它的生长与凋零。且看作者用词——"枯荣":诗人不是写"荣枯",而是由秋草的凋零写到春草的滋生,这样,其落脚点就在荣,在春草,在生命力。仅以此句似乎还不足以刻写春草的生命力,"野火烧不尽,春风吹又生",诗人这里让柔弱的小草经历了最严酷的考验:不是斩断茎叶,而是烈火焚烧,强调了毁灭的力量。而小草却顽强地在春风吹拂下重新焕发出了勃勃生机。这是重生的生命,它正以无边的绿意来回答火的凌虐,言说自己的坚强。

"远芳侵古道,晴翠接荒城"则写春草让古原焕发了新的生机。古原上清香弥漫,绿草沐浴着阳光,春草正在向越来越大的范围滋生、蔓延,沉寂的古原因之恢复了青春般的活力!

在这样弥漫一派生机与活力的春色里,诗人却关合了春草与送别。我们实际上可以读出三层意味:其一,春回大地,芳草芊芊,送别有了一种诗的意味。其二,"王孙"化自《楚辞·招隐士》"王孙游兮不归,春草生兮萋萋",因见萋萋芳草而怀思久游不归之王孙。王维《山中送别》中"春草明年绿,王孙归不归"似乎可为之作注。在送别之际,遥想来年春草碧色之时,行人是否能如春草滋生般依时而返?其三,最直接的关合处。正如晚唐李煜的《清平乐》所述:"离恨恰如春草,更行更远还生。"别情正如春草,每一片绿叶都溢出愁绪,只要有春草的地方,即漾满离怀,抒写了离别愁绪之多和绵绵不尽。

诗作立意高远,将送别的主题赋予了一种少年气。此诗作于贞元三年(787),作者时年十六。或许是年龄的关系,让他还看不到过多的送别的凄苦与哀伤。诗人选择春草与离别关合,抒写了恰如春草般的离恨。但萦绕欣赏者心头的,更多的是"春风吹又生"的生机与活力。　　（刘　琴）

观 刈 麦

白居易

田家少闲月,五月人倍忙。

夜来南风起,小麦覆陇黄。

妇姑荷箪食,童稚携壶浆。

相随饷田去,丁壮在南冈。

足蒸暑土气,背灼炎天光。

力尽不知热,但惜夏日长。

复有贫妇人,抱子在其旁。

右手秉遗穗,左臂悬敝筐。

听其相顾言,闻者为悲伤。

家田输税尽,拾此充饥肠。

今我何功德,曾不事农桑。

吏禄三百石,岁晏有馀粮。

念此私自愧,尽日不能忘。

【鉴赏】此诗作于元和二年(807)作者任盩厔(今陕西周至)县尉之时,是作者早期一首成功的讽喻诗作。作者怀抱一颗善感之心,在对比的叙写中给我们描述了一幅凄惨动人的画面。

作者善于叙事,诗作结构自然,层次清晰,转折承接处如行云流水,浑然天成。诗人首先交代了劳作的背景——五月麦收,田家无闲,农忙伊始。在这样一个忙碌的季节,妇女带着小孩正赶往田间地头,给正在田里劳作的青壮年送去饭菜。他们此时正奋力割麦,顾不上脚下暑气的蒸腾,也顾不上背上烈日的烘烤,甚至连自己已精疲力竭都未曾意识到,只是挥洒着汗水机械地劳作着,想趁着这难得的夏日昼长时间多干点活。就是这样几笔,忙碌的季节、忙碌的劳作场面已被展现出来。但作者却在这忙碌的人群之外,特写一个特殊的忙碌之人——"贫妇人",她正将幼子搁置一旁,在割麦人身边拾取他们遗下的麦穗。旁人的疑问随着她的自我告白而消失殆尽,原来她家的田地已因缴纳租税而卖光了,故而如今无田可种,亦无麦可收,只能拾此聊充饥肠。闻此,作者再也掩饰不住内心的悲慨,不禁直抒胸臆——"今我何功德,曾不事农桑。吏禄三百石,岁晏有馀粮。念此私自愧，尽日不能忘。"诗人由农民生活的辛劳痛苦联想到自己生活的安逸舒适，深感愧疚，发为此作，以期"惟歌生民病，愿得天子知"（《寄唐生》）。

作者怀抱一颗善感之心，在细致地观察中对人的洞察尤为出彩："足蒸暑土气，背灼炎天光。力尽不知热，但惜夏日长。"写尽了农民劳作时的心理感受。此时，顾不上自己身体的疲惫，更顾不上外界环境的严酷，只寄希望于趁白昼日长加紧多劳作一会儿。其实，这是一种被异化了的心理感受，正如《卖炭翁》中"可怜身上衣正单，心忧炭贱愿天寒"中的老翁，他未必不知自己衣正单，天寒将更加难熬，但为了炭能卖个好价钱，不得不期待天气更加寒冷。割麦人也未必没意识到身体的疲惫，但早点收完麦子，家里的生计将更有保障，所以身体的不适与天气的炎热均可忽略。

白居易擅用对比。诗作即写了两组对比：一是割麦人与贫妇人的对比，一是割麦人、贫妇人与自己的对比。在第一重对比中，割麦者的忙碌写出了农民的辛苦，贫妇人的遭遇突显了赋税的繁重。今日的拾麦者也曾是田间辛勤的割麦人，今日的割麦者或许即将成为地头的拾麦人。严酷的现实即是如此吧！在第二重对比中，农民的劳作痛苦与自己（某种程度上代表为官者）的衣食无忧形成强烈的对照，讽喻的主旨不言而喻。诗作因此上升到了一个新的思想高度。

（刘　琴）

邯郸冬至夜思家　　白居易

　　邯郸驿里逢冬至，抱膝灯前影伴身。
　　想得家中夜深坐，还应说着远行人。

【鉴赏】在中国，节日是如此重要！文人墨客不管身处何处，身处何境，总会忆起一份祥和，寄予一份牵挂，聊慰一番寂寞。在各种节令中，写冬至之作相对较少，但在唐代，冬至是一个重要的节日，朝廷放假，民间共庆，其热闹丝毫不逊于其他节日。白居易此作以朴质真率的语言，道出了独历佳节的孤寂之感，朴质中自有其动人之处。

"邯郸驿里逢冬至"，首先即交代了此番冬至佳节，诗人所处的地方——邯郸驿里。这里绝没有家的温馨，没有节日的氛围，更没有亲人的慰藉，有的只是一番彻骨的孤寂——"抱膝灯前影伴身"。诗人似乎在百无聊赖中抱膝而坐，一任形影相伴，反复咀嚼着寂寞的况味。此时的灯光一如高适所说，"寒"得彻骨——"旅馆寒灯独不眠"(《除夜作》)，失去了它本来光明与温暖的意义。诗人此番抱膝灯前的动作，似乎就抱成了一个独立的、不被打扰的寂静与寂寞的世界，诗人独自沉浸在这个寂寞的世界中，一任寂寞侵袭，排斥外在世界。但诗人并不是一味地枯坐，连思想也陷入枯寂。此时，他的一番思绪已飞向遥远的故乡，飞回亲人的怀抱——"想得家中夜深坐，还应说着远行人"。

　　读诗至此，一种似曾相识的感觉扑面而来。我们在杜甫《月夜》中听过("今夜鄜州月，闺中只独看")，在王维的《九月九日忆山东兄弟》中听过("遥知兄弟登高处，遍插茱萸少一人")，高适《除夜作》亦与此同调("故乡今夜思千里")。诗人在此点题——"思家"。虽然诗人此时正陷入思家的心绪中无法自拔，但他却并不正面写自己如何思家，而是遥想故乡亲人，他们此时也应未得入眠，而是寒夜久坐，共同谈论着远方的"我"吧！他们正在怀想"我"独自在外，是如何度过这个本应一家团聚的节日吧？或许正在幻想，此时"我"能推门而入，为这个节日画上圆满的句号？总之，诗人在这里给读者留下了驰骋想象的空间，也就让整首诗作变得立体和深挚。

　　宋人范希文在《对床夜语》中说："白乐天'想得家中夜深坐，还应说着远行人'，语颇直，不如王建'家中见月望我归，正是道上思家时'，有曲折之意。"其实，二者各有千秋。白居易正是以他的朴质真率，用朴质真率的语言言说了节日思家这个恒久不衰的诗家主题。

（刘　琴）

暮 江 吟　　　　白居易

　　一道残阳铺水中，半江瑟瑟半江红。
　　可怜九月初三夜，露似真珠月似弓。

　　【鉴赏】诗人白居易，有着"志在兼济"为民请命的伟大理想，也有着"独善其身"的"明哲保身"思想。随着政治环境的日益险恶，为避免牛李党争之祸，他为自己安排下一条"中隐"的道路。这就是不做朝官而做地方官，以地方官为隐。因此他力求外任，这首《暮江吟》便约作于长庆二年(822)诗人赴杭州刺史任途中。诗作随口吟出，直率自然，格调清新，反映诗人离开朝廷力求"中隐"的轻松与愉快。

"一道残阳铺水中,半江瑟瑟半江红"是写红日西沉之际的江水。"一道"、"残阳"、"铺"都极写落日情景。用"一道"写阳光,说明阳光已不似初升之时缕缕照射,而是渐渐消褪了它的光芒,只剩却最后的力量在燃烧自己;"残阳"着一"残"字,极写落日,此时太阳已不再圆圆地高照,而是在西沉之际被云移遮住了部分身影,消残了部分力度;"残阳"照射在江面上,不说"照",而着以"铺"字,则写出了"残阳"已接近地平线的情景,此时,阳光似乎贴着水面照射过来,用一"铺"字,极为形象。同时兼写了落日的柔和平缓,给人以安闲静谧的感觉。"半江瑟瑟半江红"是写落日夕照下江水的颜色,因日色不足朗照,已没有白天的力度,故而无力让满江之水溢出波光粼粼的色彩。江水的涟漪因日照的不同而呈现出不同的色泽。受光充足的部分,呈现出一片"红"色,极显落日的优美;受光较少的部分,则以江水的碧色示人,也不失一种自然与亲切。涟漪轻泛,细波粼粼,光彩变幻,诗人沉醉在这无边的江水与无边的美丽之中了,忘却了时间,也忘却了自己。

不觉中,已是"新月初升",诗人不觉微微低吟,"可怜九月初三夜,露似真珠月似弓"。没有了落日的余晖,新月的朦胧同样令人陶醉。看,清冷的露珠洒在草丛中,宛如一粒粒透亮润洁的珍珠,泛出动人的光泽!而此时天空的那一弯新月,是多么像一张精巧的弓!天上地下两番动人的景象,被诗人压缩在"露似真珠月似弓"这样七字诗句中了!诗句似乎也呈现了一种特有的光泽与精巧了!

诗人即是用"可怜九月初三夜"这样一句写时间的诗句,连接了红日西沉与新月东升这两段时间的两种景物。"可怜"意为可爱,可爱的落日,可爱的新月,可爱的江水,可爱的露珠,共同构成了可爱、和谐、宁静的意境。

(刘 琴)

南 浦 别　　　　白居易

南浦凄凄别，西风袅袅秋。
一看肠一断，好去莫回头。

【鉴赏】这首小诗，诗题为"南浦别"，点明了地点"南浦"和具体的事情"送别"。其实，即便诗人不题以一"别"字，"南浦"这一词语已足以让人产生有关送别的种种联想了。"南浦"即南面的水滨，古人常在南浦送别亲友。早在《楚辞·九歌·河伯》中即有"送美人兮南浦"的描述，而让我们记忆犹新的是南朝梁江淹的一首《别赋》："送君南浦，伤如之何！""南浦"在此由送别的地点又关合了离别的情感。从此，"南浦"便成了送别与离忧的代名词。

"南浦凄凄别，西风袅袅秋"，送别的地点是在容易让人产生不尽联想的"南浦"，送别的时间是在容易让人伤感与倍感凄凉的秋天。南浦相送让人倍感秋意的凄凉，秋季话别倍增离人的凄苦与惆怅，两者有相生相衬之妙。这里"凄凄"与"袅袅"两个叠字的运用分外传神，离人的肝肠寸断一经叠词表达，更具回肠荡气的艺术效果，让离愁别绪的痛楚久久萦绕在南浦间，久久回旋在秋色中。

"一看肠一断，好去莫回头。"一种缠绵悱恻之情由此溢出。我们常言送君千里，终有一别，离别的时刻是最让人难以承受的。正如电影镜头，诗人选取了最具包孕的时刻加以描写——离人已登舟离去，诗人目送友人，眼看渐行渐远，却见离人每每回首而"看"，四目相对的一刻，万千的离愁别绪经这一撩拨，刹那间成倍地冲击两人本已承受了太多的心。一个"看"字，一个极为平常的字眼，一个极为平常的动作，在这里却有着"此时无声胜有声"的效果，起到了极不平常的作用。

诗人不堪忍受友人投来的目光，只能劝慰"好去莫回头"，因为每一次回首，则倍增别离的痛苦，每多一次回首，则让双方都多受一份煎熬。可是在诗人劝慰友人之际，他自己为何不回过头去，背对离帆，让友人目送自己一步一步离开南浦水边呢？其实，装载在友人心中的，是一样的离愁别绪，是一样的难以割舍，哪怕要倍受这种情感的煎熬，他们也要频频用目光传达这样一份难以割舍却不能抑制的情意。

短短二十字,诗人却用最质朴的话语,传达了最深挚的情意。白话般的叙说,有着味之无极的效果。 （刘　琴）

秋雨夜眠　　　　　　　　白居易

凉冷三秋夜,安闲一老翁。
卧迟灯灭后,睡美雨声中。
灰宿温瓶火,香添暖被笼。
晓晴寒未起,霜叶满阶红。

【鉴赏】一位安闲的老翁,晓晴天寒,满阶红叶,香添被笼,欣然而卧,回顾昨晚凉冷秋夜的酣然睡美,如此安适,如此闲淡,在白居易写实讽喻诗作之外,更创一番新的诗境。

此诗约作于大和六年(832),时白居易任河南尹。此时诗人已六十多岁,年衰体弱,官务清闲,加上亲密诗友元稹的辞世,心情多少有些寂寞。回顾所历人生,不免于政治心生一份疏懒之心,于生活多了一份闲散之致。

"凉冷三秋夜";点明时节已是深秋,人已能感觉到阵阵的寒意。诗题为"秋雨夜眠",此处,尚未让秋雨出场,已如此凉冷,若加风雨的侵袭,则将倍增清寒。这样凉冷的深秋之夜,"安闲一老翁",一位老翁正以他独特的态度坦然面对。老翁似乎只沉浸于他自己恬淡的世界中,丝毫不役于外物,乐得一份恬适与自然。

按理说,拥有如此闲适的心态,老翁能随时酣然睡美,实则不然,老翁一如其他老人,犹喜迟卧,所以,在淅沥的秋雨声中,老翁尚能够"睡美",不至为雨声所惊醒。一位心无所虑的老者形象跃然纸上。

我们说老翁"安闲"、"睡美",是否只是他酣眠之后的情状呢？不然,"灰宿温瓶火,香添暖被笼",烘瓶里的火早已熄灭,夜已经过去,照理说老翁应该起床料理雨后的事务了,可他却还要"香添暖被笼",打算继续躺着,享受被里的温暖。老人的闲散情态可爱地呈现在我们面前。

"晓晴寒未起,霜叶满阶红",一层秋雨一层凉,风雨过后,本已凉冷的深秋更加寒冷,而夜来风雨更加快了霜叶的凋零,也许就是前一日还红似二月花的树叶,一夜之间,已飘零满目,在阶前随风旋转,向人世作最后的告别。老翁此时尚因"寒"未起,不见落叶飘零,便不会深感自然的无情、时间的无情、人世的无情,"未起"是心境淡泊的写照,更是心境通达的写照!

老翁于秋雨声中酣然而眠,于晓晴之际贪被未起,不尽的闲适与潇洒从诗作字里行间飞溢而出。其实,这又何尝不是诗人自己晚年的写照呢!至少也是诗人的一份理想寄托吧!

(刘　琴)

上阳白发人　　　　　　白居易

上阳人,红颜暗老白发新。
绿衣监使守宫门,一闭上阳多少春。
玄宗末岁初选入,入时十六今六十。
同时采择百馀人,零落年深残此身。
忆昔吞悲别亲族,扶入车中不教哭。
皆云入内便承恩,脸似芙蓉胸似玉。
未容君王得见面,已被杨妃遥侧目。
妒令潜配上阳宫,一生遂向空房宿。
宿空房,秋夜长,夜长无寐天不明。
耿耿残灯背壁影,萧萧暗雨打窗声。
春日迟,日迟独坐天难暮。
宫莺百啭愁厌闻,梁燕双栖老休妒。
莺归燕去长悄然,春往秋来不记年。
唯向深宫望明月,东西四五百回圆。
今日宫中年最老,大家遥赐尚书号。
小头鞋履窄衣裳,青黛点眉眉细长。
外人不见见应笑,天宝末年时世妆。
上阳人,苦最多。
少亦苦,老亦苦,少苦老苦两如何。
君不见昔时吕向《美人赋》,又不见今日上阳白发歌。

【鉴赏】白居易对女性命运的同情和关注超过了前代诗人,在他笔下,出现了众多不同类型的女性形象,这位"上阳白发人"是其中尤为生动的一位。

这是白居易《新乐府》五十首中的第七首,诗作宗旨为"愍怨旷也"。古时,称成年无夫之女为怨女,成年无妻之男为旷夫。这里描写了女子之"怨"。在中国古代,女性的价值与命运极少能由自己实现和掌握,她们的喜怒哀乐都依附于所归之男性,白居易在《太行路》一诗中即说:"人生莫作妇人身,百年苦乐由他人。"若对比普通女性,则宫廷女性在身体上和心理上都更少自由空间,被迫断送了自己的青春和幸福的宫女尤为让人同情。"三千宫女胭脂面,几个春来无泪痕"(白居易《后宫词》),"上则虚给衣食,有供亿靡费之烦;下则离隔亲族,有幽闭怨旷之苦"(白居易《请拣放后宫内人》)。这首《上阳白发人》则选取了一个终身被幽锢宫廷的宫女作为典型,写出了"后宫佳丽三千人"的不幸命运。

诗作前有一小序曰:"天宝五载(746)以后,杨贵妃专宠,后宫人无复进奉矣。六宫有美色者,辄置别所,上阳是其一也。贞元中尚存焉。"《长恨歌》亦写道:"后宫佳丽三千人,三千宠爱在一身……姊妹弟兄皆列土,可怜光彩生门户。"杨贵妃专宠实属偶然,后宫佳丽的不幸命运,则是被历史证明了的必然遭际,杨贵妃也未能脱此不幸,这位上阳白发人则更是凄怨终生了。

诗作伊始,即交代了上阳宫今日的沉寂和白发宫女的身世。昔日上阳宫的喧哗似乎还可以想见,但如今俨然一座活死人墓,凄凉得令人心惊。这里,埋葬了太多昔日入选的曼妙香魂,这位仅存的白发宫人已在此度过了四十四个春秋,眼见春花秋草的凋零,更眼见昔日同时入选的姊妹殒命。在如此幽闭的处所,挥手告别尘世未尝不是一个好的出路,但这位宫人偏偏孤寂得只剩下自己,"他年葬侬知是谁"?

诗作继而叙写昔年如花少女挥泪告别亲友的场面,在"皆云入内便承恩"的哄骗下,少女踏上了一条不归之路,"一生遂向空房宿",对亲友的思念无处诉说,满怀愁绪更无处诉说。

宫女的悲哀还不仅如此,诗作"秋夜长","春日迟"两节,则写尽了上阳宫人一生的凄怨生活。秋夜、残灯、暗雨、空房,环境的凄清更衬托出宫人凄凉的心境。寂寞难耐,夜长无寐,巴望天明,而"日迟独坐"却怨"天难暮"。上阳宫人即在这种看似矛盾的心绪中数过了四五百回月圆之夜。

漫长的枯寂的生活消磨了她所有对生活的热情,百啭的宫莺、双栖的梁燕都再难以挑起她的意绪。

悲苦亦不仅如此,身已年老,却得到"大家"(皇帝)的"尚书"虚名之封,殊不知,她已付出了青春与一生的代价!皇恩的虚伪可见一斑。不经意地瞥过自己的妆饰:"天宝末年时世妆!"她以自嘲的口吻道出,含笑的泪中包含了无尽的哀。

诗作语言浅显,音韵流转,融叙事、抒情、写景、议论于一炉,极富感染力,是宫廷题材中少有的佳作。

(刘 琴)

新丰折臂翁　　白居易

新丰老翁八十八,头鬓眉须皆似雪。
玄孙扶向店前行,左臂凭肩右臂折。
问翁臂折来几年,兼问致折何因缘。
翁云贯属新丰县,生逢圣代无征战。
惯听梨园歌管声,不识旗枪与弓箭。
无何天宝大征兵,户有三丁点一丁。
点得驱将何处去,五月万里云南行。
闻道云南有泸水,椒花落时瘴烟起。
大军徒涉水如汤,未过十人二三死。
村南村北哭声哀,儿别爷娘夫别妻。
皆云前后征蛮者,千万人行无一回。
是时翁年二十四,兵部牒中有名字。
夜深不敢使人知,偷将大石捶折臂。
张弓簸旗俱不堪,从兹始免征云南。
骨碎筋伤非不苦,且图拣退归乡土。
此臂折来六十年,一肢虽废一身全。
至今风雨阴寒夜,直到天明痛不眠。
痛不眠,终不悔,且喜老身今独在。
不然当时泸水头,身死魂孤骨不收。

应作云南望乡鬼，万人冢上哭呦呦。

老人言，君听取。

君不闻开元宰相宋开府，不赏边功防黩武。

又不闻天宝宰相杨国忠，欲求恩幸立边功。

边功未立生人怨，请问新丰折臂翁。

【鉴赏】 阅读这首诗作，我们仿佛在观看一部具有传奇色彩的悲剧电影，又仿佛在聆听诗人给我们讲述一个凄怆动人的往昔故事。就是这样一首小诗，却字字千金，惊心动魄。切莫跳过一字看才是。

开篇是一幅和谐美好的老者晚景图。"新丰老翁八十八，头鬓眉须皆似雪；玄孙扶向店前行。"看，一位须发皆白的老者，正在玄孙搀扶下漫步在乡间小道。同时，我们亦可从"玄孙"二字中想象他膝下儿孙环绕的热闹与温馨。这是一个连神仙也要嫉妒三分的老翁形象！

但诗人却笔锋一转，让我们在和谐之中看到了某种不和谐：就是这样一位老翁，就是这样一位在玄孙扶持下缓缓漫步的老翁，却"左臂凭肩右臂折"！寥寥七字，却字字惊心动魄！好奇与疑问在读者胸中萦绕，作者笔触顺势而下，"问翁臂折来几年，兼问致折何因缘"，诗作转而向我们娓娓讲述了发生在六十年前的凄怆故事。

这个故事告诉我们，老翁 24 岁时，身逢战乱征兵，"户有三丁点一丁"。而他生逢圣代，未历征战，对战争一无所晓，正是"惯听梨园歌管声，不识旗枪与弓箭"。加上听闻所征兵卒，都万里迢迢，被遣征云南，而云南泸水，"椒花落时瘴烟起"，"未过十人二三死"，已葬送了太多年轻人的美好生命。大家奔走相告，却一计难施："村南村北哭声哀，儿别爷娘夫别妻。皆云前后征蛮者，千万人行无一回。"面对此情此景，24 岁的年轻人做出了一个惊人的抉择："偷将大石捶折臂。"因为身残而一无所能，故而有幸免了云南之征。

尽管免去了征战之行，但正是"骨碎筋伤非不苦"，时隔六十几年，老翁经常忍受着难耐的苦楚，"至今风雨阴寒夜，直到天明痛不眠"。但"一肢虽废一身全"，因肢残而保住生命已足以让他得到许多慰藉了，所以老翁反而感叹"痛不眠，终不悔，且喜老身今独在"。要不，云南泸水冤魂诉，那冤魂中恐怕就有他一个吧！

借老翁之口讲述完这个悲怆的故事，诗人对兵役发出了直接控诉，提示了诗作的主题——黩武征战给人民带来了太多的灾难。读完诗作,让我们记忆犹新的是老翁身残后,不以为悲,反以为喜的心理。透过此等笔墨,诗人的叙事笔致,良苦用心均可见一斑。

(刘　琴)

杨柳枝词

白居易

一树春风千万枝,嫩于金色软于丝。
永丰西角荒园里,尽日无人属阿谁?

【鉴赏】清人所编《唐宋诗醇》誉此诗"风致翩翩",的确,小诗抒写垂柳的万般风姿,笔调清新优美,如春日细雨之后的红日朗照,令人陶醉;后两句转而发抒感慨,用笔深沉含蓄,是夏日闪电雷鸣后的黑云弥漫,令人窒息。

这是一树春日柳枝的风姿!垂柳最吸引人处,即在它的万千枝条,诗人即于此处着墨,力写其枝条的繁茂、姿态的优美、色泽的夺目、质地的柔嫩。看:在和煦春风的吹拂下,那一树柔枝再也按捺不住随风起舞的热情,把一冬的沉寂丢却一边,开始享受这春日的暖晴,尽情展露它们的勃勃生机,为这无边的春色增添了另一番柔美与新鲜。在温暖春风的怀抱中,柳枝绽放出柔嫩的芽苞,远远望去,那是一片难以形容的娇黄,但其中又透着绿的生机,有如刚刚出壳的小鸭那般柔黄与惹人怜爱,细长的柳枝随风飘荡,若于手中轻轻地滑落,那感觉是基于丝缕的柔软。诗人选用"金色"与"丝"来作比,写出了柳枝又嫩又柔的娇

436

态。我们仿佛眼见了那片柔嫩,手触了那种娇软。

拥有了这般美好的姿质,照理说应当受到人们的激赏与珍爱,但诗人笔下的这株弱柳,却生在了一处荒凉冷落之地,"永丰西角荒园里","西角"是背阳寒凉之地,"荒园"是无人所到之处。生长在如此偏僻荒凉之地,尽管它在春风里同样绽放了它的美丽,但又有几人偶得一顾呢!其他花草树木,或许远不如此柳的风姿绰约,却因生得其地而倍受称赞!在动人风姿与孤寂落寞的对比中,诗人表达了对此株垂柳的深深惋惜。

在这里,诗人对永丰垂柳的痛惜之情,实际暗寓了诗人对当时政治昏暗、埋没人才的感慨,在某种程度上,也寄寓了作者自己的身世感慨。据说当时河南尹卢贞曾和诗一首,其题序曰:"永丰坊西南角园中,有垂柳一株,柔条极茂。白尚书曾赋诗,传入乐府,遍流京都。近有诏旨,取两枝植于禁苑。乃知一顾增十倍之价,非虚言也。"但毕竟,即便无人赏爱,却同样地绽放自己的美丽,又何尝不是另一种生存境界呢!

(刘　琴)

同李十一醉忆元九　　　　白居易

花时同醉破春愁,醉折花枝作酒筹。
忽忆故人天际去,计程今日到梁州。

【鉴赏】唐人喜欢以行第相称。这首诗中的"元九"就是在中唐诗坛上与白居易齐名的元稹,"李十一"即李杓直。元和四年(809),元稹奉使去东川。白居易在长安,与他的弟弟白行简和李杓直一同到曲江、慈恩寺春游,又到杓直家饮酒,席上忆念元稹,就写了这首诗。这是一首即景生情、因事起意之作,以情深意真见长。

友情如此清澈,端在手中,不是酒。岸边"最美最动人"的春天在诗人的脸上开花,虽挂着泪,眼里却在吟诵的一刹那生出最美丽的两个字:牵挂。

不觉春愁深深,等闲离别易销魂。"酒入愁肠,化作相思泪"(范仲淹《苏幕遮》),只因绿酒初尝人易醉。记忆的灰烬,盛入古铜色的熔炉,化为青烟萦绕的苍凉的历史。不同的梦想在每个人身上演绎着不同的命运。

身在长安,陪同杓直、白行简游曲江、慈恩寺的"我",仍可寄情山水,而远去天际的故人——元稹,"你"却在路上舟车劳顿。"我"的快乐,就似烟火只开一瞬。那是寂寞而忧伤的影子,注定摇晃着"我"的情愫。"我"曾瞥见过幸福的瞬间,那是往日你我的君子情谊,可生活中处处都是一场竹篮打水。被酒兴搀扶着的"我",叩问四壁的美景,那被命运扣押的相聚,是否像一口空了的酒缸。一路走来,谁与同行?

　　每日每夜,"我"都牵挂着"你"的行程,推算"你"现身在何处。"梦君同绕曲江头,也向慈恩院院游。亭吏呼人排去马,忽惊身在古梁州。"(元稹《梁州梦》)当白居易忆念元稹,写下"计程今日到梁州"时,元稹恰好身在梁州,并写下了这首《梁州梦》。在几近神秘的巧合背后,是二人之间的深情厚谊。"心有灵犀一点通",同在一天里,一个心意,一个梦想。那迷迷的酒,湿漉漉的诗,那被诗和酒照彻的心灵,月华纷纷扬扬,落下来的泪只有光斑,没有味觉。伤感是痛苦的烦恼,伤感是落寞的无奈!抑郁之意陡起波澜,心梦飘远。人生难得知己,惟有遥寄天际故人。

　　将两诗对读,更可见元、白二人交谊之深,亦给人一种真和美的享受。

(李仲婉)

舟中读元九诗　　　　白居易

把君诗卷灯前读,诗尽灯残天未明。

眼痛灭灯犹暗坐,逆风吹浪打船声。

　　【鉴赏】昏昏的灯,冥冥的天,沉沉的未晓天,凄凉的情绪,黑夜占住愁怀。秋风萧瑟的船上,把诗夜读,心绪却不平静。

　　人生之途难于蜀道,猛虎长蛇尚可避,暗箭冷枪却难防。"木秀于林,风必摧之",造谣诽谤者不乏其人,最后以至于"众口铄金,积毁销骨"。有道是"人海阔,无日不风波"。贬斥江州实属命运不济,庆幸,友人诗篇成打破岑寂的伴侣,心弦共鸣。

　　船下江中,不断翻卷起狂风巨浪,心头眼底,满是高雅的诗心。终于,诗尽灯残,不觉干涸的眼睛里灼灼刺痛,重重的凄苦砸在汹涌的波涛之上,红色的斑状花纹繁华浓烈地凸现。江中极致的孤寂的味道,一览无余。任凭洪波涌起,卷起千堆雪,任凭风风雨雨冲刷出满脸的沟壑,任凭"秋风秋月愁煞人",手持元九之诗,天各一方,心中便可有所寄托。回想友谊,珍惜舟中灯下难得的"不曾相忘江湖"。把忧伤画在眼睛里,将流浪抹在额头守望,在孤独中无法安静,把一切的苦楚和酸涩抛进逆风恶浪之中,放思绪自由地飞翔,秋清残灯,人憔悴,心事重重,夜浑心更寒,无可奈何心伤透,无人知悲欢,惟有一纸书信解情怀。多少事让人哀叹,伤心却无奈,梦难成。

起皱纹的小诗,荡漾着水的波光,灯的剪影,怎奈何柔柔的,太轻,如何敌得过多情更多恨?

“读君诗”,忆斯人,同是天涯沦落人。纯属偶然的生命,依恋另一个生命,相依为命、结伴而行。已是独自愁,更著风和雨,无限思量。

可惜忘却因由,凄苦只缘遭际飘零,何不赏玩“采菊东篱下”的悠闲,考量“人迹板桥霜”的静谧,追求“低头弄莲子”的祥和? 半生里,萍踪浪迹又岂不逍遥自在? 此恨何时已?

驶出咿咿呀呀的愁怨,新乐府运动之抱负可跳出欲望的什刹海,心灵的选择在“天生我材必有用”中永存,在“舍生取义”中发展,在“守拙归园田”的闲适中成就。

(李仲婉)

花 非 花　　白居易

花非花,雾非雾,夜半来,天明去。
来如春梦几多时? 去似朝云无觅处。

【鉴赏】白居易爱花,可是这首诗里,似花非花,似雾非雾的,又是什么呢? 此诗取诗句前三字“花非花”为题,其实近似于无题,它编在《真娘墓》、《长恨歌》、《琵琶行》、《简简吟》之后,均属于感伤类的诗词,所以其主题基调是感伤。《长恨歌》、《琵琶行》自不必说,《真娘墓》、《简简吟》二诗,均为悼亡之作,抒发的都是往事虽美,却如梦如云、不复可得之叹。《花非花》一诗紧编在《简简吟》之后,因此其间所要表达的郁郁感伤之情就可想而知了。

439

试想，夜半天未明，诗人忽然惊醒，披上长衫，慢慢踱步至窗前，此时，月光一泻千里，思绪不禁开始缥缈，刚刚那一幕萦绕在周围，是花？是雾？似花非花，似雾非雾。究竟是什么呢？自己竟也不能清晰地说出来，只能是"花非花，雾非雾"了。一句"夜半来，天明去"却又似乎明确了那花花雾雾的东西原来是一场梦啊！梦者，虚幻也。可是"来如春梦几多时"又否定了那一场梦，往事一幕幕开始重演，那一种美好与幸福，那一种回忆，到头来也是过眼云烟，转瞬即逝，无影无踪，不留一点痕迹。这时，白居易不觉间已潸然泪下，再抬头，天已快明，于是朝霞映入眼帘，朝霞虽美，却又是易逝易幻灭，这就更加增添了白居易心头的那一抹愁绪。即使往事是那么的短暂，是那么的匆匆，可是在心头留下的痕迹是不可磨灭的，仅存得这么一点回忆。无论留下的是快乐是幸福，抑或是痛苦是忧伤，可对他如今的生活来说却是无法割断的思念，令他总是不经意间陷入沉沉的思绪之中，因为那毕竟是属于自己的无法代替的往事与回忆。

　　《花非花》给我们留下的就是这样一种似有却无，隐隐约约的印象，读罢心头也是这样若有所失若有所得的感觉，这或许就是此诗的独特意蕴吧。

（肖莉莉）

与梦得沽酒闲饮且约后期　　白居易

少时犹不忧生计，老后谁能惜酒钱？
共把十千沽一斗，相看七十欠三年。
闲征雅令穷经史，醉听清吟胜管弦。
更待菊黄家酝熟，共君一醉一陶然。

　　【鉴赏】这首诗写白居易与刘禹锡在洛阳会面时的情景，当时两人都经历了宦海的浮浮沉沉，人到暮年，看似悠闲，在一起饮酒，并相约秋后再聚。

　　想当初，少不更事，从来不会为了生计而发愁担忧，满腔的豪情壮志，一心只为了实现自己的理想和抱负，有一种"初生牛犊不畏虎"的勇气。那时，意气风发，心高气傲，带着一股豪气，也带着一点冲动。现在，两个人都老了，阅尽世情冷暖，饱经世事沧桑，谁还会吝惜那几个酒钱呢！他们争相解囊，想要自己来付酒钱。你推我让了好一会儿，终于达成协议——同沽美酒。他们共同以十千钱换得一斗美酒,坐定后,举杯共饮。忽然,四目相对,举到半空的酒杯就此定格。彼此端详,泪眼婆娑,然而脸上却始终带着老朋友相遇的微笑。天知道这含泪的微笑中到底包含了多少人生的艰辛坎坷与苦痛哀伤!他们看到的是对方老态龙钟的模样,可是这何尝不就是自己呢!他们都已年近七十,俗语说:"人生七十古来稀。"两位白发苍苍的老人,早已满脸皱纹,这无言的凝视让他们都感慨万千,想到年少时那自信满满的样子,那个轻狂有抱负的自己,而今,历经种种之后,两个人依旧在宦海中沉浮,虽然他们的身体已经清闲下来,然而,他们的心依然活跃着,忙碌着,苦恼着,几乎没有片刻的宁静。

回过神来,连忙抹去眼中的泪花,微笑着把酒饮下。虽然有千言万语,可是不言也许是最好的选择。他们一杯接着一杯地喝酒。不知是谁先提议要行酒令,于是两个人广征博引,引经据典,咽着苦酒谈笑风生。有谁能明了,满腹的经纶,旷世的才学,高洁的情操只能化为行酒令以排遣寂寞空虚,这本身就是一件多么可悲的事!醉意朦胧中,他们又开始清吟诗句,美酒醉人,但心却依然那么清醒,而这朋友的"清吟",却奏出了任何音乐都无法表达的心灵乐章,它们是那么的铿锵有力,每一个字似乎都有千斤的重量,它们深深刻在了彼此的心头,从此生根发芽。

似乎犹未尽兴,可是分别的时刻就要到了,酒也快喝完,于是两人相约,到秋后菊黄时分,自家酿制的酒也该熟了,那时老朋友再相聚,对着明月清风,对着梧桐秋菊,把酒临风,再叙今日的话题。到时候就来个一醉方休,共享陶然之乐。

壮志未酬,这是古代文人经常遇到的事,可以说也是有志之士最痛苦的事,关于此类题材的作品不可胜举。与李贺的《秋来》相比,这首诗多了一份表面的闲适,少了一些直抒胸臆,显得更为含蓄。 　　　　　　(王　萍)

琵　琶　行　　　　　白居易

浔阳江头夜送客,枫叶荻花秋瑟瑟。
主人下马客在船,举酒欲饮无管弦。
醉不成欢惨将别,别时茫茫江浸月。
忽闻水上琵琶声,主人忘归客不发。
寻声暗问弹者谁,琵琶声停欲语迟。

移船相近邀相见，添酒回灯重开宴。
千呼万唤始出来，犹抱琵琶半遮面。
转轴拨弦三两声，未成曲调先有情。
弦弦掩抑声声思，似诉平生不得志。
低眉信手续续弹，说尽心中无限事。
轻拢慢捻抹复挑，初为《霓裳》后《六幺》。
大弦嘈嘈如急雨，小弦切切如私语。
嘈嘈切切错杂弹，大珠小珠落玉盘。
间关莺语花底滑，幽咽泉流冰下难。
冰泉冷涩弦凝绝，凝绝不通声渐歇。
别有幽愁暗恨生，此时无声胜有声。
银瓶乍破水浆迸，铁骑突出刀枪鸣。
曲终收拨当心画，四弦一声如裂帛。
东舟西舫悄无言，唯见江心秋月白。
沉吟放拨插弦中，整顿衣裳起敛容。
自言本是京城女，家在虾蟆陵下住。
十三学得琵琶成，名属教坊第一部。
曲罢曾教善才伏，妆成每被秋娘妒。
五陵年少争缠头，一曲红绡不知数。
钿头云篦击节碎，血色罗裙翻酒污。
今年欢笑复明年，秋月春风等闲度。
弟走从军阿姨死，暮去朝来颜色故。
门前冷落鞍马稀，老大嫁作商人妇。
商人重利轻别离，前月浮梁买茶去。
去来江口守空船，绕船月明江水寒。
夜深忽梦少年事，梦啼妆泪红阑干。
我闻琵琶已叹息，又闻此语重唧唧。
同是天涯沦落人，相逢何必曾相识！
我从去年辞帝京，谪居卧病浔阳城。

浔阳地僻无音乐，终岁不闻丝竹声。

住近湓江地低湿，黄芦苦竹绕宅生。

其间旦暮闻何物，杜鹃啼血猿哀鸣。

春江花朝秋月夜，往往取酒还独倾。

岂无山歌与村笛，呕哑嘲哳难为听。

今夜闻君琵琶语，如听仙乐耳暂明。

莫辞更坐弹一曲，为君翻作琵琶行。

感我此言良久立，却坐促弦弦转急。

凄凄不似向前声，满座重闻皆掩泣。

座中泣下谁最多？江州司马青衫湿。

【鉴赏】 唐元和十年（815），白居易被贬江州（今江西九江）。第二年秋天，他在湓浦口送客，遇到了一位来自长安城的嫁为商人妇的歌女。她为白居易一行弹奏了琵琶，引起了白居易深深的感慨。其感慨便化作了一首流传千古的杰作——《琵琶行》。

诗歌可分为四段。第一段从开头到"犹抱琵琶半遮面"，写歌女的出场。开头的景物和情绪的渲染，是一派萧索的意境：浔阳江头，夜晚送客，枫叶荻花，带着浓浓的秋意，而主人与客人，醉不成欢，别离之苦，跃然纸上，只见茫茫大江，似乎要将月亮也漫浸进去。正在这低沉徘徊的当头，水面忽然飘来一阵优美的琵琶声，主人忘记了归去，客人也流连忘返。且去看看是何许人物，能弹出如此神妙的琵琶吧！当发问之后，琵琶声突然停了下来，好像欲语还休的样子。白乐天和他的客人是如何的风流人物，当下移船相近，邀请相见。此时添上美酒，剔亮银灯，重开宴席。千呼万唤之下，弹琵琶的歌女终于出来与主客相见，"犹抱琵琶半遮面"，其婉转之态可见。

白居易的歌行，善用直叙之法。此处交代夜听琵琶之缘起，娓娓道来，颇有情致。然而宋代人不理解这种径直与歌女交往的行为，怀疑道："白乐天《琵琶行》一篇，读者但羡其风致，敬其词章，至形于乐府，咏歌之不足，遂以谓真为长安故倡所作。予窃疑之。唐世法网虽于此为宽，然乐天尝居禁密，且谪官未久，必不肯乘夜入独处妇人船中，相从饮酒，至于极弹丝之乐，中夕方回。岂不虞商人者他日议其后乎？乐天之意，直欲抒写天涯沦落之恨尔！"(宋洪迈《容斋随笔》)宋人与唐人风俗习尚不同，宋人重理学，所以觉得白居易的行为不可思议，而唐人时理学未立，且唐人行事颇有胡风，白居易此种行为，完全是风流韵事，况且此处的琵琶女为商人妇的说法，恐怕也是讳饰。陈寅恪先生对于此节，曾有详细论证，详见其名著《元白诗笺证稿》。

诗歌第二段从"转轴拨弦三两声"到"唯见江心秋月白"。这一段是文学与音乐交融的名篇，以诗句写声音，极尽其美。转轴拨弦，曲调未成先有情，此种感情追随着声音显现出来，既是白居易内心感情的共鸣，更是琵琶女自身经历的诉说。所谓"弦弦掩抑声声思"，掩、抑均是弹琵琶的手法，其声幽咽低沉，而这种低沉，又"似诉平生不得志"。定下乐曲基调后，歌女低眉信手而弹，琵琶声中似乎满含着平生的感慨与不甘。此时乐声一转，拢、抹、捻、挑，流出了《霓裳》和《六幺》这样的名曲之音。此时粗弦发出了低沉深厚的音调，而细弦则发出轻幽急促的声音，似在呢哝私语。高音低音相杂，就像大大小小的珍珠相继溅落在玉盘中一般。突然，弦上传来黄莺在花丛中啼叫的声音，清脆而流畅，突然又如泉水流于冰底，幽咽如诉。慢慢地，慢慢地，泉水似乎再也流不动了，弦似乎凝固住了，弹动它得费千钧之力，声音慢慢地低了下去，低了下去，慢慢地没有了声音。而此时无声胜有声，有一种幽微难明的暗恨，在黑暗无声中升起，再升起，忽然，就像银瓶刚破，所盛之水迸射出来一样，琵琶弦上又传出了金戈铁马之声，就像铁骑在战场上驰骋，刀枪在冲刺和劈砍中发出微微的颤声一样。此时乐曲已到达终点，歌女用拨在琵琶的中心对着四条弦猛然一划，四弦如裂帛一般，突然中止。此时左右的船只上虽然听者众多，但都悄然无声，只见深秋的江心，白色的月亮高高地挂在天空。以清冷之语收束此节，韵致幽然。

此段写音乐极佳，而下段则为一过渡段落。第三段从"沉吟放拨插弦中"到"梦啼妆泪红阑干"。此为歌女自诉之词，写青楼生活极尽夸奢，写老去嫁作商人妇的结局，又分外悲戚，曲尽青楼女子的情态。"商人重利轻别离"一句，写出了这类女子的无尽情怨。在上一段对音乐的精彩描写之后，接上这一段自叙性的人生画卷，使得诗歌节奏有张有弛，具有内在和谐的节奏。

第四段从"我闻琵琶已叹息"到结尾，写白居易在听到歌女遭遇之后的感慨。这种感慨以四个字概括，就是"同病相怜"。本来官员和歌女社

444

会地位悬殊,本无共同遭际与语言。但白居易处在贬谪之中,与受到冷落的歌女类比,不免发出"同是天涯沦落人,相逢何必曾相识"这一打动天下后世无数与白居易具有同样遭遇的士人们的脆弱心灵的感叹。这一段中对自己贬谪生活和情态的描述,稍显烦冗,然而对处在逆境中的士人来说,却无疑是能引起巨大的感同身受情感的文字。最后,琵琶歌女也为白居易而感动,重新弹起了伤心的琵琶。满座听者,皆低头掩泣,而这座中谁的眼泪最多呢?请看那江州司马(指白居易)吧,他面前的青衫全都被眼泪沾湿了啊!《精选评注五朝诗学津梁》曰:"结以两相叹感收之,此行似江潮涌雪,余波荡漾,有悠然不尽之妙。"是为确评。

歌行至此,诗意完足。清沈德潜《唐诗别裁集》称其"写同病相怜之意,恻恻动人"。《唐宋诗醇》则评价说:"满腔迁谪之感,借商妇以发之,有同病相怜之意焉。比兴相纬,寄托遥深,其意微以显,其音哀以思,其辞丽以则。"也许,时代虽然不同,但"同是天涯沦落人,相逢何必曾相识"这两句极为精粹的对人生处在失意之时情感的艺术化概括,将永远地流传下去,引起异代同调者们不断的共鸣!

(黄　鸣)

长 恨 歌　　　　白居易

汉皇重色思倾国,御宇多年求不得。
杨家有女初长成,养在深闺人未识。
天生丽质难自弃,一朝选在君王侧。
回眸一笑百媚生,六宫粉黛无颜色。
春寒赐浴华清池,温泉水滑洗凝脂。
侍儿扶起娇无力,始是新承恩泽时。
云鬓花颜金步摇,芙蓉帐暖度春宵。
春宵苦短日高起,从此君王不早朝。
承欢侍宴无闲暇,春从春游夜专夜。
后宫佳丽三千人,三千宠爱在一身。
金屋妆成娇侍夜,玉楼宴罢醉和春。
姊妹弟兄皆列土,可怜光彩生门户。
遂令天下父母心,不重生男重生女。

骊宫高处入青云，仙乐风飘处处闻。
缓歌慢舞凝丝竹，尽日君王看不足。
渔阳鼙鼓动地来，惊破霓裳羽衣曲。
九重城阙烟尘生，千乘万骑西南行。
翠华摇摇行复止，西出都门百余里。
六军不发无奈何，宛转蛾眉马前死。
花钿委地无人收，翠翘金雀玉搔头。
君王掩面救不得，回看血泪相和流。
黄埃散漫风萧索，云栈萦纡登剑阁。
峨嵋山下少人行，旌旗无光日色薄。
蜀江水碧蜀山青，圣主朝朝暮暮情。
行宫见月伤心色，夜雨闻铃肠断声。
天旋地转回龙驭，到此踌躇不能去。
马嵬坡下泥土中，不见玉颜空死处。
君臣相顾尽沾衣，东望都门信马归。
归来池苑皆依旧，太液芙蓉未央柳。
芙蓉如面柳如眉，对此如何不泪垂？
春风桃李花开夜，秋雨梧桐叶落时。
西宫南内多秋草，落叶满阶红不扫。
梨园弟子白发新，椒房阿监青娥老。
夕殿萤飞思悄然，孤灯挑尽未成眠。
迟迟钟鼓初长夜，耿耿星河欲曙天。
鸳鸯瓦冷霜华重，翡翠衾寒谁与共。
悠悠生死别经年，魂魄不曾来入梦。
临邛道士鸿都客，能以精诚致魂魄。
为感君王展转思，遂教方士殷勤觅。
排空驭气奔如电，升天入地求之遍。
上穷碧落下黄泉，两处茫茫皆不见。
忽闻海上有仙山，山在虚无缥缈间。

楼阁玲珑五云起，其中绰约多仙子。

中有一人字太真，雪肤花貌参差是。

金阙西厢叩玉扃，转教小玉报双成。

闻道汉家天子使，九华帐里梦魂惊。

揽衣推枕起徘徊，珠箔银屏迤逦开。

云鬓半偏新睡觉，花冠不整下堂来。

风吹仙袂飘飘举，犹似霓裳羽衣舞。

玉容寂寞泪阑干，梨花一枝春带雨。

含情凝睇谢君王，一别音容两渺茫。

昭阳殿里恩爱绝，蓬莱宫中日月长。

回头下望人寰处，不见长安见尘雾。

唯将旧物表深情，钿合金钗寄将去。

钗留一股合一扇，钗擘黄金合分钿。

但教心似金钿坚，天上人间会相见。

临别殷勤重寄词，词中有誓两心知。

七月七日长生殿，夜半无人私语时。

在天愿作比翼鸟，在地愿为连理枝。

天长地久有时尽，此恨绵绵无绝期。

【鉴赏】元和元年(806)冬十二月，白居易为盩厔(今陕西周至)尉，此时写《长恨歌传》的陈鸿和琅琊王质夫都家于盩厔，三人相携出游，言及唐明皇与杨贵妃事，均相与感叹。应王质夫的要求，白居易为《长恨歌传》作歌一首，意图"感其事，亦欲惩尤物，窒乱阶，垂于将来也"。果然，此歌一出，立刻传遍天下。但与白居易的意图不同的是，人们从这首诗中看到的是唐明皇与杨玉环之间真挚的爱情，其中的名句如"回眸一笑百媚生，六宫粉黛无颜色"、"天长地久有时尽，此恨绵绵

447

无绝期"等，更是脍炙人口，流传后世，以至于今。

这是怎样的一首歌，具有如此巨大的魔力？我们先看此歌的结构。此歌分四段：

第一段从开头至"惊破霓裳羽衣曲"，讲述杨贵妃擅宠之事。首句劈空而来："汉皇重色思倾国。"写帝王心思，一笔带出。帝王好色，在文人笔下，反倒是风流韵事。明皇为本朝先皇，白居易笔下自有矜持，但在好色之上，却讳无可讳，因杨贵妃本为唐明皇儿媳，明皇和她的爱情，原本就是不伦之恋。索性以"汉皇重色"一笔带出，反见出其事之自然。此下写杨妃入宫，以"天生丽质难自弃"一语结之，得委曲婉转之妙。"回眸一笑百媚生，六宫粉黛无颜色"，杨玉环的美色，尽在这"回眸一笑"中，颇得写女子美貌之精神。后世唐伯虎因三笑而卖身入华府的传说，也是因为美女之笑，可见其对男子的"杀伤力"之强。后世鲁男子，见此得无神魂颠倒乎？此下写贵妃出浴，文辞艳丽华美，颇有宫体之风，而结之以"从此君王不早朝"，又见其专宠之深。"后宫佳丽三千人，三千宠爱在一身"，用夸张的手法，极写杨妃之得宠，给人印象极深。更由此推至杨妃家人，均受官爵重赏，遂使天下之人，"不重生男重生女"。一人之宠，遂使一时风俗变化，至此将明皇与杨妃的传奇推到了顶点。然而"渔阳鼙鼓动地来"二句，则暗摄下段，一气呵成，其转换之迹，似有还无，诗歌转换之精妙，令人叹为观止。

第二段从"九重城阙烟尘生"到"夜雨闻铃肠断声"，写马嵬惊变，生离死别。安禄山进攻长安，唐玄宗惊惶之下，幸蜀以避之。途经马嵬坡时，六军不发。禁军将领陈玄礼等对杨氏兄妹专权不满，杀死杨国忠父子之后，认为"贼本尚在"，遂请求处死杨贵妃，以免后患。唐玄宗无奈之下，勒死杨贵妃。白居易笔下颇有分寸，以"六军不发无奈何，宛转蛾眉马前死"一句，总写兵变与贵妃之死，写出当时无可奈何之局；又以"君王掩面救不得，回看血泪相和流"一句，写唐玄宗身不由己的境遇。这样写，则唐玄宗对杨贵妃的爱情，在悲惨的结局中显得毫不褪色，而具有了悲剧的性质。此下又以幸蜀途中的景物描写，写唐玄宗对杨贵妃的思念之情，以"黄埃散漫"、"旌旗无光"、"伤心"、"肠断"等语铺叙之。更以此引起下段回京后对贵妃思念之殷的描写。

第三段从"天旋地转回龙驭"到"魂魄不曾来入梦"，写唐明皇回京后对杨贵妃的思念之深。唐明皇回长安后，被其子唐肃宗供奉在南宫，不再理政。回京途中路过马嵬，已是"踟蹰不能去"，而"君臣相顾尽沾衣"。归去池苑依旧，伊人却已不再。则"春风桃李花开夜，秋雨梧桐叶落时"，越发引人伤感，不眠之夜，长伴着唐明皇。睁着双眼，又是"耿耿星河欲曙天"。可怜生离死别已经年，却"魂魄不曾来入梦"，唐明皇对杨妃的思念，在大乱之后逐渐沉淀成了不可磨灭的心痛。

第四段从"临邛道士鸿都客"至诗歌末尾。此段叙道士招魂之事，极力铺写，纯以想象之辞行笔，最后结之以"此恨绵绵无绝期"，恰与《长恨歌》诗题之"长恨"呼应，结束全诗。本段全以超现实主义的手法行文，写临邛道士应明皇之托，升天入地，寻求杨妃的踪迹，但却"上穷碧落下黄泉，两处茫茫皆不见"。在这一片空虚混沌之中，"忽闻海上有仙山"，正所谓山重水复，柳暗花明。以下极写太真成仙，闻天子信使之来，"九华帐里梦魂惊"，则杨贵妃对明皇的思念，亦未改变。"云鬓半偏新睡觉，花冠不整下堂来"，写杨贵妃闻信后的急切之状。在写其仙人之姿貌后，又借杨妃之口，诉说对明皇的思念。但仙人两隔，只能请道士带回信物，以表思念之情，"钗留一股合一扇，钗擘黄金合分钿"，此为定情信物。而临别寄词，更是词中有誓，唯明皇与贵妃两心能知："七月七日长生殿，夜半无人私语时。在天愿作比翼鸟，在地愿为连理枝。天长地久有时尽，此恨绵绵无绝期！"帝王与贵妃之间的爱情誓言，爱比金坚的爱情意志，尽在这几句缠绵不尽的诗句之中了！全诗至此而止，诗意完足。

白居易此诗，有意避开了具体的政治争论与评价，而只写唐明皇与杨贵妃的爱情。帝王爱情，本就是民间津津乐道之事，人们在读此诗时，也有选择地接受了白居易的预设，而将目光投注到真挚的爱情本身之上。况且白居易文笔华艳，才气纵横，清人赵翼评曰："其事本易传，以易传之事，为绝妙之词，有声有情，可歌可泣，文人学士既叹为不可及，妇人女子亦喜闻而乐诵之。是以不胫而走，传遍天下！"（《瓯北诗话》）指出了此诗流传千古的原因所在。又《唐宋诗举要》引吴北江言曰："如此长篇，一气舒卷，时复风华掩映，非有绝世才力，未易到也。"也指出了白居易才华横溢，驾驭长篇而举重若轻的特点。此诗也因此传诵千古，至今不衰。

（黄　鸣）

李绅（772—846），字公垂，谥号文素。亳州（今安徽亳州）人，郡望赵郡（今河北赵县），世宦南方，客居润州无锡（今江苏无锡）。元和元年(806)进士。曾为校书郎、翰林学士、御史中丞、中书侍郎同平章事,后出任淮南节度使。与白居易、元稹等人交往密切,与元、白同倡新乐府运动。现存《追昔游诗》三卷,《杂诗》一卷。《全唐诗》卷四八〇至四八三收其诗四卷。《全唐诗补编·补逸》卷七补二首,《续补遗》卷六补二首,《续拾》卷二八又补六首又六句。

悯农二首　　　　　　　　　李　绅

春种一粒粟,秋收万颗子。
四海无闲田,农夫犹饿死!

锄禾日当午,汗滴禾下土。
谁知盘中餐,粒粒皆辛苦!

【鉴赏】 李绅六岁丧父,客居润州,成年入仕后也曾外放端州(今广东肇庆)等地,当目睹不少百姓艰辛。《悯农》二首,又名《古风》,是李绅三十岁时举进士,赴长安,干谒吕温的行卷之作。吕温赞"斯人必为卿相"(唐范摅《云溪友议》卷上"江都事"条),吕温的称赞主要是从社会的稳定、长治久安的角度考虑,李绅对农民的悲悯体现了"仁者爱人"的胸怀,符合社会对官员的普遍期待。日后李绅也果然官居宰相;任地方官期间,也能刚严吏治、宽缓爱民,证实了吕温的眼光。

今天,《悯农》二首,可谓家喻户晓,具有其他诗歌难以匹敌的社会效应。

在艺术手法和思想内容上,两首诗各有侧重。

第一首主要运用夸张和对比。首二句在数量上向最小和极大的方向极力夸张,通过一粒粟和万颗子的对比,形象体现了农业生产的效率。接下来又夸言"四海无闲田",由此,按照一粒粟——万颗子的对应关系,收成总量应相当客观。经过前三句对丰收的极力渲染,结句"农夫犹饿死"的命运可谓一落千丈,反差强烈,令人惊心动魄。诗人用短短二十字,概括了农民从耕种到收成到被剥削的全过程,既有具体刻画又有宏观概括,以事传情,言近旨远。正如林庚先生所评:"诗中通过一粒种子的具体成长,算了一笔劳动剥削的细账,提出了最有说服力的论据,并且分析了这饥饿不是由于天灾旱涝及其它当时人力还不能控制的自然条件所造成的,而正是由于无情的剥削带来了恶果。"(《唐诗综论》)作者对统治者深重剥削的揭露和谴责并未明确表达出来,却在二十字的铺垫中呼之欲出。农民的悲惨遭遇不是源于劳动过程中的懒惰或是天灾,那么,来自哪里?由此,使读者不得不带着沉重的心情去思索、去质疑,矛头所向,将会是"不稼不穑,胡取禾三百廛兮"(《诗经·伐檀》)的统治阶层,是"兴,百姓苦;亡,百姓苦"(元张养浩《山坡羊·潼关怀古》)的不合理制度。

　　第二首则通过细节描写来达到抒情议论的目的。首二句,作者选取了最典型的时间——正午,最有表现力的画面——汗水滴落到土里,精辟概括了农夫劳作的艰辛,没有对农村生活的细致观察,没有对农民的真诚同情,没有高超的提炼功夫,是无法写出这样的诗句的。由这一典型细节,作者引申出富有普遍教育意义的议论"谁知盘中餐,粒粒皆辛苦",劝诫人们体恤农民的辛劳,珍惜劳动成果。劝诫的对象,可以是当朝权贵,也可以是普通的百姓;在分配制度不公正的农业社会适用,到今天,也仍然有其生命力。"一粥一饭,当思来之不易;半丝半缕,恒念物力惟艰。"清人《朱子家训》的这句名言,与之具有同样的深意。古中国以农业立国,农业生产是社会上层建筑的基石。重视农业,是古往今来的政治家、思想家一以贯之的信条。珍惜劳动果实,则是下至黄口小儿,上至鹤发老者都应贯彻的意识。这首诗以最朴素的语言和形象,把这一农业文明的生活理念逼真表现出来,故而,千百年来传唱不衰,甚至成为童蒙教材。

　　此外,这两首"姊妹篇"均选用短促的仄声韵,流露出急切悲愤、抑郁难申的气息,与其揭露、谴责、劝诫的内容相称,因而更具有艺术感染力。

　　从《诗经》的《豳风·七月》《魏风·硕鼠》《魏风·伐檀》等篇开始,古往今来的咏农诗数量蔚为大观。这其中,《悯农》二首无疑是影响最大、流传最广泛的。它以凝练朴素的语言,表现了作者对贫苦农民的同情。篇幅短小,却闪耀着力量与锋芒,可谓四两拨千斤。

(冯丽霞)

柳宗元(773—819),字子厚,河东解县(今山西运城西)人,世称柳河东。贞元进士,授校书郎,调蓝田尉,升监察御史里行。因参加王叔文集团,被贬为永州司马。后迁柳州刺史,故又称柳柳州。其文峭拔矫健,说理透彻。又工诗,风格清峭。有《河东先生集》。

柳州城西北隅种柑树

柳宗元

手种黄柑二百株，春来新叶遍城隅。
方同楚客怜皇树，不学荆州利木奴。
几岁开花闻喷雪，何人摘实见垂珠？
若教坐待成林日，滋味还堪养老夫。

【鉴赏】苏东坡曾言柳宗元之诗"外枯而中膏，似淡而实美"（《东坡题跋》卷二），能做到"寄至味于淡泊"（《书黄子思诗集后》）。这首《柳州城西北隅种柑树》正是如此。

诸公皆知，陶诗淡泊。从思想来看，渊明之诗所以淡泊，取决于其心境，陶公的思想重于道，好黄老，超脱世外而怡然自乐；对比而言，柳公的思想却更多的是儒佛参半，而且，他的佛性仿佛是被逼而来，无论何时何地，无论是得志抑或是被贬，儒家积极入世的追求在他的心中始终难以割舍。

《柳州城西北隅种柑树》乍看颇有陶公之味，形式上也着实取法于渊明，但骨子中仍旧是入世精神一以贯之。诗题点明此诗作于诗人贬官柳州之时。从诗中的一字一语，可以看出，诗人此时的心态已比初贬柳州时好了很多，不再一味抱怨，虽有不平之气，但更多的显现出一种泰然处之的先贤之风。

诗的内容主要抒写了诗人种柑树的感想。起笔如叙家常，娓娓道来："手种黄柑二百株，春来新叶遍城隅。"笔墨自然朴实，却有清新之气，用笔深得陶诗之妙。特别点明"手种"和株数，可见诗人对其喜爱和重视的程度，一"新"一"遍"画出一幅生机勃勃的春景图："新"字可见柑叶的嫩绿，"遍"则写尽柑叶的繁盛，不仅将物候时态描摹的如在目前，而且使诗人遍览城隅、逐树观赏的怡然之情跃然纸上。

接着，诗人借用典故点明心迹：为何会对柑橘树怀有如此深情？自答曰："方同楚客怜皇树，不学荆州利木奴。""楚客"是指屈原，屈原当年爱橘、怜橘，认为橘树具有"闭心自慎，终不过失"和"秉德无私"的品质，曾作《橘颂》以自勉。后句则化用第二个典故，指三国时丹阳太守李衡，通过种橘来发家致富，给子孙增财（事见《太平御览》果部三引《襄阳记》）。在这里,作者的立场鲜明,点出自己正是因读《橘颂》而心怀雅兴,而不是像李衡那样以功利性为目的,暗示出诗人希望自己可以有如橘树一般的高洁品格,心交古贤,悠然自得,不慕荣利,淡泊之境立现!然而,外表的淡泊,不等于心如止水,作者的内心依然波澜起伏。虽然有高洁之气,却逃脱不了屈子的命运,一样被朝廷误解、放逐,空有一腔热血与才华却始终报国无门。此情此心,对谁可表?只有这些不会说话的柑橘树,才是自己的知音。写橘实为写己,寄情橘树,托物言志,物我合一。复杂的思想感情分别灌注于含意相反的两个典故之中,既做到形式上的对称,又做到内容上的婉转曲达,读来倍感深文蕴蔚,余味曲包。

接着,诗人面对幼小的柑树,远想到它开花结果的一天:"几岁开花闻喷雪,何人摘实见垂珠?"此句表面看来饶有风趣,细嚼却可品出一丝凄凉。"几岁"、"何人"都上承"怜"字而来。"怜"愈深则望愈切,于柑树的成长愈加怜深望切,就愈能表现出诗人的高情逸致,表现出他在竭力忘怀世情。"何人"一词又深含对柑橘之实不能为人所用的惋惜。"喷雪"状柑树开花之繁盛,下一个"闻"字,则将无法用笔触描摹的花香传神的表现了出来,飘然纸上。"垂珠"形容硕果之累累,满怀希望与憧憬。但是,所有的一切,都只是出于想象。从想象的天国猛然跌回现实,恰恰反衬出眼前的孤寂无奈:难道自己真的要在这里一直待到柑橘开花结果的那一天吗?对自己贬谪日久的怨意便显现出来。因此,此联实为以乐景写哀,便倍增其哀,用笔极曲,初读以为诗人豁达,细细玩味便渐觉其中的哀情之深。

尾联本可以顺势直抒胸臆,诗人却以平缓的语调故作达观之语:"若教坐待成林日,滋味还堪养老夫。"将来能够目睹柑橘长大成林的一天,诗人便可一品其甜美的滋味。然而,"坐待"二字却饱含无奈之情,"还堪"则更显出一种自我调侃的嘲弄意味。无怪清人姚鼐评说:"结句自伤迁谪之久,恐见甘之成林也。而托词反平缓,故佳。"(《唐宋诗举要》卷五引)

由此可见,在全诗的平缓语调下却隐藏着诗人颇不宁静的心。用欧阳修的话来说,即:"初如食橄榄,真味久愈在。"(《欧阳文忠公集》卷二)愈玩味,愈觉得蕴涵醇厚。也可见柳公着实不比陶公心中的宁静淡泊。

(刘　琴)

重别梦得

柳宗元

二十年来万事同,今朝岐路忽西东。
皇恩若许归田去,晚岁当为邻舍翁。

【鉴赏】 这首诗是诗人赠予挚友刘禹锡的,"梦得"是刘禹锡的字。此诗作于元和九年(814),柳宗元和刘禹锡同时奉诏从各自的贬所永州、朗州回京,次年三月又分别被任为远离朝廷的柳州刺史和连州刺史,一同出京赴任,至衡阳分路。面对古道风烟,茫茫前程,二人无限感慨,相互赠诗惜别。柳宗元一共赠诗三首:《衡阳与梦得分路赠别》、《重别梦得》、《三赠刘员外》。本诗为第二首,因此名为"重别"。

二十多年以来,诗人与刘禹锡两位朋友有着极为相似的命运,共同经历了宦海浮沉与人世沧桑。在创作上,两人趣味相投,相互唱和,都在诗坛文坛留下不朽佳篇。政治上,一起进京应试,于贞元九年(793)同登进士第,踏上仕途;同朝为官,一起共事;一起参与永贞革新,谋议唱和,并肩战斗。后来风云变幻,二人同时遭难,远谪边地;去国十年以后,二人又一同被召回京,却又再贬远荒。共同的政治理想将两人命运紧紧相联。

就这样,志同道合的两个人在共同的人生遭遇中结下了深厚友谊。顺境时相互支持,相互砥砺。天涯沦落、生死未卜的逆境,又使二人的友谊更加巩固。他们用自己的深厚友情共同谱写出一段文坛佳话。

永贞革新失败后,刘柳二人同时遭贬,一去朗州,一去永州。空间的遥远阻挡不了两人的友情,他们一直诗文往来,互相促进。其间,柳宗元和身居要职的好友韩愈之间曾展开一场哲学论战,柳宗元作《天说》陈述自己的观点,刘禹锡作《天论》三篇对柳宗元进行策应和声援。刘禹锡的散文成就受到柳宗元的重视,柳宗元的童话和寓言创作,同样被刘禹锡所推重。在患难的岁月里,是纯真的友谊、共同的志趣给了他们以鼓励、支撑和勇气。

十年后长安的匆匆一聚过后,两人再次被派往更遥远的边荒之地:诗人被贬柳州,梦得则被贬到更荒凉的播州。此时,刘禹锡来京仅一年多时间,而柳宗元也刚刚到达不久。柳宗元虽然对自己的境遇非常失望,但考虑梦得上有八十岁的老母亲需要奉养,数次上书朝廷要求与梦得对换,后经友人帮助,才将梦得改贬连州。

暮春三月，二人收起满身的伤痛，怀着深深的失望再度离开长安。他们一路行来，一直到湖南衡阳，才依依不舍地赠诗道别。

　　长期贬谪生活的打击和艰苦环境的摧残，使柳宗元的身体受到很大的损害，健康状况非常不妙。到元和十四年(819)，当皇帝终于准备召回柳宗元时，他已于此年十月五日含冤长逝，年仅四十七岁。身后，四个孩子都还未成年。柳宗元临死前，遗书刘禹锡，并将自己的全部遗稿留给他。而梦得则怀着无比沉痛的心情为柳宗元料理后事，作诗凭吊，并将柳宗元的孩子抚养成人。

　　刘柳二人的友情经历了太多的磨难，所以才更为可贵。此时的诗人似乎已经预感到这次的离别很难看到重逢的一天，便强忍悲痛，安慰自己也是告慰友人：倘若有一天皇帝开恩，准许他们归隐田园，那么他们一定要卜舍为邻，白发相守，共度晚年。短短两句看似平淡质实，细细回味却是意蕴深婉、低徊郁结，也使这份别恨离愁和深厚情谊更为凄楚动人。

（刘　琴）

与浩初上人同看山寄京华亲故　　柳宗元

海畔尖山似剑芒，秋来处处割愁肠。
若为化作身千亿，散向峰头望故乡。

　　【鉴赏】宪宗元和十年(815)三月，柳宗元带着一家老小跋山涉水来到比永州更为偏僻荒凉的柳州。此诗便为柳宗元任柳州刺史时所作。"浩初上人"是潭州(州治即今湖南长沙)人，龙安海禅师的弟子，此时刚从临贺前往柳州与柳宗元会面。在佛教术语中，具备德智善行的人被称为"上人"，后来便以此词作为对僧人的敬称。柳宗元与浩初上人一同看山，乡愁陡生，心有所感，写下此诗。

　　柳州地处广西，近海，故曰"海畔"。广西多奇峰，层峦叠嶂，拔地而起，突兀直立，排闼沓至，"群峰削玉几千仞，乱石穿空一万株"，诡谲峭奇，像锋利的宝剑，剑剑直刺天空。在诗人的眼中，巉削陡峭的群山，转化为无数利剑的锋芒，一点点地割断诗人的愁肠。这一比喻可谓大胆新颖，却又恰到好处，贴切地写出诗人沉痛的感情。苏轼曾在《白鹤峰新居欲成，夜过西邻翟秀才》中化用这两句诗云"割愁还有剑芒山"，自注"柳子厚云：

455

'海畔尖山似剑芒,秋来处处割愁肠',皆岭南诗也"。

诗人此时约有三十六七岁,但是身体状况却非常糟糕,十四年的贬谪生活,严重摧残了柳宗元的身体与心灵。早在永州时,他已是"百病所集"、"不食自饱……内消肌骨"(《寄许京兆孟容书》)。待到再贬柳州,又一次遭受重大打击,身体更糟了。然而作者并没有绝望,也没有丧失生活的勇气与坚强的信念,贬谪生活使他对于生活和人生有了更深刻的理解。虽然不得朝廷重用,但是仍然以自己的一腔热血在柳州这块小地方作出不少政绩来。自从到达柳州任上,他就决心要为柳州人民办些好事,以改变柳州贫困落后、不开化的现状。他坚持"以民为本"的政治思想,施行一些比较开明的政治措施,兴办学校、解放奴婢、废除人身抵押制度。经过三年的努力,柳州开始显现出一派繁荣兴盛的景象。

然而再大的功绩也阻挡不了诗人对故乡的怀念。故乡远在长安,自己却被贬荒地,归乡不得,甚至远得连故乡的山影都看不见,望乡不能的痛苦,在本来就易心事重重的秋季更是如尖刀一般直割愁肠。他甚至渴望自己可以化作千千万万个身子,被风吹散飘落到尖尖的山顶之上,那么自己就可以借助山的高势看见故乡远远的一片云影了,这种感情,恐怕只有历尽坎坷的远方游子才能体会。

(刘　琴)

酬曹侍御过象县见寄　　柳宗元

破额山前碧玉流,骚人遥驻木兰舟。
春风无限潇湘意,欲采蘋花不自由。

【鉴赏】四十三岁时,柳宗元被派往偏僻荒凉的柳州(今广西柳州)任刺史,此诗即为贬柳时所作。被贬荒远之地的诗人,对朋友相过赠诗,自然十分感动,故以诗回赠,既表达感激之情,亦抒写谪贬之感。"象县"(今广西象州)为柳州县名;"破额山"在象县附近柳州州界上。"破额山前碧玉流,骚人遥驻木兰舟。""骚人"即"诗人",此指曹侍御。"木兰舟",见《述异记》:"七里洲中有鲁班刻木兰为舟。"柳宗元的好友曹侍御路过象县,停舟于象县破额山下的柳江中,没能到柳州与柳宗元会面,"遥驻"二字表现了诗人未能与老友会面的深深遗憾。"遥"是以柳宗元任职所在地柳州城为基点说的。曹侍御在象县境内柳江停船,象县距柳州城还有一大段距离,故说"遥"。破额山前"碧玉"般清澈的流水、精致的木兰舟与"骚人"的称呼,又传达出诗人对曹侍御的仰慕之意。"春风无限潇湘意,欲采蘋花不自由。""潇湘",水名,在今湖南省,"潇"、"湘"二水于桂北湘南同源。第三句点明春光的美好,末句则为点睛之笔。"蘋"为多年生水草,有花,白色,茎横卧于浅水的泥中,四片小叶组成一复叶,像"田"字,故又名"田字草"。梁朝柳恽《江南曲》:"汀洲采白蘋,日暖江南春。洞庭有归客,潇湘逢故人。"本诗用此典,一方面抒发怀念故人之意;另一方面,面对大好春光,被贬谪束缚住的诗人,就连采蘋相赠友人的自由都没有,牢骚不平之气自然流露而出,不仅说出自己不能与友人相会的遗憾,更表达出一个不得志者的苦衷。这种表达比直抒胸臆更显得委婉深切,隐喻自己怀才不遇之情,故沈德潜《唐诗别裁集》云:"欲采蘋花相赠,尚牵制不能自由,何以为情乎?言外有欲以忠心献之于君而未由意,……而词特微婉。"

这首诗在写法上应用了比喻和联想,写破额山的流水,清澈如碧玉,描绘出极为优美的春光。然而,正适宜结伴出游欣赏美景的季节,诗人却不能去会见自己的友人,遗憾、惆怅、愤懑等诸多情感便于瞬间交织,在诗句中流淌开来。

(刘　琴)

江　雪　　　　　柳宗元

千山鸟飞绝,万径人踪灭。
孤舟蓑笠翁,独钓寒江雪。

【鉴赏】柳宗元的《江雪》可谓将中国诗歌"含不尽之意在言外"的意

境发挥到了极致。

　　刺骨的寒风卷着玉蝶般的雪花，铺天盖地、纷纷扬扬地飘洒，山谷银装素裹，寂静得近乎忧伤。远远望去，只有连绵起伏的一层层山峦，干净、灼目、刺眼的白。没有人迹，白须的老翁、黄发的孩子，都已还家，躲在温暖的炉火旁，让跳跃的红温暖僵硬的四肢和脸庞，路人踏出的小径早已不见踪迹，让人忘却了曾经明媚和煦的春天，郊游踏青的闲适与欢愉。没有林荫掩映的通幽曲径，没有耸青叠翠的陡峭奇峰，没有甘美清冽的淙淙山泉，一切都没有了，一切都消失在苍茫的天地之间，时间仿佛凝固，让你看不到生命的轮回千转，只剩下一片白，灼目而忧伤。

　　然而，在茫茫白雪冰封的江面上却有一叶孤舟，在苍茫天地间显得如此渺小，如此脆弱，却隐隐透着一种坚强，那风雪不能摧毁的钢铁般的意志。孤舟上，有一位身披蓑衣头戴竹帽的老翁，气定神闲地垂钓自娱。他是在钓鱼，还是在钓这寒江中满覆的白雪？谁都不知道，或许连老翁自己也不甚明了。但是，在老翁的心中却自有花开，自有空山中的潺潺流水淌过胸膛，也听得见江水里鱼儿跃动的声音……因此，有鱼无鱼只在老翁心里。在极端寂静的天地间，老人有如一座雕像，无视严寒，庄严肃穆、凛然不可侵犯，令人陡生敬意，仿佛世外仙人飘落凡尘，却不为尘俗所染。其实，这种超尘脱俗、清冷孤傲的渔翁性格，正是被贬诗人心境的一种复制。

　　这种幽峭明净、清冷淡泊的意境，若非胸怀天地之人而不能至。诗人虽被贬谪在外，却仍不失高洁人格，保持一份豪爽与洒脱。他在极度荒寒中看到了山如玉簇、林似银装的美丽，心中的春天让他显现出在一片死寂中火一般的意志与不受外界干扰的气定神闲。孤独与坚强在生命的进程中矫厉激越，感奋人生。

（刘　琴）

柳州二月榕叶落尽偶题　　柳宗元

　　　　宦情羁思共凄凄，春半如秋意转迷。
　　　　山城过雨百花尽，榕叶满庭莺乱啼。

　　【鉴赏】唐宪宗元和十年（815），柳宗元被派往柳州担任刺史。羁旅的路途漫长而伤感，忽然就让诗人联想起自己崎岖坎坷的仕途，羁思之上又添宦情，便倍感凄凉。

贞元九年(793)二月,年仅 21 岁的柳宗元登进士第。五年后,他考取博学宏辞科,授集贤殿正字,自此步入官场。年轻气盛的柳宗元,一踏入官场便显出他的横溢才华,名声大振。贞元二十一年(805),顺宗即位后,柳宗元参加了王叔文集团,进行改革,失败后被贬为永州司马,在有职无权、备受歧视的情况下,一住就是十年。然后,他被召回长安一个月,又被外放到比永州更远、更荒僻的柳州。柳州当时人称"瘴疠之地",风土人情与中原迥异。在逐客旅人的眼中,异域情调远远不及中原繁华色彩,没有温暖,没有熟悉的一草一木,任何一处平凡无奇的景致都足以触发贬谪之思,勾起怀乡之念。

"宦情羁思"的积累在诗人心中已非一朝一夕,无须重彩浓墨,"凄凄"已足以言明一切。所谓"厚积薄发",用"凄凄"这一平淡的笔墨来显示深厚的感情便能更显深厚。一个"共"字将"凄凄"的分量显得愈发沉重,它说明"凄凄"之感是双重的,是宦情的凄凄加上羁思的凄凄,不禁悲从中来。

荒冷的柳州城,春天已经过去了一半,气候却如深秋一般寒冷。看着满园榕叶凋落了一地,诗人心神恍惚、惘然迷茫,反复无常的气候正如反复无常的人生,曾经的少年得意、曾经的壮志豪情,如今在荒凉偏僻的柳州城已辨不清方向,更不知未来在哪里、希望在哪里,正如这凋落满地的榕叶,只能在一片枯萎的暗黄中慢慢老掉、死去……就在这时,诗人忽然又听到凌乱凄凉的莺啼声,心情就更为糟糕了。"以我观物,物皆着我之色彩。"这里,诗人说黄莺"乱啼",实际上是诗人自己心乱,辞因情发,触景生情。其实,莺啼无所谓"乱",只因听莺之人心烦意乱,才格外受触动罢了。

(刘 琴)

渔 翁　　　　　柳宗元

渔翁夜傍西岩宿,晓汲清湘燃楚竹。
烟销日出不见人,欸乃一声山水绿。
回看天际下中流,岩上无心云相逐。

【鉴赏】柳宗元被贬到永州之后,精神上受到很大的刺激,备感压抑,于是他就借描写山水景物来寄托自己清高而孤傲的情感。《永州八记》

中,处处有作者的身影,而《江雪》中的独钓寒江雪的"蓑笠翁"和本诗中的山青水绿之处自遣自歌、独往独来的"渔翁",也含有几分自况的意味。作者在《始得西山宴游记》中写他登临西山时的感受说:"悠悠乎与颢气俱,而莫得其涯;洋洋乎与造物者游,而不知其所穷。"达到了物我融合为一的忘我境界。此诗首句的"西岩"即《始得西山宴游记》所描绘的西山。而全诗所表达的思想感情也与之一脉相通。

　　《渔翁》是把诗中人渔翁置于他活动的天地中来描绘的,通过其活动以及周围景物揭示主人公的精神风貌。首句从"夜傍西岩宿"写起,我们可以想象渔翁是以船为家,生活在山水之间,行踪飘忽不定。诗的第二句写他早起打水生火,开始一日的生活,事属平常,但所汲为"清湘"之水,所燃为"三楚"之竹,这就很不平常了,"清湘"和"楚竹"在古代诗文中被赋予丰富的意蕴,所以一经拈出,就能激发读者的联想,有超凡脱俗之感,感到它们似乎象征着诗中人孤高的品格。读诗的第三句"烟销日出不见人",我们才醒悟到原来前两句所描述的其实是"雾里看花",很不真切,读者只能从汲水的声响与燃竹的火光知道西岩下有一渔翁在。那么"烟销日出"以后该能看清楚渔翁的身影以至他的容貌了吧? 急不得,先说"不见人",继而随着"欸乃一声"棹歌,忽现眼前的是"山水绿"的画面。这里颇有奇趣可寻:不见其人而先闻其声,使主人公的出场不同一般;不说"山水绿"是"烟销日出"所致,而直接棹歌,似乎山水是被棹歌唱绿的。但仔细琢磨,又完全合乎情理:日出烟散,人们首先看到的是山和水等大目标,然后才会把视线集中到具体的细小目标,只要有过类似经历的人都会有这种体验。"欸乃一声"的棹歌在山水间飘荡,它不受什么限制,自然入耳,听者寻声得人,

于是人物出场。经过这一番安排，主人公的亮相造型自然会十分鲜明突出。诗的最后两句在句式结构上也有类似三、四句的错位："回看天际"这一动作与"下中流"没有逻辑关系，视线所接应该是"岩上无心云相逐"。经作者这样安排以后，让人觉得"回看天际"的动作尚未最后完成，而渔舟已下到中流之中了，渔翁动作敏捷可以想见。而用岩上白云缭绕舒展的画面结束全诗，有悠远不尽之致。"云无心以出岫"曾经是陶渊明企慕的境界，可以说落句的景物描写是揭示主人公精神风貌的着意之笔。

苏轼曾说："熟味此诗有奇趣。"但又主张后两句"虽不必亦可"。这引起后世持久的争论，意见难以统一，但一致认为原作是好诗。　　　（杨　军）

登柳州城楼寄漳汀封连四州　　柳宗元

城上高楼接大荒，海天愁思正茫茫。
惊风乱飐芙蓉水，密雨斜侵薜荔墙。
岭树重遮千里目，江流曲似九回肠。
共来百粤文身地，犹自音书滞一乡。

【鉴赏】元和十年（815），柳宗元与韩泰、韩晔、陈谏、刘禹锡等五人奉召回京，结果是被分派到南方做刺史，虽然官位提升了，却是被分派到更荒凉的"百越"之地。他们五人在参加政治改革运动时已建立了深厚的友谊，作者曾有过"皇恩若许归田去，晚岁当为邻舍翁"（《重别梦得》）的愿望。一到柳州，诗人首先做的事就是登上高楼，寻找朋友的处所，希望借高楼来实现"千里目"。然而站在高高的城楼之上，眺望到的却只是旷漠空寂的原野。疾风阵阵，荷塘泛起层层水浪，荷花瑟瑟，摇曳不定。骤雨倾盆，不断侵打着爬满薜荔的土墙。远远的山岭上，树木重重叠叠，层层遮挡远眺的视线，柳江蜿蜒曲折，千回百转，没有尽头。远望既不可得，作者当然希望可

461

以互通音讯，可是虽同处南方，而"音书"却只能"滞一乡"。那么能否前去拜望？这当然也是作者所期望的，但是陆上是重重的山岭，而江流却曲曲折折，真是山水相阻。这就自然而然地引发了诗人如海天般无边无际的茫茫愁思。

在贬离京城的十多年里，诗人始终处于孤独、悲痛、无奈的心境下。如果说他在做永州司马时创作的文章中透露出的是一种"失望"的痛与恨："本期济仁义，今为众所嗤。灭名竟不试，世义安可支？恬死百忧尽，苟生万虑滋。顾余九逝魂，与子各何之？"（《哭连州凌员外司马》）"风波一跌逝万里，壮心瓦解空缧囚。"（《冉溪》）"命有好丑，非若能力。"（《牛赋》）但至少仍抱着一丝希望，"缧囚终老无馀事，愿卜湘西冉溪地。却学寿张樊敬侯，种漆南园待成器"（《冉溪》）。虽然"寒英坐销落"，但来年依然有"早梅发高树，回映楚天碧"（《早梅》）的时候。即使"草中狸鼠足为患，一夕十顾惊且伤"，依然"但愿清商复为假，拔去万里云间翔"（《笼鹰词》）。虽然"不以险自防，遂为明所误"，可"犹有半心存，时将承雨露"（《孤松》）。相较而言，此时再度遭贬的诗人几乎已绝望，因此发出"十年憔悴到秦京，谁料翻为岭外行"（《衡阳与梦得分路赠别》）的感叹。"江流曲似九回肠"之"九回肠"源自司马迁《报任安书》中"肠一日而九回"，想到司马迁所遭受的是何等的痛苦，就应该明白诗人此时凄凉忧愁的心境了。面对秋景，他总是感到"秋来处处割愁肠"（《与浩初上人同看山寄京华亲故》）。

经历的坎坷，仕途的失意，精神的孤独，再加上这样恶劣、凄清、深沉冷峻的环境，无怪乎诗人会"海天愁思正茫茫"了。　　　　　　　　　（王　萍）

李涉，生卒年不详，自号清溪子，洛阳人。谏议大夫李渤仲兄。早岁客居梁园，后避兵乱南下，与李渤隐居庐山白鹿洞。又徙居终南山。唐宪宗时，曾任太子通事舍人，元和六年（811）贬官峡州司仓参军。穆宗长庆元年（821）遇赦还京。宝历元年（825）因故流放康州（治所在今广东德庆）。后归洛阳，隐居以终。《全唐诗》卷四七七录存其诗一卷，《全唐诗补编·续拾》卷二五补三首又二句。

井栏砂宿遇夜客　　　　　李　涉

暮雨潇潇江上村,绿林豪客夜知闻。
他时不用逃名姓,世上如今半是君。

【鉴赏】关于这首诗,有一则故事:作者有次路过皖口(即皖水入长江处的渡口,在今安徽安庆市),夜宿江村,碰上绿林豪杰。头领问李涉是什么人。跟随李涉的人说出了他的名字。头领便说:"若是李涉博士,不抢他的东西。久闻诗名,只希望写一篇诗送我。"李涉于是写了这首诗。(唐范摅《云溪友议》卷下"江客仁"条)

诗人好运,恰恰遇上喜欢风雅的绿林好汉,方成就了这样一段美谈。联想到公元前212年,当罗马士兵攻入叙拉古城时,古希腊科学家阿基米德正在演算公式,他没有李涉那样幸运,被士兵杀害。曾宣称"给我一个支点,我就能撬起地球",那样的豪气干云,毕竟敌不过野蛮的屠刀。相反,这则趣闻生动的告诉我们,唐代确是诗歌的时代,即使在草野,诗人也有如此广泛的影响,并因此得到尊重与善待。

回到诗歌本身,首句纯是写实。"潇潇",形容雨声。"江上村",即诗题中的"井栏砂"。

第二句"绿林豪客"常用来指旧社会无法生活而聚集起来劫富济贫的人,这里用来婉称强盗,以"夜知闻"将夜宿遇劫之事带过,小心谨慎的用词背后,也可略微体会到诗人彼时的惊魂初定。"夜知闻"一语,流露出对自己诗名闻于绿林的得意自喜,同时,也蕴含着对爱好风雅的"绿林豪客"的称赏。

后两句即事抒发议论。"逃名姓",即隐姓埋名,隐居之意。如刘长卿《送陆羽之茅山寄李延陵》"处处逃名姓,无名亦是闲",钱起《岁暇题茅茨》"谷口逃名客,归来遂野心",孟郊《寄张籍》"君其隐壮怀,我亦逃名称",罗隐《送梅处士归宁国》"殷勤为谢逃名客,想望千秋岭上云"。李涉曾与弟李渤隐居庐山白鹿洞,又徙居终南山,仕宦生涯屡遭贬谪,后终归隐。其诗中也不乏"转知名宦是悠悠"、"一自无名身事闲"、"荷蓑不是人间事,归去沧江有钓舟"一类句子,大约不时有隐居之想。"他时不用逃名姓"云云,是对上文"夜知闻"的回应,意思是,我本打算将来隐居避世,逃名于天地间,但如今不必了,因为"世上如今半是君",想逃姓名也逃不成了啊。

话语轻松诙谐,以"君"敬称强盗,巧妙地完成了对强盗首领的再次恭维。另一方面,语句中流露出庆幸与欣喜之意,因为这些"绿林豪客"如此敬重诗人、富于人情,并不可怕可憎,反倒亲切可爱了,甚至可令诗人不必隐居避世了。据说豪客们听了他的即兴吟成之作,饷以牛酒,应该非常受用。同时,这两句也表达出诗人对世事的感受与评价。

"世上如今半是君",客观描绘出中唐乱象。更深一层看,世上处处见强盗,反而不必逃名,则诗人此前的逃名之想,逃的是何人?显然别有所指。它所指的应该是那些不蒙"盗贼"之名而所作所为却比"盗贼"更甚的人,是那些逼得人民无以为生、只能造反的人,相比之下,眼前的这些"绿林豪客"反而更可亲近。所以,诗人用亦庄亦谐的笔调,既让自己保命全身,也侧面为后世读者留下了当时社会的一幕真实图景。　　　　(冯丽霞)

润州听暮角　　　　李 涉

江城吹角水茫茫,曲引边声怨思长。
惊起暮天沙上雁,海门斜去两三行。

【鉴赏】这首诗又名《晚泊润州闻角》,说明是羁旅水途之作。李涉长于七绝,这首行旅之作也是其七绝中的佳品。

润州,即今江苏镇江,在长江边上,故曰江城。水茫茫,白描出长江浩渺之态,水远山长,正如人世空阔,引出诗人的怅然感受。首句描摹环境,烘托出孤独氛围。

角,是军中乐器,由西北少数民族乐器发展而来,在鼓吹乐中应用颇广,多吹奏边塞歌曲,故曰"曲引边声"。号角声悲壮,常能兴起凄凉感受,唐人李益《听晓角》:"边霜昨夜堕关榆,吹角当城汉月孤。无限塞鸿飞不度,秋风卷入《小单于》。"即借角声而写边愁。羁途之士虽非边地戍卒,也一样是天涯沦落,听到悲壮的号角声,同样会泛起种种幽怨情思。"曲引边声怨思长"即写此情境。

首二句描写无边流水,袅袅角声,皆勾引出心中怨思。同时,诗人也借水的形态和边曲的声音,对愁怨情思之悠长不绝,做了具体可感的暗示。

三句于浑茫一片中突起,大雁由江边沙洲振翅而飞,在沉着苍凉的画面中添入些许异动，"惊起"二字，写出角声划破宁静暮色带来的心灵震撼，其实大雁的惊惶，也与诗人心中一样，但诗人不言"己"而言雁，借物喻人。时当黄昏，百鸟归巢，大雁却惶惶飞起，未得着落，这样的情形，实际也兼含了诗人当时的遭际。据《唐才子传》卷五载，诗人"以罪谪夷陵宰，十年蹭蹬峡中，病疟成痼，自伤羁逐，头颅又复如许。后遇赦得还，……遂放船重来访吴、楚旧游"，这首诗或许作于此时。

海门，是镇江城外江中小岛。《镇江府志》："焦山东北有二岛对峙，谓之海门。"大雁，排列成两三行向远方飞去，亦将人的视线由辽远的江面引向空旷的夜空。无尽江水、无垠天空、不绝角声，共同营造出邈远无边的意境。

作者即景抒情，似乎只是按照见闻的顺序如实描写，但实际上却颇有选择。他拣取生活中典型突出的形象，构成了一幅清淡简远的图景：时当黄昏，角声呜咽，江水茫茫，大雁受惊远飞。淡淡几笔，写得毫不费力，但当读者细细体味，则画面外孤独伫立的，是面对这一切的羁旅过客，于是画面中每一物象，都折射出深深的哀情。诗人写羁旅愁情，而情思含蓄，语气平淡而悠长，颇有余味。

(冯丽霞)

施肩吾，生卒年不详，字希圣，号栖真子。睦州分水（今浙江桐庐）人。元和十五年（820）进士。不待授官，即离京东归，后隐居洪州（今江西南昌）西山修道以终。有诗名，多写隐居之趣、山村之景，也有少量冶游香艳之词。《新唐书·艺文志》录《施肩吾诗集》十卷，《辨疑论》一卷，已佚。《全唐诗》卷四九四录诗一卷。《全唐诗补编·续补遗》卷六补诗八首，《续拾》卷二七又补二首又四句。

望　夫　词　　　　　　　　　　施肩吾

手熨寒灯向影频，回文机上暗生尘。
自家夫婿无消息，却恨桥头卖卜人。

【鉴赏】闺怨，是中国古诗的传统题材。此类诗歌历史悠久，名作颇

465

多,如《诗经》的《伯兮》、《君子于役》、汉代古诗十九首中《庭中有奇树》、《青青河畔草》等诸多篇章都以思亲念远为主题。魏晋南北朝时期,闺怨诗不仅在内容、形式、数量上有了一定提高,而且正式出现了《闺怨》这一题目。唐代闺怨诗的数量更远远超过前代闺怨诗的总和,在思想内容和艺术成就上,也都有了显著的提高。施肩吾这首七绝就是唐代闺怨名篇之一。

诗歌首句选取了一个颇耐人寻味的动作:女子频频点燃灯火探看屋外路过的人影。这一动作,回应了诗题的"望"字,并蕴含更丰富的信息:深夜不眠,屡屡查看,表明女子心有期待,为什么会有这种期待?要到后面揭晓。而女子等候的焦虑,则说明分离颇有时日,也折射出相思之深。"寒"灯,带着孤独凄清意味,应和了女子的心境。

次句描摹环境:织机上落满尘埃。"暗",暗自,默默地,说明织机冷落一旁,在未被察觉的情况下尘埃渐满。推想原因,自然是女主人公"自君之出矣,不复理残机"(唐张九龄《自君之出矣》),故而诗人虽只描摹了一幅静态画面,却表现出自丈夫离开后,女子渐渐无心纺织的心态变化以及离别经年的烦恼。回文机,即织机,用前秦苏蕙典,照应了诗题的"望夫"。女主人公的丈夫是出外求仕,还是经商或服役,诗歌并没有明说,也无须解释,妻子的离愁别怨都是一样的。更有可能,她与苏蕙一样,失宠被冷落,故久无丈夫音信。

前两句极写思妇孤寂无聊意绪,三四句转而揭示内心。"恨桥头卖卜人",透露出另一个故事:原来女子因望夫情切,曾到桥头卜卦。占卜结果诗中虽未明说,但从首句女子的坐卧不宁,每有动静都疑是夫归,读者应已默会到"终日求人卜,回回道好音"(唐杜牧《寄远人》)。到这里,前面的所思所待,都得到解释,也可见出首句伏笔之妙。问卜,可见盼夫之切;卜得吉兆,可以想见女子当时的欢喜;而"手爇寒灯向影频",应是一次次的失望、黯然神伤。"却"字,表明女子的心情有点不可理喻,夫婿不归,却迁怒于人。但无理却有情,痴心等待,又无可奈何,不能恨夫不归,只能怪卜人无验,这种人间小儿女的心思,自是可以理解。桥头卖卜人的加入,使诗歌所表现的故事又多一层,诗歌内容因而更加厚重婉曲。

诗中只描写了一个夜晚、一架织机、女子的一个举动与一种心情,但诗人选择的却是类似德国剧作家莱辛所说"最富于包孕"(《拉奥孔——论诗与画的界限》)的对象:能给想象以最大活动余地,最足以见出前因后果,最富于暗示性,使得前前后后的故事都可以由之得到最清楚的理解。诗歌因此而超越了此时此地的界限,克服了平直单薄的书写,变得更加深曲有味。

(冯丽霞)

幼 女 词 　　施肩吾

幼女才六岁,未知巧与拙。
向夜在堂前,学人拜新月。

【鉴赏】古代诗词中少女形象被刻画较多,往往是表现其美好风致,带着情爱意味。幼女成为表现对象,则始自左思《娇女诗》。该诗极尽铺陈之能事,着力描绘诗人小女"纨素"与大女"蕙芳"种种天真童趣。正如明代谭元春所评:"字字是女,字字是娇女,尽理、尽情、尽态。"(《古诗归》)

唐人诗中描写幼女的作品也有一些,如杜甫《北征》写到小女儿"学母无不为,晓妆随手抹。移时施朱铅,狼藉画眉阔""问事竞挽须"等憨直可爱举动,同样是用铺叙法,只是放在安史之乱的背景中,不免带着苦中作乐的辛酸。韦庄《与小女》耍赖中透着幼稚:"见人初解语呕哑,不肯归眠恋小车。一夜娇啼缘底事,为嫌衣少缕金华。"其余如元稹《哭女樊四十韵(虢州长史时作)》《哭小女降真》《哭女樊》,白居易《病中哭金銮子(小女子名)》《重伤小女子》,李群玉《哭小女痴儿》《伤小女痴儿》,皮日休《伤小女》,韦庄《忆小女银娘》等,则更多在抒发伤感之情,直接描写较少。

在少数表现幼女纯真的古代诗歌中,施肩吾有一首《效古词》:"姊妹无多兄弟少,举家钟爱年最小。有时绕树山鹊飞,贪看不待画眉了。"表现了一个小女孩的好动贪玩。而这首《幼女词》更见童趣。

首句直陈年纪,以"幼女"和"才六岁"突出其年龄之小,点破题旨。二句顺承而来,年幼故而不懂事,不明白"巧"、"拙"这些抽象概念的含义,更不懂得二者的区别。"巧"字还暗关"乞巧",点明时间是七夕,更见含蓄。而幼女不懂得什么是"巧",自然更不明白何为"乞巧",这就为下文的"拙"埋下伏笔。

三、四句写幼女学人拜月。唐代有七夕拜新月之习俗,如李端《拜新月》诗云:"开帘见新月,即便下阶拜。细语人不闻,北风吹罗带。"拜新月,意在趁着月光穿针乞巧，如崔颢《七夕宴悬圃》"长安城中月如练，家家此时持针线"，林杰《乞巧》也有"家家乞巧望秋月，穿尽红丝几万条"之句。施肩吾自己也有《乞巧词》："乞巧望星河，双双并绮罗。不嫌针眼小，只道月明多。"

这里写幼女临夜在堂前学人"拜新月"以"乞巧"，虽未具体描写情状，但我们可以设想其时民间热闹场景，而幼女依样学来，不难想象其郑重其事。但她毕竟"才六岁"，越是郑重，越显憨态可掬；"学人"二字也传达出一种揶揄的语义。拜月的形式是成年的，却掩不住小女孩的幼稚、无邪。她的动作是庄重的，实际却不明就里，纯属模仿，幽默滑稽效果即由此产生。联系上文的"未知巧与拙"，其实是弄巧成拙，一个天真烂漫的幼女形象由此活现于读者的面前。

这首诗删繁就简，只就一件事写来，语言朴素直白，幼女之稚态童心跃然纸上，显出作者高超的白描功夫。

（冯丽霞）

崔郊，生卒年不详，《全唐诗》仅录其《赠婢》一首。《云溪友议》卷上《襄阳杰》条、《唐诗纪事》卷五六载其本事。

赠　婢　　　　崔　郊

公子王孙逐后尘，绿珠垂泪滴罗巾。
侯门一入深如海，从此萧郎是路人。

【鉴赏】这首诗背后有这样一个爱情故事：贞元（唐德宗年号，785—805）年间，秀才崔郊寓居襄阳姑母家，与家中婢女相爱。婢女端庄美丽，通晓音律。后来却因姑母家贫，被卖给当时的山南东道节度使于頔。崔念念不忘，思慕不已，一次寒食节，婢女偶尔外出与崔郊相遇，相对垂泪，崔写下这首诗，后于頔读到此诗，便让崔郊把婢女领去，传为诗坛佳话。这个故事首见于唐范摅《云溪友议》"襄阳杰"条。

故事最终虽然有了个可喜的结局，但这一偶然性结局却无法遮盖弱肉强食社会普遍性的悲剧现实。

诗歌首二句构造了两种鲜明的对比：公子王孙和"绿珠"，一方是豪强权贵,一方是卑微的婢女侍妾,悬殊地位的对比,暗示出故事的发展走向;前者争先恐后的追逐,侧面烘托出女子的美貌,但后者并不欣喜,态度的对比表现出女子的身不由己和内心深沉的痛苦。这样的反差,含蓄揭示了弱者在强权面前的无力和无奈。"绿珠"是东晋石崇宠姬,美貌,善吹笛,能歌舞。权臣贾谧被诛后,石崇因与贾谧同党被免官。赵王司马伦专权,依附于赵王伦的孙秀派人向石崇索取绿珠。石崇坚持不给。孙秀大怒,劝赵王伦诛石崇。石崇被收下狱,后被杀。绿珠也坠楼而死。诗人借"绿珠"典故,一方面表现了女子美丽、通音律的特点,另一方面也借绿珠的故事暗示出她被权贵强夺的不幸遭遇。

三、四句则借"一入"、"从此"两个关联词语,概括出寒门情侣长久、无止境的痛苦。"侯门",对应首句的"公子王孙";"深如海"的比喻,表达出豪门威逼之下,弱者的绝望感受:无边无际,深不见底,得不到解脱。"萧郎"代指诗中与女子倾心相爱的男子。从唐代开始,这一词在诗文中广泛出现,成为美好的男子或女子爱恋的男子的代名词。如元稹《襄阳为卢窦纪事》:"风弄花枝月照阶,醉和春睡倚香怀。依稀似觉双环动,潜被萧郎卸玉钗";于鹄《题美人》:"秦女窥人不解羞,攀花趁蝶出墙头。胸前空带宜男草,嫁得萧郎爱远游";施肩吾《赠仙子》:"欲令雪貌带红芳,更取金瓶泻玉浆。凤管鹤声来未足,懒眠秋月忆萧郎"等。"萧郎"和"路人"的鲜明对比,表明面对情人,却只能形同陌路,揭示出豪门权贵约束人身自由、践踏人的情感的冷酷现实。

诗人以此诗赠给心上人,既写了女子的不幸,也描述了自己所爱被劫夺的哀痛,而造成这种痛苦的,正是那些只顾个人喜恶的侯门贵族、公子王孙。作者并没有直接指斥,但诗中流露出的弱者的哀怨、深沉的绝望,却比直露的指斥更厚重,也更能激起读者的同情。诗中的情感实际上也超越了一己的悲欢而具有普遍的社会意义。"侯门如海""萧郎陌路"亦因其形象性、概括性而凝聚成成语,在文学作品和日常生活中广泛运用。

(冯丽霞)

元稹(779—831),河南(今河南洛阳)人,字微之。早年家贫,举贞元九年明经科、十九年书判拔萃科。后曾任左拾遗、监察御史、同中书门下平章事等职。与白居易友善,多相唱和,世称"元白"。有

《元氏长庆集》。

行　宫

元　稹

寥落古行宫，宫花寂寞红。
白头宫女在，闲坐说玄宗。

【鉴赏】元稹的《行宫》诗通过宫女们的悲惨遭遇，反映出在深宫幽闭的岁月里，葬送了无数妇女的青春和幸福，从而揭露了封建宫廷广选妃嫔这一制度的残酷与罪恶。全诗只有四句共二十个字，在极有限的篇幅中传达了十分丰富的内容。在这里，笔墨的节省仅仅是表面特征，关键在于造语凝练、精确，富于表现力，像绘画中的速写一样，笔触洗练、流畅、肯定，取其神似。

诗的首句点题，主语是"行宫"，用"古"和"寥落"两个形容词修饰："古"的含义是从此宫于高宗上元年间落成算起，迄今百年以上，自然是一座"古"宫了，没有进行艺术夸张；"寥落"是总写其空虚冷落风貌。试想一下，偌大一座行宫之内，仅有几位宫女生活其间，且一住半个世纪，那里树有多高，草有多长，非"寥落"而何？第二句主语是"宫花"，用"寂寞"和"红"两个形容词作谓语。花红是极平常的用语，但"红"得"寂寞"就非同一般了。只有在行宫这样特殊的环境中，艳丽的花朵才会寂寞地开放，寂寞地凋残。"寂寞"一词，一般用来形容人的处境或心境，这里用来形容宫花，是把花拟人化了。同时又自然地让读者引发联想，宫花与宫女的命运多么相像！这些当初"脸似芙蓉胸似玉"的妙龄女

子,被幽闭行宫之中,不也是"寂寞红"吗？细想起来,宫花谢后来年还可再开,而宫女"红颜暗老白发新"却不能逆转,相比之下,其命运还不及宫花。诗的第四句写人物的活动:宫女们坐在一起,回忆、谈论着玄宗时代的逸闻旧事。粗读之下,似乎漫不经心。但细细寻味,会觉得有无穷内涵:"闲坐",无所事事是谓"闲",宫女从十六岁到六十岁,半个世纪里没有任何事可做,换言之,是什么事也不能做,这与囚犯有什么不同？"说玄宗",只有当年经历过的有限的往事可以回忆、谈论,此外,对半个世纪的外界世事一无所知,其精神世界的苍白、贫乏可想而知。她们的服饰打扮是"天宝末年时世妆",外人恐怕想笑也笑不出来。她们的识见大概也只有十六七岁少女的识见;而有限的往事这个旧话题一谈便是半个世纪,除此之外她们便无从谈起,这又是多么触目惊心的事啊！

《行宫》的艺术美是以少胜多的凝练、含蓄之美。也有人说,《行宫》"只四句,已抵一篇《长恨歌》矣"。可见人们对此诗的推崇。　　　（杨　军）

得乐天书　　　　元　稹

远信入门先有泪,妻惊女哭问何如。
寻常不省曾如此,应是江州司马书。

【鉴赏】在中国古代诗坛,元稹与白居易之间的深挚友情,鲜有人能与之匹敌。数十年间,不论身处顺境,抑或逆境险境,元白二人之间的交往真挚无间,惺惺相惜,心心相印,可谓"所合在方寸,心源无异端"（白居易《赠元稹》）。这首《得乐天书》,便是元白二人交好情切的见证。

据周相录考证,此诗当作于元和十二年（817）五月以后,时元稹在通州司马任上。唐宪宗元和十年（815）,元稹因得罪权贵被贬通州（州治在今四川达县）,不久,好友白居易也被贬江州司马。当年正月,诗人刚奉诏回京,本来与好友同在长安,正可以相互唱和切磋,共赴国事,没想到刚见面就马上要分别。三月,元稹被贬出京,不久,白居易也贬谪远地。感情深挚的好友,又要天各一方,其中的痛楚与思念,该向何人说？

一、二句描绘诗人接到好友来信时紧张欣喜的场面。"远信入门",说明两人相隔之遥远,试想想,关山重重水迢迢,这封书信得来是多么不易？！"先有泪"三字,生动地描绘出诗人惊喜万分的情状。"妻惊女哭问何如"句,展现妻女对于诗人"先有泪"的反应。信未展开,而诗人涕泗泪流,这种奇怪的现象不免令妻女惊愕不解,故纷纷上前盘问原委。连平日里最了解诗人的妻女不晓,自然读者也无法知晓。在此,诗人有意为我们埋下一个小小的伏笔。

终于,谜底在妻女的猜测中揭开了:"寻常不省曾如此,应是江州司马书。"至此,我们才恍然大悟,原来是诗人最好的朋友白居易从江州来信了。为什么这么说呢?是因为白居易是诗人最好的朋友,他们二人相交甚欢,相知甚深,平日里唱和无数。尤其是当两人同遭贬谪时,来自远方朋友的鼓励安慰比任何的济世良药都管用啊。

宋尤袤《全唐诗话》云:"乐天在洛,太和中,积拜左丞相,自越过洛,以二诗别乐天云:'君应怪我留连久,我欲与君辞别难。白头徒侣渐稀少,明日恐君无此欢。'又云:'自识君来三度别,这回白尽老髭须。恋君不去君须会,知得后回相见无?'未几,死于鄂。乐天哭之曰:'始以诗交,终以诗诀,弦笔相绝,其今日乎!'"由此可见,元白二人,真不愧是患难之交,生死之交!

(乐 云)

酬乐天频梦微之　　　元　稹

山水万重书断绝,念君怜我梦相闻。
我今因病魂颠倒,惟梦闲人不梦君。

【鉴赏】这首诗是诗人与好友白居易相唱和的酬和诗,大概写作于元和十二年(817)八月以后。此前两年,元稹与白居易分别被贬谪通州与江州,一个远在四川,一个偏居江西,相隔千里万里,殊难聚面。不过,即便再远的距离,也隔不断友谊的手。他们相互酬唱,互相安慰鼓励,身处逆境却感情愈真愈深。

是年八月二十日夜,白居易写下《梦微之》一诗,诗云:"晨起临风一惆怅,通川溢水断相闻。不知忆我因何事,昨夜三更梦见君。"这首诗的妙处在于最后两句:"不知忆我因何事,昨夜三更梦见君。"诗人不写自己因相思成梦,反倒询问远在千山万水的朋友有何事忆我,以致我昨夜三更时分梦见元君,从而可见诗人对于好友处境安危的无限关心与挂念。

元稹的这首诗则纯粹为答谢白居易对自己关心之作。一、二句直叙贬谪之后处境的艰难与郁闷的心情。这种艰难,不光是反映在相隔"山水万重"上,更体现在由此导致的音书断绝上。这种郁闷,不是因为身处荒僻之地的无聊穷困,而是因为很难得到好友的消息,这才是作者最为担忧与郁闷的。"念君怜我梦相闻"一句,表明经这千难万险,诗人终于收到好友的来信,知悉好友远在异地思念入梦的情景,不经感慨万千,夜不能寐。

三、四句则叙诗人感叹自身潦倒愁困的遭遇,寄托对好友的殷殷之情。好友的来信,令诗人思绪万千,不能自已。我也是对你朝思暮想,急切盼望见你一面啊。可惜现在我是重病缠身,即便有心在梦里与你见面,却始终无法做到啊!为什么呢?原来是我因病神魂颠倒,明明想梦见你,却尽是梦见不相干的闲人啊。这样的结语较之白居易的相思入梦,无疑更翻陈出新。相思入梦,是人之常情,而相思却不能入梦,则更深一层,是人之至情。由此可见,诗人对于好友的思念之情该是如何翻江倒海了。

这首诗语言平实如话,但却婉转而伤情,难怪《唐诗镜》评之曰:"转伤。"

(乐 云)

菊 花　　　　元 稹

秋丛绕舍似陶家,遍绕篱边日渐斜。
不是花中偏爱菊,此花开尽更无花。

【鉴赏】菊花,历来被视作孤标亮节、高雅傲霜的象征,与梅、兰、竹一起被誉为花中"四君子"。

前代诗人中吟咏赞美菊花的很多,如东晋陶渊明尤喜爱菊花,并留下"采菊东篱下,悠然见南山"的名句。唐代诗人杜甫《云安九日》云:"寒花开已尽,菊蕊独盈枝。旧摘人频异,轻香酒暂随。"同时代的白居易亦有"一夜新霜著瓦轻,芭蕉新折败荷倾。耐寒唯有东篱菊,金粟初开晓更清"(《咏菊》)之句。这些诗句中,诗人特别歌咏赞叹菊花能在百花纷纷枯萎的秋冬季节,不畏严寒,傲霜怒放的勃勃生机。贞元十八年(802),时年二十有四的元稹正在长安待选,踌躇满志的诗人面对秋冬时节却春意盎然的菊花,写下了这首咏菊诗,表达诗人对于菊花的由衷喜爱。

一、二句为我们展现了一幅诗人缠绵痴迷于菊花的"爱菊图"。语言直白浅露,平铺直叙,却充分描绘出诗人对菊花流连忘返的痴迷与喜爱。

尽管只短短的十四个字，但却从三个层面表达了诗人的爱菊之心。第一个层面，"秋丛绕舍似陶家"，以"陶家"的典故说明诗人宅院周围秋菊盛开的绚丽景象；第二个层面，"遍绕篱边"四字表明诗人因陶醉于秋菊的美丽而绕篱欣赏，品头论足。第三个层面，"日渐斜"三字证明诗人欣赏菊花时间之长，尤其是一"渐"字，充分展现出时间渐渐流逝而诗人浑然不觉的精神状态，足见诗人爱菊之深。

三、四句则为我们揭示出诗人酷爱菊花的缘由。有人因菊花姹紫嫣红的色彩而爱菊，有人因菊花清隽高雅的香气而爱菊，那么诗人是出于什么原因呢？答案最终揭晓：原来是"不是花中偏爱菊，此花开尽更无花"！不是因为菊花的色彩与香气吸引了我，而是因为深秋时节，除了菊花就没有其他的花可以欣赏了啊！在此，诗人紧紧抓住菊花在百花中最后凋谢这一自然现象，再一次表达对菊花的喜爱之情，而由此延伸的，我们可以充分体味到诗人对菊花不惧严寒、不屈不挠精神的赞叹。

同为咏菊诗，元稹这首诗却能在平常的题材中发掘诗意，看似平淡，却含蕴极深，不愧为咏菊诗中的名作。宋人王安石也曾作《菊花》诗，其诗云："千花万卉凋零后，始见闲人把一枝。"与元稹咏菊诗相比，其高下不可同日而语。难怪此诗一出，即广为传诵，其好友白居易更是对此诗念念不忘，他在《禁中九日对菊花酒忆元九》中写道："赐酒盈杯谁共持，宫花满把独相思。相思只傍花边立，尽日吟君咏菊诗。""相思只傍花边立，尽日吟君咏菊诗"，只此二句，已足见元白二人相交之深、相思之苦了。（乐　云）

离思五首（其四）　　　元　稹

曾经沧海难为水，除却巫山不是云。
取次花丛懒回顾，半缘修道半缘君。

【鉴赏】关于此诗所指之"君"，向来有两种说法：一说指元稹的原配夫人韦丛，如《云溪友议》云："初，韦蕙丛逝，不胜其悲，为诗悼之。"另一说指元稹年少时恋人崔双文，如《唐诗快》卷一五云："上皆为双文而作也。胡天胡地，美至乎此，无怪乎痴人之想莺莺也。"笔者倾向于前者。

元和四年（809），元稹爱妻韦丛病逝，死时年仅二十七岁。韦丛死后，元稹悲痛欲绝，曾陆续创作多首悼亡诗，如《六年春遣怀八首》、《遣悲怀三首》等,情真意切,感人至深。这首"曾经沧海难为水",应该是创作于爱妻病逝一年之后。

一、二句用两个人间至大至美的形象来概括诗人对亡妻的深情厚意。"沧海"句,来自于《孟子·心性》篇"观于海者难为水,游于圣人之门者难为言"。其意为沧海以其雄阔壮丽而令其他江河湖泊相形见绌。"巫山"句则来自于宋玉《高唐赋》,其序云:"其始出也,嵲兮若松榯;其少进也,晰兮若姣姬。"极言巫山之云为神女所化,似松榯美姬,直让其他地方的云自惭形秽。此二句以沧海巫山起兴,意在指诗人与亡妻之间的情谊直可惊天地泣鬼神。沧海之水与巫山之云,均为世间至真至美之物,非其他地方的水和云可比拟。而对诗人来说,亡妻之美与真,又是哪个女人比得上的呢? 足可见诗人对亡妻思念之深。

如果说一、二句是从大处着眼的话,三、四句则从细节小处下笔。"取次花丛懒回顾",诗人多次经过鲜花盛开的"花丛",但却无心欣赏,为什么呢? 原来是诗人将一门心思放在亡妻身上,又怎么会再像以前一样去眷顾鲜花呢? 此处"花丛",一语双关,既指实体,又暗喻其他美女,表明其时诗人不会再对其他女色流连了。

末句以"半缘修道半为君",为我们再次解释了"懒回顾"的缘由。从字面意义上讲,诗人不愿意赏花的原因有两个:一个是因为要修道向学的缘故,一个则因为思念亡妻而神思恍惚,百无聊赖。由此引起后人的异议。秦朝纡《消寒诗话》批评此句曰:"悼亡而曰'半缘君',亦可见其性情之薄矣。"其实,批评者并没有理解诗人的苦衷。表面上看,悼亡只是"半缘君",但事实上,"修道"不过是诗人思念亡妻过甚而采取的一种排遣手段罢了。

纵观这首诗,平浅明快中呈现丽绝华美,色彩浓烈,铺叙曲折,细节刻画真切动人,不愧为悼亡诗中的名篇。薛雪《一瓢诗话》云:"元白诗言浅而思深,意微而词显,风人之能事也。至于属对精警,使事严切,章法变化,条理井然,杜浣花之后,不可多得。"此评语用在此诗身上,可谓贴切生动。

(乐 云)

闻乐天授江州司马　　　　元　稹

残灯无焰影幢幢,此夕闻君谪九江。

垂死病中惊坐起，暗风吹雨入寒窗。

【鉴赏】据宋尤袤《全唐诗话》载："元微之为御史，鞫狱梓潼。时白乐天尚书在都下，与名辈游慈恩寺，花下小酌，作诗寄微之曰：'花时同醉破春愁，醉把花枝当酒筹。忽忆故人天际去，计程今日到梁州。'元果至褒城，亦寄《梦游诗》曰：'梦公兄弟曲江头，又向慈恩寺里游。驿吏唤人驱马去，忽惊身已在梁州。'千里神游，若合符节。朋友之道，不其至欤！"只有真正明白元白二人生死与共、肝胆相照的朋友之情，才能真正读懂这首《闻乐天授江州司马》。

此诗当作于元和十年（815）八月之后不久，其时诗人正遭贬通州司马，无奈离京，行前曾赠白居易新旧文二十六轴。没想到白居易随后遭人陷害而被贬江州司马，诗人听到这个消息，既为好友的不幸遭遇鸣不平，同时也为好友未来的命运深切担忧，此诗即表达了诗人对好友因思念而挂念，因挂念而忧虑的复杂情绪。

一、二句意在渲染诗人周遭环境的惨淡凄凉。诗人贬谪异地，更兼身染沉疴，面对残灯摇曳，风雨凄凄之苦状，其内心的郁闷烦忧无处排遣，无以复加。古人云："一切景语皆情语。"心情消沉晦暗的诗人，面对残灯风雨，又如何会不赋予其感伤的色彩呢？而更大的不幸还在后头，当此人生最晦暗之时，诗人听说最好的朋友被远谪江州，这不是给本来已祸不单行的诗人雪上加霜吗？

三、四句为我们描绘出诗人闻听好友贬谪的情绪反应。身染重病的诗人，乍一听到好友被贬的消息，其习惯性的反应是"惊坐起"。病而垂死，痛之至也；惊而坐起，惊之甚也。好友被贬，为什么会"惊坐起"呢？原来元白二人是知心挚友，休戚相关，才会产生这么大的情感力量啊。然而，"惊坐起"之后的诗人又该如何呢？末句"暗风吹雨入寒窗"为我们提供了最后的答案："此时失惊坐起，呆呆想去，无可为力，但觉半明不灭之灯影中，暗风吹雨从窗而入，令人心骨俱寒，至情所激，其凄凉甚矣。"（《古唐诗合解》）

纵观整诗，我们可以将其特点归纳为四个字：语平情真。前者言其语言平实无奇，但却字字珠玑，巧妙异常。《而庵说唐诗》云："大凡诗中用字，最不可杂乱，此诗若'残'字，若'无焰'字，若'谪'字，若'垂死'字，若'惊'字，若'暗'字，若'寒'字，如明珠一串，粒粒相似，用字之妙，无逾于此。"后者则赞其言情之真，用情之深。《容斋随笔·长歌之哀》云："嬉笑之怒，甚于裂眦；长歌之哀，过于恸哭。此语诚然。"应该说，这一评价并非过誉。

（乐　云）

遣悲怀三首　　　　元　稹

谢公最小偏怜女，自嫁黔娄百事乖。
顾我无衣搜荩箧，泥他沽酒拔金钗。
野蔬充膳甘长藿，落叶添薪仰古槐。
今日俸钱过十万，与君营奠复营斋。

昔日戏言身后意，今朝都到眼前来。
衣裳已施行看尽，针线犹存未忍开。
尚想旧情怜婢仆，也曾因梦送钱财。
诚知此恨人人有，贫贱夫妻百事哀。

闲坐悲君亦自悲，百年都是几多时。
邓攸无子寻知命，潘岳悼亡犹费词。
同穴窅冥何所望，他生缘会更难期。
惟将终夜长开眼，报答平生未展眉。

【鉴赏】中国历史上，悼亡诗写得较好的有潘岳与元稹，而元稹所有悼亡诗中，《遣悲怀》被公认为最佳，其情真意切，为后世传诵不已。

此诗约作于元和四年（809），这一年，诗人爱妻韦氏因病去世。韦氏，即韦丛，字蕙丛，太子少保韦夏卿之幼女，二十岁时嫁与元稹，孰料七年之后便撒手人寰，遗一女。可以想见，妻子病亡时仅仅二十七岁，诗人也不过三十出头，正是少年夫妻恩爱

477

之时，却不料遭此大祸。诗人饱受丧妻之痛，写下了三首《遣悲怀》，表达对亡妻的沉痛哀悼。

第一首，诗人回忆与妻子婚后的艰难岁月。首联写亡妻的出身与婚嫁状况。谢公指东晋宰相谢安，以谢安最偏爱的侄女谢道韫借指韦氏，表明亡妻不但出身于名门世家，而且具有谢道韫的才华品德。可惜她嫁给了我这个无用之人。黔娄，指春秋时齐国隐士黔娄，他修身清节，安贫乐道，死后衣不蔽体。诗人以黔娄自喻，主要包括两层含义：其一是以黔娄的修身清节来比喻自己的操守高洁；其二是表明自己也像黔娄一样，生活穷困，无力养家。一个名门贵族的小姐，嫁给了一个穷困的书生，其家境艰难自是可想而知。"百事乖"，既是对亡妻七年艰苦婚姻生活的概括，同时也表达诗人对亡妻的愧疚之情。

然而生活还要继续，更何况诗人还有喝酒的嗜好呢？没有衣服，妻子为自己翻箱倒柜去搜寻，没有钱，妻子无奈之下只得拔下头上的金钗拿去典当。《升庵诗话·泥人娇》云："俗谓柔言索物曰泥，乃计切，谐所谓软缠也。"颔联两句颇有儿女昵语之态，不过这里却丝毫不见淫媟之语，反倒是透露出一股浓浓的辛酸。陆时雍《唐诗镜》卷四六云："语到真时，不嫌其烦。梁人作昵媟语，多出一淫；长庆作昵媟语，多出于恳。梁人病重。"这一评语颇为允当。

颈联则描绘出妻子艰难持家的贤妻形象。日常只有豆叶之类的野菜充饥，她却吃得津津有味；没有柴烧，她便靠老槐树下的枯叶当薪炊。贫贱的生活确实难熬，但妻子没有丝毫怨言，安心持家，默默奉献。这一切怎不让诗人感动万分，内疚万分呢？

尾联将视线转到眼前。此时诗人已是身居高位，俸钱过十万，本来正是和妻子享受富贵荣华的时候，可惜她却永远地离开了我，再也看不到我功成名就的样子了。现在阴阳相隔，我该如何报答妻子对我的深情厚意呢？惟有用祭奠与延请高僧超度亡灵的办法来寄托自己的哀思了。看似无奈之举，却包孕着诗人无法弥补的遗憾与伤痛。

第二首，承接第一首，叙述爱妻亡后的孤独生活。"昔日戏言身后意，今朝都到眼前来"，首联看似语气平淡，却蕴藏着大量信息。当日夫妻嬉戏之时，不免有谁先死谁后死的玩笑话，妻子笑着说要先死，这样她就不会孤单了，因为在她死时丈夫会陪着她。没想到的是，当年的玩笑话现在竟然一语成谶，全都应验了。死者已矣，惟留下生者饱受孤独的忧伤。

为了排遣忧伤,诗人将妻子当年的衣物全部施舍给别人,当年做过的针线全部封存,以免睹物伤人。然而这样做只能是自欺欺人。每次看到妻子身边的婢仆,便不禁引起自己的哀思。也曾想在睡梦中能够给妻子送纸钱,以弥补当年她缺衣少钱的缺憾。可惜这些都已于事无补了。现在我终于明白,夫妻生离死别,是人生常恨之事,而更可恨可悲的是,贫贱夫妻的生离死别,那才是真真正正深切的悲哀啊。因为对于贫贱夫妻来说,生时已是艰难万分,整日里为生活奔波,等到有朝一日有钱了,却斯人已去,无法真正享受到了。

　　第三首则在承接前两首生时亡后的基础上,抒发诗人的自悲。"闲坐悲君亦自悲",本来是为亡妻悲痛,却不料最终落到自悲的地步。为什么呢? 因为诗人由妻子的早亡想到宇宙永恒而人生短暂,不禁悲从中来。邓攸心地善良,但却终生无子,这难道不是命吗? 潘岳的悼亡诗做得再好,又如何能让死者死而复生呢? 面对无法预知的天命,作为人类的我们又能做些什么呢? 诗人不免由自悲而变得绝望了。

　　所幸,诗人又从绝望中生发出希望。但愿将来我死后能够与妻子合葬一处,如果有来生的话,我们约定好来世还做夫妻。只是不知道何年何月我们能再有缘相会了。诗人刚刚点燃的希望之火再次被浇灭了,无奈之下,他只能想出一个不是办法的办法,"惟将终夜长开眼",以此报答妻子当年对自己的深情眷意了。值得一提的是,末篇末句之"未展眉",对应首篇之"百事乖",丝丝入扣,不愧为"天然关锁"。

　　纵览这三首诗,紧紧抓住一个"悲"字,由过去而现在,由悲妻而悲己,由遣悲而伤悲,以"悲"字绾结全篇,环环相扣,循环往复,构造出浓郁的悼亡气氛,成为古今悼亡诗中的名篇。陈寅恪《元白诗笺证稿》云:"夫微之悼亡诗中其最为世所传诵者,莫若《三遣悲怀》之七律三首。……所以特为佳作者,直以韦氏之不好虚荣,微之之尚未富贵,贫贱夫妻,关系纯洁,因能措意遣词,悉为真实之故。夫唯真实,遂造诣独绝欤!"此言不虚也。

(乐　云)

　　杨敬之,生卒年不详,字茂孝,虢州弘农(今河南灵宝)人。唐宪宗元和末前后在世。元和初,登进士第。累迁屯田、户部二郎中。因坐李宗闵党,贬连州刺史。唐文宗崇尚儒术,拜为国子祭酒。不久,兼太常少卿。尝为《华山赋》以示韩愈,愈称许之,一时传布士林。官至工部尚书兼祭酒。其现存之诗,仅《全唐诗》见二首,尤以《赠项斯》最为著名。

赠 项 斯
杨敬之

几度见诗诗总好,及观标格过于诗。
平生不解藏人善,到处逢人说项斯。

【鉴赏】 韩愈在《马说》提到:"千里马常有,而伯乐不常有"。这是一个令人深思的人事问题。每个时代都会有杰出的人才,但往往报国无门,赍志而殁,究其原因,是当权者或者缺乏品评人物的眼力,或者担心被引荐者危害到自己的利益,总之,"千里马"的沉沦下僚,往往是当权者满腹私心杂念、缺乏公正裁量所造成的。

但是杨敬之绝不是这样的人物。此诗的写作年代,已无法考量,根据南宋计有功《唐诗记事》记载,项斯开始还未为人所知晓,于是以行卷谒见杨敬之。杨读了之后,赏其才华,因赠此诗。未过多久,杨的诗在长安流传,第二年项斯即被擢用。唐代士人的行卷、温卷之风颇为盛行,以求被铨选的主事者所知晓,在考试中给予必要的关注。项斯就是这个态度,当时杨敬之任国子祭酒,而且"爱士类,得其文章,孜孜玩讽,人以为癖",于是给项斯提供了这样的机会。

"几度见诗诗总好,及观标格过于诗。"诗人好几次看到项斯的诗歌,总是夸不绝口。那么"好"在哪里呢?难道是意境高远?或者是寄托遥深?还是议论精辟呢?这些我们都不得而知,但于杨敬之眼力所及,却是上乘之作。俗话说"文如其人",诗歌写得既好,人品自然不差,诗人接见项斯时,想必已经做好了心理准备。但见到项斯后,仍然不免惊讶了一回,他的容貌举止、谈吐风雅,都超出了诗人的想象,反而使诗人欣喜不已。通过诗人的赞赏,将项斯的文采风流吐露殆尽。

我们知道,杨敬之爱好文士,凡有佳作,孜孜讽诵,痴迷不已。正因为如此,他也乐意推荐后进。"平生不解藏人善",诗人说自己不懂得掩藏别人的好处,这句话似有为而发,前文我们提到过一些当权者因私心杂念埋没人才的事实,由此更见出诗人的可贵之处。所谓的"不解"其实是不愿意而已,其中透露出对不良风气的针砭。为了使才尽其用,他可能在各种场合,或到权力部门去推荐项斯,一方面为他营造良好的社会口碑,一方面使他尽快获得赏识,从而得到擢用。果然,皇天不负苦心人,第二年项斯就如愿以偿了。"说项"这个典故就源自此诗,意思是善于发现并宣传人的好处。

本诗浅显易懂,连贯畅达,一气呵成,鲜明地反映了诗人孜孜不倦提携后进的"伯乐"形象。

(徐昌盛)

贾岛(779—843),字浪仙,亦作阆仙,范阳(今北京房山)人。中晚唐诗人。早年为僧。元和年间投诗张籍并谒韩愈,深得赏识。后还俗,屡举进士不第。文宗时,因诽谤被贬长江县(今四川蓬溪)主簿,后迁普州(今四川安岳)司仓参军。贾岛诗以诗思奇僻凄寂、孜孜雕琢推敲、善于铸字炼句著名。与姚合并称"贾姚",形成晚唐的"苦吟"一派,影响颇大。有《长江集》十卷。

剑 客　　　　贾 岛

十年磨一剑,霜刃未曾试。
今日把示君,谁有不平事?

【鉴赏】唐代流传有大量的游侠诗,侠义精神构成了唐代诗歌的一幕独特景观。剑是侠客最常见的武器,因此侠的形象往往与剑联系在一起。贾岛的《剑客》取材受侠文化的影响,内容中也体现出侠者风范,不过更多的是诗人自我形象的投射和隐喻。

剑是侠者除暴安良的工具,因此侠者非常重视打磨好剑,这种传统可追溯到吴越时期的夫差、勾践时期,那时候留有许多名剑的传说,如镆铘、干将等等。"十年"是虚指,点明剑的打磨时间之长。磨剑尚且费时许久,不妨想象,其选材必然谨严、锻造必然精致,应该是名副其实的宝剑。侠者拿着簇新的宝剑,仔细把玩着,如霜一样透露着寒气的刀刃,还没有投诸实践,言外之意,它的威力至今还不为人所知晓。"未曾试",暗含着侠

481

者希图展现宝剑风采的机会。

"今日把示君,谁有不平事?"宝剑一直未能使用,是没有识货的人,也没有消除冤屈不平之事的机会。今天与你相识,宝剑因此有了施展才华的舞台,哪里有冤屈的事情,我好上去一试。诗歌中的"君"大概是"伯乐"的形象,既能识别出宝剑,也能重视侠者。末句以疑问的口吻表达了作者的自信和豪情壮志。

其实侠者形象即是诗人自身。诗人十年寒窗苦读,学就满腹才华,既可吟诗作赋,也可驰骋边疆、运筹帷幄,但是一直无人赏识,胸怀宝器沉沦至今。现在遇到了识人的"伯乐",诗人满腔的报国之志,正期待着施展才华的舞台,如果哪里有需要,诗人都会义无反顾地冲在前面。

贾岛诗以苦吟著称,多凄冷奇僻之境,如此朝气蓬勃、气势凌云的诗篇,确是罕见。

(徐昌盛)

题李凝幽居　　　　　贾　岛

闲居少邻并,草径入荒园。
鸟宿池边树,僧敲月下门。
过桥分野色,移石动云根。
暂去还来此,幽期不负言。

【鉴赏】诗人拜访好友李凝,为他居所的幽静所打动,兴之所起,写下了这首名篇。

周围几乎没有什么邻居,铺满杂草的小道逶迤曲折,弯进了小园。园内大概久无人迹,野草丰长,林木葱郁,青苔漫布在山石上,自在莺鹊也快乐地不断啼鸣。这种清幽的环境,正是适合休闲居住的好地方。

"鸟宿池边树,僧敲月下门",是千古传诵的名句,其妙就体现在"敲"字。试想,月色朦胧之夜,万籁俱寂,僧人来访,几声咚咚的敲门声,突然惊醒了池边树上夜宿的鸟儿,它们惊恐着扑棱棱地飞了一圈,发现原来是一场虚惊,随即返回巢中,继续它们的好梦。由静到动,再返回静,都是由"敲"生发,并以此更加衬托出李凝居所的幽静。传说,贾岛曾经在"推"与"敲"的选择中煞费苦心,冲撞了京兆尹韩愈,从而衍生出一段文坛佳话。仔细思量,若是用"推",一来声音粗长,即使惊觉鸟儿,也不易观察它们的

482

动静,二来主人隐居环境的清幽感遭到了破坏,不利于照应题目中的
"幽"字。

首联两句交代了白日里李凝居所的环境,颔联两句写夜晚的幽静,颈
联的景色,是诗人对月光下荒园风物的描写。既是荒园,其中景物久未经
人工整饬,故曰"野色"。桥下必有溪流,溪流两侧景色迥然有异,诗人用
"分"表现桥两端的不同风景。"移石动云根",本指天上流过的云彩,在朦
胧的月色下将阴影投射在重重叠叠的石山上,容易造成错觉,仿佛石头在
移动。诗人巧妙遣词造句,故意颠倒来讲,移动的石头触动了云脚,故使
云彩在流动。如此处理,比起单纯的平铺直叙,更显得奇崛有致,越发增
添了新鲜感。

末联表现了诗人的依依惜别之情,如此幽静的景色,自然使诗人流连
忘返,现在要暂时离去,不久之后,我一定还要来享受这里的幽静。"不负
言",采用拟人化手法,即绝不辜负我的誓言,是诗人对景物的盟誓。

此诗充分体现了贾岛诗歌的特点,注重推敲,设境清幽,造句奇峭,尤
以颈联最为难解,众说纷纭,均有未安,这里聊备一说。　　　　(徐昌盛)

忆江上吴处士　　　贾　岛

闽国扬帆去,蟾蜍亏复圆。
秋风生渭水,落叶满长安。
此地聚会夕,当时雷雨寒。
兰桡殊未返,消息海云端。

【鉴赏】 这是诗人忆念故交吴处士的怀友之作。"处士",指有才德而
隐居不仕的人。

首联写自从吴处士坐船赴福建之后,月亮缺了又圆,圆了复缺,细细
算来,已经有好些时间没有见面了。"闽国"即现在福建一带。"蟾蜍",俗
称癞蛤蟆,据传月中有三条腿的蟾蜍,在诗文里常作月的代称。

"秋风生渭水,落叶满长安"是历代相传的名句,也是后代文人摹写的
范本,诗词曲中或有改编原句、或有猎其意境,总之影响甚大。这两句诗
营造了一个凄冷凋零的意象,秋风本已萧瑟,落叶更添荒索,这是个最容
易伤感的季节。渭水是流经长安城的一条河流,吴处士想必就在这里挂

帆南去的。"生"也有作"吹",当以"生"为佳,诗人和吴处士在渭水告别,他每逢思念故人,就会来到渭水送别处追忆,忽然感觉渭水上吹来飕飕的凉风,才意识到秋天已经来了。"生"的使用,富于更多的想象,且体现出时光流逝的不知不觉,有助于深化诗人的相思之情;如果用"吹",反觉单薄质实。

颈联是诗人的追忆,当年和吴处士一起在长安聚首会面,切磋诗艺、议论时政,往往总是要到很晚才肯罢休;有一次,突然感觉到寒气逼人,原来外面已经雷雨交加。诗人摄取了彼此交往的一幕具体场景,让我们体会到他们情谊的温馨和深厚。这又加深了诗人对故友的忆念和期待,顺理成章地引出了尾联。

"兰桡"即船,本意是用木兰制成的桨。船在诗文中常以兰舟、兰桨等来喻示。"殊"是副词,即犹然、尚且的意思。"端"解释为涯涘、边际。"海云端",指在大海和云朵的尽头,肉眼是不可能看到的,以喻吴处士消息的无从知晓。吴处士的船犹然没有返回,关于他的任何消息,宛如在海洋和云朵的尽头不可能知道。尾联既揭示了诗人对吴处士早日归来的急切盼望之情,也为对方长期的音信渺茫而抱有丝丝的担忧。

诗歌以秋风萧瑟、落叶缤纷的长安城为背景,从友人的挂帆而去开始,继而推想到昔日聚会的美好,并表达了盼望友人归来的急切之情。情感真挚,意象精巧,场景转换典型自然,虚实结合相得益彰,锻句炼字颇见功力,既有名句,也是佳篇。

(徐昌盛)

暮过山村　　　　贾　岛

数里闻寒水,山家少四邻。
怪禽啼旷野,落日恐行人。
初月未终夕,边烽不过秦。
萧条桑柘外,烟火渐相亲。

【鉴赏】天色将晚,诗人行走在杳无人迹的山野里,只有远处隐隐约约传来的潺潺的水声,可以慰藉这踽踽独行的寂寞。"寒"是诗人将当时凄冷的心境投射到远方的溪水里,而并非亲自触摸获得的感受。试想,水声居然能够传至数里,可见路途是何等的寂静枯燥!突然,一座山村出现在诗人的视野里,他没有想到这荒山野径尚有人家,虽然这个村子的住户寥寥无几,但总能够使长期在无边无际、人烟稀罕的原野里奔波的诗人感到欣喜和安慰。

傍晚时分,各种夜间活动的禽鸟开始活动起来,譬如暮鸦的惨叫、猫头鹰的哀号,在万籁俱寂的山村里,显得格外的凄厉。眼看残血一般的夕阳,渐渐地沉隐进西山之中,诗人不禁觉得惶恐了。是啊,在这陌生的地方,白天赶路尚能觉得透身的寒冷,若是夜晚,越发难以抵挡了;谁又知道这里是不是活跃着奇形怪状的禽兽,时时刻刻地威胁着诗人的生命安全?"恐"字恰如其分地表达了诗人复杂的心情,也对应了山野中遭遇村庄的欣喜之情。

遇见了山村,自然而然的,诗人有一种如释重负的轻松,他开始欣赏起山村的和平宁谧。在夕阳尚未退尽,暮色尚有残存的时候,初升的月亮开始悬挂在天空,边地的烽火总是燃烧不到秦地,暗示山村始终生活在和平之中。烽火本是古代敌寇侵犯时的紧急军事报警信号,最初设立于西周,为防止西北犬戎的侵袭,每隔几里即设烽火台,但凡爆发军事冲突,即燃此报警。"边烽不过秦",其实指西北边疆的战事不会干扰到长安附近。

末联写诗人走进山村的亲切感,虽然山村人家所种的桑柘萧条冷落、寥寥无几,但是足可以告慰诗人独顾无侣的凄凉。山村里炊烟袅袅,让他感到无比的温馨,有了一种回家的感觉。诗人在艰难的行途之中,立于四顾无人的孤独处境,突然见到几点灯火、一缕炊烟,那种绝处逢生的愉悦之感,千古而下,犹可以深切的体会。

本诗意象的选取,承袭了诗人一贯凄冷的风格,如"寒水"、"怪禽"、"落日"等;但是诗中也有充满鲜活的生活感意象,诸如"桑柘"、"烟火"的使用,让人觉得和蔼可亲,这在崇尚奇僻险怪的贾岛诗歌中殊为难得!

(徐昌盛)

寄韩潮州愈　　　　　贾　岛

此心曾与木兰舟，直到天南潮水头。
隔岭篇章来华岳，出关书信过泷流。
峰悬驿路残云断，海浸城根老树秋。
一夕瘴烟风卷尽，月明初上浪西楼。

【鉴赏】元和十四年(819)，因唐宪宗迎佛骨兴众伤财，韩愈上《论佛骨表》谏陈大义，触怒宪宗，遭到贬黜，迁官潮州，途行至蓝田县，遇到赶来送行的侄孙韩湘，写下名篇《左迁至蓝关示侄孙湘》。贾岛素与韩愈友善，闻见此诗，有所感怀，遂作《寄韩潮州愈》。

诗人开篇说，我的心曾经和你一道，登上了南去的船只，一直行驶到南部天际潮水的尽头。"曾"点明友情笃厚，早在韩愈上船离京的时候，诗人就一直牵挂着他的行程。"天南"即天的最南端，其实是岭南，和"潮水头"均表示贬所的遥远。首联两句写出诗人对韩愈的关心，显示了情真意切的友谊。

颔联写诗人在长安阅读到韩愈的诗篇，深受触动，写了一封书信慰问，约约算来，已经度过泷水了。"篇章"即《左迁至蓝关示侄孙湘》一诗。"华岳"以西岳华山代指京师长安。"泷流"，在今广东省罗定市内，是古代岭北经西江入粤的主要通道。"过泷流"非谓现实，诗人显然是不可能知道书信的行程，仅仅出于合理的估摸和想象，可以想象诗人正日复一日地牵挂着友人，措辞看似平淡，却深寓挚情。

颈联两句也是诗人的想象。岭南多险山深水，在交通极不发达的时代，通往岭南的道路是险峻坎坷的。漫长而曲折的驿路如同悬挂在山峰上一样，直插天空，仿佛割断了漂流的残云；潮州城近海而建，海浪往往侵蚀到城根，久经海水的老树尚且被折磨得秋意浓郁。"秋"是虚指，岭南属热带物候，秋天林木亦不甚萧条，这里以老树在海潮侵袭下不断凋零来反映韩愈的艰难宦游处境。诗人的这种想象，绝不是空中楼阁，也许日常接触了有岭南经历的僚友，以他们的描述为蓝本，进行了合理的想象。诗人对韩愈行程和任所表达了深沉的忧虑感，进一步体现了诗人的孜孜关怀之情。

诗歌发展到末联，忽然变得明朗乐观，一反颈联中深重的忧虑，表达

了诗人美好的愿望。南方林间多瘴气,往往容易致人疾病,总有一天大风
会吹散岭南的瘴烟,人们得以安心地生活;那时候朗朗明月,升起在潮州
的浪西楼上,普照着大地,涤荡尽人间一切不平事。韩愈因力谏宪宗迎佛
骨而获罪,他对国家的拳拳之心,总会被人们所理解。诗人针对韩愈的诗
句"好收吾骨瘴江边"而发,劝慰友人不要绝望,相信总有一天会真相大
白的。

　　从诗人对韩愈的关怀和安慰来看,诗人是支持韩愈上表劝谏的。但
诗人早年为僧,还俗之后也有对僧侣生活的怀念诗作,宪宗如此隆重地礼
遇佛骨,他也许感到欣慰;韩愈的《论佛骨表》观点颇为激烈,有灭佛之论,
他不以为怪,大概也认同于韩愈对迎佛骨兴师动众、劳民伤财的判断,彼
此的求同存异之心,仿佛可见。

(徐昌盛)

访隐者不遇　　　　贾　岛

松下问童子,言师采药去。
只在此山中,云深不知处。

　　【鉴赏】贾岛不以五绝著称,诗歌风格也偏于奇僻险峻。尽管如此,
并不妨碍《访隐者不遇》成为他绝句的压卷之作。

　　诗歌内容简单浅显,如与老妪对话,毋庸细解。诗歌之所以久负盛
名,为大众所喜闻乐见,其妙处就在于意象的选择和意境的营造上。题目
交代诗人寻访归藏山林的隐士却遭遇了空舍,诗人淡淡的失望之情溢于
言表。于是诗人不由得仔细观察起隐士房舍周围的景物。《三国演义》写
刘备三顾茅庐,为了给诸葛亮的出现制造气氛,以衬托出他的高风亮节,
对诸葛茅庐周围环境进行了详细的描写。然而诗歌不可像小说那样铺
张,因此诗人极其简洁地拈取了"松下"这一典型的意象。松在古代是高
洁正直的象征,暗喻了隐士的人格特点,与《三国演义》的手法有异曲同工
之妙。其实"童子"这一意象也不随意,交代了隐者的身份特征,诸葛庐里
也有童子,道教里常出现修炼的童子,尊道长为师,因此隐者应该是个道
士,道教以炼丹为要,于是就有了下句的"采药"。

　　自葛洪发明炼丹术,见于各种典籍记载的原料,如汞、丹砂、雄黄等药
物,多数是隐藏深山而待人寻觅发掘的。既然隐者采药,遁入深山,那么

到底会在哪里采获,何时回来,包括隐士自己,都是无法预知的。因此童子的答复虽然含混,倒也是事实。也许诗人问起童子,多少燃烧起数丝希望的火苗,到这里全然死灰了。"云深"既描绘着山的辽阔广森,也表明隐者的生活如闲云野鹤般逍遥,同样也暗示了诗人此次的拜访将徒劳而返。

"只在此山中,云深不知处",也是富有哲理的名句,在日常生活中得到广泛的使用。就学习科学文化而言,一切对于自然和社会的问题,都能够在浩渺的书本和艰辛的实验中获得满意的解释,如果学生拒绝勤奋不辍的刻苦钻研,那么自然寻找不出答案的所在了。

如上所述,本诗的意象是经过精挑细选,充分反映了隐者的身份,同时诗歌也营造了淡然的意境,给人一种冲和的感觉。场景选择精粹,转换自然,毫无拖沓繁复之弊。 (徐昌盛)

项斯,生卒年不详,字子迁,江东(今浙江仙居)人。会昌三年(843)至长安,次年登进士第,任丹徒(今江苏镇江)县尉,卒于任所。生性旷达,洒脱不羁。曾以诗卷谒杨敬之,杨酷爱其诗,有"平生不解藏人善,到处逢人说项斯"句,广为延誉。后世"说项"一词即源于此。未几,诗闻长安,次年擢上第。有《项子迁诗集》。《全唐诗》收录其诗一卷。

山　行　　　　　　　项　斯

青枥林深亦有人,一渠流水数家分。
山当日午回峰影,草带泥痕过鹿群。
蒸茗气从茅舍出,缲丝声隔竹篱闻。
行逢卖药归来客,不惜相随入岛云。

【鉴赏】项斯的这首诗,虽以《山行》命题,但不单单铺写山水、吟咏风光,其中充满浓郁的田园氛围,有寻常乡村的情调。

"枥树",即栎树,是常见的落叶乔木。诗人行走在深山的曲折小径上,两边是郁郁葱葱的栎树林,忽然发现前面有人家居住,诗人忍不住惊讶之情走了过去,首先映入眼帘的是一泓清碧的溪水,围绕着山居人家的房舍,在潺潺地流淌着。"亦"字用得巧妙,将诗人的惊讶和盘托出。首联铺写了一幅掩藏深山、隔绝时世、美丽宁静的山村风景画。

诗人在山村面前停留了下来,放开目光四散张望起来。彼时正当日午时分,明亮的太阳高悬在中天上,将山的峰影投射在村落里;阵阵鹿群奔驰而过,山野间青碧的草地,瞬间被鹿蹄溅起的泥浆所沾染。诗人从小处着眼,极精细地描绘了山村周围景物的优美,日光的运转和鹿群的奔驰,又给画面带来了动感,使全诗充满了动感的气息。

饱览了周边的美景,诗人用细腻的笔触描绘了山村本身的生活气息。蒸煮茗茶的烟气从茅舍中袅袅升起;透过竹篱,主人缫丝的声音历历在耳。很显然,能够准确嗅出茗茶的气息,并且辨清竹子编制的篱笆,诗人已然快接近山村了。大概是山村居民自给自足的清雅生活,对诗人充满着吸引力,因此他迫不及待地走过去,想仔细地寻访一下。

正在通往山村的路上,诗人突然遇到了归来的卖药客,于是他立即打消了拜访山村的计划,紧紧跟随着,与他一起投向那渺渺茫茫的深山云海之中。"卖药客"到底是什么身份,我们不得而知,当然也不重要,根据下句,可以肯定的是他必然是高蹈出尘的隐士形象,因此对诗人具有强烈的吸引力。"不惜"二字既透露出诗人对卖药客义无反顾地紧紧追随,也暗藏着诗人的苦衷。社会政治的纷扰,仕宦生涯的艰辛,使他对社会生活彻底地失望了;他本来试图在山林中过着世外桃源的生活,山村的田园情调正投合了他的这种追求;然而当他遭遇了高蹈出尘的卖药客,思想立即发生了剧烈的转变,这一瞬间,使他对自己的前途作了更深刻的选择,于是义无反顾地紧紧跟随,一起淹没在茫茫的云海之中。

这首诗设景秀丽,描写细腻,对仗精巧,诗人注意动静结合,层次分明、由远及近地展开场景,结尾简明清淡,富有余韵。　　　　　(徐昌盛)

张祜(785?—849?),字承吉,河东武城(今山东武城)人。初寓姑苏,后至长安,为元稹排挤,遂至淮南,爱丹阳曲阿地,隐居以终,享年七十岁。有诗集十卷。诗歌取材广泛,诗风沉静浑厚,有隐逸之气。

宫词二首(其一)　　　张　祜

故国三千里,深宫二十年。
一声《何满子》,双泪落君前。

【鉴赏】宫词,即宫体诗,起源于梁简文帝萧纲的提倡,内容主要是描写女性与咏物,形式工巧,声律严整,是文学史上重要的文学现象之一。《玉台新咏》是收录宫体诗的总集。

"故国三千里",比喻宫人离家之远;"深宫二十年",比喻进宫之久。前两句使用对应的手法,从空间和时间上交代了女主角所处的状态。两句话有四个意象,"故国"与"深宫"是实指,"三千里"和"二十年"是虚指,实指交代诗歌发生的背景,虚指在于增加诗歌的感染力。女主角虽然还未露面,但通过这两句的描述,我们已经体会到她的生存境况是何等的不幸了。不妨设想,她一定是失宠的妃嫔,日日孤单地独自生活,唯有如此,她才会深深地思念故乡,因为那里有爱护她的父母兄弟;她对漫长的宫廷生活也产生了厌倦,但是又深知这样的生活还要无止境地延续,其中多少也含有绝望的情绪。

《何满子》,又名《河满子》,唐教坊曲。据《乐府诗集》引白居易云,何满子是唐玄宗开元年间沧州的歌者,临刑前进献此曲以赎死,竟不得免。《何满子》的得名即源于此。诗中的"一声"使用最妙,深刻说明了女主角久困深宫,忽然有机会进唱歌曲,久久积累的对帝王的哀怨和思念,在这时候如溃塌的堤坝,瞬间彻底爆发了。刚刚唱上一声,就再也按捺不住,在皇帝面前哗哗地落下了泪水。前面两句对女主角生活环境的追索和描写,为后两句的爆发积累了铺垫,蓄足了气势。但是女主角的落泪到底源于什么样的心情呢? 是重新得见君王的激动,还是对君王寡情的怨恨,抑或无人倾诉的委屈感? 三、四两句具有较强的艺术感染力,能够引发深思,给予了读者反复体会的空间。

这首五绝,形式上也很别致,除了尾句的动词"落",其他全部由名词组成,数量词的合理应用也是本诗的特色。

（徐昌盛）

题金陵渡　　　　　　　　　张　祜

金陵津渡小山楼,一宿行人自可愁。
潮落夜江斜月里,两三星火是瓜洲。

【鉴赏】诗人客游江南,经历了一个辗转难眠的夜晚,拂晓时分,面对渡口清丽的夜景,写下了这首名篇。

"金陵津渡",在今江苏省镇江市,津、渡,均为渡口。"小山楼",是盖在小山的楼,是作者的栖息之地。"行人"即旅人,指客游江南的诗人。首两句交代了诗人当时的地理位置,以及漂泊江南的人生状态。"自可愁",是自然而然的应该惆怅。"愁"是全诗的基调。长期的客游生活,诗人一定对家乡满怀忆念。思乡之情的煎熬,使诗人一夜辗转反侧,难以入眠。

第三、四两句从记叙转到了描写,画面景色略显寥落,仔细想象起来,却也秀丽可人。"斜月"和"两三星火"暗示了具体的时间,当时快要黎明时分了,月亮倾斜着要沉沦天际,星光也开始变得寥落。夜晚一般是江水的回落期,借着月亮的光辉,以岸边乱石杂草等为参照物,可以看到江水渐渐退去的痕迹。诗人能够细致地体会到江水的回落,显然不是偶然所见,而是耗费了较长时间在观览景物,可见这一夜的辗转无眠,使他百无聊赖,因此来江畔消遣时光。"瓜洲",在今江苏省长江北岸、扬州市南面,与镇江隔江相望。诗人处于金陵津渡,北眺长江,看到两三星火闪烁在北方天际,因此以为在瓜洲上空。

三、四句描绘了一幅秀丽的夜江图:拂晓时分,夜月斜挂在西方天际,柔柔的月光照耀在广阔的江面上,波光粼粼的江水,正慢慢地东流进大海;在流动的水面上,倒映着两三点星星之火,它们若隐若现地闪烁在北方的天际,那大概是瓜洲的上空吧。诗人选取了几种深夜常见的景色,构造了一幅清丽的图画,既有实景的描写,也有虚景的想象,融动静于一身,静者清美,动者轻缓,整体冲和宁静,有潇洒出尘之气。　　　　　　　（徐昌盛）

纵游淮南　　　　　　　　　张　祜

十里长街市井连,月明桥上看神仙。
人生只合扬州死,禅智山光好墓田。

【鉴赏】唐代的扬州是著名的大城市，也是名副其实的烟柳繁华之地、温柔富贵之乡，当时就有"扬一益二"之称。这一时代的许多著名诗人都有游览扬州的经历，留下了众多脍炙人口的名作。如李白的名篇《送孟浩然之广陵》，其中的"烟花三月下扬州"尤为人们所熟悉；再如杜牧的"春风十里扬州路"，徐凝的"天下三分明月夜，二分无赖是扬州"等等，诸如此类，不可胜计。

由诗题可知，诗人游览扬州（扬州在淮河以南）目睹当地的秀丽繁华而情不自禁地发为歌唱。题中"纵"字，不可轻易放过，表明了诗人游览的尽兴和满足，正是因为这种心态，才有了流畅欢快的诗歌。

起句平易流畅，直抒胸臆，诗人毫不掩饰对繁华的扬州城的赞叹。"十里"是虚指，喻街道的漫长，杜牧的"春风十里扬州路"也是如此。字面的意思是，扬州城漫长的街道上，家家户户比肩而居，似乎并无特出之处。但是我们如果打开想象，似乎摩肩接踵的人群，鳞次栉比的高楼，和各式各样的店铺，都一起涌到了眼帘。出语平淡，但是给读者留下了广阔的想象空间。

"神仙"即妓女、歌伎，是唐人的习惯称法，唐人好伎，唐初张鷟的传奇《游仙窟》中所谓的神仙也是妓女。次句出现了三个意象，共同营造了扬州城傍晚的秀美繁华。首句主要是针对白天繁华的扬州城，而夜晚，却别有一番风味。每到傍晚，扬州城的娱乐场所变得热闹起来，到处彩灯高挂，歌伎们争奇斗艳、逞技献巧，或吟诗，或唱曲，或跳舞，尽情地享受着美好的太平时光。天上的朗朗明月和华彩的人间灯火珠联璧合，交相辉映。

"人生只合扬州死，禅智山光好墓田。"如此美好的时光，诗人应该沉迷享乐还来不及，却为何想到"死"呢？初看似乎不近人情，细思方觉巧妙，其中寓含了诗人深深的眷念之情。诗人完全为扬州城的繁华所陶醉了，他已经舍不得离开这里，生的时候可以选择长居扬州，但死后怎么办呢？诗人的答案是宁可葬在扬州。古人讲究叶落归根，但诗人已经完全顾不得了，他甚至为自己选好了墓地，就在那禅智山上。"禅智山"，指扬州西北的蜀冈,因其上有禅智寺而得名。隋炀帝曾筑行宫于其中,其风光秀美,可以想知。

全诗措辞平易,直抒胸臆,一气呵成,情感淋漓,极富感染力。

(徐昌盛)

刘皂,生卒年不详,贞元间人。《全唐诗》存其诗五首。

长门怨(其一) 刘 皂

雨滴长门秋夜长,愁心和雨到昭阳。
泪痕不学君恩断,拭却千行更万行。

【鉴赏】这是一首典型的宫怨诗。宫怨题材,由来既久,以南北朝为最盛,唐代的宫怨诗,名篇繁多,大凡诗人,往往有所涉猎。

关于"长门"的典故,传说汉武帝的陈皇后失宠,托司马相如写《长门赋》申诉衷情,乞求汉武帝回心转意。后来这一典故构成了宫怨诗起源的一种,得到了广泛的应用,并成为经常性的主题。诗歌以失宠妃嫔为第一人称,通过她的视觉和心理的真切细致的描绘,反映了失宠妃嫔的寂寞和忧伤之情。

秋夜是宫怨诗人常常乐意选择的场景。秋天是一年中最伤情的季节,彼时凉意初至、万物凋零,用来形容凄凉冷落的失宠妃嫔的心理是最合适不过了,两者之间有命运上的相似处。夜晚,是一天最无所事事的时候,人在漫长的无聊当中,最容易反思自身的命运,越发增添悲伤情绪。秋夜固然难熬,如果再继之以滴答的冷雨,那种萧瑟悲凉之感,更是难以抑制了。"长"字,既指现实中秋夜和雨的持续时间,也是失宠妃嫔久久纠缠的梦魇。诗人将三种最伤情的自然界物象凑到了一句之内,在这浓郁的气氛里,诗歌主人公的悲痛之情被推到极致。

昭阳殿,是汉成帝皇后赵飞燕的居所,一般当作获宠妃嫔的代称。同是雨,洒在长门宫里的是哀愁的,飘在昭阳殿里的却是彩色的。诗歌主人公忧愁的心情,伴随着秋雨来到了昭阳殿。也许她还眷念着这里,但是这里的欢歌笑语已与她全然无关了。昭阳殿的一切,只能残存在无数次心

493

底的回忆中,此生此世,她不可能再有机会亲自登临了。

三、四两句写得格外巧妙,将已断的君恩与不断的泪行进行鲜明的对比,不仅写出了诗歌主人公绵绵不绝的深厚情意,而且反映了君主恩浅意淡、喜新厌旧的薄情行径。诗人以"不学"两字,表达了主人公痴情依旧的态度,也旗帜鲜明的否定了君主的行为。"千行更万行",以夸张的笔法来写主人公日复一日、永不干涸的泪水,将怨怼的妃嫔形象推向了极点,掩卷之余,令人叹惋。

诗歌措辞平易,造句奇特,善于布置意象,能于常见之外显出新颖,以对比、拟人手法结尾,自然巧妙,余韵无穷。　　　　　　　　(徐昌盛)

旅次朔方　　　　　　　　刘　皂

客舍并州已十霜,归心日夜忆咸阳。
无端更渡桑乾水,却望并州是故乡。

【鉴赏】诗题亦作《渡桑乾》。"朔方"取其泛指,即北方地区。"旅"字点明诗人写作的背景,并暗含了全诗的题旨。诗人久客外地,思乡心切,故而创作了这首诗。

"并州"大致范围相当于今山西太原、大同,河北保定一带。诗人客居在并州已经有十载春秋了,他日日夜夜忆念着咸阳,快要回家的喜悦,依然遮掩不住思归的心情持续地滋长。"霜"这里指年,也暗含了随着时间的飞逝,诗人两鬓如霜一般的渐渐发白。来日无多,如果再不能回乡,那么将会成为永远的遗憾。对于交通不发达,资讯交流缓慢,且人均寿命短暂的古人来说,十年绝不是一个小数目。而十年之间,家乡发生的变化,更不得而知。诗人急促的归乡之情,是当今的读者难以体会的。

"无端",即没来由。"桑乾水",据《寰宇记》记载,桑乾水流经幽州蓟县(今北京地区)城西城南,经考证,桑乾水故道在今永定河北。诗人快要回乡了,又一次渡过了桑乾水,但他这次又伤感了,到底是什么原因呢?原来并州的十年生活,这里的草草木木都再熟稔不过了,俨然成为他的第二故乡。现在要渡过桑乾水,岂不是又要离开了故乡么? 本来兴高采烈地要回故乡,却又舍不得十年生活的并州,这种矛盾复杂的心情,想必我们每个人都会有感触的。此诗恰如其分地道出了人们普遍的心理和感

情,因而为读者所喜爱。 （徐昌盛）

皇甫松,生卒年不详,中唐古文家皇甫湜之子,字子奇,睦州新安（今浙江淳安）人。终身未举进士。工诗词,擅古文。《全唐诗》录其诗词二十余首。

采莲子（其二） 皇甫松

船动湖光滟滟秋,贪看年少信船流。
无端隔水抛莲子,遥被人知半日羞。

【鉴赏】"采莲子"是词调名。早期的词有一部分从绝句中变换体式而来,因此,此词也可视为一段清秀的绝句。

滟滟是水面波光闪动之貌。船儿在湖面上滑行,惹起一阵涟漪,湖光闪动,琉璃般的水面微微荡漾,这正是一年中最好的秋季。

坐在船儿上的,是一位美丽的少女。她天真、活泼、大胆,因为贪看岸上的美少年,她不禁停住了手中的桨棹,船儿便顺流而下。她是完全被那英俊的少年吸引住了,无端地,她将手中的一把莲子抛向了那位少年,不管她们中间还隔着一道绿水。打中没有,我们不得而知。我们只知道,有人看到了这位少女冒失的行为,而少女则低下了她羞涩的脸,两朵红霞飞上了她的双颊,半天不曾消去。

这位少女,天真无邪,对一切美的东西都有敏锐的感觉。她纯真热情,又是一位追求心目中理想爱情的娇痴少女,看她"信船流"的憨态,还有那"无端隔水抛莲子"的举动,真的是"无端"吗?还是情不自禁?莲子在乐府中一向作为双关语出现,即"怜子",是表达爱意的一种说法,这样看来,这位娇憨的少女是完全被那位岸上的俊美少年吸引住了。这样充满着青春活力的女孩子,在被人发现后展示的那一丝娇羞,并不是风情万种的一种美,但却是充满着稚嫩的羞涩少女的温柔,令人回味不已。

陈廷焯《白雨斋词话》称皇甫松之作"宏丽不及飞卿,而措词闲雅,犹存古诗遗意。唐词于飞卿而外,出其右者鲜矣。五代而后,更不复见此种笔墨"。此诗自然天成,描摹青春少女的怀春心理曲尽其致,具有动人的

495

艺术魅力。

（黄　鸣）

朱庆馀，生卒年不详，名可久，以字行，越州（今浙江绍兴）人。官秘书省校书郎。其诗长于五律七绝，与张籍诗风相近。《全唐诗》存其诗二卷。

闺意献张水部　　　　朱庆馀

洞房昨夜停红烛，待晓堂前拜舅姑。
妆罢低声问夫婿，画眉深浅入时无。

【鉴赏】中国古典诗歌有一个悠久的传统，即以夫妻或男女关系来比喻君臣上下的关系。此风最早由《离骚》开端，其后历代都有人使用这种手法。朱庆馀此诗也不例外。

张水部即张籍，时官水部郎中，故称。唐代士子参加进士考试前，往往有投卷的风气，即将自己的得意之作抄成卷子，投给当时喜奖掖后进的名人，求得其赞誉，希冀自己的名字能因此达于主管科举的礼部侍郎之前。张籍是一位喜欢提拔后进的人，朱庆馀向他投卷之后，写了这首诗以征询他的意见。

先从字面上来理解这首诗。洞房昨夜停红烛，暗喻着男女的好合。第二天天刚破晓，按风俗，夫妻二人要到堂前参拜公公婆婆，以确立夫妻身份。这位新娘心里颇为紧张，精心梳妆打扮之后还是不放心，低声问丈夫："我的眉毛画的是深还是浅？时不时髦？"忐忑不安之情溢于纸上。"画眉深浅入时无"，在新娘子的心目中，直接关系到婆婆对自己的看法，所以她才这样地在乎和紧张。但此等问题，又不可高声质询，以免旁人听到后笑话自己，所以只能"低声问夫婿"。这首诗将新娘子的羞涩之感描摹得栩栩如生，像一幅充满着浓郁生活气息的民间风俗画。

更为高明的是，朱庆馀巧妙地利用这幅风俗画，曲折地表达了自己对于张籍的问题：我的文章，到底入不入您的法眼呢？作者就像那位羞涩的新娘子，急需丈夫对自己的梳妆给予评价。朱庆馀也需要张籍对他不久前投予的文卷给予评价。评价得好了，自己的名字能够广为宣扬，大大有利于自己参加进士考试,从此一生的命运都会得到改变。这就像那位新娘子如果能得到婆婆的认可的话,漫长的家庭生活就会和谐很多一样。

这种类比,老于文场的张籍岂能看不出来?况且他是真的非常欣赏朱庆馀的诗文,于是他很快写了一首回诗:"越女新妆出镜心,自知明艳更沉吟。齐纨未是人间贵,一曲菱歌敌万金。"(《酬朱庆馀》)意谓你的诗一首敌万金,已经赢得了我的欣赏。此后,张籍袖朱庆馀诗二十六首,到处宣扬,时人因为张籍享有盛名,因此也纷纷抄录朱庆馀的诗予以传诵。宝历二年(826),朱庆馀终于进士及第。而朱庆馀的献诗和张籍的和诗,也永远成为文坛的佳话。

(黄 鸣)

李德裕(787—850),字文饶,赵郡赞皇(今河北赞皇)人。中唐牛李党争中李党的首领,曾居相位。唐宣宗时牛党得势,将李德裕贬死于崖州(今海南省),《全唐诗》编其诗为一卷。

长安秋夜 李德裕

内宫传诏问戎机,载笔金銮夜始归。
万户千门皆寂寂,月中清露点朝衣。

【鉴赏】唐武宗时代,李党得势,李德裕为相六年,处理了很多重要政事。他是唐代比较有为的宰相之一,尤其是在中晚唐宦官和藩镇为祸的时代,要完成这许多事情实属不易。

会昌二年(842)到会昌四年(844),唐王朝进行了一连串的战争,定回鹘,平泽潞。作为宰相的李德裕,日夜操劳,总理戎机。此诗当是这一时期所作。

"内宫传诏问戎机",显示自己的身份,是掌管军情的宰相。内宫传诏,是皇帝对军情放心不下,故召宰相入宫加以研判。李德裕"载笔金銮",至夜方归。头两句在不经意之间,有一种宰相气象。所处理之事是紧急的军情,皇帝需要"传"诏"问"戎机,可见在李德裕身上所寄甚重。但李德裕诗中语句平易,有一种从容不迫之感。的确,在军情的重压之下,只有从容镇定的人才能够全面地去了解局势加以研判。李德裕就体现出

497

了这种成竹在胸的气魄。"载笔金銮"看似华贵,但绝非炫耀,因为地位越高意味着责任越重,何况又是在中晚唐那个多事之秋,更何况李德裕本来就是一位"万古之良相"(李商隐语)。

这位贤能的宰相散朝归去,只见长安城的千门万户都已经寂静无声,老百姓们正在享受和平的宁谧,此时李德裕的心中,应是多么欣慰。突然,他感觉到身上有一点湿润,低头看时,原来夜晚的清露,已经打湿了他的朝服。这两句以长安城市民的安睡与自己的不眠相对比,使人隐隐看到这其间的因果联系:正是宰相的不眠才能换来老百姓的安睡。一位优秀的政治家"民胞物与"的博大胸怀显现其间。而露湿朝衣的细节描写,更显出这位政治家的节操之清正。晶莹的露水不正是李德裕对自我品节的一种寄托吗?它沾于朝衣之上,更凸显了李德裕对自身身份的认同:一袭朝衣,意味着对朝廷和国家的责任,所关非轻。自己所能为者,就是以清正之性去履行自己的责任。此句清新而隐微,亦实亦虚,一种深沉自信的感觉浸透其中。

清翁方纲《石洲诗话》云:"李赞皇诗亦轶伦,虽不敌香山,亦权(德舆)、武(元衡)二相之亚也。"观李德裕此诗,虽富贵而不骄,情怀博大,气宇轩昂,一位忧天悯人的政治家形象跃然纸上,确是佳构。　　　　(黄　鸣)

登崖州城作　　　　李德裕

独上高楼望帝京,鸟飞犹是半年程。
青山似欲留人住,百匝千遭绕郡城。

【鉴赏】唐宣宗继位后,牛党得势,作为李党之首的李德裕一贬再贬,最后贬为崖州司户参军。崖州在今海南省,唐宋时代都是罪臣贬谪的极南之地。此时的李德裕,可谓是到了一生中命运的极为坎坷的阶段。一天,他登上崖州城头,极目远望,写下了这首诗。

"独上高楼望帝京",此句明白地宣示自己对于朝廷的忠心,独上高楼,指情境之孤独,以表其高洁之心;望帝京,是忠于唐室,虽在贬斥之地而犹心系魏阙。但这一望过去,却令人相当绝望,崖州离京城长安,鸟飞犹要半年的时间,更何况自己以衰老之年,居穷荒之地,无回朝之期。此句用夸张的手法,表达自己深沉的悲痛之感。

满目的青山,像是要留人永远地住下来一样,一重重、一层层地将郡城围得水泄不通。这是一种绝望的感觉。也许在这个时候,对政事洞若观火的李德裕已经预感到等待着自己的命运将是什么了。朝中大权正被牛党的白敏中、令狐绹所控制,他们是一定要将自己置之死地而后快的,如今自己已经被贬到了天涯海角,不出意外的话,自己很可能要死在这里。诗中表达的这种绝望得令人窒息的景色,实际上是李德裕对自身境遇的一种清醒的认识。

此诗有一种深沉悲凉的情绪萦绕其中,这种情绪实际上是绝望之后的平静,果不其然,大中四年(850),一代名相李德裕在崖州去世,也为唐代中后期延绵数十年的牛李党争画上了句号。在他身后,是走向衰亡的唐帝国长长的斜晖。

(黄　鸣)

李贺(790—816),字长吉,福昌(今河南宜阳西)人。唐皇室远支,家世没落,曾官奉礼郎。因避家讳,不得应进士科试。早岁见知于韩愈、皇甫湜。其诗熔铸词采,驰骋想象,新奇瑰丽。有《昌谷集》。

李凭箜篌引　　　　　　　　李　贺

> 吴丝蜀桐张高秋,空山凝云颓不流。
> 江娥啼竹素女愁,李凭中国弹箜篌。
> 昆山玉碎凤凰叫,芙蓉泣露香兰笑。
> 十二门前融冷光,二十三丝动紫皇。
> 女娲炼石补天处,石破天惊逗秋雨。
> 梦入神山教神妪,老鱼跳波瘦蛟舞。
> 吴质不眠倚桂树,露脚斜飞湿寒兔。

【鉴赏】李凭是大名鼎鼎的梨园艺人,诗人杨巨源曾经写有《听李凭弹箜篌》,诗曰:"听奏繁弦玉殿清,风传曲度禁林明。君王听乐梨园暖,翻到《云门》第几声?"赞叹李凭弹箜篌之技艺高超、动人心魄。

唐代另一位大诗人李贺则用天马行空的想象、神出鬼没的笔触,更形象地描绘了李凭的弹奏带给人们的力的震撼和美的体验。深秋的一天，在长安，李凭将要演奏箜篌。李凭拿出用吴地之丝、蜀地之桐所制造的箜篌，调好琴弦，开始演奏。音乐刚刚响起的时候，便爆出最强音，非常高亢激昂，排山倒海，呼啸澎湃，直上云霄，天上悠悠的流云似乎也为之震撼，听到这样美妙的声音，便凝集在一起聚精会神地欣赏，不再四处闲游。过了一会，旋律变得悠扬婉转，似乎是悲痛欲绝的湘妃在岸边抚竹恸哭，她的泪水婆娑而下，滴滴答答地滴在湘竹之上，竹子上尽是斑点。素女不堪承受湘妃的悲泣，心中填满了凄苦之情，她开始拨弄弦丝，瑟声如泣如诉，缓缓地诉说着这个悲伤的故事。

悠扬低徊之中，音乐又突然明朗起来，如昆仑山的美玉相撞击，发出阵阵清脆的声响；又如凤凰鸣叫，嘹亮优雅。音乐欢快起来，人们似乎可以看见晶莹透亮的露珠在荷叶上滚来滚去，相互碰撞，那就是李凭的音阶在跳动；人们似乎也可以感受到，幽美的兰花在风中摇曳，笑语盈盈，散发出阵阵幽香，那就是李凭的箜篌声在扩散。寂寞的秋光寒色，也渐渐为这欢快明朗的音乐所融化，长安城的大街小巷都沉浸在温馨的氛围之中。

不知不觉，音乐进入了高潮。二十三弦一起响了起来，铺天盖地，扑面而来，如阵雷齐鸣，如电光闪耀，使人眼花缭乱，目不暇接，甚至连天神的心弦也被打动了。这惊心动魄的乐曲声，好像震开了女娲炼石所补的天幕，逗弄得秋雨滂沱而下，无休无止。这美妙的音乐，仿佛令天地万物都恍惚起来，湖中的老鱼竟然在碧波中兴奋地跳起舞来，深潭中枯瘦的蛟龙也忍不住随着节拍摇头晃脑，月亮中的吴刚为音乐声所吸引，久久徘徊在桂花树下，好动的玉兔也安静下来，伫立聆听，忘了寒露侵蚀。这音乐令人间的听众都如痴如醉，人们仿佛被带入了梦境，梦见李凭正在向神女传授他高超的技艺。

这首诗最大的特点是想象丰富，"本咏箜篌耳，忽然说到女娲、神妪，惊天入月，变眩百怪，不可方物，直是鬼神于文"（《唐诗快》卷一）。它被认为是描写音乐的名篇："白香山'江上琵琶'，韩退之'颖师琴'，李长吉'李凭箜篌'，皆摹写声音至文，韩足以惊天，李足以泣鬼，白足以移人。"（《李长吉诗集批注》卷一方世举语）

（鲁林华）

示　弟　　　　　　　　　　李　贺

别弟三年后，还家一日余。

酥醾今夕酒，缃帙去时书。

病骨犹能在，人间底事无？

何须问牛马，抛掷任枭卢！

【鉴赏】在外面飘荡达三年之久的人，终于得以返家乡，心中该是多么欣喜。不过，诗人却无法高兴起来，甚至有些焦躁，似乎也是"近乡情更怯，不敢问来人"。他人是因为害怕听到家乡不好的消息而忐忑不安，自己刚刚相反，是害怕亲人得知自己铩羽而归的消息，当饱含期待的眼神一下子变得灰暗的时候，自己将何以面对呢？弟弟似乎能够理解自己失意的心情，只是沉浸在重逢的喜悦中，置办美酒，反复诉说别情，极力宽慰自己。我也想把这些恼人的事情完全抛之脑后，可眼睛不由自主地停留在自己的行囊之上。挟策无成，狼狈而归，尘暗旧貂裘，行囊里还是那些篇帙，它们随我昂然出门而去，又随我黯然而归，这又怎能不让人悲从中来。唯一可以自我安慰的，似乎正如弟弟所言，自己这一抱病之躯，能够安然归来，已属万幸，人间风波险恶，万事难以预料，祸福在一线之间，得失何必耿耿于怀。更何况，这样的考试并不能说明水平的高低，那些考官去取随意，竟然如赌博时掷色子那样来圈定名录。对于这种荒诞不经的举动，自己又何必在意呢？

李贺之诗，每每出人意料，而这首却章法井然，语言朴素，如明人徐渭所言："平易似不出贺手，冲淡拙率，尤贺之佳处。"（《徐董评注李长吉诗集》卷一引）这也许正是绚烂之极而归于平淡。不过，此诗虽然语句平淡，情感却极为浓烈，诗人多自我解嘲，看似漫不经心，实际上是悲愤满腹，欲哭无泪，诗句"亦是恨意，凄婉如老人语"（《吴刘笺注评点李长吉歌诗》卷一刘辰翁语）。

（鲁林华）

致酒行　　　　　　　　　　李　贺

零落栖迟一杯酒，主人奉觞客长寿。

主父西游困不归，家人折断门前柳。

吾闻马周昔作新丰客,天荒地老无人识。

空将笺上两行书,直犯龙颜请恩泽。

我有迷魂招不得,雄鸡一声天下白。

少年心事当拿云,谁念幽寒坐呜呃。

【鉴赏】 即使在开明盛达辉煌如此的唐朝,人们也会受到许多愚昧可笑的条条框框的制约,比如李贺。天才诗人李贺从小就胸怀大志、立志报国,但满怀希望的他却因避讳而不能参加进士考试,原来他的父亲名叫"晋肃","晋"字与"进士"的"进"字同音,按照当时的规定,他被剥夺了参加进士考试获取功名的资格。这一沉重打击使李贺一度消沉,因此,生不逢时、怀才不遇类题材在李贺的诗歌中屡见不鲜。其中,《致酒行》则突显出匠心独运、别出心裁。

"致酒行"即是宴中劝酒致辞之歌。作者久不得志,困居外地,主人设宴招待、举杯祝长寿,诗歌采用对话的方式,短短几句却一波三折,"零落栖迟一杯酒"使作者当时穷困潦倒的处境和消沉感伤的心情溢满纸上。三到八句为主人劝客,九到十二句为客人的回答。主人用了两个典故作喻,一是汉武帝时主父偃的故事,据《汉书·主父偃》记载:"主父偃,齐国临淄人也……游齐诸子(诸侯王子)间,诸儒生相与排摈,不容于齐。家贫,假贷无所得,北游燕、赵、中山,皆莫能厚,客甚困……乃西入关,见卫将军(卫青)。卫将军数言上,上不省。资用乏,留久,诸侯宾客多厌之。"但后来主父偃终于被赏识,一举成名。一是唐朝马周一度受困,最后终于时来运转、否极泰来的故事。据《旧唐书》所述:"马周字宾王……西游长安,宿于新丰逆旅。主人唯供诸商贩而不顾待周,遂命酒一斗八升,悠然独酌。主人深异之。至京师,舍于中郎将常何之家。贞观五年,太宗令百僚上书言得失,何以武吏不涉经学,周乃为何陈便宜二十余事,令奏之,事皆合旨。太宗怪其能,问何,何答曰:'此非臣所能,家客马周具草也。'……太宗即日招之。未至间,遣使催促者数四。及谒见,与语,甚悦,令值门下省,六年,授监察御史。"这两个例子说的都是"天将降大任于斯人也,必先苦其心志"的道理。"家人折断门前柳"和"天荒地老无人识"则形象生动又夸张地表现出名人成名前的困顿。借主父偃家人因思念而将柳枝折断,从侧面描写了他天涯漂泊之苦;"天荒地老"则极言困厄之久。主人用两个典故给予了作者有力的鼓舞,并轻松地说"空将",即只需两行书主动自荐即可通向成功的彼岸,主人诚恳关切的谆谆教导和热情期盼的循循善诱被作者刻画得细致入微。身为血气方刚的七尺男儿又怎会继续"幽寒坐呜呃"!

如果说"我有迷魂招不得"是对过去旧我的卑谦之语,"雄鸡一声天下白"则是对一个新我复活的赞歌!一鸣惊人的气概使全诗转向积极与光明。"少年心事当拿云",少年正该壮志凌云,怎能一蹶不振。多么的豪气冲天,睥睨天下。此等豪情千百年来又不知激励了多少颗不甘寂寞的雄心。

(张　程)

金铜仙人辞汉歌　　　　李　贺

> 茂陵刘郎秋风客,夜闻马嘶晓无迹。
> 画栏桂树悬秋香,三十六宫土花碧。
> 魏官牵车指千里,东关酸风射眸子。
> 空将汉月出宫门,忆君清泪如铅水。
> 衰兰送客咸阳道,天若有情天亦老。
> 携盘独出月荒凉,渭城已远波声小。

【鉴赏】白居易的《琵琶行》里说得好:"同是天涯沦落人,相逢何必曾相识。"当李贺孤寂而无奈地离开唐都长安,他想起的是汉武帝的金铜仙人,同样的孑然一身,同样的被迫无奈。历史跨越了时光在唐朝的李贺身上重演,于是李贺怀着同样的心情走过金铜仙人走过的路,一种天涯沦落人的悲凉涌上心头。

大约在唐元和八年(813),诗人李贺因病辞官离开唐都长安前往洛阳的途中作出这首诗。汉武帝刘彻曾写过一篇《秋风辞》,因此被称为"秋风客",即使是身为君王的自己也仅是秋风中匆匆的一个过客而已,人生短暂,沧海瞬间桑田,旧日的灿烂如秋风扫落叶般转瞬即逝。美丽的画栏和宫殿经过岁月的盘剥已显现出无边的荒凉与冷清,秋风中虽然仍飘散着汉时的袭人桂花香味,但宫中早已盖满历史的尘埃与霉迹,到处都是苔藓,绿得那么扎人的眼,就连金铜仙人也将被迫离开,魏明帝曹睿派来的官员不远千里来把金铜仙人拆往魏都洛阳,铜人悲伤不已却又无能为力,马车行出东关,那酸涩而凛冽的秋风直射得人眼泪打转,送行的只有那轮仍然明亮的汉月,默默地照耀着、注视着他独出宫门,忆君泪落东流水,日日托露知为谁! 背井离乡,远离故土,沦落他乡,前面的道路太渺茫,已看不清楚! 怀着这样的心情继续向东行进,走过昔日的咸阳道,一路上,只有那一丛丛枯衰的兰花为已成过客的铜人送行道别,如果冷漠无知的上天也有感情的话,感悟了此情此景,一定也会因为心伤而衰老过去,月光如流水一般照着铜人流水般的眼泪,铜人在一片荒凉中踽踽独行渐行渐远,亲爱的渭城已远,连那熟悉的渭水波涛声也渐渐隐去,但绵绵的忧伤不尽。

　　这首诗看似以金铜仙人的眼光写景物和心情,实则写的也是作者当时的心情。所谓一切景语皆情语,哀伤的心情所见之物必定是悲凉的景物,而满目悲景更添哀情。作者借金铜仙人的所见所感,发挥大胆的想象,寄托自己无边的悲伤。李贺为唐郑王(高祖李渊之子)的没落后裔,年少多才却又抑郁不得志,诗中充满感伤的情绪,情致缠绵温婉,感情细腻而又厚重浓烈,特别是"空将汉月出宫门,忆君清泪如铅水。衰兰送客咸阳道,天若有情天亦老"四句,根据传说中拆搬铜人时铜人的落泪,进一步将无知无觉的事物拟人化,推想到苍天如果也有感情,也会伤心致老,烘托出金铜仙人的悲伤,构思巧妙、立意新颖、大胆推测、想象丰富,为诗作增色不少。"衰兰送客咸阳道,天若有情天亦老"宛如天成之思,神来之笔,成为古今名句。

(张　程)

湘　妃　李贺

筼竹千年老不死,长伴秦娥盖湘水。
蛮娘吟弄满寒空,九山静绿泪花红。
离鸾别凤烟梧中,巫云蜀雨遥相通。
幽愁秋气上青枫,凉夜波间吟古龙。

　　【鉴赏】翠竹苍苍,凝结着千年的泪滴,千百年来,生生不息,繁衍不绝,长伴着二妃的神灵,荫盖于湘水之上。空气阴寒,四周寂静,唯有南蛮姑娘的歌声围绕着九疑山,还有静静生长着的绿草和泪水幻化而成的鲜艳欲滴的红花。

虽然这里曾承载了生离死别的悲痛,但死后,舜与二妃的魂灵却在这烟云缥缈的苍梧山中彼此往来。

一片忧愁的秋气,笼罩在青枫之上,寒夜,湘水中总会传出阵阵老龙的呻吟。

这首诗也是一则哀婉缠绵的爱情故事。相传,舜帝晚年时巡视南方,在一个叫作"苍梧"的地方突然病故。娥皇与女英闻讯前往,一路上失声痛哭,眼泪洒在竹子上,出现了美丽的斑纹,人称为"斑竹"。后来有人说她们飞身跃入湘江,为夫君殉情而死,也有人说她们是因悲恸过度而身亡,葬身此地。

古往今来,不知有多少生命流逝,而人间的爱恋却丝毫不曾减损,它们或凄婉哀怨,或惊心动魄,或可歌可泣……总是可以轻易触动每个人内心的最柔软处。而今,这样的故事仍然不断地演绎着,并且感动着我们。它们是文人笔下永恒的主题,更是人类生存永恒的主题。

早在《诗经》中我们的祖先就开始讲述追求爱情的故事:"窈窕淑女,君子好逑……窈窕淑女,寤寐求之。求之不得,寤寐思服。悠哉悠哉,辗转反侧。""所谓伊人,在水一方。溯洄从之,道阻且长。溯游从之,宛在水中央。"真可谓"天涯地角有穷时,只有相思无尽处"(晏殊《玉楼春》)。苏东坡为纪念亡妻所谱之词则更是让人悲从中来:"十年生死两茫茫,不思量,自难忘,千里孤坟,无处话凄凉。纵使相逢应不识,尘满面,鬓如霜。夜来幽梦忽还乡,小轩窗,正梳妆。相顾无言,惟有泪千行。料得年年肠断处,明月夜,短松冈。"(《江城子》)。正是"问世间情是何物,直教生死相许"(元好问《摸鱼儿》)。如李清照在词中所写:"花自飘零水自流,一种相思,两处闲愁。此情无计可消除,才下眉头,却上心头"(《一剪梅》)。而王维在《相思》中寄情红豆:"红豆生南国,春来发几枝。愿君多采撷,此物最相思。"

面对爱情,总是有那么多人发出"执子之手,与子偕老"(《诗经·击

鼓》）与"山无陵，江水为竭，冬雷震震，夏雨雪，天地合，乃敢与君绝"（《汉乐府·上邪》）的感人誓言。有外国作家说过："真正的爱情，令人时时想起死，使死变得容易和丝毫不害怕。"可见爱情的力量之伟大，这也是古有例证的：苟奉情的妻子冬天发烧，他便走到庭院中冷却自己的身体，再用身体贴近妻子为她降温；孟姜女可以哭倒万里长城；杜十娘怒沉百宝箱；白娘子为了许仙放弃千年修行，被压雷峰塔底；梁山伯与祝英台双双化蝶；卓文君夜奔司马相如；焦仲卿与刘兰芝"君当作磐石，妾当作蒲苇，蒲苇纫如丝，磐石无转移"的誓言；李香君与侯方域、陆游与唐婉……《长恨歌》中唐明皇与杨贵妃凄婉动人的故事更是一直为世人所津津乐道，尽管事隔千年，"在天愿作比翼鸟，在地愿为连理枝"的誓言仍历历在耳。以致白居易在当时就发出了"天长地久有时尽，此恨绵绵无绝期"的哀叹。

中国古代民间也有不少关于美丽的爱情故事的传说。织女偷下凡间，与牛郎相爱，玉帝知道后将其强行分开，王母更是划出天河阻断这对苦命鸳鸯。后被其真诚所感动，准许每年七月初七鹊桥相见。于是每年的这一天人们总会抬头找天上最亮的星星，看看这两个久别重逢的恋人。这也成了中国情人节的来历。

只因有爱，人们可以将一块普通的石头想象成望夫石；可以将水鸭称之为"鸳鸯"，为漂亮的花取名为"百合"、"玫瑰"；坚固的雷峰塔可以瞬间倒塌，成全一段千古奇恋……只因有爱！

"有人说，世界上每分每秒都有贝多芬的乐曲在奏响在回荡"，但"这声音不过是近二百年来才出现的，而比这声音古老的多的声音是'爱情'。""爱情，几千年来人类以各种发音说着，唱着，赞美着和向往着它，缠绵激荡片刻不息"。"爱情，这声音才是银河系中那颗美丽星星的标志"（史铁生《命若琴弦》）。李贺此诗，写的是湘妃的不幸遭遇，以及她对爱情的忠贞不渝，可以说是一首爱情的赞歌。

（王　萍）

雁门太守行　　　　　　　　　　李　贺

黑云压城城欲摧，甲光向日金鳞开。
角声满天秋色里，塞上燕脂凝夜紫。
半卷红旗临易水，霜重鼓寒声不起。
报君黄金台上意，提携玉龙为君死。

【鉴赏】"雁门太守行"系乐府旧题。中唐时期,藩镇飞扬跋扈,叛变无常,河北地区战事频繁,国家的统一遭到严重威胁。作者热情歌颂那些浴血奋战、慷慨赴难的将士,表现了他对当时叛乱不安、国无宁日的社会现实的不满。

开头两句写激战前的敌我形势。敌人像黑云一样压过来,说明当时敌人之多,而且来势汹汹得想把城池给摧毁了,这更是让人措手不及。但是,夕阳下将士的铠甲闪着金光,他们正披坚执锐,严阵以待。这里借日光来显示守军的阵营和士气,情景相生,奇妙无比。这两句把开战前那种紧迫而又难耐的氛围描写出来了,把景和事联系在一起,由黑云让人联想到当时战事的紧急。

三、四两句写激战情状,从战场所闻所见两方面,谱写了阴森惨切的悲壮气氛。西风凛冽,草木凋零,在苍凉的秋色衬托中,军中的号角声声,更显得慷慨悲凉。这两句诗并没有写具体的作战情景,但是却能让我们从中感受到作战的激烈程度。时值深秋,万木摇落,在一片死寂之中,那角声响起来。诗人没有直接描写车毂交错、短兵相接的激烈场面,但是鏖战的场面却摆在读者面前。晚霞映照着战场,那大块大块的胭脂般鲜红的血迹,透过夜雾凝结在大地上呈现出一片紫色。这种黯然凝重的氛围,衬托出战地的悲壮场面。

五、六两句写部队追击的情景和最后的结局。"半卷"二字极为深刻。黑夜行军,偃旗息鼓,为的是"出其不意,攻其不备";而"临易水"既表明交战的地点,又暗示将士们具有"风萧萧兮易水寒,壮士一去兮不复还"那种豪情。接着描写苦战的场面。夜寒霜重,连战鼓也擂不响。面对重重困难,将士们毫不气馁。

"报君黄金台上意,提携玉龙为君死。"黄金台是战国时燕昭王在易水东南修筑的,传说他曾把大量黄金放置台上,表示不惜以重金招揽天下士。诗人引用这个故事,写出将士们报效朝廷的决心。

全诗句句着色,以色感人。黑色、金色、胭脂色、紫红色、秋色等交相辉映,构成了色彩斑斓的画面,衬托了诗歌悲壮的情调,显示出李贺创作奇异而又贴切的艺术特色。

(宋丹萍)

南园十三首(其一)　　　　李　贺

花枝草蔓眼中开,小白长红越女腮。
可怜日暮嫣香落,嫁与春风不用媒。

【鉴赏】《南园十三首》是李贺辞官回乡居住昌谷家中所作。小诗将南园景色与春暮花落相结合,抒写其伤春惜花,进而自悼自怜的忧伤情怀。

李贺辞官回乡后,居住在昌谷家中。春回大地之时,他的南园百花争奇斗艳,竞相开放,在这个属于他们的黄金时刻中,木本花卉刚劲有力,努力地绽放出他们的高昂与坚强,草本花卉也不甘示弱,他们婀娜多姿,温文尔雅,摇曳出另一番委婉与娇美。于是,整个南园,姿态万千,美不胜收。站在庭院里,一眼望去,姹紫嫣红,因其"小白长红",所以不免脑海中联想起越地美女的面颊,那面颊上的腮红不就和这南园的花一样美丽动人吗?

可是美好的东西总是不会停留太久,转眼间就到了日暮时分,落红满地,香飘已远。可怜百花就此凋零,可怜花儿凋零得如此之快,还没有将自己的美好展现得淋漓尽致,却不得不委身于春风,不需要媒人,就这样似乎两相情愿。可是谁又知道其实她并不想这么快地就嫁与他人,其实只不过是盛开之时已过,花儿也无力再支持,春风过处,便也就随风飘零了。此时此刻,惆怅、惋惜不由涌上心头,自己的伤心惆怅亦浮出黄昏,想起自己正值年轻华美之时,却得不到器重,这不是和南园的花儿一样吗?盛开之时却无人欣赏,想到自己也会和花儿一样,不久就要随风飘落,红艳难再,青春不再。深深的悲伤之情溢于言表,"落花不再春",人也是如此,一旦年华逝去,人也不复年轻了。

通篇显示的是一种无可奈何花落去的怅惘情调,将花儿的身不由己与自己的怅惋无奈联系到一起,不仅将花儿的感情写得细腻深刻,也透露了诗人的怅惋深情。花残人老,那一种辛酸与惋惜更加增添了整首诗的悲剧意味。这首七言绝句,清新委婉,别具风格,是一首值得欣赏的抒情小诗。

(肖莉莉)

马说二十三首（其五）　　　　李　贺

大漠沙如雪，燕山月似钩。
何当金络脑，快走踏清秋。

【鉴赏】连绵的燕山山岭上，
一弯明月当空；平沙万里，在月光
下像铺上了一层白皑皑的霜雪；大
漠、白雪、弦月、高山，组成了一幅
广袤的画卷，空旷而又明亮。

　　在这盛产名马的燕山中，良马
自然是不甘寂寞，等待着佩戴金络
脑来驰骋飞腾。李贺就是那匹良
马，他站在燕山顶上，眺望四周，月
亮如弯钩悬在半空中，而大漠呢，
白茫茫的一片，无边无际。大漠万
籁俱寂，人烟稀少，夜幕降临时又
是一番别样的风味，静谧而略带
寒意。

　　"但是我什么时候能装备整齐
呢？什么时候才能披上威武的鞍

具，在秋高气爽的疆场上驰骋，建树功勋呢？什么时候能随主人一展英健
的身姿，而不是在马厩中苦苦等待呢？"一连串的问题涌上心头，既焦急又
迫切，想早点为主人出力啊，但是我却不受主人的重视，这对于我来说是
何等的无奈啊。但是我知道无论怎样，好马总有出头之日，所以我不会灰
心，不会气馁，终有一日，主人会发现我的好。我要随时做好准备，一旦主
人召唤，我就可以在这秋凉的月色如水的夜幕中，轻快地在白沙中游弋。

（宋丹萍）

将进酒　　　　李　贺

琉璃钟，琥珀浓，小槽酒滴真珠红。

509

烹龙炮凤玉脂泣,罗屏绣幕围香风。

吹龙笛,击鼍鼓;皓齿歌,细腰舞。

况是青春日将暮,桃花乱落如红雨。

劝君终日酩酊醉,酒不到刘伶坟上土!

【鉴赏】精美的酒樽中盛有琥珀似的美酒,酒槽中还时时飘来阵阵酒香,案上排满了珍异的佳肴,正在烹制美味的釜中吱吱作响,诗人李贺在华美的罗绣帷幕环绕中观赏歌舞升平的景象。龙笛和鼍鼓合奏出声声悦耳的音乐,圆润动听的歌喉,优雅的舞姿,使作者沉醉在一片轻歌曼舞之中。纵酒欢歌吧,及时行乐吧!你看青春将逝,日也近暮,春已殆尽,曾经灼灼其华的桃花如今香消玉殒、乱如红雨。时光易逝,人生短促,转眼沧海桑田,于是,他劝友人不如终日喝得酩酊大醉,所谓一壶酒消万古愁,刘伶死后就再也不能喝酒了,还是今朝有酒今朝醉吧!我们不难看出,李贺劝谏的是友人,也是自己,这首诗的字里行间隐藏着作者的愤愤不平,也流露出他沉积在胸的消极与悲哀,字面上的艳丽与内心的苦闷形成鲜明对比。

这一天,处在灯红酒绿、热闹欢腾的帷幕中的李贺,满眼的美酒佳肴,满耳的欢歌笑语,而他的内心却无比孤寂,热闹是别人的,他什么也没有。对时光流逝的敏感,使他清醒地认识到生命的转瞬即逝,胸怀大志却无法施展的不平与悲愤,怀才不遇的伤感与无奈,青春已所剩无几却仍没有什么成就……面对这一切,他只能靠饮酒行乐来麻痹自己,殊不知,借酒消愁愁更愁。所以,在李贺欢乐面具之下是一张无奈又悲愤的脸,仕途的险恶、社会的不公、生活的艰辛时刻困扰着他,使他束手无策。唉!算了吧,不如放手,一头扎入酒乡歌舞场里,趁着还未进坟墓,多饮几杯。大醉之后就不会再痛惜时间流逝;沉醉不醒就会暂时忘却现实道路上的险阻;醉得迷迷糊糊、神志不清、最好是一塌糊涂,便可以远离世事的纷纷扰扰,远离尘世的繁杂苦闷,什么都可以想,什么都可以不想。酒精的刺激能让人迅速达到一种短暂的精神自由状态,这大概就是那些文人墨客喜欢饮酒的原因吧。

(张　程)

苏小小墓　　　　　　　李　贺

幽兰露，如啼眼。

无物结同心，烟花不堪剪。

草如茵，松如盖。

风为裳，水为佩。

油壁车，久相待。

冷翠烛，劳光彩。

西陵下，风吹雨。

【鉴赏】芬芳美丽的兰花，静静地开在墓地上，散发着幽幽的兰香。清亮晶莹的露珠儿，点缀在青青的兰叶上，就好像是小小那美丽忧伤的泪眼。坟地是如此的寂寥，纵使寻寻觅觅，也寻不到可用与情人永结同心的信物，只有那几朵不堪剪撷、凄迷如烟的野草花在风中瑟瑟摇曳；密密的小草遍布坟头，就好像是绿色的茵褥；苍郁的松树静穆地站立在坟墓之旁，好比是黛青色的罗伞。

微风轻柔，仿佛是她那轻盈柔美的衣衫在翩翩飞舞；流水叮咚，又似她身上那精致佩环所发出的清脆声音。"歌声引回波，舞衣散秋影"，好一位清新脱俗的佳人。

"妾乘油壁车，郎跨青骢马。何处结同心，西陵松柏下。"冷冷清清的黄昏时分，一辆油壁车矗立林外。可是，往日的恩爱情侣，今在何处？唯有磷火点点，绿光闪闪，照耀着佳人的归途，慰藉着她的寂寞。

此诗句式灵活多变，读来朗朗上口。节奏的自由变换，句式的长短错落，加上内容的诡谲，色彩的冷艳，渲染出凄清萧瑟的氛围。　　（郭华琴）

刘叉，生卒年不详，中唐时人，不知其名，以字行。自称彭城子（彭城，今江苏徐州）。任气行侠，以杀人遁迹民间，遇赦复出，始折节读书。其诗多愤世嫉俗之作。《全唐诗》编其诗为一卷。

偶　书

刘　叉

日出扶桑一丈高，人间万事细如毛。

野夫怒见不平处，磨损胸中万古刀。

【鉴赏】刘叉是唐代诗史上一位个性卓异的诗人。他身材壮伟，臂力超人。早年居于魏地，出入市井中，任气行侠，杀人后逃亡，遇赦方出，流寓于齐鲁之间。这种生活背景，赋予他粗豪不羁的气质。他曾至韩愈家，适逢托韩愈写墓志铭的人送来润笔之资黄金数斤，刘叉与韩愈谈论间一言不合，拿起金子就走，说：“此谀墓中人所得耳，不若与刘君为寿。”这一走又回到齐鲁。韩愈也不以为意，此后两人还有诗互相唱和。从这则轶事中，我们可以揣摩到刘叉风神之万一。

这首诗同样具有粗犷的特色。日出扶桑，传说东海有扶桑木，为日出之处。这句是在讲，每天日出之后，就是人间纷纭万事发生之时。这些事情有大有小，在刘叉那豪壮的心胸看来，不过都是些细如毛的事情。但就在这些事情中，有很多不平之事，这就是刘叉所难以容忍的。他自称“野夫”，仿佛又让人看到他当年出入市井行侠之时的风采，当他见到不平之事，就气愤填膺，但胸中那柄万古留传的宝刀，却日渐磨损了。此句意谓自己拔刀相助之心虽然犹在，但是形格势禁，难以伸出援手，由此愈增其愤。

封建时代的老百姓处在封建政权和豪强权贵们的经济剥削之下，有冤无处申是非常普遍的现象。刘叉作为他们中间的一员，兼之以刚烈之性，早年时作过不少行侠仗义之事，但年岁渐长，他逐渐发现以个人之力与整个封建势力相对抗，是一种不对等的局面。虽然他早年行侠的钢刀早已不用，胸中的这把刀仍然深藏在心中，但身边众多不平之事，限于种种条件，他都无法援手。这种抑郁之情愈积愈深，愈积愈怒，终于迸发出了这首奇特的述怀诗。诗的语言和感情都极为粗犷，是唐诗中少见的本色之作。

（黄　鸣）

徐凝，生卒年不详，睦州（今浙江建德）人。与白居易和元稹有交往，以布衣终于家。诗长于七绝，《全唐诗》编其诗为一卷。

忆 扬 州

徐　凝

萧娘脸薄难胜泪，桃叶眉头易得愁。
天下三分明月夜，二分无赖是扬州。

【鉴赏】徐凝虽然一生未曾中举，但他并不是一个没有上进心的士人。长庆三年，他曾至杭州谒见白居易，希望得到州试的首荐。与他竞争的人是另一位诗人张祜。结果，徐凝以一联"今古长如白练飞，一条界破青山色"(《庐山瀑布》)获得首荐。但他与张祜两人在进士考试中都铩羽而归。这样一位能写出这样新奇意境的诗人，自然也不是老成持重之辈。他曾到扬州，那个唐朝中后期最为繁盛的都市，并在那里产生过一段感情。这段感情在他此后回忆起来，还是那么的美丽。于是，就有了这首《忆扬州》。

萧娘，在南朝以来，在诗中，处在相恋中的男子和女子常称为"萧郎"与"萧娘"。至于为什么姓萧，可能与古代小说中萧史和弄玉的爱情故事有关。桃叶，晋王献之爱妾名桃叶。这两句都是写同一位女性，她可能就是徐凝在扬州盘桓时与她发生过一段恋情的那位女子。徐凝多年后回忆起来，还记得她"脸薄难胜泪"和"眉头易得愁"的多情善感之态。

女人的心是水做的，当她再也抑制不住离别的悲伤时，她的心会化作千百颗晶莹的泪水。此情此景，人何以堪？抬头望月，明月皎洁，更显离人之思，徐凝不禁感叹道：如果天下的明月夜有三分姿色的话，那么，其中二分最可爱的月色就在扬州啊！这两句亦爱亦怜，亦喜亦悔，充满着爱情的甜蜜和失去的忧伤。而扬州为什么这么可爱，原因昭然若揭：因为作者思念的人儿就在那里啊。

此诗明里写地，暗里写人。但地随人传，格外美丽的诗句往往会从整个诗篇里独立出来，被后人单独地进行审美再创造。本诗的末两句"天下三分明月夜，二分无赖是扬州"就经历了这样的命运。后人读此诗者，于此两句无不爱极欲狂，扬州也获得了"二分明月"的美名，此诗的艺术接受的效果恐非徐凝所能想见的罢？

(黄　鸣)

雍裕之，生卒年不详，四川人，活动于贞元、元和之间。数举进士不第，飘零四方。长于乐府诗。《全唐诗》编其诗为一卷。

自君之出矣 雍裕之

自君之出矣，宝镜为谁明。
思君如陇水，长闻呜咽声。

【鉴赏】《自君之出矣》是乐
府古题，出自东汉徐干《室思诗》。
其第三章云："自君之出矣，明镜
暗不治。思君如流水，何有穷已
时。"此后从魏晋到唐代一直有人
续作。大约与雍裕之同时的卢
仝、张祜均有同题之作，然而雍裕
之此诗却是最近汉人本色的
一首。

此诗为思妇诗。"自君之出矣，宝镜为谁明"，自从您离家戍边之后，
我的贵重的镜子也不再明亮。这两句写思妇之感。她的丈夫被征戍边，
留下妻子一人在家，思念之情难以抑制。俗语云：女为悦己者容。如今这
位少妇最挚爱的丈夫已经不在身边，她日夜思念，也不再重视自己的容颜
而疏于打扮了。古时用的镜子是青铜镜，长期不擦拭的话就会昏暗不明。
镜不明，即暗示着她很久没有打扮过了。

下两句"思君如陇水"，陇水在西北边境之上，自古以来就是戍卒戍守
之地。但用在此诗中并非写实，而是以陇水代指边境戍地。并且，陇水又
是一条河流，它同样可以被赋予愁思缠绵不断的特质而起比喻的作用。
不但如此，这位少妇的心境是如此寂寞和凄凉，乃至于她还在神思恍惚之
中仿佛听到陇水的呜咽之声。这是虚境，也是心灵的实境。雍裕之用细
腻的笔调捕捉到了这位少妇神思不属时的幻觉，真是描写细微情感的
妙手。

此诗语言本色，情感细腻，与乐府原诗对比，不即不离，但描写更趋细
致。如乐府古诗云："思君如流水，何有穷已时。""流水"是单纯的泛指，就
没有这里的"陇水"既是泛指也是特指来得好。原诗"何有穷已时"语意太

尽,反不如此处的"长闻呜咽声"给人一种悲凄不尽之感。从此诗看来,雍裕之长于乐府,应是就他的诗表情达意更加细腻而言。　　　　　　　（黄　鸣）

江 边 柳　　　　　　　　雍裕之

袅袅古堤边,青青一树烟。
若为丝不断,留取系郎船。

【鉴赏】"江边柳"是唐人喜赋的物象。如唐代著名女道士鱼玄机有《赋得江边柳》一诗,诗云:"翠色连荒岸,烟姿入远楼。影铺秋水面,花落钓人头。根老藏鱼窟,枝低系客舟。萧萧风雨夜,惊梦复添愁。"其体式不一,或为五律,或为七绝,雍裕之此诗是五绝。

首二句独出机杼。柳树窈窕,袅袅地飘拂在古堤边;柳树葱葱,树顶似乎笼罩着一树青烟。这两句看似平易,实则尖新。"袅袅"切合柳树枝叶细长、随风飘拂的性状,烟本无色,而笼罩在葱郁的柳树上头,它也变得绿意氤氲。此处的炼字实是经过深思熟虑后的结果。

后二句更显意外。唐人有折柳送别的习惯,如此则江边之柳所遭受的"荼毒"可想而知。李郢《江边柳》:"东风晴色挂阑干,眉叶初晴畏晓寒。江上别筵终日有,绿条春在长应难。"就是说的这种情况。而在此诗中,诗人却翻出了新意来:不折柳枝,却以之作绳,来系住情人的船儿。本诗的抒情主人公到了这最后一句才出现,她是一位痴迷于爱情之中的女性,马上要和情郎分手。她意绪怅然,难以割舍,恨不得这江边的柳树,都化作了系船的绳索,将情人牢牢地系在身边。

此诗中无一"别"字,但别离之情历历可见;无一"愁"字,而愁苦之状如在目前。究其原因,与诗人将"江边柳"这个客体赋予了主体的情感并与当时的情境紧密结合,使得景中有情,情中有景,此诗得到成功也就是必然的了。　　　　　　　　　　　　　　　　　　（黄　鸣）

柳　　絮　　　　　　　　雍裕之

无风才到地,有风还满空。
缘渠偏似雪,莫近鬓毛生。

【鉴赏】这是一首咏柳絮的诗。柳絮以其质轻色白,随风飞舞,常被人用入诗中,表达轻狂不定的情感。如杜甫《绝句漫兴九首》有云:"颠狂柳絮随风舞,轻薄桃花逐水流。"薛涛《柳絮》:"二月杨花轻复微,春风摇荡惹人衣。他家本是无情物,一任南飞又北飞。"这些都是诗人们用柳絮的形象来浇自身的块垒。雍裕之此诗以体物为目的,间杂着一点人生的感慨,从情感上来说没有那么繁富,但也自具面目。

首二句用质朴的语言描写柳絮在风起和风定时的状况。没有风时,它慢慢地飘落地面,起了风时,它却遍布天空。从风与柳絮的依存关系入手,写出了柳絮的特点。

第三句以柳絮喻雪。这是前人早已用过的比喻。《世说新语·言语》:"谢太傅寒雪日内集,与儿女讲论文义。俄而雪骤,公欣然曰:'白雪纷纷何所似?'兄子胡儿曰:'撒盐空中差可拟。'兄女曰:'未若柳絮因风起。'公大笑乐。"这就是有名的谢道韫咏雪的故事。她将雪花飞舞比作柳絮因风起,生动形象,所以后人说起女子之才来,"咏絮才"成为很高的赞扬语。然而此喻在唐代已不觉新鲜,此处又用,何故?我们注意到诗中加了一个"偏"字,这是一个转折副词,这个字其实就寓含着语意的转折,告诉我们一定会有一些与众不同的东西在后面展示。

果然,到了第四句"莫近鬓毛生",作者终于将转折完成。柳絮与雪的相似点很多,有质地的轻盈,有颜色的洁白,有运动的相似。在读者的期待中,作者终于点出他所取的是颜色洁白这一相同点,又用它完成了一个出人意料的比喻:柳絮像雪花一样,洁白的颜色又像是老人们鬓角的白发。常人都是不愿意看到老之将至的,而鬓角的白发正是人到老年的标志,因此也不为人所喜。诗人说:这像雪的柳絮,可别又长到人们的鬓角上来啊!此处的感喟,颇有借物咏怀的意味。

此诗体物鲜明,特征突出,语意俏皮而生新,是一首别具特色的咏物诗。

(黄　鸣)

许浑(791—?),字用晦,祖籍安州安陆(今湖北安陆),寓居润州丹阳(今江苏丹阳)。宰相许圉师之后,有诗名。其诗长于七律,登临怀古之作尤佳。有《丁卯集》。

塞 下 曲　　　　　　　　　许 浑

夜战桑乾北,秦兵半不归。
朝来有乡信,犹自寄征衣。

【鉴赏】许浑诗中也有短小精悍之什。此首《塞下曲》,即是名作。

桑乾即桑乾水,又名卢沟水,即三国两晋之㶟水,隋唐称桑乾河,在今北京市。在一次桑乾水之北的夜战中,将士有一半没能回来。这两句诗语意平极,而悲愤之气充盈其间。秦兵即汉兵,唐人喜以秦兵、汉兵喻指唐军。在一场严酷的战争中,出征而不返,那只能有一个结局,就是战死沙场。一半的士兵战死沙场,可见这次战斗的残酷。诗行至此,一股悲愤填膺之气已经涌上读者的心头。

而最惨的事还不在于此。当剩下的士兵回营后,他们等来了家乡的信,还有寄来的包裹,里面装着新缝的战衣。可是,本来要穿上这些新衣的士兵,已经永远地留在了战场之上。人生之事,孰有痛于此者!

此诗纯用白描,但悲郁沉痛之气,从事件的描述中自然流露出来,达到极沉痛的情感效果。读者至此,几有不忍卒读之感。对这个事件的描述,仅仅二十个字就超过了长篇累牍的文字的力量,令人不得不叹服许浑的诗笔。清人潘德舆《养一斋诗话》云:“大抵浑之绝句、五律,绰有家法。”此言得之。

(黄　鸣)

杜牧(803—852?),字牧之,号樊川居士,唐京兆万年(今陕西西安)人,宰相杜佑之孙。唐文宗大和二年(828)进士,授宏文馆校书郎。后赴江西观察使幕,转淮南节度使幕,又入观察使幕。历史馆修撰,膳部、比部、司勋员外郎,黄州、池州、睦州刺史等职,最终官至中书舍人。有《樊川文集》二十卷传世,又有宋人补编的《樊川外集》和《樊川别集》各一卷。《全唐诗》收杜牧诗八卷。

赤　壁 　　　　　　　　　　　　杜　牧

折戟沉沙铁未销，自将磨洗认前朝。
东风不与周郎便，铜雀春深锁二乔。

【鉴赏】赤壁（今湖北嘉鱼县东北），因三国时期著名的赤壁之战发生于此而蜚声海内外，并成为后世文人歌咏的对象。同为咏赤壁，杜牧却能自出机杼，不从正面描摹周瑜如何大破曹军，却从人们意想不到的"东风"着眼，翻说为奇，警拔精悍，读来令人耳目一新。

起首两句借古战场遗留下来的一件古兵器伸展开去，寄托对前朝人事的感叹。这支折断的铁戟，沉没于水底沙中，已悄然沉睡了六百年。一朝被人发现了，经过一番磨洗，却原来是当年赤壁之战残留的遗物。此二句纯用白描手法，看似平淡无奇，实则为后面三、四句的起兴储备了充足的势能。

按照咏史诗的创作惯例，因这支小小的铁戟，自然会勾起作者对于当年那金戈铁马的古战场的回忆，并抒发对这次战役的主人公周瑜的丰功伟绩的钦佩赞叹。但诗人却反其道而行之，反说如果周瑜当年不是因为东风提供方便的话，那么整个战役甚至整个三国历史都要改写。可惜后人却对此二句评头论足，非议甚多。有人认为杜牧眼界甚小，不关心国家大事，反倒落笔于江东两位美女，似有"轻薄"之嫌。有人则以兵家自居，讥讽诗人不懂兵事，妄为议论。其中以许彦周的批评颇具代表性："牧之作赤壁诗，谓赤壁不能纵火，即为曹公夺二乔置之铜雀台上也。孙氏霸业，系此一战；社稷存亡，生灵涂炭都不问，只恐捉了二乔，可见措大不识好恶。"（《彦周诗话》）殊不知以上非议只不过是皮相之见，未能真正体味此中真意。

此诗之所以名动一时，并在数百年后依然为苏轼所念念不忘，其中自有其深意。首先，写"二乔"而不写社稷，此乃诗人曲笔所致。众所周知，"二乔"姐妹，一为东吴前国主孙策的夫人，一为东吴军事统帅周瑜的夫人，此二人身份在江东极为尊贵。如果连她们都做曹军的俘虏，则东吴之命运可想而知；其次，以"东风"的有无来强调战争胜败之间的偶然性，看似偏颇，实乃意在提醒后世统治者对战争不可疏忽大意，须振作发奋，方能立于不败之地。最后，以"铜雀春深锁二乔"绾结全诗，意在突出战败一方所受无尽的屈辱。屈辱看似由女人承担，但真正应该羞愧屈辱的却是那些无所作为、无所事事的男性统治者。正所谓"君王城上竖降旗，妾在深宫那得知？十四万人齐解甲，更无一个是男儿"，联想到当时朝廷腐败，统治者寻欢作乐的现实境况，诗人以史讽今的命意不是呼之欲出吗？

（乐　云）

题乌江亭　　　　　　　　杜　牧

胜败兵家事不期，包羞忍耻是男儿。
江东子弟多才俊，卷土重来未可知。

【鉴赏】乌江亭，即现在安徽和县东北的乌江浦，相传为项羽兵败自刎处。千年以后，诗人游宦池州，路遇乌江亭，感古伤今，写下这首七绝咏史诗。

据《史记·项羽本纪》载，项羽败逃到乌江边上，乌江亭长舣船以待，谓项王曰："江东虽小，地方千里，众数十万人，亦足王也。愿大王急渡。今独臣有船，汉军至，无以渡。"项王笑曰："天之亡我，我何渡为！且籍与江东子弟八千人渡江而西，今无一人还，纵江东父兄怜而王我，我何面目见之？纵彼不言，籍独不愧於心乎？"遂决意不过江，自刎而死。

关于项羽不渡乌江一事，向来为后人所乐道，认为此事表现了项羽勇于担当的英雄气节。不过，在杜牧看来，颜面事小，东山再起事大，项羽自刎，实为逃避责任之举。

一、二句点明两处常识，既指出胜败为兵家常事，又寓意只有"包羞忍耻"之人方为真正"男儿"。此二句看似不经意，却为后面批判项羽不肯渡乌江的议论埋下伏笔。如果说"东风不与周郎便"之句说的是"天幸不可恃"的话，此首则意在表明"人事犹可为"。在诗人看来，项羽兵败，但尚可东山再起，人事犹可为，为何自暴自弃，自刎于乌江呢？更何况还有那么多"江东才俊"呢？

对已成定论之史事重新假设，向来是好事者翻新为奇的惯常手段，往往当不得真。不过，杜牧的翻案之作，却往往能在他人意料之外自出机杼，引人深思。王荆公曾回应此作曰："百战疲劳壮士哀，中原一败势难回。江东子弟今虽在，肯为君王卷土来？"胡仔《苕溪渔隐丛话》更谓"项氏以八千人渡江,败亡之余,无一还者,其失人心为甚,谁肯附之? 其不能卷土重来,决矣"。看似言之凿凿,于事理较合,但诗意韵味大失。

后人评价牧之诗"好奇而不谙事理"(潘德舆《养一斋诗话》),殊不知,咏史诗重在不落窠臼,警拔世人,正所谓"跌入一层,正意益醒"(吴景旭)也。从这个意义上说,杜牧的咏史诗较之一般咏史诗,立意更为高远,警拔益醒之处更胜一筹。

(乐　云)

题木兰庙　　　　　　　杜　牧

弯弓征战作男儿,梦里曾经与画眉。
几度思归还把酒,拂云堆上祝明妃。

【鉴赏】这首咏史诗,是杜牧会昌年间任黄州刺史时为木兰庙所题,表达诗人对于民族英雄花木兰将军的无限赞叹景仰之情。

木兰庙在湖北省武汉市黄陂区城北三十公里的木兰山。相传中国古代著名的巾帼英雄花木兰(又称朱木兰)死后即葬身于此,后人为纪念这位女英雄,特在山上筑庙祭祀凭吊。关于木兰代父从军的故事,因北朝民歌《木兰诗》的广为传唱而家喻户晓,其代父从军与保家卫国的英雄事迹使其成为中国古代忠孝两全的典型代表。

此诗以"弯弓征战作男儿"起篇,形象地概括了木兰代父从军、报效国家的戎马生涯。"弯弓征战"四字,诗人有意选取木兰从军中极富代表性的场景,为我们生动描绘出巾帼英雄扬眉弯弓射箭的飒爽英姿。一个"作"字,提醒我们木兰并非男儿,而是一位待字闺中的少女,能有"弯弓征战"的非凡本领,其英勇豪爽之气力透纸背。

"梦里曾经与画眉",诗人试图为我们揭示女英雄的心灵世界。"画眉"乃女性闺房秘事,此处借取木兰诗"当窗理云鬓"之意。多年征战,木兰与战友们同吃同睡,生活作息完全与男人一样,几乎忘记了自己的女儿之身。唯有夜深人静,酣梦沉睡之际,才会梦里忆起当年与女伴对镜梳妆画眉的景况。

三、四句则有明显的转合之意。"几度思归还把酒"是转,诗人设想木兰当年也曾思虑重重。青春韶华,正是女孩子嬉戏打闹、梦想起飞的季节,然而我们的女英雄却要浴血奋战,不能有丝毫的懈怠。她内心也一定

520

会有埋怨与苦恼吧。她也一定思家心切,想早点回家与亲人团聚吧。"几度",表明其内心的矛盾与顾虑,但最终她选择了坚强。

让她坚强的是什么呢?原来她是在"拂云堆"上把酒"祝明妃"!拂云堆,在今内蒙古包头市西南黄河北岸,唐景云二年建中受降城于此,上有拂云寺。明妃,指的是汉代自请和番的王昭君。为什么把酒"祝明妃"呢?原来昭君和亲,为了边境的安宁,汉匈的和平,死留青冢,走完了忠贞爱国的传奇一生。木兰也决心以昭君为榜样,为消除边患而驻守边疆。

诗人把木兰比作民族英雄王昭君,用烘托手法,用祝酒的方式,令时空异隔的两位女性神交千载,读之令人动容,不愧为咏木兰诗中的名篇。《临溪隐居诗话》评价其诗云:"殊有美思也。"诚为实言。　　　　(乐　云)

赠别二首(其一)　　　　　杜　牧

娉娉袅袅十三余,豆蔻梢头二月初。
春风十里扬州路,卷上珠帘总不如。

【鉴赏】此诗为诗人即将离开扬州时赠别一位相好的歌妓所写。诗一共有两首,此为其一,意在赞美歌妓的美丽,从而引起惜别之情。

首句用"娉娉袅袅"来形容这位女子的身姿轻盈婀娜之态。"十三余"则指女子的芳龄。既赞歌妓之美,却不从相貌容颜入手,而抓住她的身材与年龄着眼。身姿是风流袅娜的,年龄是含苞待放的,由此,美人的形象呼之欲出。

二句"豆蔻梢头二月初",以花喻美人,本来易落入俗套,但诗人此处却新意迭出,以二月之初的豆蔻花来比喻青春待放的少女,非常贴切形象。豆蔻,一种多年生草本植物,可入药,多产于南方。南方人摘其含苞待放者,美其名曰"含胎花",言尚小,如妊身也,故常用来比作处女。诗人相好的这位歌妓,其举手投足,一颦一笑,不正神似那二月初含苞待放、摇曳枝头的豆蔻花吗?

三、四句则以烘托对比的手法来进一步赞美歌妓的美丽绝伦。作为唐代"天下乐园"的扬州,该是如何繁花似锦、车水马龙啊!俗言"腰缠十万贯,骑鹤上扬州",可以想见,春风十里的扬州大街上,高楼鳞次栉比,商贾如云,游人如织。在那一幢幢歌台舞榭里,那一卷卷锦绣珠帘之下,又该隐藏着多少位倾国倾城的佳人？正当我们为扬州的繁华赞不绝口时，"卷上珠帘总不如"一句一下将我们从遥远的遐想中拉回到现实。当春风和畅之时，珠帘卷处，遍视帘内佳人，尽行数里之遥，总不如所别者之娉婷窈窕也。正所谓众星拱月，原来，作者是以扬州佳人之群星闪耀，来烘托自己相好的这位歌妓啊！

《唐诗镜》卷五十云："杜牧七言绝句，婉转多，情韵亦不乏，自刘梦得以后一人。"由此诗观之，真可谓风华流美，情韵婉转，是为确论。

（乐　云）

赠别二首（其二）　　　　杜 牧

多情却似总无情，唯觉樽前笑不成。
蜡烛有心还惜别，替人垂泪到天明。

【鉴赏】如果说前一首诗是以饱含深情的笔调赞美爱人娇憨可爱的话，那么这首诗则将浓浓的离情别意呈现在我们面前。

关于离别，齐梁诗人江淹曾经咏叹出千古名句："黯然销魂者，惟别而已矣。"不过，对于不同的时空变幻，不同的人物境遇来说，其黯然之处却不尽相同。此诗写诗人因仕途失意而被迫与朝思暮想的爱人分别，其内心的不舍与缠绵自是常人难以体味。

一、二句以"多情"与"无情"这一矛盾心境对比，足见诗人匠心独具。一对恩爱的男女不得不分离，其离情别绪弥漫，令人窒息。不过，所谓物极必反，太多情的结果反倒是变得无情了。因为情思宛转、缠绵悱恻，几令思维停顿，木讷以对，可谓"执手相看泪眼，竟无语凝噎"也。临别之时，似有千言万语想向对方诉说，但不知从何说起。为了宽慰对方，故强作欢笑，举樽道别，却不知樽有千斤重，几欲举之不起，那挤出来的强颜欢笑，只怕比哭还难受啊。应该说，这两句诗将诗人内心依依不舍的矛盾心态展露无遗。

三、四句则从诗人的心境宕开一笔，特意描绘离别时的情境。午夜时分，四周一片阒寂，诗人与佳人默默饮酒道别，无言以对，唯有身旁那燃烧的蜡烛在默默地流泪。此刻，在诗人眼里，或许那烛芯正在为我们的离别万分惋惜、黯然神伤哩！"垂泪到天明"，则更加深了读者对于宴饮时间之长,情人情思之长的印象。此时的烛芯,已完全拟人化了,成为诗人"多情自古伤离别"的最好见证。

晚唐诗人中,擅长表达细腻绵长感情的诗人,除李商隐外,便要数杜牧了。这首七绝,尽管只有短短二十八个字,却将情人离别时缠绵悱恻、悲切流转的复杂情绪描摹得淋漓尽致。《唐诗品》谓其诗"含思悲凄,流情感慨,下语精切,含声圆整,而抑扬顿挫之节,尤其所长"。此诚不虚耳。

(乐　云)

泊秦淮　　　　　　　杜　牧

烟笼寒水月笼沙,夜泊秦淮近酒家。
商女不知亡国恨,隔江犹唱后庭花。

【鉴赏】秦淮河流经金陵一段,自六朝以来,一直是商旅集散之地,河两岸秦楼楚馆林立,至唐末杜牧的时代繁华不减当年。如果说金陵在六朝时期的兴衰史足以证明世事的反复无常,那么秦淮河的繁华不减,似乎又给人某种启示。《泊秦淮》要表达的便是作者途经此地所触发的怀古意绪。

诗的首句描绘了秦淮河的夜景:月光淡淡,烟水迷濛,风景如画。第二句叙事,补足前句,说明景色为夜泊所见。又引起下文,说明商女所唱,是因为"近酒家"才得以听到的。从时间和逻辑顺序看,应该是先泊于秦淮,然后才看到此处风景如画。作者在结构上来了个先写景,后叙事,这就收到了突出秦淮美景的效果。为什么要把一个歌舞烟花之地描绘成和平宁静的港湾呢? 因为杜牧本是经邦济世之

才，他承袭了祖父宰相杜佑的遗风，"平生五色线，愿补舜衣裳"，希冀在晚唐多事之秋做出自己的贡献。但他对政治、军事、财赋等方面的建议，未能引起统治者的重视，他的大半生仕途生涯是在幕府和州刺史任上度过的，政治上的失意促成了他用欣赏的眼光看待寄情声色、颓废放浪的生活。于是秦淮河这一风流薮泽，在杜牧笔下就成了风高浪险的仕途中的一个避风港，一个可以暂时忘怀世情的逍遥乡。这从一个侧面反映出作者对政治斗争的厌倦之情。

诗的后半是听商女唱后庭遗曲所引发的感慨。乐妓在酒店替客人唱歌侑觞，所唱之歌恰是产生于金陵的《玉树后庭花》。这是耐人寻味的。陈后主苟且偷安，荒淫误国，《玉树后庭花》成了可耻结局的见证。诗人慨叹唐末的统治者对前朝荒政取亡的教训"哀之而不鉴之"，《玉树后庭花》传唱不衰就是明证。诗人的心也为"商女不知亡国恨"而震动：不知亡国恨反倒少一层痛苦，自己与商女相比，谁幸谁不幸真难定论。作者终于若有所悟：世事沧桑自有其规律，不以人的意志为转移，个人能做的事实在太有限，大半生热衷政治的结果是"可怜无补费精神"。　　　　（杨　军）

遣　怀　　　　　杜　牧

落魄江湖载酒行，楚腰纤细掌中轻。
十年一觉扬州梦，赢得青楼薄幸名。

【鉴赏】 人短短的一生中，不同的年龄阶段往往会留下不同的印记，所谓"少年游侠"，"中年游宦"，"老年游仙"，或许便是这一年龄记忆的最好概括。年少时不免轻狂散漫，挥斥方遒，而到中老年，会自觉不自觉对年轻时的"荒唐"往事作一番追忆与总结。杜牧的这首《遣怀》，或许便是这一心态的集中呈现。

诗的前两句追忆昔日在扬州纵情诗酒、放浪形骸的"狼藉"生活。名为"落魄"，其实并不落魄。其时杜牧登科高中，春风得意，在淮南节度使牛僧孺幕中担任掌书记等职，深得牛僧孺信任。闲暇之余，杜牧多微服逸游，流连歌楼舞榭，纵恣于旗亭北里间，与美酒佳人为伴，不亦快哉？其诗如"绿杨深巷马头斜"、"马鞭斜拂笑回头"、"笑脸还须待我开"、"背插金钗笑向人"等，便是这段惬意生活浪漫而真实的记载。

楚腰，言美人的细腰，来源于"楚灵王好细腰，而国中多饿人"的典故。掌中轻则指汉成帝皇后赵飞燕，《飞燕外传》谓其"体轻，能为掌上舞"。此处均言扬州佳人美态风致。

三、四句则可看作是对年少狭邪放诞生活的总结，抒发了青春虚掷、事业未成的人生慨叹。杜牧出身于高门望族，少年高中进士，功名利禄唾手可得，正是"一日看尽长安花"之时，又如何想到日后会沉沦下僚、忍受颠沛流离之苦呢？可惜十年一觉，美梦终归有醒的时候。多年以后，再回味起当年的浪荡生涯，内心的感伤与痛楚可想而知。而更令人痛楚的是，当年那些陪伴自己的佳人，如今艳迹何在呢？或许她们正在某个小小的角落里责怪自己薄情负心哩！"赢得"二字，语似调侃，其实却暗含无尽的辛酸与无奈，无奈的是自己无力照顾这些佳人终身，辛酸的则是自己前途渺茫、事业无期的无情现实啊。

有人谓杜牧扬州放荡不羁，是因为他对郁郁不得志生活的排遣，其实更应该与诗人不拘细节的性格密切相关。后人多传杜牧扬州之时的风流艳迹，其中多数并不可信。《灵芬馆诗话续》卷二云："杜樊川，天下才也。才气豪迈，不拘细行，于是江湖落拓之诗，'青楼薄幸'之句，流传人口，而狭斜放诞之事，悉举以附益之。"细细品味，此论不虚！ （乐　云）

山　行　　　　杜　牧

远上寒山石径斜，白云生处有人家。
停车坐爱枫林晚，霜叶红于二月花。

【鉴赏】清人李慈铭《唐诗三百首续选》曾评价杜牧诗曰："七绝尤有远韵远神，晚唐诸家让渠独步。"对于杜牧某些七绝来说，此论可能有夸誉之嫌，但《山行》这首诗却当之无愧，其质朴的口语、简洁的白描，传达出悠远不尽的诗情画意，历来脍炙人口。

"远上寒山石径斜"，写山，写山路，点明"山行"题旨。"远"字用得极为巧妙，既突出了此行目的地之遥远，也照应脚下的山路之崎岖绵长。"寒山"，暗示诗人山行的季节时令，当在深秋万物萧条之时。

当诗人在高峻幽远的深山里穿行时，抬头远眺，突然发现在那白云生处有几幢石头砌成的房屋，那一定是有人家居住了。诗人不禁喜从中来：

在这人迹罕至的深山，能够看到人间烟火，该是一件多么惬意舒怀的事！一"生"字，将深山人家的生存状态描绘得惟妙惟肖，人家住在白云生起的地方，多么具有诗情画意。《唐诗镜》评价此句为"俏句"，诚不虚也。

如果说一、二句以写景为主的话，三、四句则重在抒发诗人内心对秋景的美好感受，为我们勾勒出一幅"秋山行旅图"。作者在山路上独自彳亍，一边欣赏着身边的无尽美景，一边吟咏着新写的诗句，悠然自得。突然，诗人停下车来，驻足不前，是什么令他流连忘返，不忍离开呢？原来是晚霞辉映下层林尽染的枫叶流光溢彩，放射出迷人的夺目光芒啊。这火红的枫叶，真比那早春二月的春花还要红艳，还要灿烂哩。诗人内心的喜悦自是可想而知。

《唐诗评注读本》卷四评论此诗云："从山行直起，初见惟白云而已。至白云深处，因有人家，故偶然停车小憩，坐看枫叶，嫣然可爱，较之二月花，更觉红艳，成绝好一副秋景图，所谓诗中有画者也。"此论不假，尤其是最后"霜叶红于二月花"之句，情韵婉转，余音绕梁，不愧为传诵千古的名句。

（乐　云）

题桃花夫人庙　　　　杜　牧

细腰宫里露桃新，脉脉无言几度春。
至竟息亡缘底事？可怜金谷坠楼人。

【鉴赏】杜牧的咏史诗，后人争议甚多，赵翼《瓯北诗话》甚至讥讽其诗"喜作翻案语，无一平正者"。不过，对于这首《桃花夫人庙》，赵翼倒是赞赏有加，谓其"以绿珠之死，形息夫人之不死，高下自见，而词语蕴藉，不显露讥讽，尤得风人之旨"。

诗题中所指桃花夫人，即春秋时期的息夫人息妫。据《左传》记载，楚王听说息夫人美貌，故发兵讨伐息国，将息夫人掳掠进宫。其后息夫人生二子，即堵敖与成王，但她始终不发一言。楚王追问其故，她答曰："吾一妇人而事二夫，纵弗能死，其又奚言？"这桩公案后来成为众多诗人吟咏的对象，如王维之"看花满眼泪，不共楚王言"，胡曾之"感旧不言长掩泪，只缘翻恨有华容"等句，多表达对息夫人不幸遭遇的深切同情。

"细腰宫里露桃新"，诗人有意选取几组意象来概括息夫人当时的处境。"细腰宫"当指楚宫,古人云:"楚王好细腰,宫中多饿死。"可见"细腰宫"乃讽刺楚王之荒淫好色。"露桃新",寓两层含义:其一是"桃新",表明又是一年春来到,与二句"几度春"相对;其二是"露生桃上",暗喻息夫人在楚宫以泪洗面的痛苦生活。

"脉脉无言几度春",紧随首句,再次点明息夫人的现实困境。"脉脉无言",既传递出息夫人在楚宫多年未发一言的信息,又暗合"桃李不言"之古意。"几度春",与前面"桃新"相呼应,春去春又来,桃花夫人在楚国深宫幽居多年,其内心的屈辱与故国之思自是可想而知,她又该如何排遣呢?唯有阶前那迎春怒放的桃花带给她些许的安慰吧。

三、四句则在前两句描绘的基础上抒发诗人的感叹。"至竟息亡缘底事",你能说息国灭亡与你没有关系吗?诗人对息夫人展开追问。"至竟",犹云究竟也。"金谷",当指石崇的豪园金谷园。如果跟那贞烈的绿珠比起来,你的忍辱偷生又有何意义呢?据史载,绿珠是晋代豪富石崇的歌妓,美而工笛,深为石崇宠幸,权贵孙秀贪恋其貌,向石崇索要不得,乃矫诏收崇下狱处死。石崇临刑前对绿珠叹道:"我今为尔得罪。"绿珠含泪回答:"当效死于君前。"遂坠楼而死。

表面看来,诗人褒扬绿珠坠楼的贞烈,其意在讽刺息夫人面对强权软弱,苟且偷生。不过,从杜牧咏史诗一贯的论调来看,表面上是贬抑妇人,其实质却在批判与妇人相关的当权者,如"商女不知亡国恨,隔江犹唱后庭花"等句。许彦周谓其诗为"二十八字史论",应该说是对这一内涵的最佳注脚。

(乐　云)

河　湟　杜　牧

元载相公曾借箸,宪宗皇帝亦留神。
旋见衣冠就东市,忽遗弓剑不西巡。
牧羊驱马虽戎服,白发丹心尽汉臣。
唯有凉州歌舞曲,流传天下乐闲人。

【鉴赏】河湟,即今青海东部黄河支流湟水流域一带,唐时是唐朝与吐蕃的边境地带。安史之乱后,吐蕃乘机侵占了河湟地区,唐政府虽多次想收复失地,但屡败而归。诗人赵嘏《降虏》诗云:"河湟不在春风地,歌舞空裁雪夜衣。"河湟由此成为唐代统治者与百姓心中无法忘怀的痛。杜牧有感于时局维艰,迫切地希望当权者收复河湟等失地,此诗正表达了诗人忧时爱国的信念。

首联分别从元载与唐宪宗入手,表达对前人收复河湟决心的敬佩之意。元载曾经谋划对西北用兵,收复失地,可惜却不为代宗所用。宪宗也曾对河湟关心有加,但却赍志而殁。英雄无力回天,令后人扼腕叹息。

颔联则借用晁错被杀与黄帝乘龙升仙的典故,表达对元载与宪宗壮志未酬的感叹。晁错励精图治,却在七国之乱中被冤杀;黄帝乘龙升仙,则暗喻宪宗被宦官所杀的史实。以张良、晁错、黄帝等比喻元载、宪宗,足见诗人对二人的景仰之情。

颈联则实写河湟百姓的悲惨处境及忠君报国之心。苏武在西域牧羊十九年,历经艰辛,但始终不忘汉室。河湟的百姓也与苏武一样,虽然穿着少数民族的衣服,为吐蕃人牧羊驱马,但他们忠于唐室的决心却丝毫不会动摇。"白发"与"丹心",一白一红,色彩的鲜明对比可见忠贞爱国之心。

可惜河湟百姓的一片忠贞之心被唐朝的当权者们辜负了。他们沉醉于从河湟传来的歌舞曲,又如何会记起有朝一日去收复河湟之地,解救那些被异族欺凌的百姓呢?当河湟百姓身处水深火热中时,朝廷的那些当权者们却还有闲情逸致。一"闲"字,将统治者歌舞升平、醉生梦死的状态勾画得淋漓尽致!

这首诗充分表现了诗人忧心国事、奋发进取的豪情壮志,既有对河湟百姓悲惨命运的深切同情,又有对统治者腐败无能的愤慨,不失为杜牧七律中难得的佳作。《问花楼诗话》云:"律诗至晚唐,义山而下,牧之为最。宋人评其诗:豪宕奇丽,排偶中时有奔逸之气,盖确论也。"此诗足当此赞誉。

(乐 云)

过华清宫绝句三首(其一)　　　　杜 牧

长安回望绣成堆,山顶千门次第开。
一骑红尘妃子笑,无人知是荔枝来。

【鉴赏】本题共三首,是杜牧经过骊山华清宫时有感而作,此为其一。

528

关于骊山和华清宫,人们立即会联想到中国历史上著名的两位皇帝:秦始皇与唐玄宗。骊山,在今陕西省西安市临潼区东南,秦始皇即位后,征发七十万人为其在骊山修建陵墓,骊山由此成为秦始皇横征暴敛、穷极奢丽的代名词。华清宫,唐代行宫名,建于骊山温泉上,初名温泉宫,后名华清宫。据史载,天宝年间,唐玄宗与杨贵妃经常到此游乐,荒废国事,最终导致安史之乱。由于这种历史背景,骊山与华清宫,成为后人感叹盛衰无常,警醒当权者的最好教材。

首句旨在描绘骊山秀丽的景色。诗人站在长安高处,回望骊山,为我们呈现出一幅"绣成堆"的绝妙美景。"绣成堆",意指锦绣到处都是。此处"绣"字用得极妙,含两层含义:其一是指骊山上有东、西绣岭,唐玄宗时,植林木花卉如锦绣,故以为名;其二是暗指整个骊山就像一团锦绣,美不胜收。

次句则由远及近,为我们展现骊山之上那宏伟气魄的华清宫。从山顶到山脚,共有"千门",表明华清宫之雄伟壮观与戒备森严,俨然皇家别院,常人是很难踏足的。不过,今天这些宫门却突然依次打开了,让人感觉很惊异,这到底是什么原因呢?

正在我们大惑不解之时,突然,一位专使骑着快马风驰电掣般飞驶过来,身后卷起阵阵红尘。这位专使行动如此迅捷,难道是有什么军国大事吗?读到此处,我们或许会紧张起来。而更令我们不解的是,皇上最宠爱的妃子竟然笑了起来,难道这"一骑红尘"与"妃子笑"之间存在某种联系吗?诗人在此设下层层悬念,把读者的心吊到了嗓子眼上。

终于,谜底揭晓了,原来那位专使是专门为贵妃娘娘送南方上好的荔枝来了!据李肇《唐国史补》载:"杨贵妃生于蜀,好食荔枝。南海所生,尤胜蜀者,故每岁飞驰以进。"全诗在此戛然而止,但留给我们的思考却是深远的。诗人有意选取使者为杨贵妃千里送荔枝的场景,既表明杨贵妃当时权倾后宫、深得宠幸的状况,又暗含玄宗为博美人一笑而劳民伤财的奢靡之举,更让我们联想到历史上那位"烽火戏诸侯"的周幽王。全诗均为客观描述,无一字之褒贬,但对唐玄宗贪淫误国的讽刺与批挞却是显而易见的。

吴乔《围炉诗话》云:"诗乃一念所得,于一念中,唐、宋体有相参处,何况初、盛、中、晚而能必无相似耶。如杜牧之《华清宫诗》:'霓裳一曲千峰上,舞破中原始下来。'语无含蓄,即同宋诗。又云:'一骑红尘妃子笑,无

人知是荔枝来。'语有含蓄,却是唐诗。"不愧为此诗点睛之笔。　　（乐　云）

早　雁

杜　牧

金河秋半虏弦开,云外惊飞四散哀。
仙掌月明孤影过,长门灯暗数声来。
须知胡骑纷纷在,岂逐春风一一回!
莫厌潇湘少人处,水多菰米岸莓苔。

【鉴赏】一个忧心国事的诗人,生活中任何一件物象都会触动他那根多愁善感的神经。当诗人目送天上高飞的大雁时,有感于边患频繁,百姓受苦,触景伤怀,写下了这首《早雁诗》。

鸿雁传书,在中国文化中是一种独特的文化现象,因其时时迁徙,漂泊无定,故时常被寄托为思乡之念,如顾非熊《早雁》中有"何人寄书札,绝域可知闻"之句。不过,杜牧的这首诗,却托物言志,以雁之悲鸣四散,象征边疆百姓面对外敌入侵,颠沛流离的凄惨生活。

首联以早雁遭射后惊慌飞散的常识,隐喻边疆百姓因异族入侵而背井离乡的史实。金河,在今内蒙古呼和浩特市南,此处泛指北方边地。"虏弦开",暗示回鹘南侵的现实。"四散哀"则代指百姓之流离。"秋半"与"早雁"相对,以喻时令。唐武宗会昌二年(842)八月,北方回鹘南侵,大肆掳掠,边关百姓惨遭蹂躏,痛苦不堪。诗人同情之心,溢于言表。

颔联以百姓流离失所的状况,暗示统治者应知晓民间疾苦。长门、仙掌,均借指长安的宫阙。月夜里,失群的孤雁从长安宫殿上飞过,暗淡的灯光中传来时断时续的悲鸣声,想必这样的惨状皇帝也不忍心看到吧。

颈联再次强调回鹘南侵掠地的残酷现实。那些回鹘的兵马,依然在北方肆虐，那些南下的百姓，又如何等到春天回乡呢？每年秋天，大雁南飞，以避北方之严寒，待到翌年春天，再重新回归故土。可惜那些边地百姓，家园沦陷，又如何能够像大雁依时回到家乡呢？

尾联则寄托着诗人的期望与祝愿。面对有家无处归的痛苦现实，诗人劝慰他们安心在南方潇湘之地扎下根来，不要担心那些地方偏僻少人，因为那里的水土特别适合于菰米莓苔生长，大可不必为衣食所愁。通过这层层转折，一位对边地人民怀有深切同情的伟大诗人形象呼之欲出。

关于杜牧的七律诗，后人争议较多，如《诗源辩体》甚至评曰："杜牧七言律僻涩怪恶，其机趣实死，人称'小杜'，愧甚。"不过这首诗却"声气甚胜"，婉曲而有余味，《小清华园诗谈》卷下云："从来咏物之诗，能切者未必能工，能工者未必能精，能精者未必能妙。杜牧之《早雁》，如此等作，斯为能尽其妙耳。"既能切能工，又能精能妙，不愧为晚唐七律中的名篇。

（乐　云）

隋　堤　柳　　　　杜　牧

夹岸垂杨三百里，只应图画最相宜。
自嫌流落西归疾，不见东风二月时。

【鉴赏】折柳送别，以示流连惜别之意，向为国人传统。中国历代的咏柳诗，从"昔我往矣，杨柳依依"开始，也大多不脱依依惜别之情。不过，杜牧这首咏柳诗，由于不同的时代心境，不同的咏物对象，而生发出较多新意。

据说，隋炀帝酷爱杨柳，故命人沿运河两岸栽种杨柳，故名"隋堤柳"。关于隋堤柳的盛况，诗人白居易曾有描述："大业年中炀天子，种柳成行夹流水。西自黄河东至淮，绿阴一千三百里。"（《隋堤柳悯亡国也》）隋堤柳是婀娜多姿的，令人驻足流连，但由于它与隋朝亡国之君隋炀帝过于密切的关系，不免使其笼罩上一层亡国的悲凉之雾。如白居易之"二百年来汴河路，沙草和烟朝复暮。后王何以鉴前王？请看隋堤亡国树"，罗隐之"夹路依依千里遥，路人回首认隋朝。春风未借宣华意，犹费工夫长绿条"，应该都抒发诗人对于前朝盛衰兴亡的无限感慨。

一、二句以白描的手法为我们展现出一幅"夹岸垂杨三百里"的美景。

试想,诗人途经运河,举目四望,两岸栽满垂杨,在和风中翩翩起舞,袅娜多姿,更兼连绵数百里,不失为一幅气势磅礴、烟水流霞的水彩画。三、四句则抒发诗人面对大好景色的慨叹。一"疾"字,足见诗人回京心情之急迫。可惜我现在流落东南,要赶着回京,没有机会欣赏二月春深、东风吹拂时,柳枝那袅娜风流的样子啊。

表面看来,诗人不过是睹物抒情,表达对隋堤柳依依不舍的怅惘之情。但考虑到作者当时的处境,我们略微可窥见他内心的焦虑与惆怅。唐大中五年(851),杜牧由湖州刺史调任京城为官,此诗即诗人赴京途中所作。其时诗人已四十有九,即将步入人生的尽头,功名未立,岁月蹉跎,人生失意等多种复杂的情绪堆积心头,满腹辛酸凄凉,却无处道来,其痛苦可想而知。之所以来不及欣赏隋堤春柳的美景,乃在于诗人还想抓住这人生最后的机遇,早日实现自己的人生价值与理想。

杜牧是一个自我期望颇高的诗人,他少年时即立下过"平生五色线,愿补舜衣裳"的人生宏愿,然而事与愿违,毕其一生,他也没有实现自己的政治理想,其悲剧命运,令人惋惜。《唐诗纪事》云:"牧初自宣城幕除官入京,有诗留别云:'同来不得同归去,故国逢春一寂寥。'后二十余年,连典四郡,自湖州拜中书舍人,题汴河云:'自怜流落西归疾,不见春风二月时。'至京果卒。或曰:舍人未为流落,而遽及之,魄已丧矣。"难道一语成谶,诗人的悲剧命运,已在这首诗中获得应验吗?

(乐 云)

寄扬州韩绰判官 杜 牧

青山隐隐水迢迢,秋尽江南草未凋。
二十四桥明月夜,玉人何处教吹箫?

【鉴赏】唐朝时扬州之盛况,世所共称,所谓"扬一益二",扬州以其独特魅力向世人呈现出一派旖旎繁华景象。杜牧年少时在扬州做官,留下过诸多美好的青春记忆,感受自是非同一般。譬如其歌咏扬州之诗句有"谁家唱《水调》,明月满扬州","谁知竹西路,歌吹是扬州","春风十里扬州路,卷上珠帘总不如","十年一觉扬州梦,赢得青楼薄幸名",足见诗人对于扬州的偏爱。

诗题"寄扬州韩绰判官",表明该诗乃题赠一位叫韩绰的判官朋友。

判官,唐官职名,是观察使、节度使的僚属。韩绰,生平事迹不详,可能是杜牧在扬州幕府中的好友。此诗当是杜牧离任不久后写给好友的寄赠之作,诗人回忆起与好友在扬州共度的美好时光,充满着对扬州无限向往与思念。

一、二句从大处着眼,写诗人想象自己离开后江南的绮丽景象。以"隐隐"喻青山,言青山之隐约淡远。以"迢迢"喻绿水,言绿水之悠远绵长。此两句寓两层含义:其一是诗人此时远离扬州,与扬州及友人均遥遥相隔,什么时候才能再次回到扬州,与好友把酒言欢呢? 其二是暗喻诗人对扬州及友人的思念幽邈绵长。青山隐隐,绿水迢迢,诗人以温情之笔墨,为我们勾勒出一幅含情脉脉的江南风景画。"秋尽江南草未凋",虽然已是秋尽冬来,但江南的一草一木却依旧青翠欲滴,怎么不让身处荒凉北方的诗人思绪万千呢?

三、四句则细处落笔,想象好友在扬州的风流快活,调侃艳羡之情见于言外。关于扬州二十四桥,一向有两个版本,有言为扬州有二十四座著名的桥,有言为专指扬州吴家砖桥,又名红药桥,因传古时有二十四位美人吹箫于此而得名。此处"玉人",当指好友韩绰,因晚唐有玉人喻风流才子的说法。诗人虽然好久未与好友见面,但以他对好友的了解,一向风流倜傥的韩绰现在一定是与美人为伴,教吹弹唱哩。语带调侃,但对好友的祝福与思念却跃然纸上。

宋人魏庆之《诗人玉屑》云:"诗有四种高妙:一曰理高妙,二曰意高妙,三曰想高妙,四曰自然高妙。碍而实通,曰理高妙;出事意外,曰意高妙;写出幽微,如清潭见底,曰想高妙;非奇非怪,剥落文采,知其妙而不知其所以妙,曰自然高妙。"以此标准看杜牧这首诗,确当得起"想高妙"、"自然高妙"之评语。尤其是"二十四桥明月夜,玉人何处教吹箫"句,语近情遥,含吐不露,令人神往,成为历代吟咏不已的名句。　　　　(乐　云)

江南春绝句　　　　　　　　　　杜　牧

千里莺啼绿映红,水村山郭酒旗风。
南朝四百八十寺,多少楼台烟雨中。

【鉴赏】《江南春绝句》是一首借景抒情的诗,只有结合作者的生平思想和当时的背景来读，才能真正理解。

　　杜牧入仕前期，曾在洪、宣、扬州幕府供职多年。后期出任黄、池、睦、湖等州刺史，又历时十余年。这些州多数地处江南，这就使得这位才情横溢的北方诗人对江南的风物有深切的体验。诗人积极用世，关心时事和民生，除对政治、军事、经济有不少卓越见解外，在思想上排佛最为坚决。而在他入仕后的三十年间，正是文宗、武宗、宣宗三位皇帝围绕奉佛和排佛折腾得最剧烈的时期：文宗朝，佛教势力已像洪水猛兽一样泛滥成灾，文宗虽然主张排佛却无能为力。武宗会昌年间，对佛寺和僧尼来了一次大扫荡，恨不得斩草除根。宣宗即位后又全面复辟，佛教声势更盛于从前。杜牧是主张文学为现实斗争服务的，所以，这首诗中关于佛寺的描绘，不论这"四百八十寺"是会昌前尚未拆除的，还是会昌后恢复的，都会牵动诗人头脑中对佛教深恶痛绝的神经，从而带有浓厚的主观感情色彩。

　　"千里莺啼绿映红"，江南春的画卷刚一展开，便以独有的绚丽热烈的色调把读者的想象引入广阔的天地中，并自然联想到前人的名句："暮春三月，江南草长，杂花生树，群莺乱飞。"杨慎主张把"千里"改作"十里"，试想一下，那样画幅不是给缩小了一百倍，还有什么开阔的意境和阔大的气象可言？诗人写景并不拘泥于一山一水一木，而是着眼于整个辽阔的江南。

　　"水村山郭酒旗风"，在幅员广阔的江南鱼米之乡这个背景下，在数不尽的山郭水村中，处处飘拂着醒目的酒望子，似在向人们招手。这许许多多酒旗又和千里江南的绿树红花以及正在绿树丛中为春天唱着赞歌的黄莺呼应，映衬，把春意渲染得酣畅淋漓。

　　"南朝四百八十寺，多少楼台烟雨中。"作者精心勾勒江南春光图中的烟雨以及蒙蒙烟雨中的寺院殿宇。在这里，既是绘景，也是写史，隐含着委婉的讽刺，也寄托了自己深沉的慨叹。杜牧在一首题宣州开元寺的诗中有"六朝文物草连空，天淡云闲古今同"的诗句，寄寓的正是"风景不殊，正自有河山之异"的感慨。如今面对偌大江南的无数佛寺，诗人不难想到那位荒唐绝伦的梁武帝，"以天子之尊，舍身为其奴，散发布地，亲令其徒践之。"（杜牧《杭州新造南亭子记》）南朝佞佛误国已是前车之鉴，岂料二百余年后，在旧都金陵，依然寺庙林立，释子成阵，香火如云。追思唐朝立国以来，反佛虽然代不乏人，但佛教势力根深蒂固，并日益膨胀，以至造成财政枯竭、百姓涂炭的经济政治危机。所以，我们从诗人的慨叹中，不难分辨出其中所包含的对现实的批判。《江南春绝句》的寓意是相当深刻的,不过"意"在言外,读者得动动脑筋才能求得。 （杨　军）

雍陶,生卒年不详,字国钧,成都(今四川成都)人。官至简州刺史。工诗善赋,多纪游题咏、寄赠送别之作。《全唐诗》编其诗为一卷。

题情尽桥　　　　　　　　雍　陶

从来只有情难尽,何事名为情尽桥。
自此改名为折柳,任他离恨一条条。

【鉴赏】关于雍陶这首诗的来历,历史上流传着一个很有趣的故事。据说,雍陶在担任简州刺史时,有一天送客人到情尽桥,本来说好就此分手,但由于两个人离情未已,揖让许久后仍不忍分别。雍陶正打算再往前送一段路,客人却说:"此桥呼为'情尽桥',向来送迎,至此礼毕。"雍陶听了以后觉得非常不合情理,于是命人拿来纸笔,将"情尽桥"改名为"折柳桥",并写下了这首流传千古的绝句。

此诗之所以被人们广为流传、吟咏,语言通俗易懂、朗朗上口自然是一个原因,但最关键的一点,还在于深刻地揭示出了人们离别之时的难舍难分的普遍心理。古往今来,无论何种性质的离别场面,有哪一个不是举手引望、依依不舍的? 从卫公送别女弟(妹妹)远嫁时的"瞻望弗及,泣涕如雨"(《邶风·燕燕》),到李白送别孟浩然时的"孤帆远影碧空尽,唯见长江天际流"(《黄鹤楼送孟浩然之广陵》),再到岑参送别武判官时的"山回路转不见君,雪上空留马行处"(《白雪歌送武判官归京》),这样的场景数不胜数。正因为如此,所以此诗一开篇就用极为肯定的口吻告诉大家:"从来只有情难尽。"这不是诗人妄下判断,而是他从千百个真实的离别场景中

概括出来的亘古不变的规律。如此立论以后，诗人紧接着提出"情尽桥"的质疑，就显得有理有据了。

既然"情尽桥"之名名不副实，那么，什么才最能代表离别呢？诗人立马就想到了折柳赠别。在他看来，以"折柳"为该桥命名再合适不过了。因为"柳"不但与"留"谐音，有留恋不舍之意，而且可作为双方感情的象征，寄托美好的祝愿，所以折柳赠别在唐代一直很流行。诗人王之涣就曾描述过这种现象："杨柳东风树，青青夹御河。近来攀折苦，应为离别多。"此桥既更名为"折柳桥"，则每次分别都好比攀折一条柳枝，所以诗人说"任他离恨一条条"。离恨原本无形，经过有形的柳条作比，就显得真实可感，故此句向来为人称道。

全诗以议论起，抒情结。虽然语言通俗浅近、直白如话，但由于虚实相生手法的运用，读起来仍令人觉得韵味无穷，可称得上是一篇佳作。

（余春丽）

温庭筠（812？—870？），本名岐，字飞卿，行十六，太原祁（今山西祁县）人。仕途不得意，官止国子助教，后流落而终。才情绮丽，工为辞章，尤工律赋，与李商隐齐名，号"温李"。后人辑有《温庭筠诗集》、《金奁集》等。《全唐诗》存诗九卷。

咸阳值雨　　　　　温庭筠

咸阳桥上雨如悬，万点空蒙隔钓船。
还似洞庭春水色，晓云将入岳阳天。

【鉴赏】这是一首即景诗，下笔宛如行云流水，节奏通快，毫无凝滞，似诗人对着苍茫雨色心有所感，顿时一气呵成的作品，带有很强的随兴意味。

首句直接点题，"咸阳桥上雨如悬"可以看作"咸阳值雨"的具体描写。其中"悬"字为此句诗眼，写出蒙蒙细雨带给人的清空质感。诗人伫立咸阳桥头，看那漫天雨丝斜斜地飘洒下来，迷离的，温柔的，仿佛闺阁中虚垂的珠箔，或是小楼上初悬的晶帘。于是诗人的心情也随之空蒙起来，和那绵延的雨脚一般纷纷扬扬,落下一地心期。次句从桥上拉出一个长镜头,视点落到了苍茫的水面,"万点"状雨珠之密,"空蒙"渲染出水雾氤氲、烟雨霏霏的氛围,同时也是看雨者的视觉和心理感受。因为水雾蒸腾,水面上的钓船显得迷离惝恍,仿佛两三点淡墨勾勒出的依稀轮廓,诗人恰到好处地下一"隔"字,似乎钓船将在这如烟如霭的春雨中溶化一般,整幅画面仿佛清淡旷远的中国水墨画,不施彩绘而含其风神,于烘托晕染之间尽得风流。所采的韵脚字来自一先韵部,轻柔蕴藉,余韵绵渺,似乎连诵读的时候都得用低低的声音,带着无限清蔚的别致,念到韵脚时声调微扬,仿佛在这细密的雨幕中蜿蜒而去了。

第三句宕开一笔,诗人"悄焉动容,视通万里",由眼前的咸阳雨色联想到长烟一空的洞庭春水,用"还似"二字绾合南北,了然无痕。而"洞庭春水色"紧接着展开一幅清丽的烟水图:漫天琉璃般的晓云带着洞庭的氤氲水气往岳阳的碧空中飘去。诗人不写岳阳被笼罩在晓云之中,偏偏用"将入"二字,渲染出一种晓云将入未入的情状:正是这种清旷迷离的韵致,与上文的桥上悬雨、空蒙钓船形成了一致的况味,使诗人得以"精骛八极,心游万仞",从北方的雨景转到南国的水乡,丝毫没有唐突之感。

这首诗似即兴而成,然构思精巧,浑然天成,前二句选取的桥、雨、船等意象具有空灵清淡的气息,造语轻盈美丽,仿佛江南的"雨丝风片,烟波画船",为下文的跌宕做了铺垫。诗人较好地运用了视点转换的技法,首句和第三句仿佛短镜头,次句和末句则把视角伸长拉远,如此远近搭配,剪裁得当,故而造景精妙,令人如临其境。

(王　颖)

过分水岭 温庭筠

溪水无情似有情,入山三日得同行。
岭头便是分头处,惜别潺湲一夜声。

【鉴赏】这是一首行驿途中的小诗,写过分水岭时与溪水从同行到分别的情状。诗人着力刻画了和溪水的依依惜别,化无情为有情,可谓"以我观物,故物皆著我之色彩"(王国维《人间词话》)。

首句"溪水无情似有情"直接写出行旅途中对溪水的感受:溪水本是无情之物,诗人却能感到它的"有情",这自然引起了读者的好奇心,充分调动了阅读兴趣。其中"似"字的轻重恰到好处,让人觉得亦虚亦实,在有无之间平添了许多意味。两个"情"字分别位于"四三"式节奏的末尾,在音韵上形成回环往复的效果,具有一些竹枝词的风味。"有情"二字是全诗的题眼,下面的内容都将围绕着这一点展开。

次句叙述了溪水"有情"的第一个表现——同行。诗人旅途寂寞,无人相伴,幸有山间的溪水一直跟随左右。"三日"的山路对于孤单的旅行者来说,其实是一个说远不远、说近不近的行程。诗人的步履渐渐深入山中,周围也愈来愈稀少了人迹,尤其到了暗黑的夜里,听那无边的山风簌簌擦过树枝的声音,清冷而萧瑟,或许还伴有鸱鸮的哀鸣,心头该是何等的凄惶与落寞!这个时候,身边片刻不离的溪水依然在潺潺流淌,清越而明澈,无形中为诗人消解了许多寂寥——诗中以一个"得"字表现了诗人的欣喜之情。

第三句是点题之笔:经过三日的路程,分水岭已经遥遥可见了。此句连用两个"头"字,分别落在句中关键的音节点上(第二、六字),从而加快了整句的节奏,了无板滞,似乎是诗人心情愉悦的表示——因为这意味着眼前的山头很快便要攀登过去了。然而末句"惜别潺湲一夜声"使节奏再次放慢,"潺湲"为叠韵,且"声"字尾音悠长,似有依依不尽之意:原来分水岭的到来便意味着和溪水分别在即。在过去的三日同行中,诗人显已将溪水当作了一位挚友,此时要各奔东西,心中涌起无限的惜别之情。不过,诗人并未直接描写自己的不舍,而是把潺湲不绝的水声当作溪流对自己的依恋和殷勤话别——这种通过对方的眷念来表现自己的感情的方式,是诗中常用的手法,如杜甫的《月夜》只写妻子思念自己,实际上这种对思念的设想正是源于自己对妻子的牵挂。而温庭筠在此处幻设的惜别对象,竟是"无情"的溪水,其中主观感情的投射便更加强烈。所以说,溪水"有情"的本质是诗人的"有情",诗人于溪水,正是"情往似赠,兴来如答",从而产生了这篇优秀的作品。

（王　颖）

碧涧驿晓思　　　　　　　　温庭筠

香灯伴残梦,楚国在天涯。
月落子规歇,满庭山杏花。

【鉴赏】这首《碧涧驿晓思》采用了形式最为"高古"的五言绝句体,却写得流丽婉转,清新空灵,如同一首小词。

根据内容推测,此诗当为行驿途中的作品,诗人清晨在驿馆中醒来,回味夜间的梦境,引起对"楚国"的思念之情,但看到庭前的景色,又有了一点淡淡的喜悦和若有所思。

首句写诗人刚刚睡觉,看到案上香灯荧然,昨夜的残梦似乎还萦萦未去,有一种亦梦亦真的恍惚之感,很符合一梦初醒时的生活体验。其中"伴"字延长了夜梦的时间感,似乎在醒来之前,香灯已经伴随着梦境度过了一个漫长的黑夜,有助于渲染惝恍迷离的氛围。次句宕开一笔,"楚国在天涯"表面上与梦无关,但仔细品味,不难发现这正是诗人"晓思"的内容:原来昨夜梦回楚国,不禁"梦里不知身是客"了,直到梦后才发觉身在驿馆,而楚国还远在天涯。这一声叹喟饱含惆怅和依恋,茫然回顾,若有所失。

第三句再宕一层,不描写心中的故国风物,或梦中的所见所闻,而转到眼前的碧涧驿晨景:一抹斜月已经西沉,子规也停止了凄迷的叫声,庭院里满是明媚的山杏花,点亮了诗人的眼眸,也触动了幽幽的伤感。值得注意的是,作者并未刻意暗示残月和子规在前夜给人带来的心理感触,倘若他立意以乡愁作为"晓思"的主题,那么描写月亮的圆缺或者子规的声声"不如归去",也许是更为适当的选择,但他只写"月落子规歇",没有为画面添加凄清的色调,反而把视线转到了"满庭山杏花",可见"晓思"的内涵要比单纯的思乡更为宽泛,或许眼前的杏花勾起了心中某个角落的过往片断,或许景物的变迁带给他一些流光易逝的感慨,或许他渐渐习惯这种流浪的感觉,又或许异乡的美好事物令他产生了些许沉醉……这些猜测都有存在的可能,但作者并没有给出答案,这就给诗留下了较为广阔的阐释空间。

另外,比起一般近体诗而言,这首作品在"腰部"的留白要大一些,类似《菩萨蛮》对下阕末两句的处理,但《菩萨蛮》的转折和留白在很大程度上是借助换韵来实现的,此诗因体裁所限,无法像词那样换韵,所以对似断非断、似续非续之间的处理难度更大,温庭筠作有多首《菩萨蛮》,其创作经验应该对此诗的成功具有一定的启发。

（王　颖）

送人东归

温庭筠

荒戍落黄叶,浩然离故关。
高风汉阳渡,初日郢门山。
江上几人在,天涯孤棹还。
何当重相见,尊酒慰离颜。

【鉴赏】这是一首送别之作,采用较为近古的五律形式,格调亦倾向高古一路,造语浑朴,意境深远。

起句"荒戍落黄叶"即显出苍凉劲直的气象:荒芜的城墙,萧萧的落木,为飒爽的秋色进一步增添了凛冽肃杀的气氛,颇有"悲哉秋之为气也,萧瑟兮草木摇落而变衰"(宋玉《九辩》)的气格,试想在这样萧瑟的环境中送别友人,难免会滋长悲怨惆怅的情绪,然而接下来"浩然离故关"却令人精神一振,友人的远行,竟带着滔滔浩然之气,其胸襟之阔远、意象之高迈在送别诗中并不多见,似乎天地间都充塞着一股志士雄风。

颔联更见诗人驭笔的功力,王士祯《古夫于亭杂录》称"高风汉阳渡,初日郢门山"有初唐气格,高出"鸡声茅店月,人迹板桥霜"一联之上。其实在温庭筠的作品里,后一联的知名度显然更高一些,而王氏之所以标举"高风"一联,大约是嫌"鸡声"句绘景过于工细,落下了太多晚唐的痕迹,不及此诗的颔联浑朴古澹、气韵清拔。从这个角度看,"高风"和"初日"的确境界阔大,"汉阳渡"与"郢门山"则囊括了楚国风物,一联之内形成互文,意思是友人在高风旭日之间辞别荆山楚水,声势尤壮。

颈联遥想友人与自己分别之后的境遇。"江上几人在"是设问途中所见,"天涯孤棹还"是假想所归之处的遭际。友人浪迹已久,今由江陵东归,对于吴地的亲友来说,大约可以释去许多离愁别恨吧。但这一层意思没有明写,只用一"还"字点出角度的切换——从送行者转为迎归者。尾联设想他日重逢,追思当年载酒江湖,意气风发,当浮一大白。在对前程的遥想中,诗人似乎并无"明日隔山岳,世事两茫茫"之类的忧虑,对于来日的重会,也没有惆怅的今昔之慨,只是爽快地要求"尊酒慰离颜",仿佛二人并未因岁月的流逝而改变当年的豪迈之情。

此诗送别而不伤别,寥寥数语勾勒出一个高迈俊朗的秋天。有依依惜别的深情,更有沉雄慷慨的气势。单看前四句,确实能够找到初、盛唐

的一些风韵,相形之下,颈联显得稍弱,未能将前文的气象贯穿下去,不免还是落入中唐以后了。 （王　颖）

商山早行　　　温庭筠

晨起动征铎,客行悲故乡。
鸡声茅店月,人迹板桥霜。
槲叶落山路,枳花明驿墙。
因思杜陵梦,凫雁满回塘。

【鉴赏】温庭筠才情绮丽,工为辞章,是晚唐华艳诗风代表。然而他的近体诗往往格韵清拔,寄旨遥深。这首《商山早行》以羁旅行役为题材,风格清丽工细,堪称温庭筠的代表作之一。

首联描写旅人"早行"的景象和心理感受:破晓时分,客舍外车马的征铎叮叮当当地响起,似在催促旅人们及早上路,而羁旅中的客子正在怀念千里之外的家乡。一个"行"字,生动传达出人在旅途的漂泊感和失落感。

颔联句式独特,意象鲜明,历来为人所称道。根据《六一诗话》的记载,梅尧臣曾言:"作者得于心,览者会以意,殆难指陈以言也。虽然,亦可略道其仿佛……又若温庭筠'鸡声茅店月,人迹板桥霜'……则道路辛苦,羁愁旅思,岂不见于言外乎?"说明这两句诗在造语上已然做到了"状难写之景如在目前,含不尽之意见于言外"。具体来看,此联仅选取一系列具有代表性的景物作了名词组合,而省去了诸如谓语、状语等其他成分,形象鲜明可感。鸡、声、茅、店、月五个名词(在诗中组合为鸡声、茅店、月三个意象),刻画了旅人闻鸡声而出门观天色,但见天际一抹残月的场景。人、迹、板、桥、霜(在诗中组合为人迹、板桥、霜三个意象)则写出旅人早行,看见板桥白霜上已有零星的足迹,表明此前更有早行之人。这两句描绘出一幅风致凄清的霜晨早行图:银样的月光、嘹亮的鸡啼、孤寂的旅人、以及铺满白霜的石板桥。整幅画面绘形工细,色调清冷,非常符合"早行"的特点。

颈联写旅人行役途中所见:大片的槲叶凋落在山间小路上,驿墙前盛开着白色的枳花。槲叶凋零,令人感到山中料峭的春寒;因为天尚微明,枳花的色泽又给人一种明亮的质感。此联设色比上联有所变化,体现出时间的动感。尾联转为回忆昨宵的梦境:杜陵春水和暖,成群的凫雁在回塘中嬉戏。这样生机盎然的景象与眼前风物对比,更能体现旅人在外奔波的无归宿感,以及深沉的思乡之情。

全诗紧扣"早行"二字运笔,突出了空间感和时间感,意境深远,虚实相衬,造景如在目前,抒情含蓄有致,是一篇不可多得的佳作。 (王 颖)

蔡中郎坟 温庭筠

古坟零落野花春,闻说中郎有后身。
今日爱才非昔日,莫抛心力作词人。

【鉴赏】这首诗的主旨与《过陈琳墓》比较接近,都是借咏古人遗迹自伤身世,抒发士不遇的悲哀和愤懑,笔触苍劲,感慨深切。

首句正面描写蔡邕古坟的景象:汉代著名文人的坟墓,如今湮没在星星点点的野花里,与"石麟埋没藏春草"相类,荒凉残破的遗迹和眼前繁茂的野花交织在同一个画面中,令人产生强烈的时间流逝感和岁月沧桑感。第二句隐含一个传说:"张衡亡月,蔡邕母始怀孕。此二人才貌甚相类,时人云'邕是衡之后身也'。"(《古小说钩沈》)而"闻说中郎有后身"正是对这则传说的加工和推测,既然张衡是蔡邕的前身,那么蔡邕死后,想必可以再进行一次轮回转世,由当世的某位才俊来作他的后身。这种设想把读者的注意力引到了作者所处的时代,为下面将要生发的议论奠定基础。

"今日爱才非昔日"直接表露对当下冷落贤才的不满。蔡邕在灵帝时召拜郎中,校书于东观,迁议郎,后因弹劾宦官被流放朔方。其后又为董卓强迫出仕为侍御史,官左中郎将。董卓被诛后,蔡邕为王允所捕,死于狱中。客观地说,蔡邕的遭际并不令人艳羡,甚至可以说比较悲惨。但作者认为,即使在政治黑暗的东汉,蔡邕还能有一席用武之地,董卓虽为逆臣,犹能任用贤才,而现在的文士只能满腹经纶而终老泉下,即使求为蔡邕的境遇亦不可得,这就更加突出了作者的不平之气。

末句用反语抒愤:既然文才在当下不受重视,那么即使是蔡邕后身那样贤才,也没有必要去枉抛才力,博得一个词人之名了。这是对自己的警语,亦是对天下才子们的呼告,看似劝阻大家不要在文才上用心,实则蕴含着深刻的悲哀和激愤,正是"以天下为沉浊,不可与庄语"(《庄子·天

下》),具有强烈的艺术感染力。 （王　颖）

陈陶(803?—879?),字嵩伯。文宗大和(827—835)初南游江南、岭南,广为干谒。举进士不第,宣宗大中(847—860)年间,隐居洪州(今江西南昌)西山学仙,卒。陈陶终身处士,广有诗名。《全唐诗》卷七四五、七四六录其诗两卷。事迹多与南唐陈陶相混,今人陶敏有《陈陶考》。

陇　西　行 　　　　陈　陶

誓扫匈奴不顾身,五千貂锦丧胡尘。
可怜无定河边骨,犹是春闺梦里人。

【鉴赏】《陇西行》本乐府《相和歌辞·瑟调曲》旧题,内容多写边塞战争。陈陶有《陇西行》四首,此为其二。

诗歌并不正面描写战斗场面,首句借士兵态度暗示战事之激烈:"誓扫匈奴"表现士兵们态度坚决、胆气豪壮,"不顾身"凸显其作战的英勇顽强。

第二句笔锋跳转,描述将士阵亡场面。汉代曾设羽林军,他们身穿锦衣貂裘,以作战英勇、顽强著称,这里的"貂锦"即借代唐军精锐部队。五千之众的精锐士兵牺牲,也可想见之前经历了一场如何惨烈的厮杀。"胡尘"代指边境少数民族地区,这一词语表现了激战带来的尘土喧嚣,并暗示出其时弥漫天地的肃杀气氛。尘埃未定,而生命已静卧沙场,一动一静,对比鲜明,触目惊心。

前两句对战争的描述,为下文做了铺垫。惨烈的伤亡,自然引出第三句——无定河边累累白骨。无定河发源于内蒙古,流经陕北米脂、绥德等地,自古是兵家必争之地。由于历代连绵不断的战乱,屯军开垦,破坏植被,浊流滚滚,泥沙沉淀于河床,使河身难以稳定,故称"无定"。杜甫《兵车行》有"古来白骨无人收"之句,与此句反映了同样的现实。但杜甫诗中说"信知生男恶,反是生女好。生女犹得嫁比邻,生男埋没随百草!"此诗尾句则意思更进一层,无论男女,都难以抵御战争的残酷。

　　第四句再次转折,视线由边境转换到士兵家乡,旖旎的梦境中,妻子还在期盼丈夫归来,或许在幻想互诉相思,或许在设想重逢后的美好生活……却不知丈夫已经战死。夫妻间感情越深,则梦境越甜美,与现实的落差就越大,悲剧色彩也就越浓郁。而事实上,妻子只是千千万万军人家属的代表,其他那些父母、兄弟、儿女翘首企盼的背后,隐藏了多少埋骨他乡的惨剧?多少亲人的血泪斑斑?

　　三、四句是诗中名句。这两句采用流水对的形式,语气连贯而下,而反差强烈。作者以类似电影蒙太奇手法,将边境与家乡,现实与梦境,惨烈与温柔进行对比,生死对照,无限凄婉。"可怜"一词,兼摄两地:无定河边,野死不葬固然可怜;千里之外,痛失亲人也足堪悲;而灾难降临,却浑然不觉,仍抱着美好的希望,就更加令人同情。"犹是"一词,平中见奇,包含伤感、怜悯、叹息、无奈、沉痛……明王世贞《艺苑卮言》赞赏此诗后二句"用意工妙"(卷四),不为虚美。

　　全诗环环相扣,语意几经转折,通过鲜明的形象、强烈的对比,揭露了战争给普通家庭带来的伤害。诗人并未追问战争的价值,或许在个体生命的苦痛面前,再宏大的价值都显得疏远而模糊。

（冯丽霞）

李商隐(813?—858?),字义山,号玉溪生,怀州河内(今河南沁阳)人。唐文宗开成二年(837)进士,后辗转各地节度使幕中当掌书记,终身郁郁不得志。他的诗歌多抒发仕途潦倒的苦闷,尤其爱情诗,以缠绵悱恻为世人称道。其诗作构思精巧,体物细致,色彩绮丽,善用典故,有时偏于曲折隐晦,难以索解。

无　　题　　　　李商隐

昨夜星辰昨夜风,画楼西畔桂堂东。
身无彩凤双飞翼,心有灵犀一点通。
隔座送钩春酒暖,分曹射覆蜡灯红。
嗟余听鼓应官去,走马兰台类转蓬。

【鉴赏】清晨,在鼓声的催促下,诗人叹惋着,极不情愿地去官衙应差;他沮丧地骑着马,走在通往所供职的秘书省的路上,忽然觉得自己像漫天飞舞的蓬草一样,漂泊无依,没有归所,且要日复一日地从事这枯燥乏味的校书工作。面对这种无聊的薄宦生涯,诗人早已产生一种厌倦感,宦途凄凉、长久不遇始终是诗人解不开的郁郁愁结。

他开始追忆起昨宵的愉快生活。那真是美妙的夜晚:微风袭来,满堂洋溢着清凉舒爽的气息,漆黑的夜空洒满着忽闪忽闪的星星,那是多么的温馨可爱。尤其那雕绘着各种美丽图案的小楼和馨香桂木构造的厅堂,长久地定格在诗人的脑海里,迟迟不能忘怀。显而易见,这里铭刻着诗人美好的回忆。

他突然叹了口气,暂时从记忆中游离开来,继而陷入一阵莫名的冥思苦想。他想到了结伴成双、比翼双飞的彩凤,却又懊恼自己没有那幅美丽的翅膀;正在悔恨间,他又似乎豁然开朗,纵使没有翅膀,但彼此只要心心相印,也会如灵异的犀角那样有一条白线贯通。啊,原来诗人一直是为爱情所困扰,相爱的双方未必要朝夕相守,只要彼此的感情存在,总会有心灵的感应和契合。诗人的这句感慨,曾经感动了多少恋爱的男女,使他们持续地获得慰藉,从而流播人口,传唱不衰,成为千古名句。

诗人的脸上渐渐洋溢出满足的笑容,他又沉湎在对昨夜游戏的回忆中了。房间里熊熊燃烧的蜡烛,照红了人家的脸庞,桌几上端放着香气迫人的春酒。在这暖融融的温馨环境中,人们时而隔座猜测传钩在谁的手中,时而分队猜测巾盂里的藏物,大家玩得很投入很开心。而在这"送钩"、"射覆"的游戏中,诗人和意中人,两两相遇,或者是眉目示意,或者是互相协助,默默地传递着脉脉的情意。

突然,诗人从美好的回忆中惊醒,又不得不面对苦闷的现实。他开始为爱情的阻隔而陷入深深的怅惘,忽而联想到自己飘如转蓬的凄凉身世,那种汇聚起来的不幸感越发显得浓郁,但又看不到冲破现实的曙光,诗人的悲观情绪可想而知。

(徐昌盛)

嫦　娥　　　李商隐

云母屏风烛影深,长河渐落晓星沉。
嫦娥应悔偷灵药,碧海青天夜夜心。

【鉴赏】凉秋的残夜,慢慢走到了黑暗的尽头,蛔蛔声渐渐稀落,偶尔有几声清脆的鸟叫,预示着黎明的降临。也许有什么事情纠结着诗人的心灵,他躺在床上辗转反侧,已经彻夜未眠了。透过云母的屏风,他注意到燃烧了一夜的蜡烛,快要耗竭了,火苗正渐渐地变弱变淡,光明所控制的范围开始被黑暗无情地吞噬,室内渐渐黯淡下来。诗人抬起头,蓦然发现窗外格外的明亮起来,也许是快到黎明了吧。他一骨碌爬了起来,慢慢踱到窗前,将目光投向渺渺茫茫的天际,发现银河已经落到了西方,倾斜着快要接近地平线;那天空的星星,越发显得寥落,闪闪烁烁着摇摇欲坠,他们将要被拂晓的光明所渐渐驱逐。

诗人紧盯着茫茫的夜空,开始陷入了沉思,在这阒寂无声的世界里,那孤独的生活在月宫里的嫦娥,该是何等的寂寞啊!有一段关于后羿和嫦娥的神话故事,说后羿从西王母那里带回来不死灵药,还没来得及服用,被妻子嫦娥无意发现,就偷偷地一股脑儿全部服食,然后飘飘然飞向了月宫。神话里的广寒宫,还同时居住着蟾蜍和玉兔,即使如此,它们能够和嫦娥交流吗?那永生永世困守在月宫里的嫦娥,随着月升月落,从碧蓝的大海升起到青色的天空,再落回蓝色的海洋,日复一日地机械运行着,心灵一定被沉重的孤独感所包围,当她怀念起往昔的凡间生活,肯定要懊悔偷吃灵药飘然登仙的不幸,但是这样的境况能够得到改变吗?答案显然是不容乐观的。

诗人在百无聊赖的秋夜,目睹银河西落、晓星欲坠,而联想到寂寞的月里嫦娥。继而在对嫦娥心理的想象中,融进自己深沉的孤寂感,与其说有一种惺惺相惜的共契,不如说作者将自己的感受投射进嫦娥,使嫦娥成为诗人心灵的代言人。

(徐昌盛)

贾　生

李商隐

宣室求贤访逐臣，贾生才调更无伦。
可怜夜半虚前席，不问苍生问鬼神。

【鉴赏】贾生，即贾谊，是西汉初年著名的文学家和政论家。他年轻时由河南郡守吴公推荐，被文帝召为博士，不到一年即被破格提为太中大夫，文帝试图升擢他为公卿，但遭到了群臣的反对。后来因为群臣的忌恨，被贬为长沙王太傅。几年后被召回长安，任梁怀王太傅。因梁怀王刘揖坠马而死，贾谊深怀歉疚，忧伤过度而死。

在诗歌作品中，贾谊往往被看作失意的政治家形象，诗人以自身的遭遇寻求到契合点，通过对贾生的伤悼，抒发了自己才华湮没、遇谗罹讥的愤懑无奈之情。本诗的题材，依据《史记·屈贾列传》，是贾生复被汉文帝召回长安时候的故事。"宣室"，是汉未央宫前殿正室，是比较隆重的地方；因此在宣室征求贤才，说明文帝对求贤相当重视。"访逐臣"，说明此次征求范围广泛，凡被流放到各地的逐臣，都是有机会再次被擢的。如此隆重而周全的征求贤才，看来汉文帝是动真格的。

根据《史记·屈贾列传》的记载，贾生年二十余，"每诏令议下，诸老先生不能言，贾生尽为之对，人人各如其意所欲出。诸生于是乃以为能不及也"。贾生还创作有《吊屈原赋》和《治安策》等著名的篇章，其文采也轰动一时。贾生的才华是举世无匹的，在此次规模浩大的征贤行动中，他一定充满着自信。

诗歌发展到第三句，"夜半"、"前席"尤其见出文帝对贾生的重视。试想汉文帝与他居然聊到深夜，可谓投机之极，致使文帝不自觉地将座席前移，连帝臣的尊卑次序都顾不得了。我们一定以为贾生必然会得到文帝的垂青，他的命运将要获得重大的转变。然而"可怜"（可惜）和"虚"（白白的）的使用，隐约让人感到与本句的气氛有些不协调，到底是什么缘故呢？

第四句可谓惊人之笔，造语平淡，但立意独特，颇为震撼。原来文帝不废寝息详加追问的，居然只是鬼神虚无之事，而贾生所擅长的治国安民的理想，却没有得到眷顾。显而易见，贾谊的命运并不能得到改变。诗人虽结之以淡淡的一句，其实满含着强烈的愤懑之情，将贾谊的怀才不遇发挥到极致，也使诗人辗转薄宦、不得重用的积郁，又一次得到充分的宣泄。

（徐昌盛）

春日寄怀 　　　　李商隐

世间荣落重逡巡，我独丘园坐四春。
纵使有花兼有月，可堪无酒又无人。
青袍似草年年定，白发如丝日日新。
欲逐风波千万里，未知何路到龙津？

【鉴赏】 此诗作于唐武宗会昌五年（845）春。会昌二年（842），李商隐丁母忧，按照礼制，须辞官居丧，于是退守丘园，荣落更替，不觉业已闲居四年了，"我独丘园坐四春"即是这个意思。诗人感慨于宇宙间荣华和衰落的变化倏忽，而时光如箭飞逝而去，生命须臾之感油然而生，而自己却未能投身功业，孤独地枯坐丘园，白白地耗费光阴。

诗人闲居时候的物质生活，看来算不得宽裕。浓春时节，小园里盛开着各种美丽花朵可堪赏玩，如果有夜月朗照，自然别添一番情趣。然而诗人生活拮据，值此良辰美景、花好月圆，竟付不起买酒的钱，李白诗歌中那种把酒问月、对影三人的景象怕是难以实现了。长期的独居生涯，隔绝了与外界的联系，故人旧友也不来造访，这春日美好的风物，自己哪里忍心独自享受？既然无酒无人，那么这花这月还不如没有呢！诗歌中浓郁的沉痛、孤独的情绪在反复酝酿着。

居丧之前，诗人任秘书省正字，是九品下阶的小官，故着青袍。诗人一生沉沦下僚，仕途凄凉，这种失意情绪遍布于诗歌作品。以青袍喻草，在南朝作家的作品中不乏其数，如陈后主诗"岸草发青袍"，庾信赋"青袍如草"。诗人将青袍比作青草，却是别有用意的。那青草年复一年的绿了又枯、枯了又绿，没有丝毫的改变，不正象征着诗人久不升迁的仕途现状吗？眼看着鬓边的青丝开始渐渐被白发所取代，丝丝缕缕日复一日地生长着，诗人痛苦地感受到生命正在一天天萎缩，自己建功立业的理想渐渐地走向破灭，那种歇斯底里的悲怆和无奈却以淡淡的两句诗轻轻地略过。

"欲逐风波千万里，未知何路到龙津？"诗人将自己比喻成搏击长风巨浪的大鱼，相信凭借自己的才华和毅力，必然能够跃过龙门终成大器，可是谁能告诉我到龙门的路呢？显而易见，他还希望能够凭借自己的能力而大有作为，可惜无人援引，仕进无门，始终找不到报效朝廷的途路。

虽然现实还是那么的绝望，人也不可避免的一天天衰老下去，但诗人并没有因此放弃建功立业的理想。只要生命存在，奋斗绝不终止，这种不懈进取的精神，虽千古而下，犹令人感动不已。

（徐昌盛）

晚　晴　　　　李商隐

深居俯夹城，春去夏犹清。
天意怜幽草，人间重晚晴。
并添高阁迥，微注小窗明。
越鸟巢干后，归飞体更轻。

【鉴赏】正是初夏时节，寄居桂林的诗人，在离瓮城不远的地方，有一处幽静的居所。看样子房屋的地势还不错，低头可以观看瓮城里的人来人往，平视则可眺望远处的山野平原。秀丽的春色刚刚退去，草木依然一如既往的生机勃勃，初夏时节的天气，并不比春日逊色，"清"字，既点明景色的清丽，也透露出作者轻松爽快的心情。

"天意怜幽草，人间重晚晴"，是描写景色的名句。诗人以拟人化的手法，将天赋予了人的意志，"怜"字最妙，写出天的善良体贴，让人觉得亲切可爱。初夏时节，刚刚经历过一场风雨的洗礼，傍晚时候，夕阳重现，自然是最美不过了，尤其是晚霞满空、阳光温暖的时候。作者善于取材，捕捉到最美丽的瞬间，糅合进诗句中并充满情趣地表达出来。这两句的意思是，在美好的初夏时节里，连上天也哀怜生长僻处的草儿，雨后晴空的傍晚，温暖的阳光普照着人间，也轻轻地抚摸着它们。

颈联从颔联的眺望中收回到自身的居所。阳光和煦的傍晚，诗人登上了居所的高阁，感到视野更加开阔了；柔和的夕阳余晖一束束投射进小窗上，室内因此变得光明了很多。这两句诗由远及近，由室外引向室内，

以诗人生活环境的温馨,进一步渲染诗人的愉悦心情。

《古诗十九首》有"胡马依北风,越鸟巢南枝"。诗人寄迹岭南,岭南古为百越之地,故称鸟为"越鸟"。雨后的鸟巢在傍晚的阳光中渐渐晒干了,淋湿的翅膀也脱去了水分,所以飞翔起来格外矫健轻捷。诗人又将描写对象从室内转移到室外,并精巧地选择了常见的飞鸟,通过它们的表现,来表达作者的喜悦之情。同时,也使整首诗歌的表现范围扩大,情感宣泄得越发淋漓,从而显示出普遍的快乐情绪。

此诗没有出现诗人宦游客居时常见的沉沦下僚、自伤身世的哀叹,而是满怀着轻松和愉快的感情,来吟咏初夏雨后晚晴的风光,实属难得。诗人心细如发,洞察精微,却又能从大处着眼,统摄纲目,转换传承自然有序,浑融无迹,确是大手笔。

(徐昌盛)

乐 游 原　　　　李商隐

向晚意不适,驱车登古原。
夕阳无限好,只是近黄昏。

【鉴赏】时间已是傍晚,天色开始渐渐黯淡了,诗人突然觉得心情不舒畅,于是就乘车来到了长安城东南的乐游原。诗人为什么觉得心情不畅呢?作品中没有任何的交代,但联想到作者一生沉沦下僚,漂泊薄宦,长期艰难地挣扎在牛李党争的漩涡里,那么可以想见,致使作者郁闷的因素自然很多,只是难以鲜明地确指罢了。

乐游原是长安城附近著名的古迹。据记载,它原是秦朝的宜春苑,在汉宣帝时因修乐游庙,故改名乐游原。武后执政期间,太平公主曾于此修造亭阁,每到正月三十、三月三日、重阳佳节,长安士女常到此观赏,因此也是一处有名的旅游景点。诗人生活的唐末,是藩镇、党争和宦官争权的衰世,诗人却没有习惯性地怀念盛唐繁华的风物,而将目光投向了广袤无垠的宇宙。

他看到了血红的夕阳,浑圆地悬挂在苍茫的西天。宇宙中的一切,都为夕阳所染红,在习习凉风中,迎接着黄昏的到来。此时此刻,诗人独自伫立在茫茫的原野之中,在他敏感的心灵里,一定涌动着许多的念头,也许是对壮丽自然的礼赞,也许是对生命垂尽的沉思,或者是对冥冥宇宙的拷问。可惜这一切仅仅是我们的猜测,诗人却以简单的"只是近黄昏"作结,没有对我们的猜测给出任何正面的回应。这句空灵的回答无疑是充满智慧的,避免了任何坐实的想象,给我们留下了无限的遐思。

有人认为诗人是悲观的,叹惋如此美好的夕阳,将要被正在蔓延的黄昏所淹没了;有人将"只是"理解成"只不过",认为黄昏的到来丝毫没有损害夕阳的美好,诗人还是充满热情、积极乐观的。两说皆可通,窃以为前者更符合作者的人生处境。

这首区区二十字的五言绝句,却包容有如此丰富的思想内涵,得益于以空灵的方法传递作者的内心感受。实践证明,作品内容越是不易坐实,越具有多重阐发性,更容易获得深远的文外之旨。

(徐昌盛)

落　花　李商隐

高阁客竟去,小园花乱飞。
参差连曲陌,迢递送斜晖。
肠断未忍扫,眼穿仍欲归。
芳心向春尽,所得是沾衣。

【鉴赏】这首诗写于会昌六年(846),作者正闲居永业。当时,李商隐陷入牛李党争之中,境况不佳,心情郁闷,以落花寓慨身世,流露出幽恨怨愤之情。

首联起笔叙事:酒宴散去,客人终于离去。曲终人散,人去楼空,剩下我一个人独自徘徊在小园里,看落花满地,随风乱飞。诗人赋闲无事,落寞无成,心境颓然,恰逢朋友来聚,宽慰心怀。岂知欢聚后留下的寂寞与悲凉比往日更深几层! 前一句叙事,看似平淡,实则为后文写景抒情铺一高台,尤其一个"竟",含万端感触! 清代朱庭珍《筱园诗话》卷四:"起笔得势,入手即不同人,以下迎刃而解矣……李玉溪之'高阁客竟去,小园花乱飞'……高格响调,起句之极有力、最得势者。"

颔联承接首联继续描写诗人站在小园里所见之景:花影迷离,模糊了曲折的小径,连着远处西边凄凉的落晖。此联表面写景,实则兼叙事与抒情。客人远去,诗人伫立远望,伫立时间之长,目送距离之远,对朋友留恋之深,对自己身世伤感之重,尽在这两句之间! 言有尽而意无穷,把伤感

551

与失落之情延伸到远处。

颈联直抒胸臆:我柔肠寸断,不忍心扫去这满地落红,这可是我望眼欲穿盼来的呀,她们还是匆匆离我而去!此联既是写落花离去,也写客人离去;诗人既伤落花也悲己,语意丰富,意境哀怨凄楚,令人潸然泪下。此两句最具柔情,给人柔弱怜悯之情。

尾联:我惜春爱花,一片痴情,但春花却随着春天毫不留恋地归去,只留下我泪沾衣裳湿。尾联也是直接抒情,抒发一种无可奈何花落去的伤感与失落。我满怀爱花惜花之情,得来的却是沾湿了满袖的眼泪!其凄凉无奈之情如清代屈复《唐诗成法》卷五所言:"结句如腊月二十三日夜听唱'你若无心我便休',令人心死。"

全诗看似咏落花,怀友人,实则诗人咏物伤己,以花喻己,表漂泊无依且无奈之情。皆因诗人素怀壮志,却屡遭挫折,于是悲苦失望之际,借花感慨无限的人生际遇。《落花》一诗手法巧妙,即事抒怀,触景伤情,以花喻人,且想象丰富,全诗笼罩着伤春惜花悼花之愁绪,情思如痴,委婉动人,尽显李商隐缠绵哀怨诗风。但嫌脂粉柔弱之气较浓,大丈夫壮志难酬的悲凉未足。

(林妙芝)

夜雨寄北　　　　李商隐

君问归期未有期,巴山夜雨涨秋池。
何当共剪西窗烛,却话巴山夜雨时。

【鉴赏】 这首诗是作者在四川梓州做幕僚时怀念妻子之作。首句点题,说明这首诗是以诗代书。是妻子在分手时"尚未登程,先问归期"呢,还是在诗人到达任所后来信询问——诗中没有交代,但"问归期"说明她盼他回去心切;诗一开头就提归期,也说明诗中人同样把归期时时在念,他也在思念妻子。非常遗憾的是这封代书诗却带给妻子以"未有期"的坏消息。抱歉而又无可奈何之情,欲归不能的无限愁苦跃然纸上。七个字先停顿,后转折,跌宕有致。

第二句描绘眼前景物:夜雨。这是远在异地的巴山夜雨,这是容易牵动羁旅愁思的秋夜之雨,它淅淅沥沥下个不停,把池塘的水给灌满了,"往事依稀浑似梦,都随风雨到临头",巴山夜雨勾起诗人无限深思。也许,他在推想妻子此时的处境；也许，他在回忆他们在长安的某个雨夜，心中事和眼前景形成强烈的反差，诗人的羁旅愁思也在潜滋暗长，如同"巴山夜雨涨秋池"一般。不，是巴山夜雨能为诗人和愁苦作证。诗人预想来日西窗夜话时还要请"巴山夜雨"这位客人到场哩。

诗的前两句写过去，写现在；后两句向往将来。杜甫在《羌村三首》之一中有"夜阑更秉烛，相对如梦寐"之句，写战乱流离中偶然回到妻子身边的情景。李商隐也盼望着回到妻子身边，在烛影摇曳中，夫妻共叙离肠。"何当"二字，照应首句"未有期"，表现出诗人热烈向往的心情。"巴山夜雨"重现，造成一种回肠荡气的情致。后两句在构思上是很值得玩味的。"何当共剪西窗烛"和杜甫"夜阑更秉烛"相比较，彼为眼前实景，此为虚拟之景，因此带有强烈的主观感情色彩。和杜甫"今夜鄜州月，闺中只独看"相比较，虽然同为从对面写起，但彼仅为由长安而鄜州的单程悬想，此则从巴山而长安、而巴山，情感的流程打了一个来回，从而在强烈的对比中，突出了巴山夜雨中的羁旅况味。至于"巴山夜雨"，由眼前实景一变而为来日话题，这一角色转换也极富表现力：苦涩中有甘甜；苦涩甘甜的转换中丰富了"巴山夜雨"的内涵。巴山夜雨，客况凄凉，诗人的心境是孤寂的。然而，今日这孤寂的情怀，恰可成为将来见面话题的生动内容，这也许是对异乡中的诗人的一点安慰吧！巴山夜雨，归期未卜，妻子的心境也将是孤寂的。然而，"巴山夜雨"之句带去了丈夫的思念之情，带去了她多么渴望听到、他要亲口诉说的满腔心事。这又是多么大的安慰啊！

这首诗言浅意深，语短情长，具有含蓄的力量，千百年来吸引着无数读者，令人百读不厌。"西窗话雨"、"西窗剪烛"用作成语，所指也不限于夫妇，有时也用以写朋友间的思念之情。

（杨　军）

锦　瑟　　　　李商隐

锦瑟无端五十弦，一弦一柱思华年。
庄生晓梦迷蝴蝶，望帝春心托杜鹃。
沧海月明珠有泪，蓝田日暖玉生烟。
此情可待成追忆，只是当时已惘然。

【鉴赏】这首诗当是李商隐晚年回顾平生遭遇，感慨身世的作品。句意隐晦,故素称难解,歧说纷纷。然首联云"思华年",故揣度全篇应是表达对逝去的美好年华不胜伤感之情。

全诗由见锦瑟而心生怨恨写起,起得突兀。传说古瑟本为五十根弦,后改为二十五弦。诗人听到弦柱之间所奏出的悲声,引起了对往日美好年华的追思,顿觉年华易逝,身世飘零,故而触物生悲,埋怨锦瑟没来由地却有这么多弦,奏出如此悲声,引逗身世之感。又或以锦瑟的五十根弦象征五十岁的年龄,亦可通。

颔、颈联都是用典。庄子曾经梦见自己变成蝴蝶,醒来之后,不知到底是自己做梦变成蝴蝶,还是蝴蝶做梦变成了自己。传说周末蜀国君主,号望帝,后失国身死,魂魄化为杜鹃,每当春日悲啼不已,乃至时有吐血。这一联既是描写锦瑟之音迷离哀怨,如梦似幻,又喻自己身世辗转飘零,凄凉迷惘,如今回忆起来令人慨叹,恍然若失。古人认为沧海中蚌珠的圆缺和月的盈亏相对应,又传说海底有鲛人,眼泪能够变成珍珠,故有"沧海"、"月"、"珠"、"泪"之语。蓝田是著名的产玉之地,又司空图《与极浦书》:"诗家之景,如蓝田日暖,良玉生烟,可望而不可置于眉睫之前也。"这一联仍是既写瑟声的圆润空阔,清寥悲苦,又缥缈朦胧,如远观之景,同时隐含了自身的寂寞悲凉,往日壮志,都如瑟声一般虚无缥缈,望之若有,近之则无。

末句似易解。这一切难以琢磨,朦胧缥缈的感情,怎是今天成为遥远的回忆的时候才令人惆怅的呢?在当初,乃至事情发生的当时,已经令人无法捉摸,不胜迷茫了。诗人用的都是常见的典故,却不在描写具体的事件,只是表达内心复杂的心情,故留下了无穷的想象空间,所以引发读者猜测,千年不衰。这或许正是这首诗的特色和魅力所在。　　　　　(张　力)

凉　思　　　　　李商隐

客去波平槛,蝉休露满枝。
永怀当此节,倚立自移时。
北斗兼春远,南陵寓使迟。
天涯占梦数,疑误有新知。

【鉴赏】这是一首以女性口吻写的闺怨诗。题目"凉思"两字点明了思念的季节：正值凉风初起之时；又抒因思念而心境凄凉。初初念此题目，凉意已从肌肤渗出。诗以"思"字贯穿全诗。首联写思的起因；颔联写思的时间之长；颈联与尾联均写思的具体内容。

首联，客人已经离去，剩下女主角一人伫立门前水亭栏杆，远眺池水涨起，几与栏杆一般高；白日的蝉已经停止鸣叫，此刻清露挂满树枝。此联写景，选取一池秋水、高树鸣蝉、月下清露这些物象，凄清而细致，准确表达了女子送别朋友之后，思念远方丈夫之情骤浓，乃至夜已深，人儿仍不愿就寝、仍有期盼的痛苦内心。此诗构思与《落花》开头"高阁客竟去，小园花乱飞"相似，起笔写客人离去。皆因诗人深知人闲居无聊之时，最喜有人相伴。然狂欢后的寂寞与痛苦定然倍增，欢聚后留下的寂寞与悲凉定然比往日更深几层！

第二联由写景转为叙事：就在这凄凉的季节，女主人长久以来思念之情突然不可抑制，她久久倚立着水亭栏杆眺望，任时间流逝。"永怀"两字是对前两句伫立门槛远眺池水直至露满枝的补充，说明了此次怀念时间之长，从黄昏至第二天清晨，夜不能寐，从而书写怀念之苦。

第三联至第四联均是女主角的心理活动：你此时离开长安，远在他乡——南陵，已有两个年头，而我托去南陵传信的使者，又迟迟不见回音。唉，多少次我梦到远在天涯的你，而醒来后才知泪湿枕边；你为何总是迟迟不归，为何总是不托鸿雁送信？如今我怀疑你在南陵是有了新人才忘记了我的存在。这四句扣紧"思"字，写出"思"的具体内容。

李商隐早期，因文才而深得牛党要员令狐楚的赏识，后李党的王茂元爱其才将女儿嫁给他，他因此而遭到牛党的排斥。从此，李商隐便在牛李党争的夹缝中求生存，辗转于各藩镇幕府当幕僚，郁郁不得志；而且常年到处漂泊，不能和妻儿团聚。但李商隐对妻子的爱很真挚，所以只能借诗歌抒写对妻子的怀念之情。这在许多诗中均有流露，例如《夜雨寄北》，诗中诗人对妻子的一片深情，质朴而有味。《凉思》之情与此相似，当时李商隐寓使南陵已有两年之久,心境凄凉到了极点,对妻子思念之情日益弥浓。

只不过在《凉思》中,诗人发扬中国男诗人模拟女性口吻写女性心理的传统,以"男子作闺音"。与诗人同时代的温庭筠,也有此功夫,如《望江南》。同理,李商隐在《凉思》中也写想象场景,想象妻子对他思念和因思念无得而心境凄凉的场景。诗人用的是水涨船高的手法,因为恩爱夫妻之间相爱相思的程度是成正比的,诗人越是想象妻子对他思念之切凄凉之至越表明自己对妻子思念之深沉和想家而不能回的痛苦。从诗歌上讲,妻子是他思念的对象,写作的客体;从手法上讲,妻子是内心世界呈现的一面镜子,是他情感的载体!

(林妙芝)

筹 笔 驿　　　　　李商隐

猿鸟犹疑畏简书,风云常为护储胥。
徒令上将挥神笔,终见降王走传车。
管乐有才终不忝,关张无命欲何如。
他年锦里经祠庙,梁父吟成恨有馀。

【鉴赏】这是作者于宣宗大中九年(855)冬,随柳仲郢还朝途经筹笔驿的咏怀古迹之作。

诸葛亮是古往今来忠臣良将的典范,作者路过当年他行军布阵之处,见猿鸟都远远地离开,仿佛是惊畏诸葛亮森严的军令,数百年之后仍不敢相扰。这是因诸葛亮治军之严,故作者有此联想。而猿鸟远离,亦可见诸葛亮凛然不可侵犯之气度。再远望筹笔驿上,风云屯聚,好像长久地护卫着当年的藩篱壁垒。这两句极写诸葛亮之能。接着又以"神笔",喻诸葛亮之料敌如神。可徒然有这样优秀的人才,仍然无法改变蜀国灭亡的命运,即不免见到降王刘禅乘传车驰遣洛阳的结局。这几句扬中有抑,上下映衬,可见诸葛亮之神才,也无法改变蜀汉的命运。

紧接着又说诸葛亮真不愧为像管仲、乐毅那样具有杰出才能的政治家、军事家。可是关羽、张飞早早去世,诸葛亮失去有力的将领,一个人就很难有什么作为了。这一句又抑。感慨诸葛亮平生功业,既评价了他自身的才华,又联想他当时所处的政治环境,抑扬顿挫,委婉曲折。

《梁父吟》相传为诸葛亮所作,为其抒发自身政治感慨的诗歌。这里代指作者以前经过成都的武侯祠,写下的怀念诸葛亮的诗篇。这两句是作者回想当年在成都武侯庙里凭吊,伤今怀古,遗恨无穷。作者在筹笔驿回想诸葛亮当年的英武,不说此时的复杂情感,反而说到以前在成都时对诸葛亮的怀念,是从侧面的一种烘托对比,所谓以昔喻今,在筹笔驿时胸中不尽感慨之情,尽在言外。

(张　力)

咏　史　　　李商隐

历览前贤国与家,成由勤俭破由奢。
何须琥珀方为枕,岂得真珠始是车。
运去不逢青海马,力穷难拔蜀山蛇。
几人曾预南薰曲,终古苍梧哭翠华。

【鉴赏】 本诗起笔凝重。谓纵观古代君主治国的经验教训,往往因勤俭而得到成功,其后破败,又多因奢侈无度。后两句用典。据沈约《宋书》,武帝(刘裕)时宁州献琥珀枕,时北征需琥珀治金疮,即命捣碎分付诸将。又《史记》载,战国时魏惠王向齐威王夸耀他有"径寸之珠,照车前后各十二乘者十枚",威王说自己宝贵的是贤臣,"将以照千里,岂特十二乘哉!"这两句诗的意思是说,国家君主应当看重的是忠臣良将,何必用琥珀作枕头,珍珠装饰车马呢? 也就是说,不应当奢侈靡烂,讲求过度。不过作者此诗,虽名咏史,实则伤悼唐文宗,此两句意思是,虽然文宗注意节俭,也有重用贤臣之举,可是竟然不能成事。作者把这个原因归结为时运。

青海马是一种产于青海的杂交马,据说日行千里。此处以马喻良才。后以蜀山蛇喻宦官。这两句是说,因为文宗"运去",所以得不到良臣的辅佐,而因为"力穷",没有办法铲除宦官这个弊端。作者对文宗本身,抱有惋惜之情,惜其生不逢时,空有节俭持国之能,奈何时运不济,终无力回天。

《南薰曲》是君主求治之曲。文宗曾于夏日与诸学士联句,称颂柳公权的诗句"熏风自南来,殿角生微凉",令题于殿堂。作者用此曲,暗指文宗是有心治国的君主。苍梧,传为舜葬之处,这里借指文宗所葬的章陵。

翠华是皇帝用的仪仗,这里也代指文宗。作者认为,文宗是求治之君,可是当今之世,有几人能够理解文宗的这番心意呢？文宗没有能够达到自己的理想就去世了,现在只有我为他悲伤哀悼了吧？其实文宗在世之时,作者对于他政治上的软弱,多有讥讽,文宗逝后,又写诗哀悼,一番哀其不幸,怒其不争之情,又时刻与国事变化息息相关,始终不变。　　（张　力）

北 青 萝　　　　李商隐

残阳西入崦,茅屋访孤僧。
落叶人何在,寒云路几层。
独敲初夜磬,闲倚一枝藤。
世界微尘里,吾宁爱与憎。

【鉴赏】此诗写诗人在北青萝访孤僧一事,属于叙事诗。首联交代时间、地点和事件:西边一道残阳斜斜照在崦嵫山上,色彩温暖但乏而无力。诗人拾级而上,特意来拜访山上得道高僧。寺庙深藏于山林之间,诗人停于一茅屋之前,久叩柴门却不见有人相迎。

颔联借景抒情,诗人伫立茅屋之前,不见孤僧踪影,只见落叶翩然;又见远处天边云层凝固冷寂,山路曲折盘旋几处弯。此联写寻隐者不遇,情景交融,气氛凄凉冷寂,悄怆幽邃,暗隐了孤凄与冷寂,失落与惆怅,让读者忍不住心伤。

颈联叙事写人,此时已近

黄昏,万籁寂静,诗人依旧在山上等待。遥闻寺庙中诵经声与钟磬之声缥缈而来,如丝如缕,似真似幻。循声而去,原是高僧一人在诵经! 天地苍茫,庙宇静穆,袅袅钟磬声,渺渺一高僧! 高僧诵经完毕,默默起身,拄着一枝枯藤拐杖,安详淡定地走向自己的栖身之地。天地之大,人物之小;暮色之深,高僧之诚之淡定,深深地撞击着诗人的灵魂。

尾联抒写顿悟,大千世界之中,人与孤僧一般,皆为微尘,皆渺小不值一提。我又何必执着于人世间的爱与憎呢? 对《楞严经》诗人早已熟知,对"人在世间,直微尘耳,何必拘于憎爱而苦此心也"早已烂熟于心,但纸上得来终觉浅。这一晚,诗人看到自己敬仰已久的高僧,竟是如此孤独,但又如此宁静超脱,他与依依袅袅的钟磬声融合在蔼蔼暮色、茫茫宇宙之中! 此情此景,让人顿生天地蜉蝣,沧海一粟之渺小之感。在宇宙中,人原是微尘,不值一提! 而人世间所有的恩怨情仇、功名利禄又何必去计较去追逐呢! 放下吧,学习孤僧的淡然与超脱,忘怀人世间的一切快乐与不快。

在李商隐所有诗歌中,此诗堪称绝妙至极:一是构思最为奇妙。情节一波三折,扣人心弦。首先是满怀兴致,身心疲惫寻访孤僧;然而不遇孤僧,失落与惆怅骤增;但无意之中,暮色之中,听诵经之声,见敬仰之人,正是踏破铁鞋无觅处,得来全不费功夫! 按照常理,诗人见了高僧,定是激动不已,倾吐敬仰之情,请教自身困惑,询问人生真谛。然而此时诗人却一言不发,因为他已经顿悟了,所有疑问在默然无声之中,从高僧寂寞孤独而又淡然超脱的形象中已经解答了。全诗情节曲折,结果突兀而至,有摄人心魄,让人回味无穷的效果。二是人物性格极其鲜明。诗人不畏山高路远,不惧夜深人少,苦苦寻找,耐心等待,只求高僧指点迷津,执着之情,困惑之多跃然纸上! 而高僧孤绝淡泊之性也深入人心。"结茅西崦,在落叶寒云之外,可谓孤绝矣。清磬深宵,老藤方丈,静中是何等境界。"清代姚培谦如此分析诗中孤僧,不可不谓中肯!

此外,《北青萝》围绕一个"孤"字,选取了深山茅屋、落叶寒云、暮色钟声、孤僧枯藤这些意象,渲染了凄清宁静,淡然超脱的禅宗意境,使诗歌更具宁静悠远的魅力。在李商隐绮丽浓艳的诗作中,《北青萝》如同一株淡竹,淡而有味,令人神往。

(林妙芝)

李群玉（？—862？），字文山，澧州（今湖南澧县）人。唐宣宗大中八年（854）赴长安，献诗三百，授弘文馆校书郎。后遭冤屈，弃官南归，未几卒。《新唐书·艺文志》著录有《李群玉诗》三卷、《后集》五卷，今存。《全唐诗》卷五六八至五七〇编其诗为三卷，《全唐诗补编·续补遗》卷七补诗一首。

火炉前坐　　　　　　　　　　　李群玉

孤灯照不寐，风雨满西林。
多少关心事，书灰到夜深。

【鉴赏】 李群玉患消渴疾（糖尿病），穷愁落魄，怀才不遇，诗歌中往往蕴含着哀怨的情调。这首《火炉前坐》也是这样。

坐火炉前，却未让读者感觉到温暖与光明。首句即以孤灯照壁之景夺人耳目，斗室之中，辗转不能寐的主人公凸现眼前。灯是孤灯，既是写实，更是内心寂寥之情的投射；夜不能寐，也借行动传达出深夜中的苦闷。此句既点明时间，又起到描摹环境、渲染气氛、刻画内心情态的作用。

第二句写外部环境，兼释夜中不能寐的原因。"满"字，简洁而确切地描绘出风雨铺天盖地而来的情势。究竟是雨烈风疾，惊扰得人夜不能寐？还是风雨声撩人愁思，难以入眠？抑或满天风雨即象征着诗人心绪起伏，愁情满怀？本就难以分清，诗人以情景交融之笔，直呈出来，任读者体会。

前两句平直书写后，第三句转折有力，予人奇峰突起之感，至第四句，方落平地。如元代杨载《诗法家数》所说："大抵起承二句固难，然不过平直叙起为佳，从容承之为是，至于宛转变化工夫，全在第三句，若于此转变得好，则第四句如顺流之舟矣。"在前面两句写景之后，"多少关心事"句直指内心，含万千感慨，为前二句所写的屋内外景物增添了思想深度，虽不指明何事，语中自有无限苍凉。

末句承上句而来，多少关心事，欲言又止，却无法写出来，只得"书灰到夜深"。"书灰"，即在灰中书写，点明"火炉前坐"的诗题；"到夜深"语，呼应首句的"不寐"，造成回环之势，亦说明书灰的动作是反复进行的；这一细节描写，深入而含蓄地展示了人物的内心世界。有人认为，"书灰"是活用"书空"的典故。《晋书·殷浩传》载,浩为中军将军,受命领兵平乱,途中将领叛乱,功败垂成。浩因此"竟坐废为庶人,徙于东阳之信安县"。浩被黜放,"虽家人不见其有流放之戚。但终日书空,作'咄咄怪事'四字而已"。诗人隐衷,难以言明或未便言明,借用这个典故,可由人推测。此句做结,创造了一个言有尽而意无穷的情境。

《唐才子传》卷六称李群玉《雨夜呈长官》诗中"远客坐长夜,雨声孤寺秋。请量东海水,看取浅深愁"等句,"曲尽羁旅坎壈之情"。这一评价亦可用来形容这首诗,只是与前者相比,《火炉前坐》显得更加含蓄深沉,也不免更为抑郁。

(冯丽霞)

刘沧,字蕴灵,汶阳(今山东宁阳)人。大中八年(854)进士。历华原县尉、龙门县令等职。刘沧身材魁梧,喜饮酒,谈论古今掌故,娓娓动听。多怀古诗。风格清丽。

经炀帝行宫　　　　刘　沧

此地曾经翠辇过,浮云流水竟如何?
香销南国美人尽,怨入东风芳草多。
残柳宫前空露叶,夕阳川上浩烟波。
行人遥起广陵思,古渡月明闻棹歌。

【鉴赏】 隋炀帝杨广,是中国历史上著名的昏君。他曾经三次出游江都(又称广陵,即今扬州市),在这一带建造了多处行宫。这位性喜奢华的皇帝,还命令大造车舆仪仗,要州县送羽毛以作仪仗上的装饰。捕鸟的人不算,单是造仪仗的人就多达十余万,所用金银钱帛不计其数。他每次出游,满街都是仪仗队,长二十余里。隋大业二年(606),他离开江都回洛阳时,竟摆了一个千乘万骑的大仪仗队护送他进入京城。他又格外喜欢柳树,行宫之前,隋堤之上,到处都是垂柳掩映。

历史的时针指向公元九世纪中叶。春天。

正是夕阳西下的时分,唐末诗人刘沧途经隋炀帝的行宫。隋炀帝,这位当年不可一世的帝王曾从这里走过。鼓乐喧阗,轿马豪华,着实使他得意过一阵子。是啊,数数前朝皇帝,有谁的仪仗队比得过他?而现在,刘沧看见了什么呢?行宫破落,一派荒凉,宫内早已空无一人。那些被迫做了隋炀帝玩物的年轻漂亮的南国女子,随时间消逝了。留下来的只有她们的愁怨,在春风中化作了一望无涯的萋萋芳草;垂柳也零零落落,仅剩几株,叶片上的露珠泛出冷光。夕阳的余晖铺在江面上,烟波浩渺,与这幅"残柳芳草图"一同构成衰败的场景。

月亮升起来了。从远处的古渡那边,传来一声声棹歌。那一叶扁舟上的船夫,也许是一个隐士。他和朋友们聊天的话题多是历代的兴亡。船夫的吟唱引发了刘沧对隋朝灭亡的回顾:大业十二年(616),隋炀帝最后一次南游,在江都接见江淮地方官,专问献礼多少。礼多的升官,礼少的罢免。江都郡丞王世充献铜镜屏风,立即升为江都通守(副太守);历阳郡丞赵元楷献异味,立即升为江都郡丞。江淮民众赋税奇重,生计断绝,用树皮草叶充饥,后来什么都吃完,逼得人吃人。凡是他的庞大的游玩队伍到过的地方,老百姓就没法生活。民众实在忍受不下去了,全国性的反抗暴政的武装斗争几乎在同一时期内展开,隋朝如"浮云流水",转瞬即逝。

夜色和夜色一样浓重的惆怅吞没了刘沧。他在想:隋炀帝的教训不值得唐末统治者吸取吗?

(陈文新)

崔珏,生卒年不详,字梦之,其先河北清河人,寄寓荆州(今湖北荆州)。官至侍御史。与赵光远、李商隐善,工诗,颇涉轻薄,以赋《和友人鸳鸯之什》,人称"崔鸳鸯"。《全唐诗》编其诗为一卷。

哭李商隐(其二)　　　　崔　珏

虚负凌云万丈才,一生襟抱未曾开。
鸟啼花落人何在,竹死桐枯凤不来。
良马足因无主踠,旧交心为绝弦哀。
九泉莫叹三光隔,又送文星入夜台。

【鉴赏】李商隐一生沉沦下僚，抑郁不得志。他死后，其至交崔珏悲感故人的身世遭遇，写下了令人伤心欲绝的《哭李商隐》。诗歌共两首，此为第二首。

首联记述李商隐的坎坷身世。"虚负凌云万丈才，一生襟抱未曾开"，两句可谓道尽李商隐的辛酸与不幸。他才华出众，有凌云之志和用世之心，然而却因为卷入朋党之争，倍受打击压迫，以至于终生沉沦下僚。这两句中，诗人以"虚负"、"未曾开"和"凌云万丈才"、"一生襟抱"进行鲜明的对比，不但把李商隐的怀才不遇表现得非常深刻，而且还流露出诗人对于李商隐不幸遭遇的同情、悲悯，以及对于时事的斥责、不满。

颔联则交代李商隐去世一事，并抒发诗人的悲悼之情。"鸟啼"、"花落"、"竹死"、"桐枯"这些反映自然景物衰亡的字眼，不但营造出一种凄惨、伤心的氛围，让人联想到李商隐之死，而且还特别与李商隐本人的诗句暗合，体现出诗人寄托的深意。其中"鸟啼花落人何在"一句，巧妙化用李商隐《流莺》诗："曾苦伤春不忍听，凤城何处有花枝？"当时尚有听莺苦啼、慨叹失意之人，如今流莺仍在，人却何在？诗人的悲痛之情溢于言表。"竹死桐枯凤不来"一句，则与李商隐《安定城楼》中的"不知腐鼠成滋味，猜意鹓雏竟未休"相呼应。该句李商隐以无竹可食、无桐可栖的鹓雏（即凤）自喻，如今连这只可怜的凤鸟都不来了，则李商隐已死之意自现，而诗人悲痛之情亦现。

颈联再次为李商隐的怀才不遇深致哀悼之意。"良马足因无主蹶"，古有伯乐识马之事，知世有伯乐，然后方有千里马，否则再优良的千里马也只能屈曲着腿脚，无法前进。李商隐不正是这样的一匹千里马吗？他怀抱经世之才却一直受到统治者的弃斥，让身为挚友的诗人忍不住为之扼腕叹息、伤心落泪。正因为如此，所以接下来的"旧交心为绝弦哀"一句，诗人才以钟子期死，伯牙绝弦终生不再鼓琴的故事，表达永失知音的深沉悲痛。

尾联"九泉莫叹三光隔，又送文星入夜台"两句，诗人安慰故友不要因为在九泉之下见不到日月星三光而伤心，指出他的逝世，反而为上天送去了一个优秀的"文星"。"文星"，即"文曲星"，是天上主管学识的神。全诗至此，似乎诗人的悲伤情绪有所舒缓，其实并非如此，须知这正是无可奈何之下的伤心之词，因为悲痛已经无法再用语言形容，所以只能用反语说出。

此诗五十六字,字字都是为故友悲鸣,茫茫有身世无穷之感,读之但觉满纸是泪。

(余春丽)

赵嘏(806?—852),字承祐,楚州山阳(今江苏淮阴)人。曾任渭南尉,人称"赵渭南",又以《长安晚秋》诗"长笛一声人倚楼"为杜牧激赏,称其为"赵倚楼"。工七律,《全唐诗》编其诗为二卷。

江楼感旧 赵　嘏

独上江楼思渺然,月光如水水如天。
同来望月人何处?风景依稀似去年。

【鉴赏】这是一首怀人之作。诗人在一个月夜独自重游江边的一处楼台,想到去年和友人同游的情景,不免心有感触,于是写下了这首真挚感人的绝句。

诗的前两句首先交代诗人独自登楼赏月之事。在一个月色皎然的夜晚,诗人登上了江边的一座楼台,放眼望去,只见月光如水,波光粼粼,水天相接,浩渺无垠,多么美丽动人的景色啊!然而,面对如此美景,诗人非但没有陶醉其中,反而神色凄惨,思绪缥缈。为什么呢?接下来的"同来望月人何处?风景依稀似去年"两句为我们说明了原因。正因为景色很美好,所以让诗人回想起了去年的情景啊!去年,诗人和友人一同结伴来此,赏月吟诗,何等畅快!如今景物未变,与诗人共享欢乐的人却没有了。只剩孤单一人,景色再美好又有什么用?不过是徒增诗人的伤感罢了。这两句通过去年和今日景存人去的映照对比,把两次不同的游遇和感受委婉曲折地表达出来了,从而也更加衬出诗人此时此刻的凄清孤寂。

映照对比这一手法在诗中的运用,让人想到了崔护的《题都城南庄》:"去年今日此门中,人面桃花相映红。人面不知何处去,桃花依旧笑春风。"两诗都通过今昔对比表现一种怀念之情,然而写法又略有不同。崔诗由今思昔,故直接从去年的美好写到今日的怅惘;此诗则只写今日的孤独、落寞,省去了去年与友人同游共赏的欢乐场面,但是那种愉悦之情,我们却依然可以从句中体味出来。由此也可看出本诗的一个写作特点,即意蕴深远、表达含蓄。

此诗的另一个特点在于写景工细。虽然全诗只"月光如水水如天"一句写景,但是却写得格外细腻动人。这一句通过比喻、顶针等修辞手法,不但描写了月光的皎洁、江水的纯净以及天空的清朗,而且"月光如水"四个字还以动喻静,将月光倾泻江面,因江水流动而导致波光荡漾的景色也描绘出来了,真是细致入微,韵味隽永。这一句也是诗人的写景名句,历来为人们所赞赏。

(余春丽)

悼亡二首　　　　　　　　赵　嘏

一烛从风到奈何,二年衾枕逐流波。
虽知不得公然泪,时泣阑干恨更多。

明月萧萧海上风,君归泉路我飘蓬。
门前虽有如花貌,争奈如花心不同。

【鉴赏】晋潘岳妻死,赋《悼亡诗三首》,后因称丧妻为悼亡。赵嘏与妻麻氏本是恩爱的一对,但迫于生计和前程,他不得不撇下妻子,奔波世途。集中有《别麻氏》记其生离,曰:"晓哭呱呱动四邻,于君我作负心人。出门便涉东西路,回首初惊枕席尘。满眼泪珠和语咽,旧窗风月更谁亲。分离况值花时节,从此东风不似春。"夫妻伤别,连春光也为之减色。肺腑之言,感人至深。更不幸的是麻氏不久病故,赵嘏客中得到噩耗,昔日生离,今成死别。《悼亡二首》即为此而作。

第一首由叙事起,由忆旧写到目前。首句以风烛喻死亡,人死如明烛因风而熄灭。"奈何"即"奈河",宗教、迷信所传地狱中的河名,其源出于地府。这一句用庾信《伤心赋》"一朝风烛,万古埃尘"典故,意思是说麻氏魂断香销,归于阴曹地府,从此生死阻隔,永无会期。次句"衾枕"代指夫妻生活,"流波"指已往的岁月,说夫妻恩爱也随流光逝去,永不复返了。不言哀痛而哀痛之情自见。中年丧妻是人生大不幸之一,能不一恸而尽哀?但在封建礼教束缚下,这种人之常情却不允许自由流露。老莱子七十岁着五彩衣卧地作小儿啼可以,而夫妇间闺房之外只宜相敬如宾。同样道理,父母死可以哭个死去活来,并且以所谓"哀毁骨立"相标榜;而妻子死丈夫则不宜太悲切,否则便是失礼。因此有下面"虽知不得公然泪"之句。"公然",公开地,即在大庭广众之中。"泪"用作动词,是流泪的意思。按封建礼仪,妻子死了,丈夫不能痛哭流涕。但感情出自天性,眼泪这东西又不像龙头里的水,一关就可以不流。不许"公然泪",就在背地里"泣"。"阑干",泪流纵横貌。哀痛之情因压抑和矫饰反而变得更强烈,感情的波澜终于冲决了礼教束缚的堤防汹涌澎湃。随着对往事的回忆,种种歉疚之情,一齐涌向心头,化为纵横之泪。"恨"有怅恨、歉疚等含义。贫贱夫妻生活中的悲欢尽在其中。后二句一抑一扬,语势顿挫,真实再现了诗人的心理活动。

　　第二首由写景起,由目前推想将来。首句,明月和萧萧海风构成一幅寂寥、凄清的图画,这意境恰是作者心境的写照。明月在古诗中常被描绘成至爱亲朋的化身。赵嘏《别麻氏》诗中就有"旧窗风月更谁亲"之句。妻子在世时,尽管"片云天共远,永夜月同孤",但望月怀人,总能给人以慰藉。今日风景依旧,人事全非,"君"跋涉于黄泉路上,"我"转徙尘世途中,生死永隔,痛何如哉!"飘蓬"还寓有世路多艰、前途未卜之意。尽管如此,诗人对亡妻钟情不渝,"君"黄泉有知,当知"我"心。后二句即心灵的倾诉,化用《诗·郑风·出其东门》"出其东门,有女如云。虽则如云,匪我思存"句意,又有"曾经沧海难为水"(元稹《离思》)的意思。以这样的深挚情意告慰九泉,无疑是对泉下人的最好悼念。后二句借形象发议论,诗境由悲悼转为忆念,有悠然不尽之意。

(杨　军)

马戴,生卒年不详,字虞臣。官终国子博士。善诗,与当时诗人贾岛、姚合等友善,其诗以五律为主,格调壮丽。《全唐诗》编其诗为二卷。

落日怅望

马　戴

孤云与归鸟,千里片时间。
念我何留滞,辞家久未还。
微阳下乔木,远烧入秋山。

临水不敢照，恐惊平昔颜！

【鉴赏】此诗为诗人触景生情之作，主要抒发诗人的羁旅之愁、思乡之情以及由此产生的年华渐老之感。

首联由眼前之景起兴，随即引入颈联对思乡之情和羁旅之愁的描写。诗人客中久滞、归乡不得，心中本愁苦之极，如今见到孤云和归鸟都各自回家了，不免联想到自己的遭遇，从而引发身世之感。然而，其内涵又远非如此。仔细玩味这两联，可以发现，诗人还将自己和孤云、飞鸟进行了各种对比。从孤独和归心似箭的心情来看，诗人和孤云、归鸟无疑有相似之处。但是，彼此的命运却又是如此不同：孤云和归鸟是自由的，故可以随时回家，而诗人却是不自由的，故只能滞留此地；孤云和归鸟的归去是迅速的，所谓"千里片时间"，而诗人不但不能归去，反而滞留"久未还"。两相比较，反差是多么巨大啊！正是在这种鲜明的对比中，诗人久滞他乡的苦闷心情被传神地刻画出来了。

才抒发完愁苦之情，颔联又立即转为对远景的描写。"远烧入秋山"一句，《全唐诗》又作"远色隐秋山"，但这样就过于平实，不及"远烧入秋山"显得有韵味。"远烧"，其实就是前一句提到的"微阳"，此处以虚景喻实景，不但体现出语言的变化，而且两句一虚一实，相映成趣。此外，一个"烧"字，也隐隐透露出一种静中有动的感觉。这样，两句就把夕阳落山时的整个情形都描述出来了：夕阳先从远处的树梢落下，然后把余晖洒在秋山上，将它映照得一片通红，仿佛野火在燃烧一般。随着这种颜色渐渐暗淡，夕阳也一点一点慢慢下落，最后终于消失在山的后头。从中可见诗人写景之细致、精当。清代贺裳谓其"写景为工"（《载酒园诗话》），确实是很有见地的评价。然而，两句又不能全作景语看，诗人的感情亦在其中。因为看到夕阳落山，所以诗人心中的迟暮之感也被触动了，从而又增添一分愁思。只此十个字，诗人便将诗题"落日怅望"的内容全部表现出来了，足见其功力之深！

由颔联迟暮之感的触动，又引出尾联临水照镜的心理描写。诗人自知容颜憔悴，不比昔日，故不敢在水边照影。"不敢照"，是因为唯恐照了给自己增添忧愁，然而不照已知，更显示出诗人的愁思深重。

此诗语言简洁凝练，遣字用词尤为传神，因而表现出极其丰富的内蕴，不失为一首写景抒情的佳作。

（余春丽）

方干（？—888？），字雄飞，新定（今浙江建德）人。一生科举失意，屡试不第，晚年隐居会稽鉴湖，死后门人私谥为玄英先生。他是晚唐功名不就而诗名甚大的诗人，时人孙郃在《哭玄英方先生》诗中曾称他"官无一寸禄，名传千万里"。他作诗认真，在创作上和中唐贾岛、姚合属于一路，大都写个人的穷愁和牢骚。也有不少流连光景之作。

题 君 山

方 干

曾于方外见麻姑，闻说君山自古无。
元是昆仑山顶石，海风吹落洞庭湖。

【鉴赏】在湖南岳阳市西南的洞庭湖中，有一座风景秀丽的青山，传说舜帝的二妃娥皇、女英曾游历此地，所以叫作君山。又叫湘山、洞庭山。君山由72个大小山峰所组成，山中异竹丛生，有斑竹、罗汉竹、实竹、方竹、紫竹、毛竹等，各具特色。它四面环水，刘禹锡《望洞庭》因此比之为"白银盘里一青螺"，雍陶《题君山》则说"疑是水仙梳洗处，一螺青黛镜中心"。

方干初次来到君山，就被它的美所震惊。这些连绵起伏的峰峦，这些石堆中生长着的绿竹，这些高下相间的说不出名字的树木，这四周的一片浩渺的、瞬息万变的烟波，都如同魏晋玄学的命题，神秘、深奥，永远弄不清底细。光是那一尾尾斑竹，那斑竹上一点点宛如泪痕的斑纹，就令人满脑子的幻想油然而生。真的，这样奇特的景色是从哪儿来的？

在幻想中，方干进入了一个神话的世界……他恍惚见到了麻姑，就是葛洪《神仙传》里写过的麻姑。她看上去十八九岁左右,长得漂亮极了。发髻垫得高高的。衣服光彩夺目,不可名状。到底多大年纪? 谁也说不清楚。她自己讲,她一共有三次碰到东海变成桑田。那么,她的年岁至少要以万计了。方干一碰见她,开门见山便打听君山的来历。麻姑笑了笑,告诉他:古代并没有这座君山。它原本是昆仑山顶的一块灵石。突然有一天,海风呼啸,一阵比一阵更猛,从天地之间狂奔而过;它扬尘播土,倒树摧林,好似没遮拦的黑旋风。狂风的权威压倒了一切,连昆仑山上的神仙们也躲进了仙宫。于是风抓住机会,将这片灵石带到了洞庭湖。君山就这样出现了。

过了好长时间,方干才从幻想中回到现实。

（陈文新）

君不来 方　干

远路东西欲问谁,寒来无处寄寒衣。

去时初种庭前树,树已胜巢人未归。

【鉴赏】她的丈夫到远方去了。

那天丈夫出门的时候,她目送着,直到他的身影融入天幕,再也看不到为止。丈夫走的这条路,在她看来,像是一条无尽头的长蛇,年复一年地吞噬着过往的旅客。

又一个冬天到了。这严寒的季节,一切都失去了生机。男女老少如古藤一般蜷曲着,以对付肃杀的寒气。太冷了! 没有风时,凝结不动的空气冷得像冰块;有风时,尖利的空气扫到脸上又像刀剑。她惦记着丈夫。是啊,在这悲惨的季节里,丈夫不冷吗? 她为他缝了一件厚厚的棉衣,缝进了自己的一颗心。她天天想着把棉衣寄给丈夫。可是,往哪儿寄呢? 村外的路,伸向四面八方,谁知道丈夫的下落? 该去向谁打听?

她朝窗外望去。有一棵树,孤零零地站在庭前。这是丈夫离别时栽的。几度春秋,几度寒暑,树已经长大了,可以承受住小鸟的窝了。

时光流逝,岁月无情,丈夫何时才能归来?

（陈文新）

高骈(821—887)，字千里，幽州(治所在今北京西南)人。世代为禁军将领。唐懿宗咸通年间，任安南都护、本管经略招讨使。僖宗时，担任淮南节度使、江淮盐铁转运使、诸道行营都统等职。后来拥兵扬州，割据一方。淮南军发动叛乱，他为部将毕师铎所杀。

二 妃 庙
高　骈

帝舜南巡去不还，二妃幽怨水云间。
当时珠泪垂多少，直到如今竹尚斑。

【鉴赏】洞庭湖中，青翠的君山上，曾经耸立着一座二妃庙。二妃庙年复一年地向来访者诉说一个幽怨的故事。

相传四千多年前的尧舜时代，尧向众人咨询，选出舜做继位人。尧还把自己的两个女儿娥皇、女英嫁给舜做妻子，她们就是二妃。舜又称湘君，所以二妃又称湘妃。

结婚以后，舜常年外出，巡视江河，治理山川，开拓疆土。一次南巡到洞庭湖君山，病死在苍梧。娥皇、女英见丈夫还未归来，非常牵挂，于是四处寻找。

一天，她们登上君山。当地人告诉她们，舜早已病死在苍梧的荒野上。二妃听了，悲痛万分，像从云端跌向深渊，一片虚空，不再有安顿身心的地方。面前是一丛竹子，她们既伤感，又疲惫，只好攀着它，不使自己倒下去。任何安慰都不管用，只要一想到丈夫的死，她们就没法不哭。两双眼睛仿佛是两口无底的深井，泪水不停地往外涌流，总是流不完。一个时辰，两个时辰，三个时辰……直哭得天昏地暗。后来，泪珠凝结在竹上，斑斑点点，拭不掉，洗不去。

就这样，竹的王国又添了一个新的家族——斑竹。也叫"湘妃竹"、"湘竹"。

二妃的生命在悲痛中凋谢。她们死在了君山。善良的人们安葬了二妃，又修建了一座祠庙。这祠庙和斑竹，是她们对舜的一片深情的象征。

(陈文新)

罗隐(833—909),原名横,字昭谏,号江东生。杭州新城(今浙江富阳)人。少有诗名,因好议论时政,讥刺公卿,十举进士不第,遂改名隐。晚年投奔吴越王钱镠,曾任钱塘令、节度判官,后梁开平二年(908),授吴越国给事中,次年迁盐铁发运使,不久病卒。《全唐诗》卷六五五至六六五收诗十一卷。所著颇多,今人雍文华辑有《罗隐集》。

赠妓云英　　　　　　　　罗　隐

钟陵醉别十余春,重见云英掌上身。
我未成名君未嫁,可能俱是不如人?

【鉴赏】这首诗又题为《嘲钟陵妓云英》、《答云英见诮》。钟陵,在今江西南昌市东南方。五代何光远《鉴戒录》卷八录其本事如下:"罗秀才隐,傲睨于人,体物讽刺。初赴举之日,于钟陵宴上与娼妓云英同席。一纪后,下第,又经钟陵,复与云英相见。云英抚掌曰:'罗秀才犹未脱白矣!'隐虽内耻,寻亦嘲之:'钟陵醉别十余春,重见云英掌上身。我未成名君未嫁,可能俱是不如人?'"其后《唐诗纪事》、《唐才子传》等均有类似记载。由此可知,罗隐在被云英取笑后,寻即以诗反击,维护自己尊严,他通过把云英与自己类比,很好地达到了效果。但这首诗不仅是讥刺之语,更是封建社会贫寒士子的不平之鸣。

云英的问话勾起了他对往事的回忆,所以诗歌由十余年前的相识写起。罗隐《湘南应用集序》提到:"隐大中末即在贡籍中,命薄地卑,自己卯(859)至于庚寅(870),一十二年,看人变化。"据此,罗隐初赴京约在大中十三年即己卯年,时年27岁。入京应试,途经钟陵,在筵席上初遇云英。罗隐"少英敏,善属文,诗笔尤俊拔"(《唐才子传》卷七),当时的意气风发可以想见。那一场沉醉,当是年少轻狂,豪情满怀。

十余年转瞬过去。初遇时,功名富贵似乎指日可待,但晚唐政治腐败,加之罗隐"恃才忽睨,众颇憎忌"(《唐才子传》卷七),故十余年应试生涯里,遭遇一次又一次的失败,同时"寒饿相接,殆不似寻常人"(《逸书·序》)。当云英提及"罗秀才犹未脱白矣"时,十余年的辛酸一起堆积到诗人眼前，首句的"十余春"三字，背后实际上涌动着愤恨、伤感、痛苦、无奈、辛酸等种种情绪。

十余年后，云英已经徐娘半老，却依旧风姿绰约。二句的"掌上身"，用西汉赵飞燕典故。相传汉代赵飞燕身轻能作掌上舞，于是后人多用"掌上身"来形容女子体态轻盈美妙。这里，云英今日之美，也衬托出她当年的出众。"重见"二字，既有故人重逢的喜悦，也意味着毕竟已经世易时移，云英已非妙龄，诗人自己也已不是当年的青年才俊了。

第三句语势一转，"我未成名君未嫁"。上句已赞美云英的绰约风姿，这里诗人将自己与云英关联起来，借云英的美貌衬托出自己的过人才华，传达出自信傲岸之气。云英的美丽出众又与她未嫁的现状之间形成了巨大的反差，其中凸显出明显的不合理。当云英拊掌大笑提出秀才仍未脱白的问题时，她或许并未意识到自己同样尴尬的处境，敏感的诗人则将两人命运并置，既是对云英的反唇相讥，同时也引出对这一不合理现象的思考。

诗人并未正面揭示答案，只是提出一种假设："可能俱是不如人。""可能"二字，已经委婉表明态度。他当然不会真的自我否定，跟云英一样，诗人依旧才情出众，只是未遇到知己。云英要脱离妓籍或许很难，受到诸多法规的约束，罗隐要实现功名抱负似乎没那么多障碍，但为何屡试不第呢？既然"不如人"这个答案不成立，那么真正原因到底是什么？作者并不直言，云英可从自身遭际中设想答案，读者也可以体会其言外之意，此句中包含了罗隐深沉的悲愤，也体现了他倔强不屈的性格。

这首诗寓愤慨于调侃，巧用衬托和对比，通过问句，引导思考，言简意赅，余味无穷。

（冯丽霞）

柳

罗　隐

灞岸晴来送别频,相偎相倚不胜春。
自家飞絮犹无定,争解垂丝绊路人?

【鉴赏】 由诗题看,这是一首咏物诗,所咏对象是灞水岸边的柳树。

灞水发源于秦岭,横贯西安东部,向北注入渭河。早在秦汉时,人们就在灞水两岸筑堤植柳,阳春时节,灞岸柳絮飘舞,好像冬日雪花飞扬,"灞柳风雪"也成为旧关中八景之一。灞水附近有汉文帝之墓,即灞陵。水上有灞桥,自汉代以来,人们送客到此,往往折柳赠给行人。故自古以来灞水、灞桥、灞陵、灞柳就与送别相关联,成为文人墨客吟咏不绝的主题。

唐代的灞水送别场景也相当繁盛,传为李白作的《忆秦娥》中就有"年年柳色,灞陵伤别"的句子。本诗首句说"灞岸晴来送别频",既是写实,也借写送别点出咏柳题旨。

"相偎相倚不胜春",表现灞水边柳树相连一片,柳条依拂,春意盎然的样子。柔长的柳枝垂下来,随风摇曳,飘到路人身上,仿佛要牵绊行人,勿使远离。暮春时节,柳絮也因风而起,摇摇的离开柳树,在空中飞舞,诗人于是有"自家飞絮犹无定,争解垂丝绊路人"之语,仿佛嘲笑柳树,自己的飞絮尚且飘飞无定,怎么懂得如何留住行人?

借柳树写离别,并不少见。此诗也不止于此。细细体味,则诗人句句赋柳,而句句比人。"相偎相倚不胜春",既写出春风中垂柳婀娜摇摆的姿态,更使人想见灞水边的青年男女在临别之际的亲昵缠绵、难舍难分。后二句,感慨飞絮无定、柳条缠人,更点破送别双方的身份。"飞絮无定",暗喻送行的女子无法掌握自身的命运归宿,甚至可能情感亦不由自主,"垂丝绊路人",暗示出她们应是青楼倡女,"争"通"怎",说明她们实际不懂得那些男人的心情,也不可能仅以缠绵的情丝留住他们。末句又作"争把长条绊得人",语意更直接。总体而言,诗意并不止于抒离别之惆怅,而是调侃这些身不由己的倡女,可怜她们卖弄风情,却是徒然。然而诗人自己漂泊异乡,何尝不是飞絮无定?壮志难酬,何尝不是命运无奈?故而在调侃中,又可读出诗人委婉的同情,及难言的感喟。

中唐韩翃有诗云:"章台柳、章台柳,昔日青青今在否?纵使长条似旧垂,也应攀折他人手。"(《章台柳》)以柳喻其宠妓。敦煌曲子词中也有"莫攀我,攀我太心偏。我是曲江临池柳,者人折了那人攀,恩爱一时间"(《梦江南》)的曲子,以柳喻妓女,以任人攀折叹息其凄凉身世。至于"眠花卧柳"、"烟花柳巷"等词,均以柳指落入烟花的妓女。所以,以柳喻人,尤其是喻这些身世无定的妓女,并非罗隐独创。但此诗的长处,在于赋柳的同时,既写离别,又写倡女的飘零,一石二鸟;描写、议论之中,双重含义与柳的形象融合无间;暗喻贴切,而又巧妙自然,所以在咏柳绝句中,亦自独具一格。

(冯丽霞)

自　遣　　　罗　隐

得即高歌失即休,多愁多恨亦悠悠。
今朝有酒今朝醉,明日愁来明日愁。

【鉴赏】罗隐自负才华,却十举不第,郁结满怀,故作此诗,自我开解。

首句是对自己的劝导,语意直白:"得即高歌失即休",得时可以高兴,但失时亦不必悲伤,括尽题意。前半句描绘了一幅兴奋高歌、意气风发的形象,仿佛李白的"仰天大笑出门去,我辈岂是蓬蒿人"(《南陵别儿童入京》);而语意重点落在后半句,劝诫自己失意时不必萦怀。

第二句是首句的补充,从反面抒发"失即休"之意,因为倘不这样,"多愁多恨",则愁绪悠悠不尽,太难熬受。

三四句推进首句诗意,眼前有酒不妨沉醉,忧愁且待明天承担。"今朝有酒今朝醉"鼓吹放歌纵酒,及时行乐,不免颓唐凄凉,但也使人感到一种内在的愤激之情。古往今来,穷愁潦倒的人们,借酒浇愁之时,总会想到这句诗。"明日愁来明日愁"句则使人体会到一种烦恼无可逃避的无奈之感。

罗隐的烦恼来自仕途阻滞,但烦恼本是一种普遍的人生状态,每个人都不免被它纠缠。抛开罗隐彼时彼地的消沉,未尝不可由诗中感到一种更普遍的人生的智慧——每时每刻的烦琐,都是生命不可排遣的一部分;痛苦与欢乐交替,悲伤与幸福杂陈,这样的刺激与无奈,本来就是生命必不可少的经历。罗隐的诗给我们的启示是,既然生命的悲喜都无可逃避,不妨坦然处之,努力寻找今天的快乐,无须预支明天的烦恼。

此外,这首诗语言口语化,通俗明快,又运用民歌风格的重叠句式,重复中寓有变化。如首句"即"字重叠,前四字与后三字又意义相对;次句意思是多愁悠悠,多恨亦悠悠,形成意义的重叠,同时"多"字两次出现;三、四句句式相同,又略有变化:三句中"今朝"两字重叠,四句中"明日愁"则三字重叠,其中前一"愁"字属名词,后一"愁"字乃动词。短短二十八字,既有重叠又富于变化,营造了回环往复、跌宕生姿的效果,读来琅琅上口,饶有风味。

(冯丽霞)

皮日休(834?—883?),字逸少,后字袭美,襄阳竟陵(今湖北天门)人。隐居鹿门山,自称"鹿门子"。入黄巢起义军,授翰林学士,后死于乱军中,或称其晚年隐居于杭州。与陆龟蒙齐名,世称"皮陆"。《全唐诗》编其诗为九卷。

馆娃宫怀古(其一)　　　皮日休

绮阁飘香下太湖,乱兵侵晓上姑苏。
越王大有堪羞处,只把西施赚得吴。

【鉴赏】这是一首咏史之作,写于皮日休探访馆娃宫遗迹以后。馆娃宫,即春秋时期吴王夫差特意为美女西施而兴建的一座大型离宫,旧址在今苏州灵岩山。

关于西施和夫差的历史故事,众所周知。公元前494年,吴国大败越国,越王勾践为了保存自己的国家,答应赴吴作人质,并且听取大夫文种的意见,将美女西施进贡给吴国以取悦夫差。夫差为美色所惑,从此沉溺于声色之中,终日同西施饮酒作乐,而勾践却每天卧薪尝胆,发誓雪耻。这就是刘驾在《吴中怀古》中所描写的"勾践饮胆日,吴王酒满杯。笙歌入海云,声自姑苏来。西施舞初罢,侍儿整金钗。"果不其然,十年以后,勾践灭吴,夫差羞愤自杀。此诗因馆娃宫而怀想当年往事,表达了诗人对于夫差荒淫误国的嘲讽。

"绮阁飘香下太湖,乱兵侵晓上姑苏"两句,即分别从吴国和越国两个角度记叙历史事实。前一句主要描写夫差荒淫无度、放纵行乐的情景,然

575

而却写得极为含蓄、巧妙。诗人没有直接、正面描述这种场面,而只是说从馆娃宫中飘出来的芳香一直从灵岩山上延伸到太湖。这样一来,反而给人以无穷的暗示和想象。我们的脑海中不禁浮现出一个体态婀娜的女子施展着美妙歌喉,舞动着曼妙身姿,看得她面前的吴王如痴如醉的情景,难怪夫差连江山社稷都忘了。后一句则描写越兵乘吴国不备,发动凌晨偷袭的情景。这一句本来应该与前一句形成鲜明的对比,不过诗人省去了勾践励精图治的画面,而只写越兵出其不意地攻上姑苏台,吴国随之被灭一事,故而又与前一句表现出因果关系。不正是因为夫差沉湎声色,不理朝政,所以才落得如此下场吗?这一嘲讽之意诗人表现得较为隐晦,须仔细咀嚼、慢慢体会。

"越王大有堪羞处,只把西施赚得吴",这两句表面上是在讥刺勾践,嘲讽他只用一个西施便把整个吴国给灭掉了。然而,联系前两句微微流露出的嘲讽之意来看,我们亦不难明白,其实诗人的本意仍在于批判夫差的骄奢淫逸,以至把好好的国家给毁了,这里不过是换一种调侃和反语的方式说出罢了。

此诗借古事抒己怀,含蓄而委婉,流露出丰富的言外之意,因而大大地提高了诗歌的艺术表现力。

(余春丽)

陆龟蒙(? —881?),字鲁望,姑苏(今江苏苏州)人。多次应进士试,均名落孙山。一度做过湖州、苏州刺史的幕僚,后来隐居松江甫里,常泛舟太湖,自称"甫里先生"、"江湖散人"、"天随子"。他与皮日休、罗隐交往密切。诗文跟皮日休齐名,当时人将他们并称为"皮陆"。有《甫里集》。

孤 烛 怨

陆龟蒙

前回边使至,闻道交河战。
坐想鼓鼙声,寸心攒百箭。

【鉴赏】 一座给人荒凉之感的村庄。一间看上去像无人居住的草房。

576

天已经黑了。草房里，一支蜡烛在沉闷地燃烧，暗淡的红光摇曳着，照着孤独的女主人。她还是个青年妇女，但过多的焦虑早就使她脸上失去了光泽。房子、衣服、脸上，连目光也因伤心而呈现出灰色。

丈夫服兵役好几年了，难得捎回几次信来。上一次，有人出使边塞回来，路过这里。她满怀希冀去打听丈夫的消息，不料边使告诉她的却是：他们到交河（治所在今新疆吐鲁番西北约五公里处交河城故址）打仗去了。

交河？丈夫以前告诉过她：那本来是唐朝管辖的地方，后来被吐蕃给占领了。丈夫驻扎地就离那儿不远。

自从听说丈夫打仗去了，她就没睡过一夜安稳觉。她虽然没到过战场，却能在想象中清晰地看见一幕幕交战的场景。此刻，她坐在灯前，又恍惚听见了战鼓的声音。幻象依次展开了：大地在无数的马蹄踩踏之下，发出沉重的声音。兵士们呐喊着，吼叫着，举着大刀没头没脑地乱砍。伤兵倒下了，许多人从他身上拥过去，他疼得受不了啦，拼命地哭叫，后来便一点声音也没有了。

她的丈夫怎么样了？她当然渴望他活着回来，可是，那由得了她吗？"可怜无定河边骨，犹是春闺梦里人。"这类悲剧还少吗？她只觉得有数不清的箭一齐射向心头。心在流血……

夜色越来越稠密，严严实实地裹住了这间草房。 　　　　　（陈文新）

北　渡　　　　　　　　陆龟蒙

江客柴门枕浪花，鸣机寒橹任呕哑。
轻舟过去真堪画，惊起鸬鹚一阵斜。

【鉴赏】松江是陆龟蒙隐居的地方。每到天气寒暖适中时，他便乘一只小船，带上书、笔、钓竿、茶具，荡着桨，太湖三万六千顷，水天一色，空明澄澈，任其逍遥；或者往来松江，品尝其间的诗情画意。他自称"江客"，那分亲切感，不难体会出来。

绿油油的水面，没有别的船只。他像朋友一样熟悉了这条河：有时候，夕阳西下，余晖斜照，茫茫江面，仿佛梦境一般迷蒙；有时候，晨风吹来，垂柳的身影在水面一弯一曲地蠕动，似乎还未睡醒。而此刻，既不是清晨,也不是傍晚。天气好,江面绿得发亮。

小船离开了岸边。摇橹的声音真是美妙,呕呕哑哑,与妇女纺织的声音同样轻盈,同样活泼。自然,这是由于陆龟蒙的心境好。倘若情绪低沉,他耳边的橹声尽管也像机鸣,可"织"出来的却是一段一段的"愁",比如他在《溪思雨中》就提到:"雨映前山万绚丝,橹声冲破似鸣机。无端织得愁成段,堪作骚人酒病衣。"今天他很愉快,橹声听来也成了享受。

令陆龟蒙陶醉的还有另外一幅画面。鸬鹚是松江一景。它又名"水老鸦"、"鱼鹰"。芦苇丛中很容易找到它们的巢。陆龟蒙驾着小舟从江面轻捷地驶过,不料惊动了一群栖息着的鱼鹰,扑棱棱,它们扇着翅膀飞了起来,紫黑色的羽毛闪现出金属般的光泽;这种机警的鸟,习惯了纷纷扰扰的生活,受了惊吓也还能够镇静地飞翔,看上去惹人钦羡。

陆龟蒙真想把整个身心与大自然融为一体。 （陈文新）

怀宛陵旧游 陆龟蒙

陵阳佳地昔年游,谢朓青山李白楼。
唯有日斜溪上思,酒旗风影落春流。

【鉴赏】宛陵是汉代设置的一个古县城,治所在现在的安徽宣城。隋朝时改名宣城。这是一座山环水抱的江南小城:陵阳山冈峦盘曲,三峰挺秀;句溪和宛溪的流水,像明镜般夹着江城。南北朝时齐朝诗人谢朓,曾任宣城太守,在陵阳山上建了一座高楼,世称"谢朓楼"、"谢公楼",唐末改名叠嶂楼。盛唐诗人李白于天宝年间客游宣城,多次登上谢朓楼畅饮,留下了《秋登宣城谢朓北楼》、《宣州谢朓楼饯别校书叔云》等著名诗篇。李白是位飘逸的诗仙,畅饮后他的风度更为潇洒,遗风所致,谢公楼变成了李白酒楼。自从谢朓、李白、白居易相继在此赋诗,宣城便天下著名了。

陆龟蒙也曾游历这座名城。谢朓、李白登临过的青山、酒楼,他无不细细地打量过,然而随着时间的推移,在记忆中已不甚清晰。他印象中特别深刻的倒是另一幅画面:傍晚,夕阳西下,寂静向每一个角落弥漫开来;陆龟蒙沿着句溪、宛溪缓缓独行。蜿蜒曲折的小溪,那样清,那样绿,叠嶂楼的倒影映在水中,风吹酒旗,一闪一闪的,像一片片落花飘进了春水之中。

多么令人惆怅的情景!时间冲洗掉了许多东西,可这惆怅倒像石头上的痕迹,越洗越分明了。这看起来仅仅是一种日常情绪,其实蕴含着对于唐王朝日益没落的忧伤。这个自以为"本来云外寄闲身"的超尘脱俗的诗人,隐居的恬适毕竟抵挡不住他心忧天下的苦闷。

(陈文新)

韦庄(836?—910),字端己,京兆杜陵(今陕西西安)人。唐昭宗时登进士第,曾任左补阙,晚年入蜀依王建,前蜀开国制度多出其手。韦庄工诗词,长诗《秦妇吟》是现在唐诗中最长的叙事诗之一。《全唐诗》编其诗为六卷。

忆　昔　　　　　韦　庄

昔年曾向五陵游,子夜歌清月满楼。
银烛树前长似昼,露桃花里不知秋。
西园公子名无忌,南国佳人号莫愁。
今日乱离俱是梦,夕阳唯见水东流!

【鉴赏】此诗写于黄巢起义军攻破长安时,为诗人有感长安兴衰而作。题目虽曰《忆昔》,其实却是伤今。

全诗共八句,前四句为回忆昔日情景,后四句则为今日所闻所见。

"昔年曾向五陵游,子夜歌清月满楼。银烛树前长似昼,露桃花里不知秋"四句,首先描写昔日王公贵族灯红酒绿、夜夜笙歌的情景。五陵,原指汉朝皇帝的五座陵墓,因当时每立一陵都把四方贵家豪族和外戚迁至陵墓附近,所以后来也指豪贵居住之地。你看这些豪门贵族过的是一种

579

怎样奢侈糜烂、纸醉金迷的生活啊！日日歌舞升平，通宵饮酒作乐，以至于昼夜不分、春秋不辨。在这里，诗人并没有抒发任何议论，只是如实描写，然而字里行间却流露出一种浓郁的讽刺之意，由此可见其语言之含蓄隐讳。

"西园公子名无忌，南国佳人号莫愁。今日乱离俱是梦，夕阳唯见水东流"四句，则描写诗人今日所闻见。其中前两句不但对仗工整，而且全部使用典故和双关的修辞手法，构思非常巧妙。"西园公子"，语出曹植《公宴》："公子敬爱客，终宴不知疲。清夜游西园，飞盖相追随。"此处盖以曹丕在西园夜宴文士之事暗指眼下的贵族公子纵心于游乐。"无忌"，原为战国时期魏国公子信陵君的名号。诗人说西园公子名曰无忌，并非将曹丕误以为信陵君，而是借魏国之魏与曹魏之魏国号相同，将曹丕和信陵君联系在一起。更重要的是，"无忌"不作专名看时，有"无所顾忌"、"肆无忌惮"之意，可暗寓王孙贵族荒淫无忌，因而语意双关。至于南国佳人莫愁，相传为南国一善歌少女。此句同上句一样，一方面运用典故，另一方面则以"莫愁"之名，讽喻浮华女子不解国事艰难。这两句使事用典，语意双关，讽刺委婉，手法极高。后两句则借景抒情，表达诗人对于唐王朝大势已去、行将覆灭的悲伤。昔日的情景分明还历历在目，那么，现下的乱离大概都是梦境吧？然而，眼前的一片荒凉景象，却又分明在告知诗人：而今的乱离才是现实，往昔不过是繁华如梦罢了。由此，一种伤今的情绪便自然而然地流露出来了。另外，末句中的"夕阳"和"水东流"还具有比喻象征意义，借以说明现在的唐朝就好比那即将落下的夕阳，其衰颓之势已如东去的江水，无可挽回，从而又使诗的境界更深入一层。

全诗章法严谨，意境深远。尤其是典故、双关、象征等多种手法的运用，将诗人的讽刺之意表现得淋漓尽致。浦起龙曾谓杜甫的《丽人行》："无一刺讥语，描摹处，语语刺讥。无一慨叹声，点逗处，声声慨叹。"此诗除尾联两句外，其余也都当得起此评价。

（余春丽）

金　陵　图　　　　　　　　　韦　庄

谁谓伤心画不成？画人心逐世人情。
君看六幅南朝事，老木寒云满故城。

【鉴赏】晚唐以后,由于社会衰败和国家危亡,诗人普遍表现出一种伤悼的情绪。这在很多作品中都有反映,韦庄的这首诗也不例外。它虽然只是一首题画之作,但由于图画主要描绘六朝首都——金陵的形胜与史迹,故诗中同样流露出浓重的悼古伤今情调。

首句即作惊人语,以感情强烈的反问句起,不但突出了诗人无比沉痛的心情,而且极大地引发了读者的好奇心,究竟是谁说伤心不能画成以至于韦庄如此激烈地反驳呢? 显然,这一诗句是有鲜明的针对性的。事实上,在此之前,诗人高蟾曾写过一首《金陵晚望》,诗曰:"曾伴浮云归晚翠,犹陪落日泛秋声。世间无限丹青手,一片伤心画不成。"从末二句来看,可知这正是韦诗起句之由来。高蟾在秋天的傍晚登上金陵城头,看到昔日不胜繁华的都城,如今只剩一片衰败景象,在夕阳的映照下显得愈发沧桑,于是忍不住为唐王朝的衰颓而伤心,为历史的不可挽回而伤心,为自己的无能为力而伤心。个人的伤心之情已如此沉痛、深广,更何况整个社会、整个民族的"一片伤心"? 世上纵有丹青妙手,恐怕也难以曲尽其声吧? 这是高蟾认为"伤心画不成"的原因。对此,韦庄极不赞同。在他看来,伤心不是不能画出,而是一般的画家不想画罢了,因为他们只热衷于迎合世人的庸俗心理而故作粉饰升平之图。但是,大家请看这六幅金陵图,无须画家多加描绘,只单单几株枯萎的古木、几片笼罩的寒云,就画尽古城的萧瑟和凄凉,让人真切地感受到六朝的繁华岁月已经一去不复返,这难道不是伤心的体现? 人世盛衰,古今皆同。六朝既然如此,现在身处的这个朝代大概也走到历史的末路了吧? 这又何尝不是伤心之情? 由此可见,韦、高二诗虽然立论的角度不同,实际上却是抒发同一意绪,即借助怀古抒发对唐王朝国事衰败的伤痛之情,故有异曲同工之妙。

此诗在构思上亦颇有独到之处。虽为题画诗,却不对图画的内容作细致描述,而仅以末尾一句简单带过。再进一步推究其目的,也不是为了写景而写景,而是为诗人的"伤心画成"作说明。因此,全篇的关键都在"谁谓伤心画不成"一句,诗人对唐王朝命运的担忧和伤感也由此中看出。

(余春丽)

台　城　韦　庄

江雨霏霏江草齐,六朝如梦鸟空啼。

无情最是台城柳，依旧烟笼十里堤。

【鉴赏】 台城，一名苑城，旧为六朝台省和宫殿所在，曾是天下最繁华之处。然而，待到诗人韦庄登临之时，却早已是今非昔比，一片荒芜了。面对这种沧海巨变，诗人抚今追昔，不免生出许多感伤情绪。

首句即从美好的江南春景写起。诗人登上台城，放眼望去，只见丝雨无边，春草茂盛，万物都笼罩在一片迷蒙之中。置身其间，连带诗人自己的意识也变得恍惚起来了：一切都如此梦幻，大概六朝也不曾存在过吧？它们的兴废存亡恐怕只是梦境一场吧？如果不是梦境，何以台城的春色历经变迁却依旧美丽如故呢？这一念头在诗人的脑海中长久盘桓，以至于诗人回过神来，想到六朝的所有过往竟在短短的三百年间灰飞烟灭，只剩下不解人事的鸟儿独自啼叫，仍不由自主地产生"三百年间同晓梦"之感。此处"鸟空啼"的"空"字，出自杜甫《蜀相》"隔叶黄鹂空好音"一句，主要包含两层含义：一是鸟儿空作啼叫，无人倾听、欣赏；二是再悦耳动听的啼叫也挽留不了逝去的历史。可见短短三字，却蕴含了深刻的物是人非、人世沧桑之感。

在诗人看来，非但鸟儿不解人意，台城的杨柳更是无情。它们不管世事的兴衰更迭，也不管人间的苦痛悲哀，依旧年年自绿，欣欣向荣，在烟雾笼罩的十里长堤上随风飘曳。薄情至此已让人生厌，更可恨的是，它们竟然还不了解诗人的心事，故意让凭吊历史遗迹的他遥想当年繁荣昌盛的局面，引起昔盛今衰的无限感伤与怅惘。无怪乎要招致诗人的迁怒了。事实上，这种迁怒是诗人苦闷不得发泄的特殊表现。他之所以责怪杨柳无情，正在于自己的多情与伤心。对于身处末世的诗人来说，唐朝的衰败覆灭已是大势所趋，自己虽有心挽救却无可奈何，只能眼睁睁地看着六朝的历史再次重演，这是多么悲哀的一件事。

此诗在艺术构思上颇有特色。虽是凭吊古迹，却不对古迹作正面描绘，也不直接抒发哀悼之情，而是采用侧面烘托的手法，着意渲染氛围，寄寓言外之意，故读起来韵味隽永。全诗虽凭吊古迹，意多伤感，然而主旨却不为怀古而怀古，而是在历史感慨之中暗寓伤今之意，表达对于唐朝衰亡的强烈哀悼，具有感染人心的艺术力量。

（余春丽）

古 离 别

韦 庄

晴烟漠漠柳毵毵，不那离情酒半酣。
更把玉鞭云外指，断肠春色在江南。

【鉴赏】 在古代众多抒写离愁别恨的诗歌中，此诗可算是一首很有特色的作品。全诗通篇以丽景烘托愁情，因而显得别有一番情调。

大凡写离愁别恨，不是把景物写得黯淡无光，就是让景物也充满愁苦之情，然而此诗却别出心裁，将景色写得格外优美动人。首句就为我们描绘出一幅风和日丽的春景图：明媚的阳光，淡淡的晴烟，和煦的暖风，风中摇曳的细长柳枝，多么宜人的春色啊！面对这样的美景，只要是热爱自然的人，都会为之赞叹，并且陶醉其中吧？然而，正当我们这样想时，诗人却忽然笔锋一转，开始描绘离别送行的场面。就在那枝条摇摆的柳树下，诗人摆酒设宴为朋友送行。想到今日一别，不知何时才能再见，诗人不禁黯然神伤，于是频频向朋友敬酒，以至于半醉。"酒半酣"三个字，下得极有分寸。诗人原是因为禁不住离情的愁苦，所以才一杯接一杯地喝酒，然而若是喝得醉醺醺，恐怕所有的离情别恨都被抛诸脑后了，也就谈不上什么"不那离情"。因此，在这种情况下，只有半酣的状态才最能突出诗人此刻的心情。 方面，诗人借酒消愁的目的没有达到；另一方面，诗人的头脑依旧很清醒，时时都能感觉到离别的哀愁在心中萦绕。这样一来，诗人的愁肠百结和无可奈何就被深刻地表现出来了。也难怪这满目春光引不起诗人的兴致了。他的心中正愁苦着呢，若是再欣赏这美好的景色，对比这么鲜明，不是更为他增添愁绪吗？

次句才刚刚提到离愁，三、四两句又忽然宕开，一下子跳到千里之外的江南去。眼前的景致已经够使人哀愁了，而朋友此去江南，江南的春色必定更加浓重。看到那样景色，岂不是要让人肠断？一个"更"字，突出离情的加深，意思较前两句更进一层。这两句说离愁别恨不从眼前落笔，却遥带云外江南，因而显得韵味悠长。

此诗意脉连贯，流转自然，情景交融，充满画意，是一首淡雅醇美的好诗。

（余春丽）

章台夜思

韦　庄

清瑟怨遥夜,绕弦风雨哀。
孤灯闻楚角,残月下章台。
芳草已云暮,故人殊未来。
乡书不可寄,秋雁又南回。

【鉴赏】刘若愚先生说:"中国诗人似乎永远悲叹流浪和希望还乡。"自古而今,怀乡念归,是中国古典文学中的一条精神纽带,维系着士人的精神漂泊。不管穷达沉浮,不管用舍行藏,故乡永远是内心的回望。身处晚唐末世的韦庄,身经动乱,不得不离开家乡杜陵而远至江南避难,及至后来的入蜀,但不管到了哪里,故乡都时时牵动着他的心弦。

章台,故址在今陕西长安,汉时此地已成为了游览胜地。这首《章台夜思》,当是诗人在长安时因思念远在第二故乡江南的亲人而作的。

首联以发音哀怨的清瑟起笔,夜深人静,泠泠瑟音,如凄风苦雨般萦绕在一弦一柱上。这时候,又听到了低沉的角声,因念亲心切,恍以为这角奏的是南方的曲调。就像他在《思归》中写的:"外地见花终寂寞,异乡闻乐更凄凉。"魏晋玄学名士曾就"声有(无)哀乐"争执不休,音乐本身或许无关哀乐,但心悲之人闻之,可能便移情于声,故本无哀乐之声因这移情也变得有哀乐了。章台的角声也许夜夜响起,但在韦庄听来,却是那般的伤感。"残月下章台",说明夜已深,但诗人却无法入睡。

因无法入睡,诗人的思绪便荡了开去。"芳草已云暮",一个"已"字衬托出诗人守候的长久、无奈,此句起兴,来引起下句的"故人殊未来"。淮南小山的《招隐士》中有:"王孙游兮不归,春草生兮凄凄。""云暮"意同"凄凄",两句诗都用芳草的"凄凄"来衬托等候之人的良苦用心。但即使如此难耐的等候,故人仍旧没有回来。"故人殊未来",不仅回应诗题,也自然转到尾联。

正因为"故人"(即自己的亲人)还没有回来,所以诗人想写书信寄托思念。可因时局动荡,就连这点愿望都不能实现。于是只能眼看着秋雁南回,而空留自己无端思念。一个"又"字揭示出诗人的叹惋、无奈与凄凉。

晚唐诗人虽身处末世,有些人在自己的小天地里吟诵着孤独寂寞与闲愁悲哀,但也有如韦庄这样的关心民瘼、欲骋心志之人。从诗史的承继上来说,韦庄近承白居易的写实手法显得平易流畅,风格上则远绍杜甫的沉郁顿挫而成自己的情致婉曲。以这首诗来说,诚如清代的管世铭所谓:"(温庭筠'古戍落黄叶',刘绮庄'桂楫木兰舟')韦庄'清瑟怨遥夜',便觉开、宝去人不远。可见文章虽限于时代,豪杰之士终不为风气所囿也。"(《读雪山房唐诗序例》)总之,这首诗有"怨"但"不怒",有"哀"却"不伤",诚"悲艳动人"(钟惺《唐诗归》)也。 (刘晓亮)

黄巢(?—884),曹州冤句(今山东菏泽)人。曾贩私盐,举进士不第。后加入王仙芝起义军,仙芝死后,众推巢为王,攻入长安,国号大齐。后兵败被杀。《全唐诗》存其诗三首。

题 菊 花 黄 巢

飒飒西风满院栽,蕊寒香冷蝶难来。
他年我若为青帝,报与桃花一处开。

【鉴赏】黄巢有两首题咏菊花的诗,都写得非常好,这是其中的一首。全诗通过描写迎寒怒放的菊花,表达了诗人对它们的赞美之情与不平之意,并由此抒发了诗人自己的怀抱。

"飒飒西风满院栽,蕊寒香冷蝶难来"两句,首先描写菊花不畏风霜、独自开放的情景。在瑟瑟秋风的吹拂下,万木凋零、百花凋谢,唯独这满院的菊花仍傲然挺立、含苞怒放。它们虽然只散发幽微的芳香,比不上春天百花的浓艳,但是却始终迎风屹立、临寒盛开,表现出顽强的生命力和坚贞不屈的精神,多么令人敬佩啊！只可惜蝴蝶不懂得欣赏，因此并不飞来采掇菊花的幽芳。面对这一景象，诗人忍不住要为菊花的生不逢时打抱不平，于是就有了接下来的两句豪言壮语。

"他年我若为青帝，报与桃花一处开"，两句的意思是说，有朝一日我如果做了掌管春天的仙神，一定要让菊花和桃花一起开放，使之共享美好的春光。如果说单从前两句来看，菊花的象征意义还不太明显的话，那么此处就非常清晰了。显然，在诗人的眼中，这些生不逢时的菊花已经成了广大被压迫人民的化身。他们虽然具有顽强的生命力和坚定的意志，但是却始终受到统治阶级的剥削，因而只能过着衣不暖、食不饱的生活。诗人作为一个农民起义领袖，不但同情他们的悲惨遭遇，而且还立志改变他们的命运，让他们过上幸福的生活，这正是诗人"报与桃花一处开"的言外之意。由此，我们再回过头去看"他年我若为青帝"一句，可以发现，虽然这只是一种极为浪漫的幻想，但是却颇能见出诗人的雄心壮志，尤其是那种不屈从于命运的安排，立志要自己当家做主的豪迈情怀，以及无所畏惧、勇往直前的战斗精神更是表现得酣畅淋漓，而这也正是一个决心推翻旧政权、建立新王朝的农民起义领袖所必须具备的宏伟气魄和必胜信念。

此诗出语豪壮，同时又不失含蓄蕴藉，可以说是一首非常成功的托物言志诗。

（余春丽）

武昌妓，生卒年不详，姓名不详。乾符间武昌女妓。乾符四年（877），鄂岳观察使韦蟾罢任时，宾僚盛陈祖席。韦蟾录《文选》中诗二句，令宾从续其句，座中怅望而不能。有女妓起而占两句，宾客无不嘉叹。《全唐诗》卷八〇二收其续成之诗。

续韦蟾句   武昌妓

悲莫悲兮生别离，登山临水送将归。
武昌无限新栽柳，不见杨花扑面飞。

【鉴赏】此诗见于《太平广记》卷二百七十三引《抒情诗》，谓鄂岳观察使韦蟾罢任之时，宾僚盛陈祖席。韦蟾集《文选》"悲莫悲兮生别离，登山临水送将归"，然后遍授笺笔，请宾从为之完续。座中皆怅望不能，逡巡，有女妓泫然起而口占"武昌无限新栽柳，不见杨花扑面飞"二句，于是四座叹服，韦蟾大惊，令其唱作《杨柳枝词》，遂纳为妾，翌日共载而发。

这是一个稍带传奇色彩的故事：春日迟迟，杨柳新发，千古传诵的楚辞名句和满目杨花一起，在"帐饮东都，送客金谷"的时刻成就佳话。在兰心蕙质的佳人面前，满座高朋都成为这才思的点缀，愈是临句怅望，便愈显出她的清逸不凡。似乎官人的两句集诗，也单为目睹她的风华而来。

很多时候，集句并不是一件讨好的差事。用前人的成句，有了功绩也难说是自己的，弄不好还会点金成铁，但历朝历代都有人乐此不疲。集句的最高境界，莫过于取用随心，善夺古人之意，令人以为是自成机杼。韦蟾的起首两句直抒胸臆，道出别离的伤感、送行的不舍。因其切合时景，所以容易引起共鸣。宾客之所以尽皆"怅望"，除了才思不逮以外，亦是被这二句扯动了满心的离愁别绪。另一方面，集句虽为齐言诗，却没有采取常用的近体，而是远溯《楚辞》，分别用了屈原《少司命》和宋玉《九辩》中的名句，其中"悲莫悲兮生别离"从平仄上看，大致符合近体诗的格律要求，而第五字改仄为平，使节奏更为舒缓。从句法上讲，"兮"字很少出现在近体诗中，尤其是"四三"节奏的临界点上，此处偶一用之，则显得比较新颖，使整句荡漾着一种惝恍迷离的情调。然而，这样的艺术效果可一而不可再，韦蟾对此深有体悟，次句便采用了楚辞中的八言"登山临水兮送将归"，虚字"兮"则被删去，紧承上文状宾朋送行的场景，语意连贯，平仄协调，浑然天成。

续诗的好处在于视点的转换。前两句用的是赋法，若后面依然以叙事相承，整首诗势必呆板。近体诗的结构大体不出起、承、转、合，其中"转"的位置恰位于诗的"腰"部，乏力则嫌软，使力太过则易折。故而第三句(联)的得失，往往决定了整首诗的优劣。武昌妓的续诗举重若轻，以兴语出之，依依不尽之情见于言外。折柳送行是古来风俗，这里以"无限"与"新栽"点染，描绘出万绪千条、青柳嫋嫋的景象，像一个长镜头，视野陡然开阔起来。最后镜头再次拉近，蒙蒙杨花扑面而来，意态撩人，似亲近、似挽留、似倾诉……整首诗结束在这个颇富情趣的画面里，欲语还休，余韵袅袅。

（王　颖）

聂夷中（837？—884？），字坦之，河东（今山西永济）人。一说河南人。唐懿宗成通十二年（871）中进士，与公乘亿、许棠等同科。时朝廷忙于打仗，无暇分配官职给他，不得已滞留长安，"皂衣已敝，黄粮如珠"，一贫如洗，才被任命为华阴县尉。任职期间，他生活俭朴，尽量为百姓办实事，但因时局动荡，仕途蹭蹬，抱负未能得到施展。他擅长写古乐府，形象鲜明，通俗流畅，多反映民生疾苦。

伤　田　家

聂夷中

二月卖新丝，五月粜新谷。
医得眼前疮，剜却心头肉。
我愿君王心，化作光明烛。
不照绮罗筵，只照逃亡屋。

【鉴赏】唐末。一户普通的农家。

二月，春天的气息日渐浓郁，一条一条的细蚕被孵出来了；五月，热气在大地上蒸腾，插下不久的秧苗，开始呈现出一片翠绿。细心的读者一定会问：蚕未吐丝，哪有丝卖？禾未抽穗，哪有谷卖？原来唐代有一种名目叫"卖青"，即将还未生产出的农产品预先低价抵押。那年月的农民过的是什么样的日子！定居的人，分夏秋两季纳税，夏税不得过六月，秋税不得过十一月——农民刚夏收，官府就收夏税；刚秋收，就收秋税。农民被催逼得如此之紧，只好将收来的粮食立即换钱交入官府，或者"丝不容织，粟不暇舂"，就被官府夺去。这正如白居易《杜陵叟》所写："典桑卖地纳官租，明年衣食将何如！剥我身上帛，夺我口中粟，虐人害物即豺狼，何必钩爪锯牙食人肉！"到了聂夷中生活的时代，民众负担又增加了许多，因此，这户农家的生计比杜陵叟更为艰难。"二月卖新丝"，那是为了换点糊口的粮食；"五月粜新谷"，糊口外还要预备交租。眼前的难关是度过去了，可是下半年怎么办？明春怎么办？并且秋税尚未交纳。这真好比挖了心头的肉，来治眼前的疮；眼前的疮是好了，可心头的肉却在淌血。

看来唯一的出路是逃亡，到外地去谋生。那年月，逃亡早已不是什么稀罕事。元和十四年（819），李渤上书说，他路过渭南县，听说长源乡旧有四百户,现在只剩一百多户,阌乡县旧有三千户,现在只剩一千户,其他州县的情形也差不多。聂夷中亲眼看到,这户人家也加入了流民的行列,只留下一所破旧的房子。

聂夷中多么希望那个高高在上的皇帝能够改变冷酷的心肠,变成一支闪闪烁烁的、光明的蜡烛;这烛光,别照那些豪富者花天酒地的宴席,而只照流亡者的房子,给贫苦百姓带来一线温暖,让他们能回家过几天太平的日子。

昏聩的皇帝能听诗人的劝告吗? (陈文新)

武瓘,生卒年不详,贵池(今属安徽)人。唐懿宗咸通年间(860—874)考中进士,曾任益阳县令。今存诗三首,见《全唐诗》卷六○○。

感　事　　　　武　瓘

花开蝶满枝,花谢蝶还稀。
唯有旧巢燕,主人贫亦归。

【鉴赏】当鲜花盛开的时候,蝴蝶驾了轻风,雄赳赳地飞过来,落得满枝都是,俨然成了群芳的主人。花衰老了,枯萎了,越来越需要安慰,蝴蝶却扇着翅儿远走高飞了。

燕子却生性恋旧。它们选准一家做主人,在屋梁上筑巢,又精巧,又稳当。一年一度,它们每年都回到这儿。主人家变穷了,顾不得修理房子,看上去一年不如一年,燕子也还是不迁居,好像要用这朴朴实实的举动带给主人几分快乐,几分慰藉。

有一天,武瓘坐在窗前。他又看见了蝴蝶,看见了燕子,不由得联想起生活中的两类人来。一类人的性情像蝴蝶,谁得意,他们就跟着谁;一类人的性情则像燕子,他们看重的是故交之间的情谊,不在乎地位的升降。武瓘感到这联想颇有意味,提笔写成了这首诗。

几年以后,武瓘赴京参加进士考试。他把这首诗呈给主考官萧倣。萧倣品味一番,很欣赏武瓘对燕子的不势利品格的推崇,于是录取了他。

(陈文新)

司空图(837—908)，字表圣，晚年自号知非子、耐辱居士，河中虞乡（今山西永济附近）人。官至礼部郎中。晚年因时局动荡，深感做官不如隐居，于是声称有病，不再出仕。后梁开平二年(908)，他听说唐哀帝被杀，抑郁而死。诗文以抒写闲情逸致见长。

退居漫题七首(其一)　　　司空图

花缺伤难缀，莺喧奈细听。
惜春春已晚，珍重草青青。

【鉴赏】春天就要消逝了。落红满地，花瓣残缺，再也不可能把它缀上枝头；只有树林深处，黄莺成群地飞来飞去，争鸣不已，那声音虽然比起早春来显得苍老、滞涩些，但还值得人细听。

这是退隐的第几个春天了？司空图没有去想。这些年来，他常常陷入沉思。在他的潜意识里，大自然的春天，诗人自己的青春韶华，唐王朝的繁荣的昨日，仿佛融为了一体。他每每看到花落，就想起自己黑得发亮的头发如今却花白花白，想起唐朝往日的繁盛和即将走向崩溃。他双眼模糊，由着这一思绪将他带到很远很远的地方去。

过了好长好长时间，他从沉思中醒来，突然有个意外的发现。花虽然落了，可芳草却长得正好：从根的地方起，一派浓绿浓绿的颜色；草细细的，密密的，往远处看去，像弥漫开来的水波。"野火烧不尽，春风吹又生。"它的生命力非常顽强，就像一个性格坚强、操守严正的人，能够抵御住邪恶的凌虐。

司空图由芳草联想到往事。唐昭宗天复四年(904)，朱温杀了宰相崔胤及其亲信，另用裴枢、柳璨等人做宰相；又将长安毁为废墟，强迫唐昭宗、百官和长安居民迁往洛阳。唐昭宗路过华州，有人夹路呼万岁，唐昭宗哭着说："不要呼万岁，我不再是你们的主子了！"真正掌握实权的是朱温。宰相柳璨自进士及第，不满四年，便登相位，其余裴枢等三位宰相，以资望高自负，轻视柳璨。柳璨削尖脑袋讨好朱温留在洛阳的心腹官员，因而朱温相信柳璨的话，贬斥裴枢等三相，另补充一些人做宰相。柳璨为了报私仇，将裴枢等朝官三十余人，一律加上浮薄的罪名，投入黄河中淹死。他们并假借皇帝的名义征聘司空图入朝。司空图岂能跟这些家伙同流合污？谒见的那一天，他故意装成年老昏聩，连朝笏也拿不稳，柳璨知道他是不可屈服的，只好同意他回到中条山隐居。

芳草是值得珍重的。它的外表自然算不得什么，然而其品格却是不平凡的。司空图看着满眼的芳草，默默自勉道：身处乱世，一定要永葆高洁！一定要像这芳草，经受得住险恶环境的考验。

（陈文新）

来鹏(？—883)，又作来鹄，《唐才子传》说他是豫章（今江西南昌）人。大中、咸通(847—873)年间，他才名很大，却因家庭贫穷而潦倒不堪，常写诗抒发心中的怨愤。多次参加进士考试，都未被录取。唐僖宗乾符六年(879)，黄巢进入江西，他流亡到荆州、襄阳。中和三年(883)死在维扬（今江苏扬州）。他的诗主要写旅居漂泊、穷愁困苦的生活，也有关心国计民生的作品。

云

来　鹏

千形万象竟还空，映水藏山片复重。
无限旱苗枯欲尽，悠悠闲处作奇峰。

【鉴赏】夏天的云朵，真是变幻无常。有时像战车，有时像羊群，有时像白天鹅似的飘飞，有时像马在奔腾。暖风吹动，又仿佛轻纱一样缠绕着山峰；或者从河面掠过，映衬得绿水更加动人……

来鹏端详着天空。他心中充满热切的期待,期待满天云朵能化作甘霖普降。近来他到过不少地方,几乎每一处都遭受了严重的旱灾。田龟裂了,庄稼人的汗水洒在地上,连个印痕也看不见。太阳酷烈得像火焰,烤得庄稼人皮肉发焦,还不肯收敛威风;可是就在这发烫的地里,庄稼人还得老远老远地担水抗旱。禾苗眼看着不行了,先是发蔫,接着变枯,看上去快要冒烟了。

满天的云朵呀,你就不能替庄稼人想想吗? 来鹏对天发问道。

(陈文新)

张乔,池州青阳(今安徽青阳)人。相传张乔年轻时刻苦读书,十年不到花园。与许棠、周繇、郑谷、李昌符等并称"十哲"。唐末大乱中,隐居九华山。

台　　城
张　乔

宫殿馀基长草花,景阳宫树噪村鸦。
云屯雉堞依然在,空绕渔樵四五家。

【鉴赏】江苏南京市鸡鸣山南,曾有一座庞大的建筑物。它原本是三国吴的后苑城,东晋成帝在其中新修了一座建康宫,历经东晋和南朝宋、齐、梁、陈,一直是宫殿及台省(中央政府)所在地,所以叫作台城。这里既是政治中心,又是上层统治者游乐宴饮的处所,不难想见当年的繁华喧腾。然而,随着时间的流逝和淘洗,中唐时期,这里已是"万户千门成野草",唐末就更加荒废不堪了。当张乔踏上这片响彻过繁弦急管的地方,他看到了什么呢? 他听到了什么呢?

成群的乌鸦歇在树枝上。这树许久没有料理了,树干参差不齐,点缀着一片片开始泛黄的绿叶,旧鸦巢几经风雨摧残,却依旧稳稳地待在大胳膊一般的树权上。乌鸦就歇在巢的周围,争先恐后地喧噪,为台城增添了荒凉凄冷的气氛。

张乔打量片刻:台城内原有一座景阳宫,这里便是景阳宫的所在地。离景阳宫不远,有一口景阳井,又叫胭脂井。隋开皇九年(589),隋兵攻入建康,陈后主与张丽华、孔贵嫔在井内躲避过一阵。被活捉后,押往洛阳,病死在异地。这个沉湎于享乐的昏庸的皇帝,他游玩的场所如今成了乌鸦的家,这不是一幕绝妙的讽刺剧吗?

张乔把视线转向别处。附近有几户人家,靠砍柴捕鱼为生。这小小的村落充满了静谧的诗意,似乎想隐瞒住历史的陈迹,好给来访者一点安慰。然而这没有用。败壁残垣横在四周,它们再清楚不过地说明了一切。

张乔端详着,神情黯然。

(陈文新)

河湟旧卒　　　　　张　乔

少年随将讨河湟,头白时清返故乡。
十万汉军零落尽,独吹边曲向残阳。

【鉴赏】他参加过收复河湟的战争。

现在的甘肃省河西走廊和青海省青海湖以东一带,是黄河流域与湟水流域交汇的地方,在唐代被泛称为河湟。安史之乱爆发后,朝廷调西北兵参加征伐,边镇只留下一些老弱兵,吐蕃借机夺取河湟,据为己有。到了大中二年(848),沙州(治所在今甘肃敦煌)人张义潮,乘吐蕃内乱,国势衰弱,率领汉族民众赶走吐蕃守将,占领沙州,唐宣宗任命张义潮为沙州防御史。大中五年(851),张义潮发兵收复瓜、伊、西等十州,河湟土地全部归唐。这个老兵,就是收复河湟的将士中的一员。

他还依稀记得当年的情景。无穷无尽的人、马、辎重,蜿蜒数十里,吱吱呀呀地前进。大家都知道去干什么,情绪既阴郁,又庄严。后来是激战,人和马像摆脱了约束的狂风,呼啸着,横冲直撞。马倒了,人伤了,眼看自己的伙伴们一个一个地死在了战场上。然而,进攻没有停止,反倒像八月十五的钱塘江潮,越卷越凶猛。再后来是吐蕃军队的败逃。声音渐渐地消沉下来,战场被寂静笼罩着,只偶尔响起几声惨叫或有气无力的呻吟。

胜利了。唐军胜利了。

局势平静。他老了,回到了故乡,内心却充满悲凉之感。四海一身,落落寡欢,就像原野上的一棵枯树,稀疏的枝条在寒风和灰尘中发抖。当年浩浩荡荡踏上征伐之路的唐朝军队,如今剩下的还有几个? 跟他一起冲杀的熟悉的将士,有活着回来的吗? 没有。一个也没有。他们有的血洒战场,有的病死在边疆。唯有他幸存下来,仿佛是要为这巨大的人生悲剧提供见证。

他呆呆地站在那儿,眼看着夕阳就要下山了。

他抽出一支羌笛。笛声响了起来,还是那支从军时常吹的曲子。可惜,当年那个英姿飒爽的年轻人已经双鬓斑白;可惜,那些喜欢听他吹笛的将士们已经长眠在异乡;可惜,他一大把年纪,却没有自己的家。……

这个晚上,他将在何处度过?

残阳、白发、黄土……

(陈文新)

周朴(? —879),字见素,睦州桐庐(今浙江桐庐)人。因战乱长期寓居福州,寄食于乌石山寺。黄巢到福州,因不从被杀。周朴诗警句颇多,如"古陵寒雨绝,高鸟夕阳明"、"高情千里外,长啸一声初",当时就为人传诵。《全唐诗》编其诗为一卷,见卷六七三。《全唐诗补编·补逸》卷一三收其诗一首二句。

塞 上 曲

周　朴

一阵风来一阵沙,有人行处没人家。
黄河九曲冰先合,紫塞三春不见花。

【鉴赏】在江南,这正是阳春三月。杂花生树,飞鸟争鸣。春天是慷慨的,它用自己暖和而温馨的气息陶醉了人,连梦里也是香的。柳枝柔嫩,可并不娇弱,倒是充满了生命力,给大地带来青翠和希望。

然而,北方的边境上,周朴见到的却完全是另一种情景。盛唐诗人王之涣在《凉州词》中曾经感叹:"羌笛何须怨杨柳,春风不度玉门关。"真的,春风似乎忘记了这儿,年复一年,从来没有光顾过。三月了,居然连一朵花也见不到。北国的严寒仿佛能把一切都冻成冰。太阳的光线不再给人温暖,只比得上纸面涂出的颜色,尽管看起来发亮,却跟纸同样的冰凉。

一向肆无忌惮的黄河如今也屈服在寒冷的严威之下。这条急匆匆的老是向前赶路的河流，平日汹涌澎湃，混沌一片，从天上奔来，向大海扑去，那喧嚣声，宏大得宛如永远不歇的雷声，没有谁能够抑制得住。现在却叫寒冷拘束得服服帖帖，黄河结冰了。

严寒之外，给周朴印象格外深的是边塞的荒凉。蜿蜒崎岖的古道上，枯藤老树，周朴疲惫地向目的地走去。马蹄的印痕一路都是，有的深，有的浅，有的清晰，有的模糊，表明这一带断断续续有人来往。可是，眼珠撑破眼眶，也找不到一户人家。是呀，除了守边的将士，谁会住在这种鬼地方呢？

一阵狂风扑面而来。它粗野地呼啸着，扇人的脸，堵人的鼻子，叫人透不过气。它还嫌不够，又从一望无际的远方，挟带着遮天盖地的尘沙，急速向前推进，仿佛在恐吓、追捕什么似的。谁也想象不出它性情的暴烈：折断了枯树，拔起了蔓草，将稍微成形一点的土块扔得远远的，还逼得人向来路躲避……

这悲凉的边塞！

（陈文新）

章碣，生卒年不详，原籍睦州桐庐（今浙江桐庐），后迁居钱塘（今浙江杭州）。累举进士不第，流落毗陵等地，郁郁而终。《全唐诗》卷六六九编其诗为一卷。

焚书坑　　　　章　碣

竹帛烟销帝业虚，关河空锁祖龙居。

坑灰未冷山东乱，刘项原来不读书。

【鉴赏】对秦始皇"焚书坑儒"、推行文化专制主义的暴虐行径，后世的论著和诗文多数是持批判态度的，章碣的《焚书坑》是著名的篇章之一。焚书坑旧址在今陕西省西安市临潼区东南的骊山脚下。章碣或者到过那里，触景感慨，吟成此诗。

"竹帛烟销帝业虚"，意思是：烧书时升起的灰烟消失了，秦始皇的帝业也跟着灭亡了，好像当初在焚书坑里焚烧的不是竹书、帛书，而是他的嬴氏天下。"竹帛烟销"是实写,有形象可见。"帝业虚"是虚写。这一句明叙暗议,虚实相生,直接谴责了焚书的暴行。

"关河空锁祖龙居",次句就"帝业虚"之意作深入一层的议论,意思是:虽有关河的险固,也保不住秦始皇在都城中的宫殿。诗中说"关河",便概括了关中四塞的萧关、散关、武关、潼关、黄河、泾河、渭河等一切可以倚恃的地理险阻。"祖龙居"固然可指以阿房宫为代表的秦始皇的宫殿——它被项羽一把火化为焦土——何尝不是秦政权的象征。现在,关河依旧,阿房宫却灰飞烟灭了。焚书的火苗引燃农民起义的熊熊烈火,这就叫"恃力者亡"。这一句概括了整个秦末动乱以至秦朝灭亡的史实,言简意深;并且以形象示现,把"帝业虚"这个抽象的概念写得有情有景,带述带评,很有回味。

"坑灰未冷山东乱",是点题之笔,进一步用历史事实对"焚书"一事做出评判。秦始皇和李斯等人把"书"看成是祸乱的根源,以为焚了书就可以消灾弭祸,从此天下太平,结果适得其反,随之而来的竟是天下大乱,秦王朝很快陷入灭顶之灾,落了个现世现报。这样看来,眼前这个焚书坑岂不就是秦始皇自掘的坟墓吗?从焚书到陈胜吴广起义,前后相隔仅四年。"坑灰未冷"是形象的说法,极言时间之短,暴政覆灭之速。

"刘项原来不读书",末句抒发议论、感慨。"刘项"指刘邦和项羽,他们是反秦起义的主要领导人。这两人一个曾长期在市井中厮混,一个出身行伍,都是"不读书"之人。可见"书"未必就是祸乱的根源,"焚书"也未必就是巩固政权的有效措施。秦王朝视"书"和"读书人"如洪水猛兽,必欲根除而后已,岂料最后亡于不读书的刘项之手,真是一个绝妙的嘲讽。

这首诗透过对秦始皇焚书这一事件的剖析,从一个侧面揭示了秦王朝因倒行逆施而自取灭亡的历史必然。深刻冷静的思考借具体可感的形象和调侃的口吻出之,显示了作者的批判态度和憎恶之情。全诗从"竹帛"写起,以"书"作结,首尾呼应,圆转自然。

(杨　军)

薛媛,生卒年不详,濠梁(今河南开封)人,南楚材之妻。咸通前在世。善书画,工诗文。《全唐诗》卷七九九收其诗一首。

写真寄外　　　　　　　　　　薛　媛

欲下丹青笔，先拈宝镜寒。
已惊颜索寞，渐觉鬓凋残。
泪眼描将易，愁肠写出难。
恐君浑忘却，时展画图看。

【鉴赏】根据范摅《云溪友议》卷上《真诗解》记载，薛媛为濠梁（今河南开封，一说为安徽凤阳）人南楚材妻，娴于书画文章。南楚材客游于陈颍，当地太守爱其人才出众，想把女儿嫁给他。南楚材有允诺之意，便派遣仆人回家收取琴书等物。薛媛知其欲弃糟糠之妻，于是对镜自画容颜，并题诗以寄。南楚材见到诗画，终于打消了"别倚丝萝"的念头，夫妇团圆偕老。

此首《写真寄外》为题画诗，句句不离自画丹青，由形至神，刻画细致入微，字字饱含深情，似喃喃独语，又似对人低诉。首联为"起"，写女主人公想要自图春容，先对"宝镜"端详一番，然后才好下笔。然而宝镜触手生寒，使人心里不由也涌起一股寒意。也许是镜子许久不曾拿在手上，故而生出凉意；也许是那镜面反射出冰冷的光芒，不由分说刺痛了她的眼睛。这个"寒"字似客观描写，又似心境的投影，为全诗笼罩了一层凄清的氛围。

颔联为"承"，表现女主人公的自我观照：当她看清自己在镜中的容貌时，不禁颇惊于红颜的易逝了。"索"为齿音，"寞"是入声，从字音上带给人枯槁、坚硬和萧索的涩感，用以摹写玉人憔悴的形容。下联"凋残"声调悠长，显得余韵萦绕。或许她早已是"自伯之东，首如飞蓬，岂无膏沐，谁适为容"？（《诗经·国风·卫风·伯兮》）然而良人一去不归，她许久不临镜奁，如今方觉昔日的如花容颜，已然默默老去了。李白有"不信妾肠断，归来看取明镜前"（《长相思》）的诗句，她却只能对镜自伤，把即将逝去的青春付与画笔，寄给千里以外那个不愿归家的人。

颈联为"转"，由上面的摹形转为写神，任凭女主人公丹青妙笔，画得出"昔日横波目，今作流泪泉"，却画不出那一段愁肠，画不出刻骨铭心的思怨。所以她提醒丈夫，自己心里含着说不尽的忧愁和哀伤，是这幅画所难以表现的。里面还隐含着一层意思：要解开这百折愁肠、缠绵心结，光靠作画和看画是难以实现的,须要两人重会,才能抚平这段忧伤。

尾联为"合",其中"恐"、"时"二字运用极妙。她的心里已经明白,丈夫遣人回家取琴书,"似无返旧之心也"。但她并不断然揭穿,只是巧妙地点醒:恐怕你已经把我全然忘却了吧,要时时展开画图来看啊!"恐"字含蓄,"时"字迫切,其间有担忧、有怨抑、有隐忍,更有潜藏的爱情和希望。试想南楚材在寂静的深夜拿到灯下细细品读,心头该掠过怎样的悸动和感伤!

这首诗有很强的闺怨意味,但不同于一般由男子所写的模拟女性心态之作。它没有美人香草的寄兴,只以深挚的情意动人,且从侧面反映出古代女性苦乐由人、命运难以自主的悲剧。

（王　颖）

曹松(830?—902?),字梦征,舒州(今安徽潜山)人。晚唐时流落江湖,后敕授校书郎。诗学贾岛。《全唐诗》编其诗为二卷。

己亥岁（二首选一）　　　　曹　松

泽国江山入战图,生民何计乐樵苏。
凭君莫话封侯事,一将功成万骨枯。

【鉴赏】这是一首慨叹时事的诗歌。因诗中揭露社会问题极为深刻,故流传很广。

"泽国江山入战图,生民何计乐樵苏"两句,首先为我们勾勒出一幅征伐不断、民不聊生的世乱图。首句中的"泽国",即指江汉流域。这一句说江汉流域都被画入了作战图,言外之意就是说战火已经从大江以北蔓延到了大江以南。由此,一个到处都在打仗的乱世就被形象地描绘出来了,然而表达上却含蓄委婉。次句则通过刻画乱世中百姓的普遍心理,反映他们流离失所、无以为生的情形。"樵"即打柴,"苏"则为割草。在和平的年代,这本是两种极为艰辛的生计,根本谈不上什么快乐。但是如今,它却成为百姓心目中的一种理想生活。为什么呢?因为在眼下这样的乱世,能够以打柴、割草平安地活着就已经是莫大的幸福了,除此以外,还能有什么更高的要求呢?然而即便是这一卑微、渺小的要求,对于百姓来说仍是一种奢望,世局之混乱、百姓之凄惨可想而知,当真要让闻者落泪、见者伤心了。这一句只七个字,描述的事情也极为简单,但是语意却几度转折,不得不让人佩服诗人的写作功力。

正是在这样的现实震撼下,诗人发出了内心的呼喊:"凭君莫话封侯事,一将功成万骨枯。"意思就是说,大家不要再提什么封侯的事情了。你们可知道,一位将军凭借战功封侯是以千千万万人的生命为代价换来的。末尾一句,诗人通过"一将"与"万骨"、"功成"与"骨枯"的鲜明对比,深刻地揭示了战争给广大人民带来的不幸和灾难。尤其是万骨同枯的场面,仿佛就在我们的眼前浮现,极为触目惊心。这两句既是规劝之语,也是警世之言,不仅反映了诗人所处时代的社会悲剧,而且也揭示出整个封建社会的一种普遍现象,故格外振聋发聩。

此诗以客观叙述起,以主观议论结。语言朴素而意旨遥深,再加上一字一句全是血泪,故具有感动人心和引人警醒的力量。 （余春丽）

韩偓(842—914?),字致尧,小字冬郎,自号"玉山樵人",京兆万年(今陕西西安)人。官至翰林学士。晚年入闽依王审知,卒于闽。工艳情诗,亦有感时伤事之作。有《香奁集》,《全唐诗》编其诗为四卷。

自沙县抵龙溪县,值泉州军过后,
村落皆空,因有一绝　　韩　偓

水自潺湲日自斜,尽无鸡犬有鸣鸦。
千村万落如寒食,不见人烟空见花。

【鉴赏】此诗作于五代梁开平四年(910),为韩偓避难闽中之作。它通过描写农村的荒芜、凄凉景象,揭露了唐亡后藩镇军队破坏、洗劫农村的现实,抒发了诗人对整个时代的痛心和无奈。

那么,韩偓途中所见的究竟是怎样一幅农村光景图呢? 此诗为我们作了大致勾勒:从沙县到龙溪县,沿途村落众多。在过去的盛世年代,百

姓们一年到头辛勤劳作,自然是一片繁忙热闹的景象。然而,当今乱世之际,由于藩镇军队频繁地前来骚扰和洗劫,百姓的生活受到了前所未有的破坏,不但无法进行正常的生产劳动,甚至连最基本的生命也不能得到保障。时间一久,百姓们死的化为尘土,活的避难他乡,以至于千村万落不见一点人烟,仿佛过寒食节一般。既无人烟,自然也不会有鸡鸣犬吠,于是昔日繁荣的这一大片村落就沦为了荒凉的空城与鬼窟,只留下令人厌恶的乌鸦终日哀号。经此人世巨变,孰能无动于衷?

然而,犹有太阳依旧东升西落,溪水依旧潺湲流淌,鲜花依旧竞相开放,似乎全然不受时事的影响,真是无情得很。不过,纵使如此,又有什么用呢?夕阳下不再有归家人的歌唱,溪水中不再有戏耍、浣衣的身影,就连争奇斗艳的花朵也不再有人驻足欣赏,只能寂寞地开放,又寂寞地凋落,多么凄清惨淡!多么了无生趣!诗中这两个"自"字和一个"空"字,实在是用得好极了。记得最善用此二字的杜甫曾写过一首揭露蜀中征戍暴行的《征夫》诗,诗中特别将"空"、"自"二字连用,所谓"十室几人在?千山空自多!"正因朝廷征戍残酷,蜀中不见人,但见山,故曰"自多"。然又有何用?因没有人,即使有千山也不过是徒然耸立,故又曰"空多"。韩偓此诗与杜诗表达的意绪极为相似,故两字的用法亦深受杜甫的影响。反复曰"自"、曰"空",归根到底,仍是为了以自然环境的不变反衬农村由繁荣转为荒凉的巨大变化,从而抒发诗人的感伤国事之情。

全诗如实地描写了从沙县到龙溪县沿途农村一派荒芜、萧条的景象,并能于写景之中寄托时事,抒发感慨,因此有画笔与史笔相结合之妙。

(余春丽)

安　贫　　韩　偓

手风慵展八行书,眼暗休寻九局图。
窗里日光飞野马,案头筮管长蒲卢。
谋身拙为安蛇足,报国危曾捋虎须。
举世可能无默识,未知谁拟试齐竽?

【鉴赏】所谓"安贫",即安贫乐道之意。诗人在朝时曾深受唐昭宗信任,因反对朱温篡唐,遭到贬斥,于是辗转入闽投靠威武节度使王审知,而王审知亦于不久之后接受朱温的封号，诗人只得再次离开，移居闽南泉州的南安县。《安贫》一诗即作于此时。

首联即点明题意，自述穷困潦倒的生活境况。"手风"，指手患风疾。"八行书"，指书信，因古代的书信多用红纸直分八行，故名。"眼暗"，说明诗人老眼昏花、视力不好。"九局图"，则指棋谱。这两句的意思是说，自己因为手颤眼花，所以信也懒得写了，棋也不用下了。这样一来，一个年老贫病、孤单落寞的诗人形象就展现在我们面前了。

颔联则紧承前两句，进一步刻画诗人的空虚与寂寞。"野马"，语出《庄子·逍遥游》"野马也，尘埃也，生物之以息相吹也"，指的是田野间浮游的尘埃。"筠管"，即笔筒。至于"蒲卢"，《尔雅·释虫》曰："果蠃，蒲卢。"陆元恪的《毛诗疏》则更为详细地指出："螺蠃，土蜂也，似蜂而小腰，取桑虫负之于木空中或笔筒中，七日而化为其子。"这两句通过描述阳光照进屋子时尘埃飞扬的情景，以及笔筒久置不用导致长虫一事，极力渲染了诗人的无所事事之态和百无聊赖之感。虽然仍为安贫，但是一种不甘于现状、渴望有所作为的心情却呼之欲出，从而又引出颈联对于往事的回顾。"谋身拙为安蛇足，报国危曾捋虎须"，两句全都暗藏典故，其中前一句以画蛇添足的故事讽刺自己无端多事，以致落得如今这一番下场，然而明为嘲讽，实则诗人自负；后一句则借孔子游说盗跖反被驱赶出来的故事（语见《庄子·盗跖》篇："丘所谓无病而自灸也。疾走料虎头，编虎须，几不免虎口哉！"），诉说自己因反对朱温篡唐而被贬逐出朝一事。这两句一反说，一正说，将诗人不畏邪佞、舍身报国的忠贞品格和自负心理表现得淋漓尽致，从中我们也不难体会诗人渴望再次受到重用的心情。

尾联则又从回忆跌到现实。诗人空有报国热情和满腹才华，却无人理解、无处施展，只得寓居偏僻小村，安于贫困生活，其心中的愁苦可想而知，故不得不借南郭先生滥竽充数的故事表达一种选贤任能的希望，然而这种希望又是如此渺茫，诗人自己的亲身经历不就印证这一点了吗？想到这里，诗人不禁更加郁闷了。

此诗虽题为安贫，其实却是抒发诗人政治上的失意。吟咏这首诗，很容易让人想到杜甫的某些诗作，故黄庭坚曰："老杜虽在流落颠沛，未尝一日不在本朝，故善陈时事，句律精深，超古作者，忠义之气，感发而然。韩偓贬逐，后依王审知……其词凄楚，切而不迫，亦不忘其君者也。"

（余春丽）

吴融(？—903)，字子华，越州山阴（今浙江绍兴）人。昭宗龙纪元年(889)登进士第。曾随宰相韦昭度出讨西川，任掌书记，累迁侍御史。一度贬官，流落荆南，后召为左补阙，拜翰林学士、中书舍人等。有《唐英集》三卷，《全唐诗》存其诗四卷。

卖 花 翁 　　　　　　　吴 融

和烟和露一丛花，担入宫城许史家。
惆怅东风无处说，不教闲地著春华。

【鉴赏】爱花、赏花、品花历来是唐朝达官贵族的嗜好，但是到了晚唐，由于社会贫富悬殊的日益加剧，托"花"言志成了诗人的一种政治表达。吴融的这首《卖花翁》，与白居易的叙事长诗《买花》一样，是对当时豪门显贵奢靡生活的揭露和对下层穷苦人民的同情。但白诗用赋的手法，吴诗则用比的手法，以借物抒情来加以艺术的表现，比白诗的直接揭露更加含蓄委婉，因而更具概括力，也更富有艺术魅力。

诗的前两句"和烟和露一丛花，担入宫城许史家"，看似平淡地叙述了卖花翁担着新摘的鲜花送入宫城许、史两家，但叙述之巧仍为后人钦佩。"和烟和露"，并列使用了两个"和"字，贴切地形容了鲜花刚刚被采摘下来时冒着烟气、含着露珠的状态，花的鲜嫩、水灵、娇艳、可爱尽展眼前。"一丛花"，表达花的珍贵和卖花翁采花背后的艰辛，这里相衬于白居易《买花》诗中"上张幄幕庇，旁织笆篱护。水洒复泥封，移来色如故"几句，有殊途同归之效，相比而言，突显绝句的简洁、明快。"宫城"二字则表明了他们是非同一般的皇亲国戚，并由此点明其要批判的对象。"许"、"史"两家，本指汉宣帝的皇后娘家与祖母娘家，均系外戚又封列侯，显贵当世。诗人借汉代外戚，实指唐代的豪门权贵。

后两句"惆怅东风无处说，不教闲地著春华"，是诗人抒发胸臆的落脚点。初春到来，大自然本应是争奇斗艳，一片欣欣向荣的景象。而如今豪门贵家却极力把盛开的鲜花锁进自己的深宅大院独享春华，致使春色大地一片荒凉，而这种后果更使得"东风"都无处诉说，虽有所夸张，却无不极力表露诗人愤怒之情。诗人用"惆怅"一词来喻"东风"，"东风"既暗指卖花翁又借比诗人的无奈,避实就虚,足见其用笔之绝妙。"教"字有"使"的意思,"不教"一词,则显示了豪门权贵的特权和霸道。他们不但衣食无忧,连鲜花、春光等自然赋予万物的美都要攫为己有,字里行间饱含着诗人强烈的愤怒之情。但诗人没抒发个人斗志和感慨,却用"东风"的"惆怅"来托兴,较之白诗中以"一丛深色花,十户中人赋"这一触目惊心的事实作结,吴诗更显含蓄委婉,而又不失犀利,启人遐思。

《唐才子传》评价吴融的诗"靡丽有余,而雅重不足",不过这首诗却称得上是他托古讽今的佳作。诗篇由"卖花"引题,通篇没有一个字涉及"仇恨"和"同情",但它所表达的愤与恨,尖锐刺骨,历历在目。吴诗在表现形式上不同于白诗直抒胸臆,而是以精练、委婉的笔法寓情于物,从而减少不必要的政治压力,充分体现了诗人独特的艺术视角和高度的艺术概括力,可谓婉约"讽喻"绝句的佳构。

(贾蕊华)

葛鸦儿,生卒年不详,《全唐诗》存其诗三首。

怀 良 人

葛鸦儿

蓬鬓荆钗世所稀,布裙犹是嫁时衣。
胡麻好种无人种,正是归时底不归?

【鉴赏】这首诗以怀良人为名,即为该诗定下基调。"良人"是古时候妇女对丈夫的称呼,《孟子·离娄下》:"良人者,所仰望而终身也。"因此这是一首劳动妇女思念丈夫的怨歌。

诗的前两句以画像入诗,"蓬鬓",是说她鬓发蓬乱,头上戴着自己编的荆条发钗,身上还穿着多年前出嫁时的土布裙,给我们展现了一个贫苦妇女的素描画。作者通过"蓬鬓"与"荆钗"、"布裙"结合,将妇女与丈夫分离后凄惨的生活刻画得淋漓尽致。所选三个物件也是别出心裁,"蓬鬓"一出现就以较强的印象冲击读者;"荆钗"、"布裙"均为古时对下层劳动妇女形象刻画的经典词汇,"早知雨露翻相误,只插荆钗嫁匹夫"(《长门怨》刘得仁),"平生不识绣衣裳,闲把荆钗亦自伤"(《贫女》李山甫),这两个词不但表现了贫妇的贫贱生活,还暗含了对曾经美满婚姻的无限留恋,《列女传》载"梁鸿、孟光常荆钗布裙"。这里用"荆钗"、"布裙"及"嫁时衣"等字面,似暗示这一对穷困夫妇一度是何等恩爱,然而社会的动乱把他们无情拆散了。诗的前两句由作者自己道出,凸现了作者内心无比的怨恨,和自己对丈夫无比的思念。

该诗第三句以兴起句,"胡麻"即芝麻,"好"在此是适宜的意思,"南方谚语有'长老(即僧侣)种芝麻——未见得'。余不解其意,偶阅唐诗,始悟斯言其来远矣。胡麻即今芝麻也,种时必夫妇两手同种,其麻倍收"(《夷白斋诗话》)。从而将情景交融,原来种麻是托词,"盼夫"才是真情。这样末句就被自然而然地引出来,"底不归"就是为何不归的意思。同时呼应该诗主题"怀良人"。诗的第三句则将她的感情进一步升华,"胡麻好种无人种",动乱对农业造成破坏,男劳动力被迫离开土地。作者由描画自己的落魄形象直接升华到因丈夫出走造成的窘迫生活。而诗的结尾,在经过作者一系列铺垫之后,终于将压抑在心底的对丈夫的思念呼喊出来,"正是归时底不归?"语含怨望。她忧心忡忡地盼望丈夫早日归来,然在这动乱时期,丈夫却杳无音信。

综观全诗,作者以自己对丈夫的思念为主线,由衣着、外貌、心理到生活的描写,抒发作者对现实生活的不满和对丈夫的无限怀念。 （贾蕊华）

金昌绪,生卒年不详。余杭(今属浙江杭州)人,身世不可考,诗传于世仅《春怨》一首。这首诗的题目又作《伊州歌》,据《乐府诗集·伊州》题解,此曲乃是"西京节度盖嘉运所进也"。可见此诗原是金昌绪为西域地区所进的地方乐曲《伊州歌》配的歌词。后来,五代顾陶将此诗选入他所编的《唐诗类选》(已佚)中,并据诗意将题目改为《春怨》。

春 怨　　　　　　　　金昌绪

打起黄莺儿,莫教枝上啼。
啼时惊妾梦,不得到辽西。

【鉴赏】这首诗记录了一位思妇春日睡醒时的一段愁怀离绪。这愁绪是由黄莺引发的,诗境便围绕黄莺展开。首句"打起黄莺儿"如奇峰陡起,造成一个悬念。尽人皆知,黄莺本是春天的使者,它飞来飞去,为春天唱着赞歌,十分逗人喜爱。今天偶尔停在这位诗中人庭树枝头上,既无老鹰捕捉小鸡的歹念,又不似鸱鸮预示什么不祥,可以说哪一点也不会惹着谁,而诗中人却要"打起黄莺儿",真不太近情理了。有了这个悬念,读者便急于弄个明白,究竟是怎么回事?于是第二句作出解答,其所以要把黄莺打起,并不关来意善与不善,目的是为了"莫教枝上啼"。这样的回答更让人感到稀奇,因为黄莺的叫声绵蛮娇婉,历来以动听著称。人们不禁还要疑问:又为什么不让莺啼?悦耳的莺啼不要听,难道要听聒耳的乌啼不成?第三句又作出解释,"莫教啼"仅仅是怕"啼时惊妾梦",并不关悦耳不悦耳的事。但读者自然不能满足这一解释,会进而疑问:该不是韦应物《听莺曲》中所说的"懒妇梦"吧(韦应物《听莺曲》有"谁家懒妇惊残梦"之句)?诗的最后一句说得明白:这位诗中人怕惊破的不是一般的梦,而是去辽西的梦,是唯恐"不得到辽西"。"辽西",辽河以西,今辽宁省西部;是诗中女子所思念的人的居留地。至此,读者恍然大悟,原来这是一位征人的妻子,她朝朝暮暮在思念自己的丈夫。但关山阻隔,会面无因,只能寄希望于梦中偶然一见。但"梦魂纵有也成虚,那堪和梦无"。因此她的"打起黄莺儿"的念头不仅可以理解,而且值得深切同情。

黄莺在这首诗里是个重要角色。有人说:如果这位闺中少妇做的梦是像岑参《春梦》和张泌《寄人》所写的那样,在梦中会到了所思念的人,那么,这个"惊妾梦"的黄莺就实在该打。但如果她做的梦是像张仲素《秋闺思》所写的:"梦里分明见关塞,不知何路向金微。"那么,就以不打为是。当然,出于对弱女子"天长路远魂飞苦"的同情,这样考虑问题是对的。但既然她已把"关山难"置之度外,必欲梦中一晤而后已,则眼前这只黄莺儿自宜格打勿论。这类诗不是一般的思亲念远之作,它们除了儿女之情外,还反映了当时兵役制度下广大人民所承受的痛苦,有着深刻的时代内容。

这首诗采用的是层层倒叙的手法。本是为怕惊梦而不教莺啼,为不教莺啼而要把莺打起,而诗人却倒过来写,最后才揭开了谜底,说出了答案。以倒叙代替平铺直叙,使小诗有了句句设疑,层次重叠,曲折顿挫的特点,同时又有词意连属,环环相扣的连贯气势。王世贞说这首诗:"篇法圆紧,中间增一字不得,著一意不得。"沈德潜则说:"一气蝉联而下者,以此为法。"

(杨 军)

鱼玄机(844?—868),字幼微,一字蕙兰,长安(今陕西西安)人。咸通时出家于长安咸宜观为女道士。与诗人温庭筠、李郢等有唱和。其诗属对工稳,遣词用典颇有新意,写男女之情,尤为真切细腻。《全唐诗》收其诗一卷,凡五十首。

江陵愁望有寄 　　鱼玄机

枫叶千枝复万枝,江桥掩映暮帆迟。
忆君心似西江水,日夜东流无歇时。

【鉴赏】这是一首怀人之诗,诗题一作《江陵愁望寄子安》,大约是鱼玄机在被弃之前与李亿小别时的作品。根据《唐才子传》的记载,鱼玄机"性聪慧,好读书,尤工韵调,情致繁缛。咸通中及笄,为李亿补阙侍宠。夫人妒,不能容,亿遣隶咸宜观披戴"。她的集子里有多首题为"寄子安"的诗,这一首为七绝,读起来却颇具乐府民歌的风味,宛如行云流水,清丽可人。

首句以秋江边的枫树起兴,勾画出红叶层叠、枝枝交错的景象。屈原在《招魂》中有"湛湛江水兮上有枫,目极千里兮伤春心"的名句,满川红叶在萧萧秋风里摇曳,触动了人内心深处某根脆弱的弦,于是幽思怀想纷至沓来。《招魂》的成功之处在于渲染色彩,"湛湛"给人明净和飒爽的感觉,而"枫叶千枝复万枝"主要通过复字造境,两个"枝"字都落在"四三"节奏的末尾,音调流利动听,生动地摹出枝叶繁茂之状,令人联想到《越人歌》的句子"山有木兮木有枝,心悦君兮君不知",二者在音律的调配上颇有异曲同工之妙。

次句描写"江陵愁望"的所见:江桥掩映在枫叶之中,不觉渐渐晦暗起来。四周已是暮色垂垂,却仍不见载他的那片归帆。"掩映"为双声,念起来婉转清润,似乎连愁思都跟着玲珑起来。这一句看似写景,实为情语,关键就在一个"迟"字上,既显出守望的时间之长,又满含候人不归的怅惘。音调上扬,而舌音又见出低徊。细细吟咏,不难体味出其中的思念和惆怅、希冀和悲哀。

末两句似一气呵成,毫无凝滞。将思念之情与绵长的流水相联系,前人运用已多,故该诗并不以意取胜,而是用"西"、"东"的呼应造成圆转铿锵之调,清新悠扬,颇有乐府的风致。比起"思君如流水,无有穷已时"(徐干《室思》),鱼玄机之作显得曼长流转,流水潺潺东去之状如在目前。另一方面,西江东流本是无须多言的事实,诗中偏要并提,却不觉重复,因为这种执着的强调中似乎含着令人不忍伤害的天真。李白在《金陵酒肆留别》中写道:"请君试问东流水,别意与之谁短长",这个发问也是孩童式的,却格外见出用情的深挚动人。

鱼玄机创作此诗时,与李亿的感情变故多半还没有发生,诗的主题是比较单纯和明净的相思,待她为李亿正室所妒、被遣出家为女道士后,所写另一首《寄子安》中有"聚散已悲云不定,恩情须学水长流"之句。想起当初江陵愁望,比情作水,如今却散若浮云薤露,不免"别有一番滋味在心头"吧。

(王 颖)

杜荀鹤(846—904),字彦之,号九华山人。池州石埭(今安徽石台)人。出身寒微,46岁才中进士。杜荀鹤用近体诗来揭示军阀混战局面下的社会矛盾和百姓的悲惨遭遇,在不大景气的晚唐诗坛上显得比较突出。他还有一些抒情、写景、赠答的诗,也都清新明快。诗风朴质自然,语言浅近通俗。

春 宫 怨

杜荀鹤

早被婵娟误,欲妆临镜慵。

承恩不在貌,教妾若为容。

风暖鸟声碎，日高花影重。

年年越溪女，相忆采芙蓉。

【鉴赏】杜荀鹤少有壮志，据《嘉靖池州府志》卷七《人物篇·贤哲》记载："杜荀鹤字彦之，甫七岁，资颖豪迈，志存经史。忽家人令向东作，怒曰：吾岂耕夫耶！尔燕雀安知鸿鹄之志哉！"另据史书载，杜氏一家三代近百口人聚居在一起，而他和弟侄都有自己的读书堂，可见家庭条件比较优越。正因为有如此优越的条件，又兼从小就萌生的雄心壮志，所以奠定了其日后"致君尧舜"之志。然大唐末世，仕途偃蹇，直到 46 岁那年，才以第八名的成绩登第。这之前，他曾遍游各地投谒，但都湮没无闻。这首《春宫怨》即是其借宫怨而抒发抑郁苦闷之作。

"婵娟"形容貌美。首联写出宫女悔恨自己因为貌美而被选进了宫，从而辜负了大好青春。如此，则懒于梳妆打扮了。一个"慵"字，满含了悔恨、无聊、怨怼等诸多情绪。

颔联继续由"慵"的情绪写出。"承恩不在貌"是说蒙受主上的宠爱并非因为美好的容颜，所以让我如何打扮呢？"教妾若为容"，再一次为"慵"字做注脚。而这两句又都满含怨怼。

颈联描绘了一幅春风和煦、鸟雀呼晴的美好光景。"碎"字写出了鸟的欢快，"重"字则写出了竞相开放的花的烂漫，而却反衬出宫女内心的死寂。窗外阳光明媚，窗内却冷冷清清。正因为这种死寂、冷清，才想起了以前的伙伴。

尾联把宫女比做"越溪女"西施，又将笔触由此延及彼。说那些采莲女每年都会想念入宫的西施，想象曾经和她一起采莲的嬉戏场面。而其实却是写自己怀念当年与自己一起采莲的伙伴。所谓"于对面落笔，便有多少微婉"（纪昀《瀛奎律髓汇评》）。

整首诗都在述说宫女的悔恨、怨怼、惆怅，但却无一"怨"字或"恨"字。清吴瑞荣评曰："宫怨诗，能为律诗，难矣。终首不露'怨'字痕迹，可谓和平。"杜荀鹤写诗十分注重风雅传统，比较深刻地揭示了唐末现实的腐弊；又其践行"哀而不伤，怨而不怒"的准则，从而使得他的诗虽多怨怼、讽刺，但终归于"和平"。宋严羽在《沧浪诗话》中称"杜荀鹤体"，足见其之于诗史的地位。

（刘晓亮）

春 闺 怨　　杜荀鹤

朝喜花艳春，暮悲花委尘。
不悲花落早，悲妾似花身。

【鉴赏】她是杜荀鹤想象中的一位年轻女子。

她长大了，渐渐地开始认识她自己。每当花开花落的时候，每当春天来而复去的时候，一种无法言说的感情就会不可抑制地涌上她的心头。

在一个春风醉人的早晨，她慢慢地打开了门，羞怯地向外窥看，台阶前一朵鲜艳的花，正在朝露中开放。她的青春的生命在她身上跳动，欢乐充溢全身。她感到青春就跟这花一样美好！

晚上，落落寞寞的，满怀牵挂的，她又去看这朵花。花已经枯萎，一片片的花瓣飘落在地上，被人踩得再也想象不出早晨的那种美丽。她心情沉重起来，感到了一种说不出来的失落。她疑惑自己是不是过于多愁善感了。不，不是。因为她悲伤的并非花谢得太早了，她惋惜的是她的青春也像花一样即将枯萎。

画外音：

杜荀鹤由这位姑娘想到了自己。他出身寒微，年轻时曾经与朋友殷文圭、顾云等人隐居在九华山苦读。那时，他充满了少年人的壮志和自信，相信只要充实自己，便能大有作为。他无钱买书，就借别人的书来抄，以致两眼昏花。为了获得更好的学习条件，他"卖却屋边三亩地，添成窗下一床书"（杜荀鹤《书斋即事》）。然而，尽管他如此勤奋，在科举上却屡试屡败，不断碰壁，整整苦斗了 30 年左右。他的大好年华就这样消磨在一次次的赴考途中，他怎么能不感伤？

（陈文新）

溪　　兴　　杜荀鹤

山雨溪风卷钓丝，瓦瓯篷底独斟时。
醉来睡着无人唤，流到前溪也不知。

【鉴赏】这是杜荀鹤隐逸生活的一个片断。

三十多岁时，杜荀鹤先后漫游过现在的福建、江西、江苏、浙江等地。

一次,在维扬(今江苏扬州),遇见诗人张乔。张在九华山隐居过。老朋友见面,把酒论文。杜荀鹤抒发自己的壮志,表示要拯救诗界的颓运。在钱塘,他遇见诗人罗隐。罗也曾在九华山隐居过,与杜荀鹤十分友好。他跟杜荀鹤一样,诗才卓绝而屡试不第。但他似乎比较乐观,见面时提到的是"黄菊倚风村酒熟,绿蒲低雨钓鱼归"的九华风情。杜荀鹤目睹罗隐的失意,却不禁触景生情。他是个珍惜时光的人,不忍心在漫游中虚耗光阴,荒废学业。不久,他回到了他年轻时隐居的九华山,再度隐居苦读。

隐居生活是清苦的。深山僻水,风风雨雨,形单影只的诗人,只能用那粗劣的瓦罐中的淡酒打发时光。有时,他来到那条寂静的深山小溪,坐上一只小船,卷起钓丝,走进船舱,一边聆听着风雨拍打篷窗的声音,一边自斟自饮。喝醉了,恍恍惚惚,进入梦乡。也不知过了多长时间,醒来一看,才发现船只竟然已从后溪飘到前溪来了。

杜荀鹤顺着小溪继续漂流,觉得好像羽化的仙人在飘然飞翔。摆脱了生活琐事的纠缠,心境恬逸,他自己和大自然融成了一个整体。

(陈文新)

崔涂(850—?),字礼山,睦州桐庐(今浙江桐庐)人。一生漂泊各地,晚年方举进士,后不知所终。其诗多写羁愁落魄之感。《全唐诗》编其诗为一卷。

孤　雁　　　　　　崔　涂

几行归塞尽,念尔独何之?
暮雨相呼失,寒塘欲下迟。
渚云低暗度,关月冷相随。
未必逢矰缴,孤飞自可疑。

【鉴赏】 在唐代的众多咏雁诗中,杜甫和崔涂的两首《孤雁》诗一直倍受后世推崇。二诗不但描写"孤"字入神,而且成功地将孤雁和诗人自己的形象融合在一起,以至于千年之后的读者仍能够通过吟咏其诗,想见其人。

首联即描述此雁的孤单失群，点明题中的"孤"字。"几行归塞尽，念尔独何之？"两句先以"几行"和"尔独"进行对比，然后又以诗人的疑问发出，这样就造成了一种震撼人心的艺术效果，越发突出孤雁的孤单、可怜。也正因为如此孤单、可怜，所以当它从诗人的眼前飞过时，诗人立马就联想到了羁旅他乡、漂泊流离的自己。由此可知，"念尔独何之"一句其实包含了多种复杂感情，既是诗人询问孤雁，也是诗人自问；既是诗人怜悯孤雁，也是诗人自怜，故语意极为辛酸、悲凉。

颔联则述说孤雁失群的原因及失群以后的仓皇行为。在一个风雨交加的傍晚，一群大雁不顾气候恶劣继续北上，然而毕竟风急雨大，飞行艰难，不一会儿，其中的一只就发现自己掉队了。它惶恐不已，急切地想找到自己的同伴，于是在风雨中呼号着、哀鸣着，声音无比凄厉。失群的恐惧已让它心神俱伤，再加上风雨的打击，它几乎承受不住，好容易看到了一个萧瑟的池塘，想下来栖息却又迟疑不敢，在空中几度盘旋，最终还是没有下来。这两句把孤雁的仓皇神态和惊惧心理刻画得细致入微、惟妙惟肖，究其原因，除了诗人的写作功底深厚外，关键还在于其本人的亲身经历。若不是感同身受，何以能写出如此逼真的文字？在诗人看来，这只失群哀鸣的孤雁就是孤寂忧愁的自己啊！

颈联紧承前两句，进一步描写孤雁的凄惨遭遇。"渚云低暗度"一句，说明孤雁一路行程的阴森恐怖，突出它飞行的艰辛；"关月冷相随"一句，则说明孤雁一路飞行的寂寞凄凉，突出它的形单影只。这两句写尽孤雁失群以后的苦楚。

尾联则表达诗人对孤雁的美好祝愿和深切担忧。前一句诗人安慰孤雁不要过于担心，虽然孤单失伴，但是未必就会遭逢暗算。显然，这一安慰没有太大的说服力，因为紧接着诗人自己又说孤单失伴总是可疑虑的事。为什么可疑虑呢？毕竟路途艰险、矰缴无情啊！而这多么像诗人自己的人生遭际啊，世路峻险而又孤单无依，看来忧雁仍是忧己。

此诗句句咏孤雁,却又句句咏己。通过传神地描摹大雁之"孤",诗人自己的羁旅之情和身世之叹亦表露无遗。

(余春丽)

除夜有怀

崔　涂

迢递三巴路,羁危万里身。
乱山残雪夜,孤烛异乡人。
渐与骨肉远,转于僮仆亲。
那堪正漂泊,明日岁华新。

【鉴赏】关于这首诗,自古而今曾有过著作权之争。《全唐诗》中收录此诗,归在孟浩然名下。古代诸多丛书、选本,如《文苑英华》、《唐诗品汇》等,也都定为孟浩然作。然今人李嘉言先生通过校读《全唐诗》,已辨之凿凿,确为崔涂作。

晚唐黄巢之义军攻克潼关,唐僖宗仓皇奔蜀。当时的读书人如崔涂辈,为应举,曾历尽艰辛赴蜀。崔涂这首《除夜有怀》,全称《巴山道中除夜书怀》,当是其羁留蜀中,孑然一身,逢年望乡而作。

这首诗的核心皆围绕颔联"孤烛异乡人"而层层渲染。首联"迢递"二字写出当日赴蜀之路的艰辛,"羁危"则交代出此时自己心中的凄怆,两句总写自己离家之远,从而产生孤独之感。

颔联写到眼前。岁值除夕之夜,而自己这个"异乡人"却像这雪夜里孤独的烛光一样,渺小、黯淡。所谓"每逢佳节倍思亲",然对于崔涂来说,却是"每逢佳节倍孤独"。

颈联"渐与骨肉远,转于僮仆亲"呼应首联中的"万里身",因离家万里,与家人联系少,渐渐似乎有了隔膜;而终日陪伴自己的童仆,本是疏远的,反倒日复一日地亲切了起来。在这一"远"一"亲"的反差中,则又落实到自己的孤独。

尾联近乎呐喊地说出了自己的心声:谁能忍受这漂泊的日子呢!想到过完今夜就是新的一年了,所以尽管对前路茫然无措,但仍道出了内心的美好期望:希望明天是新的一天!但这种期望又是多么的无奈。

身罹漂泊,离家万里,所以像"独行"、"孤舟"、"故人"、"乡心"屡见诸崔涂的笔尖。就像他在《孤雁》中所感慨的那只"几行归塞尽,念尔独何之"的孤雁一样,找不到同伴,也寻不到归家的路。

　　律诗固然像戴了镣铐跳舞一样,然在这有限的空间内,如果既能规行矩步,又能匠心独运,那一样能跳出美好的舞姿。而崔涂"身遭乱梗,意殊凄怅"(《唐才子传》),付之笔端,无须刻意锤炼,字字已浸透人心。

(刘晓亮)

秦韬玉,生卒年不详,字中明,湖南人。因谄事宦官,为时人不齿,然工辞藻,尤善七律,脍炙人口。《全唐诗》编其诗为一卷,见卷六七〇。

贫　女

秦韬玉

蓬门未识绮罗香,拟托良媒益自伤。
谁爱风流高格调,共怜时世俭梳妆。
敢将十指夸针巧,不把双眉斗画长。
苦恨年年压金线,为他人作嫁衣裳!

　　【鉴赏】这是诗人自伤身世之作。全诗以贫女自喻,通过她的独白、自述,塑造出一个品性高洁但不为世人理解的贫女形象,从而寄托诗人自己的怀才不遇之感和抑郁不平之情。

　　诗歌一开篇便是贫女诉说自己的不幸遭遇。这位女子因为自小生长于穷苦人家,所以穿的都是粗布麻衣,从不曾有机会穿戴华丽的衣饰。虽然物质贫乏,她却没有因此而自卑难过,反倒是世人的嫌弃让她伤心不已。明明自己已到待嫁年龄,却始终无人上门提亲,如何不令她黯然神伤呢?有好多次,她甚至都想抛开女子的矜持,自己去找个好媒人说亲了,但每每想到世人的轻视、白眼,就又泄气了。既然连求亲都不成,贫女别无他法,只得独自饮泣、益发伤感。

　　贫女为什么会为人所弃呢?接下来的"谁爱风流高格调,共怜时世俭梳妆"两句说明了原因。原来竟是只重富贵、不重品格的社会风气使然。由于世俗之人都只知道欣赏卑俗的格调和奢靡的梳妆,对于贫女不同流

613

俗的格调和简朴的梳妆当然视若敝屣。这两句虽以贫女的提问出现,但是答案却彼此心知肚明,因而更加突显出一种世无知音之感。

然而,尽管如此,贫女仍不愿与世俗同流合污。她自信自己心灵手巧,能够做出很好的刺绣作品,所以坚决不描画长眉与那些世俗之人争美,其品性之高洁,令人赞叹。不过这也使得她的亲事更加茫然无望,所以只得"苦恨年年压金线,为他人作嫁衣裳"。这真是天大的讽刺!这是一位多么孤独、苦闷的贫女啊!从中我们不难窥见诗人自己的身影。诗人作为一介寒士,虽然身怀经世之才和高洁的德行,但是却因为无人欣赏而不得施展抱负,只能终身沉沦下僚,为他人捉刀献策,一种哀怨、不平之情呼之欲出。更进一步看,这种不平之鸣不仅是诗人一个人的心声,更是古今寒士的共同心声,因此,它又将个人之悲上升到了千古同悲的高度,从而积淀了历史情感而流露出看透世事的沧桑。

此诗语意双关,含蕴丰富,言语沉痛,诗情哀怨,可称得上是一首贫士的感恨歌!

(余春丽)

胡曾,长沙(今湖南长沙)人。咸通年间(860—874)中进士。最初,他多次名落孙山,气得写了一首《下第》诗:"翰苑何时休嫁女,文昌早晚罢生儿。上林新桂年年发,不许平人折一枝。"讽刺考官们在科举考试中照顾亲朋的现象。性情耿介,意度不凡。所作《咏史诗》数十首,流传很广,后世小说如《三国演义》中常引用。

寒食都门作
胡 曾

二年寒食住京华,寓目春风万万家。
金络马衔原上草,玉钗人折路旁花。
轩车竞出红尘合,冠盖争回白日斜。
谁念都门两行泪,故园寥落在长沙。

【鉴赏】天南海北,最热闹的地方是长安。一年四季,最繁华的景致是春天,最动人的是寒食、清明时节。

寒食是我国古代的一个传统节日，一般在冬至后 105 天，清明前两天。在唐代，寒食、清明是游玩的好日子。这几天，日叫作丽日，风叫作和风，贵人们骑的马叫作宝马，美人们坐的车叫作香车，游春的路叫作香径，扬起的灰尘叫作香尘；千花发蕊，万草生芽，叫作春信。韶光澹荡，淑景融和。各地村镇乡市，仕女游人不断，长安就更不消说了。

胡曾羁留长安已是两个年头。长安的寒食节，那股热闹劲，弄得他有些眼花缭乱了。骏马配着金晃晃的笼头，在青草地上撒欢地跑动；打扮得花枝招展的仕女，摘下路边的花；花与人相互映衬装点得春意又浓了几分。各式各样的车辆，既豪华，又轻便，争先恐后，尘土飞扬；天晚了，纷纷回城，如同春潮涌动。

几家欢乐几家愁。热闹的节日，反而使胡曾加倍地感到了孤独。是的，喧闹与繁华全属于他人。胡曾所拥有的，只是困守蜗居的寂寞。他被长安的繁华抛弃了。心境不适，不免感到缕缕寒意。悲从中来，化作两行热泪，沾湿了衣襟。

更使胡曾苦恼的，是根本无人想到漂泊异乡的他。那些忙着游玩的得意的人们，怎么能体会到落拓者的失意呢？

胡曾只好靠思念故乡来打发时间。

（陈文新）

齐己，唐末五代湖南宁乡同庆寺僧，名得生，俗姓胡。出身贫苦，但天性颖悟，佛事文事双修，诗名日盛，又兼秉节高亮，为时人所敬慕。撰有《玄机分别要览》一卷，集古人诗联。又撰有《诗格》一卷，诗《白莲集》十卷。

早　梅　　　　　齐　己

万木冻欲折，孤根暖独回。
前村深雪里，昨夜一枝开。
风递幽香出，禽窥素艳来。
明年如应律，先发望春台。

【鉴赏】 齐己工于咏物,传说某年冬季,暴雪过后,齐己清晨出门,霎时被眼前一片雪白吸引,前方几枝报春早梅的淡雅芳香引来报春鸟绕其欢歌不绝,此情此景,齐己深受触动,回寺后,旋即写下这首《早梅》。

自古以来,梅花就以其暗香盈袖的气韵和素淡高雅的风姿吸引着历代文人墨客,更以其冰清玉洁的品格和傲霜斗寒的精神倍受诗人青睐,因此咏梅的名篇诗句也就最为丰富。比如李商隐的"定定住天涯,依依向物华。寒梅最堪恨,长作去年花",张谓的"不知近水花先发,疑是经冬雪不销",又如王冕的"冰雪林中著此身,不同桃林混芳尘",这些诗都表现了梅凌寒独放的风骨。齐己的《早梅》由于其营造的境界和遣词造句的斟酌,使它在诸多咏梅诗中,历经千百年,沉香依旧。

"万木冻欲折,孤根暖独回",首联诗人运用衬托、对比的手法,写梅在大地冰封,万木凋零的环境中,仍然充满着旺盛的生命力。"欲折"一词生动地刻画了万木不堪承受风雪摧残即将被摧折的体态,与此形成对比的是,同样的环境下,梅却独自吸取地下的暖气,萌芽含蕾,孕育了生命的复苏,"孤","独"二字更衬托出寒梅在严寒风雪中与众不同的特性。

"前村深雪里,昨夜一枝开",颔联是全诗的诗眼,数百年里被传诵为佳句。"前村深雪里",嵌入一个"深"字,透出天寒地冻的时节,为"傲梅早开"做了铺垫,"昨夜"则从时间上衬托出梅开的神速,一夜之间,梅花乍开也暗示了诗人的惊讶之情,与岑参的"忽如一夜春风来"有异曲同工之妙。"昨夜一枝开"中"一"字的运用更是传神之笔,虽说梅少,却准确表达早梅之"早"的特点,其中对梅凌寒独开特质的赞赏又溢于言表,透露出诗人对清新明丽春光与恬淡自然生活的由衷向往。据《唐才子传》记载,齐己曾以这首诗求教于郑谷,原诗为"昨夜数枝开",郑谷读后说:"'数枝'非'早'也,未若'一枝'佳。"齐己听后,深为佩服,遂改"数枝"为"一枝",并尊称郑谷为"一字师",在诗坛传为佳话。

颈联"风递幽香出,禽窥素颜来",是从正面描绘了寒梅的芳香与姿容。"递"字生动地表现了梅花内蕴清幽,发出醉人的幽香,同时也传递了一种生命的律动。"窥素艳",是说梅花从素朴淡雅中显出的鲜艳美丽竟引得鸟儿也来窥视,由此可见梅花是何等的受欢迎。

尾联"明年如应律,先发望春台"展望未来。"应律",与岁时节令相符。律本指乐律,《吕氏春秋》始将音律对应十二个月。"望春台"指京城,也有望春的含义。此句是说,如果明年按时开花,一定会先开到望春台来,艳压群芳。同时也暗含诗人在当时科举失利,怀才不遇的境况下,希望明年应时而发,在望春台上独占鳌头之意,雄心壮志尽在其中。

《早梅》整首诗,语言平淡,毫无浮艳之气,以含蓄的笔韵刻画了梅花傲寒的品格和素丽的风韵,生动细腻地创造了一种高远的境界。梅,是春天的象征,是生命坚韧美丽的象征,诗中寒梅雪夜绽开,风递幽香,在严冬引发生命律动,生动而富有情趣,表现了诗人不畏权势所屈,不媚俗流的傲然风骨,历来脍炙人口。

(贾蕊华)

花蕊夫人徐氏,后蜀国主孟昶妃。

述国亡诗 花蕊夫人徐氏

君王城上竖降旗,妾在深宫那得知?
十四万人齐解甲,更无一个是男儿。

【鉴赏】这首诗的作者相传为后蜀国主孟昶妃徐氏(一说姓费),她"幼有才色,父国璋纳于后主,后主嬖之,拜贵妃,别号花蕊夫人,又升号慧妃"(吴任臣《十国春秋》)。徐氏幼能属文,长于诗咏,曾仿王建作宫词百首,颇为时人称许。后蜀亡国以后,徐氏随孟昶被掳入宋,宋太祖赵匡胤久闻花蕊夫人之名,召其陈诗,徐氏即诵这首《述国亡诗》,于是"太祖大悦"。

此诗与徐氏所擅的宫词大不相同,情绪激愤,风格泼辣淋漓,似冲口而出,又不失回味,颇为后人所传诵。首句破题,选取"君王城上竖降旗"这个标志性事件来叙述国亡的故实。根据史传的记载,后蜀的亡国与君臣的奢侈享乐、荒淫无道紧密相关,但徐氏并未直接给予谴责之词,而是以城头高耸降旗的画面昭示刻骨铭心的屈辱,其中含义不言自明。次句是委婉的自白,也是无奈的叹息。一方面,女祸论在当时相当流行,譬如安史之乱的发生、开元盛世的终结,常常被人归咎于“回眸一笑百媚生”的杨玉环。这种论调本质上是为君王推卸责任:朝廷的经世大业,君王的政策决断都是在朝堂上进行,后妃居于深宫,哪里知道他们究竟是兴国还是误国呢?面对后蜀之亡,徐氏明白自己很有可能堕入“祸水”的泥潭,故而预先申辩。另一方面,这句话也交织着不甘、痛心和无奈的复杂情绪:即使及时得知投降的决定,一个弱女子又何来回天之术呢?大好河山一朝拱手让人,毕竟心有不甘,但自己又无法改变降敌的决策,剩下的只有深深的无奈和悲伤。

从第三句开始,作者的情绪由悲转愤:后蜀的投降并非因为敌众我寡,其势不敌,也并非弹尽粮绝,苦战不胜,更不是“天亡我,非战之罪”,试想“十四万人齐解甲”,当是怎样一个带有无限讽刺意味的壮观场面!拥有如此庞大的军队,却对仅有“数万人”的宋军俯首,这是何等的嘲讽和耻辱!在极度的羞愤与痛彻中,花蕊夫人喊出了最后惊心动魄的一句“更无一个是男儿”。其中,“更无一个”的决绝与“十四万人”的声势形成鲜明的对照,尤其是这句怒骂出自深宫中的“臣妾”之口,果真“当令普天下须眉一时俯首”(薛雪《一瓢诗话》)。

关于这首诗,宋人吴开《优古堂诗话》中还有一种说法:“前蜀王衍降后,唐王承旨作诗云:‘蜀朝昏主出降时,衔璧牵羊倒系旗。二十万人齐拱手,更无一个是男儿’。”故花蕊夫人之诗实为因袭。相比之下,徐氏改变了原作前二句的雕琢吃力,代之以活泼鲜明的第一人称,也颇有独到之处。而且以女子的身份痛斥误国君臣,其胆识和感染力也更加突出。根据《古今词话》的记载,徐氏在随孟昶入宋的路上曾题壁云:“初离蜀道心将碎,离恨绵绵,春日如年。马上时时闻杜鹃。”也表现了沉痛的故国之思,可与此首对照阅读。

(王　颖)

张泌,生卒年不详,字子澄,淮南(今安徽寿县)人。仕南唐为句容县尉。擅诗词,诗风婉丽。《全唐诗》编其诗为一卷。

寄　人

张　泌

别梦依依到谢家，小廊回合曲阑斜。

多情只有春庭月，犹为离人照落花。

【鉴赏】此诗主要抒写别后相思，但是又不寻常写出，而是俱托梦境表现。

诗的一开篇就直接以梦境起。"别梦依依到谢家"，意思是说诗人梦见自己回到了心中思念的那位女子之家。"谢家"，原指东晋才女谢道韫的家，此处则借为诗人所思念女子的家。一个"别"字，点明相思和产生此梦的原因。因为分别不能相见，所以相思至深；相思至深却又不得纾解，只好梦中寻之，以求相聚。这一句不但把诗人的相思之情渲染得深重缠绵，而且还生动传神地刻画出其内心微妙复杂、千回百转的心理感受。

大概诗人以前曾在这位女子的家中住过，或是共同赏玩嬉游过，所以对其家中的情况非常了解。此次梦中重游旧地，看到迂回曲折的小院走廊和栏杆，一切都那么熟悉，以往的美好记忆顿时涌上诗人的心头。再想到马上就能与朝思暮想的人儿见面了，内心更是激动不已。然而，这一次他却大大地失望了。他寻遍旧时二人共游的场所，却始终不见女子的身影。诗人本是因为相思不得相见，所以寄托于梦中相聚，以诉衷肠，而今却连梦中也难寻所爱之人，这又该是一种怎样的难堪啊！以上两句一扬一抑，先出以一种期待的心情，然后再叙写希望落空，从而将诗人的相思之情表现得更加哀怨动人。

诗人刻意进入梦境寻找心爱的女子，但是却没有见到，不免要怨恨起她的无情了。相较之下，倒是那多情的月亮，怜惜他的一片心意，仍旧为这位怨恨离别的人照着落花。"只有"二字，表现出诗人的遗憾，言外之意就是希望这位女子能够和自己再次联系。

此诗含蓄委婉、意味深厚，具有极强的艺术感染力。虽写相思，却不直接正面描写，而是借助梦境侧面表现。既写梦境，却又不写相见的情形，而是以不得相见强调相思的痛苦。不仅如此，诗人还刻意隐去自己的主观感受，通过典型景物的烘托，营造一种缠绵悱恻的氛围，表达出一种深沉委婉的感情。

（余春丽）

太上隐者，生卒年及事迹不详，人莫知其本末。《全唐诗》存其诗一首。

答　人

太上隐者

偶来松树下，高枕石头眠。
山中无历日，寒尽不知年。

【鉴赏】《千家诗》收录了这首题为《答人》的五绝。作者太上隐者真实姓名不可考，但是根据流传下来的有限资料和传说故事却可大致勾勒出此人的面貌。据《千家诗》旧本注云："隐者居终南山，自称太上隐者。""太上"，即太古之意，则此诗作者大概是一位追慕太古恬淡无为生活的道教徒。又传说曾有人问该隐者姓甚名谁，但是隐者不答而写下此诗以对，则此诗作者有意隐其姓名之事亦可从中得知。

此诗虽然为答人而写，但是却没有交代诗人自己的身世经历，而主要描写一种悠闲自然的生活状态和超尘脱俗的精神风貌。"偶来松树下，高枕石头眠"两句，首先刻画出一个无拘无束、心境高远的隐者形象。诗人不过偶然来到一棵松树下，就直接枕着树下的石头安然入眠，多么潇洒自由！一个"偶来"，见出诗人的行踪不定。而一个"高枕"，又衬托出诗人悠然自得的心境。这两句主要从空间进行说明，接下来"山中无历日，寒尽不知年"两句则从时间上表现诗人的逍遥自在。"历日"，即日历。"寒尽"，则指冬去春来，时间一年又一年。两句的意思是说，诗人隐居山林，与世隔绝，不问世事，无忧无虑，即使时间流逝也不在意，所以不知道今昔是何年。这当真是与自然融为一体了。通过时间和空间两个方面的烘托，一个超尘脱俗、有飘逸之姿的隐者形象就鲜明地展现在我们面前了。

全诗语言平淡自然，毫无雕饰之功，但是读起来却清新隽永、富有诗

意,令人有别致、高妙之感。 （余春丽）

无名氏,不详。

金缕衣
无名氏

劝君莫惜金缕衣,劝君须惜少年时。
有花堪折直须折,莫待无花空折枝。

【鉴赏】这是一首充满人生哲理的诗歌。诗的语言虽然浅显、通俗,但却讲述了一个珍惜韶光、努力进取的深刻道理,很能引起人们的共鸣,因而千百年来一直广为传诵。

"劝君莫惜金缕衣,劝君须惜少年时",诗人一开篇就以连用两个"劝君"表达自己的立场和看法,显得言语真挚而恳切。紧接着又以"金缕衣"与"少年时"相对,通过"莫惜"和"须惜"两种截然相反的态度勾勒出时光最为宝贵、请君务必珍惜的诗歌主旨。"金缕衣"和"少年时",一为珍稀名贵的物品,一为一生中最美好的时光,两相比较,似乎难以取舍,但是诗人却一针见血地指出,金缕衣失去了仍有重新获得的机会,而少年时一旦失去,便再也找不回了,只能追悔莫及。既然这样,难道不应该加倍珍惜时光吗?

以上两句为诗人直言劝勉,接下来诗人又以生动形象的比喻进行了婉转说明。花是可爱美好的,但是它亦有花期,如果不把握时机摘取,一旦等它凋谢,便只能对着空荡荡的枝头叹息。这和时光不正一样吗?因此,眼下的时光一定要好好珍惜,切莫"少壮不努力,老大徒伤悲"!在这里,诗人并没有说出任何劝诫之语,但是劝诫之意却在折花和折枝的对比中表现出来了。而且较之直言劝说,能给人以更加深刻的印象。

从艺术手法上看,本诗亦颇有可取之处,主要表现在两个方面:一,屡用对比,效果明显。全诗只四句,但是却反复使用对比。其中一二句以"金缕衣"与"少年时"对,"莫惜"与"须惜"对,三四句以"有花"和"无花"对,"直须"和"莫待"对。通过这样的鲜明对比,诗人的珍惜时光之意就表露无遗;二,反复咏叹,极尽变化。纵观此诗,虽然诗人自始至终都旨在表达珍惜韶光、珍惜青春这一层意思，但又不是简单的重复，而是在反复咏叹中体现出创作手法的变化，一会直着说，一会曲着说，因而给人以回环往复、一唱三叹的感觉。不仅如此，造语用字也每有重复，故显得愈加回环婉转，别有情调。

（余春丽）

附录

近体诗的格律常识

从格律上看,诗可分为古体诗和近体诗。古体诗又称古诗或古风;近体诗又称今体诗。从字数上看,有四言诗,五言诗,七言诗。

近体诗以律诗为代表。律诗的韵、平仄、对仗都有许多讲究。由于格律很严,所以称为律诗。律诗每首限定八句,五律共四十字,七律共五十六字;押平声韵(韵脚落在每联的第二句末尾,从晚唐开始,首句用韵也成为风气);每句的平仄都有规定;每篇必须有对仗,对仗的位置也有规定。

古体诗是依照古代的诗体来写的。在唐人看来,从《诗经》到南北朝的庾信,都算是古,因此,所谓依照古代的诗体,也就没有一定的标准。但是,诗人们所写的古体诗,有一点是一致的,那就是不受近体诗的格律的束缚。我们可以说,凡不受近体格律束缚的,都是古体诗。

有一种超过八句的律诗,称为长律。长律自然也是近体诗。长律一般是五言的,往往在题目上标明韵数,如杜甫《风疾舟中伏枕书怀三十六韵》,就是三百六十字;白居易《代书诗一百韵寄微之》,就是一千字。这种长律除了尾联(或除了首尾两联)以外,一律用对仗,所以又叫排律。

绝句比律诗的字数少一半。五言绝句只有二十字,七言绝句只有二十八字。绝句实际上可以分为古绝、律绝两类。古绝可以用仄韵。即使是押平声韵的,也不受近体诗平仄规则的束缚。这可以归入古体诗一类。律绝不但押平声韵,而且依照近体诗的平仄规则。在形式上它们就等于半首律诗。这可以归入近体诗。

总括起来说:一般所谓古风属于古体诗,而律诗(包括长律)则属于近体诗。乐府和绝句,有些属于古体,有些属于近体。这里主要介绍近体诗的一些相关常识。

一、律诗的平仄

律诗每两句一联,每联依次有定名。一、二句称为首联,三、四句称为颔联,五、六句称为颈联,七、八句称为尾联。每一联中,第一句叫出句,第二句叫对句。一联之中和联与联之间,需要遵从对与粘的原则。

两联之间,上联的对句必须与下联的出句平仄相粘。粘,就是平粘

平,仄粘仄;下联出句第二字的平仄要同上联对句第二字一致。如杜甫
《春望》第二句"春"字是平声,第三句"时"字也跟着是平声。"粘"的规则
是很严格的,如果没有做到的话,就叫"失粘"。

一联之中,平仄需相对,就是平对仄,仄对平。平仄是律诗中最重要
的因素。律诗的平仄规则,一直应用到后代的词曲。诗词的格律主要就
是讲平仄。

(一)五律的平仄

五言的平仄,只有四个类型,而这四个类型可以构成两联。即:

仄仄平平仄,平平仄仄平;

平平平仄仄,仄仄仄平平。

由这相联的错综变化,可以构成五律的四种平仄格式。其实只有两
种基本格式,其余两种不过是在基本格式的基础上稍有变化罢了。

(1)仄起式

　　仄|仄平平仄,平平仄仄平。

　　平|平平仄仄,仄|仄仄平平。

　　仄|仄平平仄,平平仄仄平。

　　平|平平仄仄,仄|仄仄平平。

（字外加方框表示可平可仄。）

春　望

杜　甫

国破山河在,城春草木深。

感时花溅泪,恨别鸟惊心。

烽火连三月,家书抵万金。

白头搔更短,浑欲不胜簪。

另一式,首句改为仄仄仄平平,其余不变。

(2)平起式

　　平|平平仄仄,仄|仄仄平平。

　　仄|仄平平仄,平平仄仄平。

平平平仄仄，仄仄仄平平。

仄仄平平仄，平平仄仄平。

山居秋暝

王　维

空山新雨后，天气晚来秋。

明月松间照，清泉石上流。

竹喧归浣女，莲动下渔舟。

随意春芳歇，王孙自可留。

另一式，首句改为平平仄仄平，其余不变。

（二）七律的平仄

七律是五律的扩展，扩展的办法是在五字句的上面加一个两字的头。仄上加平，平上加仄。试看下面的对照表：

（1）平仄脚

　　五言仄起仄收　○○仄仄平平仄

　　七言平起仄收　平平仄仄平平仄

（2）仄平脚

　　五言平起平收　○○平平仄仄平

　　七言仄起平收　仄仄平平仄仄平

（3）仄仄脚

　　五言平起仄收　○○平平平仄仄

　　七言仄起仄收　仄仄平平平仄仄

（4）平平脚

　　五言仄起平收　○○仄仄仄平平

　　七言平起平收　平平仄仄仄平平

因此，七律的平仄也只有四个类型，这四个类型也可以构成两联，即：

平平仄仄平平仄，仄仄平平仄仄平。

仄仄平平平仄仄，平平仄仄仄平平。

由这两联的平仄错综变化，可以换成七律的四种格式。其实只有两种基本格式，其余两种不过在基本格式的基础上稍有变化罢了。

626

（1）仄起式

【仄】仄平平仄仄平，【平】平【仄】仄仄平平。
【平】平【仄】仄平平仄，【仄】仄平平仄仄平。
【仄】仄【平】平平仄仄，【平】平【仄】仄仄平平。
【平】平【仄】仄平平仄，【仄】仄平平仄仄平。

书　愤

陆　游

早岁那知世事艰？中原北望气如山。
楼船夜雪瓜州渡，铁马秋风大散关。
塞上长城空自许，镜中衰鬓已先斑。
出师一表真名世，千载谁堪伯仲间？

另一式，第一句改为仄仄平平平仄仄，其余不变。

（2）平起式

【平】平【仄】仄仄平平，【仄】仄平平仄仄平。
【仄】仄【平】平平仄仄，【平】平【仄】仄仄平平。
【平】平仄仄平平仄，【仄】仄平平仄仄平。
【仄】仄【平】平平仄仄，【平】平【仄】仄仄平平。

新城道中

苏　轼

东风知我欲山行，吹断檐间积雨声。
岭上晴云披絮帽，树头初日挂铜钲。
野桃含笑竹篱短，溪柳自摇沙水清。
西崦人家应最乐，煮葵烧笋饷春耕。

另一式，第一句改为平平仄仄平平仄，其余不变。

二、绝句的平仄

绝句分为律绝和古绝。律绝是律诗兴起以后才有的，古绝远在律诗出现以前就有了。这里我们就把两种绝句分开来说。

(一)律绝

律绝跟律诗一样,押韵限用平声韵脚,并且依照律句的平仄,讲究粘对。

(1)五言绝句

(甲)仄起式

　　　仄仄平平仄,平平仄仄平。

　　　平平平仄仄,仄仄仄平平。

登鹳雀楼

王之涣

白日依山尽,黄河入海流。

欲穷千里目,更上一层楼。

另一式,第一句改为 仄仄仄平平,其余不变。

(乙)平起式

　　　平平平仄仄,仄仄仄平平。

　　　仄仄平平仄,平平仄仄平。

听　筝

李　端

鸣筝金粟柱,素手玉房前。

欲得周郎顾,时时误拂弦。

另一式,第一句改为平平仄仄平,其余不变。

(2)七言绝句

(甲)仄起式

　　　仄仄平平仄仄平, 平平 仄仄仄平平。

　　　平平 仄仄平平仄, 仄仄平平仄仄平。

题画卷

范成大

凿落秋江水石明,高枫老柳两滩横。

君看叠巘云龙变,又有中宵雨意生。

628

另一式,第一句改为 [仄]仄[平]平平仄仄,其余不变。

(乙)平起式

[平]平[仄]仄仄平平,[仄]仄平平仄仄平。

[仄]仄[平]平平仄仄,[平]平[仄]仄仄平平。

早发白帝城

李　白

朝辞白帝彩云间,千里江陵一日还。

两岸猿声啼不住,轻舟已过万重山。

另一式,第一句改为平平仄仄平平仄,其余不变。

跟律诗一样,五言绝句首句以不入韵为常见,七言绝句首句以入韵为常见;五言绝句以仄起为常见,七言绝句以平起为常见。

(二)古绝

古绝既然是和律诗对立的,它就是不受律诗格律束缚的。它是古体诗的一种。凡合于下面的两种情况之一的,应该认为古绝:

(1)用仄韵;

(2)不用律句的平仄,有时还不粘、不对。当然,有些古绝是两种情况都具备的。

律诗一般是用平声韵的,因此,律绝也是用平声韵的。如果用了仄声韵,那就是可以认为古绝。例如:

悯农(二首)

李　绅

春种一粒粟,秋成万颗籽。

四海无闲田,农夫犹饿死。

锄禾日当午,汗滴禾下土。

谁知盘中餐,粒粒皆辛苦!

江上渔者

范仲淹

江上往来人，但爱鲈鱼美。

君看一叶舟，出没风波里！

从上面所引的三首绝句中，已经可以看出，古绝是可以不依律句的平仄的。李绅《悯农》的"春种"句一连用了三个仄声，"谁知"句一连用了五个平声。范仲淹的《江上渔者》用了四个律句，但是首联平仄不对，尾联出句不粘，也还是不合律诗的规则的。

即使用了平声韵，如果不用律句，也只能算是古绝。例如：

静夜思
李　白

床前明月光，疑是地上霜。
举头望明月，低头思故乡。

"疑是"句用"平仄仄仄平"，不合律句。"举头"句不粘，"低头"句不对，所以是古绝。

五言古绝比较常见，七言古绝比较少见。现在试举杜甫的两首七言古绝为例：

三绝句（选二）
杜　甫

二十一家同入蜀，惟残一人出骆谷。
自说二女啮臂时，回头却向秦云哭。

殿前兵马虽骁雄，纵暴略与羌浑同。
闻道杀人汉水上，妇女多在官军中。

第一首"惟残"句用"平平仄平仄仄仄"，"自说"句用"仄仄仄仄仄仄平"不合律句。尾联与首联不粘，而且用了仄声韵。第二首"纵暴"句用"仄仄仄仄平平平"，"妇女"句用"仄仄平仄平平平"，都不合律句。"殿前"句也不尽合。

当然，古绝和律绝的界限并不是十分清楚的，因为在律诗兴起了以后，即使写古绝，也不能完全不受律句的影响。这里把它们分为两类，只是要说明绝句既不可以完全归入古体诗，也不可以完全归入近体诗罢了。

（据王力先生《诗词格律》整理改写）

唐代诗人年表

公元	干支	帝王年号		诗坛	史事
618	戊寅	高祖武德	元	三月,许善心卒。八月,薛道衡为上开府、临河县公。	五月,李渊称帝,国号唐,置国子学、太学。九月,魏徵归唐。十一月,王通卒。
619	己卯		二	王绩以秘书省正字待诏门下省。骆宾王约生于此年。	裴行俭生(—682)。
621	辛巳		四	秦王李世民置修文馆,延"十八学士"。阎立本为之画,褚亮为之赞。	九月,放太常乐工为民。
622	壬午		五	令狐德棻与陈叔达等受诏撰《艺文类聚》。	颜师古等始撰《隋书》。
624	甲申		七	《艺文类聚》已撰100卷。薛收卒。	武则天生。
625	乙酉		八	王度约卒于本年。	高祖敕三教先后:老、孔、释。
626	丙戌		九	三月,改修文馆为弘文馆。本年,孔颖达为国子博士。魏徵作《述怀诗》。	正月,更定雅乐。六月,李世民发起玄武门之变。高祖传位李世民。

公元	干支	帝王年号	诗坛	史事
627	丁亥	太宗贞观 元	上官仪中进士,召授弘文馆直学士。王绩因疾罢门下省,旋调太乐署为太乐丞,随后弃官。著《醉乡记》、《五斗先生传》。	正月,改元,更定律令。李百药为中书舍人,受诏撰《齐书》。孔颖达封曲阜县男。
628	戊子	二	时议裂土与子弟功臣,李百药上《封建论》,太宗纳其言而止。	立孔子庙堂于国学,以孔子为先圣,大征天下儒士以为官学。
629	己丑	三	魏徵奏引学者校定四部书,充实秘府图籍。	太宗命令狐德棻与岑文本修《周史》,李百药修《齐史》,姚思廉修《梁史》、《陈史》,魏徵修《隋史》。玄奘赴印度求取经书。
630	庚寅	四	卢照邻约生于此年。	李善约生于此年。
631·	辛卯	五	九月,魏徵上《群书治要》。	道士成玄英奉召入京。
634	甲午	八	四月,康国献狮子,诏虞世南为之赋。	十二月,李靖以疾辞官。
636	丙申	十		房玄龄、魏徵上梁、陈、齐、周、隋五代史。李百药撰《齐史》成。玄奘在印度见戒日王。
638	戊戌	十二	虞世南卒。	令狐德棻、高士廉等上《氏族志》。孔颖达拜国子祭酒。

公元	干支	帝王年号	诗坛	史事
639	己亥	十三	傅弈卒。	房玄龄为太子少师。
640	庚子	十四	太宗亲临国学观释奠,命孔颖达讲《孝经》。孔颖达上《释奠颂》。	二月,高丽等国遣使来学。命孔颖达等撰定《五经正义》,以资讲习。诏求前代名儒子弟。
641	辛丑	十五	十二月,二十五日,《文思博要》撰成,凡一千二百卷。高士廉作序,参与修撰者有魏徵、杨师道、吕才、房玄龄、褚遂良等。	文成公主出嫁吐蕃。欧阳询卒。
642	壬寅	十六	卢照邻约十三岁,离幽州范阳,南下游于淮南等地。	孔颖达编撰《五经正义》成,凡一百八十卷。
643	癸卯	十七	魏徵卒。谢偃卒。	太宗下诏举孝廉茂才异能之士。孔颖达以年迈致仕。高丽遣使求道教,唐派道士往,赠以《道德经》。
644	甲辰	十八	王绩卒。李峤生。	令狐德棻奉诏撰《晋书》。
645	乙巳	十九	四月,岑文本卒于幽州。是年,褚亮卒。	正月七日,玄奘返国,抵达长安。二月,玄奘往赴洛阳谒见太宗,奉命撰《西域记》。此年,颜师古从驾东巡,病卒。

公元	干支	帝王年号	诗坛	史事
646	丙午	二十	《晋书》成。太宗自著宣、武二帝及陆机、王羲之四论,总题御撰,凡一百三十卷。 杜审言约生于此年。	玄奘上呈所译佛经五部及所撰《西域记》。
647	丁未	二十一	杨师道卒。	高士廉卒。
648	戊申	二十二	苏味道生。 李百药卒。	褚遂良为中书令。 房玄龄卒。 孔颖达卒。
649	己酉	二十三	卢照邻是年前后为邓王元裕典签。	太宗李世民卒。
650	庚戌	高宗永徽 元	王勃约生于此年。 杨炯生。	令狐德棻受诏撰定律令,复为礼部侍郎,兼弘文馆学士,监修国史及《五代史志》。
651	辛亥	二	刘希夷约生于此年。	诏改《五经正义》。
652	壬子	三		正月,褚遂良为吏部尚书。是年,玄奘请于慈恩寺建石浮图塔安置西域带回的经象和舍利。
653	癸丑	四	崔融生。	颁孔颖达《五经正义》于天下,明经依此考试。
656	丙辰	显庆 元	皇后武则天作《外戚诫》。 宋之问、沈佺期约生于此年。	五月,太尉长孙无忌进史官所撰梁、陈、周、齐、隋《五代史志》三十卷。

公元	干支	帝王年号		诗坛	史事
658	戊午		三	九月,李善上《文选注》。十月,许敬宗等上《文馆词林》。王勃九岁,作《指瑕》言颜师古《汉书注》之失。	正月,长孙无忌等修《新礼》成,凡一百三十卷,二百五十九篇。
659	己未		四	杨炯十岁,应神童举,待制弘文馆。贺知章生。	二月,高宗亲自策试举人。
660	庚申		五	骆宾王约于此年始为道王元庆府属。诗僧王梵志约卒于此年。张若虚约生于此年。	张鷟约生于此年。
661	辛酉	显庆 龙朔	六 元	陈子昂生。	刘知几生。
662	壬戌		二	王勃年十三,在长安。上官仪加银青光禄大夫、西台侍郎,兼弘文馆学士如故。人学其诗,号"上官体"。	改诸司及百官名,改三省为三台。
663	癸亥		三	王勃年十四,应幽素科试,中第,授朝散郎,为沛王府修撰。	
664	甲子	麟德	元	王勃作《上刘右相书》。骆宾王作《上司列太常伯启》。李峤年二十,登进士第,为安定尉。卢藏用约生于此年。	造老子像。上官仪因罪武后,下狱而死。玄奘卒。

公元	干支	帝王年号	诗坛	史事
666	丙寅	乾封 元	王勃上《宸游东岳颂》。东都造乾元殿,作《乾元殿颂》。	正月,高宗至曲阜,祀孔子。二月,高宗至亳州,祀老子。
667	丁卯	二	苏味道举进士中第,转咸阳尉,时年二十岁。	张说生。
668	戊辰	乾封 三 总章 元		释道世编《法苑珠林》成。
669	己巳	二	王勃戏为《檄英王鸡文》,触怒高宗,被斥出沛王李贤府。 卢照邻为新都尉,自长安赴蜀,时年三十五。 王义方卒。	
670	庚午	总章 三 咸亨 元	卢照邻与王勃同在蜀。三月宴于曲水,重九同登玄武山,作诗唱和。 骆宾王约于此年谪戍西边,李峤作《送骆奉礼从军诗》。 杜审言登宋守节榜进士。	三月,改元。
671	辛未	二	六月,王勃在蜀之梓潼,南江泛游,作《梓潼南江泛游序》。冬,返长安参选,作《上吏部裴侍郎启》。	正月,阎立本随高宗至东都洛阳。是年为中书令。

636

公元	干支	帝王年号	诗坛	史事
672	壬申	三	骆宾王居蜀，后赴云南。 卢照邻约于此年辞新都尉，居陕西郿县太白山中。	许敬宗卒。
673	癸酉	四	卢照邻卧病长安，骆宾王于成都作《艳情代郭氏赠卢照邻》。	阎立本卒。
674	甲戌	咸亨 五 上元 元	骆宾王约于此年自蜀返京。	十二月，诏习《老子》，举明经者加试《老子》。
675	乙亥	二	沈佺期、宋之问、刘希夷登郑益榜进士。王勃往交趾探父，作《采莲赋》。	武后令文学之士撰《列女传》、《臣轨》、《百僚新戒》、《乐书》，密令参决奏疏，以分宰相之权，时号"北门学士"。
676	丙子	上元 三 仪凤 元	秋，王勃探父途中，作《滕王阁序》。后扬帆渡海，悸而卒，时年二十七。 是年，杨炯制举登科。	十二月，皇太子李贤上所注《后汉书》。
677	丁丑	二	杨炯为校书郎，在长安。有《晦日药园诗序》。	刘知几读遍群史，年仅十七。其父刘藏器为比部员外郎。
678	戊寅	三	骆宾王蒙冤入狱。 张九龄生。 李邕生。	七月，侍臣和高宗效柏梁体七言诗。是年，诏令《道德经》并为上经，贡举人皆须兼通。

公元	干支	帝王年号	诗坛	史事
679	己卯	仪凤 四 调露 元	十月，杨炯作《从弟去溢墓志铭》。 张鷟登进士第。 骆宾王遇赦获释。 刘希夷约于此年被害，时年二十九。	八月，裴行俭征西突厥，苏味道随行，为管记。杜审言作《赠苏味道》为之送行。
680	庚辰	调露 二 永隆 元	秋，骆宾王为临海丞。 卢照邻此年前后作《释疾文》三篇，此后寓居洛阳龙门山。	是年，刘知几登进士第，获授嘉县主簿。
681	辛巳	永隆 二 开耀 元	七月，薛元超表荐杨炯、郑祖玄、崔融等为崇文馆学士。杨炯迁詹事司直。	
682	壬午	开耀 二 永淳 元	秋，杨炯作《庭菊赋》。崔融作《瓦松赋》。 陈子昂进士及第。	裴行俭卒。
684	甲申	中宗嗣圣 元 睿宗文明 元 则天光宅 元	骆宾王作《为徐敬业讨武曌檄》。十一月，徐敬业兵败被杀，骆宾王下落不明。 陈子昂游洛阳，献书阙下。武后奇其才，拜麟台正字。	正月，改元嗣圣。二月，改元文明。三月，李贤被迫自杀。十二月，薛元超卒。杨炯作《祭汾阴公文》。
685	乙酉	垂拱 元	秋，杨炯坐从祖弟从徐敬业起兵之累，被贬为梓州司法参军。	
688	戊子	四	王之涣生。	张说授太子校书。 高僧鉴真生。

638

公元	干支	帝王年号	诗坛	史事
689	己丑	永昌 元 载初 元	李善卒。 卢照邻卧病十余年，约此年自沉。 孟浩然生。	正月，大赦，改元载初，大酺七日。杜审言时任江阴县丞，作《大酺》为之庆贺。 苏颋进士及第。 张说制举登科。
690	庚寅	武周天授 元	杨炯在洛阳，与宋之问分直于习艺馆。 李颀生。	武后亲策贡士，殿试自此始。
692	壬辰	天授 三 如意 元 长寿 元	七月，杨炯献《盂兰盆赋》，约于此年出为盈川令。	四月，改元如意。 九月，改元长寿。
693	癸巳	二	杨炯仍在盈川任，此后不久卒官。	正月，罢举人习《老子》，改习武后之《臣轨》。
696	丙申	天册万岁 二 万岁登封 二 万岁通天 元	七月，陈子昂作《送著作佐郎崔融等从梁王东征》，杜审言作《送崔融》。崔融作《留别杜审言并呈洛中旧游》。	元德秀生。
697	丁酉	万岁通天 二 神功 二	陈子昂作《登幽州台歌》。 张九龄进士及第。	
698	戊戌	圣历 元	杜审言由洛阳丞贬为吉州司户参军。 陈子昂作《送吉州杜司户审言序》。 陈子昂解官归乡侍亲。 王昌龄约生于此年。	九月，苏味道为凤阁侍郎，同凤阁鸾台平章事。十月，李峤、姚崇迁同凤阁鸾台平章事，兼修国史。

公元	干支	帝王年号	诗坛	史事
699	己亥	圣历 二	吉州司户参军杜审言与司马周季重、员外司户郭若讷不和，被系下狱，将杀之。其子杜并刺杀周季重，左右杀并。杜审言免官归东都，作祭文。苏颋作墓志铭。祖咏生。	刘知几任定王府曹仓。武后令张昌宗与李峤、刘知几、宋之问等二十六人同修《三教珠英》。
701	辛丑	大足 元 长安 元	王维生。 李白生。 沈千运约生于此年。 丘为约生于此年。	正月，改元大足。七月，苏味道按察幽州、平州等地。十一月十二日，《三教珠英》一千三百卷成。
702	壬寅	二	陈子昂为县令段简所诬，下狱，忧愤而卒，时年四十二。	刘知几以著作佐郎兼修国史，寻迁左史，撰起居注。
704	甲辰	四	崔颢约生于此年。	刘知几擢拜凤阁舍人，作《刘氏家史》、《谱考》。
705	乙巳	中宗神龙 元	正月，宋之问、杜审言、沈佺期等被流放岭外。沈佺期作《遥同杜员外审言过岭》，宋之问作《至端州驿见杜五审言沈三佺期阎五朝隐王二无竞题壁慨然成咏》。	二月，诏令贡举人停习《臣轨》，仍习《老子》。 十月，改弘文馆为修文馆。 张说为兵部员外郎，累迁工部、兵部二侍郎，以母丧免。李峤

公元	干支	帝王年号	诗坛	史事
			是年,李白五岁,随父自中亚碎叶迁居四川绵州昌隆县青莲乡。 苏味道卒。	征拜吏部侍郎,后迁吏部尚书,进封县公。
706	丙午	二	沈佺期任起居郎,作《喜赦》。 宋之问擢为鸿胪主簿。 杜审言授国子监主簿。 崔融卒。 高适约生于此年。	李峤代韦安石为中书令。
707	丁未	神龙 三 景龙 元	储光羲生。	刘知几转太子中允,兼修国史。
708	戊申	二	杜审言约卒于此年。	萧颖士生。
709	己酉	三	王维九岁。知属辞,工草隶,娴音律,深得歧王器重。 宋之问贬为越州长史。 刘长卿约生于此年。	颜真卿生。
710	庚戌	景龙 四 殇帝唐隆 元 睿宗景云 元	宋之问徙配钦州。 李邕拜左台殿中侍御史,改户部员外郎,后贬崖州舍城丞。王瀚进士及第。	仲春,刘知几撰成《史通》二十卷。六月,上官婉儿与韦后为乱兵所杀。七月,李峤出为怀州刺史。

641

公元	干支	帝王年号	诗坛	史事
712	壬子	太极 元 延和 元 玄宗先天 元	正月一日，杜甫生。 王湾进士及第。 宋之问卒。	张说授尚书左丞，罢政事，为东都留守。 苏颋袭封许国公。
713	癸丑	先天 二 开元 元	七月，卢藏用卒。 张说为检校中书令，封燕国公。后贬相州刺史，徙岳州。作《五君咏》。	三月，刘知几等修《姓氏系录》成。诏令刊之。 李峤卒。 薛稷卒。 郭震卒。
714	甲寅	二	沈佺期卒。	魏知古罢知政事。 徐洪卒。
715	乙卯	三	岑参约生于此年。 李华生。 柳浑生。	魏知古卒。 刘知几迁左散骑常侍。
716	丙辰	四		十一月十四日，刘知几等上所撰《睿宗实录》、《则天实录》、《中宗实录》，共七十卷。
717	丁巳	五	九月九日，王维作《九月九日忆山东兄弟》。 皇甫冉约于此年生。	
718	戊午	六	贾至生。	二月，征隐士卢鸿。 张说任幽州都督。
719	己未	七	元结生。 岑参始读书，时年五岁。 李嘉祐约生于此年。	张说为检校并州大都督府长史兼天兵军大使，兼修国史。

公元	干支	帝王年号	诗坛	史事
720	庚申	八	李白漫游蜀中。岑参随父往晋州。王翰约于此年举直言极谏科,调任昌乐尉,举超拔群类科。张若虚约卒于此年。	正月,苏颋为礼部尚书,罢知政事,寻检校益州大都督长史,按察节度剑南诸州。
721	辛酉	九	高适长安求仕不遇,北上蓟门,漫游燕、赵间。时年二十。王维举进士,为太乐丞,因伶人舞黄狮子事,贬为济州司仓参军。时年二十一。	四月,玄宗于含元殿亲自策试举人。九月,张说为兵部尚书,同中书门下三品。十一月,刘知几因其子犯事流配,诣执政诉理,上怒贬之为安州都督府别驾。卒于贬所。
722	壬戌	十	四月,张说兼知朔方军节度大使。闰五月,张说往朔方军巡边,玄宗作《送张说巡边》。张九龄、贺知章、王翰等各作《奉和圣制送张尚书巡边》。是年,张说兼任丽正殿修书使,奏请贺知章、徐坚等入书院同撰《六典》、《文纂》等。	六月,玄宗注《孝经》,颁于天下。十一月,刘知几次子上《史通》,玄宗盛赞。吕向召入翰林,兼集贤院校理。奏《美人赋》讽帝选秀及校猎。帝善之,屡进官。向以李善《文选注》为繁,与吕延济、刘良、张铣、李周翰等更为诂解,时称"五臣注"。
723	癸亥	十一	秋,高适于长安作《同崔员外綦毋拾遗九日宴京兆李士曹》。是岁,岑参九岁,始属文。	五月,置丽正书院,聚文学之士修书或侍讲。贺知章入丽正书院,修撰《六典》、《文纂》。

公元	干支	帝王年号	诗坛	史事
724	甲子	十二	祖咏登杜绾榜进士。杜甫在洛阳,常出入于歧王宅邸,得闻李龟年妙声。	
725	乙丑	十三	贺知章迁礼部侍郎,后因故改授工部侍郎,兼秘书监同正员。寻迁太子宾客、银青光禄大夫兼正授秘书监。 崔颢在相州上书张说荐樊衡。 独孤及生。 顾况约生于此年。	四月,改集仙殿为集贤殿,丽正殿书院为集贤殿书院。内五品以上称学士,六品以下为直学士。张说为集贤殿书院学士,知院事。 怀素生。
726	丙寅	十四	储光羲、綦毋潜、崔国辅同登严迪榜进士,同举县令。	正月,令张说修"五礼"。四月,张说罢相。张九龄罢相,出为冀州刺史。 严武生。
727	丁卯	十五	王昌龄、常建同登李嶷榜进士。昌龄授官为秘书省校书郎。李白此年前后至湖北安陆。	二月,张说致仕。三月,张九龄为洪州都督,直至开元十八年七月。七月,苏颋卒。时与张说称"燕许大手笔"。
728	戊辰	十六	孟浩然至长安求仕。李白成婚,定居湖北安陆。	八月,张说上《开元大衍历》。

644

公元	干支	帝王年号	诗坛	史事
729	己巳	十七	岑参移居河南登封太室别业。 孟浩然在京结交张九龄、王维等,是年或次年离开长安,作《初出关旅亭夜坐怀王大校书》。	二月,张说复为尚书左丞相。 五月,徐坚卒。
730	庚午	十八	杜甫始游晋。 李白赴长安求仕,不遇而归。 孟浩然漫游吴越。 岑参此后移居河南颍阳。 高适此年左右充军燕地。 张志和约生于此年。 柳冕约生于此年。	正月,加左丞相张说开府仪同三司。十二月,张说卒。
731	辛未	十九	高适此年来往于东北边陲之地。 王昌龄为秘书监校书郎。	正月,吐蕃求《毛诗》、《礼记》、《春秋》。三月,张九龄入京,授秘书少监。
732	壬申	二十	高适作《信安王幕府诗》以求援引,无果。作《蓟门行五首》。 王之涣流寓蓟门,后任文安县尉至卒。 崔颢此年前后宦游河东定襄一带。	九月,中书令萧嵩上《开元新礼》。
733	癸酉	二十一	刘长卿、刘眘虚、元德秀登进士第。 高适寓蓟门,访王之涣等旧友。后转赴长安谋取出路。	正月,制令士庶家藏《老子》,贡举人减《尚书》、《论语》策,加《老子》策。

公元	干支	帝王年号	诗坛	史事
734	甲戌	二十二	王维擢为右拾遗。 李白与元丹丘隐嵩山。 王昌龄、刘眘虚举博学宏词科。 王昌龄任汜水尉。 岑参至长安上书求仕。 高适一路漫游至宋州。	五月，张九龄为中书令。七月，遣张九龄充河南开稻田使。八月，遣张九龄于许、豫、陈、亳等州置水屯。 玄宗亲注《金刚经》。
735	乙亥	二十三	萧颖士、李华、贾至、李颀、邹象先同登贾季邻榜进士。 高适长安应制科试，无成。 杜甫赴京兆贡举，不第。 李白游太原。 李颀任新乡县尉。	张九龄进封始兴伯。 玄宗注《老子》。 杜佑生。
736	丙子	二十四	杜甫始游齐、赵。 高适在长安与张旭、颜真卿等人交游。	张九龄上《千秋金鉴录》。 颜真卿举拔萃科，授朝散郎、秘书省著作局校书郎。
737	丁丑	二十五	高适、王之涣、王昌龄宴游于旗亭。 王维任监察御史，入河西节度使幕。 李白移居任城。 张九龄辟孟浩然为从事。 韦应物生。	四月，张九龄为李林甫谮，贬为荆州长史。

公元	干支	帝王年号	诗坛	史事
738	戊寅	二十六	高适在长安,作《燕歌行》。 钱起游荆州,作《奉和张荆州巡农晚望》。	立忠王屿为太子,改名亨。
739	己卯	二十七	秋,高适游于梁宋及山东一带。至汶上,结交杜甫,有诗《东平路作三首》。 王昌龄谪岭南,于襄阳会孟浩然,孟浩然作《送王昌龄之岭南》。	追赠孔子为文宣王。
740	庚辰	二十八	王昌龄北归,重游襄阳,访孟浩然。冬,谪为江宁丞。 高适游相州,作《题尉迟将军新庙》。 杜甫作《登兖州城楼》、《望岳》等诗。 孟浩然约于此年卒。 戎昱生。	春,张九龄省亲南归。五月,卒。
741	辛巳	二十九	夏,李颀离新乡尉任,归居颍阳,与王维、高适、王昌龄等交往。王昌龄任江宁丞,与李颀以诗酬别。 岑参游河朔。 高适居淇上。 杜甫成婚。作《房兵曹胡马》等诗。 王维与储光羲此年前后隐居终南山。	诏令两京、诸州置玄元皇帝庙。 杜佑始读书,时年七岁。

公元	干支	帝王年号	诗坛	史事
742	壬午	玄宗天宝 元	王之涣卒。 高适离淇上,至滑台。 李白隐居剡中。因吴筠与贺知章荐,玄宗下诏征赴长安,命供奉翰林。 杜甫应进士不第。 丘为登进士第。 萧颖士补秘书正字。	二月,庄子号为南华真人,文子号通玄真人,列子号冲虚真人,庆桑子号洞虚真人。 颜真卿、崔明允举文词秀逸科。
743	癸未	二	春,高适在滑台,后返睢阳。 十二月,贺知章因病辞官。 岑参在长安,作《感旧赋》。	命崇文馆学士于三元日讲《道德》、《南华》诸经。 李华举博学鸿词科,为科首。
744	甲申	三	三月,李白离长安,再度漫游。于洛阳遇杜甫,于汴州遇高适,三人同游梁园。 春,高适往来于睢阳、陈留间。夏,李白、杜甫、高适同游梁、宋。 夏秋,高适与李白、杜甫同登琴台,于孟诸泽纵猎。 是年,贺知章卒。	正月,玄宗遣左右相以下官别贺知章于长乐坡,玄宗赋诗相赠。 十二月,诏民间家藏《孝经》一本。
745	乙酉	四	秋,高适从单父至襄贲,寓居樊氏家,后赴洛阳。 王昌龄贬龙标尉。 杜甫复游齐鲁。 此年,李白南游江浙,北至燕赵,随而至齐鲁,与杜甫同游。	册封杨太真为贵妃。

公元	干支	帝王年号	诗坛	史事
746	丙戌	五	春,李白约于此时作《闻王昌龄左迁龙标遥有此寄》。夏,高适奉李邕召赴临淄,于临淄与李白、杜甫相聚。此后再无聚首。秋,高适随李邕至北海郡。 杜甫至长安,与王维游。 元结游隋河,至淮阴,作《闵荒诗》,时年二十八。 独孤及游梁宋,遇贾至、高适。 祖咏约卒于此年。	正月,改《礼记·月令》为《时令》。 颜真卿作《述张长史笔法十二意》专论书法。 灵澈生。
747	丁亥	六	春,高适在东平,归睢阳。冬,于宋中遇董令望等人。作诗《别董大》、《宋中别李八》等。 杜甫作《春日忆李白》等诗。 元结以文辞待制阙下,作《二风诗》十篇,《皇谟》三篇。	正月,李邕为李林甫诬陷,被杖杀。 颜真卿迁监察御史。
748	戊子	七	王维辋川别墅成,尝与裴迪游咏其间。 元结游长安,作《丐论》以讽当道者。 高适居睢阳,甚穷困。后由宋州刺史张九皋推荐,举有道科。有诗《别王彻》、《酬裴秀才》等。	颜真卿赴河陇,充河西陇右军试覆屯交兵使,岑参作《胡笳歌送颜真卿使赴河陇诗》。

公元	干支	帝王年号	诗坛	史事
			贾至约于此年离单父尉,赴长安。 卢纶生。 李益生。	
749	己丑	八	春,高适在睢阳;夏,至长安,授封丘尉。赴封丘途中与李颀相见。 岑参因安西节度使高仙芝表荐,为右威录事参军,充节度使幕府掌书记,赴安西。 萧颖士约此年前后任集贤殿校理。后调为广陵参军事。 綦毋潜约卒于此年。	颜真卿充河东朔方军试覆屯交兵使。 吴兢卒。曾撰《唐史》《武后实录》《贞观政要》等。
750	庚寅	九	春,杜甫至长安,与广文馆博士郑虔交往甚密。 高适任封丘尉,萌去职之念,作《封丘县》《封丘作》等诗。 秋,高适送兵清夷,与沈千运遇于濮阳。后经河间、博陵继续北上。冬,高适抵蓟北。 刘方平登进士第。	十二月,颜真卿迁侍御史。
751	辛卯	十	正月,杜甫进上《三大礼赋》。 三月,岑参任高仙芝幕府,至武威。	夏,高仙芝兵败还朝,岑参渐次东归,六月至临洮,秋初至长安。

公元	干支	帝王年号	诗坛	史事
			春,高适离蓟北,经河、淇回封丘。 秋,杜甫作《九日寄岑参》。 钱起进士及第,此后任秘书省校书郎至天宝末年。 元结作《系乐府十二首》。 韦应物在长安,为玄宗侍卫至天宝末。 李颀卒。 孟郊生。	
752	壬辰	十一	秋,高适去职至长安,与崔颢、储光羲、岑参、杜甫等唱和。 杜甫与高适、岑参、储光羲、薛据登慈恩寺塔。 冬,杜甫送高适去河西节度使幕。 李白北游幽燕,后归梁园。 钱起任校书郎。	三月,颜真卿任武部员外郎。 杜佑补济南参军、剡县丞,时年十八。
753	癸巳	十二	春,杜甫作《丽人行》。 夏,高适赴河西谒节度使哥舒翰,不遇,转至陇右,始入幕。 殷璠编选《河岳英灵集》成书。	颜真卿出为平原郡太守。

公元	干支	帝王年号	诗坛	史事
754	甲午	十三	春,李白在广陵。遇魏颢,同舟入秦淮,上金陵。 岑参充安西北庭节度使判官。五月,作《轮台歌奉送封大夫出师西征》。 夏,高适随哥舒翰入朝,与杜甫相聚。秋回河西节度幕府,杜甫作《送高三十五书记》。 杜甫奏赋三篇,玄宗使待制集贤院,试文章,擢河西尉,不就,改右卫率府胄曹参军。 崔颢卒。	元德秀卒。 陆贽生。 元结进士及第。 独孤及举洞晓玄经科。
755	乙未	十四	春,岑参在轮台,间至北庭。 十一月,杜甫往奉先县省亲,作《自京赴奉先县咏怀五百字》。 刘长卿在苏州长洲尉任。 十二月,高适任左拾遗,转监察御史,佐哥舒翰守潼关。 李白居宣城。	十月,颁《御注老子》和《义疏》于天下。 颜真卿以平原太守为兵部员外郎,时安禄山反,河朔尽失,独平原城守具备。
756	丙申	玄宗天宝十五 肃宗至德 元	李白避乱南奔。三月至宣城。十二月,李白入永王李璘幕。 杜甫自奉先归京,五月,避乱于奉先,携	正月,安禄山称大燕皇帝,建元圣武。 六月,李华时为哥舒翰掌书记,被叛军所获,授以凤阁舍人。

公元	干支	帝王年号	诗坛	史事
			家往白水。七月,自白水携家赴鄜州。八月,杜甫陷身长安贼中。九月,作诗《哀王孙》。十月,房琯兵败咸阳陈陶斜,杜甫作《悲陈陶》、《悲青坂》、《对雪》等诗。三月,王维在长安官给事中,后陷长安,被送置洛阳菩提寺,受伪职。九月,储光羲自长安南奔江汉。韦应物离家避乱。王昌龄年约六十七,为刺史阊丘晓所杀。	稍后,郑虔、卢象等陷落长安,受伪职。吴筠自嵩山避乱南来,栖止于庐山。
757	丁	二	三月,杜甫在长安,写有《春望》、《哀江头》等诗。五月,杜甫自长安间道至凤翔,授左拾遗。闰八月,杜甫回鄜州省亲,作诗《北征》、《羌村三首》等。十月,在鄜州,闻长安收复,作诗《收京三首》。后携家返长安。严维授诸暨尉。六月,岑参归凤翔,授右补阙。十月,王维、郑虔被囚宣阳里。	正月,安庆绪杀其父安禄山而代之。二月,永王璘兵败被杀。

653

公元	干支	帝王年号	诗坛	史事
			三月,李白系浔阳狱中,秋,得崔涣、宋若思之力而出浔阳狱,入宋若思幕,至武昌,后居宿松。十二月,流夜郎。 欧阳詹生。	
758	戊戌	至德 三 肃宗乾元 元	正月,王维责授太子中允。三月,得宋之问辋川别墅。 刘长卿由长洲尉摄海盐令,旋罢。三月,系苏州狱。 二月,王维、贾至为中书舍人。贾至作《早朝大明宫呈两省僚友》,王维、杜甫、岑参等和之。 本年春,杜甫为左拾遗,作有诗《洗兵马》、《曲江二首》等。 高适左除太子少詹事。五月,赴洛阳太子少詹事分司任。 五月,李白流夜郎,行至江夏。有《与史郎中钦听黄鹤楼上吹笛》等。九月,行至洞庭湖。冬,有诗《上三峡》。 六月,杜甫出为华州司功参军。九月,杜甫过访蓝田。十二月,因事归东都。	九节度使合兵讨安庆绪。 元结移家江州瀼溪。

公元	干支	帝王年号	诗坛	史事
759	己亥	二	三月,杜甫自东都归华州,有《新安吏》、《潼关吏》、《石壕吏》、《新婚别》、《垂老别》、《无家别》等。十月,杜甫由秦州取道凤州两当县赴成州。十二月,离同谷赴蜀。 岑参由右补阙迁起居舍人。五月,赴虢州长史任。 李白流夜郎,中途遇赦而返,东下江陵,有《早发白帝城》等。五月,往来江夏、汉阳间。 刘长卿贬南巴尉,由苏州赴洪州,暂居余干。秋,作诗《余干旅舍》、《登余干古县城》等。后将赴南巴。 王维在给事中任,钱起在蓝田,两人作诗唱和。 五月,高适赴彭州刺史任。六月初,抵彭州。秋冬,与杜甫、裴霸、李岘诗文唱和。 储光羲约本年卒。	九月,元结在长安,献《时议三篇》,授右金吾兵曹,充山南东道节度参谋。 三月,九节度使兵败相州。史思明杀安庆绪,自立为皇帝。九月,再陷洛阳。 权德舆生。

公元	干支	帝王年号	诗坛	史事
760	庚子	肃宗上元 元	正月,李白自零陵北归,至岳州。春,在江夏。秋,至浔阳,复南入彭蠡。冬,在洪州建昌。 春,杜甫在成都,卜居浣花溪,筑草堂。九月,至蜀州新津县,与裴迪同登新津寺。高适自彭州刺史转为蜀州刺史,与杜甫相聚。 皎然访陆羽,时陆居苕溪。	萧颖士卒于汝南,年四十四。 元结授监察御史里行。编《箧中集》。 秋,独孤及在扬州,为江淮都统李峘掌书记。 杨衡约本年生。
761	辛丑	二	正月,高适在蜀州刺史任。有《人日寄杜二拾遗》。 三月,李白自江西东行至铜官,后复至宣城。六月,复东行。八月,欲从李光弼军,半道病还。冬,至当涂。 春,杜甫在成都草堂。有《春夜喜雨》等。自春至夏,有诗《戏为六绝句》、《江畔独步寻花七绝句》、《绝句漫兴九首》等。	三月,史思明为其子史朝义所杀。 独孤及避刘展乱至信州玉山,二月在洪州,三月归越。 元结为荆南节度判官。作《大唐中兴颂》。

656

公元	干支	帝王年号	诗坛	史事
			八月,作《茅屋为秋风所破歌》。十一月,高适过访。 刘长卿遇赦北归。 秋,归苏州。 七月,王维卒。 孙逖卒,年六十五。	
762	壬寅	肃宗宝应 元	正月,杜甫在成都。三月,杜甫、严武游成都西城。五月,居成都草堂,严武过访。 岑参由虢州长史改太子中允,充关西节度判官。九月,岑参为雍王李适掌书记,从至陕州。 皎然由扬、楚一带返回湖州。 春,刘长卿游杭、越,后奉使鄂渚。 秋,李嘉祐由鄱阳令量移江阴令。后与皇甫冉、阎伯均相聚润州。 郎士元在渭南尉任。 十一月,李白作《临终歌》,卒于当涂,年六十二。	春,元结在荆南,为节度观察使留后。冬,元结知荆南节度留后,辞官归武昌樊上。 九月,贾至在岳州。冬复召为中书舍人,北归经沔州。 羊士谔生。

公元	干支	帝王年号	诗坛	史事
763	癸卯	肃宗宝应 二 代宗广德 元	正月,岑参入京,供职御史台。秋,为祠部员外郎。杜甫在梓州,作诗《闻官军收河南河北》。 二月,高适迁剑南西川节度使。 李嘉祐在江阴令任,三月至润州。 三月,杜甫在梓州。因送人至绵州,又至汉州、梓州。十月,在阆州。 春,刘长卿返回淮南,路经安陆、穆陵关等地。夏,在扬州。 卢象卒于武昌。	史朝义死,安史之乱平。 正月,代宗令王缙进献王维文章,王缙作《进王维集表》,代宗作《答王缙进王维集表诏》。 独孤及在江东。十一月,赴抚州南丰。 李华被征召,至鄂州。夏,元结居武昌樊上。
764	甲辰	二	正月,岑参在京为考功员外郎,后转虞部郎中。 二月,杜甫在阆州,诏授京兆功曹,未及成行;后闻严武复镇蜀川,乃归成都。六月,杜甫在成都严武幕,严武表荐为节度参谋。本年有《丹青引》。 七月,元结在道州刺史任。有《舂陵行》、《贼退示官吏》。 本年秋,刘长卿被奏为淮南从事,官殿中御史。	正月,李华在鄂州,诏征为司封员外郎,以疾不赴。九月,李华在洪州,为李岘从事,加检校吏部员外郎。 本年冬,独孤及在江东,以左拾遗召。

658

公元	干支	帝王年号	诗坛	史事
765	乙巳	代宗永泰 元	正月二十三日,高适卒于长安,年六十六。春,杜甫辞严武幕。四月,经嘉、戎等州离蜀。六月,至戎、渝诸州。八月,至忠州。九月,至云安。皇甫冉在徐州王缙幕为掌书记。卢纶本年前后应举长安,不第。春,李嘉祐归朝。严维为金吾卫长史佐幕。三月,岑参官库部郎中。十一月,出为嘉州刺史,行至梁州而还。秋,钱起为拾遗,罢官,归蓝田。	独孤及应召入京。二月,在长安任左拾遗。元结在道州刺史任,奉敕祭九疑山。六月,元结罢道州刺史北归。夏,在衡阳。严武卒于成都。
766	丙午	代宗永泰 二 大历 元	二月,岑参入杜鸿渐幕,表为职方郎中兼侍御史。六月入蜀。七月达成都。皇甫曾在长安,官监察御史。三月,杜甫在云安,后移居夔州。作《秋兴八首》等。耿湋为周至尉,约本年春被替。九月,戎昱入蜀,客居罗江、成都。戴叔伦为湖南转运留后。张籍约本年生。王建约本年生。	李华在常州,作《常州刺史厅壁记》。五月,元结复授道州刺史,巡县至江华。李观生。令狐楚生。樊宗师约本年生。

659

公元	干支	帝王年号	诗坛	史事
767	丁未	二	正月，李嘉祐、韩翃在长安。 三月，杜甫自夔州西阁迁居赤甲，后迁瀼西。七月，往来东屯、瀼西间。 春，戎昱在成都。夏秋间，沿江出峡。韦应物不协于主司，乞求养疴。 四月，刘长卿在长安官员外郎。岑参赴嘉州刺史任。 王季友罢洪州李勉幕，此后一二年卒。 吉中孚时为校书郎，秋，归楚州。卢纶、司空曙、李端等有诗送之。 钱起、郎士元、李端同在长安，同作诗送李别驾还洪州，独孤及为序。 戴叔伦至云安督赋，抵涪州。	元结在道州刺史任，赴衡州计事。
768	戊申	三	正月，李嘉祐在长安，官司勋员外郎。 杜甫出峡。三月，至江陵。夏，在荆州。九月，在江陵，后移居公安。冬末，离开公安，至岳州。	秋，泸州刺史杨子琳作乱。

660

公元	干支	帝王年号	诗坛	史事
			七月,岑参罢嘉州刺史,东归。 秋,皇甫冉在长安,转官左补阙。韩翃拜访长安慈恩寺法振。 李益年二十一,居嵩颖,应试不第。 韩愈生。	
769	己酉	四	正月,杜甫自岳州南行。三月,由谭州复至衡州。 春,刘长卿归鄂州。 岑参东归未成,旅寓成都。 皎然居湖州苕溪草堂。 七月,冷朝阳擢第后归上元。 岑参寓居成都。冬卒,年五十五。 秋,戴叔伦受辟于刘晏转运府,官监察御史。 韦应物在长安,秋游江淮。 孟云卿自扬州北归,此后一二年卒。	三月,独孤及在濠州,宴集于垂花坞。九月,因迁葬父母兄弟来洛阳,秋归濠州。 四月,元结丁母忧,扶柩北返;再授容管经略使;元结坚辞,诏许。
770	庚戌	五	春,刘长卿至越州,与鲍防同泛若耶溪,后赴润州使院。秋,至扬州,再参淮南幕。	

661

公元	干支	帝王年号	诗坛	史事
			四月,杜甫在潭州,避臧玠之乱赴衡州。冬,自潭州北归。卧疾舟中,作诗《风疾舟中伏枕书怀三十六韵奉呈湖南亲友》,是为绝笔。卒,年五十九。旅殡岳阳。 十二月,李嘉祐出为袁州刺史,取道扬州、润州。 薛涛约本年生。	
771	辛亥	六	二月,卢纶因元载之荐授,补阌乡尉。 三月,戴叔伦在湖南,巡郴州、永州诸地。 本年春,刘长卿在扬州。夏,徙鄂州为转运使判官、知淮西鄂岳转运留后。秋,出使湖南。冬,在潭州,有诗《逢雪宿芙蓉山主人》等。 皇甫冉卒于丹阳,年五十四。 李嘉祐赴袁州刺史任。 五月,敦煌沙门弘忍抄王梵志《回波乐》等诗一百一十首。 本年,樊晃在润州刺史任,采杜甫遗文二百九十篇,编为《杜甫小集》六卷,传于江左。	李华居楚州,风病目疾。

公元	干支	帝王年号	诗坛	史事
772	壬子	七	正月,白居易生于郑州新郑县。 四月,贾至卒,年五十五。 秋,皎然在湖州。十月,居湖州龙兴寺,追立远祖谢安碣。 冬,戴叔伦入京为广文博士,与钱起、卢纶、李端同有诗送僧少微游蜀。 李绅生。 刘禹锡生。	四月,元结卒于京师,年五十四。 陈润约本年卒于郧城令。陈润为白居易之外祖。 吕温生。 李翱生。
773	癸丑	八	正月,耿湋官拾遗。 顾况在温州备办盐务。 春,韦应物罢河南府兵曹参军,居同德寺养疾。冬,自洛阳赴长安。 韩翃罢滑州令狐漳幕,东归兖州,后复西归。 卢纶在陕府户曹任,约本年,得罪系狱,后雪谤。 柳宗元生。	李渤生。
774	甲寅	九	八月,张志和来湖州,谒见颜真卿,作《渔父词》五首。 秋,耿湋在长安官左拾遗,秋,充括图书使赴江南。	五月,李华卒于楚州,年五十七。 欧阳詹与林藻、林蕴兄弟偕隐于泉州莆田莆山,读书五载。

663

公元	干支	帝王年号	诗坛	史事
			刘长卿在鄂州淮西鄂岳转运留后任,为吴仲孺所陷,贬睦州司马,秋至江、和诸州。 李益在郑县主簿任,本年罢秩游华山。	
775	乙卯	十	三月,耿湋奉使江南求书。 春,刘长卿在睦州。 秋,刘长卿被追赴苏州重推,经苗丕按覆,仍归州。 秋,戎昱因谗去桂林幕,秋在湖南。 任华在桂林,后不知所终。 张谓卒,年约六十五。 李幼卿约本年卒,年四十余。 柳中庸卒于洪州。	
776	丙辰	十一	五月,司空曙与李端等游长安慈恩寺。 秋,刘长卿在睦州司马任。 夏侯审官宁国丞。 冬,皎然至常州,居建安寺。	白行简生。 皇甫湜约本年生。 独孤申叔生。

公元	干支	帝王年号	诗坛	史事
777	丁巳	十二	春,耿湋、司空曙官拾遗。 张南史于本年后稍后春日卒于宣州。 七月,韦应物在京兆功曹任,使云阳视察水灾。 秋,刘长卿在睦州司马任。严维入河南严郢幕,枉道睦州会刘长卿。 十二月,韩翃暂来长安。 郎士元出守郢州。	独孤及卒于常州,年五十三。 窦叔向因常衮推荐,自江阴令除左拾遗内供奉。 沈传师生。
778	戊午	十三	春,皎然南行,访秦系于越州。冬,秦系与妻离异,来睦州。 秋,韦应物在鄠县令任,罢还。 戴叔伦辞湖南转运留后东归。 薛涛九岁,解声律,续《井梧》诗。	柳公权生。
779	己未	十四	春,韦应物在鄠县令。七月,自鄠县令除栎阳令,谢病辞归善福精舍。 李嘉祐闲居苏州。皎然来游。 六月,高仲武选编《中兴间气集》。 苗发约本年夏秋间卒。 戴叔伦北游东都。冬,为转运使河南留后。	陈玄佑约本年作《离魂记》。

公元	干支	帝王年号	诗坛	史事
			朱湾罢永平从事,隐居宣州东溪,又寓居宣州溧阳平陵,后假摄池州刺史。 元稹生。 贾岛生。	
780	庚申	德宗建中 元	正月,戴叔伦为河南转运留后,在汴州陪李勉唱和。五月,戴叔伦授婺州东阳令。 三月,姚系自长安还河中。 吉中孚以万年尉为黜陟使判官,使至太原。 九月,李益入崔宁幕,从宁巡行朔野,历灵、盐、夏、丰诸州。 秋,韩翃擢为驾部郎中、知制诰。 张继卒于洪州。 包佶授江州刺史,权盐铁转运。 冬,韦应物寓居沣上善福精舍。 李嘉祐此年前后卒于台州。	春,权德舆为韩洄所辟,授校书郎,为从事,旋即因韩洄改官而罢职。 五月,常衮为福建观察使,赏识欧阳詹。 六月,崔佑甫卒于相位,年六十。 八月,梁肃在太子校书任,请告还吴。 李翰居阳翟,编所作三十卷为《前集》。
781	辛酉	二	四月,于邵自礼部侍郎贬为桂林长史,行至湖南,有诗赠包佶。 七月,刘长卿在随州刺史任。	春,包佶为户部郎中,权盐铁使,在扬州。权德舆为包佶从事。窦叔向罢溧水令。稍

公元	干支	帝王年号	诗坛	史事
			九月,权德舆在扬州盐铁使院,使杭州,又至睦州。 秋,耿湋贬许州司参军。 孟郊年三十一,曾至河阳。 于鹄南来,访庐山。 郎士元卒。 姚合约生于此年。	后卒于京口,年五十二。 十月,沈既济贬处州司户。作《枕中记》。
782	壬戌	三	春,韦应物官比部员外郎。四月,出为滁州刺史。 四月,李益将赴幽州朱滔幕,值朱滔反,未成行。 卢纶在长安。秋,行役至鄜县太白山。 秋,耿湋在河中。冬,白河中归秦。 秦系北归湖州,与袁高、皎然游。 十月,孟郊东归,逢战乱,阻于河南。 冬,李端至凤翔,后次岐山。 戴叔伦罢东阳令,赴曹王李皋湖南幕。 司空曙滞荆南。 严维约本年卒,年约六十六。	三月,武元衡下第,归郊居。 李翰约本年卒,年五十四。
783	癸亥	四	春,刘湾卧疾长安,稍后卒。 九月,耿湋自长安东游。 戎昱贬在辰州刺史任。	正月,常衮卒于福建观察使任,年五十五。 秋,杨凝前为协律郎,自春及夏在滁州;秋,

667

公元	干支	帝王年号	诗坛	史事
			韩翃约本年卒。 钱起约本年或稍前卒,年七十四。	赴吴越。
784	甲子	德宗兴元 元	二月,戴叔伦至奉天,得召见,还。 春,卢纶、武元衡陷身贼中。 七月,李冶因曾上诗朱泚,被杀。 冬,韦应物罢滁州刺史,居滁州西涧。	八月,颜真卿被李希烈杀害于蔡州,年七十七。
785	乙丑	德宗贞元 元	三月,包佶自汴东水陆运使为刑部侍郎。 春,韦应物闲居滁州。夏授江州刺史。 皇甫曾卒。 李端约本年前后卒。 朱湾本年或稍后卒。	八月,符载、杨衡等居庐山。
786	丙寅	二	正月,包佶以国子祭酒司礼部贡举。孟郊在京应试。 春,窦常为泉府从事,奉使西还。 九月,卢纶在河中。 十月,因吉中孚之荐归长安。 朱放自润州归越,访秦系。 谢良弼约此间卒于长安。 章八元约本年为句容主簿,后不详。 崔峒本年或稍后卒于潞府功曹任。	权德舆在润州。春,权德舆以大理评事摄监察御史为江西观察使李兼判官,取道睦、婺、信诸州赴任。秋,权德舆在江西李兼幕。 符载自庐山归蜀省亲。

668

公元	干支	帝王年号	诗坛	史事
787	丁卯	三	三月,戴叔伦闲居润州。五月,韦应物在江州,游东林寺。秋,由江州刺史入为左司郎中。九月,韩愈在长安,作《烽火》,感吐蕃寇边,其兄韩弇被害。本年秋,顾况在吴,引柳浑荐,以秘书郎入朝。朱放约秋末冬初卒于广陵舟中。刘长卿本年或稍后卒。耿湋本年或稍后卒。	春,权德舆在洪州,奉使袁州。十二月,在江西李兼幕。李德裕生。
788	戊辰	四	正月,戴叔伦由洪州赴抚州辩对。春,戴叔伦在抚州辩对后昭雪。司空曙在西川韦皋幕。春,陆羽居洪州玉芝观,与萧公瑜、崔载华唱和。夏,顾况在著作佐郎任。柳浑、崔汉衡、刘太真、释藏用等访之于宣平里。冬,李益入张献甫邠宁幕。卫象以检校侍御史佐荆南幕。司空曙在成都。白居易年十七,其父白季庚为衢州别驾,从至衢州,作《王昭君二首》。	羊士谔本年前后为义兴主簿,春日,游阳羡善权寺。八月,李观西游京兆兴平县,至茂陵。陆长源自都官郎中为万年令。杨凌约本年卒于大理评事。

公元	干支	帝王年号	诗坛	史事
789	己巳	五	五月,戴叔伦自容州被代北归,遇陆羽。六月,道卒于南海清远县,年五十八。皎然在湖州西山,与吴凭重加编录《诗式》旧稿。夏,顾况贬饶州司户参军。秋,赴饶州,经信州。白居易在苏、杭。传其谒拜顾况。薛涛被罚赴边。于良史为徐州从事,稍后曾作诗自伤,张封建为奏章服,此后事迹无考。司空曙在韦皋幕,本年迁虞部郎中,约此间卒。吉中孚约此间卒于中书舍人任。	正月,柳浑卒于长安,年七十五。李朝威约本年作《柳毅传》。
790	庚午	六	三月,孟郊在苏州。十二月,在湖州。秦系为徐州张建封辟为校书郎。八月,鲍放卒于洛阳,年六十九。韦应物罢苏州刺史任,居苏州永定寺。丘丹来苏州,秋,返回杭州临平山居。此后事迹无征。韩愈至滑州,献文十五篇与刺史贾耽。李贺生。	二月,李观应举不第,居长安。七月,符载客荆州。吐蕃攻陷长安。

公元	干支	帝王年号	诗坛	史事
791	辛未	七	二月,韩愈、陈羽应举不第。 戴孚卒,年五十七。 孟郊自湖州入京应试,途中遇孟简。 韦应物约此间卒,约年五十六。	权德舆居丧润州。三月,复入洪州幕。冬,由杜佑淮南幕诏征赴京,为太常博士。 封演约此间撰成《封氏闻见录》五卷。
792	壬申	八	正月,皎然在湖州,集贤院征其文集,刺史于頔采其诗五百四十六首编为《杼山集》十卷。 孟郊在长安,举进士不第。 四月,包佶卒于长安,年约六十七。 五月,欧阳詹在长安。秋,归觐。 窦牟为河阳从事。 孟郊东归。秋,再至长安。 秋,柳宗元入京应试。 刘禹锡年二十一,入京应进士举,过华山,作《华山歌》。 于邵贬为衢州别驾,后移江州别驾。约卒于贞元十四年,年八十一。 张祜约本年生。	二月,陈羽、欧阳詹、李观、王涯、韩愈、冯宿、庾承宣、崔群等二十三人登进士第,时称"龙虎榜",号为得人。三月,刘太真移疾去信州,八日,道卒于饶州余干旅舍,年六十八。李纾卒于长安,年六十二。

公元	干支	帝王年号	诗坛	史事
793	癸酉	九	正月，韩愈、李翱、孟郊、柳宗元、石洪同登长安慈恩寺塔，并题名。 孟郊再次下第，将游荆襄。六月，孟郊东南行，经云梦至复州。 三月，窦参由郴州别驾再贬为骧州司马，被赐死于道，年六十。 卢纶在河中幕，奉使江西。 五月，柳宗元父柳镇卒于长安，年五十五。柳宗元丁忧家居。 六月，韩愈游凤翔。是年，撰《诤臣论》以讽阳城。 秋，顾况由饶州赴浙西，后至茅山受道箓。 张籍在邢州求学，秋入长安应试。	二月，柳宗元、刘禹锡、穆员、武儒衡等三十二人登进士第。 十一月，梁肃为翰林学士，作《述初赋》，十六日卒，年四十一。 四月，羊士谔在越州，参皇甫政浙东幕，官试右威卫兵曹参军。
794	甲戌	十	二月，顾况至常州，将归茅山。 春，张籍自长安北游。刘禹锡自洛阳赴长安。秋自长安西行。 五月，白居易之父白季庚卒于襄阳官舍。前此，白居易随侍襄州任所。	夏，李观卒于长安，年二十九。 秋，吕温于河南府乡贡进士试第一。

公元	干支	帝王年号	诗坛	史事
			孟郊因汝州刺史陆长源招邀,由湘而往。夏,孟郊自楚游湘。后往汝州。 元稹寓居永乐坊清都观,约此时与李宗闵等人相识。 夏侯审本年前后官祠部郎中,卒于任。 陈羽官东宫卫佐,后行迹无考。	
795	乙亥	十一	二月,刘禹锡登吏部试,授太子校书。自洛赴京,过华州。 春,韩愈在长安,上宰相求仕,不果。有《上宰相书》等及《杂说四首》。九月,往东都,过田横墓。 五月,张籍由蓟北南归,访王建于漳岸,后归江东。 夏,崔元翰卒于长安,年六十七。 欧阳詹往太原。十月,自太原归东都,将往长安应博学宏词科试。 秋,孟郊自汝州赴长安应试。 元稹约于本年与杨巨源交游,在长安,日课为诗,相唱和。	八月,白行简撰《李娃传》。

公元	干支	帝王年号	诗坛	史事
796	丙子	十二	二月,孟郊及第,作《登科后》。后自长安东归,至和州访张籍。 七月,韩愈受宣武军节度使董晋辟为节度推官,赴汴州。 八月,欧阳詹在长安,中秋赏月于永崇里华阳观。 李翱自徐游汴,与韩愈订交。 于鹄约本年前后归山,有诗《山中寄樊仆射》。此后行迹无考。 戎昱在虔州刺史任,约本年前后卒。 皎然本年或稍后卒于湖州杼山寺。 元稹寓开元观,与吴士矩等唱和。	
797	丁丑	十三	二月,吕温落第。吕温因其父吕渭知贡举,就"别头试"避嫌,故作诗《古兴》遣怀。 春,韩愈在汴州宣武节度使董晋幕。是年,李翱、张籍皆在汴州从其学。 七月,欧阳詹游蜀,后返京。	李翱因屡试不第,作《感知己赋》。在汴州,得韩愈所言高愍女事,因作《高愍女碑》,其《杨烈妇传》或亦作于此时前后。 李公佐遇杨衡于湘南。衡为之话水中异兽事,后李将所闻写入《古岳渎经》。

674

公元	干支	帝王年号	诗坛	史事
			冬,张籍因孟郊之荐,至汴州见韩愈。二人订交。 孟郊至汴州,依陆长源。 李益本年或稍后,北游河溯,幽州节度使刘济辟为从事。	
798	戊寅	十四	九月,柳宗元中博学宏词科,为集贤殿书院正字。国子司业阳城坐饯送薛约,出为道州刺史,太学生百余人诣阙请留,不许。 秋,韩愈、张籍、孟郊在汴州。张籍预汴州府试,韩愈为试官,籍获首荐。 畅当约于本年秋罢果州刺史后游澧州。其后行迹无考。 王建在邢州。时李益在幽州刘济幕,后亦荐王建入刘济幕。	二月,吕温及第,后归洛阳,过潼关。 七月,李渤游彭蠡东湖,得山名石钟者,以文记之。
799	己卯	十五	正月,孟郊将离汴州南游。 春,王建自淮南归幽州。李益离幽州南游江淮。 九月,韩愈为徐州节度推官。此前,张籍曾来访,逾月而去。	二月,张籍、王炎、李景俭等十七人进士及第。是年,独孤申书、吕温中博学宏词科。 六月,李翱游越州。 八月,过泗州。

公元	干支	帝王年号	诗坛	史事
			秋,白居易应宣州乡试,为宣歙观察使崔衍所赏,往长安应进士试。在宣州,与杨虞卿相识。 卢仝离扬州寓舍,往洛阳。 卢纶约此年卒于河中。	
800	庚辰	十六	正月,白居易在长安应试。二月,以第四人及第,后归洛阳。暮春南游,至浮梁。九月,至符离。 四月,韦丹奉使新罗,朝士有送行诗数百首。 五月,韩愈辞徐州推官,将往洛阳,与李翱、侯喜等泛舟下邳之清冷池。 本年,刘禹锡服满,入杜佑徐泗濠节度使幕,为节度使掌书记。 元稹去年初仕于河中府,本年仍在任,其《传奇》中与莺莺之事或发生于此年。有诗《古艳诗二首》、《赠双文》、《莺莺诗》等。	七月,吕渭卒,年六十六。 杨衡是年官左金吾卫仓曹参军,为桂阳部从事。后试大理评事,行迹无征。

公元	干支	帝王年号	诗坛	史事
801	辛巳	十七	二月,白居易与同年宴集。七月,在宣州;秋,归洛阳。 元稹应制举不第。与杨巨源话及崔莺莺事,杨巨源感而赋《崔娘诗》,元稹作《会真诗三十韵》。 三月,韩愈、孟郊在京从调选。韩愈将归洛阳。孟郊授溧阳尉,经洛阳,韩愈作《送孟东野序》。 孟郊迎母至溧阳,作《游子吟》。后由专心咏诗,多废官事,县令令人代行尉事,分其半俸。 刘禹锡在淮南幕,与李益、张登等会饮于扬州水馆。时窦常、刘伯刍亦在淮南杜佑幕,当与禹锡相识。 五月,韩愈、窦牟在洛阳,送窦平从事广州幕。下月,韩愈作《答李翊书》、《重答李翊书》。七月,韩愈与侯喜等钓于洛滨,夜宿惠林寺,韩愈作《赠侯喜》、《山石》。 韦渠牟卒于长安,年五十三。	杜佑进《通典》二百卷。

公元	干支	帝王年号	诗坛	史事
			秋,元稹、白居易相识,作诗相赠。 李绅赴长安试,为吕温赏识。 柳宗元自集贤殿书院正字调蓝田尉,时顾少连、韦夏卿先后为京兆尹,留其为京兆府从事,柳未赴县尉任。 欧阳詹先至太原,后归长安,未几卒,年四十余。	
802	壬午	十八	正月,韩愈调授四门博士,致书陆傪,荐侯喜等十人。约于本年作《师说》。 四月,独孤申叔卒,年二十七。 本年,刘禹锡离淮南幕,调补京兆府渭南县主簿。自扬州奉母归洛。 元稹应吏部试。	五月,窦群以韦夏卿荐,以白衣授左拾遗,入京。七月,苻载去鄂岳幕归浔阳,后入杜佑幕为从事。八月,李公佐自吴之洛,撰《南柯太守传》。
803	癸未	十九	春,白居易、李复礼、元稹、崔玄亮等以书判拔萃科登第。白居易、元稹同授秘书省校书郎,多有酬唱。元稹又交李建,与韦丛成婚,居履信坊,本年前后识樊宗师、柳宗元、刘禹锡等。	正月,杨凝卒于长安。四月,苻载罢淮南幕职,归庐山。后赴成都。

公元	干支	帝王年号	诗坛	史事
			闰十月,柳宗元、刘禹锡、韩愈三人同官御史台。十二月,韩愈上《御史台上论天旱人饥状》,贬连州阳山令。 姚南仲卒,年七十五。 柳宗元约本年作《种树郭橐驼传》、《梓人传》、《宋清传》。 杜牧生。	
804	甲申	二十	正月,白居易在长安,为校书郎。春,游洛阳、徐州。是年,始徙家于秦中,卜居下邽。 刘禹锡在长安,为监察御史兼监察使。是年,刘禹锡与薛謇长女成婚。 春,韩愈在阳山,张署在临武贬所,作诗赠答。 九月,元稹、李绅宿靖安里第,语及崔莺莺事,李绅因作《莺莺歌》,元稹作《莺莺传》。元稹正月自东都赴西京。二月,行至华州,游华岳寺。三月,由西京赴东都,再游华岳寺。五月,游天坛。 孟郊辞去溧阳尉职。	五月,张荐奉使吐蕃。七月,卒于途中,年六十一。吕温为张荐入蕃副使。 柳冕约于本年卒于福州。 穆员约于本年卒,年四十余。 陆羽约于本年卒,年七十余。

公元	干支	帝王年号	诗坛	史事
			明年秋,奉母归湖州故里。 李贺年十五,以乐府歌诗名于时,始读书应举。	
805	乙酉	贞元 二十一 顺宗永贞 元	二月,元稹与白居易同为校书郎,在秘书省约三年。与李绅、李建等游。 四月,刘禹锡由监察御史转屯田员外郎、判度支盐铁案。 韩愈授江陵法曹参军,张署为江陵功曹参军。韩、张二人于本年春遇赦北归,至郴州俟命。十月,过岳州,与窦庠同登岳阳楼。 九月,柳宗元、刘禹锡等坐交王叔文遭贬,柳为邵州刺史,刘为连州刺史。 十一月,己卯,柳宗元再贬为永州司马,刘禹锡再贬为朗州司马,又韦执谊、韩泰、陈谏、韩晔、凌准、程异等皆因坐交王叔文,参预永贞朝政,被贬远州司马,史称"八司马"。 秦系居泉州,为姜公辅营葬,其后行迹无考。	正月,癸巳,德宗病卒,年六十四。太子李诵即位,是为顺宗。 三月,沈传师、李宗闵、牛僧孺、杨嗣复、陈鸿、杜元颖、萧籍等二十九人登进士第。皇甫湜三举进士不第,后至闽禺,归扬州,秋赴举。陆贽在贬所忠州,征诏还,诏未至而卒。年五十二。 八月,庚子,顺宗禅位。李纯即位,是为宪宗。壬寅,贬王伾为开州司马,王叔文为渝州司户。

公元	干支	帝王年号	诗坛	史事
806	丙戌	宪宗元和 元	岁初,白居易与元稹居华阳观,为备策试,作《策林》七十五篇。春,与元稹于长安新昌宅听《一枝花》话。四月,应才识兼茂明于体用科,白居易入第四等,授盩厔尉。 六月,韩愈自江陵召还,为国子博士。秋,与孟郊游终南山。十月,作诗《送文畅师北游》。冬,作诗《赠张籍》。张籍约于本年补太常寺太祝。 白居易以盩厔尉权摄昭应县。九月,使驿口。十二月,与陈鸿、王质夫游盩厔县仙游寺,语及唐玄宗、杨贵妃事,作《长恨歌》,陈鸿作《长恨歌传》。 九月,元稹为左拾遗,屡上书论事,为执政所忌,出为河南县尉。 十一月,孟郊为河南尹郑余庆奏授为水陆运从事,试律郎,居洛阳立德坊。冬,作《寒地百姓吟》。刘言史隐居洛中,与孟郊往来。	二月,皇甫湜、陆畅、李绅、李虞仲等二十三人登进士第。 四月,元稹、韦惇、独孤郁、白居易、崔护、李蟠、沈师传、萧俛等登才识兼茂明于体用科。旋授元稹左拾遗,白居易盩厔尉,独孤郁右拾遗。 李德裕因荫补校书郎。薛逢约于本年生。

公元	干支	帝王年号	诗坛	史事
807	丁亥	二	春,鲍溶应试长安,出入杜佑家,及归。夏,遇韩愈于华阴;过洛阳,访孟郊。四月,韩愈于张籍家中得李翰《张巡传》,作《后叙》。五月,白居易仍为盩厔尉。三月,曾至长安,宿杨汝士家。秋,调充进士考官,试毕,授集贤校理。十一月四日,自集贤院召赴银台候进旨;五日,召入翰林,奉敕试制诏等五首,为翰林学士。李贺年十八,尝游江南,多有诗作。刘叉本年前后至洛阳,结识孟郊。刘商于本年或稍前卒。	正月,刘肃传《大唐新语》成。窦群自山南东道奉召为吏部郎中。二月,窦巩、白行简、杨敬之、吴武陵等二十八人登进士第。十月,武元衡出为剑南西川节度使。
808	戊子	三	四月,白居易在长安,居新昌里,为制策考官。二十八日,除左拾遗,依前充翰林学士。五月,奉敕撰《太平乐词》等七首。是年,与杨虞卿从妹杨氏成婚。本年前后,白居易作《秦中吟》十首。秋,张籍卧病。	四月,牛僧孺、皇甫湜、李宗闵、李正封、徐晦、王起等登贤良方正、能直言极谏科。考官杨於陵、李益、韦贯之等坐牛僧孺、皇甫湜、李宗闵等策语太切,被贬。王涯同坐贬。樊宗师擢军谋宏远科,授著作佐郎。皇甫湜后为陆浑尉。

682

公元	干支	帝王年号	诗坛	史事
			十月,李贺自昌谷至洛阳,以诗谒韩愈;愈见其《雁门太守行》,奇之,劝其举进士。李贺后就河南府试,作有《河南府试十二月乐词》。 韩愈为李贺作《讳辩》。是月,韩愈与石洪、王仲舒等游福先寺塔。 刘叉闻韩愈名,本年前后往归之,作诗《冰柱》、《雪车》等。	十二月,李渤隐居嵩山,再次诏征为拾遗,不赴。
809	己丑	四	三月,白居易在长安,仍为左拾遗、翰林学士。因久旱,屡陈时政。 元稹丁母忧服除,为监察御史。旋奉使东川,按劾不法官吏,雪民冤事。 七月,元稹妻韦丛卒于长安靖安里宅,此后,元稹屡作悼亡诗。 柳宗元在永州得西山诸胜,作西山、钴鉧潭、小丘、小石潭等记,即"永州八记"之前四记。 李绅为校书郎,约于本年作《乐府新题》二十首,元稹和之,作《和李校书新题乐	正月,李翱受岭南节度使杨於陵辟为从事,自洛阳赴广州。六月,李翱抵广州。武元衡在成都。窦群赴黔,过蜀。六月,白行简在校书郎任,作《三梦记》。

公元	干支	帝王年号	诗坛	史事
			府十二首》。 白居易本年前后作《新乐府》诗。 灵澈在汀州遇赦北归。寓庐山东林寺。 李贺本年在长安求仕。正月,作《浩歌》述怀;后受挫出长安,归昌谷。 方干生。	
810	庚寅	五	二月,元稹在东都,于樊宗师家听李管儿弹琵琶。前此,向韩愈索要辛夷花,与吕炅等游。三月,自东都奉召归长安,至敷水驿,为宦官所辱,并贬为江陵士曹参军。白居易命弟送别,并赠新诗二十首。四月,元稹赴江陵途中,作诗十七首,至江陵,即寄白居易。六月,在江陵与张季友、李景俭、王文仲等游。 春,卢仝在扬州,寄居萧宅,后载书归洛。 李益、窦牟在洛阳,有诗赠答。 贾岛至洛阳,谒李益,游嵩岳。夏秋游赵。冬至长安,携诗谒张籍、韩愈。	陈鸿祖撰《东城老父传》。

公元	干支	帝王年号	诗坛	史事
			四月,李贺始官奉礼郎。五月,白居易为左拾遗秩满,改授京兆户曹。秋末,作《代书诗一百韵寄微之》;元稹和之,有《酬翰林白学士代书一百韵》。是年,二人赠答颇多,时俗效之,号"元和体"。八月,十五夜月蚀,卢仝作《月蚀诗》。韩愈有诗《月蚀诗效玉川子作》。约本年,卢仝与马异在洛阳结交。韩愈作《毛颖传》,时人笑以为怪,柳宗元称之,作《读韩愈所著毛颖传后题》。	
811	辛卯	六	正月,韩愈在河南令任,作《送穷文》。韩愈自去年冬为河南令。秋,由河南令召为职方员外郎,入京。春,贾岛由长安赴洛阳谒韩愈、孟郊;秋随韩愈回长安,居清龙寺。四月,白居易母陈氏卒于长安宣平里第,白丁忧,退居下邽义津乡金氏村。十月,迁葬祖锽、父季	五月,李公佐时任江淮从事,因事至长安,于归途中与高钺等闲话,因撰《庐江冯媪传》。八月,吕温卒于衡州,年四十。李翱自浙东入京,还至江上。

685

公元	干支	帝王年号	诗坛	史事
			庚于下邽。 元稹在江陵士曹参军任,依附严绥、崔潭峻,纳安氏为妾。 窦巩赴黔州窦群处,途径江陵,元稹与之酬唱。	
812	壬辰	七	二月,韩愈由职方员外郎贬为国子博士分司东都。 沈亚之落第归吴江,李贺作《送沈亚之歌》。 春,贾岛在范阳,韩愈有书寄之。秋,自范阳赴长安,经易水。后在长安居延寿里,与张籍为邻。 七月,窦常为水部员外郎。崔廷奉使新罗,窦作诗送之。冬,窦常出为朗州刺史。 十月,柳宗元在永州。秋,曾与崔策同登西山。自正月至十月,游袁家渴诸景,有《袁家渴记》、《石渠记》、《石涧记》、《小石城山记》,是为"永州八记"中后四记。 卢仝于本年或稍后卒。 李商隐约本年生。 温庭筠约本年生。	

公元	干支	帝王年号	诗坛	史事
813	癸巳	八	三月，韩愈作《进学解》，由国子博士改官比部郎中、史馆修撰。 李贺因病辞奉礼郎，东归昌谷。 五月，十六日，柳宗元游黄溪东屯，作《游黄溪记》。是年，韦中立自长安来永州，柳作《答韦中立论师道书》。 秋，孟郊居洛阳，贫且病，约此间作《秋怀》十五首。 王建为昭应丞。 元稹在江陵，应杜甫之孙杜嗣业请，撰《唐故检校工部员外郎杜君墓系铭》。窦群改邕容经略使，四月过江陵，元稹与之游。秋，元稹患疟日久。	
814	甲午	九	正月，柳宗元在永州，获韩愈来信，见其去年六月所作《答刘秀才论史官书》，写《与韩愈论史官书》。张籍病眼，贫甚。韩愈代作书求助于浙东观察使李逊，有《代张籍与李浙东书》。 二月，姚合下第，赁居亲仁里。	沈亚之客滑州，值魏、滑分河竣工，作《魏滑分河录》。 六月，杨巨源征为秘书郎。

公元	干支	帝王年号	诗坛	史事
			元稹自江陵赴潭州，晤湖南观察使张正甫。暮春，还江陵。 八月，孟郊受山南节度使郑余庆辟为参谋，试大理评事。行至阌乡，暴疾卒，年六十四。 白居易仍居下邽村。春，患眼疾。秋，李顾言来访。八月，与殷衡同游蓝田悟真寺。冬，召授太子左赞善大夫。 秋，李贺往游潞州。 十二月，柳宗元在永州，此前撰《段太尉逸事状》上史馆，并致书韩愈。 窦群奉诏自容州还朝，至衡州卒，年五十五。	
815	乙未	十	正月，柳宗元在永州奉诏回京。二月，至长安。 元稹自唐州召还。枉道江陵。二月，抵西京，居靖安里旧宅。春，与白居易同游城南，多有唱和。三月末，出为通州司马。 三月，刘禹锡、柳宗元等复出为远州刺史。	二十二日，独孤郁卒于长安，年四十。 二月，沈亚之登进士第。五月，沈亚之受泾源节度使李汇辟为掌书记，闻李汇、姚合述邢凤、王炎事，作《异梦录》。七月，节度使李汇卒，沈亚之罢去东归。 六月，三日，宰相武元衡被刺身亡，年五十八。

公元	干支	帝王年号	诗坛	史事
			柳宗元为柳州刺史。刘禹锡出为播州刺史,后因裴度、柳宗元之请,改为连州。五月,柳宗元赴柳州,刘禹锡赴连州,同行至衡阳相别。六月二十七日,柳宗元抵柳州。七月,作《登柳州城楼寄漳汀封连四州刺史》。本年春,张仲素官司勋员外郎,作《燕子楼》诗。白居易继作三首。七月,白居易上疏请捕刺杀武元衡之凶手,执政恶其越职言事;又忌之者言其母看花坠井死,白仍作《赏花》、《新井》,有伤名教。八月,奏贬江州刺史,王涯论不当治郡,旋改为江州司马。冬初到江州。有《与元九书》。	
816	丙申	十一	二月,白居易在江州司马任,赴庐山,游东林寺、西林寺,访陶潜旧宅。秋,送客湓浦口,夜闻舟中弹琵琶者,作《琵琶行》。春,元稹告假赴涪州,	八月,张仲素、段文昌分别由礼部郎中、祠部员外郎充翰林学士。

公元	干支	帝王年号	诗坛	史事
			与裴淑成婚。五月，同归通州，过黄草峡，与白居易互赠物品。夏，患疟疾，赴兴元治疗，寓居严茅。 五月，韩愈为人所谮，由中书舍人降官为太子右庶子。 张籍时由太常寺太祝转为国子助教。 李贺客潞州已三年，后南归，卒于昌谷故居，年二十七。 诗僧灵澈卒于宣州，年七十一。 顾况本年前后卒，享年约九十岁。 张碧当此年后卒。	
817	丁酉	十二	正月，元稹在兴元就医。九月将归通州，独孤郁、刘猛以诗送。经阆州，游开元寺，写白居易诗于寺壁。过蓬州，宿芳溪馆。三月，白居易仍在江州司马任。庐山草堂成，二十七日始居之。刘轲举进士赴京，白作《代书》推介于元宗简。四月九日，为《庐山草堂记》。夏，与东林寺、西林寺僧郎、晦等结诗社。	七月丙辰，裴度以门下侍郎同平章事兼彰义节度使仍充淮西宣尉处置使；以马总为宣尉副使，以韩愈为彰义行军司马，以李正封、李宗闵为判官、书记，从裴度征讨吴元济。十二月，裴度回长安为相，韩愈为刑部侍郎。

公元	干支	帝王年号	诗坛	史事
			苻载约于本年为郗士美泽潞幕参谋。此后不久卒。	
818	戊戌	十三	正月,元稹在通州任,权知州务。上书裴度,要求召用。春,李景信自忠州至通州晤元稹。四月,崔韶使者自果州来带来白居易的信与诗。建夏云亭。冬,为虢州长史。二月,韩愈上所撰《平淮西碑》,被指为不实,命段文昌重撰。春,白居易在江州司马任。弟行简自东川至。十二月,授忠州刺史。韦处厚为开州刺史,作《盛山十二诗》。其后和者甚多。	八月,权德舆自兴元召回,道卒,年六十。李公佐撰《谢小娥传》。沈亚之撰《湘中怨》。
819	己亥	十四	正月,韩愈上《论佛骨表》。十四日,贬为潮州刺史。即日上道,至蓝关,有诗《左迁至蓝关示侄孙湘》。抵潮州,作《鳄鱼文》。三月,白居易携白行简赴忠州刺史任,元稹自通州改虢州长史。十一日遇于黄牛	四月,李翱入朝为国子博士、史馆修撰,多有建言。

公元	干支	帝王年号	诗坛	史事
			峡中,同游三游洞,作有《三游洞序》。元稹经东都至虢州。后召为膳部员外郎。令狐楚赞赏其诗。杜温夫来柳州拜谒柳宗元,柳宗元作《复杜温夫书》。五月,羊士谔自睦州刺史征为户部郎中,此后不久卒。十月,柳宗元卒于柳州刺史任,年四十七。刘叉此前有诗《勿执古寄韩潮州》,其后行迹无考。韩愈由潮州量移为袁州刺史。张仲素卒于长安。	
820	庚子	十五	正月,刘禹锡母卒,自连州护母柩北归。过衡阳,得柳宗元讣书,作诗伤之。至鄂州,又代李程作《祭柳员外文》。七月,有《重祭柳员外文》。五月庚戌,元稹为祠部郎中、知制诰。韩愈在袁州,作《祭柳子厚文》。八月,韩愈作《柳子厚墓志铭》。夏,白居易自忠州召为司门员外郎,经三	十一月,韦处厚为侍读学士,此间,撰《翰林院厅壁记》。郑余庆卒于长安,年七十五。

公元	干支	帝王年号	诗坛	史事
			峡,由商山路返长安。此前,白居易先后命人图写木莲、荔枝,作诗文记之,寄朝中亲友,士人喧然模写。十二月,充重考订科目官。二十八日,改授主客郎中、知制诰。 九月,二十二日,韩愈自袁州征为国子祭酒。十月,过江州。本年秋,贾岛投诗于祠部郎中元稹。后卧疾于长安慈恩寺文郁院。 十月,张祜于此间至魏州,先后投诗魏博节度使田弘正、李愬。田弘正由魏州移镇镇州,表奏李渤为节度副使,并致书李渤敦请,渤未就。王建有诗《寄上韩愈侍郎》。本年前后,所作《宫词》一百首流布人口。	
821	辛丑	穆宗长庆 元	正月,鲍溶居扬州,闻郊祀,作《郊天回》。不久卒。 元稹自祠部郎中、知制诰充翰林学士。时李绅、李德裕同在翰林,时称"三俊"。	沈亚之在长安。八月,为栎阳尉。 十一月,李翱由礼部郎中出为舒州刺史,有《与翰林李舍人书》。李舍人,李绅,时为司勋员外郎知制诰。

公元	干支	帝王年号	诗坛	史事
			八月,撰《承旨学士厅壁记》。十月,元稹改工部侍郎,出翰林。 白居易卜居新昌里。夏,加朝散大夫,始著绯,又转上柱国。秋,奉命宣谕魏博节度使田布。十月十九日,转中书舍人。十一月二十八日,充制策考官。 春,王建为太府丞。秋,为秘书郎。 夏,朱庆馀约于此间访姚合于武功。又与贾岛同游凤翔。秋,有诗寄王建。 七月,庚申,韩愈由国子祭酒转为兵部侍郎。 冬,刘禹锡母丧服除,授夔州刺史。赴任经鄂州,与鄂州刺史李程酬和。 姚合为武功主簿。 刘蜕约此年生。	元稹与李绅荐右补阙蒋防为翰林学士。蒋时加章服,约于此间作《霍小玉传》。
822	壬寅	二	正月,刘禹锡初至夔州。作诗寄韩愈、白居易。春,与唐州刺史杨处厚唱和。夏,与王涯酬唱。是年,在夔州效屈原《九歌》而作《竹枝词九首》。	春,韦绚年二十一,至夔州求学于刘禹锡,录其谈话,后因编著《刘宾客嘉话录》。

公元	干支	帝王年号	诗坛	史事
			韩愈、张籍同游林亭。二月,韩愈以兵部侍郎奉诏宣谕镇州。有诗与裴度相酬。三月,韩愈自镇州还,与张籍同游曲江,作诗《同水部张员外曲江春游寄白二十二舍人》,白居易答有《酬韩侍御张博士雨后游曲江见寄》。九月,韩愈由兵部侍郎转吏部侍郎。 二月,贾岛因进士试忤上,诏贬之。贾岛作诗《下第》、《病蝉》等。 元稹以工部侍郎同平章事,入相。改裴度为东都留守,平章事如故。六月,裴度与元稹不和,两人皆罢相。元稹出为同州刺史,手疏奏党项事宜。 窦牟卒于长安,年七十四。 三月,张籍由国子博士迁水部员外郎。七月,衔命使南。 六月,白居易自求外任,出为杭州刺史。 八月,白居易遇张籍于内乡。	

公元	干支	帝王年号	诗坛	史事
			姚合在武功县主簿。本年前后有《武功县中作三十首》，世人号"姚武功。" 刘驾生。 许棠生。	
823	癸卯	三	春，姚合初春罢武功县主簿，入长安闲居。秋，在万年县尉任上，贾岛、朱庆馀、顾非熊、僧无可会宿其宅。 白居易在杭州，与客屡游西湖，作《钱塘湖春行》等；又有诗、画寄与张籍。秋，徐凝、张祜取解，荐徐而屈张。 薛涛卧病成都。 八月，元稹由同州刺史授越州刺史、浙东观察使，奏窦巩为副使，以卢简求为掌书记。十月，过杭州，与白居易会，三宿而别；至越，又有诗酬唱。 十月，韩愈六月为京兆尹兼御史大夫，时与李绅为台事相争，改兵部侍郎，又改为吏部侍郎。李绅由御史中丞出为江西观察使，后复留为户部侍郎。	正月，李翱为舒州刺史，江州刺史李渤筑蓄水堤成，翱为撰《堤铭》。十月，翱召为礼部郎中。 五月，樊宗师守绛州，作《绛守居园池记》。 十一月，王仲舒卒于江西观察使任，年六十二。 十二月，孟简卒。 樊宗师约于本年或稍后卒于绛州。

公元	干支	帝王年号	诗坛	史事
824	甲辰	四	三月,白居易在杭州刺史任,修筑钱塘湖堤,疏浚城中六井。五月,秩满待除授,畅游湖山,后除太子左庶子、分司东都。夏,归洛阳。 韩愈在长安,应柳宗元故吏之请,有《柳州罗池庙碑》。夏,韩愈告假,养病于城南山庄。张籍时休官,陪游南溪,贾岛亦时至。八月,韩愈归靖安里第,十六日,张籍、王建至,同玩月于庭阶,后病重,致书皇甫湜,托为撰写墓铭。十二月,卒于长安,年五十七。 刘禹锡在夔州。夏秋,移刺和州。 十二月,元稹在浙东观察使任,编次白居易长庆二年冬以前诗二千二百五十一首,成五十卷,为《白氏长庆集》。	正月,壬申,穆宗卒,年三十。李湛即位,年十六,是为敬宗。 二月,李绅为李逢吉所排构,贬端州司马。蒋防坐为李绅引用,出为汀州刺史。 李肇为左司郎中,约本年撰《唐国史补》三卷。
825	乙巳	敬宗宝历 元	正月,朱庆馀因试进士,于长安上诗张籍,作《近试上张水部》,张籍答有《酬朱庆馀》。	八月,李渤在桂林,时为桂管观察使。游西山诸洞。十月,李涉因武昭狱所累,由太学博士流康州。

公元	干支	帝王年号	诗坛	史事
			三月,白居易由太子左庶子、分司东都授苏州刺史。二十九日发东都。渡淮水,经常州,五月五日抵达在苏州。秋,游太湖。 春,贾岛在长安升道坊居,张籍过访。 姚合因病罢富平尉。秋屡与张籍游赏。 秋,窦常以国子祭酒致仕,居广陵,卒,年七十九。 郑畋生。	
826	丙午	二	二月,朱庆馀、刘蕡等三十五人登进士第。朱庆馀及第归越。 贾岛在长安升道坊装治诗卷。 白居易在苏州,坠马伤足。八月,罢苏州刺史。 四月,姚合以祖恩授监察御史。 十月,刘禹锡罢和州刺史,游建康,有诗《金陵怀古》等。是年,刘禹锡与白居易酬唱颇多。 杜牧约于本年作《阿房宫赋》。	春,李涉赴康州,经桂林,游隐山元岩。此后,行迹无考。 冬,白行简卒于长安,年五十一。
827	丁未	敬宗宝历 三 文宗大和 元	正月,杜牧于同州遇谭宪,为宪之兄谭忠作《燕将录》。约夏间,游浐阳,路出荆	刘三复本年前后在浙西为从事,以文章知名,颇得李德裕赏识。

698

公元	干支	帝王年号	诗坛	史事
			州松滋县,感桂娘事作《窦烈女传》。 三月,白居易在洛阳,十七日,征为秘书监,与裴度、杨汝士等交游。十月,白居易为秘书监,奉诏与沙门义林、道士杨弘元于麟德殿论儒释道三教之义,成《三教论衡》。十二月,白居易奉使洛阳,与张正甫、皇甫镛、苏弘、刘禹锡等人有诗酬答。 六月,刘禹锡任主客郎中、分司东都。正月,刘禹锡与白居易同在汴州,晤令狐楚。春,闲居洛阳。 七月,张籍在京任主客郎中。秋冬间,张籍出使,至蓝溪,有诗寄王建。使回经襄阳,拜见李逢吉。 九月,赵嘏约于此时前后客游越州。 冬,崔郾为礼部侍郎,将赴东都主明年进士试,吴武陵以杜牧《阿房宫赋》进荐。 元稹本年追和白居易诗五十七首,题为《因继集》卷之一。 李商隐作《才论》、《圣论》。 李益约此年或稍后卒。	

公元	干支	帝王年号	诗坛	史事
828	戊申	二	正月,刘禹锡由洛阳入朝任主客郎中。在洛阳,与令狐楚、白居易多有诗唱和。三月,游长安玄都观,感而赋诗《再游玄都观》。张祜旅次岳州,与刺史徐希仁游,多有唱和之作。后离岳州往江南。二月,白居易由秘书监除刑部侍郎。秋,白居易编次长庆三年后诗文为《白氏长庆集后集》,自撰序,以寄元稹。裴度在宰相任,与白居易、刘禹锡、张籍诸人有诗酬唱。张籍在国子司业任,与白居易、刘禹锡同游杏园。三月,元稹在浙东观察使任。寄越州缯纱与张籍。秋,元稹作诗《春深二十首》,刘禹锡、白居易有和作。秋,王建由太常丞出任陕州司马,白居易、贾岛、刘禹锡、张籍均有诗送行,此后姚合亦有诗赠之。十二月,马戴、贾岛时皆在长安,夜集姚合宅,时无可期而未至。韦处厚卒,年五十六。窦庠在婺州刺史任,约卒于本年。	春,刘蕡应贤良方正科,对策中抨击宦官,影响甚大。

公元	干支	帝王年号	诗坛	史事
829	己酉	三	三月,令狐楚由户部尚书改任东都留守,白居易、刘禹锡、张籍等人均有诗送之。 五日,白居易编成《刘白唱和集》。四月,白居易赴任经陕州,王起、王建相迎宴送。 陈陶游泉州、漳州,途中有诗,并有诗上两州刺史。 春,雍陶本年春离京赴蜀。 五月,贾岛在长安,有诗寄沧德景节度使李佑称颂其功。 九月,元稹本月罢浙东,入京为尚书左丞。经东都与白居易相会有日,岁末抵京。元任浙东观察使七年,多辟知名文士为幕士,又时与诗人、道士、歌女游,多有诗作。 元稹、李德裕、刘禹锡三人有唱和之作,后成《吴越唱和集》。 李商隐为天平军节度使令狐楚聘为巡官,遂从楚学今体文。 王希羽生。	李翱时为中书舍人。坐谬举柏耆贬少府少监;沈亚之时以殿中侍御史为柏耆宣慰德州判官,秋,沈亚之亦贬南康尉。

公元	干支	帝王年号	诗坛	史事
830	庚戌	四	正月,元稹由尚书左丞出为武昌军节度使。其妻不乐。赴任时,刘禹锡于浐桥送行。至鄂州,复奏窦巩为副使,卢简求为掌书记。秋,登黄鹤楼。 王建约本年前后已自陕州司马退居咸阳。春,有《原上新居十三首》。此后行迹无考。 八月,张祜约此时游池州,与池州刺史周墀观舞柘枝。 九月,张籍仍在国子司业任。贾岛宿姚合宅中,与合话及张籍,遂赋诗《宿姚合宅寄张司业籍》。张籍约本年或稍后卒。 无可与诸文士会集姚合宅。姚合于大和二年冬初任殿中侍御史,其迁侍史当在此时前。 秋,雍陶自蜀入京。曾至永乐与县令殷尧藩游。十一月,殷尧藩仍在永乐县令任。时马戴、无可、姚合于夜中集宿,均有诗念之。	牛僧孺约本年撰成《玄怪录》。 杨於陵卒,年七十八。

公元	干支	帝王年号	诗坛	史事
831	辛亥	五	春,赵嘏在宣州,与宣歙观察使沈传师游。 七月,元稹暴卒于武昌军节度使任,年五十三。 李渤卒,年五十九。 八月,窦巩于元稹卒后离武昌观察副使任,返京途中染疾,至京卒。 九月,薛涛居成都碧鸡坊。时李德裕镇蜀,建筹边楼成,涛遂有诗咏之。 秋,徐凝自鄂渚至洛阳与河南尹白居易游,多有游览酬和之作,后离洛归。 十月,刘禹锡由礼部郎中改苏州刺史。赴任时姚合有诗送行。十二月,经洛阳与白居易、李逢吉等人诗酒唱和。 杜牧仍在沈传师宣歙观察使幕,应沈述师之请,为李贺集作序。 贯休本年生。	四月,李翱仍在郑州刺史任,时杨於陵归葬郑州,翱为撰墓志。 五月,沈亚之在郢州司户参军任,有文《谪掾江斋记》述其起居。此后,事迹无考。 舒元舆时年四十三岁,献文阙下,为执政李宗闵等所忌,由刑部员外郎改著作郎,分司东都。
832	壬子	六	夏,薛涛卒于成都,年六十三。 九月,赵嘏由宣州入京赴明年春试,途经蓝关。	

公元	干支	帝王年号	诗坛	史事
			秋,姚合由户部员外郎授金州刺史。赴任前曾访无可。 温庭筠本年约三十二岁,有诗《送渤海王子归本国》。 杨虞卿在长安给事中任。妓英英亡,过其墓,有诗《过小妓英英墓》。白居易、刘禹锡、姚合等人均有和作。 陈陶仍在闽,曾游福建观察使罗让幕。 刘象生。	
833	癸丑	七	正月,令狐楚在河东节度使任,时与刘禹锡、白居易互有寄酬诗。 李绅由寿州刺史授太子宾客分司东都。二月,经濠州,游四望亭。七月癸未,改任越州刺史、浙东观察使。 二月,刘禹锡仍在苏州刺史任。将与令狐楚唱和诗篇编为《彭阳唱和集》,将与李德裕唱和诗编为《吴蜀集》。 六月,姚合在金州刺史任。无可陪其游南	钟辂约本年前后撰《前定录》,时为崇文馆校书郎。 罗隐生。

公元	干支	帝王年号	诗坛	史事
			池,两人均有诗作;后无可离金州,复有留别姚合诗。贾岛往金州谒见姚合。 七月,崔玄亮卒于虢州刺史任,年六十六。	
834	甲寅	八	正月,李商隐居华州崔戎幕。 三月,马戴下第,寒食时将客游,刑部郎中姚合设宴钱别。 七月,刘禹锡罢苏州刺史,移任汝州刺史。 秋,殷尧藩在长沙李翱幕。 十一月,李德裕出为镇海节度使,经汝州,刘禹锡送之。 十二月,姚合约于本月赴杭州刺史任。经洛阳,白居易曾话及杭州旧事,赋诗留别,托其代为问候旧日杭州妓人。 李绅在越州,游法华寺,有诗纪游。 吴武陵卒于潘州司户贬所,卒前曾题诗佛堂。 杜牧撰有《上知己文章启》、《罪言》、《原十六卫》等文。	皮日休约本年生。

公元	干支	帝王年号	诗坛	史事
835	乙卯	九	正月，李逢吉卒，年七十八岁。后令狐楚将其与逢吉唱和诗编为《断金集》，并有题诗。 二月，白居易在洛阳。春曾西行，至下邽渭村，约三月末返洛阳。夏，白居易编成《白氏文集》六十卷，藏于庐山东林寺。九月，授同州刺史，不赴。十月，改授太子少傅分司东都。 春，姚合在杭州刺史任。方干本年约二十七岁，游杭州，与姚合有诗酬赠。 杜牧离扬州淮南幕入京任监察御史。七月，在洛阳为监察御史分司，重见歌妓张好好，有诗赠之。 李商隐应举，往来长安、郑州，时在荥阳登楼赋诗《夕阳楼》，有落拓之感。约本年，赋《燕台诗四首》。 九月，刘禹锡为同州刺史，经洛阳，晤裴度、白居易、李绅等人。 秋，周贺至杭州与刺史姚合游，多有赠姚合诗。 赵嘏在长安，赋有《长安晚秋》。	三月，段文昌卒于西川节度使任，年六十三。 四月，沈传师卒于吏部侍郎任，年五十九。 皇甫湜约卒在本年之后。

706

公元	干支	帝王年号	诗坛	史事
836	丙辰	文宗开成 元	正月,白居易在太子少傅分司任。早春频与李绅游于洛阳城郊,赋诗咏怀。五月,自编《白氏文集》六十五卷,藏于东都圣善寺。 三月,李德裕在袁州长史任,常杖策独游。后改滁州刺史。七月,迁太子宾客分司。十一月,改浙西观察使。 春,姚合约此间罢杭州任。后入京为谏议大夫。 四月庚午,李绅由太子宾客分司为河南尹。七月改任宣武节度使汴州刺史。 韦庄约本年生。	六月,李翱约此时卒于山南东道任,年约六十五。
837	丁巳	二	正月,白居易仍在太子太傅分司任,居洛阳,与裴度、刘禹锡相聚甚欢。 三月,李商隐登进士第后东归探亲。 五月,李德裕由浙西观察使改为淮南节度使。 牛僧孺由淮南节度使为东都留守,此间与白居易、刘禹锡多有唱酬。	

公元	干支	帝王年号	诗坛	史事
			夏,朱庆余约四十二岁,有诗《和唐中丞开淘西湖夏日游泛因书示郡人》与唐扶唱和,约卒于此后数年。 李群玉自湖南东游。九月,游宣州、池州等地。 九月,杜牧在扬州,有《题扬州禅智寺》等诗。秋末赴宣州,途经润州,遇李锜旧妾杜秋娘,感其穷且老,遂赋《杜秋娘诗》。 十一月,令狐楚卒于山南西道观察使任,年七十二。 李商隐返长安,途中有诗《行次西郊作一百韵》。 贾岛坐飞谤责授长江主簿。 姚合任谏议大夫时编选《极玄集》。 司空图生。	
838	戊午	三	三月,李商隐试博学宏词科,为人所抑落第,归泾原幕,有诗抒怀,作《安定城楼》。 春,白居易有《忆江南词三首》,刘禹锡有《和乐天春词依〈忆	

公元	干支	帝王年号	诗坛	史事
			江南〉曲拍为句》。是年,白居易作《醉吟先生传》。 夏,姚合约此间同裴素、厉玄游曲江。十二月,姚合已在给事中任。 八月,许浑在当涂尉任,时遇涝,有诗酬人并纪大水事。 孟迟与杜牧同往历阳,游当涂牛渚矶。 刘沧约三十九岁,冬,经无可旧居,赋诗。 僧岛云本年前后曾游盱江,题诗麻姑山,推敲诗句之用字。	
839	己未	四	正月,杜牧去年冬除左补阙,本年初离宣州赴京,有诗纪行。 二月,白居易将《白氏文集》六十七卷藏于苏州南禅院。 三月,李商隐约于此时前后释褐为秘书省校书郎。五月,由秘书省校书郎调任弘农尉。 七月,许浑在当涂县尉任,曾陪宣歙观察使崔龟从游。 八月,姚合由给事中出为陕虢观察使。 九月,卢肇约本年前	裴度卒。

公元	干支	帝王年号	诗坛	史事
			后就江西府试,以末名荐送未第。约是时途经襄阳,谒牛僧孺。	
840	庚申	五	正月,杜牧在京为膳部员外部,约此时曾访诗人赵嘏。十一月,自长安往洛阳视弟病,途经襄阳。八月,方干有诗寄喻凫。九月,李德裕至长安,拜相。贾岛时已在长江主簿任三年,秩满,迁普州司仓参军。黄滔约本年生。	孙樵本年在蜀,作有《梓潼移江记》,之前又有《书褒城驿壁》。后者颇为人称道。
841	辛酉	武宗会昌 元	正月六日,密宗卒,贾岛作《哭密宗禅师》。三月,李德裕进位司空。春,刘禹锡加检校礼部尚书,兼太子宾客。作《秋声赋》并序。白居易停傅官,喜而作《百日假满少傅官停自喜言怀》。四月,杜牧与弟随兄至蕲州。七月,还归长安。贾岛任营州司仓参军。李商隐在华州刺史镇国军潼关防御使幕。	

710

公元	干支	帝王年号	诗坛	史事
842	戊戌	二	正月,李商隐为掌书记于忠武节度使王茂元幕。不久,入秘书省正字。其后因母丧居家。作《即日》、《赠子直花下》等诗。 春,杜牧出为黄州刺史。 刘禹锡病,作《子刘子自传》。七月,刘禹锡卒。 白居易以刑部尚书致仕。自编《后集》二十卷。 刘蕡卒于柳州。李商隐作《哭刘蕡》、《哭刘司户》。	二月,李绅自淮南节度使入为中书侍郎,同中书门下平章事。 三月,牛僧孺除东都留守。
843	癸亥	三	五月,白居易为牛僧孺作《太湖石记》。 七月,二十八日,贾岛卒。	回鹘侵逼灵武。
844	甲子	四	春,白居易在洛阳,屡出游。 九月,杜牧迁池州刺史。 李商隐移家永乐县。 许浑约于此年前后在世。 韩偓生。 鱼玄机约生于此年。	四月,白敏中拜中书舍人。九月,迁户部侍郎,知制诰。 七月,李绅罢相,出为淮南节度副大使,知节度事。 十一月,牛僧孺贬为循州长史。

公元	干支	帝王年号	诗坛	史事
845	乙丑	五	三月,白居易于洛阳履道里第为"七老会"。五月,《白氏文集》七十五卷成,收集诗文共八百四十首。夏,于洛中为"九老会"。 春,李商隐应从叔之招,赴郑州,后归洛阳,携家与弟羲叟等同居。 九月,张祜专程自丹阳往访杜牧,时杜牧任池州刺史。 十月,李商隐守丧期满,入京,重官秘书省正字。	武宗下令灭佛。
846	丙寅	六	正月,白居易作《六年立春日人日作》,忆牛僧孺等。 七月,李绅卒。时在淮南节度使任所。 八月,白居易卒于洛阳履道里第。十一月,归葬龙门香山如满师塔侧。 九月,杜牧自池州舟行赴睦州刺史任。 是年,李商隐作《无题》"昨夜星辰"、《茂陵》、《瑶池》等诗。 杜荀鹤生。	李德裕罢相,充荆南节度使。

公元	干支	帝王年号	诗坛	史事
847	丁卯	宣宗大中元	三月,温庭筠应进士不第。 五月,李商隐抵桂,在观察使郑亚幕为掌书记。冬,奉郑亚之命去江陵,途中编订《樊南甲集》并作序。 是年,张祜游于中州之鄢陵。	宣宗下令回复佛教。十二月,贬李德裕为潮州司马。
848	戊辰	二	正月,李商隐自南郡归桂州。三四月间北归。五月,至潭州,曾短暂逗留于湖南观察使李回幕。冬,李商隐选为盩厔尉。 八月,杜牧由宰相周墀援引,得升为司勋员外郎、史馆修撰,作《上周相公启》。九月,由睦州启程赴任。十二月,到达长安。	牛僧孺卒。
849	己巳	三	十月,李商隐入武宁节度使卢弘止幕为判官,得侍御史衔。十二月,赴徐州,途经大梁。 闰十一月,杜牧因官俸微薄,上书宰相,请为杭州刺史。	李德裕卒于崖州贬所。

公元	干支	帝王年号	诗坛	史事
			是年,李商隐与杜牧会面于长安。李作《赠杜司勋十三员外》《杜司勋》。《李卫公》《骄儿诗》也作于此年。 张祜游嘉兴。 许浑任监察御史。	
850	庚午	四	夏,杜牧迁为吏部员外郎。就职不久,上书宰相,请放为湖州刺史,获准。	李公佐约卒于此年。 杜光庭生。
851	辛未	五	夏秋,李商隐妻子王氏卒。十月,李商隐为节度判官、检校工部郎中。冬,赴西川推狱,至成都。 七月,杜牧为周墀作祭文,并派湖州军事押衙司马素到洛阳致祭。八月初,杜牧升为考功郎中,知制诰。八日,游湖州城北卞山旁玲珑山。十二日,移居雪溪馆。秋末冬初,到长安。冬,修长安城南樊川别墅。	沙洲人张义潮逐吐蕃,奉表来报,以之为沙洲防御使。

公元	干支	帝王年号	诗坛	史事
852	壬申	六	十一月,杜牧病,自作墓志铭。冬卒。温庭筠致书杜牧,望其汲引。张祜作《喜闻收复河陇》。刘驾登进士第。张祜约卒于此年。	
853	癸酉	七	十一月,李商隐编定《樊南乙集》。崔珏约于此年登进士第。	段成式撰成《寺塔记》。崔铉上《续会要》。
854	甲戌	八	刘沧、李频登同榜进士第。姚合约卒于此年。	
855	乙亥	九	温庭筠试有司,不第。上书考官沈询,执政鄙其行,授方山尉。韩昶卒。	孙樵登进士第,授中书舍人。
858	戊寅	十二	二月,李商隐罢盐铁推官,还郑州闲居。《锦瑟》作于此时。是年,卒。	
860	庚辰	大中 十四 懿宗咸通 元	温庭筠入襄阳徐商幕为巡官。约于此年嫁女于段成式之子段安节。段成式去江州刺史任,寓居襄阳。	

公元	干支	帝王年号	诗坛	史事
			罗隐入京,屡试不第。皇甫松、崔珏于此年前后在世。	
863	癸未	四	春,温庭筠归江东。经广陵,过令狐绹府不谒,令狐使折辱之,击折其齿。温至长安,上书裴休请求雪冤,再贬为方城尉。此年,与女诗人鱼玄机有唱和往来。六月,段成式卒。	皮日休上书请以《孟子》为学科,要求去庄、列之书;又请以韩愈配享孔子。
866	丙戌	七	温庭筠任国子助教,为宰相杨收所忌,被贬为随县尉。卒于此年冬。	
867	丁亥	八	李晔生。	皮日休登进士第。
871	辛卯	十二	聂夷中登进士第。鱼玄机约卒于此年。	
879	己亥	乾符 六	五月,司空图与已罢宰相卢携游。十二月,卢携复知政事,召司空图为礼部员外郎,迁本司郎中。冬,韦庄迁居长安。	高骈任扬州大都督府长史、淮南节度副大使知节度事。

公元	干支	帝王年号	诗坛	史事
880	庚子	僖宗广明 元 齐金统 元	春,韦庄长安应进士举不第,作七律《放榜日作》。十二月,韦庄陷黄巢军中,与弟妹相失,大病。 十二月,司空图因黄巢入京师,退居河中。	杜光庭随僖宗奔蜀。孙樵随僖宗奔岐陇,授职方员外郎。罗隐避乱乡里。
881	辛丑	广明 二 中和 元 齐金统 二	春,韦庄于乱中遇弟妹。 王驾应举下第,郑谷作诗送之。	正月,杜光庭随僖宗入蜀。 陆龟蒙约卒于此年。
883	癸卯	中和 三 齐金统 四	三月,韦庄作《秦妇吟》。四月,游江南,献诗于镇海军节度使周宝。此后三年,韦庄为周宝客。《菩萨蛮》二首("人人尽说江南好"、"如今却忆江南乐")约作于此年。 花蕊夫人徐氏约生于此年。	皮日休、来鹄约卒于此年。
886	丙午	光启 二	新年,韦庄慨叹年事已老,作诗《镊白》。夏,自浙西过汴宋路,拟赴陈仓避驾。孟棨作《本事诗》。宋齐丘生。	

公元	干支	帝王年号	诗坛	史事
887	丁未	三	七月,李昌符卒。 韦庄迎驾不成,途中至相州折返。 郑谷、翁洮登进士第。郑谷授京兆鄠县尉,迁右拾遗补阙。 司空图归隐中条山。	罗隐为钱塘令。
888	戊申	光启 四 文德 元	崔涂登进士第。 韦庄在婺州,与郑谷有往来,作《和郑拾遗秋日感事一百韵》。 方干约卒于此年。	僖宗卒。宦官立昭宗。
889	己酉	昭宗龙纪 元	吴融、韩偓、温宪(温庭筠子)同登进士第。 司空图复拜中书舍人,寻以疾辞。寓居华阴。 韦庄至江西。 唐彦谦、严子休、孙棨此年前后在世。	袁郊此年前后在世。郊有小说《甘泽谣》。
891	辛亥	大顺 二	秋,韦庄自江西返浙。 杜荀鹤、吴仁璧、王涣登进士第。	王建为西川节度使。
894	甲寅	乾宁 元	韦庄进士及第,授校书郎,时年五十九。作《喜迁莺》。	顾云卒。曾参与修撰宣、懿、僖三朝实录。

718

公元	干支	帝王年号	诗坛	史事
896	丙辰	三	寒食,韦庄客鄜州。 七月,郑谷随昭宗避难华州,寓居云台道台。 贯休游江左。	欧阳炯生。
897	丁巳	四	四月,韦庄随昭宗在华州驾前。李珣为两川节度使,辟庄为判官,奉使入蜀见王建。过樊川旧居,作诗二首。 孙郃登进士第。 郑谷为都官郎中,人称"郑都官"。	五月,朱朴以国子监博士为右谏议大夫,同平章事。
900	庚申	光化 三	夏,韦庄除左补阙。七月,编选《又玄集》成书。选诗二百九十七首,一百四十二家。十二月,奏请追赐李贺、皇甫松、陆龟蒙、温庭筠、贾岛等进士及第,各赠补阙、拾遗。 王贞白、罗衮、杨蘷此年前后在世。	是年,诏赠陆龟蒙右补阙,韦庄作《陆龟蒙谏》,陆希声撰碑文。卢延让、王定保举进士及第。
901	辛酉	光化 四 天复 元	春,韦庄复入蜀,往依王建。建辟为掌书记,后召为起居舍人。《荷叶杯》、《谒金门》等作于此时。 沈颜登进士及第,授校书郎。	曹松、刘象、郑希颜、王希羽、柯崇同登进士及第,年皆七十,号"五老榜"。

公元	干支	帝王年号	诗坛	史事
			吴融任户部侍郎。 王鸿举韩偓为翰林学士,后迁中书舍人,随昭宗至凤翔,进兵部侍郎。 江文蔚生。	
903	癸亥	三	四月,韦庄奉王建命使唐入贡,与朱全忠修好。 六月,韦庄弟韦蔼编庄之诗为《浣花集》十卷,书成。 贯休至蜀,谒见掌书记韦庄,后入拜王建,赐号禅月大师。 曹松、吴融此年前后在世。 冯延巳生。	二月,昭宗作《柳枝词》五首,朱全忠归大梁。昭宗欲用韩偓为相,遭崔胤、朱全忠反对,偓被贬为濮州司马。 王建封蜀王。
905	乙丑	哀帝天祐 二	十一月,韦庄奉王建命为教答梁使司马卿。 韩偓奉诏复为学士,偓不敢入朝,南依闽王王审知。 陆希声约卒于此年前后。	朱全忠杀朝官三十余人,投尸黄河。
906	丙寅	三	十月,王建立行台,以韦庄为安抚副使。	

图书在版编目（ＣＩＰ）数据

唐诗鉴赏辞典 / 乐云，黄鸣主编 . -- 2版 . -- 武汉：崇文书局，2020.9（2022.9重印）
（中华诗文鉴赏典丛）
ISBN 978-7-5403-6072-6

Ⅰ．①唐… Ⅱ．①乐… ②黄… Ⅲ．①唐诗－鉴赏－词典 Ⅳ．① I207.22-61

中国版本图书馆 CIP 数据核字（2020）第 149042 号

唐诗鉴赏辞典
TANGSHI JIANSHANG CIDIAN

责任编辑　郑小华
责任校对　董　颖
封面设计　甘淑媛
责任印制　田伟根
出版发行　长江出版传媒｜崇文书局
地　　址　武汉市雄楚大街 268 号 C 座 11 层
电　　话　(027)87680797　邮政编码　430070
印　　刷　湖北恒泰印务有限公司
开　　本　880mm×1230mm　1/32
印　　张　23.375
字　　数　750 千
版　　次　2016 年 1 月第 1 版　2020 年 9 月第 2 版
印　　次　2022 年 9 月第 7 次印刷
定　　价　48.80 元